Rainer M. Schröder
Die Bruderschaft vom Heiligen Gral
Der Fall von Akkon

Weitere Bücher von Rainer M. Schröder im Arena Verlag:

»Die wundersame Weltreise des Jonathan Blum«
»Das Geheimnis der weißen Mönche«
»Mein Feuer brennt im Land der Fallenden Wasser«
»Die wahrhaftigen Abenteuer des Felix Faber«
»Felix Faber – Übers Meer und durch die Wildnis«
»Das Vermächtnis des alten Pilgers«
»Das geheime Wissen des Alchimisten«
»Der Schatz der Santa Maravilla«
»Das unsichtbare Siegel«
»Rotes Kap der Abenteuer«
»Jäger des weißen Goldes«
»Das Geheimnis des Kartenmachers«
»Die Lagune der Galeeren«
»Land des Feuers, Land der Sehnsucht«
»Insel der Gefahren«

Rainer M. Schröder

Die Bruderschaft vom Heiligen Gral

Der Fall von Akkon

Roman

*In fester Treue und Liebe
für Helga & Elisangela,
die hingebungsvollsten und tapfersten
Ritter meiner Welt.*

In neuer Rechtschreibung

2. Auflage 2006
Alle Rechte vorbehalten
Lektorat: Frank Griesheimer
Einbandillustration und Vignetten im Innenteil: Klaus Steffens
Gesamtherstellung: Westermann Druck Zwickau GmbH
ISBN 3-401-05878-9
ISBN 978-3-401-05878-8

www.arena-verlag.de

»Wahre Hingabe ist sich selbst genug:
nach dem Himmel nicht verlangen,
die Hölle nicht fürchten.«
(Rabia el-Adawia)

»Allein vermagst du nichts: Such einen Freund.
Könntest du den geringsten Bissen
deiner Schalheit schmecken,
du würdest zurückschaudern vor dir.«
(Nisami, Schatzkammer der Geheimnisse)

Erster Teil

Die letzte Festung

Prolog

Reglos stand er auf dem Verfluchten Turm von Akkon*. Die von Zinnen gesäumte Plattform erhob sich hoch über der breiten Festungsmauer der zweiten, inneren Wallanlage. Auf den offenen Handflächen seiner weit ausgestreckten Arme hielt er das von Meisterhand geschmiedete Damaszenerschwert, bei dem die beiden Enden der breiten Parierstange quer über dem Griffstück sowie der Knauf in fünfblättrigen, goldenen Rosen ausliefen.

Er stand mit dem Gesicht nach Osten, als wollte er die kostbare Waffe dem nächtlichen Himmel als Opfergabe darbieten. Der Widerschein der Fackeln auf den trutzigen Wehrgängen unter ihm und der vereinzelten Brände, die im dicht gedrängten Häusermeer der belagerten Hafenstadt hier und da die nächtliche Dunkelheit mit ihrem flackernden Flammenschein aufrissen, tanzte wie ein glutrotes Irrlicht über den blanken Stahl der beidseitig geschliffenen Klinge.

Die beiden in braune Umhänge gekleideten und schwertbewehrten Gefolgsmänner, die mit ihm auf das viereckige Bollwerk gestiegen waren, hielten einen respektvollen Abstand von mehreren Schritten. Sie folgten dem Tun ihres Herrn mit höchster Aufmerksamkeit. Nichts entging ihnen, auch wenn schon seit vielen Jahrzehnten kein Bild mehr durch den leblosen, milchig trüben Schleier vor ihren Augen gedrungen war. Sie mochten blind sein, aber den-

---

* Eine Skizze von Akkon mit seinen verschiedenen Stadtvierteln und Befestigungsanlagen zur Zeit der Belagerung vom Mai 1291 findet sich am Ende des Romans im Anhang.

noch »sahen« sie auf ihre Art mehr als manch einer, der sich seines Augenlichts freuen durfte.

»Die Nacht ist vorgerückt und der Tag nahe gekommen! Lasst uns ablegen die Werke der Finsternis und anlegen die Waffen des Lichts!« Der Mund des Mannes mit dem hoch erhobenen Schwert bewegte sich kaum, als er die Worte des heiligen Paulus aus seinem Brief an die Römer zitierte, sprach er doch allein zu sich selbst. Und dass sie ihm zu dieser weit vorgerückten, nächtlichen Stunde einmal mehr über die Lippen gekommen waren, wurde ihm erst bewusst, als er dem Klang seiner eigenen, geflüsterten Worte nachlauschte. Wie oft er diese Aufforderung in seinem Leben schon ausgesprochen hatte!

Diesmal jedoch war es anders. Die Anbeter des Bösen rotteten sich dort draußen zusammen, lauerten im Rücken des feindlichen Heeres und streckten ihre Klauen nach dem heiligen Quell des Lebens aus, der grenzenloses Verderben über die Welt bringen würde, wenn er ihnen in die Hände fiele. Er wusste, dass die Zeit des Handelns, die Zeit für seine letzte große Aufgabe gekommen war, doch er wartete noch auf das göttliche Zeichen, das ihm den Weg weisen musste.

Jeden Moment würden die finsteren Heerscharen der Nacht den lichten Fluten des neuen Tages weichen und es würden die ersten Sonnenstrahlen hinter dem Tell el-Fukar aufleuchten. Über diese weitläufige, baumbestandene Anhöhe, die sich etwas weniger als anderthalb römische Meilen* vor den Mauern von Akkon aus der Ebene erhob, war das gewaltige Belagerungsheer der Mameluken** vor anderthalb Wochen hinweggeflutet wie eine stürmische Brandungswelle über einen flachen Strand. Ein Meer von Zelten und Pavillons

---

* Eine römische Meile entspricht 1478 m.
** Eigentlich Bezeichnung für hellhäutige Sklaven von zumeist türkischer Abstammung, die Militärdienst leisteten. Die Mamelukendynastie in Ägypten und Syrien, eine Militär-Aristokratie, war aus solchen Sklaven hervorgegangen. Sie übernahm in Ägypten 1250 die Macht und hielt sich bis 1517.

bedeckte seit jenem Tag nicht nur den Tell el-Fukar, sondern erstreckte sich auch entlang der Straße nach Shafra'amr und al-Kadisiya, es hatte von den grünen Ufern des kleinen Flusses Belus Besitz ergriffen und reichte bis weit in das Hinterland nach Samaria hinein. Ein zweites, nicht ganz so gewaltiges Heerlager, das die Sarazenen aus Damaskus und Hamah mit ihren Vasallen bildeten, hatte sich im Norden vor der Stadt zu beiden Seiten der Landstraße nach Tyrus ausgebreitet und den Belagerungsring um die befestigte Halbinsel von Akkon geschlossen.

Der Mann, der sich in Begleitung der beiden blinden Schwertträger zu dieser frühen Morgenstunde auf der Plattform des Verfluchten Turms eingefunden hatte, war von hoch gewachsener Gestalt. Dichtes eisgraues Haar fiel ihm auf die hageren Schultern und nicht weniger dicht wallte ihm der Vollbart wie ein aus Silber gesponnenes Schild bis auf die Mitte der Brust herab. Er trug den weißen Mantel der Tempelritter mit dem blutroten Tatzenkreuz. Der Umhang wies ihn trotz des regelwidrig langen Haupthaars als einen jener furchtlosen Kriegermönche aus, deren Mut und Todesverachtung schon seit Jahrhunderten legendär waren und deren unbeugsamer Kampfgeist von keinem anderen Ritterorden erreicht, geschweige denn übertroffen wurde.

In seinem ledrig verwitterten Gesicht, das mit seinem Labyrinth aus zahllosen Furchen und Linien viel Ähnlichkeit mit einem alten, zerschundenen Stück Treibholz besaß, zuckte keine einzige Wimper, als jetzt ein Geschoss von einem der mamelukischen Katapulte wie ein feuriger Komet aus dem Schlund der Hölle heranflog, den äußeren Befestigungswall bei König Hugos Rundturm um wenige Armlängen verfehlte und nur wenige dutzend Schritte zu seiner Linken an der inneren Festungsmauer zerschellte.

Der mit griechischem Feuer gefüllte Tonbehälter zerbarst zu ei-

11

nem hell auflodernden Feuerball, der sich jedoch augenblicklich in unzählige Flammenzungen auflöste. Sie leckten mit gieriger Vernichtungswut über Mauerwerk und Zinnen und sprangen jeden an, der dahinter in Stellung stand und sich nicht schnell genug zur Seite geworfen hatte. Wehe dem, den auch nur eine Hand voll dieser teuflischen Mischung aus Schwefel, Harz, Erdöl, Asphalt, Steinsalz und gebranntem Kalk traf, brannte griechisches Feuer doch sogar unter Wasser unerbittlich weiter!

Der weißbärtige Mann auf der Mauerkrone des Verfluchten Turms hatte schon viele derartige Belagerungen und blutige Gefechte mitgemacht und dabei dem Tod zu oft ins Auge geblickt, um in einem solchen Moment die Ruhe zu verlieren und um sein Leben zu fürchten. In ihm weckte der Tod keinen Schrecken mehr, vielmehr betrachtete er ihn längst als einen Freund, der schon viel zu lange auf sich warten ließ. Und das galt auch für seine beiden Gefolgsleute. Wie heftig die feindlichen Katapulte und Schleudern die eingeschlossene Hafenstadt auch unter Beschuss nahmen, der Geschosshagel um ihn herum konnte seine tiefe Konzentration nicht brechen. Er schenkte auch dem dramatischen Geschehen vor der Templerschanze weit im Westen der Umfassung von Akkon keine Aufmerksamkeit. Seine geschärften Sinne richteten sich auf völlig andere, viel gewaltigere Kräfte, die zu erkennen und zu deuten nur ganz wenigen Sterblichen vergönnt war.

Eine leichte Brise, die von der nahen See herkam, fuhr durch das herabfallende Silberhaar, bewegte die Clamys, das weiße Gewand mit dem roten Templerkreuz auf der linken Seite, und hob für einen Moment sanft wie die Hand eines vorwitzigen Kindes das silbrige Vlies seines Bartes. Die salzige Seeluft führte auch den Rauch der Brände mit sich, die in den Straßen von Akkon loderten.

Seine Arme, die das Damaszenerschwert emporhielten, bewahrten ihre gestreckte Haltung ohne jedes Zittern, trotz seines biblischen Alters und trotz des Gewichtes, das auf seinen Handflächen ruhte. Ihn fröstelte jedoch, obwohl hier an der Nordspitze der weiten Bucht von Haifa mittlerweile auch nachts schon wieder angenehm milde Temperaturen herrschten. Es war denn auch eine tiefe innere Müdigkeit, die ihn unter dem Umhang erschauern ließ. Ihn drückte die Last der Verantwortung, die er zu viele Jahre lang hatte tragen müssen. Dazu kamen die Einsamkeit seines geheimen Amtes und der immer stärker gewordene Schmerz, die rasche Vergänglichkeit jener hinnehmen zu müssen, die sein Leben für eine viel zu kurze Wegstrecke mit ihrer kostbaren Kameradschaft und Treue begleitet hatten.

Seine innere Anspannung wuchs. Er spürte förmlich, wie die heraufsteigende Sonne im Osten hinter dem Tell el-Fukar schon die schwarze Hülle der Nacht kraftvoll durchstieß und mit ihrer unbezwingbaren Leuchtkraft aus der Tiefe emporstieg.

Gleich würde . . . gleich *musste* es geschehen!

Ohne das Gesicht zu wenden und ohne den Blick von dem am östlichen Horizont fixierten Punkt zu nehmen, forderte er seine hinter ihm stehenden Begleiter auf: »Bismillah! . . . Dschullab! . . . Sprecht die heiligen Worte!«

Und sogleich zitierten die beiden blinden Schwertträger wie aus einem Mund feierlich und beschwörend die Worte aus dem Matthäus-Evangelium: »*Gleich nach der Drangsal jener Tage wird die Sonne sich verfinstern und der Mond seinen Schein nicht mehr geben. Die Sterne werden vom Himmel fallen und die Kräfte der Himmel erschüttert werden. Dann wird das Zeichen des Menschensohns am Himmel erscheinen und wehklagen werden alle Stämme der Erde. Sie werden den Menschensohn kommen sehen auf den Wolken des Himmels mit großer Macht und Herrlichkeit. Er wird seine Engel mit gewaltigem Posaunenschall aussenden und sie werden seine Auserwählten sammeln aus den vier Winden, von einem Ende des Himmels zum andern.*«

Die göttliche Prophezeiung war noch nicht ganz verklungen, als die Sonne hinter dem Tell el-Fukar aufstieg. Licht flutete in einer goldroten Woge über das riesige Heerlager der Mameluken, hob die zahlreichen vor den Mauern von Akkon in Stellung gebrachten Katapulte und Riesenschleudern aus der Dunkelheit und fiel auf die erdrückende Übermacht der muslimischen Krieger.

Einer der ersten Lichtstrahlen, die Akkon erreichten und über die mächtigen Mauern in die Stadt drangen, traf das breite Blatt des Schwertes genau an jenem Punkt, wo auf der Klinge ein Templerkreuz mit einer Rose zwischen den gleich langen Balken prangte. Der Stahl blitzte mit ungewöhnlich blendender Helligkeit auf.

Ohne zu wanken und ohne auch nur einmal zu blinzeln, blickte der weißhaarige Mann in den grellen Schein, der eigentlich seinen Augen unerträgliche Schmerzen hätte bereiten müssen. Doch das gleißende Licht floss vielmehr wie ein heißer Strom in ihn hinein und erfüllte ihn bis in die letzte, tiefste Faser seines Körpers.

Im nächsten Augenblick nahm er den vertrauten weißen Greifvogel wahr, der in dieser Säule aus Licht aus der unendlichen Tiefe des Himmels herabschwebte. Mit majestätisch ausgebreiteten Flügeln glitt der königliche Vogel heran und verharrte schließlich inmitten der gleißenden Woge, als trüge ihn nicht die Luft, sondern allein jener Lichtstrahl.

Das Zeichen, auf das er gewartet hatte!

Wie in einem Rausch, der die völlige Kontrolle über all seine Sinne und Empfindungen übernommen hatte, sah er Bilder und Gesichter in rascher Folge. Was nur wenige Sekunden währte, entzog sich allen menschlichen Maßstäben von Zeit und Raum. Dann glitt der blendend helle Lichtfinger von der Schwertklinge und verlosch in dem breiten, alltäglichen Morgenschein. Gleichzeitig entschwand der weiße Greif mit atemberaubender Schnelligkeit aus seinem Blickfeld.

Er ließ das Schwert sinken, führte die Klinge kurz an die Lippen und steckte die kostbare Waffe dann in die Scheide zurück. Nun wusste er, was er zu tun hatte und dass ihm nicht mehr viel Zeit blieb. Ihnen allen blieb nicht mehr viel Zeit. Die letzte Mission seines Lebens wartete auf ihn – und sie würde die wichtigste sein, damit das Große Geheimnis im sicheren Schutz geweihter Hüter blieb.

»Was habt Ihr gesehen, Abbé?*«, fragte einer der blinden Gefolgsleute ahnungsvoll.

Das Auge Gottes«, antwortete der Grauhaarige und beugte das Knie zum Gebet.

---

* Abbé (franz.): Abt, Geistlicher.

1

Je näher die Morgendämmerung rückte, desto mehr nahm der nächtliche Beschuss durch die Mameluken an Heftigkeit zu. Das Trommelfeuer der Wurfmaschinen galt einem knapp fünfhundert Schritt langen Teilstück der äußeren Festungsmauer zu beiden Seiten des St. Antons-Tors.

Verbissen schlug Gerolt von Weißenfels mit einer wassertriefenden Kamelhaut auf die Flammen ein. Sie züngelten fast brusthoch über den Wehrgang, der so breit angelegt war, dass auf ihm zwei klobige Fuhrwerke einander bequem passieren konnten. Ihm rann der Schweiß in Strömen über das Gesicht. Unter Helm und Wattekappe klebte ihm das sandfarbene, lockig kurze Haar klatschnass am Kopf. Das Schwertgehänge mit der schweren Waffe an der linken Hüfte behinderte ihn sehr. Und insbesondere das eiserne, knielange Kettenhemd unter der ärmellosen Templertunika, das mit einem breiten Ledergürtel über dem Waffenrock getragen wurde, machte bei der hektischen Bekämpfung des griechischen Feuers jede Bewegung zu einer Schweiß treibenden Anstrengung.

Zu seiner Rechten mühte sich ein anderer Templer ab, den er nur unter seinem sehr zutreffenden Spitznamen »Wilhelm der Narbige« kannte. Die gellenden Schreie der Verletzten, die von Kameraden aus dem Gefahrenbereich und zur nächsten Verbandsstelle getragen wurden, versuchte er so gut es ging zu ignorieren. Mit den anderen Rittern, die von drei Seiten auf den Feuerteppich vorrückten, kon-

16

zentrierte er sich darauf, die tückischen Flammen so schnell wie möglich zu ersticken, doch ohne großen Erfolg.

Ein Tontopf mit griechischem Feuer, abgefeuert von einem der fast zweihundert Wurfmaschinen, die der ägyptische Mamelukenherrscher Sultan el-Ashraf Khalil vor den Mauern von Akkon in Stellung gebracht hatte, war an der Eckkante eines der Wehrtürme auf der äußeren Festungsmauer zerschellt. Dabei hatte der Feuertopf nicht nur die umlaufende hölzerne Turmgalerie auf der Westseite in Brand gesetzt, sondern einen gut Teil seines teuflischen Inhaltes über den darunter liegenden Wehrgang verspritzt. Nicht jeder hatte sich dort schnell genug vor der zähen, brennenden Flüssigkeit in Deckung gebracht.

»Fester! . . . Schlagt fester mit den Häuten zu!«, brüllte einer der kommandierenden Ritter vom Johanniterorden, die auf diesem Abschnitt der Wallanlage das Sagen hatten und wegen ihres schwarzen Umhangs mit weißem Kreuz auch die »schwarzen Ritter« genannt wurden. »Und wo zum Teufel bleiben die Turkopolen* mit dem Sand?«

»Gute Frage, Schwarzmantel!«, stieß Wilhelm, der Narbige, neben Gerolt grimmig hervor. »Ohne Sand kriegen wir das verfluchte griechische Feuer nicht in den Griff, und wenn mir der Schweiß auch noch so vom Gesicht rinnt! . . . Hölle und Pest über die ungläubigen Feuerspucker! Mögen ihnen die Drehseile reißen und die Wurfarme verfaulen!«

Endlich kamen die dunkelhäutigen Turkopolen mit sandgefüllten Eimern die Rampe hochgerannt und die Ordensritter, die mit nassen Häuten auf das widerspenstige Feuer eingeschlagen hatten, spran-

---

* Arabische Hilfstruppen, die mit großer Tapferkeit für die Kreuzfahrer kämpften, teilweise waren sie vorher zum christlichen Glauben übergetreten, teilweise hatten sie sich als muslimische Söldner verdungen. Sowohl in der Kavallerie als auch als Fußtruppe kamen sie zumeist nur leicht bewaffnet zum Einsatz.

gen erleichtert zur Seite. Höchste Eile war geboten. Denn jeden Moment konnte ein neues Geschoss diesen Mauerabschnitt treffen. Einige der Riesenschleudern und Katapulte trugen aus gutem Grund so viel sagende Namen wie »Der Wütende« oder »Die Siegreiche«. Diese Giganten unter den muslimischen Belagerungsmaschinen konnten eine Festung nicht nur mit dickbäuchigen, tönernen Feuertöpfen beschießen, sondern auch zentnerschwere Felsbrocken erschreckend zielgenau schleudern. Aber auch die leichten Katapulte vermochten mit der Zeit sogar die dicksten Festungsmauern mürbe zu trommeln und schließlich eine genügend breite Bresche für den Sturmangriff der Fußtruppen zu schlagen.

Der Beschuss von Akkon und seinen Befestigungsanlagen hatte in dieser Nacht einen neuen Höhepunkt erreicht. Der Angriff konzentrierte sich dabei auf den Mauerabschnitt der Johanniter, die wegen ihrer selbstlosen Krankenpflege auch Hospitaliter genannt wurden, sowie auf den Bereich rund um König Hugos Turm an der Nordostspitze des äußeren Verteidigungsrings. Inzwischen hatten sich die muslimischen Ballisten prächtig auf ihre Ziele eingeschossen.

»Gott gebe uns zweitausend Templer unter dem Kommando von Richard Löwenherz*!«, rief ein anderer Mitbruder zurück, der Wilhelms Verwünschung trotz des lärmenden Durcheinanders auf dem Wehrgang mitbekommen hatte. »Und dann holen wir uns Jerusalem und all die anderen Festungen wieder und treiben den Sultan mit seiner verfluchten Mamelukenbande in die ägyptische Wüste zurück, aus der er gekommen ist!«

Gerolt lachte unwillkürlich auf. »Ja, mit Richard Löwenherz als Befehlshaber und zweitausend gut gerüsteten Templern mehr in Ak-

---

* König von England (1189–1199) und legendärer Ritter, der während des dritten Kreuzzuges Akkon 1191 eroberte, aber von Saladin und seinem Heer ein Jahr später eine bittere Niederlage einstecken musste und an der Rückeroberung Jerusalems scheiterte.

kons Mauern würde da drüben bei den Mameluken jetzt das große Heulen und Zähneklappern beginnen!«

»Aber die Gebeine des alten Haudegens rotten schon seit fast hundert Jahren in ihrem Grab!«, erwiderte der Narbengesichtige trocken. »Außerdem hat Outremer* noch zu keiner Zeit mehr als tausend Tempelritter gesehen! Und vergiss nicht, dass Richard Löwenherz als Feldherr auch nicht immer eine glückliche Hand bewiesen hat.«

»Ja, den Ruhm, Akkon vor der Schändung durch die Ungläubigen bewahrt zu haben, brauchen wir bestimmt nicht mit anderen zu teilen!«, mischte sich da ein vierter Templer ein. Er hatte die unverkennbare Aussprache eines Franzosen aus der Normandie und trug an Stelle des üblichen, bis auf den Augenschlitz geschlossenen Topfhelms einen erheblich leichteren Helm mit breitem Rand, der bis auf den lang gezogenen Nasenschutz das Gesicht mit den auffallend edlen Zügen und dem kurzen pechschwarzen Kinnbart frei ließ. Im Nacken hing als zusätzlicher Schutz eine kurze Brünne aus Eisengeflecht vom Helmrand bis auf die Schultern herab.

Wilhelm, der Narbige, warf ihm ein spöttischen Blick zu. »Du sagst es, Maurice! *Non nobis, Domine, sed nomini tuo da gloriam!*** So haben wir es doch geschworen, nicht wahr?«

Leicht betretenes Schweigen trat in der kleinen Gruppe der Ordensritter mit dem blutroten Tatzenkreuz auf ihrem Gewand ein, wussten sie doch nur zu gut, dass ohne mächtigen Truppenentsatz von Zypern oder aus der Heimat die Chancen schlecht standen, das Heer des Mamelukenherrschers el-Ashraf Khalil zu schlagen und die Belagerung zu brechen. Blieb ein Entsatzheer aus, das diesen Namen auch verdiente, würde Akkon für sie alle zum Grab werden. Denn ein

---

* Outremer kommt aus dem Altfranzösischen, bedeutet »jenseits des Meeres, Übersee« und war eine der Bezeichnungen für die Kreuzfahrerstaaten in der Levante, im Heiligen Land.
** Lateinischer Templerspruch: »Nicht uns, Herr, sondern Deinem Namen gib die Ehre!«

Templer floh nicht vor dem Feind. Niemals. Er harrte aus bis zum letzten Mann, auch wenn die Lage noch so aussichtslos war. Die Ritter vom Tempel waren stets die Ersten beim Angriff und die Letzten beim Rückzug! So verlangten es Ehre und Ordensregel. Und sogar wenn ihnen der Tod gewiss war, galt es, diesem *au plus beau,* mit Stil, ins Gesicht zu schauen.

Während die Turkopolen dem Feuer mit feuchtem Sand zu Leibe rückten, nutzte Wilhelm, der Narbige, die kurze Atempause, um das lederne Kinnband seines Helms zu öffnen und ihn sich mit der gefütterten Kappe vom Kopf zu reißen, schwitzte er offensichtlich doch noch mehr als Gerolt und die anderen Kameraden.

Auf dem Turm, wo noch immer ein Teil der hölzernen Galerie lichterloh brannte, schrie indessen ein Befehlshaber nach einer Abteilung bester Armbrust- und Bogenschützen. Sie sollten von der oberen Plattform aus die muslimischen Mannschaften an den Wurfmaschinen unter Beschuss nehmen. Viel war dadurch zwar nicht zu gewinnen, wie jeder erfahrene Kreuzfahrer wusste, weil sich die gefährlichsten Katapulte und Schleudern sogar für die überragendsten Schützen außer Reichweite ihrer Langbogen befanden. Aber wenigstens würden die Mameluken an den kleineren, näher stehenden Geräten ihren Blutzoll für ihren wütenden Angriff zahlen. Das war gut gegen das niederdrückende Gefühl der Ohnmacht und damit gut für die Kampfmoral der Männer. Kreuzritter waren in dem zweihundertjährigen Kampf um Jerusalem und das Heilige Land gewohnt, gegen eine oftmals auch zahlenmäßig erdrückende Übermacht des Feindes zu kämpfen – und dennoch zu siegen.

Aber die glorreiche Zeit der großartigen Triumphe über die Ungläubigen, die unter dem grünen Tuch ihres Propheten Mohammed mit dem silbernen Halbmond in die Schlacht zogen, gehörte der Vergangenheit an. Jerusalem war schon seit langem an sie zurückgefal-

len. Der legendäre muslimische Heerführer Saladin hatte den Kreuzfahrern mit der Rückeroberung der Heiligen Stadt im Jahre 1187, also vor mehr als einem Jahrhundert, eine der bittersten und schmach-
vollsten Niederlagen zugefügt. Nicht einmal Richard Löwenherz hatte ihm die Stadt wieder entreißen können. Und von den einstmals
vielen stolzen Kreuzfahrerfestungen und anderen mächtigen Boll-
werken der Christenheit im einstigen christlichen Königreich Jerusalem behauptete sich jetzt nur noch Akkon gegen den scheinbar un-
aufhaltsamen Vormarsch der Ungläubigen. Fiel jetzt auch noch Akkon, bedeutete das gleichzeitig auch das Ende der Kreuzfahrerstaaten im Lande Christi.

Die reiche und stark befestigte Hafenstadt, auf einer Halbinsel gelegen und auf zwei Seiten schützend vom Meer umgeben, hatte in
ihrer bewegten Geschichte mehr als einmal einer Belagerung durch
ein mächtiges Heer standgehalten. Diesmal sah die Lage jedoch düster aus. Denn Sultan el-Ashraf Khalil lag mit mindestens vierzigtausend Berittenen und mehr als einhundertzwanzigtausend Mann Fuß-
volk vor Akkon. Dagegen vermochten die Eingeschlossenen gerade
mal anderthalbtausend gut bewaffnete, kampferfahrene und berittene Ordensritter und eine sechzehntausend Kopf starke Hilfstruppe
aufzubringen. Und mit etwas Glück kamen noch einige tausend tapfere Männer aus der Bevölkerung der Stadt dazu, die sich auf rund
vierzigtausend Seelen belief.

Viele von ihnen rüsteten sich schon zur Flucht. Der unaufhörliche
Beschuss und die immer neuen Brände, die in der Stadt bekämpft
werden mussten, zermürbten die Menschen. Im Hafen lag bereits eine Flotte von kleinen und großen Handelsschiffen, um diejenigen,
die mit einem Sieg der Muslims rechneten, gegen gute Bezahlung
nach Zypern, Konstantinopel, Italien oder Frankreich zu bringen.
Und täglich stieg der Preis für eine Schiffspassage.

Aber die Mehrheit harrte immer noch aus, weil für sie zu viel auf dem Spiel stand. Und weil sie ihre Hoffnung darauf setzte, dass König Heinrich II. schon bald mit frischen, kampferprobten Truppen aus Zypern eintreffen und das Oberkommando über die Verteidigung von Akkon übernehmen würde.

Mit diesen Schiffen waren in den letzten Tagen aber auch eine Menge zwielichtiges Volk und skrupellose Geschäftemacher eingetroffen. Eine Stadt, die mit ihrer Eroberung durch den Feind rechnen musste, bot eine Vielzahl von Möglichkeiten, noch in den letzten Tagen des Widerstands einen schnellen Gewinn zu machen. Nicht jeder Kaufmann würde ausreichend Frachtraum ergattern können, um sein Warenlager zu retten. Dann schlug die goldene Stunde der gewissenlosen Aufkäufer. Auch würden Plündererbanden, die über ihre eigenen kleinen Boote verfügten, reichlich Gelegenheiten finden, im Chaos einer überstürzten Aufgabe ihrem schmutzigen Gewerbe nachzugehen.

Gerolt verdrängte diese und andere trübe Gedanken. Noch sprach niemand von Übergabe. Und noch hielten die Mauern, die sich in einem hervorragenden Zustand befanden, dem Beschuss des Feindes stand.

Die Turkopolen waren noch immer damit beschäftigt, das Feuer auf dem Wehrgang zu löschen. Indessen hatte Wilhelm mit seinem Helm Wasser aus einem nahen Löschtrog geschöpft und sich das kühle Nass über den verschwitzten Kopf gegossen.

»Was für ein Genuss! Das ist fast so belebend, wie einen Feind mit der Klinge im Leib in den Staub sinken zu sehen!«, verkündete er und fuhr sich durch den nassen, zotteligen Bart, der nicht wenig Ähnlichkeit mit dem eines alten Ziegenbocks hatte. Das Haupthaar stets kurz zu halten, sich jedoch niemals den Bart zu schneiden, gehörte zu den strengen Regeln des Templerordens.

Gerolt von Weißenfels war nun ebenfalls versucht das Kinnband zu lösen und sich wenigstens für einige Minuten von Kappe und Helm zu befreien. Aber er ließ es dann doch bleiben. Er hatte nicht vergessen, was erfahrene Ritter ihm immer wieder eingeschärft hatten, nämlich im Kampf niemals die eiserne Waffendisziplin persönlicher Ehrsucht oder kurzzeitiger Bequemlichkeit zu opfern.

Er war erst vor einem Dreivierteljahr an seinem achtzehnten Geburtstag zum Ritter geschlagen und in den Orden der »Armen Ritter Christi vom Tempel Salomons zu Jerusalem« aufgenommen worden. Zu dem Zeitpunkt hatte er sich jedoch schon drei Jahre im Heiligen Land aufgehalten, den erdrückenden Vormarsch muslimischer Truppen erlebt und sich in mehreren blutigen Schlachten als wagemutiger, draufgängerischer Knappe und Templerproband ausgezeichnet. Trotz seiner Jugend hatte er unter der heißen Sonne der Levante schon so manch erbitterten Kampf Mann gegen Mann ausgefochten und bewiesen, dass er Schwert und Lanze ausgezeichnet zu führen und die Nerven im blutigen Schlachtengetümmel zu bewahren verstand.

In diesen Jahren hatte er mehr an Schönheit sowie an Grauen gesehen, als er jemals für möglich gehalten hätte, als er mit vierzehn seine Heimat nordwestlich von Trier verlassen hatte, seinem inneren Ruf gefolgt und ins Heilige Land gezogen war, um sich den Templern anzuschließen und Gott als Kriegermönch zu dienen.

Aber nie hätte er gedacht, dass er als Templer einmal ausgerechnet Seite an Seite mit den Johannitern gegen die Muslims kämpfen würde! Die einen hatten noch nie den anderen über den Weg getraut und es hatte seit Gründung der beiden Orden zwischen ihnen nicht wenige feindselige Zusammenstöße gegeben. Sogar hier in Akkon war es vor nicht langer Zeit zu blutigen Auseinandersetzungen zwischen den Johannitern und den Templern gekommen. Päpstliche

23

Vermittler hatten energisch eingreifen müssen, um den Frieden zwischen den beiden rivalisierenden Ritterorden wiederherzustellen.

Jedoch genau das, was Gerolt nie für möglich gehalten hätte, nämlich eine wahre Waffenbrüderschaft mit den Schwarzmänteln, das widerfuhr ihm und seinen Kameraden vom Templerorden in dieser Aprilnacht. Und zu seiner großen Überraschung war es, als hätte es diese zweihundertjährige Rivalität zwischen den beiden Ritterorden nie gegeben.

Eigentlich hatten er und seine Ordensbrüder auf diesem mittleren Abschnitt der nordwestlichen, turmbewehrten Festungsmauer gar nichts zu suchen. Dieser Teil des äußeren Verteidigungsgürtels gehörte zum Verantwortungsbereich der Johanniter und es war allein deren Aufgabe, auf diesem Mauerabschnitt feindlichem Beschuss standzuhalten und Schäden an den Wällen und Türmen unverzüglich auszubessern. Den Templern und ihren Hilfstruppen oblag die Sicherung des angrenzenden Mauerabschnitts, der vom westlichen Ende der Johanniterschanze bis an das Meer reichte, wo der Teufelsturm hinter dem St.-Lazarus-Tor die Mauer zur See hin abschloss. Aber der ungewöhnlich heftige und konzentrierte Angriff der Mameluken auf die Johanniterschanze beim St. Antons-Tor und auf den Bereich bis zum Rundturm des Königs, der als eine der Schwachstellen der gesamten Befestigung galt, hatte es nötig gemacht, den Johanniterrittern auf ihrem Festungsabschnitt unverzüglich Verstärkung durch einen Großteil der Templerwachen zukommen zu lassen.

»Ich wünschte, die drei Großmeister* würden ihre persönlichen Querelen einmal vergessen und sich entschließen den Kampf gegen die Mameluken auf *unsere* Weise auszutragen – nämlich da draußen auf dem Schlachtfeld, wo wir unsere ganze Stärke zum Einsatz brin-

---

* Die gewählten Anführer der drei Ritterorden (Templer, Johanniter und Deutschordensritter), denen die Ordensleute unbedingten Gehorsam schuldeten.

gen können!«, stieß Wilhelm der Narbige missmutig hervor und deutete hinunter auf das freie Feld vor den Mauern. »Ich will ja nichts gegen Johanniter und die Ritter vom Deutschen Orden sagen, obwohl die Letzteren ja die Frechheit besessen haben, bei ihrer Ordensgründung als Habit* ebenfalls den weißen Umhang zu wählen, als ob das nicht schon unser Vorrecht gewesen wäre . . .«

»Wenigstens haben diese Frischlinge nicht auch noch unser rotes Tatzenkreuz gestohlen, sondern sich mit einem schwarzen Kreuz und einer anderen Balkenform begnügt«, warf der Franzose ein, den Wilhelm vor kurzem mit Maurice angesprochen hatte.

». . . aber was ein echter Templer ist, der versteckt sich nicht hinter Mauern und nimmt es untätig hin, dass er Tag und Nacht beschossen wird«, fuhr der narbengesichtige Ordensbruder verdrossen fort, »sondern er stellt sich den Muselmanen mit blank gezogenem Schwert oder eingelegter Lanze im offenen Kampf!«

»Ja, was kümmert uns deren angebliche Übermacht?«, hieb Maurice sogleich in dieselbe Kerbe und seine dunklen Augen, die unter einem sanft geschwungenen Kranz von langen schwarzen Wimpern lagen, blitzten vor kaum zu zügelnder Kampfbegeisterung. »Wo Templer in die Schlacht ziehen, sind sie immer in der Unterzahl! So ist es von Anfang an gewesen! Und hat ein Templer je den Tod gefürchtet? Nein, niemals! Wenn wir sterben, dann wird es zum Ruhme Gottes sein! Wir sind *milites Christi,* Soldaten Gottes! Die Steine, auf denen der neue Tempel Gottes auf Erden errichtet wird!«

»Du sprichst mir aus der Seele! Wir haben den Ruhm des Martyriums um Christi willen gewählt!«, pflichtete Gerolt ihm bei und überlegte, bei welcher der letzten Kampfhandlungen er dem Franzosen, der nur zwei, drei Jahre älter als er sein konnte, schon einmal begeg-

---

* Habit ist die Bezeichnung für die Ordenskleidung von Mönchen und Nonnen.

net war. Der Mann gehörte einer anderen Einheit hat, aber das Gesicht unter dem Eisenhut war ihm dennoch nicht völlig unbekannt. Und zwar nicht allein von flüchtigen Begegnungen hier in Akkon.

Vage Bilder lösten sich aus den Tiefen seiner Erinnerung und stiegen ins Bewusstsein auf, Bilder von einem furios kämpfenden Templer, der mit dem Schwert in der Rechten und einem völlig zerborstenen Schild am linken Arm in einer Mauerecke über einem am Boden liegenden, verletzten Mitbruder stand und sich wie ein Löwe gegen eine Meute Hyänen allein einer Gruppe von Feinden erwehrte, bis sich endlich Verstärkung zu ihm durchschlug.

Ja, das war dieser Maurice mit den ausdrucksvollen Zügen und dem kurzen schwarzen Kinnbart gewesen! Und zwar beim erbitterten Kampf um Tripolis vor zwei Jahren, als er, Gerolt von Weißenfels, noch als Knappe und mit schwarzem Umhang in die Schlacht gezogen war!

»Mir liegt der offene Kampf auch mehr als das hier«, warf ein anderer Ordensbruder ein. »Aber ich bin sicher, dass es nicht dabei bleiben wird. Bestimmt arbeiten die Großmeister schon an einem Plan, wie wir den Belagerungsring der Ungläubigen aufbrechen und . . .«

Mitten im Satz brach der Ritter ab. Denn in diesem Moment kam aus der Richtung, wo die gefürchteten Großschleudern der Mameluken in Position standen, das unverkennbare Geräusch eines langen Wurfarms, der, jäh vom Spannseil befreit, wie die Peitsche eines Riesen hoch in die Luft schnellte. Nach einer winzigen Verzögerung war auch deutlich zu hören, wie der riesige, von Eisenbändern umschlossene und mit Erde und schwerstem Gestein gefüllte Kasten des Gegengewichts auf die Standbalken krachte und das Geschoss aus der Höhlung am Ende des Wurfarms geschleudert wurde.

»Das klingt ganz nach dem ›Wütenden‹! Nichts wie in Deckung!«, schrie Gerolt alarmiert seinen Kameraden zu und wünschte jetzt, er hätte seinen Schild nicht in der Waffenkammer der Stadtburg zurückgelassen.

Kaum hatte Gerolt die Warnung hervorgestoßen, als das Geschoss auch schon in hohem Bogen aus der Dunkelheit heranflog. Diesmal handelte es sich nicht um einen Feuertopf, sondern um einen scharfkantigen Felsbrocken von der Größe eines ausgewachsenen Ochsen. Wie ein vom Himmel fallender, erkalteter Komet stürzte er aus der Nacht herab und traf den Wehrturm der Johanniterschanze.

Mit schepperndem Schwertgehänge hatte Gerolt sich in den Schutz der Mauer geworfen und war dabei schmerzhaft mit dem Helm aufgeschlagen. Doch seine geistesgegenwärtige Reaktion rettete ihm zweifellos das Leben.

Der scharfkantige Felsbrocken zertrümmerte die in Flammen stehende Galerie auf der gesamten Westseite des Wehrturms. Er machte aus den dicken Stützbalken, die schräg aus dem Mauerwerk aufragten, sowie aus den Laufplanken und der Brüstung Kleinholz, als handelte es sich bei den Hölzern um Kienspäne, die auch eine Kinderhand schon zu brechen weiß. Begleitet von einem Hagel aus Mauersteinen, die das Geschoss aus der Turmwand herausgebrochen hatte, flogen die brennenden Trümmer funkenstiebend durch die Nacht.

Die unglücklichen Bogenschützen, die beim Einschlag des Felsens auf der umlaufenden Galerie gestanden und darauf gewartet hatten, an die Brüstung zu treten und ihre Pfeile auf die Mameluken an den vorgeschobenen Katapulten abzuschießen, wurden durch die Luft geschleudert wie kleine Tonfiguren, die ein brutaler Fausthieb von einer Tischplatte fegte. Viele waren auf der Stelle tot, andere stürzten mit zerschmetterten Gliedern auf den Wehrgang oder hinter der Mauer in die Tiefe. Ihre Todesschreie gingen im Bersten der Hölzer unter.

Gerolt und Maurice, der ebenfalls beim unheilvollen Klang des Wurfarms augenblicklich in den Schutz der Mauer gehechtet war, kauerten sich zusammen und bargen den Kopf in den Armen, als der weit streuende Geschosshagel aus Holz- und Gesteinstrümmern auf den Wehrgang niederprasselte. Sie mussten mehrere schmerzhafte Schläge einstecken, aber nennenswerte Verletzungen trugen sie nicht davon. Helm und Kettenhemd bewahrten sie gottlob davor.

Als der Trümmerhagel aufgehört hatte, sie hastig wieder auf die Beine kamen und sich von brennenden und schwelenden Holzteilen befreiten, sahen sie zu ihrer Bestürzung, dass Wilhelm der Narbige weniger Glück gehabt hatte.

Ihr Ordensbruder war in einer unnatürlich verdrehten Haltung über der Mauerbrüstung zusammengesackt. Und schon ein Blick auf ihn genügte, um zu wissen, dass ihm nicht mehr zu helfen war. Das armlange Stück eines gesplitterten Stützbalkens, das halb in Flammen stand, hatte ihn über dem rechten Ohr getroffen. Wie eine primitive Lanze hatte das gesplitterte Ende seinen Schädel so leicht durchschlagen, als wäre es auf eine reife Melone getroffen, und ihn auf der Stelle getötet. Helm und wattierte Kappe lagen zu seinen Füßen.

»Elender Dummkopf!« Maurice versetzte der Beckenhaube des Toten einen wütenden Fußtritt, auf dass sie einige Schritte weit über den mit Trümmern übersäten Wehrgang schepperte. Die Schreie der Sterbenden und Verwundeten vor der Mauer wie auf dem Schanzwerk vermischten sich mit den knappen, harschen Befehlen der Kommandeure beider Orden, die in das Chaos auf diesem Mauerabschnitt wieder Ordnung zu bringen versuchten.

Gerolt schüttelte verständnislos den Kopf. »Warum musste er bloß mitten im Beschuss den Helm abnehmen? Eine kleine Beule im Stahl über dem Ohr und ein bisschen Brummen im Schädel, mehr hätte er nicht abbekommen!«

»Er hat die Gefechtsdisziplin missachtet! Das ist fast Verrat an seinem Templerschwur! Hier in Akkon wird jeder Ritter gebraucht – und zwar als Kämpfer gegen die Ungläubigen und nicht als leichtfertiger Dummkopf, der sich von einem lächerlichen Stück Holz in den Tod schicken lässt!«, stieß der Franke hervor. »Hätte er vorher im Kampf zwanzig Mameluken in den Tod geschickt, hätte er seine Aufgabe wenigstens halbwegs erfüllt. Aber so hat er sich und dem Orden nur Schande gemacht!«

»Na, wenn ich mir sein narbenreiches Gesicht ansehe, dann bin ich mir eigentlich sicher, dass er als Tempelritter große Tapferkeit bewiesen und sein Schwert in das Blut so manchen Feindes getaucht hat«, erwiderte Gerolt nachsichtig. »Ich jedenfalls möchte mir über einen Mann, dessen Leben ich nicht kenne, kein vorschnelles Urteil anmaßen.«

Maurice warf ihm einen anerkennenden Blick zu und zog die fein geschwungenen Augenbrauen hoch. »Nicht schlecht! Das ist wahrlich wie ein Templer gesprochen! Du weißt deine Worte wohl zu setzen. Ich sollte mir dich zum Vorbild nehmen, Bruder in Christo, sagt man mir doch nach, es mangele mir an dem gebotenen Respekt für meine Ordensbrüder.« Ein spöttischer Unterton schwang in seiner Stimme mit. »Würdest du mir auch verraten, mit wem ich das Vergnügen und die Ehre habe?«

»Gerolt von Weißenfels.«

Der Franke beugte leicht den Kopf und revanchierte sich dann, indem nun er seinen Namen nannte: »Maurice von Montfontaine.« Er machte eine kleine Pause, um dann nicht ohne eine Spur von Überheblichkeit hinzuzufügen: »Aus dem alten Geschlecht derer von Coutances, aus dem unter anderem der Erzbischof von Rouen, Gautier

29

von Coutances, hervorgegangen ist. Und von welcher Art sind deine ritterlichen Wurzeln, Gerolt von Weißenfels?«

Gerolt starrte ihn an und dachte mit einem Anflug von Bitterkeit an die schäbige, kleine Burg nordwestlich von Trier im Eifeler Land, die sein Vater auf einem seiner wüsten Raubzüge als landloser Ritter seinem damaligen Besitzer nach kurzem Kampf abgenommen hatte. Der primitive Bergfried mit den hölzernen Befestigungsanlagen hätte damals der Grundstein für eine standesgemäße Burg sein können. Aber nichts von dem, was sein trinkfester und rauflustiger Vater in den Jahrzehnten nach seinem Handstreich in Angriff genommen hatte, war von Erfolg gekrönt gewesen. Alle großartigen Vorhaben waren über die ersten Anfänge nicht hinausgekommen. Zudem fehlten ihm auch die Weitsicht und das diplomatische Geschick, die richtigen Verbindungen zu pflegen und nützliche Allianzen mit den wahrhaft Mächtigen zu schmieden, um für treue Gefolgsdienste mit einem Lehen bedacht zu werden, das sich sehen lassen konnte.

»Wir sind hier nicht am königlichen Hof, wo es darum geht, zu blenden und den anderen auszustechen, Maurice von Montfontaine!«, antwortete Gerolt kühl. Es kostete ihn einige Anstrengung, sich seinen Groll darüber, dass der Franke ihn an seine äußerst bescheidene Herkunft als drittgeborener Sohn eines grobschlächtigen Raubritters erinnert hatte, nicht allzu sehr anmerken zu lassen. »Seit ich bei meiner Aufnahme in den Orden Armut, Keuschheit und Gehorsam geschworen habe, zählt die Vergangenheit nicht mehr, wie du eigentlich wissen solltest. Was zählt, ist allein das Gelübde – und meine Ehre als Templer!«

Damit wandte er ihm abrupt den Rücken zu, um dem arroganten Franzosen erst gar keine Gelegenheit zu einer Erwiderung zu geben. Er winkte einen anderen Tempelbruder heran, um mit ihm zusammen den Leichnam des Narbigen vom Wehrgang und hinunter zur

Sammelstelle zwischen den beiden Wällen zu tragen, zwischen denen ein gut vierzig Schritte breiter Korridor ebenen Geländes lag.

Und während sie ihrer düsteren Aufgabe in dem allgemeinen Tumult ohne viele Worte nachgingen, schwor sich Gerolt in Zukunft möglichst einen Bogen um diesen überheblichen Maurice von Montfontaine zu machen!

2

Als Gerolt wenig später die Rampe hochstieg, die ihn zurück auf den Wehrgang am St. Antons-Tor brachte, hatte er den Eindruck, als hätte der Feind seinen wütenden Beschuss der Johanniterschanze nochmals an Heftigkeit gesteigert. Dem Geräusch der gegen die Wälle krachenden Geschosse nach setzten sie jetzt noch mehr kleinere Katapulte und Schleudern ein.

Das irritierte ihn, weil es zu diesem Zeitpunkt der Belagerung doch überhaupt keinen Sinn ergab. Wegen ihrer geringen Reichweite mussten diese Wurfmaschinen nahe an die Mauern herangefahren werden, und das bedeutete, dass sich die Bedienungsmannschaften den Brandpfeilen und Geschossen der Verteidiger von Akkon aussetzen mussten. Für den Einsatz der kleineren Geräte war es noch etliche Tage, wenn nicht gar Wochen zu früh. Die mit vielen wehrhaften Türmen gespickten Festungsmauern, wie sie Akkon gleich zweifach umgaben, vermochten so manchen schweren Treffer wegzustecken, ohne dass sich den Belagerern die Chance zum schnellen Brescheschlagen bot. Und eine solche war nötig, um die Sturmtruppen zum Einsatz bringen zu können.

Warum also gebärdete sich Sultan el-Ashraf Khalil so unvernünftig wütig? Warum wartete er mit solch einem heftigen Beschuss nicht, bis die hohen Belagerungstürme einsatzbereit waren, mit deren Bau die Muslims schon am Tag ihrer Belagerung begonnen hatten? Holz stand ihnen ja mehr als genug zur Verfügung. Am Tell el-Fukar, wo jenseits des alten Friedhofs St. Nicholas die Ruinen eines Turms und einer Kirche stumme Zeugen der misslungenen muslimischen Belagerung von 1265 waren, und jenseits der Anhöhen gab es reichlich Bäume. An manchen Stellen standen sie sogar so dicht, dass man schon von einem Wald sprechen konnte.

Als Gerolt wieder auf die Mauerkrone gelangte, blieb er kurz stehen und sein Blick folgte dem breiten Wehrgang nach Westen, wo der gut fünfhundert Schritt lange Mauerabschnitt sich bis ans Meer erstreckte, dessen Bewachung und Verteidigung den Rittern vom Templerorden oblag. Dort harrten jetzt nur noch einige wenige Ordensbrüder aus, war doch fast die ganze Wachabteilung zur Unterstützung der Johanniter abgezogen und zu deren Schanze beordert worden.

Beißende Rauchwolken, die von mehreren brennenden Gebäuden hinter dem zweiten Befestigungsring aufstiegen und von der Seebrise landeinwärts getrieben wurden, wehten wie schwarze Nebelbänke über den Wehrgang.

Unwillkürlich wandte Gerolt den Kopf etwas ab. Dabei wanderte sein Blick nun auf das freie Feld hinaus, das sich zwischen der Festungsmauer und dem gut zwei Meilen entfernt liegenden Heerlager der Sarazenen aus Damaskus und Hamah erstreckte, und blieb sogleich an dem verlassenen, hölzernen Belagerungsturm hängen.

Wie eine plumpe, rechteckige Stele ragte der hölzerne Turm mit seiner breiten, hochgeklappten Fallbrücke im oberen Drittel der Konstruktion in die Nacht. Wie die Belagerungstürme vor dem Lager der Mameluken, so war auch dieser hier noch nicht einsatzbereit, existierte von seinem Dach doch erst das Grundgerüst. Dieses musste noch mit Brettern vernagelt und vermutlich mit einem Schutz, etwa dünnen Blechplatten, versehen werden. Zudem fehlte auch noch an der Vorderfront und an den Seiten die notwendige Verkleidung

33

aus großen Ochsen- und Kamelhäuten. Diese Bespannung wurde dann kurz vor einem Angriff reichlich mit Wasser übergossen, damit Brandpfeile den Turm nicht schon in Brand setzten, bevor er die Festungsmauer erreicht hatte und seine Fallbrücke auf die Zinnen herabfallen lassen konnte.

Aber auch wenn der Belagerungsturm irgendwann fertig gestellt und mit Häuten verhängt war, würde er so schnell noch nicht zum Einsatz kommen. Denn der Graben vor der Festungsmauer war viel zu breit, als dass die Fallbrücke diese Distanz auch nur halbwegs hätte überwinden können. Die Muslims würden erst einmal versuchen den Graben an mehreren Stellen mit Steinen und Sand aufzufüllen. Und das war eine langwierige Angelegenheit, die die Feinde viel Blut kosten würde, auch wenn sie sich noch so raffinierte Schutzmaßnahmen ausdachten. Von den Wällen würde ein dichter Hagel von Pfeilen auf sie niedergehen und in den Pausen dazwischen würden sie es mit siedendem Pech und griechischem Feuer zu tun bekommen.

Schon wollte Gerolt es bei den wenigen flüchtigen Blicken belassen und seine ganze Aufmerksamkeit wieder auf das Geschehen am Wallabschnitt zu seiner Rechten lenken, als ihn etwas stutzen und genauer hinsehen ließ.

Ihm war plötzlich, als stände der Turm viel näher, als er ihn in Erinnerung gehabt hatte!

Sein Verstand sagte ihm, dass das unmöglich der Fall sein konnte. Seit Einbruch der Dunkelheit herrschte auf diesem nordwestlichen Wallabschnitt völlige Ruhe. Die muslimischen Handwerker, die außerhalb der Reichweite der christlichen Bogenschützen am Turm gearbeitet hatten, waren beim letzten Tageslicht wie gewohnt ins Zeltlager zurückgekehrt. Und auch dort wies nichts auf irgendeine ungewöhnliche Tätigkeit des Feindes hin. Nur wenige Fackeln und Lagerfeuer brannten zwischen den zahllosen Zeltreihen.

34

Gerolt furchte die Stirn. Eigentlich seltsam, dass es dort so ruhig zuging. Und dann fiel ihm noch eine weitere Merkwürdigkeit auf, nämlich dass schon seit Tagen keine rechten Fortschritte mehr festzustellen waren. Zumindest keine sichtlichen. Warum eigentlich nicht?

Im nächsten Moment hatte er den verrückten Eindruck, als bewegte sich der Belagerungsturm ganz langsam auf die Festungsmauer zu. Angestrengt und mit plötzlich jagendem Herzen starrte er in die Dunkelheit. Spielten ihm seine Augen einen bösen Streich? War es die Müdigkeit einer zermürbend langen Nachtwache, die ihn etwas sehen ließ, was nur in seiner Einbildung stattfand? Es musste an den wabernden Rauchfahnen der nahen Brände liegen, die von der auffrischenden Seebrise verwirbelt wurden und ihm den Blick trübten.

Oder täuschte er sich doch nicht?

Da! Der Turm ruckte! Er bewegte sich tatsächlich!

Gerolt sah es jetzt ganz deutlich. Das klobige, hölzerne Ungetüm glitt wie auf unsichtbaren Schienen und wie von Geisterhand geführt auf die Templerschanze zu! Zwar bewegte es sich nur langsam von der Stelle, sodass man es bei flüchtiger Beobachtung kaum wahrnehmen konnte, aber es rückte doch stetig weiter vor!

Und dann machte Gerolt noch eine zweite, verstörende Entdeckung. Er bemerkte rätselhafte, unregelmäßige . . . ja, irgendwie *wellenartige* Bewegungen, die genau hinter dem Belagerungsturm durch das freie, sandige Feld gingen und sich irgendwo oberhalb bei den Buschdickichten und ersten Zelten der Wachen verloren! Es war, als hätte sich ein schmaler, nicht mehr als zwei, drei Schritte breiter Streifen des steinigen Feldes zwischen dem Belagerungsturm und dem Heerlager in eine unregelmäßige Dünung aus Sand verwandelt!

Aber seit wann bewegte sich der Erdboden?

Gerolt spürte, wie ihm eine Gänsehaut über Arme und Rücken lief, als er plötzlich begriff, was er dort sah und wie das eine mit dem anderen in Zusammenhang stand: Die Muslims mussten heimlich dicht unter der Oberfläche einen Tunnel zum Belagerungsturm ausgehoben haben! Einen vermutlich nicht sehr tiefen Graben, der wegen der gebotenen Eile nach oben hin wohl auch nur notdürftig mit aufgespannten Fellen und Reisigbündeln vor dem Einbrechen geschützt war.

Die Krieger unter dem Banner des Halbmonds waren ob ihrer einfallsreichen, raffinierten Belagerungskünste bekannt und gefürchtet. Sie verstanden sich wohl wie kein anderes Kriegsvolk darauf, durch den Bau von unterirdischen Tunneln Mauern und Türme zu untergraben und zum Einsturz zu bringen. Und wie es hieß, standen Sultan el-Ashraf Khalil für jeden Turm, den Akkons äußerer Verteidigungswall aufweisen konnte, tausend geübte Pioniere zum Untergraben zur Verfügung. Eine Zahl, die maßlos übertrieben sein mochte, jedoch nichts an der Gefahr änderte, die den Eingeschlossenen allein von dieser Seite her drohte.

Die stetige Vorwärtsbewegung des Belagerungsturmes bedeutete jedenfalls, dass sich in seinem Schutz längst schon viele dutzende, wenn nicht gar hunderte von Kriegern eingefunden haben mussten – und dass es im Innern des Turms große Räder mit Haltegriffen geben musste, an denen sich die Ungläubigen nun mit lautloser Verbissenheit ins Zeug legten.

Wie ein Blitz traf Gerolt die Erkenntnis, dass der wütende und zum Teil so unsinnige Beschuss der nordöstlichen Befestigungsanlagen von Akkon nichts weiter als ein geschicktes, lärmendes Ablenkungsmanöver war. Alle Aufmerksamkeit sollte sich dorthin richten und damit weg von dem scheinbar noch gar nicht einsatzbereiten Belagerungsturm und dem vor ihm liegenden Mauerabschnitt. Und die Tatsache, dass sich das Mamelukenheer auch nicht zum Kampf aufgestellt hatte, sollte die Eingeschlossenen in trügerischer Sicherheit wiegen und sie davon abhalten, ihre Wachmannschaften auf den Wällen beträchtlich zu verstärken. Alles sollte so aussehen, als gäbe es außer dem wütenden Beschuss nichts weiter zu befürchten.

In Wirklichkeit aber hatte der Sultan einen tückischen Plan ausgeheckt, hatte er sich doch für einen überraschenden Sturmangriff auf die Templerschanze entschlossen! Und zwar gerade *weil* alle einen Angriff an dieser Stelle wegen des legendären Rufes, den die Tempelritter als überragende Krieger bei den Ungläubigen genossen, für am unwahrscheinlichsten hielten!

Zwar wusste Gerolt nicht, wie die Feinde mit dem hohen, klobigen Turm den breiten Festungsgraben überwinden wollten. Aber er zweifelte nicht daran, dass sie irgendeine Möglichkeit gefunden hatten, auch dieses letzte Hindernis zu überwinden. Gelang den Moslemkriegern der überraschende Sturmangriff und brachen sie an diesem Wall so nahe am St.-Lazarus-Tor durch, bedeutete das zwangsläufig den Fall von ganz Akkon!

3

Mit wehendem Umhang und die linke Hand fest auf sein Schwert gepresst, um von der hin und her schwingenden Waffe nicht zum Fallen gebracht zu werden, rannte Gerolt los. Und schon im Laufen rief er den Alarm aus.

»Angriff auf die Templerschanze! . . . Alle sofort zurück zur Templerschanze! . . . Die Sarazenen greifen mit dem Belagerungsturm an! . . . Alle Templer sofort zurück! . . . Und trommelt die Turkopolen und Sergeanten zusammen! Jeder Mann wird gebraucht!«, brüllte er so laut er konnte, während seine Augen Hauptmann Raoul von Liancourt suchten, der die Abteilung der Nachtwache kommandierte.

Auf der Johanniterschanze, wo noch immer ein Chaos aus rauchenden und schwelenden Trümmern herrschte, fuhren die ersten seiner Ordensbrüder zu ihm herum, als sie sein Gebrüll hörten. Auf ihren Gesichtern zeigte sich jedoch mehr Verständnislosigkeit als Erschrecken. Manche warfen ihm sogar missbilligende Blicke zu, wohl weil sie seinen Alarm für einen schlechten Scherz hielten.

Gerolt kümmerte sich nicht darum. Er wusste, was er beobachtet hatte, und er brüllte, was seine Lungen hergaben. Kameraden, die er mit Namen kannte, sprach er im Vorbeilaufen direkt an.

»Raimund! Bertram! Martin! Lutger! . . . Helft mir! . . . Schlagt auch ihr Alarm! Einer muss zur Stadtburg hinüber, dort Alarm schlagen und Verstärkung holen! . . . Sie kommen mit dem Turm! . . . In wenigen Minuten stehen sie vor unserer Mauer! Ich schwöre es beim Allmächtigen und der Gottesmutter!«

Die Ersten setzten sich zögernd in Bewegung.

Und dann tauchte Hauptmann Raoul von Liancourt vor ihm auf, der vom Alter her fast sein Vater hätte sein können. Der breitschultrige Templer stammte aus dem Küstenland der Normandie und das kantige Gesicht sowie der krause rotbraune Bart verrieten das Normannenblut seiner Ahnen, das in seinen Adern floss.

»Was hat es mit deinem Alarm auf sich?«, fragte er knapp und mit sichtlicher Anspannung. Raoul von Liancourt war kein Mann unnützer Worte.

»Der heftige Beschuss der Johanniterschanze ist nur ein Ablenkungsmanöver!«, stieß Gerolt hastig hervor. »In Wirklichkeit wollen sie mit dem Belagerungsturm einen Überraschungsangriff auf unseren Mauerabschnitt wagen! Ich habe gesehen, wie er sich bewegt hat!«

Ungläubig starrte ihn der kampferfahrene Templerhauptmann an. Aber er kannte Gerolt von Weißenfels zu gut, um dessen Beobachtung einfach als Hirngespinst abzutun. »Woher willst du das wissen?«

»Sie müssen einen Tunnel gegraben haben, durch den sie den Turm bemannen und bewaffnen konnten! Dass er scheinbar noch gar nicht einsatzbereit ist, gehört zu ihrer Täuschung! Der Turm bewegt sich jedenfalls beständig auf die Mauer zu! Ich habe es mit eigenen Augen gesehen und ich weiß bei Gott, meinem Herrn und Erlöser, dass ich mich nicht getäuscht habe!«, sprudelte es aus Gerolt hervor. »Wir haben nicht mehr viel Zeit! Seht doch selbst, wie nahe er schon ist!«

Raoul von Liancourt wandte den Kopf, schirmte sein Blickfeld rechts und links mit den Händen ab, um nicht vom unruhigen Schein

39

der Fackeln und brennenden Trümmer irritiert zu werden, und spähte in die Dunkelheit hinaus.

»Heiliger Peter und Paul, du hast Recht! Der Turm ist tatsächlich vorgerückt!«, stieß er schon im nächsten Moment erschrocken hervor und schlug dann mit der geballten Faust auf die Zinne. »Diese Mameluken versuchen sich anzuschleichen wie feige Diebe in der Nacht! Und wir wären um ein Haar darauf hereingefallen!«

Abrupt wandte sich der Templerhauptmann um und gab nun selbst Alarm. Mit lauter, durchdringender Stimme erteilte er in schneller Folge eine Reihe von Befehlen, die der Sicherung und Verteidigung des eigenen Mauerabschnitts galten.

Die Tempelritter, gut fünfzig an der Zahl, stürzten mit rasselnden Kettenhemden und scheppernden Schwertgehängen über den Wehrgang zurück zu ihren angestammten Verteidigungsposten. Einer von Raouls Unterführern eilte mit einer Gruppe von braun gekleideten und nur leicht bewaffneten Sergeanten die nächste Rampe hinunter. Sein Auftrag lautete, so schnell wie möglich zwei, drei kleine Katapulte auf die Templerschanze zu schaffen, um den Belagerungsturm mit Feuertöpfen zu beschießen und möglichst schon in Brand zu setzen, noch bevor er den Festungsgraben erreichen konnte.

Bei den Sergeanten handelte es sich um Männer, die zwar zum Orden gehörten und tapfere Kämpfer waren, aber wegen ihrer niederen Abstammung nicht zum Ritter geschlagen werden konnten. Denn nur Mitglieder aus ritterbürtigen Familien konnten Ordensritter werden und die begehrte weiße Clamys mit dem roten Tatzenkreuz tragen.

Gerolt hatte Zweifel, dass es den Sergeanten gelang, noch rechtzeitig genug Katapulte mit extrem flacher Flugbahn auf den Wall zu bringen und mit dem Beschuss zu beginnen, bevor sich die Fallbrücke in Reichweite der Zinnen befand und auf sie niedersausen konnte. Er gab den Brandpfeilen der Bogenschützen, um die sich ein anderer Unterführer zu kümmern hatte, bessere Chancen. Aber so, wie er die Lage einschätzte, würde letztlich der Kampf Mann gegen Mann mit blankem Stahl darüber entscheiden, ob der Überraschungsangriff der Muslims Erfolg hatte oder scheiterte.

»Ein großes Lob deiner Wachsamkeit und scharfen Beobachtungsgabe, Gerolt von Weißenfels!«, sagte Hauptmann Raoul von Liancourt noch, bevor auch er in den Laufschritt fiel. »Damit hast du vermutlich gerade noch im letzten Moment drohendes Unheil von Akkon abgewendet. Und jetzt sieh zu, dass du auf deinen Posten kommst! Zeigen wir ihnen, was es heißt, gegen Templer zu kämpfen!«

»Worauf Ihr Euch verlassen könnt, *Beau Sire!*«, erwiderte Gerolt entschlossen und benutzte dabei die Anrede, die einem Truppenführer, einem Komtur* oder einem anderen hochrangigen Templer gebührte.

Der Waffenlärm und das Geschrei der in Alarm versetzten Ritter, die sich beeilten die Zinnen auf der Templermauer zu besetzen und sich für den bevorstehenden Kampf zu rüsten, drangen natürlich auch auf das Vorfeld hinaus und zu den Feinden im Turm. Als diese nun erkannten, dass man ihre List durchschaut hatte und dass die Zeit nun gegen sie arbeitete, da quollen plötzlich hinten aus dem Turm dutzende Krieger, die zu den hohen Außenrädern rannten und sich in die Speichen stemmten, damit der Turm nun so schnell wie möglich das letzte Stück freien Feldes vor dem Graben überwand.

---

* Ein Komtur war ein Landmeister, dem eine Niederlassung des Ordens (meist in Form einer Burg), Komturei genannt, unterstand und der dort die Befehlsgewalt ausübte. Je nach Größe und Bedeutung der jeweiligen Komturei bemaß sich das Ansehen und der Einfluss innerhalb des Ordens. Geführt wurde der Orden vom Großmeister, der vom Generalkapitel, dem Konvent der Landkomturen, gewählt wurde. Weitere bedeutende Ämter wurden vom Seneschall (Stellvertreter des Großmeisters), Marschall und Schatzmeister bekleidet.

Nur einen Augenblick später hob sich die Erde hinter dem Belagerungsturm. Begleitet von martialischem Geschrei wurde sie zusammen mit Fellen, Brettern und Reisigbündeln zur Seite geschleudert, sodass ein brusttiefer Tunnelgang zum Vorschein kam, in dem sich die muslimischen Krieger dicht hintereinander gedrängt hatten. Aus der Entfernung sah es so aus, als hätte sich ein fetter Riesenwurm nur zwei, drei Handbreit unter der Oberfläche schnurgerade durch das Erdreich gewühlt und sich nun mit einem Schlag erhoben, um die dünne Schicht Sand und Steine von seinem endlos langen Rücken abzuwerfen. Dieses Aufbrechen der Erde geschah in raschen, aber teilweise abrupten Wellenbewegungen, als bockte der Leib des Riesenwurmes an manchen Stellen besonders heftig.

Nachdem nun auch die mächtigen Außenräder von kräftigen Sarazenen vorwärts getrieben wurden, nahm der schwere Belagerungsturm sichtlich Fahrt auf und rollte mit erschreckender Schnelligkeit auf den Festungsgraben zu. Aus dem nun offenen Tunnelgang quollen immer mehr Krieger hervor. Dutzende von ihnen schleppten mannshohe Leitern, die sie in Windeseile links und rechts vom Turm zu langen Sturmleitern zusammensteckten, um mit geradezu selbstmörderischem Mut den Graben zu überwinden und den Angriff ihrer Kameraden auf dem Turm zu unterstützen.

Jede Gruppe wusste genau, wo sie sich aufzustellen und was sie zu tun hatte, um keine kostbare Zeit zu verlieren. Gleichzeitig erwachte im Norden fast schlagartig das Lager, dessen Ruhe so trügerisch gewesen war wie der scheinbar noch nicht einsatzfähige Belagerungsturm. Ein Meer von Fackeln flammte auf, in dessen Licht jetzt hastig sandfarbene Planen von Katapulten gezerrt und Pferde vor die Lafetten gespannt wurden, um die Wurfmaschinen im Handumdrehen vor der Templerschanze in Stellung bringen zu können.

Indessen zeigte sich im offenen Dachgebälk des heranrumpelnden

42

Belagerungsturms schon eine Gruppe von Bogenschützen, die ihre ersten Pfeile auf die wenigen verbliebenen Templerwachen auf dem Wehrgang abschossen.

Gerolt rannte unter Aufbietung aller Kräfte und im Strom seiner Ordensbrüder über den zinnengekrönten Wall nach Westen. Jetzt kam es auf jede Sekunde an, würde der Belagerungsturm doch in wenigen Minuten den Festungsgraben erreichen. Und nur Gott allein und die Ungläubigen wussten, was dann geschah!

Aber bis zu jener Stelle an der Templerschanze beim St.-Lazarus-Tor, der der überraschende Angriff der Sarazenen galt, mussten er und die meisten seiner Mitbrüder erst einmal eine Distanz von gut fünfhundert bis sechshundert Schritten im Laufschritt überwinden! Und er verfluchte jede Elle davon.

»Eine Gasse, Männer!«, brüllte hinter ihm Raoul von Liancourt, als von links eine Abteilung Bogenschützen über eine der zum Wehrgang hinaufführenden Rampen erschien und sich dem Pulk der Ritter anschloss. »Bildet eine Gasse, Männer! . . . Alle Schwertkämpfer ohne Schild nach links an die Innenmauer! . . . Lasst die Schildbewehrten vor! . . . Alle Schilde in gewöhnlicher Schlachtformation zu einer Mauer überlappen und mit eingelegter Lanze im Gleichschritt vorrücken! . . . Keiner bricht die Linie auf! . . . Versetzt hinter der ersten Reihe die Bogenschützen! Alle anderen schließen sich dahinter an!«

Augenblicklich verwandelte sich der Strom hastender und unterschiedlich bewaffneter Krieger in eine streng geordnete Formation. Nicht von ungefähr standen die Tempelritter in dem Ruf, auch in höchst kritischer, ja aussichtsloser Lage eine eiserne, todesverachtende Gefechtsdisziplin zu bewahren. Das harte, tägliche Training zahlte sich auch in dieser Situation aus. Zudem kamen sie in dieser klar geordneten Aufstellung auch schneller voran, weil keiner den anderen behinderte.

Dennoch gelangte der Belagerungsturm an den äußeren Rand des Festungsgrabens, bevor noch die Mehrheit der heraneilenden Tempelritter ihm gegenüber Position beziehen konnte. Sirrend flogen im Innern die Seile von den Trommeln der Winden und die Fallbrücke fiel so schnell herunter, dass der ganze Turm erbebte und für einen Moment gefährlich schwankte, als die Haltetaue sich jäh spannten und die nachwippende Brücke in der Waagerechten hielten. Aber die Brücke reichte noch nicht einmal halb über den Festungsgraben.

Ein Pfeilhagel ging von der Turmspitze auf die heraneilenden Templer nieder. Mit einem dumpfen, nachsirrenden Geräusch bohrten sich die meisten in die ovalen Langschilde der Ritter in der ersten Reihe. Einige fanden jedoch auch ihr Ziel. Jemand schrie getroffen auf. Ein anderer stieß einen schmerzerfüllten Fluch aus. Ein Pfeil prallte auf der rechten Seite von Gerolts Helm ab. Doch die Formation kam nicht einen Herzschlag lang aus dem Tritt. Die eigenen Bogenschützen nahmen nun ihrerseits die Muslims auf dem Dach des Turms ins Visier und sogleich fielen dort die ersten Krieger.

Gerolt verfolgte im Laufen mit großer Verblüffung, wie sich nun aus dieser schweren, breiten Plattform eine zweite, viel schmalere Brücke vorschob – sogleich gefolgt von einer dritten, die noch um einiges schmaler und leichter konstruiert war als der zweite Teil der Fallbrücke. Und dieser dritte Steg, der nur aus zwei Rundhölzern mit Querleisten bestand, zwischen denen eine leichte Matte aus geflochtenen Baststreifen gespannt war, reichte genau bis auf die Zinnen des Wehrgangs!

Kaum hatte das letzte Ende der dreiteiligen, ausschiebbaren Fallbrücke auf dem Mauerkranz aufgelegt, als die Angreifer auch schon aus dem Turm hervordrängten, die Fallbrücke bevölkerten und sich todesmutig hinaus auf den wackligen Mattensteg wagten.

Die wenigsten trugen Helme. Turbane in allen Farben bis auf Weiß, das nur den Emiren zustand, bedeckten zumeist die Köpfe der Angreifer. In der einen Hand Schwert, Wurfspieß oder Streitaxt schwingend, mit der anderen Hand den Rundschild fest gefasst, stürmten sie vorwärts. Und dabei brüllten sie aus voller Kehle: »*Allahu akbar!* . . . Gott ist groß!«, sowie »*La ilaha illa 'llah!* . . . Es gibt keinen Gott außer Gott!«

Sie stießen sich in fanatischem Eifer fast gegenseitig von der Fallbrücke. Jeder wollte der Erste sein, der seinen Fuß auf die Festungsmauer setzte und damit Anspruch auf die zweifellos dafür ausgelobte Belohnung erheben konnte – sofern er den Kampf überlebte. Aber an flammendem Mut und der Bereitschaft, für ihren Gott und seinen Propheten zu sterben und dafür im Paradies reich belohnt zu werden, mangelte es ihnen ebenso wenig wie ihren Feinden, den verhassten Kreuzrittern.

Gut zwei Dutzend Krieger hatten es schon auf die Templerschanze geschafft, und gerade tauchte über der Mauer auch schon der Kopf des ersten Sarazenen auf, der an der Festungsmauer auf einer der Sturmleitern hochgeklettert war, als die Ritter endlich heran waren und mit ganzer Stärke zum Gegenangriff übergehen konnten.

Nun erschallte der donnernde Schlachtruf der Templer, der seit fast zwei Jahrhunderten jeden Angriff der Kriegermönche begleitete und der ihren Feinden noch jedes Mal durch Mark und Bein gegangen war: »*Beauséant alla riscossa!**«

Der auf beiden Seiten mit unbarmherziger Härte und Grausamkeit geführte Kampf Mann gegen Mann begann. Jede Seite wusste, dass schon die nächsten Minuten die Entscheidung über Gelingen oder Scheitern dieses Überraschungsangriffs brachten – und damit über das Schicksal von ganz Akkon. Gelang es der ersten Welle der arabi-

---

* Dieser ursprüngliche Hilferuf in Bedrängnis geratener Templer, »Her zum Entsatz und auf zur Rückeroberung!«, wurde zum Schlachtruf der Kriegermönche.

45

schen Krieger, dem wütenden Ansturm der Ritter und ihrer Hilfstruppen lange genug standzuhalten und auf dem Wall Fuß zu fassen, damit weitere Krieger über die Fallbrücke und die Sturmleitern zu ihnen auf den Wehrgang fluten konnten, dann war der Dammbruch kaum noch aufzuhalten. Vermochten dagegen die Templer die Muslims gleich in den ersten Minuten an die Mauer zurückzudrängen und jegliche Verstärkung über die Fallbrücke zu verhindern, dann wurde der Belagerungsturm für alle, die sich darin oder auf der Fallbrücke befanden, zu einer tödlichen Falle. Denn schon flogen die ersten Brandpfeile. Sie spickten das hölzerne Ungetüm und setzten mehr Brände, als die Feinde zu löschen vermochten.

Die Ritter wussten nur zu gut, was für sie und die Stadt auf dem Spiel stand. Und so warfen sie sich mit Todesmut und unbändigem Kampfeswillen den Muslims entgegen. Von drei Seiten schlossen sie ihre Feinde ein, um sie in ihrer Bewegungsfreiheit auf dem Wehrgang einzuschränken und ein zügiges Nachrücken der Krieger auf dem Turm unmöglich zu machen.

Während die Bogenschützen sich nach hinten zurückzogen, auf die Zinnen sprangen und von dort ihre Pfeile auf die über die Fallbrücke nachdrängenden Sarazenen abschossen, übernahmen die Schwert- und Lanzenkämpfer die vordersten Reihen.

Die Luft war erfüllt von einem wilden, barbarischen Gebrüll, in das sich das Splittern von Schilden und Lanzen, Flüche, gellende Schmerzensschreie, das Sirren der Pfeile, die dumpfen Aufschläge niederstürzender Körper, ersticktes Röcheln und das unablässige Klirren von scharf geschliffenem Stahl auf Stahl mischten.

Gerolt geriet schnell inmitten des vorderen Kampfgetümmels. Sein Herz jagte, laut rauschte das Blut in seinen Ohren und jede Faser seiner Körpers befand sich in höchster Anspannung, aber sein Schwert führte er mit kühlem Kopf. Er wusste aus Erfahrung, dass man in solch einem Nahkampf keine zweite Chance erhielt, wenn man einen Gegner falsch einschätzte und einen Fehler machte.

»Such die Augen deines Feindes, halte sie fest und lies in ihnen! Dann wirst du wissen, was er vorhat und wie er seine Waffe führen wird!«, hatte ihm sein Vater schon von Kindesbeinen an eingeschärft. »Aber lerne auch, gleichzeitig das Geschehen zu deiner Rechten und Linken im Auge zu behalten! Oft genug ist es nicht das Schwert des Gegenübers, das den Tod bringt, sondern die Lanze oder die Streitaxt des Feindes an den Flanken! Und das Geheimnis des Sieges liegt weder in der Kraft noch in der Geschicklichkeit. Diese beide sind nur die gefolgsamen Knechte ihres Meisters – und der trägt den Namen kühler Verstand! Nur ein Dummkopf lässt sich im Kampf von Zorn oder Hass leiten. Und Dummköpfe, die zum Schwert greifen, leben nicht sehr lange!«

Diese und andere Lehren sowie die Kunst, ein Schwert meisterhaft zu führen, waren das Beste, aber eigentlich auch das Einzige, was er von seinem Vater mitbekommen hatte und wofür er ihm dankbar sein konnte. Ob das auch die vielen brutalen Schläge aufwog, die er so oft von ihm bezogen hatte, sowie die schmerzliche Gleichgültigkeit an seiner Person und seiner Zukunft, darüber war er noch zu keinem abschließenden Urteil gelangt. Vielleicht wäre vieles ganz anders gekommen, wenn die Mutter nicht schon so früh gestorben wäre.

Gerolt trieb die Araber auf seiner Seite mit einem Hagel kurzer, aber wuchtiger Schläge beständig zur Fallbrücke zurück. Und so mancher fiel unter seiner Klinge. Aus den Augenwinkeln registrierte er dabei, dass inzwischen fast jeder Sarazene, der auf einer der schmalen Sturmleitern an der Mauer hochgestiegen war und seinen Kopf über dem Zinnenkranz zeigte, sofort von Pfeilen oder von Schwerthieben getroffen wurde und in die Tiefe stürzte. Der Ansturm der Muslims kam langsam zum Halten. Kaum einem gelang es noch, lebend über die Fallbrücke zu kommen und seinen Kameraden auf dem Wehrgang beizustehen. Die Bogenschützen machten aus der schwankenden, schutzlosen Plattform über dem Festungsgraben einen Ort des sicheren Todes. Aber noch war der Kampf nicht entschieden, dafür kämpften noch immer zu viele muslimische Soldaten zu erbittert auf der Templerschanze um die Oberhand.

Wenig später parierte Gerolt den Hieb eines Angreifers nach seinem Kopf. Die Wucht des Schlages ging durch seinen Arm bis in die Schulter hinauf. Doch während ein anderer, weniger durchtrainierter Kämpfer jetzt vermutlich gewankt hätte und einen Schritt zurückgewichen wäre, um sich für den nächsten Schlagaustausch zu wappnen, riss er sein Schwert blitzschnell zurück – und stieß zu, bevor der Mann wusste, wie ihm geschah. Der Sarazene stürzte tödlich getroffen zu Boden.

Ein Pfeil von einem der letzten noch lebenden Bogenschützen im Turmgebälk sirrte wie eine zornige Hornisse gefährlich nahe an seinem schweißüberströmten Gesicht vorbei, während er mit einem schnellen Sprung über den Sarazenen hinwegsetzte und einem seiner Ordensbrüder zu Hilfe kam.

Links vor ihm war ein Turkopole von einer muslimischen Streitaxt gefällt worden und in dem wüsten Gemenge einem Tempelritter vor die Füße gestürzt. Dieser erwehrte sich gerade zweier Gegner, die ihn in die Zange genommen hatten. Gerolt sah, wie sein Ordensbruder stolperte und rücklings in den blutgetränkten Dreck des Wehrgangs fiel. Sein Kettenhemd unter der Clamys flog hoch und entblößte einen gut Teil seines nun ungeschützten Unterleibs. Und Gerolt sah auch die zum Todesstoß erhobene Lanze in der Hand des einen Angreifers.

Er sprang mit einem gellenden Schrei auf den Mann zu. Sein

Schwert schnitt durch die Luft, gerade als der Sarazene dem am Boden liegenden Templer den Wurfspieß in den Unterleib rammen wollte, und trennte die keilförmige Eisenspitze mitsamt einem unterarmlangen Stück Schaft vom Rest der Lanze.

Der Araber fuhr entsetzt herum, erhielt von Gerolt jedoch keine Gelegenheit mehr, um zum Schwert greifen zu können. Der Tod ereilte ihn schon im nächsten Moment. Und dem anderen Krieger, der mit dem Lanzenträger den Templer in die Zange genommen hatte, erging es nicht besser. Sein Krummsäbel wurde ihm aus der Hand gerissen, als Gerolt sein Schwert mit aller Kraft schwang und die Waffe seines Gegners kurz hinter der Parierstange traf. Und dann drang ihm auch schon der zweiseitig geschliffene Stahl in den Leib.

Erst jetzt fand Gerolt eine kurze Atempause, um einen schnellen Blick auf den Ordensbruder neben sich zu werfen, den er im letzten Moment davor bewahrt hatte, von einer Sarazenenlanze aufgespießt zu werden. Und fast glaubte er, seinen Augen nicht trauen zu dürfen. Denn der Mann, der sich im Schutz seines Rücken aufgerappelt hatte, war kein anderer als der blasierte Franzose Maurice von Montfontaine!

Für Worte blieb im wüsten Getümmel keine Zeit. Sogar ihre erstaunten Blicke trafen sich nur kurz. Schon im nächsten Moment galt ihre ungeteilte Aufmerksamkeit wieder dem Feind, mussten sie sich doch neuer Angreifer erwehren. Die Sarazenen auf dem Wehrgang kämpften im Bewusstsein, dass ihnen der Tod so oder so gewiss war. Denn mittlerweile hatte sich das Blatt eindeutig zu Gunsten der Verteidiger von Akkon gewendet. Von überall her strömte Verstärkung herbei. Nicht ein Angreifer kam mehr über die Zinnen oder über die Fallbrücke. Der Belagerungsturm stand lichterloh in Flammen und wurde von den Arabern fluchtartig im Stich gelassen.

Zwar würde auf beiden Seiten noch einiges Blut fließen, bis auf der

49

Templerschanze auch der letzte Sarazene gefallen war, aber es gab keinen Zweifel, dass der Überraschungsangriff gescheitert war.

Akkon würde nicht fallen. Zumindest nicht an diesem Morgen, dessen erste Lichtstrahlen gerade über das Zeltmeer der Mameluken rund um den Tell el-Fukar hinwegglitten und nach den Mauern des letzten bedeutenden Bollwerks der Kreuzfahrer im Heiligen Land griffen.

4

Der Saal, den die Templer in der Stadtburg seit Beginn der Belagerung als ihr Refektorium* benutzten, war ein lang gestreckter, tonnengewölbter Raum fast ohne jeden Zierschmuck. Er wirkte streng und nüchtern – und war daher wie geschaffen für die Kriegermönche. Nicht einmal das helle Sonnenlicht, das jetzt zur Mittagsstunde schräg durch die hohen Bogenfenster fiel, vermochte die kahle Strenge zu mildern.

In Friedenszeiten nahmen die Brüder vom Tempel Salomons ihre Mahlzeiten in den Räumen ihrer eigenen, turmbewehrten Templerburg ein. Doch dieses größte, eindrucksvollste und am stärksten befestigte Gebäude von ganz Akkon lag zu weit von den Festungsmauern entfernt, um für schnelle Truppeneinsätze geeignet zu sein. Die »Eisenburg«, wie der trutzige Sitz der Templer von den Einheimischen wie auch von den Ordensbrüdern zumeist genannt wurde, ragte mit ihrem mächtigen viereckigen Festungsturm und den vergoldeten Löwen hoch über dem eisenbeschlagenen Portal ganz im Süden auf der äußersten Landspitze der Stadt auf, die als breiter Felsenkeil in die klaren Gewässer des Mittelmeers vorstieß. Und während der Belagerung durch ein so großes Heer wie das von Sultan el-Ashraf Khalil mussten kampfbereite Einsatztruppen bei einem Alarm jederzeit in Minutenschnelle gefechtsbereit auf den Wehrgängen

---

* Speisesaal einer Ordensgemeinschaft.

stehen und auch schwere Waffen, Rüstungen und ausgeruhte Pferde sofort zur Verfügung haben. Aus diesem Grund hatten alle drei Ritterorden einen Großteil ihrer Truppen samt der nötigen Gefechtsausrüstung aus ihren angestammten Ordensburgen in die strategisch besser gelegene Zitadelle verlegt, deren wehrhafter Bau zum inneren Befestigungsgürtel in unmittelbarer Nähe des St. Antons-Tores gehörte.

Mehrere Reihen langer Bänke und Tische durchzogen das schmucklose Refektorium und bildeten auch schon die gesamte spartanische Einrichtung. Einzig am Kopfende des Raumes, wo sich in jeder Komturei der leicht erhöhte Ehrenplatz für den Komtur, den Kommandeur der örtlichen Niederlassung, befand, hing hinter dem schlichten Lehnstuhl ein Wandbehang mit dem Motiv der französischen Lilie. Hier in Akkon, das nach dem Verlust so vieler anderer, stolzer Besitzungen im Heiligen Land zum Regierungssitz des Königreichs Jerusalem geworden war, gebührte dieser Ehrenplatz dem Großmeister Guillaume von Beaujeau oder einem anderen Großwürdenträger des Ordens.

Schweigend, ohne sich vom Fleck zu rühren und etwas ausgeruht nach einigen Stunden Schlaf, so wartete Gerolt mit den anderen Rittern darauf, dass ihr Großmeister oder sein Vertreter, der Seneschall, zusammen mit dem Ordenskaplan im Saal erschien und die Mahlzeit beginnen konnte. Die älteren, langbärtigen Templer standen nach alter Sitte mit dem Rücken zur Wand, während sich die jüngeren Ritter ihnen gegenüber aufgestellt hatten.

Der heftige nächtliche Beschuss und insbesondere das Gefecht auf der Templerschanze im Morgengrauen hatten in ihren Reihen sichtliche Spuren hinterlassen. Gerolts Blick fiel auf so manch frischen, blutigen Verband. Von den Toten und Schwerverwundeten, die sie zu beklagen hatten, sprachen die Lücken, die hier und da in den Reihen der Ordensbrüder klafften. Sie wurden bei der ersten gemeinsamen Mahlzeit nach einer Schlacht als Zeichen stummen Respekts und Gedenkens bewusst nicht geschlossen.

Nicht der Großmeister, sondern der Marschall des Ordens, Gottfried von Vendac, betrat nun mit dem Kaplan das Refektorium. Der vierschrötige, bullige Templer stand in dem Ruf, ein ebenso unerschrockener Kämpfer wie geschickter politischer Verhandlungsführer zu sein. In Kriegszeiten lag auf seinen Schultern eine noch größere Verantwortung als auf denen des Großmeisters, befahl doch er allein im Feld alle Ritter, dienenden Brüder und Hilfstruppen.

Der Kaplan sprach den Segen. Anschließend beteten die versammelten Ordensbrüder das vorgeschriebene Vaterunser. Erst dann durften sie sich an die Tische setzen. Während der Mahlzeit herrschte Schweigen, wie es einer frommen Ordensgemeinschaft entsprach. Nur ein Bruder las aus der Heiligen Schrift und dem Heiligenkalender vor. Die Speisen und Getränke wurden den weiß gekleideten Kriegermönchen von Dienern aufgetischt. Fleisch und Gemüse kamen in großen, dampfenden Schüsseln und der mit Wasser gestreckte Wein in kühlen, bauchigen Krügen aus dickem Steingut auf die Tische.

Dreimal die Woche gab es Fleisch, an Sonntagen wurden sogar zwei üppige Portionen serviert. Aber die Mahlzeiten, bei denen die Ritter nicht selten unter mehreren Gerichten die Auswahl hatten, fielen eigentlich stets sehr großzügig aus. Schon weil es zur Ordensregel gehörte, dass von jeder Mahlzeit genug für die Armen und Bettler übrig bleiben sollte.

Solange der Kommandant oder sein Vertreter am Kopfende des Refektoriums saß, durfte sich kein Ritter von seinem Platz erheben – außer es fiel etwas vor, was eine augenblickliche Reaktion notwendig machte, beispielsweise ein Feuer oder ein gegnerischer Angriff. Die Disziplin und der unbedingte Gehorsam, die von einem Templer erwartet wurden, beschränkten sich nicht allein auf den Kampf gegen die Ungläubigen, sondern bestimmten auch den Alltag der Kriegermönche.

Zwei Templer, die sich eines Verstoßes gegen die zweiundsiebzig Regeln des Ordens schuldig gemacht hatten, saßen zur Strafe einige Schritte von den Tischen entfernt auf dem nackten Boden und nahmen dort ihr Essen mit gesenktem Haupt in Empfang. Diese demütigende Bestrafung sollte augenfällig machen, dass die Delinquenten für eine gewisse Zeit mit den anderen Ordensbrüdern buchstäblich nicht mehr auf gleicher Augenhöhe standen.

Gelegentlich hörte man den Einschlag eines Wurfgeschosses. Zwar hatte mit Anbruch des Tages der heftige Beschuss ein vorläufiges Ende gefunden. Aber dann und wann flog doch noch ein Feuertopf oder ein Felsbrocken über die Mauern in die Stadt, erschlug Menschen und setzte Häuser in Brand. Es war, als wollten die Mameluken die Eingeschlossenen unablässig daran erinnern, dass der Dauerbeschuss jederzeit wieder einsetzen konnte und dass es keine Aussicht auf eine Verbesserung ihrer Lage gab. Die Ungewissheit, wann und wo das nächste Geschoss Tod und Vernichtung brachte und zu welcher Stunde der nächste Großangriff stattfinden würde, gehörte zum erprobten Nervenkrieg einer Streitmacht, die eine stark befestigte, wehrhafte Stadt einzunehmen versuchte.

Der Marschall, der wenig Appetit gezeigt und mit brütendem Blick in Holznapf und Humpen gestarrt hatte, erhob sich schließlich von seinem Lehnstuhl. Worauf auch alle anderen Ritter schlagartig von den Bänken aufstanden. Es klang wie eine Abteilung perfekt gedrillter Leibgardisten, die vor ihrem Herrscher Haltung annahm. Die Mahlzeit wurde mit einem gemeinsamen Dankesgebet beendet.

Draußen im Hof traf Gerolt mit Theoderich von Ebersburg zusam-

54

men, der die Mosel einige Meilen flussabwärts von Trier seine Heimat nannte. Der redefreudige Ritter war von sehnig zäher Gestalt, und obwohl er wahrlich kein Kostverächter war und bei allen Mahlzeiten stets kräftig zulangte, sah sein knochig verhärmtes Gesicht so aus, als stünde er kurz vor dem Verhungern. Die beiden Männer verband eine gewisse Freundschaft, die sich bei Gerolt jedoch mehr auf landsmannschaftliche Verbundenheit als auf tiefere kameradschaftliche Zuneigung gründete. Zumal Theoderich auch die manchmal recht lästige Angewohnheit hatte, immer alles genau wissen zu wollen, dabei vom Hölzchen aufs Stöckchen zu kommen und auch noch endlos in Erinnerungen an einstige glorreiche Templergefechte zu schwelgen.

»Ich habe schon von deinem Glanzstück heute Morgen gehört, Gerolt. Alle Hochachtung!«, sprach Theoderich ihn auch gleich mit der ihm eigenen Leutseligkeit an und bedachte ihn mit einem anerkennenden Blick. »Du hast den schmutzigen Trick der Muselmanen als Erster durchschaut, wie man sich erzählt. Nicht auszudenken, wenn es ihnen wirklich gelungen wäre, die Templerschanze zu nehmen und das St.-Lazarus-Tor zu öffnen! Das hätte das Ende von Akkon bedeuten können!«

»So dramatisch, wie es dir wohl zu Ohren gekommen ist, war es gar nicht«, wiegelte Gerolt sogleich ab, auch wenn er sich insgeheim über die Anerkennung des gut fünf Jahre älteren Ritters freute. »Unsere Wachen hätten bestimmt sowieso bald Alarm geschlagen. Ich denke, ich bin ihnen nur ein paar Augenblicke zuvorgekommen, das ist alles.«

»Muss dennoch ein ganz schön hartes und blutiges Gefecht gewesen sein. Du musst mir alles genau erzählen!«, sagte Theoderich. »Ich wünschte, ich wäre auch dabei gewesen, Gerolt. Ist schon viel zu lange her, seit ich das letzte Mal einen Muslim zur Hölle geschickt habe!

Wird allmählich Zeit, dass ich diese verfluchten Turbanträger mal wieder vor die Klinge kriege!«

»Dazu wirst du noch reichlich Gelegenheit bekommen«, erwiderte Gerolt trocken. »Wenn nicht noch ein Wunder geschieht, dürfte die Entscheidung darüber, an welchem Ort wir Templer das Martyrium zum Ruhme Gottes erleiden werden, wohl schon gefallen sein. Der Ort dürfte Akkon sein.«

Irritiert über den Unterton in Gerolts Stimme, furchte Theoderich die Stirn. »Und wennschon! Wenn es Gottes Wille ist, soll es so sein. Aber du klingst ja, als wäre dir beim Gedanken an das Martyrium zum Lob und Ruhme unseres Herrn und Erlösers gar nicht mehr wohl zu Mute? Kommen dir beim Anblick des riesigen Belagerungsheers der Mameluken etwa plötzlich Zweifel, ob dein Templergelübde vielleicht doch voreilig war?«

»Nein, du kannst ganz unbesorgt sein, solche Zweifel kommen mir nicht!«, erwiderte Gerolt mit fester Stimme, obwohl er insgeheim zugeben musste, dass es gelegentlich beängstigende Momente gab, in denen er sich ähnliche Fragen stellte. Aber immer wieder den vielfältigen Anfechtungen der sündhaften Welt zu widerstehen gehörte nun mal zu den beständigen Prüfungen und Selbstvergewisserungen, die ein solches, Gott geweihtes Leben mit sich brachte. »Aber ich vergesse auch nicht, dass der nützlichste Soldat für Christus nicht derjenige ist, der sein Leben für eine schon verlorene Sache hingibt, sondern derjenige, der lebt und immer wieder für ihn in den Kampf ziehen kann.«

Theoderich grinste erleichtert und schlug ihm auf die Schulter. »Was für weise Worte für einen jungen Ritter! Aber belaste dich nicht mit trüben Gedanken, mein Freund! Wir Templer geben den Kampf nicht verloren, weder hier in Akkon noch anderswo! Gemeinsam werden wir noch in so manche Schlacht gegen die Irrgläubigen ziehen, verlass dich drauf! Und ich sage dir, eines Tages weht unser schwarz-weißes Banner auch wieder in Jerusalem über dem Tempel!«, versicherte er mit feurigem Eifer.

»Bei Gott, möge es so sein«, sagte Gerolt und entschuldigte sich dann, nicht länger mit ihm reden zu können, weil er jetzt unbedingt nach seinen Pferden sehen musste.

Das war eine Entschuldigung, die Theoderich ohne Widerspruch gelten ließ. Die sorgsame Pflege der Waffen, Rüstungen und insbesondere der Pferde gehörte zu den wichtigsten Pflichten eines Templers. Der Zustand der Pferde, vor allem was ihre Kraft und Schnelligkeit anging, konnte im Kampf über Sieg und Niederlage entscheiden. Aus diesem Grund hatte sich ein Templer auch als allererste Aufgabe nach der Matutin, der Morgenmesse um zwei Uhr im Sommer und um vier im Winter, in die Stallungen zu begeben, nach seinen Pferden zu sehen und seinen Knappen die nötigen Anweisungen zu erteilen. Danach durfte er sich wieder für einige Stunden ins Bett legen, bevor es Zeit für das endgültige Aufstehen und den zweiten Gottesdienst des Tages wurde.

Zur vollständigen Ausrüstung eines Ritters gehörten neben der teuren Rüstung und den Waffen mindestens drei Pferde, was den Kreis derjenigen, die als Ritter in den Templerorden aufgenommen werden wollten, schon von vornherein auf die kleine Schicht der Besitzenden beschränkte. So verwunderte es denn auch nicht, dass auf jeden vollwertigen Ritter im Schnitt zehn dienende Brüder kamen, bei denen es sich zumeist um Sergeanten handelte, die an Stelle des begehrten weißen Umhangs einen braunen oder schwarzen Mantel trugen.

Als Gerolt wenig später das weitläufige Gewölbe der Stallungen betrat, in dem einige hundert Schlachtrösser einstanden, und er nach seinen Pferden schaute, fand er dort alles zu seiner Zufriedenheit vor. Der junge Rotschopf Odo und Ludolf der Schweigsame, der dem Orden schon fast so lange in Outremer diente, wie Gerolt an Lebensjahren zählte, hielten seine Pferde in einem tadellosen Zustand. Und er sparte auch nicht an Lob für diese beiden dienenden Brüder, von deren Zuverlässigkeit und Treue sein Leben in einer Schlacht nicht unwesentlich abhing.

Er befand sich schon wieder auf dem Weg zurück in den Burghof, als er hinter sich eine spöttische Stimme vernahm, die mit großem Pathos deklamierte: »Rückt also sicher vor, ihr Ritter, und vertreibt unerschrockenen Sinnes die Feinde des Kreuzes Christi in der Gewissheit, dass weder Tod noch Leben euch von der Liebe Gottes trennen können! Wie ehrenvoll kehren die Sieger aus der Schlacht zurück! Wie selig sterben sie als Märtyrer im Kampf!«

Noch bevor Gerolt sich umgedreht hatte, wusste er schon, wer da in seinem Rücken die Worte des berühmten Zisterzienserabtes Bernhard von Clairveaux zitierte, auf dessen Rat mächtige Päpste und Könige gehört hatten und der bei der Abfassung der Ordensregel der Templer schriftführend gewesen sein sollte. Es war niemand anders als dieser arrogante Franzose Maurice von Montfontaine!

5

Gerolt fuhr herum und mit grimmig verschlossener Miene blickte er ihn an. Nach dem Gefecht auf der Festungsmauer war ihm der Franke nicht mehr unter die Augen gekommen. Und er hätte es auch nicht bedauert, wenn sich ihre Wege weiterhin nicht wieder gekreuzt hätten.

Mit einem frechen Grinsen auf dem Gesicht und mit theatralisch weit ausgebreiteten Armen kam Maurice von Montfontaine auf ihn zu.

»Freue dich, starker Kämpfer, wenn du im Herrn lebst und siegst! Aber noch mehr frohlocke und rühme dich, wenn du stirbst und dich mit dem Herrn vereinst!«, zitierte er erneut den legendären Abt, um dann urplötzlich ein übertrieben bekümmertes Gesicht zu machen und im Trauerton hinzuzufügen: »Nun, den Ruhmeskranz des Märtyrers habe ich heute Morgen ja um Haaresbreite . . . besser gesagt um eine Drittel Lanzenlänge verpasst, dank deines Eingreifens, Gerolt von Weißenfels. Aber sei versichert, dass ich dir deshalb keinen Vorwurf mache, sondern es dir großherzig nachsehe. Ein Edelmann von meiner Abstammung sollte ja auch besser im Stehen als im Liegen den tödlichen Stich des Feindes empfangen, findest du nicht auch?«

Gerolt glaubte seinen Ohren nicht trauen zu dürfen und sah ihn einen Augenblick sprachlos an. Nicht dass er von diesem eingebildeten Burschen, der dem kurzen und scharfen Dreieck seines Kinnbartes mit Sicherheit heimlich nachhalf, ein Wort des Dankes erwartet

59

hätte. Im Gefecht einem Kameraden Beistand zu leisten, auch wenn man persönlich nichts von ihm hielt, und zwar ohne auch nur einen Wimpernschlag lang zu zögern, gehörte nun mal zum ehernen Gesetz eines jeden Ritterordens, insbesondere aber eines Gottesstreiters, der den Templermantel trug. Doch für seinen Beistand nun mit Spott bedacht zu werden, damit hatte er noch viel weniger gerechnet. Ein solch dreistes Betragen schlug doch dem Fass den Boden aus!

»Es heißt ja, dass uns Templern Stolz und Hochmut nachgesagt werden«, antwortete Gerolt schließlich mühsam beherrscht. »Auf einige von uns scheint das in der Tat zuzutreffen. Sie haben wohl noch nie davon gehört, dass Demut die Hüterin aller Tugenden ist!«

»Nun ja, viele sind berufen, aber nur wenige sind auserwählt!«, erwiderte der Franzose unbekümmert.

Jetzt reichte es Gerolt und er schoss ihm einen eisigen Blick zu. »Du kannst froh sein, dass unsere Regel es uns vorschreibt, dass wir gegen einen anderen Christen erst nach dreimaliger Provokation das Schwert ziehen dürfen!«, stieß er drohend hervor und legte demonstrativ die Hand auf den Schwertgriff. »Eine fehlt noch, Maurice von Montfontaine! Dann hast du es geschafft und wirst meine Klinge zu spüren bekommen, auch wenn es mich den Mantel kosten sollte!«

Kaum hatte Gerolt die hitzigen Worte ausgesprochen, als ihm jäh bewusst wurde, was ihm da im Zorn herausgerutscht war. Er erschrak insgeheim. Denn ein Duell zwischen Ordensbrüdern hatte so gut wie immer den Ausschluss aus dem Orden zur Folge, zumindest aber musste man zur Strafe den Mantel ablegen und wurde für ein Jahr und einen Tag aus der Gemeinschaft ausgestoßen. Aber nun waren die unbedachten Worte ausgesprochen, und sie wieder zurückzunehmen, verbot ihm sein Stolz.

Der belustigte Ausdruck des Franzosen gefror, als hätte ihn eine

60

schallende Ohrfeige getroffen. Dann jedoch wurde er blass und Bestürzung zeigte sich auf seinem Gesicht.

»Heilige Muttergottes, nichts lag mir ferner als dich verspotten oder gar beleidigen zu wollen, Gerolt von Weißenfels!«, stieß er hervor. »Ich schwöre es bei meiner Templerehre!«

Gerolt gab keine Antwort, sah ihn nur geringschätzig an und wandte sich abrupt von ihm ab. Insgeheim war er jedoch erleichtert, dass der blasierte Ordensbruder genug Verstand und Einsicht besaß, um es nicht auf ein Duell ankommen zu lassen, das für sie beide böse Folgen gehabt hätte.

»Warte! So können wir nicht auseinander gehen! Ich muss mit dir reden! Du hast das eben völlig in die falsche Kehle bekommen, das musst du mir glauben!«, beteuerte Maurice von Montfontaine und hielt ihn an der Schulter fest.

Gerolt stieß die Hand von seiner Schulter und schritt auf das breite Doppeltor zu, das auf den Burghof hinausführte.

Maurice von Montfontaine gab sich jedoch noch nicht geschlagen und hielt mit ihm Schritt. »Ich kann ja verstehen, dass du nicht gut auf mich zu sprechen bist. Es war töricht von mir, dass ich mich zu diesem Spaß habe hinreißen lassen. Aber du musst mir Gelegenheit geben, mich für meinen Ausrutscher zu entschuldigen und mich bei dir in aller Form zu bedanken, dass du . . .«

Gerolt wollte kein Wort mehr von ihm hören, schon gar keinen sich hastig abgerungenen Dank, und fiel ihm daher barsch in die Rede. »Spar dir deinen Atem und belästige mich nicht länger!«, blaffte er ihn an und trat aus dem Halbdunkel der Stallungen auf den sonnenüberfluteten Burghof hinaus. »Und wenn du meinst, mir etwas schuldig zu sein, dann geh mir bitte demnächst aus dem Weg!«

»Aber nicht bevor ich . . .«, setzte Maurice von Montfontaine zu ei-

61

nem beharrlichen Widerspruch an, kam jedoch nicht mehr dazu, den Satz zu beenden.

Denn in dem Moment liefen sie Hauptmann Raoul von Liancourt über den Weg. Sowie sein Blick auf sie fiel, blieb er stehen und winkte sie zu sich heran.

»Maurice . . . Gerolt! Ihr kommt mir gerade recht. Ich habe einen wichtigen Auftrag für euch! Das Schreiben hier muss umgehend zum Hafen gebracht und auf einem Schiff der Templerflotte abgegeben werden, das bald mit Kurs auf Zypern auslaufen wird!«, teilte er ihnen mit und hielt ein kleines Päckchen hoch, das mit Wachstuch umwickelt, gut verschnürt und mehrfach versiegelt war.

»Ich übernehme das!«, bot sich Gerolt sofort an, hoffte er doch, sich den aufdringlichen Franzosen auf diese Weise endlich vom Hals zu schaffen. »Aber um einen Brief zu überbringen, brauche ich keine Begleitung. Allein bin ich schneller, Hauptmann.«

Raoul von Liancourt schüttelte knapp den Kopf. »Nein, ihr werdet zu zweit gehen, so wie es bei uns Templern Sitte ist!«, beschied er ihn mit einer Stimme, die erst gar nicht an Widerspruch denken ließ.

»Natürlich, Beau Sire«, sagte Maurice von Montfontaine gehorsam und warf Gerolt einen kurzen, versteckten Seitenblick zu. Dabei blitzte unverhohlene Belustigung in seinen Augen auf.

In ohnmächtigem Groll ballte Gerolt unter dem Mantel die Faust. Ein gemeinsamer Auftrag für den Franzosen und ihn! Das war das Letzte, was ihm noch gefehlt hatte!

»Es handelt sich um ein Schreiben unseres Großmeisters«, fuhr Raoul von Liancourt indessen fort. »Es ist an König Heinrich II. gerichtet und schildert ihm in großer Ausführlichkeit die kritische Lage, in der sich Akkon befindet. Beten wir, dass es dem König auf Zypern gelingt, ein starkes Entsatzheer um sich zu sammeln und bald mit ihm hier einzutreffen.«

»Vielleicht sollte der König zusammen mit dem Papst einen dringenden Aufruf an die gesamte Christenheit in der Art richten, wie es damals Papst Urban II.* getan hat, als er zum ersten Kreuzzug aufrief«, meinte Maurice von Montfontaine und Gerolt glaubte Spott in der Stimme des Franzosen mitschwingen zu hören. »*Mögen jene fortan Ritter Christi sein, die bisher nichts als Räuber waren. Mögen diejenigen, die sich bisher nur mit ihren Brüdern und Verwandten schlugen, nun mit gutem Recht gegen die Barbaren streiten! Ewigen Lohn werden sie erhalten!* Das waren doch Urbans Worte und sie dürften heute genauso angebracht sein wie vor zweihundert Jahren.«

Der Hauptmann sah ihn sichtlich verwirrt an. Er wusste offenbar nicht, was er von diesem Vorschlag seines Ordensbruders halten sollte. »Derlei Entscheidungen liegen nicht bei uns, Maurice!«, erwiderte er und sein unwirscher Ton verriet, dass er die Anmerkungen des Ritters für äußerst unpassend hielt. »Und jetzt seht zu, dass ihr hinunter zum Hafen kommt! Demetrios, der Kapitän der *Panagia,* ist schon unterrichtet und wartet auf das Schreiben. Ihr findet seine Galeere am Kai des inneren Hafens kurz vor dem Turm der Fliegen.« Und mit diesen Worten reichte er Gerolt den Brief des Großmeisters.

Dieser schlug seinen Umhang zur Seite und steckte ihn sich hinter den breiten Ledergürtel. »Sehr wohl, Beau Sire«, bestätigte er den Auftrag und machte sich im Eilschritt auf den Weg zum Hafen, ohne dem missliebigen Begleiter an seiner Seite die geringste Beachtung zu schenken. Wenn er die Gesellschaft von Maurice von Montfontaine schon ertragen musste, so wollte er ihn wenigstens seine Geringschätzung spüren lassen.

Als sie den Burghof in Richtung Haupttor überquerten, blieb Ge-

---

* Papst Urban II. rief am 27. November 1095 beim Konzil von Clermont (Mittelfrankreich) die Christenheit zum ersten Kreuzzug (1096–1099) auf, um Jerusalem und das Heilige Land zu erobern. Das Kreuzfahrerheer nahm die Heilige Stadt am 15. Juli 1099 nach mehrwöchiger Belagerung ein.

rolts Blick für einen kurzen Moment an der seltsamen Gestalt hängen, die zu ihrer Linken in einem Torbogen stand und die seinem Blick begegnete. Er sah ein altes, zerfurchtes Gesicht, wie man es bei einem Greis von achtzig Jahren erwartet hätte, nicht jedoch bei einem Templer. Denn dieser Mann trug doch tatsächlich den weißen Mantel mit dem roten Tatzenkreuz, obwohl sein schulterlanges schneeweißes Haar der Ordensregel Hohn sprach, nach der jeder Kriegermönch sein Haupthaar kurz zu tragen hatte. Und aus seinem Umhang ragte ein prächtiger, goldverzierter Schwertgriff hervor, als stünde er noch immer im aktiven Kriegsdienst für den Orden.

Gerolt nahm an, dass es sich bei diesem alten Mann um einen jener wenigen Templerveteranen handelte, denen trotz eines Jahrzehnte langen, schlachtenreichen Lebens als Kriegermönch das seltene Glück eines hohen Alters vergönnt war und denen die Ordensoberen stillschweigend gewisse Zugeständnisse ob ihrer großen Verdienste zubilligten. Die beiden Gestalten, die hinter dem weißhaarigen Alten im Schatten des Torbogens standen und die braunen Mäntel der Turkopolen trugen, nahm er nur kurz wahr. Dann wandte er auch schon wieder seinen Blick ab und stürmte, voller Groll auf Maurice von Montfontaine, aus dem Hof der Zitadelle.

Dass sich der alte Templer im nächsten Moment zu seinen beiden Gefährten umdrehte und ihnen leise einen Befehl erteilte, bekamen weder Gerolt noch der Franzose an seiner Seite mit.

»Folgt den beiden!«, lautete der Auftrag, den der Weißhaarige seinen blinden Gefolgsmännern erteilte. »Und gebt Acht! Es liegt Unheil in der Luft!«

64

6

Ich weiß, irgendwann rede ich mich mit meiner lockeren Zunge noch mal um Kopf und Kragen – und um meinen Mantel«, räumte Maurice sofort ein, kaum dass sie sich außer Hörweite von Raoul von Liancourt befanden. »Das hat mir schon meine selige Amme – der Herr möge ihrer reinen und ungebildeten Seele gnädig sein! – im unschuldigen Knabenalter prophezeit, als wir einen Kardinal auf unserem Schloss zu Besuch hatten und ich von ihm wissen wollte, ob er sich denn auch Mätressen halte oder ob er lieber jungen Burschen den Vorzug gebe. Denn solche Geschichten hatte ich nach einem Turnier an unserer Tafel aufgeschnappt. Nun, ich hielt das für eine völlig harmlose Frage, nachdem mir doch zu Ohren gekommen war, dass dies unter Kirchenfürsten gang und gäbe sei. Oder siehst du das anders?«

Gerolt wusste nicht, ob Maurice ihn mit dieser Geschichte auf den Arm nehmen wollte oder ob er sich wirklich dieser Entgleisung schuldig gemacht hatte. Er traute sie ihm jedoch ohne weiteres zu. Und ihm lag eine bissige Erwiderung auf der Zunge, die er sich jedoch noch im letzten Moment verkniff. Er verharrte in seinem grimmigen Schweigen und wandte nicht einmal den Kopf, während sie nun die Burg hinter sich ließen und der Straße folgten, die in einem scharfen südwestlichen Bogen um den Vorplatz der Zitadelle herum und in das verwinkelte Häuserlabyrinth von Akkon führte.

Brandgeruch lag in der Luft. Es roch nach schwelenden Trümmern und nasser Asche. Doch die Straßen waren nicht ausgestorben, wie man hätte annehmen können, sondern beinahe so belebt wie vor Beginn der Belagerung. Auch die meisten Stände, Werkstätten und Geschäfte hatten geöffnet, als stemmten sich ihre Inhaber mit ihrem trotzigen Beharren auf Normalität gegen die Einsicht, dass es für Akkon wohl kaum Rettung und es damit für die meisten von ihnen keine Zukunft in den Mauern dieser Stadt gab.

Aber hier und da traf man auch schon auf verlassene Häuser, sah Kaufleute, die ihre Geschäfte ausräumten, ihr Hab und Gut auf Fuhrwerke luden und alles für eine baldige Abreise vorbereiteten. Und vor allem auf einer der zentralen Verkehrsadern, die Akkon im dicht bebauten Westteil der Stadt vom Neuen Tor im Norden fast geradewegs nach Süden durchschnitt und zum Hafen führte, begegnete man vielen hoch beladenen Trägern, Eselskarren und Fuhrwerken, die sich in Begleitung von ganzen Familien auf dem Weg zu den Kais befanden, um die Stadt mit dem nächsten Schiff zu verlassen.

Vor allem aber blickte man bei einem Gang durch die Stadt fast ausnahmslos in angespannte, übernächtigte und sorgenvolle Gesichter, auch bei den noch Unentschlossenen. Denn nur ein ausgemachter Dummkopf konnte sich kein Bild davon machen, was der Stadt und seinen Einwohnern blühte, wenn die Mauern und die Streitmacht der Verteidiger dem Ansturm der Ungläubigen nicht länger standhielten. Gelang den Mameluken irgendwann der Durchbruch, würde es ein fürchterliches Blutvergießen geben. Ein tagelanges Morden, Brennen, Plündern und Vergewaltigen. Und wer dann noch lebte, den erwartete die Sklaverei.

Ob nun Halbmond auf grünem Tuch oder Christenkreuz, über den Mauern der jahrtausendealten Hafenstadt hatten schon die Fahnen und Kriegsbanner der unterschiedlichsten Herrscher geweht, war sie doch zu allen Zeiten von großer strategischer Bedeutung und zudem stets ein bedeutender Umschlagplatz für Waren aller Art im Handel zwischen Morgenland und Abendland und damit eine begehrte, reiche Beute gewesen. Allein schon die vielen Kirchen, Klöster und Ordenshäuser legten ein beredtes Zeugnis für die Bedeutung und den Wohlstand von Akkon ab. Muslimische, jüdische und christliche Kaufleute aus allen Ländern rund um das Mittelmeer, aber auch Händler aus Deutschland und England, hatten sich jeglicher Kriegswirren zum Trotz hier mit ihren Familien niedergelassen, Warenlager, Karawansereien und Kontore errichtet, sich ansehnliche Wohnhäuser zugelegt und dabei immer auch eine große Zahl von weniger finanzkräftigen Landsleuten angelockt, die als Bedienstete, kleine Handwerker und Tagelöhner die weniger einträglichen Arbeiten ausführten. Zudem hatte die Stadt stets auch Gesindel, Abenteurer und Glücksritter angezogen.

Seit der Gründung der Kreuzfahrerstaaten hatten neben den mohammedanischen Großkaufleuten, die von Anfang an unter dem Schutz der Templer standen, auch die mächtigen Handelshäuser aus Genua, Pisa und Venedig den einträglichen Handel mit kostbaren Seidenstoffen, Gewürzen, sündhaft teuren Ölen und Räucherstoffen sowie mit Sklaven, Elfenbein und Gold und vielen anderen Waren unter ihre Kontrolle gebracht und im Laufe der Zeit eigene Stadtviertel gebildet. Allein im Quartier der Venezianer gab es an die zweihundert Warenlager. Dieser Bezirk sowie der ihrer Konkurrenten aus Genua und Pisa beherrschten den Südteil der Stadt rund um den Hafen, während sich die kleineren Viertel der Engländer, Deutschen und Franzosen überwiegend im nordöstlichen Teil fanden.

Die wie Bienenwaben aneinander klebenden, würfelförmigen Wohn- und Geschäftshäuser der einfachen Bevölkerung wie auch die Anwesen der wohlhabenden Kaufleute boten in ihrer Architektur kein einheitliches Bild, sondern zeigten eine ganz eigene Mischung aus europäischem und arabischem Baustil. Enge Gassen führten zu beiden Seiten an einfachen, weiß gekalkten Häusern aus sonnengetrockneten Lehmziegeln mit höchstens zwei Stockwerken vorbei. Fast alle hatten Flachdächer, auf die man über eine geländerlose Außentreppe oder eine Leiter gelangte. Sie dienten nicht nur dem Auffangen von Regenwasser, sondern in den heißen Monaten auch als bevorzugter Aufenthaltsort und nachts als Schlafplatz. Und da die Befestigungsmauern ein räumlich ausgreifendes Wachstum der Stadt nicht zugelassen hatten, war das Land innerhalb der Mauern in den armen Vierteln so dicht bebaut, dass man manche Häuser nur erreichen konnte, indem man zuvor durch ein anderes ging.

Immer wieder führten die Gassen unter brückenähnlichen Konstruktionen aus Stein oder Holz hindurch, die sich über die Straßen wölbten, beide Häuserseiten miteinander verbanden und im Sommer wohltuenden Schatten warfen. Oft drängten sich unter ihnen die Stände von Läden und Werkstätten.

Und dann gelangte man nach dem nächsten scharfen Knick der Gasse unverhofft in einen Bezirk, wo das Auge auf gefällige Gartenanlagen und prächtige Anwesen fiel, die im Schutz hoher Mauern lagen, manchmal über mehrere Innenhöfe mit Laubengängen verfügten und nicht selten sogar einen eigenen Brunnen besaßen. Zisternen dagegen gab es unter fast jedem Haus.

Maurice ließ sich von Gerolts beharrlich abweisendem Schweigen nicht beirren, sondern redete munter weiter auf ihn ein, während er sich federnden Schrittes mühelos an seiner Seite hielt.

»Die Sache mit dem Kardinal, der bei meiner Frage puterrot angelaufen ist und auch noch beinahe an einem Stück Wild erstickt wäre, hatte natürlich ein unerfreuliches Nachspiel für mich«, fuhr er fort und gab dann einen bekümmerten Seufzer von sich. »Aber mir scheint, das alles interessiert dich weniger.«

Beinahe hätte Gerolt sich dazu hinreißen lassen, die Vermutung des Franzosen durch ein kurz angebundenes »Sehr richtig!« zu bestätigen. Doch er widerstand der Versuchung und verharrte in seinem verbissenen Schweigen.

Vor ihnen tauchte der Nonnenkonvent St. Lazarus auf. Ein Seitengebäude des Klosters war offensichtlich von einem Geschoss mit griechischem Feuer getroffen worden, denn es war bis auf seine Grundmauern niedergebrannt. Auch ein Teil der Mauer lag in Trümmern. Schäden hatte auch das Hospital der Deutschritter auf der anderen Straßenseite davongetragen.

Beim Anblick des Klosters musste Gerolt unwillkürlich an das Lazarus-Hospital denken, das aus gutem Grund nicht mitten in der Stadt, sondern nördlich der inneren Wallanlage im weniger dicht bebauten Vorort Montmusard lag. Dort pflegten die Mitglieder des Lazarusordens mit unglaublicher Aufopferung fast ausschließlich Aussätzige.

Sofort hatte Gerolt die schauerlichen Lazarus-Krieger vor Augen, die den militärischen Arm der Bruderschaft bildeten – und bei denen es sich ebenfalls um Aussätzige handelte. Diese Männer suchten lieber im Kampf einen ehrenvollen Tod, als langsam von ihrer Krankheit aufgefressen zu werden. Mit Schaudern erinnerte er sich an jene Schlacht, bei der eine Schwadron von Lazarus-Kriegern die Einheiten der Templer verstärkt hatte. Sie hatten nicht nur unter den Feinden Angst und Schrecken verbreitet, sondern auch die Templer in heftige Beklemmung versetzt. Denn jeder Templer wusste, was von ihm erwartet wurde, wenn er von diesem schrecklichen Leiden befallen wurde – nämlich dass er von sich aus zum Lazarus-Orden wechselte.

»Nun gut, das kann ich verstehen«, fuhr Maurice ungerührt fort, während sie St. Lazarus auf seiner Nordwestseite im Eilschritt passierten, an einem der hölzernen Brieftaubentürme von Akkon vorbeikamen, die im Krieg auch als Signaltürme dienten, und dann in

69

die Straße einbogen, die sie wenig später um die Kirche St. Maria herumführte und weiter nach Süden in die Viertel der Italiener brachte. »Es hat ja auch nichts mit uns zu tun. Aber dein Schweigen wird dir nicht helfen, Gerolt von Weißenfels! Du wirst mir zuhören müssen, ob es dir nun gefällt oder nicht. Und je eher du mir zuhörst und mir antwortest, desto leichter machst du es uns beiden. So ein Weg hinunter zum Hafen und wieder zurück zur Burg kann reichlich lang werden!«

An Stelle einer Antwort schnitt Gerolt ihm an der nächsten scharfen Biegung so unvermittelt den Weg ab, dass Maurice recht unsanft mit der rechten Schulter gegen die Hausecke stieß.

Augenblicke später klebte der Franzose wieder an seiner Seite. Er schwieg einige Sekunden lang, als hätte er aufgegeben. Doch dem war nicht so. Als er das Wort wieder an Gerolt richtete, war sein Tonfall allerdings deutlich verändert. Das Leichtfertige und Spöttische war aus seiner Stimme verschwunden.

»Genug des leichten Geplänkels, mit dem ich törichterweise meine Beschämung angesichts meines dümmlichen Ausrutschers zu überspielen versucht habe!«, gestand er zerknirscht ein. »Jetzt also ernsthaft und in der gebotenen Form: Ich danke dir für dein beherztes Eingreifen, mit dem du mir heute Morgen das Leben gerettet hast, Gerolt von Weißenfels. Ich bin zwar bereit für Gott mein Leben zu lassen, doch es drängt mich nichts, so jung schon zum Märtyrer und Blutzeugen Christi zu werden. Und bei meiner Ehre als Templer biete ich dir meine Entschuldigung an, dass ich mich auf dem Wehrgang sowie vorhin in den Stallungen so aufgeblasen und undankbar benommen habe! Im Grunde habe ich mich geschämt und wollte es nur nicht wahrhaben, der Herr ist mein Zeuge!« Er machte eine gewichtige Pause, während sie die Heilig-Kreuz-Kirche und den Palast des Patriarchen links liegen ließen. »Ich appelliere an deine Großmut,

70

nicht eine Dummheit mit einer anderen zu vergelten, sondern meine aufrichtig gemeinte Entschuldigung anzunehmen.«

Gerolt reagierte nicht sofort. Sie kreuzten die vom Neuen Tor herkommende Hauptstraße, auf der es kaum ein Durchkommen gab, zwängten sich durch das lärmende Gewimmel der zum und vom Hafen drängenden Menschen, und tauchten auf der gegenüberliegenden Seite in eine gewundene Gasse ein, die schon zum Genueser Viertel gehörte. Nicht weit vor ihnen brannte der Dachstuhl eines Warenlagers, der wohl erst vor kurzem von einem Feuertopf der Mameluken getroffen worden war. Man sah eine Rauchsäule aufsteigen, und zu ihnen drangen die aufgeregten Stimmen der Menschen, die das Feuer bekämpften.

In diesem Bezirk der Stadt, der vor der Besitznahme durch Genuas Kaufleute von Arabern bewohnt gewesen war und der daher auch noch viele charakteristische Merkmale aus jener Zeit trug, standen seit den kriegerischen Auseinandersetzungen zwischen den beiden mächtigsten italienischen Handelsmächten und erbitterten Rivalen Venedig und Genua im Jahre 1256 viele Häuser und Geschäfte leer. Die meisten Genueser hatten Akkon danach verlassen. Und wegen der anhaltenden Streitigkeiten und unklaren Besitzverhältnisse verfielen in jeder Straße zahlreiche Wohnhäuser und Geschäfte. Auch traf man in diesem Viertel überall auf niedergebrannte und nun in Trümmern liegende Gebäude, deren Wiederaufbau seither niemand in Angriff genommen hatte. Hinter dem Viertel erhob sich über den Dächern der Hügel Montjoie mit dem Kloster St. Sabas, der das Quartier der Venezianer von dem der Genueser trennte.

Gerolt hätte seinen Begleiter lieber weiterhin mit eisigem Schweigen gestraft. Aber ihm war klar, dass er sich damit ins Unrecht gesetzt und sich ehrlos verhalten hätte. Denn dass der Franzose seine Entschuldigung ernst meinte, daran bestand kein Zweifel. Und deshalb durfte Gerolt auch nicht auf seinem Groll beharren und seinem Ordensbruder die Vergebung verwehren.

Und so blieb er nach einigen Schritten dann doch stehen, als sie an eine Ecke gelangten, wo zu ihrer Rechten eine Gasse von ihrem Weg abzweigte. Von dort kam raues Männergelächter, dem er in diesem Moment jedoch keine Beachtung schenkte. Er gab sich innerlich einen Ruck und schaute Maurice ins Gesicht.

»Also gut, ich nehme deine Entschuldigung an, Maurice von Montfontaine. Vergessen wir, was gewesen ist.« Er streckte ihm die Hand zur Versöhnung hin.

Erleichtert ergriff Maurice die ihm dargebotene Hand. »Dem Himmel sei Dank! Jetzt fällt mir ein Stein vom Herzen!«, gestand er mit einem schiefen Lächeln der Verlegenheit. »Wenn du wüsstest, wie schwer es mir gefallen ist, meine Dummheit einzusehen und dich um Entschuldigung zu bitten!«

Gerolt zuckte die Achseln. »Ich denke, das fällt jedem schwer«, erwiderte er, obwohl ihm diese nachsichtigen Worte nicht gerade leicht über die Lippen gingen. Doch schon im nächsten Moment blickte er irritiert in die Seitengasse und zu dem recht stattlichen Haus hinüber, das zwischen einem verlassenen Anwesen und zwei Brandruinen lag und hinter dessen mannshoher Hofmauer irgendetwas vor sich ging. Denn ihm war, als hätte er im Gelächter der Männer auch das unverkennbar scharfe Klirren einer aus der Scheide fahrenden Schwertklinge gehört.

In seiner Erleichterung schien Maurice davon noch nichts bemerkt zu haben, gestand er Gerolt doch: »Manchmal hasse ich mich dafür, dass ich meine Zunge nicht im Zaum halten kann und es mir dann an der nötigen Demut fehlt, mich zu entschuldigen. Deshalb habe ich es wohl auch nicht lange bei den Schwarzkutten der Benediktiner ausgehalten. Na ja, eigentlich waren ja sie es gewesen, die mir unmissverständlich zu verstehen gegeben haben, ihren Konvent besser heute als morgen zu verlassen und mich nach einem anderen Lebensstil umzusehen, der meinem Wesen eher entspricht als das strenge Leben hinter Klostermauern.«

Verblüfft sah Gerolt ihn an, konnte er sich Maurice doch beim besten Willen nicht als Klosterbruder in einem geschlossenen Konvent vorstellen. »Was sagst du da? Ausgerechnet *du* wolltest mal Benediktinermönch werden?«

»Ja, kaum zu glauben, nicht wahr?« Maurice verzog das Gesicht zu einer Grimasse, als wäre es ihm peinlich, darüber zu reden. »Heute weiß ich auch nicht, wie ich auf den Gedanken gekommen bin, hinter den Mauern eines Klosters mein Seelenheil finden zu können. Aber als ich das mir ausgezahlte Erbe bis auf den letzten Sou versoffen, verspielt und mit leichten Frauen durchgebracht hatte, meinte ich, dafür Sühne leisten und ein neues, gottgefälliges Leben beginnen zu müssen, um mein Seelenheil zu retten. Und da . . .«

Gerolt hätte sich nur zu gern angehört, was Maurice zu erzählen hatte. Aber in diesem Moment ließ der angsterfüllte Aufschrei einer Frau, dem sofort höhnisches Gelächter aus mehreren Männerkehlen folgte, sie beide herumfahren und ihr Gespräch vergessen.

»Hast du das gehört?«, stieß Gerolt hervor und deutete auf das ansehnliche Haus in der Seitengasse. »Der Schrei kam von dem Haus dort drüben mit der langen Hofmauer! Das klang, als wäre eine Frau in höchster Not!«

Maurice nickte. »Den Eindruck hatte ich auch. Sehen wir nach, was da vor sich geht!«

Sie liefen die Gasse hoch, vorbei an zwei Brandruinen und zum breiten Tor in der langen Umfassungsmauer. Beim Näherkommen sahen sie, dass der linke Torflügel samt dem dazugehörigen Stück Mauer von einem Wurfgeschoss der Mameluken zertrümmert wor-

73

den war. Der gut kniehohe Felsbrocken lag noch inmitten der zersplitterten Torbalken und Mauertrümmer. Und kaum war ihr Blick auf die Szene gefallen, die sich ihren Augen im Innenhof des Anwesens bot, da wussten sie, dass sie unverzüglich eingreifen mussten – und zwar mit gezogenem Schwert!

7

Halb im Schatten von mehreren hoch gewachsenen Zypressen, die nahe bei der Mauer aufragten, und zwischen Brunnen und Haus umstanden vier abgerissene, aber kräftige Gestalten ein Fuhrwerk, das mit einigen Truhen und Teppichrollen halb beladen war. Pferde waren jedoch noch nicht vor das Gefährt gespannt.

Die Gruppe feuerte einen fünften Burschen an, der eine junge blonde Frau in einem veilchenfarbenen Kleid gegen die hintere Ladeklappe gedrängt hatte und ihr mit einer Hand den Mund zupresste, während er mit der anderen Hand ihr Kleid hochzuzerren versuchte. Er lachte über ihre ebenso verzweifelten wie erfolglosen Versuche, sich gegen seine brutale Gewalt zur Wehr zu setzen.

Das gut bewaffnete Gesindel war offenbar in das Anwesen eingedrungen und auf Plünderung aus. Ein sechster Komplize hatte einem älteren, dickleibigen und fast kahlköpfigen Mann, der in Todesangst erstarrt an der Wand neben dem Hauseingang stand, seinen Dolch an die Kehle gesetzt. Zu den Füßen des Dicken kauerte vor Angst wimmernd ein halbwüchsiges Mädchen, dem eine ähnliche honigblonde Lockenflut in das angstverzerrte Gesicht hing wie der jungen Frau beim Fuhrwerk. Und einige Schritte davon entfernt hielt ein siebter Halunke, der mit einer Streitaxt bewaffnet war, jemanden in Schach, der mit gezogenem Schwert vor ihm Aufstellung genommen hatte.

Dieser Mann mit dem Schwert, der ganz offensichtlich nicht zur

Bande der Plünderer gehörte, war von schlanker, sehniger Gestalt. Kurzes schwarzes Kraushaar bedeckte seinen Kopf und seine dunkle Haut sowie die scharf geschnittenen Gesichtszüge mit der alles beherrschenden kräftigen Nasenpartie ließen die Vermutung zu, dass er von levantinischer Abstammung war. Um die linke Schulter trug er einen frischen Verband, der sich am Oberarmansatz blutig gefärbt hatte, und sein Waffenrock zeigte Brandspuren.

»Lass sofort das Schwert fallen!«, rief der Halunke, der dem Hausbesitzer den Dolch an die Kehle hielt, gerade dem Verletzten zu, als Gerolt und Maurice im Toreingang erschienen. »Oder ich steche den alten Genuesen ab wie eine Mastsau am Schlachttag! Und dann nehme ich mir die Kleine vor. Hast du verstanden?«

»Ich bin kein Genueser!«, stieß der Dicke mit zittriger Stimme hervor. »Ich bin Franzose, Kaufmann aus Paris! Mein Name ist Granville! . . . Gustave Granville! Und meine Töchter heißen Beatrice und Heloise! . . . Sind das vielleicht genuesische Namen? Ich habe das Anwesen nur gemietet!«

Keiner von dem Gesindel schenkte ihm Beachtung. Ihnen war es zweifellos egal, wen sie ausplünderten und quälten.

Der Verletzte mit dem Schwert starrte indessen seinen Gegner furchtlos an. »Und mein Name ist Tarik el-Kharim . . . Tarik el-Kharim ibn Suleiman al-Bustani, um genau zu sein!«, antwortete er kalt. »Präg ihn dir gut ein, denn du sollst wissen, wessen Klinge dir gleich die Gedärme zerfetzt und dich für immer zum Schweigen bringt! Das kannst du dann deinen stinkenden Pestbeulen von Komplizen berichten, wenn du sie in der Hölle wieder triffst!«

Gerolt und Maurice zögerten keine Sekunde. Sie wussten, was sie zu tun hatten. Zwar stand es bei diesem bevorstehenden Kampf sieben zu drei, und die Plünderer waren bestens bewaffnet und sahen auch so aus, als verstünden sie von ihren Waffen Gebrauch zu ma-

76

chen. Aber Tempelritter hatten auch bei dreifacher Übermacht des Gegners in die Schlacht zu ziehen, das verlangten Ordensregel und Templerehre!

Fast gleichzeitig flog bei beiden der Umhang zur Seite und das Schwert aus der Scheide. »Ich fürchte, die Unterhaltung wird nicht ganz so einseitig und vergnüglich verlaufen, wie ihr bisher wohl geglaubt habt!«, rief Gerolt grimmig. »Wir gedenken dabei ein Wörtchen mitzureden!«

»Du sagst es! Und zwar ein hieb- und stichfestes, ihr feiges Gesindel!«, bekräftigte Maurice und gab das vertraute Templerkommando zum Angriff: *»Beauséant alla riscossa!«*

Die Plünderer, die sich in dieser fast ausgestorbenen Gasse offenbar vor unangenehmen Überraschungen sicher gewähnt hatten, fuhren erschrocken zum Tor herum.

»Verflucht!«, stieß eine der grobschlächtigen Gestalten beim Fuhrwerk hervor, als er sah, wer da mit blank gezogenem Schwert in den Hof gestürmt kam. »Tempelritter!«

Der Mann namens Tarik el-Kharim warf ihnen einen freudigen Blick zu. »Euch schickt der Himmel, Brüder!«, rief er. »Zeigen wir ihnen, wie drei Templer solch eine Situation meistern!«

Gerolt und Maurice wunderten sich nicht schlecht, dass dieser Tarik el-Kharim, der weder das Aussehen eines christlichen Ritters aus dem Abendland besaß noch den weißen Templermantel trug, sich als ihr Ordensbruder ausgab. Sie hielten das für dreiste Hochstapelei und sie gedachten ihn zur Rede zu stellen, sowie sich eine Gelegenheit ergab. Aber jetzt war nicht der Moment dafür, jetzt ging es um ihr Leben und das der Familie Granville. Denn schon im nächsten Augenblick griffen auch die Männer beim Fuhrwerk zu ihren Waffen.

Im Angesicht der siebenköpfigen, mordlustigen Bande wünschte Gerolt, er hätte nach der Wachablösung das Kettenhemd nicht abgelegt. Aber wer schleppte schon völlig unnötigerweise diesen gut zwanzig Pfund schweren Schutz mit sich herum? Niemand hatte damit rechnen können, dass sie auf ihrem harmlosen Botengang zum Hafen in eine solch gefährliche Situation geraten würden!

Nun brach ein Wirbel mehrerer, fast gleichzeitiger Ereignisse im Innenhof los.

Vier der Halunken beim Fuhrwerk stürzten sich im Bewusstsein ihrer Überzahl siegessicher auf Gerolt und Maurice.

Tarik el-Kharim griff den Mann mit der Streitaxt an. »Nun zeig mal, ob du mit dem Ding mehr kannst, als nur Kinder und Frauen in Angst zu versetzen und Melonen zu spalten!«, rief er ihm zu, während er den ersten Hieb austeilte.

Zur selben Zeit schlug der Plünderer, der den dickleibigen französischen Kaufmann an der Hauswand mit seinem Dolch bedroht hatte, dem wehrlosen Mann den Knauf seiner Waffe an den Kopf, worauf sein Opfer bewusstlos vor die Füße des kleinen Mädchens stürzte. Sofort tauschte er den Dolch gegen sein Schwert ein und sprang seinem Komplizen mit der Streitaxt zu Hilfe, der schon nach den ersten Hieben seines Gegners in arge Bedrängnis geraten war.

Derweil schätzte der Kerl, der sich an der jungen Frau vergriffen hatte, die Lage für sich und seine Kameraden offenbar für nicht gefährlich genug ein, um selbst einzugreifen. Er nahm sich die Zeit, einen Strick von einer der Teppichrollen zu zerren, die Frau unter brutalen Hieben zu Boden zu werfen und ihre Hände an die Speichen des hinteren Rades zu binden.

Gerolt und Maurice wurden von den vier Männern in die Zange genommen und hatten alle Mühe, sie sich vom Hals zu halten. Gegen eine Übermacht hatte man nur dann eine Chance, wenn man nicht nur mit dem Schwert schnell und kraftvoll umgehen konnte, sondern wenn sich dazu auch noch ein überlegener Verstand gesellte, der

Nachlässigkeiten und Fehler des Feindes rasch erkannte und sie für sich zu Nutze machte – und zwar bevor der Gegner den eigenen Schwächen auf die Schliche gekommen war.

Vier Klingen hämmerten und stachen auf Gerolt und Maurice ein. Ihr Reaktionsvermögen, ihre Übersicht und ihre scharfe Beobachtungsgabe wurden in den ersten Minuten auf eine besonders harte Probe gestellt. Ohne sich abgesprochen zu haben, wichen sie auf einer Linie ganz langsam zurück und begnügten sich fast ausschließlich mit reiner Abwehr, als wüssten sie den Schwerthieben der Plünderer nichts entgegenzusetzen.

In Wirklichkeit registrierten sie bei jedem Schlag, wie er ausgeführt wurde, welche Kraft in ihm lag, welchen Winkel die Klinge hatte, wie der Gegner seinen Körper beim Angriff bewegte, auf welchem Fuß das Gewicht lag, wie weit er ausholte, wo er kostbare Zeit verschenkte, wie schnell er einen Gegenschlag parierte, ob er Finten erkannte und wo er die Deckung vernachlässigte.

Dabei drohte ihnen die größte Gefahr von den beiden Burschen, die sofort versuchten seitlich anzugreifen und in ihren Rücken zu gelangen, um sie von dort heimtückisch niederzustechen. Aber Maurice und Gerolt wussten das zu verhindern, indem sie plötzlich, wie auf ein stummes Kommando hin, ihre defensive Haltung aufgaben, sich ihrem direkten Gegenüber blitzschnell entzogen und jeweils den Mann an ihrer Flanke angriffen.

Wenige Augenblicke später wehrte Gerolt einen wuchtigen Hieb ab, der seiner linken Schulter gegolten hatte, schlug die gegnerische Waffe zur Seite und entkam im nächsten Moment um Haaresbreite dem Angriff des zweiten Mannes, der ihm das Schwert von der anderen Seite in die Rippen hatte stoßen wollen. Die gegnerische Klinge glitt mit einem schrillen Laut über die Parierstange seiner Waffe. Aber wenn sie auch seinen Brustkasten verfehlte, so fuhr ihm die

Klinge doch noch so nah an seinem Körper vorbei, dass sie den Waffenrock darunter aufschlitzte und ihm eine Schnittwunde über der Hüfte zufügte.

Gerolt spürte in der extremen Anspannung des ungleichen Kampfes keinen Schmerz, sondern sah nur die günstige Gelegenheit zum tödlichen Gegenstoß, den ihm der Angreifer durch seinen tollkühnen Ausfallschritt bot. Noch bevor der Mann sein Schwert zurückziehen und sich mit einem schnellen Satz rückwärts in Sicherheit bringen konnte, hatte Gerolt seine Waffe herumgerissen und zugestoßen. Die Klinge durchstieß den speckigen Lederwams des Mannes und fuhr ihm tief in den Leib. Mit einem grässlichen Aufschrei, der augenblicklich in ein ersticktes Röcheln überging, stürzte er zu Boden.

Gerolt riss seine Waffe zurück, fuhr herum und schlug im nächsten Augenblick das Schwert seines zweiten Widersachers zur Seite, der geglaubt hatte, den Tod seines Komplizen auf der Stelle mit einem beidhändig geführten Hieb zum Kopf rächen zu können. Die feindliche Klinge schabte kreischend an Gerolts blutgetränktem Stahl entlang, traf mit großer Kraft auf das daumendicke Pariereisen über der Hand am Schwertgriff – und brach mitten durch. Der armlange, abgebrochene Teil des Schwertes flog wie eine Lanze und nur eine Faustbreite entfernt an Gerolts Kopf vorbei.

Ungläubig starrte der Mann auf den nutzlosen Schwertrest in seiner Hand. Das Blut wich schlagartig aus seinem Gesicht, als er begriff, dass dieser versuchte Raubzug der letzte seines Lebens sein würde, wenn er den Kampf nicht für verloren gab und sich auf der Stelle davonmachte.

Er nahm die Chance wahr und Gerolt war froh, dass der Plünderer die Flucht ergriff. Das ersparte ihm den Mann ohne Waffe in der Hand niederstechen zu müssen. In einer Feldschlacht hatte man keine andere Wahl, wenn man nicht sein eigenes Leben und das der Kameraden riskieren wollte. Lagen doch auf einem Schlachtfeld mehr als genug Waffen von toten und sterbenden Kriegern herum, mit denen man sich rasch wieder bewaffnen konnte, sofern einem der Feind aus Dummheit oder mangelnder Aufmerksamkeit Gelegenheit dazu gab. Hier jedoch widerstrebte es Gerolt, diese grausamen Gesetze anzuwenden und den wehrlosen Mann mitleidlos niederzustechen – auch wenn jener vermutlich kein anderes Schicksal verdient gehabt hätte.

Auch von der anderen Seite des Hofes, wo Tarik nahe beim Fuhrwerk die Klinge bravourös mit zwei Gegnern kreuzte, kam jetzt ein wütender, schmerzerfüllter Schrei. Dem Mann mit der Streitaxt war Tariks Schwert in die rechte Schulter gedrungen.

»Ich hoffe, das kühlt deinen Mut, du aufgeblähte Schweinsblase!«, höhnte Tarik el-Kharim.

Die Waffe entglitt der kraftlosen Hand des Schurken und mit einem entsetzten Ausdruck auf dem Gesicht taumelte er zurück. Seine Linke wollte noch zum Messer greifen, aber da bereitete Tarik seinem verbrecherischen Leben auch schon ein jähes Ende. Tot stürzte er vor die Füße der an die Radspeichen gefesselten jungen Frau.

Derweil hatte Maurice auf seiner Seite die schon von Verletzungen gezeichneten Angreifer mit einem Hagel wütender, aber präziser Schläge immer weiter in Richtung Tor getrieben. Dabei forderte er sie ständig mit beißendem Spott auf, sich doch endlich einmal wie richtige Schwertkämpfer zu wehren, damit ihm das Gefecht nicht so langweilig werde. Als einer der beiden genau das mit einer Finte versuchte, durchschaute Maurice das Vorhaben seines Gegners und brachte den letzten, kampfentscheidenden Treffer an. Seine Klinge schlitzte die gestreckte Waffenhand des Angreifers vom Ellbogen bis fast zum Schultergelenk auf.

Spätestens jetzt begriff auch der Rest der Bande, dass sie ihre Gegner unterschätzt hatten und dass es ein verhängnisvoller Fehler gewesen war, sich ausgerechnet mit Templern, der Elite unter den Rittern, angelegt und dabei auf ihre Überzahl vertraut zu haben. Und ohne noch länger zu zögern, suchten sie nun alle ihr Heil in der Flucht.

Maurice wollte einem von ihnen noch nach und ihm vor dem Tor den Weg verstellen, doch Gerolt hielt ihn zurück.

»Lass es gut sein, Maurice! Es ist genug Blut geflossen!«, rief er ihm zu. »Und seien wir froh, dass wir rechtzeitig gekommen sind, um das Schlimmste zu verhindern.« Und ein Lächeln trat auf sein Gesicht, als er fortfuhr: »Als Raoul von Liancourt darauf bestand, dass du mich zum Hafen begleitest, habe ich dich ja zum Teufel gewünscht. Doch jetzt bin ich froh dich an meiner Seite gehabt zu haben, Maurice von Montfontaine. Du weißt eine Klinge ausgezeichnet zu führen, Kamerad!«

Maurice erwiderte das Lächeln. »Was man auch von dir sagen kann, Gerolt von Weißenfels!«, antwortete er und reichte ihm die Hand. »Lass dies den Beginn einer unverbrüchlichen Freundschaft sein!«

Gerolt schlug sofort ein. »So sei es, Maurice!«

»Lasst auch mich euch danken, Brüder!«, mischte sich da Tarik el-Kharim ein, der indessen zu ihnen getreten war. »Ohne euren mutigen Beistand gäbe es im Akkon heute wohl einen Tempelritter weniger für den Kampf gegen die Mameluken.«

Maurice und Gerolt wandten sich ihm zu und auf ihren Gesichtern stand nun ein skeptischer, ja fast abweisender Ausdruck, wollten sie doch noch immer nicht recht glauben, dass dieser Mann zum Templerorden gehörte.

»Ich nehme an, du kämpfst bei den Turkopolen für unseren Orden«, sprach Maurice ihn an. »Und du hast dich wahrlich prächtig geschlagen, soweit ich das mitbekommen habe. Aber bei allem Respekt für deinen Mut und deine beachtliche Fechtkunst gibt dir das noch längst nicht das Recht, für dich in Anspruch zu nehmen, ein Tempelritter zu sein!«

Tarik el-Kharim lachte sie belustigt an. »Ihr irrt, ich bin Tempelritter wie ihr, mit allen Pflichten und Privilegien, werte Ordensbrüder. Und was meine ›beachtliche Fechtkunst‹ betrifft, so legt es mir nicht als Überheblichkeit aus, wenn ich behaupte, es im Schwertkampf mit jedem von euch aufzunehmen. Von meinen Fähigkeiten als Bogenschütze will ich erst gar nicht reden. Denn sie dürften eure Künste mit dieser Waffe weit in den Schatten stellen.«

»Den Hochmut eines Templers scheinst du jedenfalls schon zu haben«, warf Gerolt trocken ein.

»Dem Nichtwissenden scheint die Perle nichts als ein Stein«, konterte Tarik el-Kharim schlagartig mit einem levantinischen Sprichwort und sein selbstbewusstes Lächeln rund um die kräftige Nase wurde dabei noch um eine Spur breiter.

»Wenn du wirklich Tempelritter bist, warum trägst du dann nicht wie vorgeschrieben die Clamys?«, wollte Maurice wissen.

»Weil sie in Flammen aufgegangen ist und ich noch keine Zeit gefunden habe, mir eine neue zu besorgen«, antwortete Tarik el-Kharim gelassen. »Und um euch meine Stellung im Orden zu offenbaren: Ich gehöre zur Templertruppe der Festung Tortosa. Unser Komtur hat eine Abteilung nach Akkon verlegt. Wir sind hier eingetroffen, kurz bevor sich der Belagerungsring der Mameluken um die Stadt schloss. Solltet ihr mein Wort jedoch noch immer in Zweifel ziehen, so schlage ich vor, dass ihr euch bei meinem Anführer Pierre von Vignon Gewissheit verschafft. So, und jetzt sollten wir uns um den armen Mann und seine beiden Töchter kümmern!«

Sprachlos und nicht ohne eine gewisse Beschämung sahen sich Ge-

rolt und Maurice an. Dieser Levantiner, der ja wohl kaum von ritterbürgerlicher Abstammung sein konnte, da er ja noch nicht einmal einen christlichen Namen hatte, war doch wahrhaftig ein Tempelritter!

8

Rasch wischten sie das Blut an der Kleidung eines der niedergestreckten Plünderer von ihren Klingen, bevor sie die Schwerter wieder in die Scheiden zurückgleiten ließen. Dann eilten sie zu den Opfern des schändlichen Überfalls.

Die noch recht junge Frau, die kaum älter als sechzehn sein konnte, hing wie leblos in ihren Fesseln am Hinterrad des Fuhrwerks. Sie hatte offenbar beim Anblick des Plünderers, der mit einer grässlich klaffenden Wunde tot vor ihr in den Dreck gestürzt war, vor Entsetzen das Bewusstsein verloren.

Eilig zerrte Maurice, der zuerst bei ihr war, die vor ihr liegende Leiche von ihr fort und kniete sich zu ihr. Mit einem vorsichtigen Schnitt seines Dolches trennte er die Fesseln durch und brachte ihren grazilen Körper, an das Wagenrad gelehnt, in eine aufrechte, sitzende Stellung. Er strich ihr das lange, wellig blonde Haar, das sich unter den brutalen Händen des Verbrechers im Nacken aus ihrem blauen Seidenband gelöst hatte, aus dem Gesicht.

»Kommt zu Euch, werte Frau!«, rief er eindringlich und schlug mit der flachen Hand mehrfach gegen ihre bleichen Wangen, damit sie wieder zu sich kam. »Das Schlimmste ist überstanden, der Kampf ist vorbei. Ihr habt nichts mehr von dem Gesindel zu befürchten! . . . Könnt Ihr mich hören?«

»Ich hole Wasser!«, rief Tarik el-Kharim, während er schon zum Brunnen eilte, um rasch den Eimer am Seil in den dunklen Schacht hinunterzulassen. »Ein kühler Trunk und ein feuchtes Tuch wirken manchmal Wunder!«

Gerolt lief indessen zu dem kleinen Mädchen, das vielleicht sieben, acht Jahre alt war und sich schluchzend über seinen gleichfalls bewusstlosen Vater geworfen hatte. Das Mädchen hatte seinen Kopf auf die mächtige, rund gewölbte Brust gepresst und die Hände in die Kleidung des vermeintlich Toten gekrallt. Und mit grenzenloser Verzweiflung rief es in einem fort: »Er ist tot! . . . Papa ist tot! . . . Sie haben Papa getötet!« Dabei liefen ihm die Tränen nur so über das Gesicht.

»Nein, dein Vater ist nicht tot! Er hat von dem Schlag nur das Bewusstsein verloren!«, versuchte Gerolt das Mädchen zu beruhigen und hoffte, dass er sich auch nicht irrte. Der Kaufmann blutete aus einer Platzwunde am Kopf, die aber kaum zum Tod geführt haben konnte. Und zu seiner großen Erleichterung hörte er den Kaufmann Gustave Granville nun stöhnen. »Siehst du, er lebt! . . . Seine Augen bewegen sich schon! Gleich kommt er wieder zu sich. Es wird alles gut. Du brauchst also nicht mehr zu weinen. Dein Vater steht bestimmt gleich wieder auf den Beinen.« Und um das Mädchen abzulenken, fragte er: »So, und jetzt verrate mir mal, auf welchen Namen du hörst.« Er erinnerte sich an die beiden Namen, die der Kaufmann kurz vor Ausbruch des Kampfes genannt hatte. »Auf Beatrice oder Heloise? Der eine Name ist ja so wunderschön wie der andere.«

»Heloise . . . Beatrice heißt meine ältere Schwester«, antwortete das Mädchen mit tränenerstickter Stimme und schluchzte noch zweimal heftig, schöpfte bei seinen Worten jedoch sofort Hoffnung. Es gab die Kleidung des Vaters frei und hob den Kopf, um sich nun selber davon zu überzeugen, dass er lebte.

Stöhnend schlug Gustave Granville die Augen auf. Er fasste sich an den Kopf und versuchte sich aufzurichten, schaffte es aber nicht, seinen gewichtigen Körper auf die noch kraftlosen Beine zu bekommen.

Gerolt half ihm sich so weit aufzurichten, dass er sich gegen die Hauswand lehnen konnte. Mit benommenem Blick und schmerzverzerrtem Gesicht sah er ihn an. »Sind . . . sind . . . sie weg?«, stieß er abgehackt hervor, während er die Hand seiner kleinen Tochter Heloise tätschelte, die sich an ihn geschmiegt hatte und nun Tränen unendlicher Erlösung vergoss.

Gerolt nickte. »Zwei haben für ihre Schandtat mit dem Leben bezahlt, wie Ihr seht«, sagte er und deutete mit dem Kopf auf die beiden Toten, die im Staub des Innenhofes lagen. »Die anderen haben den Kampf aufgegeben und es vorgezogen, ihr Heil in der Flucht zu suchen.«

Ein ungläubiger Ausdruck trat auf das blutbeschmierte Gesicht des Kaufmanns. »Zu dritt habt Ihr das Pack in die Flucht geschlagen? Gott segne Euch für Euren Mut und Eure Fechtkunst! Nicht auszudenken, was geschehen wäre, wenn der Allmächtige Eure Schritte nicht noch zur rechten Zeit an diesen Ort gelenkt hätte!« Seine freie Hand tastete nach der Kopfwunde und zuckte sofort zurück, als die Berührung offenbar einen scharfen Schmerz auslöste.

»Seid unbesorgt, es handelt sich nur um eine harmlose Platzwunde, die rasch verheilen wird«, versicherte Gerolt. »Ihr werdet wohl noch eine Weile unter Kopfschmerzen leiden, aber das dürfte auch alles sein. Sagt, wo wir saubere Tücher in Eurem Haus finden, und wir werden Euch helfen die Wunde zu säubern, damit sie sich nicht entzündet, und einen Druckverband anzulegen.«

»In einer der Kisten auf dem Fuhrwerk findet Ihr jede Menge Laken und Tischleinen, werter Herr Tempelritter! Und zwar in der Truhe mit der farbigen Bemalung«, erklärte Gustave Granville und schaute dann besorgt zum Fuhrwerk hinüber. »Aber sagt, was ist mit meiner Tochter Beatrice? Haben die Schurken ihr etwas zu Leide getan?«

»Ihr könnt ganz unbesorgt sein. Es ist nichts geschehen, was ihrem guten Ruf hätte Schaden zufügen können. Sie hat sich tapfer gewehrt. Ihr könnt stolz auf sie sein, Herr Granville«, beruhigte Gerolt den Kaufmann, dem die Angst um die Ehre seiner älteren Tochter ins Gesicht geschrieben stand, hatte doch eine geschändete junge Frau in seinen Kreisen zumeist eine schmachvolle Zukunft vor sich.

»Gepriesen seien die segensreiche Gottesmutter und Ihr Tempelherren!«, stieß Gustave Granville dankbar hervor und schlug das Kreuz.

Indessen hatte Maurice der jungen Frau aus dem Eimer, den Tarik el-Kharim vom Brunnen herbeigebracht hatte, ein wenig Wasser ins Gesicht gespritzt und auf die Stirn geträufelt. Und jetzt kam auch sie zu sich. Verwirrt blinzelte sie den vor ihr knienden Tempelritter aus ihren blassblauen Augen an.

»Was . . . was ist geschehen?«, murmelte sie mit schwacher Stimme, während ihr Blick verstört hin und her irrte, als fürchtete sie das Gesindel jeden Moment wieder auftauchen zu sehen.

»Ihr seid in Sicherheit, werte Frau!«, sprach Maurice beruhigend auf sie ein und hielt ihre Hand. »Niemand wird Euch etwas antun, Ihr habt das Wort eines Templer. Wir haben die Bande von Eurem Hof gejagt.«

Beatrice Granville murmelte einen Dank, erhob sich und richtete dann verlegen ihr verrutschtes Kleid. Die Farbe kehrte nun wieder in ihr anmutiges Gesicht zurück. »Sagt mir Euren Namen, mein Herr«, bat sie.

»Maurice von Montfontaine«, stellte er sich mit einer fast höfisch galanten Verbeugung vor, als befände er sich auf dem Turnierplatz, wo man seiner Dame, für die man in den Wettkampf ritt und deren Tuch man sich an die Turnierlanze band, vor Beginn noch einmal die

Ehre erwies. Und mit einer nicht weniger formvollendeten Geste zu seinen Ordensbrüdern hin fügte er hinzu: »Und das sind meine Mitbrüder Gerolt von Weißenfels und . . . Tarik el-Kharim, die mir im Kampf beigestanden haben! Es war uns eine Ehre, Euch zu Diensten gewesen sein zu dürfen und Euch aus den Händen dieser Mörderbande zu befreien!« Ein strahlendes Lächeln begleitete seine zuckersüßen Worte.

Gerolt fand, dass diese Bemerkung, mit der Maurice von Montfontaine seine eigene Rolle im Kampf nicht unwesentlich über die seiner Kameraden stellte, wohl typisch für den zur Großspurigkeit neigenden Franzosen war, und er bemerkte, dass auch Tarik el-Kharim sich dazu seine Gedanken machte. Denn der Levantiner zog sogleich die Augenbrauen hoch. Doch der schnelle Blick, den er mit Gerolt tauschte, war ohne Verärgerung, sondern wurde von einem belustigten Gesichtsausdruck begleitet.

Und ein leichter Spott schwang in Tariks Stimme mit, als er scheinbar bescheiden darauf bemerkte: »Was immer meine werten Tempelbrüder ehrt, ehrt auch mich.«

Beatrice stand noch viel zu sehr unter dem Schock des blutigen Geschehens, als dass sie den Spott in seinen Worten hätte wahrnehmen können. Sie richtete ihren Dank nun auch an ihre beiden anderen Retter, die Maurice »beigestanden« hatten.

Gerolt hatte den Eindruck, dass Maurice die Hand der hübschen jungen Frau nur widerwillig losließ. Und er bestand darauf, an ihrer Seite zu bleiben, sie unter den Arm zu fassen und sie zu stützen, als sie sich hinüber zu ihrem Vater begab.

Gustave Granville, der inzwischen auf die Beine gekommen war, nahm seine Älteste in den Arm und spendete ihr einige Worte des Trostes, mit denen er wohl auch seine eigenen aufgewühlten Nerven zu beruhigen gedachte. Dann jedoch schimpfte er auf seinen Diener,

89

den er dafür verantwortlich machte, dass die Bande den Überfall auf ihn und seine Töchter überhaupt erst gewagt hatte.

»Yussuf, dieser nichtsnutzige Kerl, hätte doch mit den Pferden schon längst zurück sein müssen! Mich würde es gar nicht wundern, wenn er die Pferde verkauft und sich mit dem Geld aus dem Staub gemacht hätte!«

»Reg dich nicht wegen Yussuf auf, Vater«, sagte Beatrice und löste sich aus seiner Umarmung. »Es gibt für uns jetzt Wichtigeres zu tun. Deine Kopfwunde muss verbunden werden und die Herren Tempelritter haben mehr als nur Worte des Dankes verdient, dass sie für uns ihr Leben riskiert haben.«

»Recht hast du, mein Augenstern! Wir werden ewig in der Schuld dieser edlen Ritter stehen. Und unser Dank soll sich wirklich nicht allein in wohlfeilen Worten erschöpfen!«, versicherte Gustave Granville eilfertig und wollte die Ordensritter dazu überreden, mit ihm zuerst einmal mit einen Becher von seinem besten Roten auf die glückliche Rettung anzustoßen.

Darauf ließen sich die drei Templer jedoch nicht ein, obwohl Maurice einer solchen Stärkung anfangs alles andere als abgeneigt schien. Doch Gerolt erinnerte ihn nachdrücklich daran, dass sie im Hafen noch etwas Dringendes zu erledigen hatten und man dort auf sie wartete. Auch mussten die beiden Leichen weggeschafft und das Blut mit einigen Eimern Brunnenwasser weggespült werden. Tarik el-Kharim bot sich an diese unangenehme Aufgabe zu übernehmen.

Und so begleiteten nur Gerolt und Maurice die Granvilles kurz ins Haus, wo Beatrice plötzlich am ganzen Leib zu zittern begann, als wäre ihr erst jetzt zu Bewusstsein gekommen, welch einem entsetzlichen Schicksal sie, ihr Vater und ihre kleine Schwester nur ganz knapp entronnen waren. Bereitwillig ließ sie sich zu einem großen Liegediwan führen und streckte sich darauf aus.

Während Maurice sich im Küchenraum um die Platzwunde des Kaufmannes kümmerte, beklagte dieser sein Schicksal, das ihm vor wenigen Wochen die geliebte Mutter seiner Töchter geraubt hatte. Blutarmut hatte seine Frau dahingerafft und nun hielt ihn nichts mehr in Akkon. Noch an diesem Tag wollte er sich auf einer Handelsgaleere einschiffen und mit seinen Töchtern nach Frankreich zurückkehren.

Gerolt entschuldigte sich schon bald, weil er ein dringendes Bedürfnis nach Erleichterung verspürte. Er ließ sich von Heloise den Weg zum Abort weisen, der sich im Hinterhof befand. Dort begutachtete er auch seine Verletzung, die sich jedoch als harmlose Schnittwunde herausstellte. Die gegnerische Klinge hatte seine Bauchdecke nur ganz leicht aufgeritzt, sodass nicht einmal ein Verband notwendig war. Auch das Schreiben des Großmeisters hatte im Kampf keinen Schaden genommen.

Wenig später kehrte er kurz zu Maurice und den Granvilles ins Haus zurück, wünschte dem Kaufmann und seinen Töchtern alles Gute und drängte dann zur Eile.

Als sie auf den vorderen Hof hinaustraten, war der Levantiner schon dabei, die zweite Leiche über die Gasse und auf das benachbarte Trümmergrundstück zu zerren. Er würde Diener des Stadtmagistrats von dem Überfall und den beiden Leichnamen unterrichten, damit diese für die Verscharrung in einem der Massengräber in Montmusard sorgten.

»Was hältst du von einem gemeinsamen kleinen Umtrunk, Bruder?«, rief Maurice ihm aufgekratzt zu.

Tarik el-Kharim machte ob dieser unverhofften Einladung ein genauso verdutztes Gesicht wie Gerolt. »Hätte nichts dagegen einzuwenden, großer Schlachtenkämpfer!«, rief er zurück.

»Dann komm gleich, wenn du hier fertig bist, in Alexios' Weinschenke!«, forderte Maurice ihn auf. »Du weißt, wo der Grieche seine Taverne hat?«

Tarik el-Kharim nickte. »Ja, am inneren Hafen gleich zu Beginn der Mole, die hinaus zum Turm der Fliegen führt!«

»Also dann bis gleich!« Maurice winkte ihm zu und eilte hinaus auf die Gasse.

Diesmal war es Gerolt, der ihn einholen musste. Und sofort fragte er: »Sag mal, was soll denn das mit dem gemeinsamen Umtrunk bei Alexios?«

Maurice grinste ihn an. »Was dagegen?«

»Nein, nicht im Geringsten«, gab Gerolt zu. Zwar gehörte er nicht zu jenen Ordensbrüdern, deren Trinkfestigkeit dazu geführt hatte, dass es überall in der Bevölkerung für einen wüsten Zecher schon das geflügelte Wort gab, er könne »saufen wie ein Templer«. Doch gegen einen ordentlichen Schluck dann und wann hatte auch er nichts einzuwenden. »Aber wovon willst du das denn bezahlen? Alexios ist bekannt dafür, dass er nur beste, ungepanschte Weine ausschenkt, und dementsprechend teuer ist er auch. Und wir können doch noch nicht einmal das gestreckte Zeug in einer billigen Panschbude bezahlen!« Denn Tempelritter waren mittellos, hatten sie bei ihrem Eintritt in den Orden doch nicht nur Gehorsam und Keuschheit gelobt, sondern auch Armut.

Nun grinste Maurice noch breiter. »Wir werden den guten Wein hiervon bezahlen, werter Bruder in Christo!«, antwortete er ihm vergnügt und zog einen prall gefüllten Geldbeutel hervor. »Der Dicke hat mir die Geldbörse geradezu aufgedrängt. Was sollte ich da tun? Ich brachte es einfach nicht übers Herz, ihm die Freude des großzügigen Geschenks zu verderben.«

»Aber das ist uns verboten!«, wandte Gerolt bestürzt ein.

»Nun mal ganz langsam mit den Pferden, mein Bester! Es ist sehr wohl erlaubt, Geschenke für die Gemeinschaft anzunehmen«, widersprach Maurice. »Wie sonst, glaubst du, wäre unser Orden zu solch ungeheurem Reichtum gelangt, der sogar den der mächtigsten Könige und Päpste übersteigt? Und sind wir drei denn etwa keine Gemeinschaft? Außerdem hindert uns ja nichts daran, dass wir das Geld bis auf die unbedeutende Kleinigkeit, die uns die Zeche bei Alexios kostet, nachher bei unseren Ordensoberen abliefern.«

Die Spitzfindigkeit des Franzosen machte Gerolt sprachlos. Und er wusste nicht, ob er schimpfen oder lachen sollte.

»Mach nicht so ein verdattertes Gesicht, Gerolt von Weißenfels, und sei nicht päpstlicher als der Papst. Den Umtrunk haben wir uns allemal verdient und den werden wir uns auch gönnen!«, sagte Maurice entschlossen. »Außerdem brenne ich darauf, zu erfahren, wie dieser levantinische Bursche zu seinem Templermantel gekommen ist!«

9

Am Hafen, in dessen Rücken die Eisenburg mit ihrem wuchtigen, vierkantigen Festungsturm wie eine steinerne Drohung hoch in den Himmel aufstieg, gab es kaum ein Durchkommen. Hunderte Menschen und fast ebenso viele Pferdewagen, Ochsengespanne und Handkarren strömten aus den umliegenden Straßen und Gassen, kamen auf dem hufeisenförmigen Vorplatz zusammen und erstarrten dort zu einer sich nur noch zäh bewegenden Masse.

Zu den Bewohnern, die Akkon mit einem möglichst großen Teil ihres Hab und Gut verlassen wollten, gesellten sich noch etliche Lastenträger und Händler, die dringend benötigte Lebensmittel von einer gerade erst eingelaufenen Handelsgaleere zu entladen und in die Stadt zu bringen versuchten, während gleich daneben die Mannschaft eines kurz vor dem Auslaufen stehenden Schiffes ungeduldig darauf wartete, dutzende Fässer mit Frischwasser an Bord nehmen und dann endlich die Leinen loswerfen zu können.

Es herrschte rund um den Hafen ein fürchterliches Durcheinander, das von entsprechendem Lärm begleitet wurde. Die Leute rempelten, drängten und behinderten sich gegenseitig im Vorwärtskommen. Flüche und Drohungen flogen durch die Luft. Die Fuhrleute ließen ihre Peitschen knallen, ohne jedoch viel damit zu erreichen. Man warf sich üble Verwünschungen zu, drohte sich mit Fäusten und Kinder weinten.

»Was für ein wüstes Durcheinander!«, stöhnte Gerolt, als er sich mit Maurice durch die Menge zur Mole kämpfte, die am südlichsten Punkt der Hafenanlage als Schutzwall zum Meer angelegt worden war. Sie erstreckte sich fast dreihundert Schritte weit ins Wasser hinaus und endete in einem mächtigen, wehrhaften Rundturm, der »Turm der Fliegen« hieß und die Hafeneinfahrt bewachte.

»Und dabei ist es ja vorläufig bloß ein kleiner Teil der Bevölkerung, der die Stadt verlässt!«, erwiderte Maurice. »Kannst du dir vorstellen, was hier erst für ein Chaos herrschen wird, wenn der Auszug richtig beginnt . . . etwa wenn die Mameluken irgendwo eine Bresche in die Mauern schlagen und in die Stadt eindringen?«

»Nein, lieber nicht«, gestand Gerolt.

Maurice gab ein bitteres Auflachen von sich. »Dann wird es ein Hauen und Stechen geben und hier nicht viel anders als auf einem Schlachtfeld zugehen!«, prophezeite er düster.

Die schnelle Templergaleere *Panagia* wurde nicht weniger heftig von Flüchtenden belagert als all die anderen Schiffe, die im Hafen lagen. Überall wurde lautstark um Passagen und Frachtraten gefeilscht und gestritten, denn die Nachfrage überstieg das Angebot bei weitem. Nicht jeder würde mitkommen können. Das trieb die Preise nach oben und sorgte für manchen Wutausbruch. Die Kapitäne und Schiffseigner machten in diesen Tagen das Geschäft ihres Lebens. Besonders die zyprischen, die zwischen der belagerten Stadt und den Häfen Famagusta und Limassol auf Zypern hin- und herpendelten und bei guten Winden pro Strecke meist nicht mehr als zwei Tage brauchten. Aber es gab auch ehrenhafte Kapitäne, die ihre Zusagen aus jener Zeit einhielten, als Akkon noch nicht unter Belagerung gelegen hatte.

Der gedrungene Quartiermeister der *Panagia* blockierte zusammen mit vier muskulösen Seeleuten, die ihn um Kopfeslänge über-

95

ragten und mit Prügeln bewehrt waren, die breite Laufplanke, die vom Kai auf die Templergaleere führte. Sowie er Gerolt und Maurice kommen sah, unterbrach er seine Verhandlungen mit einem herausgeputzten Kaufmann, der sich offensichtlich sehr wichtig vorkam.

»Tempelritter! Macht den Weg frei für die Männer, die auch im Angesicht einer Übermacht von Ungläubigen nicht angstschlotternd davonrennen und sich auf das nächste Schiff flüchten!«, brüllte er voller Verachtung für die ihn umdrängende Menge und bedeutete den raubeinigen Seeleuten an seiner Seite, notfalls mit ihren Prügeln nachzuhelfen, wenn die Leute nicht augenblicklich eine Gasse für die beiden Tempelritter freimachten. »Los, bewegt euch! Oder es setzt Hiebe! Macht Platz für die tapferen Männern von Akkon, die wahrhaftig in Gott vertrauen, ausharren und nicht von der Stelle weichen, während alle anderen schon längst wie die Hasenfüße die Flucht ergreifen und nur an ihr eigenes Leben und ihren Plunder denken!«

Die Menschenmenge auf dem Kaiende teilte sich vor Gerolt und Maurice wie das Rote Meer vor Moses bei seiner Flucht aus Ägypten. Beide dachten sie dasselbe, nämlich dass Sultan el-Ashraf Khalil sich mit seinem Heer an den Mauern von Akkon die Zähne ausbeißen würde, wenn nur jeder wehrfähige Mann bereit gewesen wäre zu bleiben, eine Waffe in die Hand zu nehmen und zu kämpfen.

Der Quartiermeister begrüßte sie an der Laufplanke, fragte sie respektvoll nach ihrem Begehren und führte sie dann sofort in die Kajüte von Kapitän Demetrios, der das Schreiben in Empfang nahm und es wegschloss. Damit hatten sie ihren Auftrag erledigt.

Wenig später saßen sie in der Weinschenke des Griechen Alexios, der sich nicht zu Unrecht rühmte, seinen Gästen nur das Beste von den Weinbergen seiner Heimat aufzutischen. Das Geschäft an diesem Tag lief schlecht für ihn, wie er klagte, und die Taverne war tatsächlich so gut wie leer.

»An solchen Tagen steht den Leuten nicht der Sinn nach einem guten Tropfen, dessen Duft einem das Himmelreich der Genüsse auf der Zunge verspricht und der dieses Versprechen dann auch mit köstlichem Engelsfeuer in Gaumen, Kehle und Magen hält«, jammerte der kleinwüchsige Mann mit den dicken, fleischigen Lippen und den buschigen Augenbrauen, als er ihnen den ersten Krug brachte. »Wer sich jetzt zum Zechen in eine Schänke begibt, der betrinkt sein Unglück mit billigem Gepanschten, der einem die Gedärme zerfrisst und schleichende Fäulnis im Hirn hervorruft! Was soll ich jetzt nur machen? Für die Fässser, die ich noch im Keller habe, finde ich keinen Frachtraum. Und wenn doch, könnte ich ihn nicht bezahlen!«

»Deine Sorgen möchte ich haben, Alexios«, sagte Maurice und griff zum Krug. »Aber wenn du dich ebenfalls aus dem Staub machst und nicht weißt, wohin mit dem guten Wein, dann helfen wir dir gern aus der Not.«

»Bitte einen Templer um einen Ratschlag, und ehe du dich versiehst, findest du dich all deiner Güter beraubt und als Bettler wieder!« Alexios verdrehte dabei gequält die Augen, warf die Hände in einer Geste jämmerlicher Resignation in die Luft und verschwand im hinteren Teil der Schänke.

Kaum hatten Gerolt und Maurice den ersten Schluck Roten aus ihren irdenen Humpen genommen, als Tarik bei ihnen eintraf. Er setzte sich ihnen gegenüber an den Tisch. Wortlos und ohne darauf zu warten, dass ihm der Schankwirt einen eigenen Steinhumpen brachte, griff er zum Krug, setzte ihn an die Lippen und gönnte sich einen kräftigen Zug.

Maurice runzelte die Stirn. »Dein Durst in Ehren, Tarik el-Kharim ibn was-weiß-ich«, sagte er und fragte leicht ungnädig: »Aber hättest du nicht noch warten können, bis Alexios dir deinen eigenen Humpen bringt?«

Alexios eilte schon heran, um einen dritten Steinbecher auf den Tisch der Tempelritter zu stellen.

». . . Ibn Suleiman al-Bustani«, half Tarik dem Gedächtnis von Maurice auf die Sprünge. »Und was meinen schnellen Griff zum Krug angeht, werter Ordensbruder, so war ich mir nicht sicher, ob ich mir in deinen Augen mehr als nur einen Fingerhut voll Wein verdient habe. Immerhin haben wir dir ja nur ein wenig ›beigestanden‹, wenn ich mich an deine Worte recht erinnere.«

Gerolt lachte auf, hielt er diesen bissigen Seitenhieb des Levantiners doch für mehr als gerechtfertigt.

Maurice schoss das Blut ins Gesicht. »Nun legt doch nicht gleich jedes Wort auf die Goldwaage, das in der Hitze des Gefechts gesprochen wird, Kameraden!«, verteidigte er sich verlegen. »Ich will ja zugeben, dass ich in meiner Wortwahl vielleicht ein wenig ungeschickt gewesen bin.«

»Na, so ungeschickt kam mir deine Wortwahl aber gar nicht vor«, erwiderte Tarik el-Kharim und schenkte sich ein. »Du hast damit mächtig Eindruck auf diese bildhübsche Beatrice gemacht. Welche junge Frau lässt sich nicht gern von einem so heldenhaften Ritter vor Schändung und Tod retten, der es gleich mit einer siebenfachen Übermacht aufnimmt und diese fast allein in die Flucht schlägt. Da durften wir doch dankbar sein, dass von deinem Ruhm auch ein wenig auf uns Hilfstruppen abgefallen ist.«

Nun brach Gerolt in schallendes Gelächter aus. »Richtig! Und von der Hitze des Gefechtes konnte da ja wohl keine Rede mehr sein. Mir schien eher, dass dich beim Anblick dieser Schönen eine ganz andere Hitze befallen hat, die mit unserem Ordensgelübde schlecht in Einklang zu bringen ist!«

Maurice blickte grimmig von einem zum andern. Dann entschied er sich wohl ihnen die spöttischen Bemerkungen nicht krumm zu nehmen und nicht länger unglaubwürdige Ausflüchte zu machen. »Also gut, ich beuge mich und gebe zu, dass ich mich in meiner Bewunderung für weibliche Schönheit dazu habe hinreißen lassen, mich in ein besonders günstiges Licht zu stellen, und . . . und euren Anteil dabei nicht gebührend gewürdigt zu haben!«, sagte er mit einem schiefen Lächeln.

»Wie heißt es doch bei den weisen Männern der Wüste: *In deinem eigenen Reich suche die verborgene Flamme. Es ist eines Menschen nicht würdig, Licht von anderswo zu borgen*«, spottete Tarik el-Kharim.

»Manche Schwächen, die einem von Geburt mitgegeben werden, lösen sich nun mal nicht in Luft auf, wenn man ein Ordensgelübde abgelegt hat«, räumte Maurice kleinlaut und verlegen ein.

»Wohl wahr!«, pflichtete Gerolt ihm bei und fand, dass der Spöttereien auf Kosten des Franzosen jetzt genug waren. Deshalb hob er seinen Humpen und schlug fröhlich vor: »Darauf und auf den gemeinsam bestandenen Kampf sollten wir trinken!«

Bereitwillig folgte Tarik el-Kharim der Aufforderung und stieß mit ihnen an. »Es ist in der Tat leichter, einen Berg an einem Haar herumzuschleppen, als sich mit eigener Kraft von sich selbst zu befreien.«

»Ist das wieder so ein tiefsinniger Spruch aus der Heimat deiner weisen Vorväter?«, fragte Maurice und nutzte geschickt die Gelegenheit, um von sich abzulenken.

»Das ist er«, bestätigte Tarik el-Kharim und niemand an ihrem Tisch achtete auf die beiden blinden Turkopolen, die durch die Tür der Schänke kamen und sich hinter ihnen in die dunkle Ecke setzten.

»Dann erzähl uns doch mal, wie du zu den Templern gekommen bist«, hakte Maurice sogleich nach: »Natürlich nur, wenn wir dir mit unserer Neugier nicht zu nahe treten.«

»Das tut ihr nicht, aber es ist eine etwas längere Geschichte.«

Maurice zuckte die Achseln. »Und wennschon! Der Keller des Griechen ist voll mit Wein, der getrunken werden muss. Wir sind ganz Ohr, Tarik el-Kharim ibn Suleiman al-Bustani!« Maurice goss sich aus dem bauchigen Weinkrug nach und sah ihn erwartungsvoll an. »Wo liegt denn nun die Heimat deiner Vorväter, du Kenner weiser Sprüche aus der Wüste?«

Gerolt war nicht weniger gespannt auf die Lebensgeschichte des Levantiners. Auch schmeckte der Wein zu köstlich, um so schnell schon an Aufbruch zu denken.

»Sie liegt am Nil in Ägypten«, begann Tarik el-Kharim nicht ohne Stolz. »Ein Großteil der Sippe meines Großvaters stammt aus Al-Qahira und Umgebung.«

»Cairo!«, rief Maurice überrascht und stichelte: »Schau an, dann haben wir es ja mit einem Abkömmling des Volks der Pharaonen und Sonnenanbeter zu tun! Sag bloß, in dir fließt auch noch das Blut der Beduinen?«

»So ist es, und darauf bin ich ganz besonders stolz, sind sie doch auf ihre Art die Ritter der Wüste«, antwortete Tarik el-Kharim. »Nur gehören meine Vorfahren schon seit Jahrhunderten zum christlichen Teil der Bevölkerung, der einstmals ja die Mehrheit stellte, aber leider im Laufe der blutigen muslimischen Bekehrungsfeldzüge in den arabischen Ländern immer mehr zu einer Minderheit geworden ist. Doch die Kopten[*] und auch die romtreuen Christen halten sich trotz brutaler Unterdrückung und Verfolgung noch immer in vielen Teilen Arabiens, wie euch vielleicht bekannt sein dürfte.«

Darüber wussten Gerolt und Maurice zwar nur wenig, doch sie begnügten sich mit einem wortlosen Nicken, um sich keine Blöße zu geben.

Ein Schmunzeln huschte über Tariks Gesicht. »Aber euch interes-

---

[*] Die christlichen Nachkommen der alten Ägypter, die in ihrer Mehrheit der orthodoxen griechischen Kirche angehören.

siert ja wohl eher, wie ein Levantiner wie ich zu dem begehrten Templermantel kam, der eigentlich doch nur den Abkömmlingen edler Ritterfamilien des christlichen Abendlandes vorbehalten ist.«

»Stimmt, darauf sind wir besonders gespannt«, gab Maurice zu.

»Das Privileg verdanke ich meinem Großvater Said. Er gehörte beim sechsten Kreuzzug zu einer Abteilung ausgesuchter ägyptischer Krieger christlicher Gesinnung, die im Dienst des Königs Ludwig IX. von Frankreich standen«, fuhr Tarik el-Kharim in seiner Erzählung fort. »Als Ludwig der Heilige, wie man ihn auch nennt, mit seinen Truppen im Nildelta landete, um Ägypten niederzuwerfen, zeichnete sich mein Großvater bei der Eroberung von Damietta im Juni 1249 durch besondere Tapferkeit aus. Aber das war erst der Anfang seiner Heldentaten. Und die besondere Gunst des Königs errang er nach der Schlacht um die Stadt Mansurah, als sich das Scheitern des Kreuzzuges schon abzeichnete. Denn als Ludwig im April erkrankte, bei einem Gefecht vom Hauptteil des Heeres abgeschnitten wurde und sich gezwungen sah sich mit seiner Leibwache und einer kleinen Abteilung ägyptischer Krieger in das Dorf Munyat al-Khols Abdallah zu flüchten, da verhinderte mein Großvater den Mordanschlag eines Assassinen*, der den König mit einem vergifteten Dolch niederstechen wollte. Dabei wurde er selbst schwer verwundet, überlebte seine Verletzung jedoch wundersamerweise. Vermutlich hatte das Gift schon länger an der Dolchklinge des Meuchelmörders gehaftet und ein gut Teil seiner Kraft verloren.«

»Alle Achtung!«, entfuhr es Gerolt. »Dein Großvater Said muss ein ungewöhnlich mutiger und wachsamer Mann gewesen sein.«

---

* Die Assassinen waren eine schiitische Sekte (hervorgegangen aus der Spaltung der Muslims in sich feindlich gesinnte Sunniten und Schiiten nach dem Tod Mohammeds). Die Angehörigen dieses religiösen, geheimen Ordens waren bekannt und gefürchtet für ihre heimtückischen Mordanschläge auf die Anführer und Herrscher jener Völker, mit denen die Schiiten verfeindet waren. Bei ihren Attentaten nahmen die gedungenen Meuchelmörder ihren eigenen Tod furchtlos in Kauf.

Tarik el-Kharim nahm die Anerkennung mit einem freundlichen Lächeln entgegen. »Das war er in der Tat. König Ludwig dankte ihm für seine Tapferkeit mit gleichfalls ungewöhnlicher Huld. Er erhob ihn nämlich in den erblichen Ritterstand und schenkte ihm als Lehen ein kleines Besitztum mit einer Burg bei Antiochia. Das Lehen ist mittlerweile zwar an die Muslims verloren gegangen, aber zumindest ist mir als Erbe das Recht geblieben, als Ritter dem Templerorden beizutreten. So, nun wisst ihr, wie ich zu meinem Mantel gekommen bin.«

»Ein ritterbürgerlicher Levantiner mit Beduinenblut in den Adern, dessen Großvater Ludwig dem Heiligen das Leben gerettet hat, wer hätte das gedacht!«, verkündete Maurice und hob nun Tarik seinen Humpen entgegen. »Was ich gedacht und gesagt habe, soll dem Orkus des gnädigen Vergessens anheim fallen, Bruder! Auch sei hiermit noch einmal gesagt, dass du wahrlich wie ein Tempelritter gekämpft und deinem heldenhaften Großvater alle Ehre gemacht hast! Gott sei allzeit mit dir, möge das Banner unseres Ordens stets siegreich über deinem Kopf wehen, mein Bruder!«

»So sei es!«, pflichtete Gerolt ihm bei und hob ebenfalls seinen Becher. »Auf unseren Mitbruder Tarik el-Kharim ibn Suleiman al-Bustani!«

Mit dumpfem Klirren stießen ihre Humpen aneinander und dann floss der schwere Wein durch ihre Kehlen, deren Durst noch längst nicht gestillt war.

»Verzeih mir eine weitere Frage«, sagte Maurice dann nach kurzem Zögern und bedeutete Alexios ihnen einen weiteren Krug zu bringen. »Ich würde gern noch wissen, warum du keinen christlichen Namen angenommen hast.«

»Hatten Jesus und Maria, die Jünger und Apostel christliche Namen?«, gab Tarik el-Kharim schlagfertig zurück, dem diese Frage offensichtlich nicht das erste Mal gestellt wurde. »Nein, es waren jüdische Namen und ich denke, sie waren genauso stolz auf ihre hebräische Herkunft und Kultur, wie ich es bin. Nicht der Name macht den rechten Glauben, sondern das, was in deinem Herzen und deiner Seele ist!«

»Gut gesprochen!«, rief Gerolt ihm zu.

»Aber genug von mir«, sagte Tarik el-Kharim. »Wie wäre es, wenn ihr mir zur Abwechslung ein wenig von euch erzählen würdet und wie ihr zum Templerorden gekommen seid? Wer nimmt, soll auch geben können.«

»Das ist nur recht und billig«, pflichtete Gerolt ihm bei.

»Mach besser du den Anfang, Gerolt!«, sagte Maurice und warf ihm einen bittenden Blick zu. »Das verschafft mir ein wenig Zeit, meine Gedanken zu sammeln und mir meine Geschichte so zurechtzulegen, dass sie nicht einen gar zu wüsten Eindruck auf euch macht.«

Gerolt zuckte gleichmütig die Achseln. »Ich habe nichts dagegen«, sagte er und erzählte ihnen nun von seinem Vater, dem trinkfesten und grobschlächtigen Raubritter im Eifeler Land, der es trotz viel versprechender Anfänge nicht gerade sehr weit gebracht hatte. Allzu viel gab sein Leben auch gar nicht her. Das Wichtigste an seiner Geschichte war, dass er nicht als Stammhalter, sondern nur als drittgeborener Sohn zur Welt gekommen und damit von der Erbfolge ausgeschlossen war.

»Lieber ein Hund sein als ein nachgeborener Sohn!«, warf Maurice ein. Die Bitterkeit in seiner Stimme ließ darauf schließen, dass es auch ihm nicht vergönnt gewesen war, als Erstgeborener das Licht der Welt zu erblicken.

Gerolt fuhr fort: »Ja, ein Hund hatte es auf unserem Bergfried besser als ich, der ich die Tyrannei meines Vaters und meiner beiden älteren Brüder ertragen musste. Als ich mit vierzehn Jahren endlich alt

103

genug war meiner eigenen Wege zu gehen, da wusste ich sofort, dass ich mich der nächsten Gruppe Kreuzfahrer anschließen und ins Heilige Land ziehen würde. Sosehr ich mich um mein Seelenheil sorgte und ein gottgefälliges Leben führen wollte, so sehr brannte ich doch auch darauf, als Ritter in den Kampf gegen die Ungläubigen zu ziehen. Das Waffenhandwerk hatte mir mein Vater auf seine unnachsichtig harte Art beigebracht und davon verstand er wirklich etwas. Und eines Tages den Mantel der Templer zu tragen und Gott als Kriegermönch zu dienen war mein innigster Wunsch, solange ich denken kann. So schlug ich mich dann mit einer Gruppe französischer Kreuzfahrer nach Outremer durch, wurde in Tripolis Knappe eines Templers und legte schließlich hier in Akkon vor einem Dreivierteljahr beim Ritterschlag das Ordensgelübde des Templers ab. Das ist alles, was es von mir zu erzählen gibt.«

Tarik el-Kharim nickte ihm zu und beide richteten ihre Blicke nun erwartungsvoll auf Maurice. Gerolt hatte von ihm ja schon auf dem Weg ins Genueser Viertel einige Hinweise auf sein recht bewegtes Leben erhalten. Diese hatten seine Neugier erst richtig geweckt und er brannte darauf, mehr darüber zu erfahren.

Maurice blickte in die Runde. »Wisst ihr überhaupt, worauf ihr euch einlasst? Nachher beschwert ihr euch, dass euer Seelenheil schweren Schaden genommen hätte, weil ihr euch die beschämenden Irrungen und Wirrungen meines Leben habt anhören müssen, das nun mal reicher an äußerst pikanten Geschichten ist, als ein Straßenköter Flöhe auf seinem Fell sitzen hat! Niemand soll hinterher sagen, er wäre nicht gewarnt worden. Wollt ihr noch immer, dass ich euch mit meiner Lebensbeichte das Blut ins Gesicht treibe?«

Tarik el-Kharim und Gerolt grinsten ihn an und antworteten wie aus einem Mund: »Ja! Und jetzt fang endlich an!«

Maurice gab einen theatralischen Seufzer von sich. »Ich sehe, der bittere Kelch soll nicht an mir vorübergehen. Also gut, ganz wie ihr wollt!« Er stärkte sich aber erst noch mit einem kräftigen Schluck aus seinem Humpen. Ein wenig Wein rann dabei über den Becherrand, lief ihm über das Kinn und versickerte in dem schmalen Dreieck seines schwarzen Bartes, dessen gleichmäßige, spitz zulaufende Form nicht gerade der Ordensregel entsprach. Er setzte den Humpen ab, wischte sich den Wein vom Kinn und begann zu erzählen.

Er hatte nicht zu viel versprochen, seine Lebensgeschichte war eine scheinbar endlose Kette gewalttätiger Auseinandersetzungen schon in früher Jugend mit seinen älteren Brüdern und später dann mit jedem, der ihm auch nur einen schiefen Blick zuwarf oder ein unfreundliches Wort an ihn zu richten wagte. Es war auch ein wilder Reigen ungezügelter Leidenschaften und gefährlicher Liebeshändel, die ihn mehrmals fast das Leben gekostet hätten, sowie wüster Exzesse an Spieltischen, in Spelunken und in Freudenhäusern, ein fast dreijähriger Rausch sündhafter Ausschweifungen.

Auf die selbstzerstörerische Maßlosigkeit sinnlicher Vergnügungssucht folgte dann eines Tages, als alles Geld verspielt, vertrunken und verhurt war und sich seine vermeintlichen und von ihm ausgehaltenen Freunde in Luft aufgelöst hatten, der tiefe Sturz in die Verzweiflung, in die Scham, in die qualvolle Selbstzerfleischung und in die immer stärker werdende Angst, vor Gott sein Seelenheil verwirkt zu haben. Schließlich gelangte er nach nächtelangem Gebet in einer Dorfkirche zu der Überzeugung, dass aufrichtige Reue des Herzens allein nicht reichte, sondern dass er für seine vielen Sünden und Verfehlungen tätige Sühne leisten musste – und zwar hinter Klostermauern und für den Rest seines Lebens. Nur so glaubte er am Tag des Jüngsten Gerichtes vor Gott bestehen und Gnade finden zu können.

105

Aber wie die Erfahrung schnell zeigte, fand er bei den Benediktinermönchen nicht den Seelenfrieden und die große Gewissheit, seine Bestimmung gefunden zu haben, wie er es sich beim Eintritt ins Kloster erhofft hatte. Schon bald geriet er mit seinen Ordensoberen und Mitbrüdern aneinander und begehrte immer mehr gegen das strenge und eintönige Klosterleben auf, das in starkem Gegensatz zu seinem bislang so aktiven Leben und seiner Leidenschaft für die ritterliche Waffenkunst stand. So war es dann auch kein Wunder, dass man ihn schon Monate vor dem Ende seines Novizats aufforderte das Kloster wieder zu verlassen.

»Ich verdanke es dem Prior, der mir trotz meiner Widerspenstigkeit wohlgesinnt war und mich besser kannte als ich mich selbst, dass ich schließlich zu den Templern und damit zu meiner wahren Bestimmung fand«, schloss Maurice seinen Bericht.

»Wie das?«, fragte Tarik el-Kharim.

»Nun, er besaß nicht nur die Großherzigkeit, sondern auch die Weitsicht, mich mit einer Empfehlung zu einem befreundeten Komtur zu schicken, der sich meiner annahm. Und schon vom ersten Tag an wusste ich, dass dies mein Leben und der Dienst als Kriegermönch meine Bestimmung war. Nach einem Jahr Probezeit in der Komturei von Saint-Denis bei Paris wurde ich in den Orden aufgenommen, erhielt die Clamys und durfte vor gut zwei Jahren mit einer Abteilung Tempelritter ins Heilige Land aufbrechen. So, Freunde, hat es mich also zu euch nach Akkon verschlagen!«

Tarik und Gerolt zollten ihm Anerkennung für seine schonungslose Offenheit, mit der er ihnen seine vielfältigen Verfehlungen geschildert hatte.

»Wer ohne Führer unterwegs ist, der braucht oft viele Jahre für eine Reise von wenigen Tagen, wie es bei den Beduinen heißt«, bemerkte Tarik gedankenvoll.

»Und wer weiß, wohin die Reise uns noch führen wird«, sagte Gerolt bedrückt.

»Ich befürchte, sie führt uns vermutlich schon bald aus Akkon und dem Heiligen Land wieder hinaus«, erwiderte Maurice. »Unsere einzige Hoffnung ist, dass König Heinrich von Zypern schnell mit einem starken Entsatzheer zu uns übersetzt, sonst wird Akkon nicht zu halten sein.«

Gerolt hieb wütend mit der Faust auf den Tisch. »Warum nur König Heinrich von Zypern? Wo bleibt die Unterstützung aus allen anderen Ländern unserer christlichen Heimat? Wie hat es nur dazu kommen können, dass von den einstigen Kreuzfahrerstaaten und dem Königreich Jerusalem, für das so viele tapfere Männer ihr Blut und ihr Leben gelassen haben, so gut wie nichts mehr übrig ist? Ich verstehe einfach nicht, dass der Papst, der sich doch Stellvertreter Christi nennt, sowie die Könige und all die mächtigen Fürsten in Europa nicht die geringsten Anstrengungen unternehmen, um das Unheil abzuwenden und das Heilige Land für die Christenheit zu retten! Gelten ihnen Jerusalem und all die anderen heiligen Stätten, wo unser Heiland und Erlöser gelebt, gepredigt, gelitten und die Auferstehung erfahren hat, nichts mehr? Was kann denn wichtiger sein, als sich hier den Heeren der Ungläubigen entgegenzuwerfen?«

»Ich kann dir sagen, was ihnen wichtiger ist«, erwiderte Maurice grimmig. »Ihre höfischen Intrigen, ihre Machtkämpfe untereinander sowie ihr ausschweifendes, ganz und gar nicht christliches Leben, all das ist ihnen tausendmal wichtiger, als das Kreuz zu nehmen und Geld für Truppen und Ausrüstung aus ihren übervollen Schatztruhen zu opfern! Was den Einsatz für den eigenen Glauben betrifft, fordern mir die Muslime entschieden mehr Respekt ab als unsere sich stets so fromm aufspielenden Fürsten und Könige, die es aber nur bei einem bloßen Lippenbekenntnis belassen.«

107

Tarik lachte freundlos auf. »Ja, leider ist es so und nicht anders, Maurice. Wie schon die Sufis*, die weisen Meister und Wanderer des mystischen Pfades, seit Jahrhunderten lehren: *Wenn Gott einem Menschen freundlich gesinnt ist, schenkt er ihm großes Leid, und wenn er ihn sich zum Feind machen will, schenkt er ihm weltliche Habe in Hülle und Fülle.*«

»Nun, Feinde haben wir mehr als genug«, sagte Gerolt mit wilder Entschlossenheit. »Aber wenn alle anderen uns im Stich lassen und auch Akkon noch fallen soll, dann wünsche ich mir zumindest, dass wir den Feinden einen unerbittlichen Kampf bis zum letzten Mann bieten, wie es unsere Ehre als Tempelritter verlangt!«

»Du sprichst mir aus der Seele, Gerolt!«, pflichtete Maurice ihm bei. »Nur wäre mir eine offene, alles entscheidene Feldschlacht, bei der jeder mit Schwert und Lanze zeigen kann, was er als Kämpfer taugt, zehnmal lieber, als wochenlang einer zermürbenden Belagerung standzuhalten und nur darauf zu warten, bis den Mameluken der Durchbruch gelingt!«

Auch Tarik stimmte ihm darin zu. »Ja, wir sollten uns unserer Tugenden als Ritter besinnen und den Kampf zu ihnen bringen, statt auf ihre Angriffe zu warten! Und wenn die anderen Orden nicht dazu bereit sind, dann sollten wir Templer ihnen zeigen, was Mut und Todesverachtung im Anblick eines übermächtigen Feindes sind!«

Als die drei Ritter wenig später die Weinschenke des Griechen verließen und sich bedrückt auf den Rückweg zur Zitadelle am inneren Wall machten, waren sie Freunde geworden. Keiner beachtete die

---

* Im achten Jahrhundert fanden sich in der islamischen Welt kleine Gruppen von Suchenden zusammen, deren Liebe zu Gott von einer großen leidenschaftlichen Sehnsucht bestimmt war. Sie lebten zumeist sehr zurückgezogen und in Armut und entwickelten sich zu Bruderschaften und Orden. Die mystische Vereinigung mit Gott über den Weg eines reinen, nur von Liebe erfüllten Herzens war ihr Ziel und sie brachten es darin zu einer hohen Kunst, die der Kunst großer christlicher Mystiker in nichts nachstand.

beiden blinden Turkopolen, die ihnen mit einigem Abstand folgten. Und keiner von ihnen ahnte, dass sie noch in derselben Nacht Gelegenheit bekommen würden, ihren Mut und ihre Tapferkeit im Kampf gegen die Feinde unter Beweis zu stellen – und zwar endlich *vor* den Mauern von Akkon!

10

Akkon bot den Heerscharen der Mameluken und ihren Vasallen in dieser Nacht ein trügerisches Bild der Normalität. Nichts sollte den Feind warnen und ihm auch nur den kleinsten Hinweis darauf geben, dass in der dritten Stunde nach Mitternacht ein Angriff bevorstand. Auf den Wällen patrouillierte die übliche Anzahl von Wachen. Und auf dem vierzig Schritt breiten Streifen zwischen der äußeren und der inneren Festungsmauer brannten zwischen der Stadtburg im Osten und dem St.-Lazarus-Tor auf der Westseite auch nicht mehr Pechfackeln als sonst.

Doch der Feuerschein der Fackeln fiel auf fast vierhundert zum Nahkampf gerüstete Tempelritter mit ihren gepanzerten Schlachtrössern sowie auf eine leichte Reiterei von fast ebenso vielen Turkopolen und Sergeanten. Die Hilfstruppen setzten sich zu einem überwiegenden Teil aus Bogenschützen zusammen. In dieser Nacht hatten sie ihre Köcher jedoch nicht mit jenen gefürchteten Pfeilen gefüllt, deren feine, eiserne Nadelspitzen mühelos feindliche Rüstungen durchbohren konnten, sondern gut zweihundert der Turkopolen würden fast ausschließlich Brandpfeile verschießen, die an der Spitze mit in Pech getauchtem Werg umwickelt waren. Die anderen hatten an die Sättel ihrer Pferde Bastkörbe geschnallt, in denen sich kleine, mit griechischem Feuer gefüllte Tontöpfe befanden.

Die Ritter und die einheimischen Hilfstruppen hatten sich bis zur

Matutinmesse ausgeruht und versucht möglichst viel Schlaf zu finden, was den meisten erfahrenen Kriegermönchen auch recht gut gelungen war. Nach einem kurzen Gottesdienst hatten sie ihre Pferde für den Kampf mit dem nötigen Hals- und Flankenschutz versehen, selbst leichte Rüstung angelegt, das Schwertgehänge umgegürtet, zu Lanze und Schild gegriffen und sich in strenger Disziplin so lautlos wie möglich auf dem Aufmarschstreifen zwischen den Wällen versammelt.

Nun war die Truppe bereit zum Angriff, der dem Heerlager des syrischen Emirats von Hamah auf ihrer Wallseite gelten sollte. Und der Großmeister der Templer, der noch keiner Schlacht aus dem Weg gegangen war, hatte es sich nicht nehmen lassen, seine Truppe persönlich in die Schlacht zu führen.

Guillaume von Beaujeau, ein Mann von kräftiger Statur, aber mit einem sich schon grau färbenden Vollbart, stand beim Tor vor dem engen Halbrund der versammelten Templertruppen. Neben ihm hielt ein Knappe seinen schwarzen Wallach für ihn am Zügel. Der Großmeister wechselte noch einige letzte Worte mit seinem Marschall Gottfried von Vendac und den Unterführern. Zur Rechten des Großmeisters saß schon der Templer im Sattel, dem die Ehre zuteil geworden war, die Lanze mit dem Beaucant, dem schwarz-weißen Banner des Ordens, in die Schlacht zu führen. Fiel er im Kampf, musste der nächste Ritter die Lanze aufheben und sie mit seinem Leben verteidigen. Denn die Ehre der Kriegermönche verlangte es, dass der Beaucant stets über den Köpfen der Ordensbrüder wehte. Fiel das Banner, das in der oberen Hälfte aus schwarzem und in der unteren Hälfte aus weißem Tuch bestand, in einer Schlacht in die Hand des Feindes, galt das als große Schmach.

Maurice und Gerolt hatten es so eingerichtet, dass sie bei der Aufstellung der Abteilungen Seite an Seite standen und so auch in die

Schlacht ziehen würden. Auch Tarik war es gelungen, sich auf der äußeren linken Flanke seiner Schwadron zu postieren, sodass sie zumindest guten Augenkontakt untereinander halten und sich notfalls gegenseitig beistehen konnten. Nachdem sie Freundschaft geschlossen hatten, war es gut, in diesem bevorstehenden Gefecht so nah beieinander zu sein. Denn der Platz, der einem Ritter von seinem Kommandeur in der Schlachtordnung zugewiesen wurde, durfte unter keinen Umständen verlassen werden. Auf diesem ehernen Gesetz der geschlossenen Formation beruhte ein gut Teil der gefürchteten Durchschlagskraft der berittenen Ordensritter wie auch der sie begleitenden leichten Reiterei und Fußtruppen.

Gerolt sah, dass Tarik leise mit einem hühnenhaften Templer an seiner Seite redete, der das wüste Aussehen eines Wikingerkriegers besaß. Dieser Ritter mit der Gestalt eines Bären, dessen Alter er auf Ende zwanzig schätzte, trug über dem rechten Auge eine verbeulte Eisenkappe. Sie wurde von einem breiten, mit silbrigen Fäden durchwirkten Lederriemen an ihrem Platz gehalten. Eine weißliche Narbe zog sich von der rechten Stirn quer über die Nase und bis zum kantigen Kinn hinunter. Die vordere Hälfte seines Schädels, der mit seinen Narben viel Ähnlichkeit mit einer von Beilhieben zerkratzten Eisenkugel besaß, war völlig kahl geschoren. Und das rötliche, strohdicke Haar der hinteren Kopfhälfte war im wulstigen Nacken zu einem gerade mal handlangen Zopf zusammengeflochten. Dieser wirkte durch die dichte Umwicklung mit einem schmalen Lederband, das wie der Riemen der Augenklappe gleichfalls von einem Geflecht silbriger Fäden durchzogen wurde, wie ein metallener Sporn, der ihm aus dem Hinterkopf ragte. Der Helm, den er unter dem Arm geklemmt hielt, hatte bis auf den breiten Nasenschutz ein offenes Gesichtsfeld und wies auf der Hinterseite eine Aussparung für den kurzen Zopfstummel auf.

112

Gerolt wunderte sich, dass dem merkwürdigen, einäugigen Templer diese Eigenmächtigkeit mit dem Zopf von den Ordensoberen erlaubt wurde, nahm man es mit der Einhaltung der strengen Regeln doch sonst sehr genau.

»Weißt du, wer das ist, mit dem Tarik da gerade spricht?«, fragte er an Maurice gewandt und mit gedämpfter Stimme.

Maurice folgte seinem Blick und lachte leise auf. »Der Kerl sieht zum Fürchten aus, nicht wahr? Auf den trifft unser Templerwahlspruch zu, als wäre er für ihn gemacht: *Wild wie die Löwen gegenüber unseren Feinden und sanft wie die Lämmer zu unseren Freunden!* Wenn ich mich recht erinnere, ist sein Name McIvor von Conneleagh. Ein Schotte aus dem nördlichen Hochland, der weder Tod noch Teufel fürchtet. Es heißt, dass keiner den Bidenhänder so vernichtend zu führen versteht wie er.«

Nun bemerkte Gerolt auch das mächtige überlange und ungewöhnlich breite Schwert, das auf der linken Seite vom Sattel des Schotten hing und nur für Ritter gemacht war, die die Kraft besaßen, eine solch fürchterliche Waffe mit beiden Händen ausdauernd zu schwingen.

Das leise Gemurmel in den Reihen der Ordensbrüder erstarb und wich angespanntem Schweigen, als sich der Großmeister in seinen Sattel schwang und noch einmal das Wort an seine Truppen richtete.

»Meine Herren Ritter, Sergeanten und Turkopolen!«, rief er ihnen feierlich zu. »Wieder einmal steht unserem Orden eine Stunde der Bewährung im Kampf bevor und ich hege die unerschütterliche Überzeugung, dass wir sie mit der unvergleichlichen Entschlossenheit und Bravour bestehen werden, die uns auszeichnet und die unserem Ruf entspricht! Ich will nicht viele Worte machen, Brüder! Wir alle wissen, wie ernst die Lage ist und wie viel von dem Ausfall abhängt, den wir gleich gegen das Heerlager von Hamah unternehmen werden, und zwar nicht nur für die Zukunft Akkons, sondern für die gesamte Christenheit!«

Mit ernsten, entschlossenen Gesichtern schauten die Männer zu ihm auf. Es gab nicht einen Ritter in ihren Reihen, der nicht darauf brannte, den Kampf endlich zu den Mameluken zu tragen. Vergessen waren Groll und Unverständnis darüber, dass sich die miteinander zerstrittenen Großmeister der beiden anderen Ritterorden nicht dazu bereit gefunden hatten, ihrerseits zur selben Zeit mit ihnen oder an anderer Stelle einen Angriff zu wagen. Aber Tempelritter warteten nicht darauf, dass andere für sie den Weg zum Sieg ebneten. Vielmehr waren sie es, die sich nicht scheuten, immer wieder das scheinbar Unmögliche zu wagen und dafür notfalls auch ihr Leben zu lassen.

»Allen ist bekannt«, fuhr Guillaume von Beaujeau nun fort, »dass der Sultan einen Großteil der Wurfmaschinen, die für Akkons Befestigungen am gefährlichsten sind, in das Lager seiner syrischen Vasallen hat bringen lassen. Ob nun etwa Schäden an ihnen behoben werden müssen und sich dort die besseren Handwerker befinden oder ob ein konzentrierter Beschuss der Westflanke geplant ist, soll uns dabei heute Nacht nicht interessieren. Was immer auch dahinter stecken mag, die Gelegenheit ist günstig, durch einen mit großer Wucht geführten Überraschungsangriff gegen das Sarazenenlager diese Schleudern und Katapulte zu zerstören. Gelingt uns das, werden wir kostbare Zeit gewinnen. Zeit, die darüber entscheiden kann, ob Akkon fällt oder der Belagerung durch die Ungläubigen standhält, bis aus Zypern ein Entsatzheer eingetroffen ist.«

Hier und da warfen sich die Ritter skeptische Blicke zu, schätzten sie doch die Chance gering ein, dass König Heinrich II. in der Lage sein würde, ein ausreichend starkes Heer um sich zu sammeln und mit ihm rechtzeitig nach Akkon überzusetzen. An ihrer Entschlossenheit, in dieser mondhellen Nacht das Lager von Hamah anzugreifen, änderte diese Ahnung jedoch nichts.

Der Großmeister gab nun den Befehl zum Aufsitzen und zum Entzünden der Pechfackeln für die Brandpfeile und die Feuertöpfe und die Wachen am Tor machten sich bereit, nun auch die letzten Sperren zu lösen. Die schweren Balken hatten sie schon aus den Halterungen im Mauerwerk gehoben, als die Truppen zwischen den Wällen Aufstellung genommen hatten.

Guillaume von Beaujeau wartete schweigend, bis alle im Sattel saßen und die Pechfackeln entflammt waren, und ließ danach noch eine lange Pause verstreichen, während er in die Runde blickte. Es war, als wollte sein Blick auf jedem einzelnen Gesicht verweilen, um das heilige Feuer, das in ihm loderte, auch noch zum letzten Krieger zu tragen.

»So lasst uns denn nun mit der Gewissheit in den Kampf ziehen, dass Gott uns zu seinem Dienst gerufen hat und uns das Heil gewiss ist, wenn in dieser Nacht die Stunde unseres Todes gekommen sein sollte!«, rief er beschwörend. »Zu Unrecht haben die Ungläubigen unsere Burgen und Städte an sich gerissen, unter der Bevölkerung ein Blutbad nach dem anderen angerichtet und die Überlebenden in die Sklaverei geführt!« Er riss sein Schwert aus der Scheide und richtete die funkelnde Klinge auf das Ordensbanner. »Mögen der nie weichende Kummer über unsere Toten und der heilige Zorn über die Schandtaten, mit denen sie das Heilige Land, die *Terra Sancta* unseres Herrn und Erlösers, heimgesucht haben, zu einer unbändigen Kampfeskraft in uns werden, die wie ein Sturmwind über das Lager der Sarazenen hinwegfegt!«

Ein Meer von Lanzen und Schwertern, die fast gleichzeitig aus den

Scheiden flogen, erhob sich im Schein der Fackeln in den Himmel und richtete sich auf das Ordensbanner aus.

Und dann kam endlich der Befehl, auf den alle gewartet hatten: »Auf das Tor!«

11

Das rund gewölbte Haupttor bestand aus zwei hohen Flügeln, deren mächtige, beinahe mannsdicke Balken von breiten Eisenbändern umschlossen wurden. Zudem war die Außenseite mit scharfen Eisendornen gespickt. Um dieses innere Tor zu öffnen, mussten sich auf jeder Seite drei Männer kräftig ins Zeug legen, um die beiden Flügel aufziehen zu können. Wie bei allen anderen Toranlagen im äußeren Befestigungsring, so vollführte der breite Durchgang im Torhaus direkt hinter dem Hauptportal einen scharfen, rechtwinkligen Knick. Damit machte man es einem Feind unmöglich, einen schweren Rammbock gegen das Bollwerk einzusetzen.

Während die eisenbeschlagenen Flügel schwerfällig aufschwangen, begannen sich im stark befestigten Torhaus auch schon die Winden der Fallbrücke zu drehen. Die Mannschaften hatten Stunden zuvor die Brücke von innen mit armdicken Seilen festgezurrt, um danach die Zugketten ganz langsam und ohne Spannung von den dicken Trommeln lassen und in mühseliger Arbeit Glied für Glied mit altem Sackleinen umwickeln zu können. Deshalb drang jetzt auch kein lautes, verräterisches Rasseln in die Nacht hinaus, als die Ketten von den Winden liefen und sich die Zugbrücke rasch über den Festungsgraben senkte. Es mochten zwar kaum mehr als ein, zwei Minuten sein, die sie durch diese aufwändige Vorbereitung an Zeit gewannen. Aber jede Minute, die jetzt verstrich, ohne dass im Lager der Sarazenen Alarm gegeben wurde, konnte über Erfolg oder Misserfolg ihres Angriffs entscheiden.

Der Großmeister ritt mit dem Templer voran, der die Lanze mit dem Ordensbanner trug. Dicht aufgeschlossen folgten ihm die einzelnen Reiterabteilungen der Ordensritter, Sergeanten und Turkopolen in der vorher festgelegten Reihenfolge. Nirgendwo in der langen Kolonne, die Tor und Fallbrücke in notgedrungen schmaler Formation passieren musste, gab es Gedränge oder gegenseitige Behinderung. Allerdings ließ sich nicht völlig vermeiden, dass Waffen klirrten und Schilde gegen die Rüstungen der Pferde stießen.

Gerolt und Maurice gehörten zur zweiten Abteilung, während Tarik der dritten angehörte. Kaum lag die Fallbrücke hinter ihnen, als die Templer ihre außerordentliche Disziplin und ihr Können unter Beweis stellten. Ohne dass es eines Kommandos bedurft hätte, nahmen die Reiter sofort Geschwindigkeit auf, jedoch ohne dass der eine dem anderen davonpreschte, und gruppierten sich dabei gleichzeitig neu.

Die schmale Kolonne löste sich auf, der Großmeister und der Bannerträger mit seinen schützenden Begleitern ließen sich einige Pferdelängen zurückfallen, und wie von der Hand eines unsichtbaren Puppenspielers geführt formierte sich aus den nachrückenden Truppen ein gewaltiger gepanzerter Keil. Die Flanken wurden von Ordensrittern auf ihren Schlachtrössern gebildet, während der innere Kern aus Bogenschützen und den Turkopolen mit den Feuertöpfen bestand. Die Schilde so gleichmäßig ausgerichtet wie die Schuppen eines Fisches und mit eingelegter Lanze, rückte die Truppe vor. Aus der Entfernung und im Licht des Mondes konnte man den Eindruck gewinnen, eine dreieckige, geschlossene Metallmauer auf Pferdehufen heranjagen zu sehen, die gleich wie ein gigantischer, stählerner Pflug und mit tödlicher Wucht durch das Zeltlager der ahnungslosen Sarazenen von Hamah pflügen würde.

Die gut siebenhundert Mann starke Templertruppe hatte schon

mehr als die Hälfte der Distanz zum Lager überwunden, als die ersten Alarmschreie der Muslims durch die Nacht gellten.

»Beauséant alla riscossa!« Der Großmeister stieß den Schlachtruf zum Angriff aus, denn nun bestand kein Grund mehr, sich mit Lärm zurückzuhalten.

Und fast siebenhundert Kehlen nahmen den Schlachtruf des Großmeisters auf und brüllten nun ihrerseits mit aller Kraft ihrer Lungen, dass es auch jedem noch so tapferen Feind durch Mark und Bein gegen musste: »Beauséant alla riscossa!«

Hinter den Rittern loderten nun mehrere hundert Brandpfeile auf, und der erste Pfeilhagel stieg wie eine flammende Wand in den Himmel und ging auf die Katapulte und Schleudern, die vor dem Lager abgestellt waren, sowie auf die ersten Zeltreihen nieder.

Kaum hatten die Bogenschützen den nächsten Brandpfeil auf die Sehne ihres Bogens gelegt, als die Truppe das Lager auch schon erreicht hatte. Die erste Welle der noch unorganisiert vorstürmenden Sarazenen fiel unter den Lanzen der Ritter oder wurde von den gepanzerten Pferden niedergetrampelt.

Auch Maurice und Gerolt hatten ihre Lanzen geschleudert und griffen nun zum Schwert. Jetzt begann der mörderische Kampf Mann gegen Mann, während die Turkopolen versuchten mit ihren Feuertöpfen und Brandpfeilen so viel Schaden an den Wurfmaschinen anzurichten wie möglich.

Da die gestaffelten Reihen des Zeltlagers einen weiteren Vormarsch in geschlossener Schlachtformation nicht zuließen, fächerte sich die Templertruppe wie vorher abgesprochen in einzelne Gruppen auf. Jeder wusste, dass dieses Zeltlabyrinth für sie schnell zur Falle werden konnte, wenn es ihnen nicht gelang, in kürzester Zeit ein so großes Chaos und Blutvergießen unter den Feinden anzurichten, dass die Sarazenen von einem panischen Schrecken ergriffen wurden, der es ihnen unmöglich machte, sich zu sammeln und sich dem Angriff mit aller Macht entgegenzustellen.

Die Hoffnung auf einen derart vernichtenden Schlag erfüllte sich jedoch nicht. Wenn die Krieger von Hamah in den ersten Minuten des Angriffs auch schwere Verluste hinnehmen mussten, so gelang es ihren Heerführern doch unerwartet schnell, Truppen aus den hinteren Teilen des Lagers um sich zu scharen, die sich dem Feind mutig entgegenwarfen.

In der Hitze des Gefechtes erwiesen sich für die Angreifer die meist schmalen Durchgänge zwischen den Reihen mit den überall kreuz und quer gespannten Zeltschnüren als tödliche Fallen. Die Pferde strauchelten in dem Gewirr der Spannseile, stürzten und warfen ihre Reiter aus dem Sattel. Und damit wendete sich das Blatt zu Gunsten der Sarazenen. Der Angriff geriet ins Stocken und die Krieger vom Templerorden sahen sich immer mehr in Bedrängnis. Von allen Seiten stürzten sich die Feinde auf sie. Ihre zahlenmäßige Übermacht war erdrückend.

Gerolt erwehrte sich der Sarazenen mit seiner Gruppe an der linken, westlichen Flanke des Kampfgeschehens. Er sah, wie Theoderich von Ebersburg von einer feindlichen Lanze aufgespießt wurde, und auch Ludolf der Schweigsame, fand im Gemetzel den Tod unter einem Krummsäbel, der ihm den Kopf vom Rumpf trennte. Wenig später gelangte der Großmeister zu der bitteren Einsicht, dass die Verluste unter seinen Kriegern nicht länger zu verantworten waren, und gab das Signal zum Rückzug.

»Zurück, Gerolt!«, schrie Maurice ihm über den Lärm und die Trompetensignale hinweg zu. »Rückzug! . . . Rückzug!«

Wild hieb Gerolt um sich, wurde jedoch plötzlich von mehreren Angreifern, die aus einer Zeltgasse stürmten, von seinen schon rückweichenden Kameraden getrennt. Als er sein Pferd herumriss, um wieder Anschluss an seine mittlerweile dezimierte Abteilung zu finden, geriet es zwischen die Spannseile eines Zeltes. Noch im Fallen bohrte sich eine Lanze in den Leib des Tieres.

Wie von einem Katapult geschossen wurde Gerolt aus dem Sattel geschleudert. Der Aufprall war so hart, dass er dabei den schon halb zersplitterten Schild verlor. Seine rechte Hand hielt jedoch instinktiv mit aller Kraft den Schwertgriff umklammert, wusste er doch, dass er ohne seine Waffe verloren war. Er sah eine Lanze heranfliegen und warf sich gerade noch rechtzeitig herum. Das Wurfgeschoss bohrte sich keine halbe Armlänge neben seiner linken Schulter in den Boden und blieb dort mit zitterndem Schaft stecken. Im nächsten Augenblick war er schon wieder auf den Beinen und wehrte den Hieb eines Sarazenen ab, der ihn mit seiner Streitaxt ansprang. Mit einem blitzschnellen Gegenstich streckte er den Gegner nieder. Doch er machte sich keine Illusionen. Überall befanden sich seine Ordensbrüder auf dem Rückzug, und er sah sich ohne rettendes Pferd zwischen den Zelten einem halben Dutzend Sarazenen gegenüber. Flucht war unmöglich, und mochte er auch noch so heldenhaft kämpfen, sein Schicksal war besiegelt!

Was er nicht sah, war, dass Maurice seine hoffnungslose Lage erkannte und den Befehl zum Rückzug ignorierte. Er hatte zu seiner Rechten in einer Gruppe zurückströmender Templer in der Nachhut Tarik und den Schotten McIvor von Conneleagh erblickt, die gerade dem Befehl zum Rückzug folgen wollten.

»Tarik, wir müssen Gerolt heraushauen!«, brüllte er dem Levantiner zu. »Er ist von Ungläubigen umzingelt!«

Tarik zögerte nicht eine Sekunde. Sofort löste er sich aus seiner Abteilung und schrie zurück: »Ich komme! Halte aus, Gerolt! Wir lassen dich nicht im Stich!«

Auch McIvor von Conneleagh brauchte nicht lange zu überlegen.

»Verflucht soll ich sein, wenn ich zulasse, dass ein Ordensbruder vor meinen Augen in Stücke gehauen wird, solang in mir noch ein Funken Leben ist!«, stieß er hervor und gab seinem Pferd die Sporen.

Maurice, Tarik und der Schotte galoppierten durch die Zeltgasse. Und wer von den sich ihnen entgegenstellenden Sarazenen nicht unter ihren Schwertern fiel, der wurde von ihren gepanzerten Pferden wie von einer Walze erfasst und niedergerissen.

McIvor von Conneleagh gelangte als Erster in den Rücken der Krieger, die Gerolt niederzukämpfen versuchten. Er sprang aus dem Sattel, um Raum für seinen Bidenhänder zu haben. Wie ein Todesengel kam er über die Sarazenen, schwang unter wüstem Gebrüll seine fürchterliche Waffe und hieb eine blutige Lücke in die Reihe der Feinde. Und dann waren auch schon Maurice und Tarik heran.

Gerolt schöpfte neue Hoffnung, diese Nacht vielleicht doch noch zu überleben. Aber er und seine Kameraden wussten, dass sie inzwischen auf verlorenem Posten standen. Wenn sie noch eine Chance haben wollten, mit heiler Haut nach Akkon zurückzukommen, durften sie keinen Augenblick länger warten.

»Wir müssen zurück!«, schrie Tarik, als der letzte Sarazene in ihrer unmittelbaren Nähe unter seinem Schwert gefallen war. »Gleich werden wir alle umzingelt sein, wenn wir nicht augenblicklich die Flucht antreten!«

»Ich nehm ihn mit auf mein Pferd!«, bot McIvor von Conneleagh an und ließ den Bidenhänder fallen, der jetzt nur noch ein hinderlicher Ballast war. Sollten sie eingekesselt werden und es zu einem letzten Kampf kommen, blieb ihm noch immer das Kurzschwert, das er an der Seite trug. Mit einer Flinkheit, die man einem Mann von seiner hühnenhaften Gestalt kaum zugetraut hätte, sprang er auf seinen bunt gescheckten Hengst und streckte Gerolt seine Hand hin. »Mein

Pferd ist kräftig genug, um auch zwei Männer für eine kurze Distanz im Galopp zu tragen. Los, pack zu, Bruder!«

Hastig stieß Gerolt sein Schwert in die Scheide, ergriff den Arm des Schotten, spürte, wie sich die behaarte Pranke um sein Handgelenk schloss, und wurde von ihm so mühelos hochgezogen, als wäre er so leicht wie ein Beutel Federn.

»Halt dich gut fest, Kamerad!«, schrie der Schotte ihm zu und stieß seinem Pferd die Sporen in die Seite. »Ich will nicht länger McIvor von Conneleagh heißen, wenn das nicht der Ritt unseres Lebens wird!«

12

Sie setzten alles auf eine Karte und jagten mit der tollkühnen Unerschrockenheit von Todgeweihten durch das
feindliche Lager. Von ihren Ordensbrüdern konnten sie keine Hilfe
mehr erwarten. Längst hatten sich die Überlebenden der Templertruppe vom Schlachtfeld zurückgezogen und befanden sich schon
im geordneten Rückzug auf freiem Feld.

Maurice und Tarik nahmen das Pferd mit McIvor und Gerolt in ihre
Mitte. Ihre Schwerter schnitten wie Sensen durch die rauchge-
schwängerte Luft, während sie an brennenden Zelten und Pavillons
vorbeigaloppierten. Sowie sich vor ihnen eine größere Gruppe von
Sarazenen zeigte, schlugen sie einen Haken, um in eine weniger gefährliche Seitengasse auszuweichen. Das Einzige, was sie auf ihrer
wilden Flucht begünstigte, waren die zahlreichen Brände, die die
Turkopolen mit ihren Feuertöpfen und Brandpfeilen entfacht hatten.
Ganze Zeltreihen standen lichterloh in Flammen und verhinderten,
dass die Sarazenen schnell genug von mehreren Seiten zusammen-
laufen konnten, um sie einzukesseln.

Die vier Templer sahen das freie Feld schon vor sich, als sich die
Reihen ihrer Feinde zu beiden Seiten dann doch noch schlossen und
es für sie keine Möglichkeit mehr gab, erneut einen Haken zu schlagen. Sie saßen in der Falle, denn vor ihnen erhob sich eine Flammenwand aus in sich zusammenfallenden Zelten.

Jetzt hatten sie nur noch die Wahl, sich den Sarazenen im Kampf zu stellen und dabei unweigerlich den Tod zu finden, oder den Weg mitten durch das Feuer zu nehmen.

»Zeigen wir ihnen, wozu Templer fähig sind!«, schrie Maurice, schleuderte sein Schwert einem heranstürzenden Feind entgegen, der getroffen zu Boden ging, beugte sich tief über den Hals seines Pferdes und riss es kurz vor den Flammen zum Sprung hoch.

Auch Tarik und McIvor zwangen ihre Pferde mit hartem Zügelgriff und Sporenstößen in die Flanken, dass sie den Weg durch das Feuer nahmen. Unter schrillem, angsterfülltem Wiehern folgten sie dem unerbittlichen Befehl und streckten sich zum Sprung mitten durch die lodernde Flammenwand.

Gerolt spürte die Hitze, die ihnen in einer glutheißen Woge entgegenschlug und wie der Atem der Hölle auf dem Gesicht brannte. Doch noch bevor die Flammen ihre wehenden Templermäntel in Brand setzen konnten, hatten sie sich ihnen auch schon wieder entzogen und freies Gelände gewonnen.

Aber damit waren sie noch längst nicht dem Tod entronnen. Denn die Reiterei der Sarazenen hatte seit Beginn des Angriffs Zeit genug gehabt, in aller Eile eine große Anzahl von Pferden zu satteln und in den Kampf einzugreifen. Und als Gerolt sich umsah, jagten ihnen auch schon mehrere Reitergruppen mit wildem Geschrei nach. Die ersten Pfeile flogen von den Sehnen der Bogenschützen und suchten ihr Ziel.

Eine gute Meile lag noch zwischen ihnen und dem rettenden Tor in der Westmauer der Befestigung. Gerade donnerte die Nachhut ihrer Truppe über die Bohlen der Zugbrücke. Von dort kamen jetzt erregte Schreie, hatte man doch bemerkt, dass es noch drei, nein vier, Templern gelungen war, lebend dem Lager von Hamah zu entkommen.

Maurice, Tarik und McIvor feuerten ihre Pferde an, um das Letzte

125

aus den schon müden Tieren herauszuholen. Sie rechneten sich jedoch keine großen Chancen aus, ihren Verfolgern zu entkommen. Ihre Pferde waren abgekämpft und konnten mit den ausgeruhten Tieren der Sarazenen nicht mithalten. Und bei dem viel zu knappen Vorsprung würde der Feind sie eingeholt haben, bevor ihre Ordensbrüder ihnen zu Hilfe eilen konnten. Zudem würde der Großmeister kaum den Befehl für solch eine sinnlose Rettungsaktion geben. Denn damit hätte er noch mehr Männer in den sicheren Tod geschickt.

Gerolt schloss schon mit seinem Leben ab und er hegte die felsenfeste Überzeugung, dass seine Kameraden sich innerlich ebenfalls darauf einstellten, in wenigen Augenblicken den Tod hier auf freiem Feld zu erleiden. Doch er wollte nicht ehrlos durch einen Pfeil in den Rücken sterben, sondern noch in einem letzten Kampf seinen Mann als Tempelritter stehen und dabei möglichst noch den einen und anderen Sarazenen mit in den Tod nehmen. Und schon wollte er seinen Ordensbrüdern zurufen, den sinnlosen Fluchtversuch aufzugeben und sich ihren Verfolgern zu stellen, als drei einsame Gestalten auf der Zugbrücke erschienen, ihnen entgegeneilten und dabei die weit ausgebreiteten Arme gen Himmel streckten.

Der mittlere der drei seltsamen Männer, dem eine dichte Flut schneeweißen Haars bis auf die Schultern fiel, trug die weiße Clamys des Templers, während die beiden anderen, die zwei Schritte hinter ihm zurückgeblieben waren, in die braunen Umhänge der Turkopolen gekleidet waren.

Und dann geschah etwas Unfassbares, das allen, die es in dieser mondhellen Nacht beobachteten, wie ein unfassliches, göttliches Wunder erschien. Denn augenblicklich erhob sich im Rücken der fliehenden Templer wie aus dem Nichts ein gewaltiger Sturmwind, der den Sand in dichten Wolken aufwirbelte und den Verfolgern entgegenwarf.

Als Gerolt einen Blick zurückwagte, glaubte er seinen Augen nicht trauen zu dürfen. Er sah, wie die Pfeile, die auf sie abgeschossen wurden, plötzlich in der Luft wie auf eine unsichtbare Wand prallten und entgegen allen ballistischen Gesetzen senkrecht zu Boden fielen.

Aber das war noch nicht alles, was er an Unglaublichem beobachtete. Denn zur selben Zeit riss die Erde hinter ihnen und nur wenige Pferdelängen von den ersten Verfolgern entfernt auf und es bildete sich, umwirbelt von wild hin und her tanzenden Sandsäulen, eine mehrere Fuß tiefe Rinne, deren Breite auch das beste Springpferd nicht überwinden konnte. Von den sie umtosenden Sandwolken in ihrer Sicht stark behindert, sahen die Sarazen diesen plötzlich vor ihnen aufklaffenden Graben zu spät, um ihre Pferde noch rechtzeitig zügeln zu können. In einem entsetzlichen Durcheinander von stürzenden und ineinander galoppierenden Pferden und entsetzt schreienden Reitern kam die Verfolgung der Feinde an diesem Graben zu einem jähen Halt.

»Heilige Muttergottes!«, entfuhr es Gerolt. Eine Gänsehaut überkam ihn angesichts dieses unfasslichen, wundersamen Geschehens, das ihnen das Leben rettete. Denn nun war es nicht mehr weit bis zu den hohen Mauern von Akkon. Und als er seinen Kopf wieder nach vorn wandte, erhaschte er einen flüchtigen Blick auf den weißhaarigen Templer, der mit seinen beiden Turkopolen noch immer vor der Fallbrücke ausharrte.

Sofort erinnerte er sich daran, dass ihm dieser merkwürdige Ritter zur Mittagsstunde im Burghof begegnet war. Hatte dieser alte Mann etwas mit diesem Wunder zu schaffen?

Er sah noch, dass der greisenhafte Templer, wie von einem Schwächeanfall heimgesucht, plötzlich wankte und mit dem linken Bein einknickte und dass die beiden Braunmäntel sofort an seine Seite sprangen und ihn vor dem Fallen bewahrten. Und dann jagten sie

127

auch schon an den drei wunderlichen Gestalten vorbei, galoppierten über die Zugbrücke und brachten die Pferde gerade noch schnell genug im Eingang des Torhauses zum Stehen, um nicht in der scharfen Biegung des Ganges gegen die Mauer zu prallen.

Wilder Jubel ihrer Ordensbrüder umbrandete sie.

»Ein wahrhaft göttliches Zeichen ist geschehen!«

»Die Erde hat sich aufgetan!«

»Der Allmächtige hat ein Wunder gewirkt!«

»Gott hat den Ungläubigen Windtromben entgegengeschleudert!«

Diese und ähnliche Ausrufe schallten in einem wilden, erregten Stimmengewirr über den Platz hinter dem St.-Lazarus-Tor, während die Zugbrücke hastig eingeholt wurde.

Die lärmende Aufregung legte sich jedoch schnell wieder und wich bedrückender Enttäuschung, als die Truppenführer die Männer zur Ordnung riefen und zur raschen Versorgung der zahlreichen Verletzten mahnten. Der Angriff der Templerstreitmacht hatte zwar beträchtlichen Schaden im Lager der Sarazenen angerichtet, aber auf ihrer Seite auch einen hohen Tribut an Toten und Verwundeten gefordert. Und ob sie den Feind wirklich nachhaltig geschwächt hatten, ließ sich zu dieser Stunde nicht abschätzen.

Als Gerolt mit zitternden Knien von der Kruppe des schweißnassen Pferdes rutschte und mit McIvor von Conneleagh ein gequältes Grinsen sowie einen festen Händedruck tauschte, fiel sein Blick auf den weißhaarigen Templer.

Der sichtlich geschwächte Mann wurde von den beiden Turkopolen gestützt. Sie führten ihn, fast unbeachtet von der abgekämpften Truppe, zu einem Vorsprung der Befestigungsmauer, wo der entkräftete Alte, am ganzen Leib zitternd, auf einen vorspringenden Gesteinsquader sank.

Im nächsten Moment waren Maurice und Tarik bei Gerolt und dem

128

Schatten. Auch sie konnten ihr Glück, dem sicheren Tod noch im letzten Moment entkommen zu sein, ebenso wenig fassen wie das Geschehen, dem sie ihre wundersame Rettung verdankten. Mit verstörten Gesichtern sahen sie sich an, als hofften sie, der andere wüsste eine Erklärung, die dem Verstand einleuchtete.

»Was war das?«, stieß Maurice atemlos hervor.

McIvor von Conneleagh riss sich den Helm vom Kopf und rückte die eiserne Kappe zurecht, die sich verschoben und seine leere, rechte Augenhöhle halb entblößt hatte. »Fragt mich nicht! So etwas Unglaubliches habe ich noch nie erlebt«, murmelte er. »Es war . . .« Er brach ab und schüttelte den Kopf, als fehlten ihm die Worte.

». . . ein Wunder!«, vollendete Tarik den Satz für ihn.

»Ja, eine andere Erklärung gibt es dafür nicht!«, pflichtete Maurice ihm bei. »Gottes Hand hat uns gerettet!«

»Ich weiß nicht«, sagte der Schotte und verzog das Gesicht. »Nicht dass ich daran zweifeln möchte, aber ich gehöre nicht zu denen, die immer gleich von einem Wunder sprechen, wenn etwas passiert, wofür sie keine bessere Erklärung haben.«

Gerolt schwieg.

»Was soll es denn sonst gewesen sein?«, wollte Maurice wissen.

»Wie gesagt, ich weiß es nicht. Aber kann mir einer von euch mal erklären, was dieser Greis und diese beiden Turkopolen da draußen gemacht haben?«, fragte McIvor in die Runde. »Sie müssen nicht ganz bei Verstand gewesen sein! Die Sarazenen hätten sie jeden Augenblick mit Pfeilen spicken können!«

»Erklärt mich nicht für verrückt«, sagte Tarik mit einem Zögern in der Stimme, als befürchtete er sich mit seinen nächsten Worten lächerlich zu machen. »Aber ich hatte den Eindruck, als hätte der alte Templer gebetet . . . und dadurch irgendwie dieses . . . dieses Wunder bewirkt.«

Der Schotte bedachte ihn mit einem skeptischen Blick. »Also, das klingt wirklich ein wenig . . . nun ja, weither geholt, Tarik. Und vielleicht war es ja nur ein . . . ein halbes Wunder.«

»Kannst du mir mal erklären, was ein halbes Wunder ist?«, forderte Maurice ihn auf.

McIvor zuckte die Achseln. »Na ja, das Wetter spielt doch in letzter Zeit wirklich verrückt und plötzlich auftretende Windhosen sind in diesem Landstrich nicht gerade eine Seltenheit, ebenso wenig kleinere Erdbeben«, gab er zu bedenken. »Denkt doch nur an unsere Schiffe, die zu Beginn der Belagerung mit an Deck festgezurrten Katapulten eine Weile das Lager der Mameluken an ihrer Südflanke beschossen und dabei wohl mehr Schaden angerichtet haben als wir heute mit unserem Angriff. Und dann ist plötzlich ein Sturmwind aufgekommen, der unsere Katapultschiffe übel zugerichtet und dem Beschuss von See her ein Ende gesetzt hat! Das müsst ihr dann auch als Wunder und göttliches Zeichen gelten lassen.«

Zutiefst verstört von seinen widersprüchlichen Empfindungen und Gedanken, hatte Gerolt bislang geschwiegen. Sein Blick war immer wieder zu dem weißhaarigen Templer hinübergegangen. Nun mischte er sich in das Gespräch ein, indem er vorschlug: »Warum fragen wir unseren alten Ordensbruder nicht einfach, was er da draußen zu suchen hatte?«

Verblüfft sahen die drei ihn an. »Ist das dein Ernst?«, fragte Maurice.

»Ja«, antwortete Gerolt ebenso schlicht wie entschlossen und löste sich aus der Gruppe seiner Kameraden, um zu dem fremden, greisenhaften Ordensbruder hinüberzugehen.

Tarik, Maurice und McIvor wollten sich das nicht entgehen lassen. Sie winkten ihre Knappen heran, damit sie sich um ihre Pferde kümmerten, reichten ihnen auch ihre Helme und schlossen dann schnell zu Gerolt auf.

130

Der weißhaarige Templer hob sein aschfahles, schweißüberströmtes Gesicht, als er die vier Männer auf sich zukommen sah, und seine Gestalt straffte sich auf dem harten Sitzplatz am Mauervorsprung. Gleichzeitig traten die beiden Turkopolen einen Schritt von ihm weg.

»Mein Gott, seht euch das an! Die beiden Braunmäntel sind ja blind!«, stieß Maurice mit gedämpfter Stimme hervor.

»Nicht zu fassen!«, murmelte McIvor. »Aber wie Blinde haben sie sich doch gar nicht verhalten! Im Gegenteil, sie sind dem Alten zur Seite gesprungen und haben ihn geführt!«

»Das wird ja immer merkwürdiger«, kam es verstört von Tarik.

Gerolt blieb zwei Schritte vor dem weißhaarigen Tempelbruder stehen und senkte als Ehrenbezeugung kurz den Kopf. »Verzeiht, werter Ordensbruder, dass wir Euch mit Fragen belästigen, obwohl wir sehen, dass Euch nicht ganz wohl ist«, sprach er ihn respektvoll an, denn einem so alten Templer war er noch nie begegnet. Die meisten Krieger erreichten nicht einmal ihr vierzigstes Lebensjahr. Und dieser Templer musste weit jenseits der siebzig, wenn nicht gar der achtzig sein. »Aber wir können noch immer nicht recht begreifen, was da draußen geschehen ist und uns vor dem sicheren Tod gerettet hat. Vielleicht wisst Ihr eine Erklärung für das, was uns wie ein Wunder vorkommt.«

»Auch wüssten wir gerne, was Euch bloß dazu bewogen hat, uns ohne jeden Schutz entgegenzutreten und dort auf dem freien Feld auszuharren, wo doch die Sarazenen Euch jeden Augenblick hätten niedermetzeln können!«, fügte Maurice schnell noch hinzu. »Habt Ihr etwas mit diesem Wunder zu tun, Beau Sire?«

»Nicht ich, sondern Gott hat das Wunder gewirkt und Euch vor dem Tod bewahrt«, antwortete ihnen der alte Templer mit einer festen, kräftigen Stimme, die so wenig zu seinem hohen Alter zu passen schien, und erhob sich nun von dem Mauerstein.

131

»Ihr wollt sagen, dass Ihr . . .«, setzte Gerolt fassungslos zu einer Nachfrage an.

Der Weißhaarige ließ ihn nicht ausreden. »Es ist, wie ich gesagt habe, Gerolt von Weißenfels. Doch dies ist weder der rechte Ort noch die rechte Zeit, um eure Fragen zu beantworten. Gott hat euch zu seinem Dienst berufen. Der Segen unseres Herrn und Erlösers ruht auf euch. Auf dir, Gerolt von Weißenfels, wie auf deinen Brüdern Maurice von Montfontaine, Tarik el-Kharim und McIvor von Conneleagh!«

Maurice schnappte förmlich nach Luft. »Beau Sire! Was Ihr da sagt, ist mehr, als wir . . .«

Auch er kam über die ersten Worte nicht hinaus, denn der alte Templer brachte ihn mit einer schnellen und unmissverständlichen Handbewegung sofort zum Schweigen. »Kommt morgen zur Stunde der Vesper in die Kirche St. Joseph von Arimathäa. Ihr findet sie auf dem Montjoie unterhalb des Klosters St. Sabas. Dann werdet ihr eure Antworten erhalten und alles erfahren.« Und nach einer kurzen Pause setzte er noch rätselhaft hinzu: »Möglicherweise sogar mehr, als euch lieb ist.« Er nickte ihnen knapp zu, als wollte er ihnen zu verstehen geben, dass ihr Gespräch damit beendet war und sie keine weiteren Erklärungen von ihm zu erwarten hatten, wandte sich von ihnen ab und rief seinen Begleitern zu: »Bismillah! . . . Dschullab! Lasst uns gehen!«

Sprachlos vor Verstörung blickten die vier Templer ihrem weißhaarigen Ordensbruder nach, wie dieser mit den beiden blinden Turkopolen an seiner Seite sich leicht wankend entfernte.

Zweiter Teil

Die geheime Bruderschaft

oder

Das Vermächtnis der Arimathäer

1

Zwei Tage nach dem nächtlichen Angriff auf das Sarazenenlager von Hamah saßen die vier Tempelritter am frühen Nachmittag bei Alexios und ließen sich den vorzüglichen Wein
schmecken.

Maurice sonnte sich im Lob seiner Ordensbrüder, dass er dem
Griechen bei ihrem letzten Besuch heimlich einige Dukaten mehr
ausbezahlt hatte, als sie eigentlich zu dritt verzecht hatten. So war
ihnen bei Alexios ein hübsches Guthaben geblieben, das noch für einige Krüge Wein reichte. Bei ihrer Rückkehr in die Burg hatten sie ihren Ordensoberen die Geldbörse ausgehändigt und sich dabei des
Vergehens schuldig gemacht, ihnen verschwiegen zu haben, dass
sich in dem Lederbeutel des Pariser Kaufmanns anfangs mehr Geld
befunden hatte. Zwar würde ihr Ordenskaplan ihnen bei der nächsten Beichte ganz sicher eine empfindliche Buße für ihre Unterlas-
sung auferlegen, aber das war ihnen das Vergnügen wert. Zudem
nahm man es in Kriegszeiten mit solch geringfügigen Eigenmächtig-
keiten nicht ganz so genau, wie es sonst der Fall war.

Da sie die Schankstube des kleinwüchsigen Griechen bei ihrem
Eintreffen schon von einer vielköpfigen Gruppe von Schiffskapitänen
besetzt vorgefunden hatten, waren sie nach hinten in den kleinen
Hof ausgewichen. Dies war überhaupt ein weit besserer Ort als der
niedrige Schankraum, um ihre noch frische Freundschaft im vertrau-
lichen Gespräch zu vertiefen und sich ungestört von anderen Ze-

chern über all das auszutauschen, was sie beschäftigte. Denn hier draußen stand unter dem Laubendach nur ein einziger derber Holztisch mit zwei Bänken und eine hüfthohe Mauer grenzte den kleinen Hinterhof von der Gasse ab, die an der Rückfront der Schänke vorbei und ins benachbarte Viertel der Pisaner führte. Das auf die Mauer aufgesetzte Spaliergitter verschwand fast völlig unter einer Flut üppig blühender Klettergewächse und bot einen ausgezeichneten Sichtschutz vor neugierigen oder missbilligenden Blicken. Und grob geflochtene Bastmatten, die zwischen den Balken der Pergola hingen, sorgten für angenehmen Schatten.

Sie hatten allen Grund, dem schweren Wein kräftig zuzusprechen, wie sie fanden. Allein schon weil ein langer und zermürbender Wachdienst mit schwerem Beschuss der Templerschanze hinter ihnen lag. Aber ihre Stimmung schwankte wie ein Rohr im Wind zwischen Freude und Niedergeschlagenheit.

Freudig stimmte sie, dass sie seit dem vergangenen Tag nicht nur einer Abteilung angehörten, und zwar der von Hauptmann Raoul, sondern dass dieser sie auch alle ein und demselben Stander* zugeteilt hatte. Nach den schweren Verlusten, die der Angriff auf das Lager der Sarazenen gekostet hatte, war die Zusammenlegung mehrerer stark dezimierter Abteilungen unumgänglich geworden.

Was ihrer Freude jedoch einen erheblichen Dämpfer versetzte und sie mit großer Bedrückung und auch mit Zorn erfüllte, war die bittere Niederlage, die der Truppe der Johanniter durch die Mameluken in der vergangenen Nacht zugefügt worden war.

Die Johanniterritter hatten nämlich einen ähnlich tollkühnen Ausfall gewagt wie die Templertruppe in der Nacht zuvor und das Lager der Sarazenen aus Damaskus angegriffen. Sie waren jedoch

---

* Ein Stander ist eine militärische Untereinheit, die zur Zeit der Kreuzritter aus zehn Mann bestand.

noch schneller und unter höheren Verlusten zurückgeschlagen worden als die Templer.

»Ich begreife immer noch nicht, dass sich der Großmeister der Johanniter nach unserem Fehlschlag dazu hat hinreißen lassen«, zürnte Maurice, während Gerolt den Krug kreisen ließ. »Was wollte er denn damit beweisen? Dass seine Männer uns an Mut und Todesverachtung das Wasser reichen können? Das ist doch eine ausgemachte Idiotie gewesen!«

»Du sagst es«, stimmte Gerolt ihm nicht weniger ergrimmt zu. »Er hätte besser daran getan, sich schon vorletzte Nacht mit unserem Großmeister auf ein gemeinsames Vorgehen zu verständigen und mit uns das Lager von Hamah anzugreifen. Mit vereinten Truppen hätten wir womöglich unser Ziel erreicht und ihnen einen vernichtenden Schlag versetzt, von dem sie sich so schnell nicht wieder erholt hätten. Damit wäre Akkon gedient gewesen, nicht jedoch mit dieser verdammten Eitelkeit, durch die wir jetzt alle geschwächt sind!«

Tarik nickte und warf mit bitterem Sarkasmus ein: »Eine Hand und ein Fuß klatschen zusammen keinen Beifall.«

McIvor hatte sich bisher kaum an ihrem Gespräch beteiligt. Ruhelos drehte er den schweren Steinhumpen, der sich zwischen seinen Pranken wie ein Kinderbecher ausnahm, auf den Bohlen der Tischplatte hin und her. »So eine verpasste Gelegenheit ist bitter«, sagte er auf seine bedächtige Art, bei der man den Eindruck gewinnen konnte, er zermalme jedes Wort vor dem Aussprechen erst zwischen seinen kräftigen Kiefern. »Aber mich beschäftigt etwas anderes viel mehr, Kameraden.«

»Und das wäre?«, fragte Gerolt.

Der Schotte zuckte die Achseln. »Nun ja, ob wir gestern richtig gehandelt haben, als wir der Aufforderung des alten Ordensbruders,

137

uns zur Vesper in dieser Kirche auf dem Montjoie einzufinden, nicht gefolgt sind.«

»Hast du vergessen, dass wir vollauf mit Waffenausbesserung beschäftigt waren?«, entgegnete Maurice. »Zudem konnten wir doch nicht einfach die Vesper ausfallen lassen. Die Einhaltung der gemeinsamen Gebetszeiten gehört genauso zu unserem Gelübde wie der Waffendienst.«

»Und was hätten wir von dem Alten schon erfahren können?«, wandte nun auch Gerolt ein. »Wir haben doch gestern lang und breit darüber geredet, dass es besser ist, dieses . . . dieses merkwürdige Geschehen unserer Rettung und das wirre Gerede des Weißhaarigen auf sich beruhen zu lassen.«

Tarik nickte. »Auch wenn es wirklich ein Wunder gewesen ist, so kann dieser Alte nichts damit zu tun gehabt haben. Darin sind wir uns alle einig gewesen.«

»Und wir haben uns doch auch umgehört«, fügte Maurice hinzu. »Keiner kennt diesen greisen Templer und seine höchst seltsamen, blinden Begleiter.«

»Allzu große Anstrengungen haben wir aber auch nicht unternommen«, gab McIvor zu bedenken.

»Zur regulären Truppe gehört er jedenfalls nicht, so viel steht fest«, sagte Gerolt, der wie seine Ordensbrüder bei den Männern jener Abteilungen nachgefragt hatte, die beim Anmarsch des Mamelukenheers hastig aus anderen Festungen nach Akkon verlegt worden waren. »Und auch sonst konnte uns keiner weiterhelfen, nicht einmal mit einem Namen. Ich sage euch, der Alte hat einfach zu viel erlebt und gesehen und ist auf seine alten Tage etwas wunderlich im Kopf geworden. Denn er hat ja für sich in Anspruch genommen, dass Gott durch ihn dieses Wunder gewirkt hat. Und das ist mehr, als sogar ein Templer sich an Hochmut herausnehmen darf.«

138

»Wunderlich ist das richtige Wort«, pflichtete Maurice ihm bei. »Vermutlich hat er Jahre in einem elenden Kerker der Muslims verbracht und dabei den Verstand verloren, bevor er schließlich freigekauft worden ist. Das ist schon oft genug passiert.«

»Und denkt doch nur an die unmöglichen Namen, die er seinen Dienern gegeben hat! Bismillah und Dschullab!«, erinnerte Tarik seine Ordensbrüder. »Das sind überhaupt keine richtigen Namen, nicht einmal bei den Muslims. Bismillah ist ein Ausruf in arabischer Sprache und bedeutet ›In Allahs Namen!‹ Und Dschullab ist die Bezeichnung für eine besondere Sorte Sirup mit Rosenaroma und heißt wörtlich ›Rosenwasser‹. Kein aufrechter Templer, der seinen Verstand einigermaßen beisammen hat, nennt seine Diener so – schon gar nicht mit einem Namen, der einen Anruf Allahs enthält, den Gott der Ungläubigen!«

»Das ist schon richtig«, räumte McIvor zögernd ein und rieb sich unter der Eisenklappe die juckende Augenhöhle. »Auch ich glaube nicht, dass wir von dem greisen Templer irgendetwas Außergewöhnliches über dieses Wunder erfahren hätten. Aber dennoch kann ich mich des Gefühls nicht erwehren, dass . . .«

Maurice unterbrach ihn mit einem überraschten Ausruf. »Heiliger Erzengel, wenn man vom Teufel spricht! Seht doch nur, wer da durchs Hintertor spaziert!«

Gerolt, Tarik und McIvor folgten seinem Blick und wandten die Köpfe. Ein ungläubiger Ausdruck trat auch auf ihre Gesichter, als sie niemand anderen als ebenjene beiden blinden Turkopolen durch das Brettertor in der Umgrenzungsmauer treten sahen, über die sie gerade gesprochen hatten. Die beiden Braunmäntel fanden den Weg durch das Tor und zu ihrem Tisch mit sicherem, wenn auch gemächlichem Schritt. Kein vorsichtiges Tasten und Zögern, wie man es gewöhnlich bei Blinden antraf, gab auch nur einen kleinen Hinweis darauf, dass sie sich ohne die führende Kraft ihrer Augen zurechtfinden mussten.

»Dominus vobiscum! Der Herr sei mit euch!«, grüßte der kräftigere der beiden dunkelhäutigen Turkopolen, dessen krauser Bart schon fast so ergraut war wie der seines greisen Templerherrn. Sein Alter ließ sich schwer schätzen, musste jedoch irgendwo um die sechzig liegen. Und das galt auch für seinen Begleiter, der von den Gesichtszügen her große Ähnlichkeit mit ihm besaß, aber vielleicht einige Jahre jünger sein mochte.

»*Et cum spiritu tuo!* . . . Und mit deinem Geiste!«, antworteten die vier Templer wie aus einem Mund. Keinem Christen verwehrte man diesen Gruß, auch wenn es noch so seltsame Gestalten waren.

»Was verschafft uns denn die Ehre eures hohen Besuches?«, fragte Maurice schon im nächsten Atemzug spöttisch. »Habt ihr vielleicht den guten Wein gerochen?«

Die milchig weißen Augen der beiden Männer blickten starr über sie hinweg, als der Turkopole, der sie angesprochen hatte, den Spott ignorierte und mit ernster Stimme antwortete: »Unser Meister schickt uns. Ihr habt ihn gestern vergeblich warten lassen.«

»Und wer soll das sein, euer Meister?«, wollte Gerolt wissen.

»Das wird er Euch selber sagen«, teilte ihnen der Sprecher der beiden mit. »Doch es gehört sich nicht, einer Aufforderung unseres heiligen Abbé nicht Folge zu leisten. Und nicht allein, weil Ihr in seiner Schuld steht.«

»Schau an, er ist sogar ein heiliger Abt! Und wir sollen in seiner Schuld stehen!«, spottete Maurice und blickte mit belustigtem, weinseligem Grinsen in die Runde. »Na gut, dann sagt ihm, dass es uns Leid tut, seinen heiligen Unmut geweckt und keine Zeit für seine Geschichten gehabt zu haben. Aber sag mal, bist du denn nun der In-Allahs-Namen oder der Rosenwassersirup? Meine Nase lässt mich

140

nämlich im Stich, sonst hätte ich ja riechen müssen, wer von euch beiden nach Rosenwasser duftet.«

»Bismillah ist mein Name, werter Ritter«, sagte der Turkopole, der das Gespräch bisher bestritten hatte, ohne seine ernste Ruhe zu verlieren. »Auf Dschullab hört mein Bruder. Und wir bitten Euch nachdrücklich die Aufforderung unseres heiligen Abbé nicht auf die leichte Schulter zu nehmen. Also leert jetzt Eure Becher und folgt uns! Damit tut Ihr Euch selbst einen großen Gefallen. Denn andernfalls . . .«

Maurice, der dem Wein schon ordentlich zugesprochen hatte und auch sonst ein recht hitziges Temperament besaß, ließ ihn nicht ausreden. Hochroten Kopfes und mit einem Ruck sprang er von der Bank auf.

»Hör mir mal gut zu, mein Freund! Wir haben mit euch und eurem Meister oder Abbé, wer immer das auch sein mag, nichts zu schaffen. Gott mag ein Wunder gewirkt haben und dem Allmächtigen sei Lob und Dank für seine große Gnade, aber es ist doch wohl kaum durch die Hand eines wirren alten Mannes geschehen. Und ich habe auch nicht vor mich deswegen mit einem . . .«, noch im letzten Moment verkniff er sich das verletzende Wort »Krüppel« und sagte stattdessen: ». . . Blinden anzulegen. Aber wenn das gerade eben eine Drohung gewesen sein soll, dann steht euch Braunmänteln gehörig Ärger ins Haus! Also stört nicht weiter unsere Runde und macht, dass ihr wieder zu eurem weißhaarigen Herrn zurückkommt!«

»Lass sie, Maurice«, sagte Gerolt hastig, den plötzlich ein ungutes Gefühl befiel, er packte seinen Freund am Arm und zog ihn wieder auf die Bank zurück.

»Bei allem, was recht ist, aber ich nehme doch keine Befehle von einem Turkopolen entgegen«, knurrte Maurice hitzig, setzte sich jedoch wieder an den Tisch.

141

»Ich fürchte, Ihr unterschätzt uns, Maurice von Montfontaine«, sagte Bismillah gelassen und wandte sich leicht nach rechts zu den anderen Rittern. »Werft meinem Bruder Euren Becher zu, Tarik el-Kharim! Und Ihr gebt mir den Krug, McIvor von Conneleagh, den Ihr gerade hochgehoben habt, um Eurem Ordensbruder Gerolt von Weißenfels einzuschenken!«

Verblüfft sahen die beiden ihn an.

»Zum Teufel, woher weißt du, dass ich gerade nach dem Weinkrug gegriffen habe?«, stieß der Schotte überrascht hervor und dachte gar nicht daran, ihm den Krug auszuhändigen. »Seid ihr vielleicht doch nicht ganz blind?«

»Wir sind so blind, wie ein Mensch nur blind sein kann, was die Kraft der Augen angeht. Es sind die anderen Sinne, die uns befähigen uns ein genaues Bild von Euch und Euren Bewegungen zu machen«, gab Bismillah mit unerschütterlicher Ruhe zur Antwort. »Und nun werft wenigstens den Becher, Tarik!«

Tarik schüttelte ob dieser dummen Aufforderung aus dem Mund eines Blinden den Kopf. »Also gut, was ist so ein Humpen schon wert? Und wenn ihr für die Scherben aufkommen wollt, soll es mich nicht kümmern!«, sagte er achselzuckend und warf seinen leeren Humpen nachlässig in Richtung des zweiten Blinden.

Dieser fing ihn zur Verblüffung der vier Kriegermönche in der Luft auf und warf ihn sogleich seinem Bruder zu, der ihn mit ebensolcher Leichtigkeit auffing.

»Na und? Ein hübscher Trick, nichts weiter!«, meinte Maurice geringschätzig. »Aber was soll das beweisen? Wohl doch nur, dass ihr nicht so blind seid, wie ihr vorgebt. Ich habe schon geschicktere Gaukler als euch gesehen.«

Bismillah seufzte. »Ihr seid wirklich schwer zu überzeugen, dass uns dank unseres heiligen Abbé außergewöhnliche Mächte beistehen, die uns die Gabe des Sehens auch ohne das Augenlicht ermöglichen. Also achtet jetzt auf meine Augen und den Zweig!«, sagte er und schloss die Augenlider. »Eine Aufgabe, die Ihr Euch besser teilt, weil Euch beides gleichzeitig nicht möglich sein wird.«

»Welchen Zweig?«, fragte Gerolt verständnislos und kam damit seinen Freunden zuvor.

»Auf dem der kleine Vogel dort drüben sitzt«, antwortete Bismillah und deutete hinter sich in die Ecke rechts vom Tor, wo in der Tat ein kleiner Vogel auf einem Zweig saß, der aus dem Holzgitter herausragte. Keiner der Ritter hatte ihn bis zu diesem Zeitpunkt bemerkt. »Seid Ihr bereit, Ihr Herren Ritter?«

»Ich weiß nicht, was der Unsinn soll, aber du sollst deinen Willen bekommen, In-Allahs-Namen!«, brummte Maurice sarkastisch, zugleich aber auch ein wenig berunruhigt. »Gerolt, wir beide behalten den Burschen im Auge! Tarik und McIvor sehen sich an, was er mit dem blöden Zweig anstellen will!«

Die Männer nickten.

»Na, dann zeig uns mal dein nächstes Zauberstück!«, rief Maurice Bismillah zu. »Vielleicht springt ja doch noch ein Schluck von unserem Wein für euch heraus!«

Bismillah wandte sich nun seinem Bruder zu. »Brich den Zweig ab und wirf ihn in die Luft!«

Dschullab nickte wortlos, ging in die Ecke des Hofes, wo nun der Vogel aufflatterte und davonflog, brach ein handlanges Stück ab und warf es in die Luft.

Was im nächsten Augenblick geschah, war so unfassbar wie das, was bei ihrer Flucht aus dem Sarazenenlager zu ihrer Rettung geführt hatte.

Denn kaum hatte Dschullab den Zweig in die Luft geworfen, als Bismillah auch schon sein Schwert mit einer blitzschnellen, ge-

143

schmeidigen Bewegung aus der Scheide riss, mit geschlossenen Augen einen Schritt nach vorn in die Flugbahn des herabsegelnden Zweiges machte, im selben Augenblick den Kopf jedoch von ihm abwandte – und das gerade mal handlange Hölzchen mit der Klinge in der Luft in zwei Stücke hieb. Und Dschullab, der seine Augen ebenfalls geschlossen hatte, fing einen Wimpernschlag danach die beiden Teile auf.

Die vier Ritter saßen ungläubig und wie erstarrt auf den Bänken.

»Er hat nicht mal hingeblickt!«, stieß Gerolt hervor. »Hast du das gesehen, Maurice? Er hat sogar den Kopf dabei abgewandt! Und der andere hat die beiden Hälften fast im selben Moment aus der Luft gefischt. Die Klinge hätte ihm die Hände abhacken können, wenn er sie nur eine Sekunde zu früh ausgestreckt hätte!«

Maurice saß mit offenem Mund da und war sichtlich unfähig das Gesehene zu kommentieren. Die Röte auf seinem Gesicht verwandelte sich in Blässe.

Tarik bekreuzigte sich hastig dreimal, als wäre er Zeuge eines Blendwerks des Teufels geworden. »Heilige Jungfrau und Gottesmutter! Zwei Dschinn*, so es sie denn gibt, hätten das bestimmt nicht besser gekonnt!«, murmelte er erschrocken. »Sie sind blind und irgendwie doch nicht blind!«

»Der Allmächtige stehe uns bei!«, entfuhr es McIvor und er griff mit zitternder Hand zu seinem Becher, als bräuchte er jetzt unbedingt eine Stärkung.

Bismillah ließ sein Schwert in die Scheide zurückgleiten und die Lider hoben sich wieder über dem stumpfen Weiß der erblindeten Augen. »Genug der unwürdigen Spielereien, werte Ritter. Der heilige

---

* Ein Dschinn (arabisch, Mehrzahl: Dschinn) ist im Volksglauben der Muslims ein böser Geist, ein Dämon, eine Art Teufel. Im Koran sowie in zahlreichen Volkserzählungen (etwa in *Tausendundeiner Nacht*) spielen sie eine große Rolle.

Abbé wartet auf Euch. Also kommt und folgt uns!« Und als wäre er sich absolut sicher, dass sie sich der Aufforderung nun nicht länger widersetzen würden, kehrte er ihnen zusammen mit seinem Bruder den Rücken und trat durch die offen stehende Tür hinaus auf die Seitengasse.

Als der Schankwirt wenig später den Kopf durch die Hintertür in den Hof steckte, um nach den weiteren Wünschen seiner Gäste zu fragen, fiel sein überraschter Blick auf einen verlassenen Tisch. Als er sich dann kopfschüttelnd daran machte, den Tisch abzuräumen, stellte er zu seiner großen Verblüffung fest, dass nicht nur drei der Steinhumpen noch gut gefüllt waren, sondern dass die trinkfesten Templer sogar einen halb vollen Weinkrug zurückgelassen hatten. Wenn er von ihnen etwas nicht erwartet hätte, dann das. Und vergebens rätselte er, was sie bloß zu solch einem überstürzten Aufbruch bewogen haben mochte.

2

Die vier Ritter folgten Bismillah und Dschullab wie eine Herde fügsamer Schafe ihrem Leittier, wahrten jedoch drei Schritte Abstand. Nicht aus Templerstolz, sondern weil ihnen die beiden Braunmäntel unheimlich waren und sie ihre Nähe scheuten. Der Schreck saß ihnen noch immer in den Gliedern.

Niemand sprach ein Wort. Die Wirkung des Weins war verflogen. Von der Großmäuligkeit, dem Dünkel und der Arroganz, die sie noch vor wenigen Minuten im Hinterhof der Weinstube an den Tag gelegt hatten, war ihnen ebenfalls nichts mehr anzumerken. Nicht einmal Maurice, der in seinem Standesbewusstsein so leicht nicht zu erschüttern war und gern das große Wort führte, hatte sich einen Rest seiner üblichen Selbstgefälligkeit bewahrt. Buchstäblich ernüchtert und mit den hängenden Schultern eines vernichtend geschlagenen Kriegers, der sich bis dahin für unüberwundbar gehalten hatte, ging er neben Gerolt her. Und auch auf seinem gesenkten Gesicht lag ein Ausdruck von tiefer Betroffenheit und noch größerer Unruhe.

Sie wagten nicht einmal Fragen zu stellen. Äußerste Vorsicht in dem, was sie sagten oder taten, war jetzt das Gebot der Stunde. Jeder von ihnen hatte noch immer die unglaubliche Schnelligkeit und Sicherheit vor Augen, mit der Bismillah sein Schwert gezogen und den Zweig in der Luft in zwei Stücke geschlagen hatte. Schon für einen geübten und gesunden Schwertkämpfer, der über die volle Sehkraft seiner Augen verfügte, wäre das eine bewundernswerte Meisterleistung gewesen. Aber im Zustand völliger Blindheit konnte man eine derartige Kunstfertigkeit nur als ein Wunder bezeichen.

Und was ist, wenn gar keine göttliche Macht im Spiel gewesen ist?, fragte sich Gerolt plötzlich und erschauderte bei dem Gedanken. Konnte es sein, dass die beiden Blinden ihre außergewöhnlichen Künste womöglich dem Fürsten der Finsternis verdankten? Waren sie vielleicht vom rechten Glauben Abgefallene, die ihre Seele an den Leibhaftigen verkauft hatten?

Er verwarf diese Befürchtung schon im nächsten Moment. Denn hatte ihr Meister, der weißhaarige Templergreis, in jener Nacht vor zwei Tagen nicht von einem göttlichen Zeichen gesprochen und dass sie alle zu seinem Dienst berufen seien? Er, Gerolt, konnte sich nicht mehr wortwörtlich an das erinnern, was dieser alte Mann bei ihrer kurzen Begegnung an der Festungsmauer von sich gegeben hatte. Aber es hatte nicht so geklungen, als wäre er mit den Mächten der Unterwelt im Bunde, sondern ein gläubiger Diener Gottes. Immerhin trug er auch den Templermantel.

Es war Maurice, der sich schließlich ein Herz fasste und auszusprechen wagte, was ihn beunruhigte. Mit gedämpfter Stimme bekannte er seinen Ordensbrüdern: »Ich muss gestehen, dass es mir zehnmal lieber wäre, gleich einem geistig Verwirrten gegenüberzutreten zu müssen als jemandem, der Männer in seinen Diensten stehen hat, die zu solch unfasslichen Leistungen fähig sind!«

»Du sprichst mir aus der Seele«, raunte Gerolt zurück. »Noch nie im Leben ist mir etwas so Unheimliches widerfahren!«

»Seht doch nur, wie sie sich durch die Gassen bewegen!«, stieß McIvor hervor. »Sie stolpern nicht, stoßen nirgendwo an und erkennen jedes Hindernis auf ihrem Weg, egal, ob es eine Unebenheit in der Straße oder ein herumstehender Holzeimer ist!«

»Was wissen wir schon von Gottes Geheimnissen?«, murmelte Tarik. »Für die Ameise ist ein Nieselregen ein Wolkenbruch. Also warten wir ab, wer dieser heilige Meister der beiden Blinden ist und was er uns zu sagen hat.«

»Kennt einer von euch überhaupt diese Kirche St. Joseph von Arimathäa, wo man uns erwartet?«, wollte McIvor wissen.

Seine Kameraden schüttelten den Kopf. Keiner von ihnen hatte dieses Gotteshaus in der an Kirchen und Klöstern nicht gerade armen Stadt jemals betreten.

»Ich glaube, ich bin mal in ihrer Nähe gewesen«, glaubte sich Gerolt zu erinnern, der von ihnen allen am längsten in Akkon weilte. »Und wenn ich mich nicht sehr täusche, handelt es sich um ein unscheinbares Gebäude, das auf dem Hügel ein wenig abseits der umliegenden Gassen liegt. Mir war auch so, als wären die Bauarbeiten an dieser Kirche schon vor langer Zeit eingestellt worden.«

»Gleich werden wir mehr wissen«, sagte Maurice, als sie um eine Biegung kamen und sich der Montjoie mit der Klosteranlage von St. Sabas vor ihnen über den Dächern der Häuser erhob.

Ihnen wurde immer unbehaglicher zu Mute, je näher sie dem Ort ihres Treffens mit dem Weißhaarigen kamen. Denn eine beunruhigende Frage nach der anderen stellte sich ein. Was hatten sie gleich zu erwarten? Weshalb wollte der greise Templer sie ausgerechnet in dieser abgelegenen Kirche sprechen? Warum hatte er, wenn es etwas zu bereden gab, das nicht vorletzte Nacht gleich an Ort und Stelle getan oder sich mit ihnen in der Stadtburg oder in ihrem Ordenshaus zusammengesetzt? Über welche geheimnisvollen Mächte gebot er? Und vor allem: Wer war dieser »heilige Abbé« überhaupt, den doch niemand ihrer Ordensbrüder zu kennen schien?

Ihre blinden Führer verließen die Hauptstraße am Fuße des Hügels und schlugen nun den Weg ein, der dem Kloster entgegenstrebte.

Als die Klosterpforte in Sicht kam, bogen sie hinter einem Gebüsch nach rechts in einen kleinen Pfad ein, auf dem Unkraut wuchs, sodass man ihn leicht übersehen konnte. Der schmale Trampelpfad führte in einem Abstand von gut fünfzig Schritten zur Klostermauer auf der Westseite um die Abtei herum, durchquerte dabei einen kleinen Zypressenhain und führte hinter den Bäumen hinunter auf einen ebenen Platz, der einen Teil der Südflanke des Hügels einnahm. Hier stand die Kirche St. Joseph von Arimathäa, abseits der Betriebsamkeit umliegender Viertel und zudem auch noch im Schutz von alten immergrünen Bäumen, die sich in ihrer Dichte wie eine natürliche Palisade ausnahmen. Nur die Eisenburg der Templer mit ihren in luftiger Höhe thronenden Löwen ragte jenseits der Baumspitzen in den Himmel auf.

Die sehr gedrungen wirkende Kirche St. Joseph von Arimathäa war als doppeltes Oktagon errichtet worden. Auf einem achteckigen Grundriss erhoben sich die Außenmauern des äußerst schmucklosen Gotteshauses. Einzig leichte Strebepfeiler gliederten die schlichten Backsteinwände. Eine flache Kuppel überspannte das innere Oktagon, das sich mit seinen acht Rundbogenfenstern in seinem Zentrum aus dem Dach erhob und wie ein zu kurz geratener Wehrturm aussah. Fast alle Kirchenfenster sowohl des inneren wie des äußeren Oktagons waren mit Brettern und Holzplatten vernagelt oder nachlässig zugemauert, als wäre kein Geld mehr für Kirchenglas gewesen, darunter auch das dreibogige Fenster der Apsis. Das schlichte Portal mit der schweren Kirchentür verbarg sich hinter einem Baugerüst, das sich halb um die Kirche herumzog.

»Deine Erinnerung hat dich nicht getäuscht, Gerolt«, sagte Maurice leise. »Das scheint wirklich noch eine Baustelle zu sein.«

»Aber es sieht mir nicht danach aus, als wäre noch vor kurzem hier

149

gearbeitet worden. Die Bretter vor den Fenstern sehen schon reichlich verwittert aus, als hätte da schon seit Jahren keiner mehr Hand angelegt«, stellte McIvor mit gefurchter Stirn fest, als sie näher kamen. »Ein sehr merkwürdiger Ort für einen heiligen Mann . . .«

Bismillah und Dschullab hielten zielstrebig auf die Stelle zu, wo sich das Portal hinter dem Baugerüst abzeichnete. Sie fanden den schmalen Durchgang, ohne sich an den Stützbalken und Querstreben zu stoßen. Dschullab zog die schwere Kassettentür auf, hinter der sich im Rechteck des offenen Mauerwerks nicht der geringste Lichtschein abzeichnete.

»Tretet ein, werte Ritter!«, rief Bismillah ihnen zu und machte eine einladende Geste.

»Wir sollten wachsam sein und die beiden keinen Moment aus den Augen lassen!«, raunte Maurice. Von jähem Argwohn gepackt, schob er seinen Umhang auf der linken Seite hinter das Schwertgehänge und legte seine Hand bedeutsam auf den Griff seiner Waffe.

Gerolt gab ein leises, nervöses Auflachen von sich. »Ich halte mich nicht gerade für einen schlechten Schwertkämpfer!«, stieß er mit gedämpfter Stimme hervor. »Aber nach dem, was die beiden Braunmäntel vorhin gezeigt haben, würde ich es ungern auf einen Kampf mit ihnen ankommen lassen.«

»Dennoch hat Maurice Recht, dass wir gewappnet sein sollten«, kam es sogleich von Tarik. »Ich halte es mit den Beduinen, die da sagen: ›Vertraue auf Gott, aber binde zuerst dein Kamel an!‹« Und damit schlug auch er seinen Mantel zurück, um notfalls sofort blank ziehen zu können.

Wortlos tat McIvor es ihnen gleich. Sein Gesicht war eine Maske grimmiger Entschlossenheit, als hielte auch er es für nicht unwahrscheinlich, dass die beiden Blinden sie in eine Falle zu locken gedachten. In dem Fall würde seine Klinge ebenso schnell in seiner

150

Hand liegen wie bei diesem Bismillah und dann würden die Braunmäntel, egal, mit welch dunklen Mächten sie im Bund standen, den
Verrat mit ihrem Blut bezahlen!

3

In seiner Stimme schwang eine Spur Belustigung mit, als Bismillah sagte: »Ihr könnt die Hand ruhig wieder vom Schwert nehmen, werte Ritter. Ihr habt hier nichts zu befürchten. Es gibt keinen sichereren Ort in Akkon, ja im ganzen Heiligen Land, als diese Kirche.«

»Geht ihr voran«, brummte Maurice. »Damit erhaltet ihr euch unsere Friedfertigkeit am besten!«

Bismillah und Dschullab traten wie verlangt vom Eingang zurück und gingen vor ihnen in die Kirche.

Immer noch voller Argwohn und in Bereitschaft, jeden Moment die Schwerter aus den Scheiden zu reißen, folgten ihnen die Tempelritter. Dämmerlicht umhüllte sie, kaum dass sie einige Schritte in das Innere der achteckigen Kirche gemacht hatten. Ohne dass es einer Absprache bedurft hätte, blieben sie erst einmal stehen, um ihre Augen nach der Helligkeit des klaren Sonnentages draußen an die veränderten Lichtverhältnisse zu gewöhnen und sich rasch umzublicken, ob ihnen von irgendwo her Gefahr drohte.

Es fiel kaum Tageslicht in die Kirche des heiligen Joseph von Arimathäa, waren von den vielen Fenstern doch fast alle zugemauert oder mit Brettern und Platten verschlossen. Nur hier und da verschaffte sich ein dünner Streifen Licht Einlass durch eine der Ritzen.

Der Innenraum bot dem Eintretenden einen völlig kahlen und wie verlassenen Anblick. Wer immer sich hierhin verirrte, der musste das

152

Verlangen haben, das Gotteshaus umgehend wieder zu verlassen. Denn dies war kein Ort, der zu Andacht und Gebet einlud. Dies war vielmehr das unbestrittene Reich tiefer Schatten und modriger Luft.

Gerolt war, als legte sich ein unsichtbarer Druck auf ihn, während er sich, mit der Hand am Schwertgriff, tiefer in den Kirchenraum hineinwagte. Sein wachsamer Blick irrte unruhig hin und her. Alles sah aus, als hätten die Bauarbeiter an einem schon weit zurückliegenden Tag plötzlich ihre Arbeit unterbrochen, alles stehen und liegen gelassen, Hals über Kopf das Weite gesucht und danach keinen Gedanken mehr daran verschwendet, jemals wieder an diesen Ort zurückzukehren und die Arbeit zu beenden. Denn überall lagen Werkzeug und Baumaterial herum. An mehreren Stellen fanden sich zwischen den Säulen, die teilweise noch eingerüstet waren, große und ungeordnete Berge von Bauschutt sowie große Tonnen und Kübel mit längst erstarrtem Mörtel. Man stieß aber auch auf Stapel ordentlich aufgeschichteter Bretter und Balken und sorgfältig aufgerollte Seile.

Aber mehr noch als der Dreck und die Unordnung dieser verlassenen Baustelle machte den vier Rittern die trostlose Kahlheit der Kirche zu schaffen. Der nackte Altarraum, fern jeglicher priesterlichen Weihe, verschwand halb hinter einem von der Decke herabhängenden, löchrigen Vorhang aus schmutzigem Segeltuch. Das Auge fiel auch nirgendwo auf Bilder, Wandmosaiken, Heiligenstatuen, Kerzenleuchter oder irgendeine andere Art von Ausschmückung. Kirchenbänke suchte man ebenfalls vergeblich. Und was die Ritter am schmerzlichsten vermissten, war ein Kruzifix. Nirgendwo im Gotteshaus konnten sie auch nur ein einziges Kreuz entdecken.

»Ein nicht gerade andächtig stimmender Ort für die Vesper oder irgendeine andere Gebetszeit«, bemerkte Maurice. »Was hat ein heiliger Mann an solch einer deprimierenden Stätte zu suchen, geschweige denn hier mit uns zu bereden?«

»Hier ist es ja sogar für ein heidnisches Begräbnis noch zu düster«, bemerkte Tarik.

»Ja, als läge ein Fluch über dem Ort!«, entfuhr es McIvor mit belegter Stimme und er leckte sich nervös über die Lippen, die wie sein Mund vor innerer Anspannung ganz trocken geworden waren. Und er unterdrückte eine Verwünschung, als er neben einer noch eingerüsteten Säule mit dem Gesicht in ein Spinnennetz geriet. »Hier feiern allein Spinnen und anderes Getier Gottesdienst«, knurrte er und wischte sich die klebrigen Spinnweben angewidert aus dem Gesicht.

»Wo steckt denn nun Euer Abbé?«, rief Gerolt den Turkopolen ungehalten zu. Und er hatte keinen größeren Wunsch, als diesen beklemmenden Ort so schnell wie möglich verlassen zu können.

»Habt noch einen Moment Geduld«, antwortete Bismillah, der indessen mit seinem Bruder auf die äußere rechte Seite hinübergegangen war und dort zwischen zwei Säulen auf sie wartete. »Es hat schon alles seine Richtigkeit. Unser Meister wartet unten auf Euch.«

Mit höchster Wachsamkeit begaben sich die Ritter zu ihnen auf die Ostseite des Kirchenbaus. Und dann bemerkten sie die von einem schweren Gitter gesicherte Treppe, die hinter Bismillah und Dschullab in die Tiefe führte.

»Das dürfte die Treppe sein, über die man hinunter in die Krypta* gelangt«, raunte Maurice argwöhnisch. »Die Sache wird ja immer seltsamer! Ein bisschen zu seltsam für meinen Geschmack!«

»Dann steigt hinunter und meldet eurem Abbé, dass wir hier sind!«, forderte Gerolt das blinde Brüderpaar barsch auf.

Bismillah und Dschullab gingen voran und die Ritter mit Gerolt an der Spitze folgten ihnen mit sicherem Abstand. Die Treppe führte

---

* Unterirdischer Kirchenraum, der häufig als Begräbnisstätte für bedeutende kirchliche oder weltliche Würdenträger diente sowie zur sicheren Aufbewahrung von Reliquien, etwa der Gebeine von Heiligen.

nicht auf geradem Weg in die Krypta hinunter, sondern wurde auf halber Strecke von einem Absatz unterbrochen und machte dahinter einen scharfen Knick nach links. Lichtschein fiel aus der Tiefe auf den Absatz und das letzte Dutzend Steinstufen. Und dann lag die Krypta vor ihnen.

Gerolts Blick erfasste drei schlichte, steinerne Sarkophage an der hinteren Längswand, den weißhaarigen Templer in einem mit Leder bespannten Lehnstuhl neben einem eisernen Kohlenbecken, hinter ihm die beiden blinden Diener, vier im Halbkreis vor dem Greis aufgestellte Scherensessel – und nicht das geringste Anzeichen, dass sie etwas zu befürchten hatten. Es war kühl in der Gruft.

»Sieht so aus, als hätten wir uns das Misstrauen und die ganze Aufregung sparen können«, murmelte Gerolt so leise, dass seine Freunde ihn gerade noch verstehen konnten.

Der alte Templer erhob sich aus seinem Lehnstuhl. »Nein, ihr habt recht daran getan, wachsam gegenüber dem Unbekannten geblieben zu sein, Gerolt von Weißenfels«, sprach er ihn an, und sowohl seine Worte wie auch seine erstaunlich kräftige und wohlklingende Stimme sorgte bei den vier Rittern einmal mehr für Verblüffung. »Wäret ihr weniger umsichtig, wäre der Ruf wohl auch kaum an euch ergangen. Aber nun tretet näher, werte Brüder in Christo. Es freut mich, dass ihr nun endlich den Weg zu mir gefunden habt.«

»Ja, aber nur dank der sehr überzeugenden Überredungsgabe Eurer Diener«, sagte Maurice trocken.

Während sie die letzten Stufen hinabstiegen und sich zu dem fremden Tempelbruder begaben, nahmen sie sich nun die Zeit, sich näher in der Krypta umzuschauen.

Das unterirdische Gewölbe maß etwa fünfzehn Schritte in der Länge und knapp die Hälfte in der Breite. Das Kopfende des Raumes nahm das tiefe Halbrund der Altarnische ein, zu der drei Stufen hochführten. Im Gegensatz zum oberen Bereich der Kirche war dieser Teil mit seiner kunstvollen Holztäfelung, dem mächtigen Altarblock aus grauschwarzem Marmor sowie einem dreiteiligen Passionsgemälde und dem darüber hängenden Kruzifix vollkommen fertig gestellt und wirkte wie eine spirituelle Oase in einer kalten, unbehausten Steinwüste. Auf der Marmorplatte des Altars, der die doppelte Dicke einer kräftigen Männerfaust hatte, standen zwei schwere, eiserne Leuchter mit jeweils drei brennenden Kerzen. Die Leuchter ruhten auf breiten, etwas klobigen, quadratischen Füßen, die mit der Altarplatte fest verschraubt waren. In einer ölgefüllten Wandleuchte aus dunkelrotem Glas brannte mit ruhiger Flamme das ewige Licht, das in keinem geweihten Altarraum fehlen durfte.

Ungewöhnlich waren nur die beiden lebensgroßen Statuen, die auf breiten Sockeln ruhten und das kostbar vertäfelte Halbrund der Altarnische rechts und links einfassten, als sollten sie den heiligen Bezirk bewachen. Beide Skulpturen bestanden aus grauem Gestein, bei dem es sich wohl um eine Art von Granit handelte. Die linke Statue stellte einen Mann in einem langen, priesterähnlichen Gewand dar, der wie ein zu Stein erstarrter Wachposten mit der linken Hand den Schaft einer senkrecht stehenden, eisernen Lanze umfasst hielt. Sollte sie den heiligen Joseph von Arimathäa darstellen?

Bei der Figur auf der anderen Seite des Halbrunds handelte es sich um eine Frau. Der Bildhauer hatte aber ohne jeden Zweifel nicht eine Statue der Gottesmutter aus dem Stein geschlagen, sondern bei seiner Arbeit eine sehr viel ältere und vor allem wohlhabende Frau vor Augen gehabt, wie der vornehme Umhang und der angedeutete Schmuck verrieten. Ihre aufrechte Haltung mit dem leicht in den Nacken gelegten Kopf war die einer selbstbewussten Frau und aus ihren Gesichtszügen sprach Entschlossenheit.

»Es ist gut, dass ihr nun hier seid«, sagte der weißhaarige Templer,

156

setzte sich wieder in seinen Lehnstuhl neben dem Kohlenbecken und deutete auf die Scherenstühle. »Nehmt Platz, damit wir in Ruhe miteinander reden können.«

Die vier Ritter folgten seiner Aufforderung und rückten ihr Schwertgestänge umständlich und mit einigem Gelärme zurecht, um einigermaßen bequem sitzen zu können.

Gerolt räusperte sich, um sich von dem Kloß zu befreien, der ihm in der Kehle saß. »Verzeiht mir meine Direktheit, aber bevor wir dieses Gespräch beginnen, zu dem Ihr uns gebeten habt, gebietet es da nicht die Höflichkeit unter Ordensbrüdern, dass Ihr uns zuerst einmal Euren Namen verratet? Ihr kennt unsere Namen, wir dagegen wissen nur, dass Eure beiden Diener Euch den ›heiligen Abbé‹ nennen.«

»Es gibt nur Einen, der heilig ist, und das ist Er, unser Herr und Erlöser Jesus Christus«, stellte der greise Templer sofort klar und seine Hand deutete auf das Kruzifix. »Also vergesst schnell, was ihr von Bismillah und Dschullab in Bezug auf mich gehört habt. Ihre Hingabe und Treue ist ein großes Geschenk, das mich täglich mit Dankbarkeit erfüllt, aber in gewissen Dingen können sie auch so störrisch sein wie eigensinnige Maulesel.« Er wandte den Kopf und warf dem blinden Brüderpaar einen tadelnden Blick zu.

Es war, als hätten Bismillah und Dschullab auch dies registriert. Denn sie beantworteten den Tadel mit einer demütigen Verbeugung. Und dann ließen sie ihren Herrn mit den vier Rittern allein und zogen sich nach oben zurück.

»Wie also lautet Euer Name, ehrwürdiger Ordensbruder?«, drängte Maurice, vermochte er seine Neugier doch nicht länger zu zügeln.

»Villard von Saint-Omer«, lautete die Antwort des weißhaarigen Templers.

Die vier jungen Ritter reagierten mit sichtlicher Überraschung auf den Namen, gab es in der Geschichte der Templer doch einen berühmten Kreuzfahrer ganz ähnlichen Namens.

»Seid Ihr vielleicht mit Gottfried von Saint-Omer verwandt, der zusammen mit Hugo von Payens vor zweihundert Jahren unseren Orden in Jerusalem gegründet hat?«, fragte Tarik.

»Eine solche Verwandtschaft besteht in der Tat«, bestätigte Villard von Saint-Omer zurückhaltend.

»Dann werdet Ihr bestimmt auch einen entsprechenden Rang in unserem Orden bekleiden und wohl ein Komtur sein«, deutete Gerolt an.

Ein Lächeln huschte über das zerfurchte, ledrige Gesicht des Alten. »Nein, ich bekleide keinen hohen Rang im Orden, jedenfalls keinen, der euch bekannt ist. Für meine wenigen Gefolgsleute bin ich schlicht Abbé Villard.«

». . . den hier keiner kennt«, warf Maurice ein. »Und dessen Diener über mehr als nur verblüffende Fähigkeiten verfügen, der uns an diesen höchst merkwürdigen Ort einbestellt und der nach unserer wundersamen Rettung vor zwei Tagen Andeutungen macht, er habe irgendwie Anteil an dem . . . nun, an dem Wunder gehabt! Was hat das alles zu bedeuten, Abbé Villard? Ich denke, wir haben Anspruch darauf, dass Ihr uns endlich erklärt, wie das alles zu verstehen ist – und vor allem, was Ihr überhaupt von uns wollt!«

»Ja, woher kamen der Sturmwind und der plötzlich klaffende Graben im Boden? Und wie konnte es sein, dass die Pfeile mitten im Flug erstarrt und senkrecht zu Boden gefallen sind? Habt Ihr dort gebetet und dieses Wunder von Gott erfleht?«, sprudelten die Fragen nun auch aus Tarik heraus. »Oder habt Ihr etwa Macht über die Naturgewalten?«

Seit sie die Krypta betreten hatten, war McIvor nicht ein einziges Wort über die Lippen gekommen. Er neigte ja ohnehin zu Wortkargheit und zog es vor, sich erst dann in ein Gespräch einzumischen, nachdem er sich ein Bild von den Meinungen der anderen gemacht hatte. Nun aber platzte es aus ihm heraus: »Sei mir nicht böse, aber das ist doch blanker Unsinn, Tarik! Die außerordentliche Kraft eines inständigen Gebets ist unbestritten und kein wahrhaft Gläubiger wird sie in Frage stellen, auch wenn es allein in Gottes Allmacht und Gnade liegt, wann und wie er Wunder wirkt. Doch ganz gezielt und nach eigenem Ermessen derart über Naturgewalten zu gebieten, das ist keinem Sterblichen gegeben!«

Villard von Saint-Omer seufzte und sah ihn einen Augenblick schweigend an. »Ich übertreibe wohl nicht, wenn ich sage, dass deine Körperkräfte die eines jeden anderen in diesem Raum übertreffen«, stellte er dann scheinbar ohne jeden Zusammenhang fest.

Der hünenhafte Templer mit dem breiten Kreuz und den Pranken eines Bären sah sich lachend um. »Ich sehe jedenfalls keinen, der es mit mir aufnehmen könnte«, bestätigte er nicht ohne Stolz.

»Wohlgemerkt, wir reden hier nur von reiner Körperkraft, McIvor!«, warf Maurice sofort spitzzüngig, aber doch freundschaftlich ein. »So wie ein Ochse einem Fuchs an Kraft überlegen ist. Er könnte ihn glatt platt walzen. Aber dafür müsste er ihn erst einmal haben. Und versuch mal einen Fuchs zu fangen, auch wenn du kein Ochse bist!«

Gelassen nahm der Schotte das Auflachen seiner Freunde hin. Dann wandte er sich wieder dem greisen Templerbruder zu. »Aber was haben meine Körperkräfte mit dem zu tun, was wir gerade besprochen haben, Abbé Villard?«

»Ich möchte, dass wir beide unsere Körperkräfte messen, McIvor von Conneleagh«, antwortete dieser lächelnd. »Zieh dein Schwert!«

4

 Einen Moment sah McIvor ihn sprachlos an. »Ihr beliebt zu scherzen!«, entfuhr es ihm dann.

»Ganz und gar nicht. Mir ist es Ernst damit. Also tu, was ich dir sage! Zieh dein Schwert!«, forderte Abbé Villard ihn erneut auf. »Sofern du dazu in der Lage bist! Ich glaube nämlich nicht, dass du es auch nur eine Fingerbreite aus der Scheide bekommst, wenn ich es nicht will!«

»Das ist doch lächerlich!«, brummte McIvor kopfschüttelnd. »Aber wenn es Euer Wille ist und Ihr Euch unbedingt zum Gespött machen wollt, will ich es tun.« Seine Hand fuhr herum und wollte nach der Waffe greifen. Doch noch auf halbem Weg zum Schwertgriff rührte sie sich plötzlich nicht mehr von der Stelle. Sie verharrte wie erstarrt über der Hüfte.

»Was ist? Warum zögerst du?«, fragte Gerolt verwundert, der zur Linken seines schottischen Kameraden saß. »Nun zieh schon das Schwert! Wir wollen sehen, was er damit bezweckt.«

»Ja, was ist, McIvor von Conneleagh?«, fragte auch Abbé Villard. »Du kannst es doch sonst mit jedem Gegner aufnehmen, nicht wahr? Hat dich auf einmal dein Mut oder deine Kraft verlassen?«

Der Schotte wurde blass im Gesicht. »Ich . . . ich kann nicht!«, stieß er erschrocken hervor, während die Ader auf seiner Stirn anschwoll. »Wie sehr ich mich auch anstrenge, ich kann meine Hand nicht mehr bewegen! Weder vor noch zurück! Irgendetwas hält sie fest!«

»Ich halte sie fest«, sagte Abbé Villard, der scheinbar völlig entspannt in seinem Lehnstuhl saß. Doch auf seiner Stirn bildeten sich Schweißperlen, trotz der Kühle, die aus den Mauern der Krypta drang. »Und ich werde jetzt dein Schwert ziehen! Also erschreckt euch nicht.«

Fassungslos beobachteten die vier Ritter, wie nun McIvors Schwert wie von Geisterhand ergriffen aus der Scheide glitt, sich völlig von ihr löste, sich mehrfach um seine eigene Achse drehte und dann in der Luft in waagerechter Lage zur Ruhe kam. Dort verharrte die schwere Waffe schwebend im Raum.

»Und um auch noch den letzten Zweifel bei euch auszuräumen, was Gott in meine Macht gestellt hat, will ich es nicht dabei belassen«, sagte Abbé Villard in die atemlose Stille.

Im selben Augenblick erhob sich neben ihm das Kohlenbecken aus dem Ring des eisernen Ständers, stieg zur Gewölbedecke hoch und drehte sich mit seiner Unterseite nach oben, sodass die glühenden Kohlen herabregneten.

Zu Tode erschrocken wollten Gerolt und seine Freunde aufspringen, um sich vor der Glut in Sicherheit zu bringen. Doch keiner von ihnen vermochte sich zu bewegen. Eine unsichtbare Kraft, der sie nicht gewachsen waren, zwang sie auf ihre Stühle. Gleichzeitig wurde der Fall der Kohlen jäh gebremst. Sie formierten sich über dem Schwert zu einer gleichfalls in der Luft schwebenden, kreisrunden Glutscheibe.

»Das sollte genügen«, sagte Abbé Villard trocken und schon schwebte das Schwert zu McIvor und in die Scheide zurück. Im nächsten Moment lagen auch wieder die glühenden Kohlen auf dem Eisenständer in ihrem Becken.

»Der Allmächtige stehe uns bei!«, stieß Gerolt mit zitternder Stimme hervor und ein Schauer überlief ihn. Nun konnte es keinen Zwei-

161

fel mehr daran geben, dass tatsächlich er dieses Wunder auf dem freien Feld bewirkt und sie damit vor dem sicheren Tod durch die Sarazenen bewahrt hatte.

»Dessen könnt ihr gewiss sein«, versicherte Abbé Villard und lächelte verständnisvoll. Dabei klang er ein wenig außer Atem und der Schweiß auf Stirn und Schläfen war nicht zu übersehen.

Er gab ihnen Zeit, die Fassung wiederzugewinnen und er sparte auch nicht mit beruhigenden Worten. Sie hätten keinen Grund, sich nun vor ihm zu fürchten oder gar anzunehmen, dass er mit dem Teufel im Bunde sei, sondern Gottes Segen ruhe auf ihnen. Und dann erinnerte er sie an seine Worte, die er in der Nacht ihrer Rettung an sie gerichtet hatte.

»Habe ich euch nicht gesagt, dass ihr berufen seid? Es ist kein Zufall, dass ich eure Namen kenne und euch in der Nacht des Angriffs auf das Sarazenenlager zu Hilfe gekommen bin. Ich konnte nicht zulassen, dass euch etwas zustößt. Auf euch warten andere und viel wichtigere Aufgaben, als gegen die Muslims in die Schlacht zu ziehen.«

»Wie können ausgerechnet wir von Gott berufen sein?«, fragte Maurice mit gequälter Miene. »Vor allem ich, der ich mehr Sünden begangen habe, als Mameluken vor Akkon liegen, und der ich es als Sühne nicht einmal geschafft habe, im Kloster das Noviziat durchzustehen? Ich wäre doch der Letzte, den Gott für eine besondere Aufgabe erwählen und . . . und dem er einen . . . einen Boten schicken würde, den er mit einer so unglaublichen Macht ausgestattet hat wie Euch!«

»Nein, du irrst«, widersprach McIvor da sofort leise und mit einem tiefen Schmerz in der Stimme. »Ich wäre der Letzte, Maurice, dem der Allmächtige diese große Gnade erweisen würde . . . bei der großen, unverzeihlichen Schuld, die ich in meiner Heimat auf mich geladen habe.« Er hielt dabei den kantigen und von Narben gezeichneten Kopf gesenkt, als schämte er sich diese Worte überhaupt auszusprechen.

Für einen kurzen Moment galt die Aufmerksamkeit seiner Freunde ihm, lüfteten seine Worte doch ein wenig das Geheimnis seines Lebens und was ihn veranlasst hatte Tempelritter zu werden. Bisher wussten sie nur, dass er einem alten Adelsgeschlecht entstammte, Schottland mit neunzehn Jahren verlassen und sich auf dem Kontinent in den drei folgenden Jahren bei einigen lokalen Kriegszügen als Söldner verdingt hatte, bevor er in den Orden eingetreten war. Mehr hatte ihnen McIvor, der mit sechsundzwanzig Jahren der Älteste von ihnen war, nicht über seine Vergangenheit erzählt. Er hatte sich da sehr wortkarg und verschlossen gezeigt. Nicht einmal der Wein hatte ihm die Zunge gelöst. Und als sie gemerkt hatten, dass er nicht über die Zeit vor seinem Eintritt in den Templerorden sprechen wollte, hatten sie das vorbehaltlos respektiert und auch keine weiteren Fragen gestellt. Warum einer das Gelübde ablegte und den Mantel mit dem Tatzenkreuz nahm, das gehörte im Orden zu dem wenigen, was ein Templer allein besitzen durfte.

»Gottes Ratschluss ist wundersam und übersteigt immer wieder unser begrenztes, menschliches Fassungsvermögen«, erwiderte Abbé Villard auf die Einlassungen von Maurice und McIvor. »Er weiß um unsere Schuld, von der sich keiner auf Erden freisprechen kann. Auch deine schwere Verfehlung in der ungestümen Zeit deiner Jugend, McIvor von Conneleagh, ist ihm kein Geheimnis. Aber gilt Gottes Großmut und Liebe nicht schon immer ganz besonders den scheinbar Schwächsten und Unwürdigsten und wählt er nicht gerade unter ihnen diejenigen, die er zu einem herausragenden, verantwortungsvollen Dienst beruft?«

»Ihr denkt jetzt sicher an Petrus und Paulus«, folgerte Gerolt.

Der alte Templer nickte. »Richtig. Hat er nicht Petrus, der Jesus doch dreimal feige verleugnet hat, seinem Verrat zum Trotz die Schlüsselgewalt auf Erden übertragen und ihn dazu bestimmt, der Felsen zu sein, auf dem sich unsere heilige Mutter Kirche gründet? Und hat er ihm nicht den eifrigen Christenverfolger Saulus an die Seite gestellt, der, von Gottes Berufung überwältigt und geläutert, als Paulus das Evangelium in die Welt hinausgetragen, die Frohe Botschaft wie kein anderer verbreitet und furchtlos das Martyrium des Blutzeugen auf sich genommen hat? Gott kennt unsere Schwächen, doch er weiß auch viel besser als wir selbst, was wirklich in uns steckt und zu welchem Dienst wir fähig sind, wenn wir seinen Ruf vernommen und bedingungslos angenommen haben. Und jeder von euch hat die rufende Stimme Gottes ja schon in sich vernommen, der eine vielleicht weniger stark als der andere. Aber vernommen habt ihr seinen Ruf, sonst wärt ihr nicht in den Templerorden eingetreten.«

»Es ist schon richtig, dass der Wunsch, Gott zu dienen, bei jedem von uns Anlass war, den Templermantel zu nehmen«, räumte Gerolt ein. »Aber Ihr habt uns doch wohl kaum kraft Eurer besonderen Macht vor den Sarazenen gerettet und uns an diesen ungewöhnlichen Ort bestellt, weil Ihr mit uns über unsere Berufung zum Leben eines Tempelritters sprechen wollt.«

»Richtig, Ihr habt vielmehr von einem besonderen Dienst gesprochen«, pflichtete Maurice ihm bei. »Und dass angeblich Gottes Segen auf uns ruhe.«

Abbé Villard nickte. »So verhält es sich auch.«

»Aber wieso ausgerechnet wir? Und was hat es mit diesem besonderen Dienst auf sich? Und wieso seid Ihr Euch überhaupt sicher, dass wirklich wir gemeint sind?«, stellte Tarik gleich mehrere Fragen auf einmal.

»Auch würden wir gern erfahren, was es mit Euren blinden Dienern und dieser doch reichlich merkwürdigen, unvollendeten Kirche auf sich hat«, fügte Gerolt dann auch sogleich hinzu.

»Zäumt man ein Pferd von hinten auf und setzt ein Ritter zuerst seinen Helm auf, wenn er sich zum Kampf rüstet?«, entgegnete Abbé Villard. »Nein, man hält sich an die sinnvolle Abfolge der einzelnen Schritte, wenn man es vernünftig machen und sich nicht verzetteln will. Also habt ein wenig Geduld und vertraut mir, dass ich weiß, was ich tue und wie ich es tue. Ihr werdet eure Antworten auf all diese Fragen erhalten, aber zur gegebenen Zeit.«

»Also gut, dann erst mal keine Fragen mehr«, seufzte Maurice. »So sagt uns denn, was Ihr zu sagen habt.«

»Nun, zuerst einmal möchte ich von euch wissen, was genau ihr über die Gründung und die vornehmlichen Aufgaben des Templerordens wisst!«, forderte Abbé Villard sie auf und fügte angesichts ihrer verständnislosen Mienen hinzu: »Ich weiß, das mag in euren Ohren töricht klingen, aber tut mir dennoch den Gefallen.«

Gerolt überwand als Erster seine Irritation und Hemmung, auf diese scheinbar einfältige Frage zu antworten. Denn jeder noch so ungebildete Kreuzritter kannte die Geschichte und wusste, welchem Dienst sich die Templer verschrieben hatten.

»Nun, wie fast jedes Kind weiß, begann alles damit, dass die Herren Hugo von Payens, Gottfried von Saint-Omer und sieben andere Ritter im Jahre 1119, also zwanzig Jahre nach der Eroberung von Jerusalem beim Ersten Kreuzzug, beschlossen in der Heiligen Stadt eine Bruderschaft zu gründen, um die heiligen Stätten und die ins Land strömenden Pilger vor Räubern zu schützen.«

»Aber auch vor anderen Gefahren sollten die Pilgerwege geschützt werden, insbesondere vor Löwen, die es in diesem Land zahlreich gibt«, ergänzte nun Tarik. »Deshalb ist die Jagd auf Löwen im Artikel sechsundfünfzig unserer Ordensregel, die Templern ansonsten die

165

gewöhnliche Jagd streng verbietet, ausdrücklich von dem Verbot ausgenommen!«

»Und was wisst ihr sonst noch über die Gründung unseres Ordens?«, fragte Abbé Villard in die Runde.

Nun meldete sich Maurice zu Wort: ». . . dass König Balduin II., der König von Jerusalem, von dem Angebot der adligen Herren so angetan war, dass er der Bruderschaft spontan seinen eigenen Palast überließ, nämlich den einstigen Tempel Salomons, das heißt, was von diesem damals noch übrig war. Das Geschlecht der Omaijaden hatte dort im siebten Jahrhundert den Felsendom mit seiner prachtvollen goldenen Kuppel und etwas südlich davon die El-Aqsa-Moschee errichtet. Diese wurde nun zum Ordenshaus, indem man den großen Gebetssaal der Moschee in Zellen unterteilte und eine Scheuer und ein Refektorium anbaute. Und das riesige Kellergewölbe, bei dem es sich zweifellos noch um die legendären Stallungen Salomons handelte, beherbergte dann die Kavallerie des neuen Ordens.«

Gerolte nickte bestätigend. »Deshalb hat sich die Bruderschaft ja auch den Namen *Die armen Ritter Christi vom Tempel Salomons* gegeben. Und gut zehn Jahre später wurde dann auf dem Konzil von Troyes an Sankt Hilarius die Ordensregel endgültig verfasst und vom Papst gebilligt. Danach hat der Orden einen raschen Aufschwung genommen, ist durch unzählige Schenkungen zu Macht und großem Reichtum gekommen und hat sich seitdem durch die besondere Tapferkeit seiner Ritter im Kampf gegen die Ungläubigen ausgezeichnet. Ich denke, das ist alles, was es zur Gründung und den besonderen Aufgaben unseres Ordens zu sagen gibt. Jedenfalls fällt mir sonst nichts Wichtiges mehr ein. Oder wollt ihr noch etwas anführen, das ich vergessen habe?« Und fragend blickte er in die Runde seiner Freunde.

Doch auch ihnen fiel nichts mehr ein, was sonst noch besonders erwähnenswert gewesen wäre. Dass der Orden dank seines Reichtums in allen christlichen Ländern über ein dichtes Netz von Komtureien verfügte, eine eigene Flotte unterhielt und nicht nur den Schatz manch eines Königs, wie etwa des französischen, in seinen Burgen bewachte und verwaltete, sondern auch im Bankgeschäft längst die führende Rolle in Europa und in Outremer spielte, war jedem bekannt, auch wenn er nicht zu den Templern gehörte.

Abbé Villard hatte ihnen mit einem feinen Lächeln auf dem runzligen Gesicht zugehört. Nun beugte er sich leicht vor, stützte sich auf die Armlehnen und sagte in die erwartungsvolle Stille, die eingetreten war: »Ja, das ist die Geschichte, die man sich über die Gründung des Templerordens erzählt, so hat sie Eingang in die geschichtlichen Aufzeichnungen vieler gelehrter Männer gefunden und so wird man sie wohl auch in späteren Jahrhunderten in derlei geschichtlichen Werken wiederfinden, wenn wir unserer göttlichen Aufgabe weiterhin mit Stillschweigen gerecht werden.«

»Wie meint Ihr das?«, fragte McIvor verwirrt. »Ihr klingt ja so, als hieltet Ihr die Geschichte nicht für wahr!«

Der Weißhaarige lächelte. »Ich *weiß,* dass sie nicht wahr ist . . . jedenfalls nicht ganz!«, sagte er und hob schnell die Hand. »Wartet! Bevor ihr mich mit Fragen bedrängt, lasst mich erst einmal euch einige Fragen stellen. Habt ihr euch nie Gedanken darüber gemacht, warum es damals plötzlich so dringlich erschien, einen neuen Ritterorden zum Schutz der Pilgerwege zu gründen? Es gab doch schon den Orden der Hospitaliter, der diese Aufgabe hätte übernehmen können. Wieso sollten ausgerechnet diese neun armen Ritter den Schutz besser als alle anderen gewährleisten können? Muss es einem da nicht rätselhaft erscheinen, dass König Balduin auf der Stelle seinen Palast für sie räumt und ihn einfach so dieser kleinen Schar fremder Männer überlässt?«

»So, wie Ihr es formuliert, kommt es einem schon etwas merkwür-

167

dig vor«, räumte Maurice ein. »Aber worauf, um alles in der Welt, wollt Ihr hinaus?«

»Habt noch einen Augenblick Geduld!«, bat Abbé Villard. »Erlaubt mir noch eine letzte Frage. Wenn der Schutz der Pilgerwege die vorrangige Aufgabe des Ordens gewesen sein soll, wie man es stets hören und in Chroniken lesen kann, warum findet sich dann in unserer Regel nicht der geringste Hinweis darauf? Müsste man denn nicht erwarten, dass die Templerregel etwa mit den Worten ›Ziel unseres Ordens ist der Schutz der Pilgerwege‹ beginnt? Aber darüber findet sich nirgends auch nur ein einziges Wort.«

»Stimmt!«, stieß Gerolt verblüfft hervor.

»Glaubt ihr, dass so intelligente Männer wie Hugo von Payens und insbesondere Bernhard von Clairvaux, der alles überragende Geist seiner Zeit, dies bei der Abfassung einfach vergessen haben könnten?«, hakte Abbé Villard noch einmal nach.

»Nein, bei einer so gewissenhaft verfassten Ordensregel ist jedes einzelne Wort bedacht, sowohl das niedergeschriebene wie auch das weggelassene«, sagte Tarik. »Und vom Schutz der Pilgerwege ist in der Regel tatsächlich an keiner Stelle die Rede.«

Der alte Templer ließ einen Moment schweigend verstreichen. Dann sagte er in die angespannte Stille: »Der Templerorden ist einzig mit dem Ziel gegründet worden, in der Zeit der blutigen Auseinandersetzungen zwischen den Kreuzfahrern und den Muslims sozusagen Schutzschild und Schwertarm für die *Geheime Bruderschaft der Arimathäer* zu sein, ohne jedoch von deren Existenz zu wissen. Mit dem Kreuzzug hatte der Konflikt nämlich eine neue Dimension erreicht, war doch nun auf beiden Seiten ein unseliger, angeblich heiliger Krieg entbrannt. Dass . . .«

»Was heißt angeblich heiliger Krieg?«, fiel Maurice ihm ins Wort. »Haltet Ihr den Krieg etwa nicht für heilig und gottgewollt?«

»Nein, die Kriege mit den Muslims sind ganz sicher weder heilig noch von Gott gewollt«, bestätigte der Abbé. »Es ist eine der großen Tragödien der Menschheit, dass sich Juden, Christen und Muslims gegenseitig bekämpfen, statt zu begreifen, dass sie alle doch denselben Gott anbeten. Und sie sollten sich besser darauf besinnen, wie viel sie miteinander verbindet, als ihre vergleichsweise geringen Unterschiede zu betonen, die größtenteils kulturell bedingt sind. Immerhin gilt Jesus den Muslims als ein bedeutender Prophet. Auch Maria, Mose und Abraham nehmen in der Lehre der Korangläubigen eine herausragende Rolle ein. Der Hass zwischen den Religionen ist daher eine beklagenswerte Tragik und hat nichts mit Gott zu tun, sondern einzig mit Verblendung, irdischen Machtgelüsten auf beiden Seiten und gegenseitigem kulturellem Unverständnis. Aber lasst mich nun zur Gründung des Templerordens zurückkommen!«

Die vier Freunde warfen sich verwunderte Blicke zu. Noch nie hatte ein Templer so zu ihnen über die Muslims gesprochen. Zwar gehörte es zur Geschichte des Ordens, dass sich Tempelritter viel mehr als andere Kreuzfahrer auf die arabische Kultur eingelassen, den Muslims bei aller Feindschaft Respekt bezeugt und vieles an ihnen angenommen hatten und dadurch bei anderen Christen regelrecht in Verruf gekommen waren. Aber was Abbé Villard gerade ausgeführt hatte, ging doch weit darüber hinaus!

»Dass der Orden, der eigentlich nur eine kleine lokale, aber kampfstarke Schutztruppe sein sollte, sich schon nach wenigen Jahren verselbstständigen und ein eigenes Leben entwickeln würde, konnte damals keiner ahnen«, fuhr Abbé Villard fort. »Doch das ist jetzt nicht weiter von Bedeutung. Wichtig ist allein, dass ihr berufen seid unserer Bruderschaft beizutreten und die Nachfolge derjenigen Arimathäer anzutreten, die vor euch aufopferungsvoll diesen heiligen Dienst geleistet haben.«

169

Gerolt befiel plötzlich eine Ahnung, doch sie war so ungeheuerlich, dass ihm fast die Stimme versagte, als er hervorstieß: »Und was soll die Aufgabe dieser geheimen Bruderschaft sein, der Ihr angehört, Abbé Villard?«

Die Antwort des weißhaarigen Templers sollte ihr Leben für immer verändern.

»Sie sind die Hüter des Heiligen Grals!«

5

Die Worte von Abbé Villard trafen seine jungen Ordensbrüder wie ein Blitz aus heiterem Himmel. Eine fast atemlose Stille trat in dem unterirdischen Gewölbe ein. Und der Schauer, der sie überlief, rührte nicht von der steinernen Kühle der sie umgebenden Mauern her. Heilige Ehrfurcht und ungläubiges Erstaunen ließen die vier jungen Ritter erstarren.

Wer kannte als gläubiger Christ nicht die vielen Geschichten und Legenden, die sich seit fast anderthalb Jahrtausenden um den Heiligen Gral, den Kelch des letzten Abendmahls, rankten und sich mit seinem rätselhaften Verschwinden nach Jesu Tod beschäftigten? Wie viele erfolglose Versuche waren nicht schon unternommen worden, um dieses heilige Gefäß zu finden, aus dem der gottgesandte Menschensohn in der Nacht vor seiner Kreuzigung bei der Feier des Neuen Bundes Gottes mit den Menschen seinen Jüngern zu trinken gegeben hatte und dem in den Legenden überirdische Kräfte zugesprochen wurden. Und nun hatte ihnen der alte Templer eröffnet, dass sich der Heilige Gral im Besitz einer geheimen Bruderschaft befand, der er angehörte – und in die nun sie berufen sein sollten!

Es fiel ihnen schwer, das zu glauben. Zwar hatte Abbé Villard ihnen erst vor wenigen Minuten demonstriert, dass er, mehr noch als Bismillah und Dschullab, über geheimnisvolle Kräfte verfügte, wie sie eigentlich keinem Sterblichen gegeben waren. Aber dennoch erschien ihnen die Offenbarung des alten Templers so phantastisch

171

und auch erschreckend, dass ihr Verstand sich weigerte sie anzuerkennen.

Sehr viel leichter zu verstehen war der Name der geheimen Bruderschaft, der Villard von Saint-Omer angehörte. War es doch bekanntlich Joseph von Arimathäa gewesen, der angesehene Ratsherr von Jerusalem, der Pontius Pilatus die Genehmigung abgerungen hatte, den Leichnam Jesu vom Kreuz nehmen und ihn in einer Felsenhöhle in der Nähe der Hinrichtungsstätte zu Grabe legen zu dürfen. Kirchlicher Überlieferung nach sollte er es auch gewesen sein, der den heiligen Kelch des Abendmahls an sich genommen, darin sogar Blut aus dem gekreuzigten Leib Christi aufgesammelt und das heilige Gefäß aufbewahrt hatte.

Es war Maurice, der schließlich das Schweigen brach. »Wollt Ihr damit sagen, dass sich der heilige Kelch des letzten Abendmahls hier in dieser Kirche befindet?« Und sein Blick ging suchend zum Altar hinüber, als hoffte er gegen jede Vernunft den Heiligen Gral dort zu entdecken. Aber auf der schwarzen Marmorplatte standen nur die beiden Kerzenleuchter.

»Nein, das habe ich damit nicht gesagt«, erwiderte Abbé Villard sofort. »Dies ist nicht der Ort, an dem der Heilige Gral verborgen ist. Wer ihn in dieser Kirche sucht, wird es vergeblich tun.«

»Kein Wunder, so dreckig, kalt und öde, wie es da oben aussieht«, murmelte McIvor, der wie seine Freunde Mühe hatte, die volle Tragweite dessen zu begreifen, was ihnen soeben offenbart worden war.

»Was hat das schon zu bedeuten? Jesus ist doch auch nicht in einem Palast zur Welt gekommen, sondern in einem primitiven Stall«, erinnerte ihn Tarik.

»Richtig! Und es kann doch kein Zufall sein, dass die geheime Bruderschaft, von der Ihr gesprochen habt, ebenso wie diese Kirche nach dem heiligen Jospeh von Arimathäa benannt ist«, meldete sich nun auch Gerolt zu Wort. »Und dass Ihr uns das alles ausgerechnet an diesem Ort offenbart – sofern es denn wirklich der Wahrheit entspricht.«

Ein nachsichtiges Lächeln huschte über das greise Gesicht des Templers. »Bei Gott und meinem Seelenheil, es ist so, wie ich es gesagt habe, werte Ordensbrüder. Der Heilige Gral, der schon so manches Mal in Gefahr gewesen ist, befindet sich im Besitz der Geheimen Bruderschaft der Arimathäer, die der heilige Joseph zusammen mit der heiligen Magdalena und dem heiligen Nikodemus gegründet hat, und ich bin zur Zeit ihr oberster Hüter, der Erste unter Gleichgestellten. Doch nun ist die Zeit gekommen, Platz für Jüngere zu machen und den Schutz des Kelches in eure Hände zu legen, sofern ihr zu diesem schweren Amt bereit seid.«

»Also gut, gehen wir mal davon aus, dass sich alles so verhält, wie Ihr sagt, obwohl es mir reichlich schwer fällt, wie ich gestehen muss«, sagte Tarik mit blassem Gesicht und sichtlich um Fassung ringend. »Wie kommt es dann, dass ausgerechnet wir vier zu diesem schweren Amt berufen sein sollen? Auch würde ich gerne wissen, worin überhaupt dieses Amt eines Hüters besteht.«

»Nicht nur du, wir auch«, warf McIvor ein.

»Ich verstehe nur zu gut, wie verwirrend und überwältigend zugleich das alles für euch sein muss«, räumte Abbé Villard ein. »Auch ich habe zuerst wie der ungläubige Thomas reagiert, als ich damals in Jerusalem mit meinen Freunden in das Geheimnis eingeweiht wurde und wir das Amt von jenem Gralsritter übernahmen, der zu der Zeit noch um einiges älter war als ich heute. Aber bevor ich . . .«

»Und wann ist das gewesen?«, fiel Gerolt ihm ins Wort.

Abbé Villard ließ sich mit der Antwort Zeit. Ein wehmütiger Ausdruck trat auf sein Gesicht und fand sich auch in seiner Stimme wieder, als er schließlich sagte: »Das war im Jahre 1119.«

173

»Unmöglich!«, entfuhr es Gerolt entgeistert. »Denn dann . . . dann müsst Ihr ja fast zweihundert Jahre alt sein! . . . Und so alt kann kein Mensch werden!«

Der greise Templer lächelte und sein Gesicht nahm einen schmerzlichen Ausdruck an. »Davon würde ich auch abraten. Aber das Wort ›unmöglich‹ gibt es für Gott nicht. Was wir als Wunder bezeichnen und nur im Glauben als Mysterium annehmen können, ist für den Schöpfer der Welt gerade mal ein winziges Zeichen seiner grenzenlosen Allmacht.« Er machte eine kurze Pause.

»Der heilige Kelch ist der Quell ewigen Lebens«, eröffnete er ihnen dann feierlich und sprach die Worte langsam, fast zögernd aus, als wüsste er, wie viel er ihnen mit dieser zweiten ungeheuerlichen Offenbarung in so kurzer Zeit zumutete. »Ich bin sogar um einiges älter als zweihundert. Denn ich war schon jenseits der dreißig, als ich mit Hugo von Payens und meinem Bruder Gottfried von Saint-Omer nach Jerusalem kam, in die Bruderschaft aufgenommen wurde und mit meinen Freunden den Orden der Tempelritter gründete.«

Gänzlich erschüttert starrte McIvor ihn an. Und seinen Freunden erging es nicht anders. Was ihnen widerfuhr, erschien ihnen so unwirklich wie ein wirrer Traum, in dem das phantastische Geschehen nicht nur alle bekannten Gesetze der Natur außer Kraft setzte, sondern auch noch einen Teil der Geschichte umschrieb, die man genau zu kennen geglaubt hatte.

»Wer aus dem heiligen Kelch trinkt, gewinnt also das ewige Leben?« Gerolts Stimme war kaum mehr als ein ehrfürchtiges Flüstern.

Abbé Villard schüttelte den Kopf. »Nicht das ewige Leben, das erwartet uns erst im Himmelreich und allein durch Gottes Gnade. Und der heilige Trank macht auch nicht unverwundbar, wie manche Legenden fälschlich behaupten. Aber wer wiederholt aus dem Kelch zu trinken wagt, dessen Leben kann viele Jahrhunderte dauern. Doch wer würde das schon wollen und sich dadurch freiwillig die Hölle auf Erden bereiten? Denn genau das würde ihn erwarten, wenn er in seiner Vermessenheit nach einem fast ewigen Leben strebt. Nein, glaubt mir, viel mehr als das, was ich und die Hüter vor mir an Lebensjahren erreicht haben, vermag kein Mensch an Bürde, Schmerz und Einsamkeit zu ertragen. Sich immer wieder aufs Neue von treuen Weggefährten und anderen geliebten Menschen trennen zu müssen, die der Tod schon mit dreißig, vierzig Jahren aus dem Leben reißt, und über viele Generationen hinweg das heilige Geheimnis in Treue zu bewahren, schlägt tiefe Wunden in Herz und Seele. Ich weiß, wovon ich spreche! Aber Standhaftigkeit, Schmerz und diese innere Einsamkeit sind nur einige der schweren Lasten, die auch ihr zu tragen bereit sein müsst, wenn ihr dem Ruf folgen und Hüter des Heiligen Grals werden wollt.«

»Aber wenn . . . wenn Gott uns wirklich zu diesem Amt berufen hat, wie Ihr sagt, wie können wir uns dann diesem Ruf verweigern?«, fragte Tarik beklommen.

»Gott schenkt jedem Menschen die vollkommene Freiheit, sich für das Gute oder das Böse zu entscheiden, und er lässt uns freie Hand, von vielen möglichen Lebenswegen unseren ganz eigenen zu wählen«, antwortete Abbé Villard. »Er ist der Gott der Liebe, der niemals Zwang ausübt und der auch niemals aufrechnet. Und wenn in uns allen auch schon bei unserer Geburt die große Aufgabe unseres Lebens angelegt ist, die uns zu unserer gottgewollten Bestimmung führt, so hat Gott es doch allein unserer eigenen Entscheidung überlassen, ob wir unserem inneren Ruf aufrichtig Gehör schenken, ihm willig folgen und schließlich eines Tages das werden, was verborgen in uns auf vertrauensvolle Annahme und Vollendung wartet.«

»Und was gehört noch zu den Aufgaben der Bruderschaft?«, wollte Maurice wissen und ein erregtes Funkeln stand in seinen Augen, als könnte er es nicht erwarten, aus dem heiligen Kelch zu trinken und sich so ein extrem langes Leben zu sichern.

»Der Kampf gegen die Mächte der Finsternis, in dem schon viele tapfere Männer der Bruderschaft ihr Leben gelassen haben«, gab Abbé Villard schonungslos zur Antwort und ein Schatten schien sich über sein greisenhaftes Gesicht zu legen. »Denn schon vom ersten Tag nach Jesu Tod an hat der Fürst der Unterwelt nichts unversucht gelassen, um in den Besitz des Heiligen Grals zu gelangen. Denn was in den Händen eines reinen, gläubigen Herzens zum Quell des Lebens wird, kann der Welt unvorstellbares Elend und grenzenloses Verderben bringen, wenn der Gral in die Hände der Iskaris und ihres Gebieters fällt. Sie und nicht etwa die Muslims sind unsere wahren Feinde.«

Bei den düsteren Worten des uralten Templers lief Gerolt ein Schauer über Arme und Rücken. »Wer sind diese Iskaris?«

»Sie beten das Böse an und wollen die Herrschaft der Finsternis über die Welt bringen. Die Iskaris sind Menschen, die aus allen Kulturen und Religionen kommen, vom Glauben an Gott abgefallen sind und ihre Seele an den Teufel verkauft haben. Für ihre sklavische Unterwerfung hat er sie mit einem ähnlich langen Leben und geheimen, finsteren Kräften beschenkt, wie sie mir und meinen Mitbrüdern zum Guten der Menschheit gegeben sind«, erklärte Abbé Villard. »Es war Joseph von Arimathäa, der ihnen diesen Namen nach dem Jesusverräter Judas Iskariot gegeben hat. Sie selbst nennen sich dagegen stolz Judasjünger. Mit ihnen und der Versuchung durch das Böse werdet ihr den Kampf aufnehmen müssen.«

»Ein Templer, der Gott an seiner Seite weiß, fürchtet weder Tod noch Teufel und deshalb fürchtet er auch diese Iskaris nicht!«, versicherte McIvor. »Aber wir haben als Tempelritter ein Gelübde ablegt, Abbé Villard, und unserem Orden Treue geschworen. Wie können

176

wir da diesem geheimen Orden der Arimathäer beitreten und Hüter vom Heiligen Gral werden?«

»Macht euch darüber keine Gedanken. Wenn ihr euch entschließt das schwere Amt auf euch zu nehmen, wird euch der Großmeister sofort aus der regulären Truppe entlassen und euch von allen Beschränkungen und Pflichten befreien, an die ein Tempelritter gemeinhin durch die Ordensregel gebunden ist«, teilte Abbé Villard ihnen mit. »Dann gilt es für euch nur noch das zu beachten, was dem Schutz des Heiligen Grals dient.«

»Der Großmeister weiß von der geheimen Bruderschaft und dem heiligen Kelch?«, stieß Gerolt verblüfft hervor.

Abbé Villard nickte. »Ja, der Großmeister des Templerordens gehört zu der Hand voll eingeweihter Männer, die das Geheimnis teilweise kennen, ohne jedoch der Bruderschaft anzugehören und all das zu wissen, was ihr jetzt schon von mir erfahren habt. Vergesst nicht, dass wir damals den Orden gegründet haben, weil die Bedrohung durch die Iskaris und die Gefahr durch die muslimischen Eroberungszüge zu groß geworden war. Aber darüber und über vieles andere können wir zu einem späteren Zeitpunkt in aller Ausführlichkeit reden. Für heute soll es reichen. Ihr habt erst einmal genug zu verdauen und zu durchdenken.«

»Ja, aber . . .«, setzte Maurice zu einem Protest an.

Abbé Villard brachte ihn mit einer knappen Handbewegung zum Schweigen, die keinen Widerspruch zuließ, und erhob sich von seinem Stuhl. »Ich weiß, ihr habt noch viele Fragen, und ich werde sie euch beantworten«, versprach er. »Aber nicht heute. Ich möchte, dass ihr jetzt geht und in aller Ruhe über das nachdenkt, was ihr heute erfahren habt. Ich werde wieder nach euch schicken, wenn ich die Zeit für gekommen halte, um euch nach eurer Entscheidung zu fragen. Dann werdet ihr euch auch der Prüfung durch den Heiligen

177

Geist zu stellen haben und beweisen müssen, ob ihr auch wirklich würdig seid Hüter des Heiligen Grals zu sein.«

Die vier Ordensbrüder tauschten bestürzte Blicke, wagten jedoch nicht Abbé Villard zu unterbrechen und danach zu fragen, was es denn mit der Prüfung des Heiligen Geistes auf sich habe.

»Also geht in euch, prüft euch aufrichtig und nehmt euch Zeit für eure Entscheidung«, legte ihnen der greise Templer mit großem Nachdruck nahe. »Denn sie wird euch eine große Verantwortung bringen und für euer weiteres Leben Konsequenzen haben, die ihr jetzt noch gar nicht bedenken könnt. Und weicht weder den Ängsten noch den Zweifeln aus, die sich in den nächsten Tagen mit Sicherheit einstellen werden. Sucht Kraft und Gewissheit im Gebet. Und wenn einer von euch nach gewissenhafter Selbstprüfung und innigem Gebet zu der Erkenntnis kommt, dass er dieser schweren Bürde nicht gewachsen ist, dann ist das eine ebenso ehrenvolle Entscheidung wie die desjenigen, der die Bürde anzunehmen bereit ist. Und bedenkt eines: Wer erst in die Geheime Bruderschaft der Arimathäer aufgenommen und Hüter des Heiligen Grals geworden ist, auf dessen Schultern liegt ein schweres, heiliges Amt. Der Weg, der ihn erwartet, wird ein langer, beschwerlicher mit zahllosen Prüfungen und Gefahren sein, die unter Umständen sogar einen außergewöhnlich tapferen Templer zerbrechen können. Gebe Gott euch die innere Stärke und die nötige Selbsterkenntnis, um die richtige Entscheidung zu treffen!«

6

Flammenzungen leckten wie feurige Lanzen überall aus den schwarzen Mauern, die ihn von allen Seiten umschlossen und irgendwo in der Schwärze der Nacht in unerreichbar ferner Höhe endeten. Aus diesem runden Schacht gab es kein Entkommen. Die Flammen griffen nach ihm. Und gleichzeitig begannen die Mauern wie unter einem Erdbeben zu wanken. Risse bildeten sich, fuhren in wild gezackter Bahn durch das Gestein und weiteten sich zu immer größeren Spalten. Brennendes Mauerwerk löste sich aus den Wänden und stürzte ringsherum aus dem feurigen Inferno auf ihn herab. Jetzt konnte ihn nichts mehr davor retten, von den flammenden Trümmern erschlagen und begraben zu werden. Der Tod war unvermeidlich.

Gerolt entfloh dem grässlichen Alptraum, indem er erwachte und die Augen aufschlug. Mit einem Ruck setzte er sich auf seiner einfachen Lagerstatt auf und schon im nächsten Augenblick hatten sich die beklemmenden Bilder seines Traumes aufgelöst und waren nicht mehr als eine vage Erinnerung. Er fuhr sich mit der Hand über das Gesicht und spürte kalten Schweiß auf seiner Stirn.

Langsam kehrte sein Herz zu seinem ruhigen, gleichmäßigen Rhythmus zurück, als er sich bewusst wurde, dass er nur schlecht geträumt hatte und sich in einem der großen Schlafsäle der Zitadelle von Akkon befand. An die hundert Ordensbrüder hatten hier während der Belagerung einen notdürftigen Schlafplatz gefunden. Entsprechend laut und vielfältig waren auch das Schnarchen und die anderen Geräusche, die den Schlaf der Ritter begleiteten.

Gerolt hielt es nicht länger auf seinem Lager. Er wusste, dass er so schnell nicht wieder in den Schlaf finden würde. Und es drängte ihn, ins Freie zu kommen und den kühlen Nachtwind von der See einzuatmen. Denn die Luft im Schlafsal war stickig und verbraucht.

Vorsichtig erhob er sich und zwängte sich an der Bettstelle von Tarik vorbei, der zu seiner linken neben einer Säule schlief. An den beiden Enden des Mittelgangs brannte jeweils eine Nachtleuchte, deren schwaches Kerzenlicht zwar nicht allzu viel gegen die nächtliche Dunkelheit in diesem Saal auszurichten vermochte. Aber ihr Schein reichte doch aus, um sich orientieren und zwischen den Reihen bewegen zu können, ohne über ein Hindernis zu stolpern und jemanden aus dem Schlaf zu reißen.

Als er den Mittelgang erreicht hatte und auf die Tür zuhielt, ging sein Blick sofort zu McIvors Bettstelle hinüber, der das Glück gehabt hatte, einen der besseren Schlafplätze nahe am Hauptgang ergattert zu haben. Seine Decke war jedoch zurückgeschlagen und sein Lager verlassen. Offenbar konnte auch er nicht schlafen. Aber wer hatte in Akkon nach fast vierwöchiger Belagerung und wachsender Hoffnungslosigkeit überhaupt noch einen guten Schlaf?

Gerolt rechnete fest damit, den Schotten oben auf der Mauerkrone anzutreffen, von wo aus man einen guten Blick über Akkon und die feindlichen Heerlager hatte. Aber als er auf den oberen Wehrgang hinaustrat, suchte sein Blick vergeblich die hünenhafte Gestalt von McIvor. Dafür stieß er in der nordwestlichen Ecke der Galerie auf Maurice.

Dieser wandte nur kurz den Blick, als Gerolt zu ihm an die Zinnen trat. Er zeigte sich nicht überrascht ihn zu sehen, obwohl es bis zum Anbruch des neuen Tages doch noch einige Stunden hin war.

»Konntest du auch keinen Schlaf finden?«, fragte er und richtete seine Aufmerksamkeit wieder auf das Lager der Mameluken, die Akkon auch in dieser Nacht wieder heftig unter Beschuss nahmen. Die meisten Geschosse galten den äußeren Wällen, um dort Breschen zu schlagen. Aber die Riesenschleudern schickten doch auch immer wieder einen Feuertopf über die Mauern in die Stadt und legten dort Brände.

Gerolt verzog das Gesicht. »Seit uns Abbé Villard in das Geheimnis der Bruderschaft der Arimathäer eingeweiht hat, habe ich keine Nacht mehr ruhig geschlafen.«

»Ich auch nicht«, gestand Maurice. »Aber ist das ein Wunder? Wie kann man denn bei dem, was einem ständig durch den Kopf geht, noch ruhig schlafen?«

Für einen Moment schauten sie schweigend über die Stadt hinweg, deren Befestigungsanlagen, aber auch deren Wohnviertel hinter den Wällen vom Dauerbeschuss der feindlichen Wurfmaschinen mittlerweile schwer gezeichnet waren. Noch weigerte sich Akkon sich dem wütenden Ansturm der Mameluken und ihrer Vasallen zu ergeben. Doch die Hoffnungslosigkeit griff unter der Bevölkerung schon um sich und wucherte wie ein bösartiges Geschwür, das immer mehr gesundes Fleisch mit seiner Fäulnis vergiftete. Und alle fragten sich in den Mauern der Stadt, wo denn nur der König mit dem versprochenen Entsatzheer aus Zypern blieb.

Gerolt sah mit grimmiger Genugtuung, dass die von den Venezianern erbaute Schleuder auf dem Wehrgang ein Stück südlich vom Neuen Turm in Stellung gebracht worden war und den Beschuss mit gleicher Münze erwiderte. Diese war von allen Maschinen der Eingeschlossenen die wirksamste.

»Die kleine Truppe aus Venedig kämpft wirklich tapfer. Wenn doch nur alle so mutig und entschlossen wären!«, murmelte Gerolt.

»Ja, und verflucht sollen die feigen Hunde aus Genua sein, die hinter unserem Rücken einen Vertrag mit dem Sultan geschlossen haben und sich aus dem Kampf heraushalten!«, knurrte Maurice verächtlich.

Erneut trat zwischen ihnen ein kurzes, gedankenschweres Schweigen ein.

»Manchmal frage ich mich, ob wir das mit dem Abbé und seinen beiden Dienern wirklich erlebt haben«, sagte Gerolt schließlich. »Es kommt mir so unwirklich vor. Vor allem dass wir dazu berufen sein sollen, dieses heilige Amt anzutreten.«

Maurice schüttelte den Kopf, als könnte auch er es noch immer nicht glauben. »Mein Gott, Hüter des Heiligen Grals und ein Leben, das sich nicht in Jahrzehnten, sondern Jahrhunderten bemisst! Wie soll man da nicht an seinem eigenen Verstand zweifeln? Niemals hätte ich mir träumen lassen, dass ich einmal vor solch einer Entscheidung stehen würde! Dagegen nimmt sich doch alles andere, was ich bislang als ein Wagnis angesehen habe, wie harmloser Kinderkram aus!«

»Und?«, fragte Gerolt gespannt. »Bist du schon zu einer Entscheidung gekommen? Ich meine, genug Zeit hat der Abbé uns ja gelassen. Immerhin sind jetzt schon zwei Wochen vergangen, ohne dass er uns wieder zu sich gerufen hat.«

Maurice warf ihm ein ironisches Lächeln zu. »Was gibt es denn noch groß zu entscheiden, wenn einem ein derart langes Leben winkt? Bei zweihundert Jahren und mehr bin ich doch sofort dabei!« Er wurde jedoch augenblicklich wieder ernst. »Weißt du, es gibt Stunden, da bin ich mir meiner Sache ganz sicher und zweifle nicht daran, dass ich diesem Ruf folgen und Gralsritter werden muss. Aber dann wache ich in der nächsten Nacht plötzlich schweißgebadet auf und bin von einer abgrundtiefen Angst erfüllt, dass ich dieser ungeheuerlichen Aufgabe vielleicht doch nicht gewachsen bin. Was habe ich denn schon an besonderen Fähigkeiten und Leistungen aufzuweisen? Nichts, was besonderer Beachtung wert wäre. Und nun dies!«

»Du sprichst mir aus der Seele, Maurice«, sagte da eine vertraute Stimme in ihrem Rücken. Es war Tarik, der hinter sie getreten war, ohne dass sie es bemerkt hatten.

»Habe ich dich eben aus dem Schlaf geholt?«, fragte Gerolt. »Und ich dachte, ich hätte mich ganz leise aus dem Schlafsaal gestohlen.«

Tarik schüttelte den Kopf. »Ich war schon längst wach, als du aufgestanden bist, und wusste bloß nicht, ob ich in dem Mief liegen bleiben und mich weiter schlaflos von einer Seite auf die andere wälzen sollte oder ob ich dem Elend ein Ende bereiten, noch einmal in die Kapelle gehen und im Gebet nach der richtigen Entscheidung forschen sollte. Aber dann habe ich weder das eine noch das andere getan, sondern bin dir einfach nach, Gerolt. Vielleicht wird es ja leichter, wenn wir das hier an der frischen Nachtluft noch einmal gemeinsam besprechen. Wenn ich euch an meiner Seite wüsste . . .« Er ließ den Satz offen.

Maurice lachte leise auf. »Es scheint uns allen gleich zu ergehen. In der Kapelle war ich nämlich schon, und McIvor auch. Er ist übrigens noch immer da.«

»Vielleicht findet er sich ja auch noch hier ein«, sagte Gerolt.

»Bestimmt«, versicherte Maurice. »Ich habe ihm nämlich gesagt, dass ich hier oben sein werde, und er hat versprochen in einigen Minuten nachzukommen.«

McIvor ließ dann auch nicht lange auf sich warten. Wenig später gesellte er sich zu ihnen. Und eine ganze Weile redeten sie leise über das, was Abbé Villard ihnen in der Krypta offenbart und in ihre Entscheidung gestellt hatte.

»Ich wünschte, er hätte uns mehr über das erzählt, was uns erwartet, falls wir beschließen der Geheimen Bruderschaft beizutreten und Hüter des Heiligen Grals zu werden«, sagte McIvor grüblerisch. »Nicht dass mich der Kampf mit den Iskaris schrecken würde, was immer das auch für gottlose und gefährliche Handlanger des Teufels sein mögen. Noch nie ist ein Hasenherz unter dem Banner der Templer in die Schlacht gezogen! Und ich denke mal, dass die Gefahren, die uns von ihnen drohen, auch bei euch nicht dasjenige sind, das euch beunruhigt und euch die Entscheidung so schwer macht. Aber der Abbé hat noch so vieles andere im Dunkel gelassen.«

»Ja, auch ich hätte da noch eine ganze Reihe von Fragen«, pflichtete Maurice ihm bei. »Zum Beispiel hätte ich gern gewusst, wo sich der heilige Kelch überhaupt befindet und was werden soll, wenn Akkon der Belagerung nicht standhält und die Stadt in die Hand des Feindes fällt. Vielleicht wird er ja noch in Jerusalem versteckt gehalten. Und wie sollen wir da seinen Schutz gewährleisten?«

»Das wüsste ich auch gern«, sagte Gerolt. »Aber was mich noch mehr beschäftigt, ist diese merkwürdige Sache mit der Prüfung durch den Heiligen Geist. Müssen wir davon ausgehen, dass wir diese Prüfung womöglich nicht bestehen, auch wenn wir bereit sind der Bruderschaft beizutreten und das heilige Amt als Gralsritter auf uns zu nehmen?«

Tarik gab einen Stoßseufzer von sich. »Hingabe ist die schwierigste Sache der Welt, solange man sie anstrebt, und die leichteste, wenn man sie erreicht hat«, murmelte er. »Ich wünschte, die Zeit des Wartens wäre vorbei und der Abbé würde uns endlich zu sich rufen, damit wir der Entscheidung nicht länger ausweichen können und all das erfahren, was wir jetzt noch nicht wissen.«

Maurice nickte. »Das Warten ist wirklich zermürbend. Und es ist mir ein Rätsel, dass er schon geschlagene zwei Wochen hat verstreichen lassen. Ich hatte mit nicht mehr als ein paar Tagen gerechnet!«

»Wer von euch weiß denn schon, wie er sich entscheiden wird?«, wagte Gerolt nun zu fragen.

»Ich!«, meldete sich McIvor sofort und mit fester Stimme. »Meine Entscheidung ist vorhin in der Kapelle gefallen. Ich werde dem Ruf folgen, auch wenn ich mich dessen für unwürdig halte. Es kann doch keinen heiligeren und ehrfürchtigeren Dienst für einen demütigen Gläubigen geben, als sein Leben bedingungslos dem Schutz des heiligen Kelches zu widmen. Näher kann ein Mensch unserem Heiland und Erlöser auf Erden doch gar nicht kommen! Und was die besagte Prüfung durch den Heiligen Geist betrifft, so soll geschehen, was mir vorbestimmt ist! Ich vertraue darauf, dass es kein leichtfertiges Gerede war, als der Abbé uns versichert hat, dass wir zum Schutz des Heiligen Grals berufen sind und dass Gottes Segen auf uns ruht. Ich brauche jedenfalls keine weiteren Zeichen, um daran zu glauben.«

Tief bewegt von dem feierlichen Bekenntnis des Schotten, der sonst gar nicht zu langen Reden neigte, sahen die anderen ihn an. Und es war, als hätte er damit auch bei ihnen den Knoten der Unentschlossenheit durchschlagen.

Gerolt wurde plötzlich das Atmen leichter und alle Unruhe und Ungewissheit fiel mit einem Mal von ihm ab. Klar lag der Weg vor ihm, und es war, als hätte es nie Zweifel in ihm gegeben. »Ich wüsste nicht, was man dem noch hinzufügen könnte, McIvor! Und deshalb werde auch ich dem Abbé mit einem bedingungslosen Ja! antworten, wenn er mich fragt, ob ich bereit bin Hüter des Heiligen Grals zu werden!«, erklärte er fest entschlossen.

»Dann sind wir ja schon drei!«, warf Tarik ein. »Denn auch ich bin dabei!«

»Du scheinst zwar eine Menge weiser Sprüche zu kennen, aber dafür nicht gut rechnen zu können, Levantiner! Wir sind nämlich vier!«, korrigierte ihn Maurice sogleich und blickte mit scheinbarer Entrüstung in die Runde. »Ich kann es doch nicht euch allein überlassen, ein biblisches Alter zu erreichen, während meine Gebeine schon längst in einem Grab verrotten!«

»Lasst uns hier und jetzt einen Pakt schließen!«, schlug Gerolt in seiner übergroßen Freude und Erleichterung vor. »Lasst uns feierlich per Handschlag besiegeln, dass wir gemeinsam der Bruderschaft beitreten! Und dass wir in jeder Not und Gefahr in fester Treue wie bisher als Tempelritter im Dienste des heiligen Amtes füreinander einstehen werden!« Er streckte ihnen seine Hand entgegen.

»So soll es sein!«, rief Maurice begeistert und legte seine Hand auf die von Gerolt. »Bei Gott dem Allmächtigen, der seligen Jungfrau und allen Heiligen!«

Tarik folgte sofort seinem Beispiel. »Ja, das soll unser Schwur und neuer Kampfruf sein: Füreinander in fester Treue!«

»Füreinander in fester Treue!«, bekräftigte nun auch McIvor und legte seine Pranke als Letzter obenauf.

Und dann schallte der Schwur der vier Ritter ein weiteres Mal von den Zinnen der Stadtburg, diesmal jedoch von allen gleichzeitig und wie aus einem Mund: »Füreinander in fester Treue!«

7

König Heinrich ist mit der Flotte aus Zypern eingetroffen!
Er bringt frische Truppen und wird sofort den Oberbefehl
über die Verteidigung der Stadt übernehmen! Unser königlicher Retter ist gekommen! Gott segne König Heinrich II.!«

In Windeseile machte die freudige Nachricht zu früher Vormittagsstunde die Runde in der Stadt und die Menschen stürzten jubelnd und mit lachenden Gesichtern auf die Straßen und konnten gar nicht schnell genug zum Hafen kommen, um sich mit eigenen Augen vom Eintreffen der königlichen Flotte zu überzeugen.

Mittlerweile schrieb man den 4. Mai des Jahres 1291 und seit dem Beginn der Belagerung war nahezu ein ganzer Monat vergangen. Die düstere Stimmung, die noch am Morgen mit dem Rauch der Brände wie eine dunkle Wolke über der Stadt gehangen hatte, löste sich auf wie Tau im Sonnenschein. Man fiel sich mit weinendem Lachen in die Arme, schlug sich gegenseitig auf die Schulter und versicherte einander, dass man das Schlimmste nun überstanden habe und dass sich mit dem Eintreffen des Königs das Blatt zweifellos wenden werde.

Die Ritter von Akkon und ihre Hilfstruppen würden gemeinsam mit dem königlichen Entsatzheer zum Gegenangriff übergehen, den Ring der Mameluken um die Stadt zerschlagen und Sultan el-Ashraf Khalil zum Abzug zwingen.

Zu dem großen Menschenauflauf am Hafen zählten auch die vier

Tempelritter, die sich auf den Zinnen der Zitadelle unverbrüchliche Freundschaft und Waffenbrüderschaft geschworen hatten.

Sie hatten in der Zeit ihrer Freiwache dabei geholfen, besonders schwer verwundete Ordensbrüder aus dem völlig überfüllten Hospital bei der Stadtzitadelle in die Templerburg auf der Südspitze der Halbinsel zu bringen. Eine bedrückende, doch unumgängliche Aufgabe. Denn alles sah danach aus, dass es den Mameluken schon bald gelingen könnte, Breschen in die Mauern zu schlagen und die beiden Schutzwälle im Sturmangriff zu nehmen. Und dann bliebe keine Zeit mehr, um auch noch die Schwerverwundeten rasch genug in die Eisenburg verlegen zu können. Zudem wurde dann im Straßenkampf jeder gebraucht, der aufrecht stehen und ein Schwert oder eine Lanze halten konnte.

Auch bei Gerolt und seinen Freunden war die Freude groß, als die Kunde vom Eintreffen der königlichen Flotte sie in der Ordensburg erreichte. Sowie sie die ihnen anvertrauten Verwundeten in der Obhut der Templerärzte wussten, stürzten sie hinaus ins Freie und bahnten sich einen Weg durch die fröhliche Menschenmenge.

Es waren vierzig Schiffe, die unter dem wilden Jubel der Menge die Einfahrt beim Turm der Fliegen passierten und in den Hafen einliefen. Doch nur gerade mal vier der Schiffe gehörten zur eindrucksvollen Klasse der Trimeren, der Kriegsgaleeren mit jeweils drei Rudermannschaften auf jeder Seite.

»Ich fürchte, das wird nicht reichen, um Akkon vor dem Fall zu retten«, stellte Maurice sofort mit geübtem Blick fest.

Auch Gerolt schüttelte den Kopf. »Nein, das sieht mir auch nicht nach dem schlagkräftigen Entsatzheer aus, das wir uns erhofft haben.«

McIvor und Tarik stimmten ihnen zu.

Der noch recht junge König, der den Berichten zufolge gerade erst eine schwere Krankheit überwunden hatte und sich noch längst nicht wieder im Vollbesitz seiner Kräfte befand, kam ohne großen Hofstaat, was in dieser kritischen Lage auch nicht angemessen gewesen wäre.

Er betrat den Boden von Akkon unter dem überschwänglichen Jubel der Menschenmenge als zum Kampf entschlossener Krieger in funkelnder Rüstung und in Begleitung des Erzbischofs von Nikosia, Johannes Turco von Ancona.

Die Rede, die der junge und blassgesichtige König an die Bewohner und Verteidiger der Hafenstadt richtete, war kurz und erschöpfte sich in zwar wohlklingenden, aber letztlich bedeutungslosen Worten. Er rühmte ihren Mut und ihre Standhaftigkeit im Kampf gegen die Ungläubigen, überbrachte ihnen päpstliche Segensgrüße und die wohlfeile Versicherung, dass die gesamte Christenheit ihnen im Gebet beistehe und wisse, welch ruhmreiche Schlachten sie an diesem Ort im Zeichen des Kreuzes schlugen, und teilte ihnen zum Schluss mit, dass nun er höchstpersönlich das Oberkommando über alle Truppen und Verbände übernehmen und nichts unversucht lassen werde, um die Stadt vor der Einnahme durch den ungläubigen Feind zu bewahren.

Dennoch wurde die Rede von der Menschenmenge mit großer Begeisterung aufgenommen und mit erneutem Jubel bedacht. Den meisten flößte allein schon das Eintreffen des Königs mit frischen Truppen neue Willenskraft ein.

Bei den erfahrenen Kriegern wie den vier Templerbrüdern überwog jedoch die Enttäuschung. Sie ahnten schon in dieser Stunde, dass die Verstärkung bei weitem nicht ausreichte, um den Ausgang der Belagerung wirklich nachhaltig beeinflussen zu können.

Maurice erblickte in ihrer Nähe unter den von den Schiffen strömenden Truppen einen Ordensbruder, zu dem er sich rasch vor-

189

drängte. Er entbot ihm seinen Gruß und fragte ihn dann nach der Stärke der Truppen, die König Heinrich aus Zypern mitgebracht hatte.

»Wir zählen gerade mal hundert Berittene und zweitausend Fußsoldaten, Bruder«, antwortete der Templer bereitwillig, doch sein Gesicht zeigte einen bedrückten Ausdruck. »Ich wünschte, ich hätte dir eine andere Auskunft geben können. Aber mehr haben sich nicht gefunden. Die meisten haben Akkon und das Heilige Land längst verloren gegeben. Es schmerzt, das sagen zu müssen, aber es ist nun mal die bittere Wahrheit.«

»Du selbst denkst anders, sonst wärst du wohl nicht gekommen«, mischte sich Gerolt da ein.

»Ich bin Templer wie ihr«, erwiderte der fremde Ordensbruder stolz. »Ich habe meinem Orden Treue bis in den Tod geschworen und gedenke diesen Schwur auch zu halten. So sehen es auch die anderen Tempelritter, die mit mir gekommen sind. Keiner von ihnen hat sich dem Aufruf von König Heinrich verwehrt. Wie können wir auch in unseren Komtureien auf Zypern bleiben und ruhigen Friedensgeschäften nachgehen, wenn unsere Ordensbrüder und sogar unser Großmeister Akkon mit ihrem Leben verteidigen? Und nun entschuldigt mich, werte Brüder. Ich muss zu meiner Truppe. So Gott will, werden sich unsere Wege im Kampf schon bald wieder treffen!«

In gedrückter Stimmung kehrten nun auch Gerolt und seine Freunde dem Hafen den Rücken und machten sich auf den Rückweg zur Zitadelle. Sie kamen dabei durch das Viertel der Venezianer. Gerade überquerten sie einen Marktplatz, als Maurice an einem der Gemüseständen zwei bekannte Gesichter entdeckte.

»Gerolt! Tarik! Seht doch mal, wer da drüben am Stand steht! Das ist doch der Pariser Kaufmann Granville mit seiner ältesten Tochter

Beatrice!«, rief er und sein Gesicht hellte sich augenblicklich auf. »Sie sind ja noch immer in Akkon!«

Verblüfft sahen die beiden in die Richtung, in die Maurice deutete. Sie waren fest davon ausgegangen, dass der Kaufmann die Stadt mit seinen Töchtern noch am Tag des Überfalls verlassen hatte und mit ein wenig Glück schon längst in seiner Heimat eingetroffen war.

»Kommt, lasst sie uns begrüßen und fragen, warum sie noch immer in der Stadt sind! Ich bin gespannt, was sie uns zu erzählen haben!«, forderte Maurice seine Freunde auf und wartete ihre Zustimmung erst gar nicht ab, sondern eilte schon zu den Granvilles hinüber.

»Mir scheint, dass Maurice eine junge, hübsche Frau auch bei Nacht noch in einer Menschenmenge entdeckt!«, bemerkte Tarik.

Gerolt lachte und pflichtete ihm dann bei: »Manches steckt uns offenbar zu tief im Blut, um selbst von einem Templergelübde gänzlich ausgelöscht zu werden.«

»Wer sind diese Granvilles?«, erkundigte sich McIvor.

Während sie Maurice langsam folgten, setzte Gerolt den Schotten über den Überfall der Plündererbande und das kurze Gefecht ins Bild, das Maurice, Tarik und er sich mit dem gewissenlosen Gesindel geliefert hatten.

Der schwergewichtige Kaufmann schlug wie ein Kind die Hände zusammen, als er sah, wer da auf einmal vor ihnen stand. »Sieh doch, mein Augenstern! Die Herren Tempelritter! Unsere tapferen Verteidiger und Retter, denen wir so viel zu verdanken haben! Was für ein wunderbares Zusammentreffen! Die werten Ritter waren damals so schnell wieder weg, dass wir unseren Dank nicht in der gebührenden Form zum Ausdruck bringen konnten!« Und an seine Tochter gewandt, fragte er: »Ist es nicht so, meine Herzblume?«

Beatrice neigte den Kopf leicht zu einer respektvollen Verbeugung

191

in Richtung der Templer. »Ja, so ist es leider gewesen, Vater«, bestätigte sie mit leiser, sanfter Stimme und vermied es, einem von ihnen in die Augen zu schauen. »Und es hat uns alle sehr betrübt, dass wir Euch nicht den Dank erweisen konnten, der Euch für Eure Selbstlosigkeit und Tapferkeit gebührt.«

Maurice zauberte ein entwaffnendes Lächeln auf sein ebenmäßiges Gesicht. »Was redet Ihr da, werte Schöne? Euch beigestanden haben zu dürfen und Euch noch einmal bei guter Gesundheit und frohen Mutes wiederzusehen ist mehr Dank und Belohnung, als jeder aufrechte Mann sich nur wünschen kann!«

»Ihr seid zu gütig und beschämt uns, edler Ritter«, hauchte Beatrice und schlug die Augen züchtig nieder, während sich eine frische Röte über die zarte Haut ihrer Wangen legte und sie nur noch anmutiger aussehen ließ.

Tarik und McIvor warfen sich einem verstohlenen Blick der Belustigung zu.

»Ihr habt uns mehr als reichlich belohnt – und den guten Alexios gleich mit«, versicherte Gerolt trocken und in Anspielung auf die Gelage, die sie sich in der Weinstube des Griechen erlaubt hatten.

»Ist Alexios Euer Name, werter Tempelritter?«, fragte Gustave Granville mit Blick auf McIvor.

Dieser blickte mit einem breiten Grinsen auf den kleinen Dicken hinab. »Rothaarige Griechen dürften rar gesät sein, meint Ihr nicht auch?«, fragte er mit gutmütigem Spott zurück.

Eilfertig ergriff Maurice nun wieder das Wort. »Nein, das ist unser Ordensbruder McIvor von Conneleagh aus dem nebelumwogten Land der schottischen Hochmoore, der Alptraum aller Ungläubigen, aber auch all jener Unglücklichen, die so töricht sind ihn zum Kampf zu fordern. Aber genug von uns einfachen Brüdern! Sagt, warum seid Ihr noch immer in der Stadt? Habt Ihr uns nicht erzählt, Ihr hättet

Euch auf einem Schiff aus Marseille eine Passage in die Heimat gesichert und wolltet Akkon mit Euren Töchtern noch am selben Tag verlassen?«

»So ist es auch mir in Erinnerung«, bemerkte Tarik.

Mit leidgeprüfter Miene warf Gustave Granville die Hände in die Luft, als wollte er Gottes Erbarmen vom Himmel herabflehen. »In der Tat, das hatte ich auch vor, der Himmel ist mein Zeuge! Aber als wir dann endlich am Kai waren, wollte der Kapitän nichts mehr von unserer Vereinbarung wissen. Er hat mir sogar noch Prügel durch seine Seeleute angedroht, wenn ich nicht sofort von seinem Schiff verschwände. Und da an diesem Tag auch auf keinem anderen Schiff eine Passage zu bekommen war, mussten wir mit all unserem Hab und Gut wieder in unser Haus zurückkehren. Ich wollte mich gleich am nächsten Morgen bei anderen Kapitänen um eine Überfahrt bemühen, aber dann machte die Krankheit meiner Jüngsten das unmöglich.«

»Eure kleine Tochter Heloise ist erkrankt?«, fragte Gerolt bestürzt.

Der Kaufmann nickte. »Die Todesangst und das Blutvergießen, das sie miterlebt hat, werden dabei zweifellos eine große Rolle gespielt haben. Aber was auch immer der Grund ihrer Erkrankung gewesen ist, sie wurde jedenfalls in der Nacht von einem schweren Fieber befallen. Es stand auf Leben und Tod, sodass wir sogar den Priester schon an ihr Bett riefen, damit sie nicht ohne die Sterbesakramente aus dieser Welt geht«, berichtete er und ihm war anzusehen, welche Sorge er um sein Kind ausgestanden hatte. »Durch Gottes große Gnade und Barmherzigkeit und die aufopferungsvolle Pflege meiner Ältesten ist dieser bittere Kelch dann aber gottlob an uns vorbeigegangen. Das Fieber ist mittlerweile von ihr gewichen. Aber wir werden noch einige Tage warten müssen, bis sie wieder so weit bei Kräften ist, dass wir die Überfahrt mit ihr wagen können.«

»Dem Himmel sei Dank!«, sagte Gerolt erleichtert. »Grüßt Eure Tochter herzlich von uns und bestellt ihr die besten Wünsche für eine rasche, vollständige Genesung!«

Als der Kaufmann sich dann mit seiner Tochter Beatrice auf den Heimweg machen wollte, fand Maurice einen Vorwand, um die beiden zu ihrem Haus zu begleiten.

»Gebt mir Euren Korb, werte Beatrice!«, forderte er sie auf. »Er sieht mir viel zu schwer aus, als dass eine junge Frau von Eurer grazilen Gestalt sich damit abschleppen sollte. Und Eurem Vater steht jetzt schon der Schweiß auf der Stirn. Überlasst mir diese Ehre!«

»Wenn Ihr darauf besteht, will ich Euer freundliches Angebot gern annehmen, hat der Korb doch in der Tat einiges Gewicht«, gab Beatrice sichtlich geschmeichelt zur Antwort, schenkte ihm ein liebreizendes Lächeln und überließ ihm den Korb.

»Natürlich musste es unser galanter Maurice sein, dem so etwas zuerst in den Sinn kommt«, murmelte Tarik im Rücken der Granvilles, als sie sich nun gemeinsam auf den Weg ins Genueser Viertel machten. Dabei spazierte Maurice mit dem Korb am Arm und der schönen Beatrice an seiner Seite vorweg.

»Mir scheint, der Bursche hat in all den Jahren, die er nun schon Templer und damit doch der Keuschheit verpflichtet ist, im Umgang mit dem weiblichen Geschlecht nichts von seiner Kunst der Schmeichelei und Verführung verloren«, bemerkte Gerolt.

»Und mir ist so, als könnte ich bei euch beiden einen neidvollen Unterton heraushören!«, stellte McIvor spöttisch fest. »Vielleicht solltet ihr drei den Korb abwechselnd tragen, damit das Vergnügen und die Ehre gerecht verteilt sind.«

»Du redest Unsinn, McIvor!«, wehrte Gerolt heftig ab. Er konnte jedoch nicht vermeiden, dass ihm das Blut ins Gesicht schoss. Denn insgeheim hatte er in der Tat bedauert nicht selber auf den Einfall gekommen zu sein und sich das reizende Lächeln von Beatrice Granville verdient zu haben. Er mochte das Gelübde der Keuschheit abgelegt haben, aber damit war doch nicht auch seine Empfänglichkeit für weibliche Schönheit in ihm abgestorben!

Auch Tarik wehrte die Unterstellung entrüstet ab, jedoch viel zu vehement, um wirklich überzeugend zu wirken. »Was du dir bloß einbildest! Manchmal ist es doch ganz hilfreich, wenn einem mehr als nur ein Auge zur Verfügung steht!«

Lachend schlug McIvor ihm seine Pranke auf die Schulter. »Mit meinem scharfen Adlerauge sehe ich schon alles, was der Beachtung wert ist! Aber seid beruhigt, auch ich weiß den Anblick reizvoller Blumen zu schätzen«, versicherte er belustigt.

Gerolt und Tarik zogen es vor, sich zu diesem Thema besser nicht mehr zu äußern.

Natürlich kam es, wie es kommen musste, und Gustave Granville bestand darauf, sie noch für eine Weile ins Haus zu bitten und ihnen einen kühlen Trunk zu servieren. Und natürlich nahmen die vier Ritter die Einladung angeblich nur an, um der kleinen Heloise nun doch persönlich ihre Genesungswünsche auszusprechen. In Wirklichkeit gefiel es ihnen allen, sich im Mittelpunkt der Aufmerksamkeit einer so bildhübschen jungen Frau wie Beatrice zu befinden und sich von ihr bewirten zu lassen.

Als sie sich dann endlich verabschiedet hatten und aus der Kühle des Hauses hinaus in die schon sehr kräftige Maisonne traten, fuhren sie beim Anblick der beiden Männer, die am Tor auf sie warteten, unwillkürlich zusammen. Es waren die beiden blinden Diener von Abbé Villard. Sie wussten sofort, was ihr plötzliches Erscheinen zu bedeuten hatte.

»Der Abbé bittet Euch zu sich, werte Herren Tempelritter!«, teilte ihnen Bismillah mit. »Heute bei Sonnenuntergang. Ihr kennt den Ort.

Wir erwarten Euch an der Kirchentür.« Sie verbeugten sich respektvoll und waren im nächsten Moment schon wieder verschwunden, als hätte es sie nie gegeben.

8

Hätten sie nicht gewusst, an welcher Stelle sie vom breiten Klosterweg rechts auf den schmalen Trampelpfad abbiegen mussten, um zum unvollendeten Kirchenbau an der Südwestflanke des Montjoie zu kommen, sie wären zu dieser zwielichtigen Dämmerstunde bestimmt ahnungslos an der versteckten Abbiegung vorbeigegangen. Der Pfad führte durch schnell dunkler werdende Schatten, die aus dem dichten Ring der Bäume krochen und ineinander flossen. Und auch die Kirche selbst hatte ihr übel zugerichtetes Antlitz in Dunkelheit gehüllt und warf bei ihrem Eintreffen einen fast nachtschwarzen Schatten über den beengten Vorplatz vor dem eingerüsteten Portal.

»Was für ein unwirtlicher, abweisender Ort – auch wenn ich weiß, dass hier keine Gefahr auf uns lauert«, murmelte Maurice, als sie die Kirche betraten und eine nicht sehr hell brennende Leuchte ihnen den Weg zur Treppe in die Krypta wies. Und verdrossen rief er in die Richtung des Lichtscheins: »Hättest du nicht für ein wenig mehr Licht sorgen können, Bismillah? Oder wollt ihr, dass wir uns in diesem wüsten Durcheinander von Bauschutt und Brettern die Knochen brechen?«

»Der Gläubige sieht mit dem Licht Gottes!«, kam es von dem blinden Turkopolen aus der Tiefe der Kirche zurück.

Maurice fuhr zu seinen Freunden herum. »Habt ihr das gehört? Eine Frechheit ist das!«, stieß er hervor.«Der Bursche will sich wohl über uns lustig machen!«

Gerolt legte ihm die Hand auf die Schulter. »Beruhige dich, Maurice. Er hat es sicher nicht so gemeint. Du bist angespannt und aufgeregt, da bekommt man schon mal was in den falschen Hals.«

»Wovon redest du? Ich bin überhaupt nicht aufgeregt!«, erklärte Maurice entrüstet.

»Natürlich ist unser Hitzkopf Maurice genauso die Ruhe in Person wie heute Vormittag mit dem Korb am Arm und der schönen Beatrice an seiner Seite, während nur wir drei ein höllisch flaues Gefühl im Magen haben und zehnmal aufgeregter sind als bei unserer Aufnahme in den Templerorden«, spottete McIvor mit seiner dröhnenden Bassstimme, die in der kahlen Kirche laut widerhallte.

Hinter ihnen tauchte nun unvermittelt Dschullab auf. Die Dunkelheit schien ihn in ihrem Rücken von einer Sekunde auf die andere lautlos ausgespuckt zu haben. Er zog die schwere Kirchentür hinter ihnen zu und verriegelte sie. Dann eilte er ihnen mit der Sicherheit einer Fledermaus voraus, die auch im finstersten Höhlenlabyrinth ihren Weg im Fluge fand.

Bismillah stieg vor ihnen mit der Leuchte in der Hand in die Krypta hinunter. Gerolt fiel auf, dass diesmal weder das schwere Gitter oben noch die eisenbeschlagene Tür unten am Ende der Treppe offen blieb. Dschullab schloss beide hinter ihnen. Das gab Gerolt zu denken, und seinen Freunden offenbar ebenso, sahen doch auch sie sich um. Aber nach dem Grund fragte keiner.

Auch brannten diesmal keine Kerzen auf dem Altar und ein wärmendes Kohlenbecken hatte Abbé Villard ebenso wenig an seiner Seite. Das Licht kam diesmal von einer Fackel, die neben der lebensgroßen Statue des Joseph von Arimathäa an der Wand in einem Eisenring steckte. Sie warf einen ausreichend großen Lichtkreis über die vier Scherensessel und den lederbezogenen Lehnstuhl. Aber von ihrem Schein drang doch nur sehr wenig um die Ecke und in die Altarnische.

Der Abbé erhob sich behände, dankte ihnen für ihr überaus pünktliches Erscheinen und bat sie, wieder vor ihm in den Scherensesseln Platz zu nehmen.

»Trotz der kritischen Lage, in der Akkon sich befindet, habt Ihr uns recht lange warten lassen, Abbé Villard, um unsere Entscheidung zu erfahren. Damit habt Ihr unsere Geduld auf eine harte Probe gestellt, wenn ich ehrlich sein soll«, eröffnete Maurice das Gespräch. »Gehörte das vielleicht schon zu den besonderen Prüfungen, von denen Ihr gesprochen habt?«

Abbé Villard erlaubte sich ein flüchtiges Lächeln. »Nein, es handelte sich nicht um eine Prüfung eurer Geduld, sondern ihr habt die Zeit gebraucht, um euch Klarheit über euch selbst zu verschaffen. Denn wisst ihr nicht erst seit heute mit Gewissheit, wie die Antwort lautet, die ihr mir geben wollt?«

Mit dieser Frage, die eine geradezu unheimliche Kenntnis verriet, verblüffte er sie einmal mehr. Denn noch auf dem Weg zu diesem Treffen hatten sie einen wichtigen Aspekt ihrer Entscheidung diskutiert und waren übereingekommen, nur unter einer Bedingung in die Geheime Bruderschaft der Arimathäer einzutreten und Hüter des Heiligen Grals zu werden. Nur wie konnte er das geahnt, geschweige denn gewusst haben?

»Nun denn, sagt mir, welche Entscheidung ihr getroffen habt!«, forderte Abbé Villard sie auf.

Gerolt ergriff das Wort. »Wir haben uns gewissenhaft geprüft und immer wieder im Gebet Gottes Beistand gesucht, so wie Ihr es uns aufgetragen habt. Wir haben unsere Entscheidung getroffen. Jeder von uns ist bereit den Ruf anzunehmen und mit großer Demut diesen heiligen Dienst eines Hüters auf sich zu nehmen!«, erklärte er mit fester Stimme, um dann jedoch einschränkend hinzuzufügen: »Aber eine Bedingung müssen wir stellen, Abbé Villard.«

»Und welche wäre das?«, fragte dieser ruhig.

»Ihr müsst uns erlauben, auch weiterhin Akkon gegen die Mamelu-ken zu verteidigen!«, verlangte McIvor unnachgiebig. »Wir sind Tem-pelritter und die Stadt braucht uns – einen jeden von uns!«

»Ja, das ist unsere Bedingung!«, bekräftigte nun auch Maurice. »Ehre und Gewissen verbieten es uns, dass wir unsere Kameraden im Stich lassen. Solange Akkons Schicksal nicht besiegelt ist, kön-nen und werden wir nicht von ihrer Seite weichen. Unseren Brü-dern vom Templerorden haben wir Treue geschworen und diesen Schwur werden wir niemals mitten in einer schicksalhaften Schlacht brechen!«

»Ja, lasst uns erst diesen Kampf führen!«, sagte nun auch Tarik be-schwörend. »Und habt Ihr denn nicht selber gesagt, dass wir auch als Hüter des Heiligen Grals weiterhin Templer bleiben und den Mantel tragen werden?«

Abbé Villard schwieg einen Moment. Dann nickte er. »Ich verstehe, was euch bewegt, und eure Beweggründe ehren euch. Aber ihr wisst so gut wie ich, dass Akkon nicht mehr zu retten ist. Es dürfte wohl nur noch eine Frage von Tagen sein, bis die ersten Breschen in den Mauern groß genug sind, damit der Sultan seine Fußtruppen zum Sturmangriff gegen die Stadt führen kann. Und wenn der Feind die Wälle erst überrannt hat, wird die ganze Stadt zu einem einzigen Schlachtfeld. Dann wird um jedes Viertel, jedes Torhaus und jeden Straßenzug gekämpft und Akkon wird in ein blutiges Chaos versin-ken. Das ist das traurige Schicksal einer jeden eroberten Stadt, die sich standhaft weigert sich dem Feind zu ergeben. So wird es auch hier sein. Und dann besteht die Gefahr, dass euch feindliche Trup-penteile irgendwo den Weg abschneiden und verhindern, dass ihr noch rechtzeitig bei mir eintrefft, um den Heiligen Gral aus der Stadt zu bringen.«

»Der heilige Kelch ist also hier in Akkon?«, stieß Gerolt mit leuchtenden Augen hervor.

»Ja, und es ist euer heiliges Amt, den Kelch aus der Stadt und in Sicherheit zu bringen«, bestätigte Abbé Villard. »Aber dazu später mehr. Ich möchte euch einen Vorschlag machen. Ihr beteiligt euch weiterhin an der Verteidigung von Akkon. Doch sowie die Mameluken mit ganzer Heeresstärke zum Sturmangriff übergehen, die Wälle überwinden und der Untergang der Stadt damit besiegelt ist, trennt ihr euch von eurer Truppe, die sich dann zweifellos in der Eisenburg verschanzen wird, und kommt unverzüglich an diesen Ort!«

Die vier Ritter brauchten sich nicht erst zu bereden, um sich darauf zu verständigen, dass dies ein guter, ja weiser Kompromiss war. Ihre Templerehre blieb gewahrt, und das war wichtig. Es genügte daher ein kurzer Blick in die Runde und dann nahmen sie den Vorschlag an.

»Gut, das hätten wir geklärt«, sagte Abbé Villard erleichtert und erhob sich aus dem Lehnstuhl. »Und nun händigt Bismillah und Dschullab eure Schwerter samt Scheiden aus!«

»Aus welchem Grund?«, fragte Maurice verdutzt.

Der alte Gralshüter unterdrückte nur mit Mühe einen Seufzer. »Fragt nicht bei allem, was ihr nicht sogleich versteht, nach dem Warum, sondern habt Vertrauen und tut, was ich euch sage«, erwiderte er mit sanftem Tadel.

Schweigend und beklommen, folgten die Ritter seiner Aufforderung. Ohne das vertraute Gewicht des Schwertes an der Hüfte kamen sie sich nackt und schutzlos vor. Und sie rätselten, was es damit auf sich hatte, dass der Abbé ihnen die Waffen abnehmen ließ.

»Und was geschieht jetzt?«, wagte Gerolt nun zu fragen, als Bismillah und Dschullab ihnen die Waffen abgenommen und recht achtlos neben der schweren Eisentür auf den nackten Steinboden gelegt hatten.

201

»Jetzt führe ich euch zur irdischen Ruhestätte des heiligen Joseph von Arimathäa und Gründers der Geheimen Bruderschaft«, eröffnete ihnen der Abbé feierlich. »Und an den Ort, an dem der heilige Kelch seit fast zwei Jahrhunderten aufbewahrt wird. Dort wird sich zeigen, ob ihr vor Gott reinen Herzens und würdig seid das Schwert eines Gralsritters zu tragen!«

9

In der angespannten Stille, die seinen Worten folgte, hätte man eine Stecknadel zu Boden fallen hören können. Die Vorstellung, den legendären Quell ewiger Lebens gleich vor Augen zu haben und der Prüfung des Heiligen Geistes ausgesetzt zu sein, ließ sie erschauern. Sie weckte in jedem von ihnen zugleich die bange Frage, ob sie sich in den vergangenen Wochen auch wirklich gewissenhaft genug geprüft hatten und sich nun als würdig erweisen würden. Und wie mochte diese Prüfung bloß aussehen?

Schweigend und von einer bislang noch nicht gekannten Unruhe erfüllt, folgten die Blicke der vier Ordensbrüder dem alten Gralshüter, als dieser sich nun in das Halbdunkel der Altarnische begab, an den geweihten Altar trat, demütig die Knie beugte und das Kreuz schlug. Dann zog er einen Schlüssel hervor und schloss die vergoldete Tür des Tabernakels auf.

Gerolt hielt den Atem an, als Abbé Villarc einen Kelch hervorholte und ihn neben sich auf der Altarplatte abstellte. War das der Heilige Gral, der Kelch des letzten Abendmahls, den Gottes Sohn in seinen Händen gehalten und der sogar sein Blut aufgefangen hatte?

Gerolt und seine Ordensbrüder machten schon Anstalten, in Ehrfurcht auf die Knie zu fallen, als Abbé Villard sie wissen ließ, dass es sich bei diesem Gefäß nicht um den Quell des ewigen Lebens handelte, sondern um einen gewöhnlichen Kommunionsbecher. Und dann schloss er mit demselben Schlüssel eine Tür in der Hinterwand des

Tabernakels auf, die sich hinter einem kleinen, seidenen Vorhang verbarg, beugte sich vor und griff ins Innere. Was genau er dort tat, vermochten sie von ihrer Position und bei den schlechten Lichtverhältnissen nicht zu sehen. Sie hörten jedoch dreimal kurz hintereinander ein knackendes, metallisches Geräusch, als hätte er irgendwelche Hebel oder Riegel betätigt. Dann schloss er beide Türen des Tabernakels wieder.

Mit wachsender Verwunderung und Anspannung beobachteten sie, wie Abbé Villard nun die Hände nach den beiden Kerzenleuchtern ausstreckte, sie kurz über den breiten Sockeln umfasste – und sie mit einem kräftigen Ruck in die Höhe zog.

Die Hälse der Leuchter glitten etwa eine halbe Handbreite aus ihren breiten, quadratischen Füßen hervor und rasteten dann in einem verborgenen Mechanismus ein. Das Geräusch, das dabei zu vernehmen war, klang so, als hätte auf jeder Seite des Altars im Gestein eine unter starker Spannung stehende Feder einen schweren Metallbolzen oder -riegel vorschnellen lassen.

Gerolt hörte, wie Maurice neben ihm scharf die Luft einsog. Er wusste nur zu gut, was jetzt in ihm sowie in Tarik und McIvor vorging. Die Krypta war offensichtlich nicht das einzige unterirdische Gewölbe unter der Kirche, die mit Absicht nicht fertig gestellt worden war, wie sie nun begriffen. Es gab von hier aus einen geheimen Zugang zu dem Ort, an dem der Heilige Gral verborgen war! Und in wenigen Augenblicken würden auch sie wissen, wo!

Der Gralshüter ging erneut vor dem Altar in die Knie. Dann kehrte er zu ihnen zurück. »Bei dem dreifachen Schließmechanismus handelt es sich um ein wahres Meisterwerk der geheimen Bautechnik«, teilte er ihnen mit und so etwas wie eine Warnung schwang in seinen Worten mit, als er fortfuhr: »Wer nicht die genaue Abfolge der zu betätigenden Hebel kennt, insbesondere derjenigen in der ver-

204

borgenen Nische des Tabernakels, wird keinen Zutritt zu den geheimen Räumen unter der Krypta finden. Eine einzige falsche Wahl und alle Sperren des komplizierten Mechanismus sind schlagartig blockiert. Und dann vergehen Tage, bis sich die Federn der Schließen wieder so weit gelöst haben, dass ein erneuter Öffnungsversuch möglich ist. Nach dem dritten fehlerhaften Versuch ist die Blockade jedoch endgültig. Denn dann fallen schwere Eisenstifte hinter die Riegel und halten sie unwiderruflich in ihrer geschlossenen Position fest.«

»Aber wo soll denn nun dieser geheime Zugang sein?«, fragte Maurice verwirrt. »Hier hat sich doch nirgendwo eine Tür oder so etwas geöffnet.«

»Dann ergreif die Lanze über der Hand und zieh sie mit aller Kraft zu dir hin!«, forderte Abbé Villard ihn auf und deutete auf die Statue des Lanzenträgers zu seiner Rechten. »Nur zu! Oder verlässt dich auf einmal der Mut?«

»Nein, natürlich nicht!«, versicherte Maurice schnell. Doch als er nun die Hände um den eisernen, gut zwei Finger dicken Schaft der Lanze legte, tat er es sehr zögerlich.

»Und jetzt zieh!«, befahl der Gralshüter.

Maurice schluckte und folgte dem Befehl. »Allmächtiger!«, stieß er im nächsten Moment erschrocken hervor, als sich die Hand der Statue im Gelenk glatt von ihrem steinernen Unterarm löste und sich mit der Lanze nach vorn senkte.

Gleichzeitig teilte sich der mächtige Marmorblock samt der Platte, auf welcher der Altar ruhte. Die beiden Hälften bewegten sich fast lautlos voneinander weg, als liefen sie über gut geölte Rollen. Und in dem klaffenden Spalt zwischen den zwei Marmorblöcken zeigte sich im Boden ein gut zwei Ellen breiter Einstieg, der in die Tiefe führte.

Die vier Kreuzritter waren sprachlos, kam es ihnen doch fast wie

205

ein Wunder vor, was sich da vor ihren Augen abspielte. Nie hätten sie es für möglich gehalten, dass sich der geheime Zugang ausgerechnet unter dem tonnenschweren Altar befand!

Abbé Villard nahm die Fackel aus dem eisernen Wandring. »Kommt!«, sagte er knapp und schritt voran.

Beklommen folgten sie ihm in die Altarnische und begannen den Abstieg in die Tiefe. Sie wagten nicht zu sprechen und das Herz pochte so wild in ihrer Brust, als zögen sie in eine Schlacht, deren Ausgang ungewiss war.

Durch den Einstieg im Boden gelangten sie in einen kleinen, quadratischen Vorraum. Links ragte ein schwerer, gut zwei Ellen langer Eisenhebel aus der Wand, den der Abbé nun mit beiden Händen ergriff und nach oben drückte. Sogleich schloss sich über ihnen die Öffnung im Altar.

»Folgt mir!«, sagte der alte Gralshüter und stieg am hinteren Ende des Vorraums eine steinerne, steil in die Tiefe führende Wendeltreppe hinunter, deren Breite gerade mal einer Person ausreichend Platz bot. Sie wand sich um eine mannsdicke Mittelsäule aus natürlichem Felsen abwärts. Auch die Wände und die Treppenstufen bestanden aus natürlich gewachsenem Felsgestein, das nur sehr grob behauen war und viele scharfe Kanten aufwies. Deutlich war ein kühler Luftzug zu spüren, der in dem Schacht von unten aufstieg.

Lautlos zählte Gerolt die Stufen, während sie im unruhig flackernden Fackelschein abwärts stiegen. Er kam bis zur Zahl zweiundsiebzig. Und er fragte sich unwillkürlich, ob es sich dabei um einen Zufall handelte, dass der Schacht genauso viele Stufen aufwies wie die Ordensregel der Templer an Paragrafen, oder ob diese Übereinstimmung bewusst gewählt war und eine symbolische Bedeutung hatte.

Am Ende der Wendeltreppe erwartete sie eine rundgewölbte Tür, die aus zwei schmalen Flügeln bestand und deren Bohlen mit breiten

Eisenbändern verstärkt waren. Man sah auf den ersten Blick an dem vorspringenden Felswulst rund um die Tür, dass sie sich nur nach innen öffnen ließ und es eines Rammbocks bedurft hätte, wollte man sie mit Gewalt aufbrechen.

Gerolt schätzte, dass sie sich jetzt mindestens vierzig Ellen tief unter der Kirche befinden mussten, die Höhe des Kreuzgewölbes der Krypta mit eingerechnet.

Sie hielten den Atem an, als der Gralshüter die Flügeltüren aufstieß. Dahinter lagen drei breite Eisenriegel am Boden, mit denen die beiden Blinden die Tür hinter ihnen wieder verschlossen.

Doch zu ihrer Verblüffung befanden sie sich nicht etwa in einem unterirdischen Gewölbe mit der Grabstätte des heiligen Joseph von Arimathäa und einem Schrein, der den Heiligen Gral barg, sondern der Fackelschein fiel in einen dunklen, schmalen Felsgang, der mit beachtlichem Gefälle noch weiter in die Tiefe führte.

Der Gang verlief jedoch nicht schnurgerade, sondern vollführte einige scharfe Biegungen, als folgte er dem Verlauf einer natürlichen Felsspalte. Auch änderte sich immer wieder seine Neigung. Mal neigte er sich einige dutzend Schritte weit nur ganz leicht, mal kippte er steil nach unten, dass man fast ins Rutschen kam, um dann für eine kurze Strecke völlig eben zu verlaufen. Und an einer Stelle brach der Gang sogar ab und fiel lotrecht in die Tiefe, sodass man dort eine Holztreppe mit neun Stufen angebracht hatte. Hier und da tanzte der Schein der Fackel über kleine, flache Nischen, die nur ganz grob aus dem Fels gehauen waren und wohl dazu dienten, ein Kerzenlicht aufzunehmen. Gelegentlich huschten auch in Fels geritzte Symbole und Schriftzeichen an ihnen vorbei.

Gerolt vermochte eines davon im Vorbeigehen zu entziffern. Missi dominici! Gesandte Gottes! Hatten Gralshüter aus längst vergangenen Jahrhunderten diese kurzen Inschriften hinterlassen?

Ohne eine Erklärung anzubieten, schritt Abbé Villard mit der Fackel vorweg, während Dschullab und Bismillah mit der Leuchte wieder die Nachhut bildeten.

Erneut zählte Gerolt im Stillen die Schritte, die sie in diesem immer tiefer führenden Felsgang zurücklegten. Längst mussten sie ein gutes Stück unter den Ausläufern des Montjoie angelangt sein und sich damit unter den Vierteln von Akkon bewegen.

Nach einem weiteren Knick, der sich wie ein enges U um fast hundertachtzig Grad nach rechts wand, und insgesamt hundertvierunddreißig Schritten Länge endete der unterirdische Felsgang vor einer zweiten Tür, die sich in nichts von jener unterschied, auf die sie am Fuß der Wendeltreppe gestoßen waren.

»Nun sind wir am Ziel unserer unterirdischen Wanderung«, verkündete der Gralshüter und schob die beiden Flügel der Tür weit auf.

Gerolt hatte sich nur eine sehr vage Vorstellung von dem gemacht, was sie erwarten mochte. Aber weder er noch seine Freunde hatten auch nur im Entferntesten mit dem gerechnet, was sich nun ihren Augen im Licht von einem guten Dutzend Öllampen darbot, die in Wandnischen brannten.

Abbé Villard führte sie in einen höchst wundersamen, viergeteilten Raum, dessen Grundriss dem eines Templerkreuzes mit vier gleich langen Kreuzarmen glich. Jeder dieser vier Seitenarme mit gewölbter Decke maß etwa fünf Schritte in der Länge und gut zwei in der Breite. In der Mitte des Kreuzes, wo sich die Arme trafen, erhob sich auf einem Sockel, der aus dem Fels geschlagen war, ein Sarkophag aus rötlichem Marmor. Ineinander rankende Blumenornamente zierten in üppiger Vielfalt die Seiten der Grabstätte des Arimathäers. Dagegen hatte der Meistersteinmetz aus der marmornen Deckelplatte nur ein schlichtes Kreuz mit einer fünfblättrigen Rose im Schnittpunkt der sich kreuzenden Balken geschlagen.

Was die vier Tempelritter aber noch viel mehr in Erstaunen versetzte, war das Mosaik, das nicht nur Decken und Wände bedeckte, sondern sich auch über den Boden erstreckte und somit die Räume völlig umschloss. Es bestand aus einer unermesslichen Zahl olivgrüner Steine, die den Hintergrund für ein schachbrettartiges Netz aus Kreuzen und Rosen bildeten. Die Kreuze waren aus schwarzen und die Rosen aus weißen Mosaiksteinen zusammengesetzt. Unterbrochen wurde dieses Muster nur durch drei kleine Nischen auf jeder Wandseite, in denen Öllampen aus schwarzem Alabaster brannten. Ihr warmes Licht entlockte dem Meer der kleinen Mosaiksteine einen betörenden Glanz.

»Was für ein einzigartiger Anblick!«, stieß Tarik hervor und wagte vor Andacht kaum, die Stimme über ein Flüstern zu erheben, während er auf den Sarkophag zuschritt. »Die mystische Rose!«

Der Gralshüter übergab Bismillah die Fackel, die er nun nicht mehr brauchte, und nickte. »Ja, die Rose ist die Königin aller Blumen und steht als Symbol für die Gottesmutter und ihre jungfräuliche Reinheit. Schon die ersten Christen haben sie neben dem Fisch zu ihrem geheimen Erkennungszeichen erhoben. Und nicht erst der heilige Bernhard von Clairvaux hat die fünf Blütenblätter der Rose mit den fünf Wunden Christi verglichen, sondern auch Joseph von Arimathäa hat diese Verbindung hergestellt. Deshalb ist sie auch zusammen mit dem Kreuz zum Zeichen der Bruderschaft der Gralshüter geworden.«

»Aber wer hat bloß den Gang und diese Grotte erbaut?«, fragte Gerolt nun und suchte in den vier kurzen Gängen vergeblich nach einem Hinweis, wo denn wohl der Heilige Gral verborgen sein mochte.

»Akkon ist eine uralte Stadt, die schon viele Jahrhunderte vor Christi Geburt besiedelt war und mit ihrem Hafen in jeder Epoche eine wichtige Rolle gespielt hat«, berichtete Abbé Villard, während sie sich um den Sarkophag versammelten. »Schon vor zweitausend Jahren wurde sie in alten ägyptischen Texten erwähnt und der Großkönig von Persien baute sie zu einem Flottenstützpunkt aus. Viele Jahrhunderte später brachte Pompejus die Stadt unter römischen Einfluss. Herodes der Große empfing hier den späteren Kaiser Augustus, und Paulus machte auf seiner dritten Missionsreise in Akkon Station, gab es damals in dieser Stadt doch schon eine Christengemeinde. Und diese frühen Christen waren es auch, die noch zur Zeit ihrer Verfolgung, bei der Suche nach einem sicheren Versteck, auf den Zugang zu einem unterirdischen Höhlensystem stießen. In diesen Katakomben trafen sie sich dann zum gemeinsamen Gottesdienst und hier fanden auch ihre Toten ihre letzte Ruhestätte in Felsnischen.«

»Aber von solchen Katakomben mit Nischen voller Totengebein war doch bisher nirgends etwas zu sehen!«, wandte McIvor ein.

»Weil wir uns in einem anderen Teil dieses natürlichen Höhlensystems befinden«, erklärte Abbé Villard. »Zu den alten Katakomben der jungen Christengemeinde führt ein anderer Gang. Aber um die Geschichte zu einem schnellen Abschluss zu bringen: Die Gralshüter um Joseph von Arimathäa und Maria Magdalena erfuhren von diesem idealen Versteck durch die hier lebenden Christen. Und während die alten Katakomben schon bald der allgemeinen Vergessenheit anheim fielen, als der römische Kaiser Konstantin zu Beginn des vierten Jahrhunderts den christlichen Glauben zur Staatsreligion erhob, bauten die Gralshüter diesen Ort zu einer heiligen Stätte aus. Joseph von Arimathäa hat hier mehr als einmal Zuflucht vor der Verfolgung und vor den Iskaris gesucht und an diesem Ort sogar seine letzten Lebensjahre verbracht. Ihm war schon früh klar geworden, dass das immer wieder umkämpfte Jerusalem in unruhigen Zeiten ein viel zu gefährlicher Ort war, um dort den Schutz des heiligen Kelches gewährleisten zu können. Denn natürlich sucht jeder zuerst dort nach ihm, ganz gleich ob in böser oder guter Absicht.«

»Aber wieso ist der Templerorden dann nicht hier, sondern in Jerusalem gegründet worden?«, wollte Maurice wissen.

»Weil sich Jerusalem als Heilige Stadt besser als Tarnung für die wahre Aufgabe des Ordens anbot. Angeblich wurde in den Ruinen des salomonischen Tempels auch die heilige Lanze gefunden«, lautete die Antwort des Gralshüters.

»Was also nur Legende ist«, folgerte Gerolt.

Abbé Villard nickte. »Sie wurde nie gefunden, und das verwundert auch nicht, wenn man sich den Ablauf von Jesu Kreuzigung einmal genau vergegenwärtigt.«

»Wieso?«, fragte Tarik mit gerunzelter Stirn.

»Es ist doch ein römischer Soldat gewesen, der Jesu die Lanze in die Seite gestochen hat, um zu prüfen, ob er noch lebte oder schon tot war. Wie hätte da ein jüdischer Bürger wie Joseph von Arimathäa, auch wenn er die ehrenvolle Stellung eines Ratsherrn bekleidete, ihm die Lanze einfach so abnehmen können? Er hatte dazu weder die Autorität noch die Zeit, war er doch vollauf damit beschäftigt, Jesus vom Kreuz abzunehmen und den Leichnam noch rechtzeitig vor Sonnenuntergang zu Grabe zu legen, wie es die jüdische Religion verlangt. Denn am selben Abend begann der heilige Sabbat, und sowie sich die ersten Sterne am Himmel zeigten, war jegliche Arbeit nach dem Gesetz streng untersagt. Nein, die Geschichte mit der heiligen Lanze, die ein Kreuzfahrer in den Ruinen gefunden haben will, ist nichts weiter als eine Legende. Und das gilt ebenso für tausend angeblich heilige Reliquien, die in christlichen Kirchen aufbewahrt werden und das Ziel von frommen Pilgern sind.«

»Das ist ja alles höchst interessant«, bemerkte Maurice trocken. »Aber habt Ihr uns nicht zum Heiligen Gral führen wollen? Nur kann ich hier nirgends einen Schrein entdecken.«

»Das dürfte dir auch schwer fallen, weil er sich in diesem Raum gar

211

nicht befindet«, teilte ihnen der Gralshüter zu ihrer aller Überraschung mit. »Dies ist nur der Vorraum der heiligen Grotte, in welcher der Quell des ewigen Lebens seine letzte Zuflucht im Heiligen Land gefunden hat.« Und noch während er sprach, presste er die Hand gegen eines der schwarzen Kreuze, das augenblicklich aus dem Wandmosaik hervorsprang. Es war mit einem zwei Finger dicken Eisenschaft verbunden, der sich nun mit dem Kreuz unter dem Zugriff des Gralshüters um eine Vierteldrehung in der Wandfassung bewegte. Im selben Moment fiel irgendwo dahinter mit einem dumpfen Laut Metall schwer auf Metall – und an der Stirnseite des scheinbar abgeschlossenen Raumes zeichneten sich im Mosaik die Umrisse einer Tür ab.

Der Gralshüter lächelte über ihre sprachlosen Gesichter. »Kommt!«, rief er ihnen zu und drückte die sichtlich schwere Tür nach innen auf. »Ihr seid auserwählt die heilige Grotte zu betreten und die erste Weihe als Gralsritter zu empfangen!«

10

Hatte schon die Grabstätte des Joseph von Arimathäa mit ihrem kreuzförmigen Grundriss und dem kunstvollen, allumschließenden Mosaik ihre Erwartungen bei weitem übertroffen und sie in großes Erstaunen versetzt, so überwältigte sie der Anblick der heiligen Grotte nun vollends. Sie bekamen eine Gänsehaut, als sie in sprachloser Ergriffenheit dem Gralshüter in das Innere des Heiligtums folgten. Nicht in ihren kühnsten Gedanken hätten sie es für möglich gehalten, dass sie einen Ort von solch einzigartiger Schönheit so tief unter der Erde vorfinden würden.

Was Abbé Villard eine heilige Grotte genannt hatte, stellte sich als ein gewaltiges, unterirdisches Gewölbe mit einer Deckenhöhe von bestimmt fünf- bis sechsfacher Manneslänge heraus. Es hatte die Form einer Rotunde mit einem Durchmesser von gut vierzig Schritten und lag im Licht einer Vielzahl von bronzenen Öllampen. Hinter dem äußeren Kreis des Umgangs strebten acht geriffelte hellgraue Doppelsäulen mit korinthischen Kapitellen der gewölbten Decke entgegen. Diese schlanken Doppelsäulen, die ein Mann gerade noch umfassen konnte und die durch kleine Rundbögen miteinander verbunden waren, bildeten wie der Umgang einen perfekten, inneren Kreis um das Heiligtum der Grotte. Denn in seinem Zentrum und damit genau unter der Mitte des Deckengewölbes erhob sich auf einem dreistufigen Sockel der Altar. Er bestand aus leuchtend weißem Marmor, der wie poliertes Perlmutt glänzte. Zwei goldene, fünfarmi-

ge Kerzenleuchter rahmten ein ebenfalls goldenes, gut anderhalb Ellen hohes Kruzifix ein. Vor dem Kreuz stand ein merkwürdiger
schwarzer Würfel, dessen Höhe, Breite und Tiefe nicht ganz zwei
Handlängen betrug. Aus Gold gearbeitete und mit Smaragden besetzte Winkel verzierten die acht Ecken. Die vordere Seite dieses
seltsamen schwarzen Quaders schmückte eine kostbare Einlegearbeit aus Elfenbein in Form einer fünfblättrigen Rose. Ein Kelch fand
sich jedoch nicht auf dem Altar.

Wie im Vorraum mit dem Sarkophag des Arimathäers, so bedeckten auch hier kunstvolle Mosaiken Wände und Decken. Sie beschränkten sich jedoch nicht auf die Motive von Kreuz und Rose,
sondern stellten groß angelegte Wandgemälde aus Stein dar, wie sie
nur begnadete Künstler zu schaffen vermochten.

Rechts und links von der Tür, die aus dem Vorraum in das Heiligtum führte, zeigte das Mosaik als lebensgroßer Fries eine Prozession
der Märtyrer und Heiligen. Sie mündete, von beiden Seiten kom-
mend, auf eine großartige Darstellung des letzten Abendmahls: Jesus in der Mitte der Jünger und mit dem Kelch in seinen erhobenen
Händen. Und über seinem Kopf schwebte ein weißer Vogel.

Das Mosaik des Deckengewölbes war als atemberaubender dun-
kelblauer Sternenhimmel gearbeitet, in dessen Mitte ein schlichtes
weißes Kreuz prangte. Hunderte von weißen, spitz gezackten Sternen umgaben das Kreuz in konzentrischen Kreisen. In den vier Ecken
fanden sich, ebenfalls in weißen Mosaiksteinen, die Symbole der vier
Evangelisten: der Engel für Matthäus, der Löwe für Markus, der Stier
für Lukas und der Adler für Johannes.

Aber es gab noch mehr zu bestaunen. Auf halbem Weg rechts und
links von der Geheimtür fand die Prozession der Märtyrer und Heiligen eine Unterbrechung, denn dort öffnete sich die Wand jeweils zu
einer halbrunden Vertiefung. Bei der Nische links vom Eingang han-

214

delt es sich dem Mosaik nach eindeutig um einen kleinen Seitenaltar, der der Gottesmutter geweiht war.

In der rechts gelegenen Ausbuchtung, die zusammen mit dem Hauptaltar und der Mariennische eine gerade Achse bildete, stand jedoch kein Altar. Das Halbrund sah vielmehr nach einem Baptisterium aus, in das man steigen und untertauchen musste, um beim Eintritt in die Kirche das heilige Sakrament der Taufe zu empfangen. Denn dort führten hinter zwei bepolsterten Steinbänken mehrere Stufen in das Halbrund eines großen Wasserbeckens hinunter. Gespeist wurde das Becken von einer kräftigen unterirdischen Quelle. Sie sprudelte aus der offen liegenden Felswand, die sich wie ein krummer Rücken dem Becken zuneigte und über die sich das klare Wasser ergoss.

Als sie die erste Stufe des Hauptaltars erreicht hatten, ging der Gralshüter in die Knie und schlug das Kreuz. Sofort folgten alle anderen seinem Beispiel, knieten sich bekreuzigend nieder und neigten in demütiger Andacht den Kopf.

Gemeinsam verharrten sie minutenlang in stiller Anbetung vor dem Heiligtum. Dann begann Abbé Villard laut zu beten. »Herr, lebendiger Gott und Erlöser! Du bist der Eine und Einzige und kein anderer ist neben Dir. Alle Göttlichkeit ist Dein, und was sich Dir nicht zu Eigen gibt, ist ein Raub an Dir. In Gnaden hast Du uns Dein allmächtiges Wesen offenbart und Deinen Namen kundgetan. Wir glauben an Dich. Bewahre uns in diesem Glauben, oh Herr, denn in ihm allein sind wir bewahrt, und Deine Ehre ist unsere Ehre, und Deine Herrschaft ist unser Heil. Du hast die Welt geschaffen und uns in ihr. Wesen und Sein, Leben und Sinn, alles kommt aus Deinem allmächtigen und liebenden Wort. So neigen wir uns vor Dir, oh Herr, und beten Dich an.«

»Amen«, kam es von hinten aus dem Mund von Bismillah.

»Du bist der Heilige«, fuhr der weißhaarige Gralshüter feierlich

215

fort. »Wir aber sind sündig und bekennen es. Wir danken Dir, dass
Du es uns kundgetan hast, denn es ist die Wahrheit. Nur die Wahrheit aber vermag neu zu beginnen und die Sünde und das Böse zu
überwinden.«

»Amen«, bekräftigte Bismillah erneut, und nun wagten auch die
vier Tempelritter an Abbé Villards Seite zaghaft und leise in dieses
Amen einzustimmen.

Der uralte Gralsritter erhob die Hände und streckte sie zum Altar
empor. »Oh Gott, Du Schöpfer und Vater allen Lebens!«, rief er in-
brünstig. »Du hast uns das zeitliche Leben und die Wunder Deiner
Welt geschenkt, damit wir in ihm wachsen und uns vollenden – ein
jeder nach der Art, die Du für uns bestimmt hast. Du hast es in unsere Hand gegeben, damit wir dieses Geschenk unseres Lebens recht
führen, und wirst einst Rechenschaft von uns fordern, was wir mit
ihm gemacht haben.« Er machte eine kurze Pause, um dann fortzufahren: »Du hast uns aber noch ein anderes Leben geschenkt. Es erwacht zu der Stunde, die Deine Gnade bestimmt, vor dem Zeugnis
Deiner Offenbarung. Es kommt aus der Ewigkeit und der Heilige
Geist, der Lebensspender, ist es, der es in uns schafft. Auch dieses
Leben hast Du in unsere Hand gegeben. So knien wir denn jetzt vor
Dir und erbitten Deinen Segen, für die, die Du zu mir geführt und zu
einem besonderen Dienst berufen hast. Allmächtiger und gütiger Vater, schenke ihnen Deine unermessliche Barmherzigkeit und mache
sie würdig die Nachfolge des heiligen Joseph von Arimathäa anzutreten und Hüter des Heiligen Grals, dem segensreichen Quell Deiner
göttlichen Gnaden, zu werden! . . . Amen.«

»Amen«, kam es im Chor von den anderen.

Abbé Villard schlug zum Schluss noch einmal das Kreuz und erhob
sich dann. Sofort kamen Bismillah und Dschullab auf die Beine und
entfernten sich in Richtung des Baptisteriums.

Neugierig, was jetzt geschehen würde, richteten sich auch die vier Templer wieder auf.

Wieder einmal war es der ungestüme Maurice, der seine Ungeduld nicht länger zügeln konnte. Denn sowie sich der Gralshüter zu ihnen umwandte, platzte es aufgeregt aus ihm heraus: »Werden wir jetzt den heiligen Kelch zu sehen bekommen und aus ihm trinken?«

Abbé Villard schüttelte den Kopf. »Der heilige Kelch wird euch erst zur zweiten Weihe gereicht, die euch unwiderruflich in den Stand der Gralsritter erhebt. Noch ist es dafür zu früh. Zuvor müsst ihr euch heute der ersten Weihe würdig erweisen. Und dann kehrt ihr ja erst noch zu eurer Truppe zurück, um euren Ordensbrüdern bei der Verteidigung von Akkon beizustehen. Wenn ihr die zweite Weihe erhalten habt, gibt es für euch nur noch einen Dienst, dem ihr verpflichtet seid. Dann darf euch nichts mehr von dem heiligen Amt ablenken«, teilte er ihnen mit. »Außerdem hat der heilige Kelch nach fast anderthalb Jahrtausenden innigster Anbetung und Verehrung eine für euch unvorstellbare Kraft gewonnen. Allein sein Anblick würde euch blenden und das Augenlicht kosten. Deshalb ruht er in diesem besonderen Schrein, der auch seinem sicheren Transport dient.« Und damit deutete er auf den Würfel aus schwarzem Ebenholz mit der fünfblättrigen weißen Elfenbeinrose in seiner Vorderfront.

»Haben so Eure Diener ihre Sehkraft verloren?«, fragte Gerolt, erschrocken von der Macht, die dem Heiligen Gral innewohnte. »Haben sie ihn unerlaubt und ohne die zuvor notwendigen Weihen zu Gesicht bekommen?«

»Nein, sie wurden im Alter von gerade mal vier, fünf Jahren geblendet, und das ist eigentlich alles, was ich von ihnen weiß. Diese schreckliche Strafe ereilte sie vermutlich, weil ihre Eltern sich bei der Einnahme ihrer Stadt den Plünderern tapfer zur Wehr gesetzt hatten. Und nachdem man diese hingeschlachtet hatte, wurden sie als Sklaven verkauft«, berichtete der Gralshüter. »Ich erbarmte mich ihrer, als ich sie in Jerusalem auf dem Sklavenmarkt sah, und kaufte sie dem Händler ab. Das liegt nun schon gute hundert Jahre zurück.«

»Und wieso habt Ihr sie Bismillah und Dschullab genannt?«, wollte Tarik wissen.

»Das waren die beiden einzigen Worte, die diese armen, gequälten Seelen für lange Zeit über die Lippen brachten. Sie kannten weder ihre richtigen Namen, noch woher sie kamen und was wirklich mit ihnen und ihren Eltern geschehen war. Ihre Erinnerung war wie ausgelöscht. Und ehe ich mich versah, nannte ich sie eben Bismillah und Dschullab, nahm sie unter meine Fittiche und lehrte sie den christlichen Glauben«, sagte der Gralshüter mit einem Achselzucken. »Letztlich ist ein Name nicht viel bedeutungsvoller als irgendein beliebiges Gewand. Was sagt denn schon ein kostbares Kleidungsstück oder ein zerlumptes Tuch über seinen Träger aus? Allein das, was sich darunter verbirgt und wirklich den Menschen ausmacht, ist von Bedeutung. Und was das betrifft, sind in Gold und Purpur gekleidete Könige und Fürsten in Wirklichkeit nichts als arme Bettler gegen Bismillah und Dschullab!«

Mvlcor räusperte sich, um seine stark belegte Stimme freizubekommen. »Und woher haben sie ihre wundersame Fähigkeit, ohne die Kraft ihrer Augen das Schwert zu führen und sich völlig frei bewegen zu können? Sie erkennen doch jedes Hindernis! Wie kann so etwas möglich sein?« Es war eine Frage, deren Antwort sie alle zu kennen glaubten, doch nur zu gern wollten sie ihre Vermutung bestätigt wissen.

»Der Heilige Gral hat sie damit gesegnet«, gab Abbé Villard dann auch die erwartete Antwort. »Sie sehen . . . nun ja, mit ihrer Haut, mit ihrem ganzen Körper. Das Wunder lässt sich nur schwer in Worte fassen, aber ganz grob gefasst lässt es sich vielleicht wie folgt erklären: Jede Regung erzeugt einen Luftstrom, der sich in alle Richtungen bewegt und sich dabei verändert, wenn er auf Widerstand trifft, etwa in Form eines Menschen, einer Mauer, eines Felsen, oder wenn er auf einen Spalt im Boden stößt, und sei er auch noch so gering und für den gewöhnlichen Sterblichen überhaupt nicht spürbar. Und diese Veränderungen der Luft, den wechselnden Widerstand um sie herum nehmen die beiden so deutlich wahr, wie wir mit unseren Augen sehen – besser sogar, denn ihre göttliche Gabe macht ja keinen Unterschied zwischen Tag und Nacht. Aber genug davon. Lasst uns jetzt zur heiligen Quelle schreiten und sehen, ob ihr würdig seid, Gralshüter zu werden.«

Als sie nun den inneren Altarraum verließen und zwischen den Säulen hindurch vor die Felsennische mit dem Wasserbecken traten, sahen sie, dass die Wand über der Quelle mit einem Mosaik geschmückt war. Dabei handelte es sich um die Darstellung der Kreuzabnahme Jesu durch den heiligen Joseph von Arimathäa. Auch fiel ihr verwunderter Blick jetzt auf vier Schwertscheiden, die auf einer der Steinbänke lagen. Ihre Oberfläche bestand aus gehämmertem Silber, über das sich fünfblättrige Rosen zur Öffnung emporrankten. Als äußerer Schutz vor Beschädigung überzog ein Netz aus dünnen, fein geflochteten Lederbändern die kostbaren Scheiden.

Auf einer zweiten Bank, vor der Bismillah und Dschullab schon auf sie warteten, lagen vier säuberlich zusammengefaltete weiße Gewänder. In das weiße, einfache Gewebe war links unterhalb der weiten Halsöffnung jeweils ein rotes Templerkreuz mit einer weißen, fünfblättrigen Rose eingestickt.

»Legt eure Kleidung ab und zieht diese Gewänder an!«, trug der Gralshüter ihnen auf.

Wortlos und ohne Scham folgten sie der Anweisung, entledigten

219

sich ihrer staubigen Kleidung, nahmen von Bismillah und Dschullab die reinen Gewänder entgegen, die weder Nähte noch Säume aufwiesen, und zogen sie über den Kopf. Sie fielen ihnen bis auf die Knöchel und waren so leicht, dass sie sie kaum auf ihrem Körper spürten.

»Nun wird es sich zeigen, ob ich die Zeichen richtig erkannt habe und ihr wahrhaftig auserwählt seid das heilige Amt eines Gralshüters anzutreten!«, verkündete Abbé Villard feierlich. »Steigt ins Becken hinunter und zieht die Schwerter aus dem Felsen! Nur wer reinen Herzens und bis ins Innerste der Seele von wahrer Gläubigkeit beseelt ist, nur dem wird der Heilige Geist bei dieser Aufgabe beistehen. Und nur ihm wird es gelingen, die Klinge ohne jede Kraftanstrengung aus dem Gestein zu lösen!«

Erst jetzt bemerkten die vier Auserwählten unter der leicht gekräuselten Wasseroberfläche den goldenen Schimmer von vier Schwertgriffen, die fast am Boden des Beckens aus dem Felsen herausragten.

»Aber das ist doch unmöglich!«, entfuhr es Maurice verstört.

»Bei Gott ist nichts unmöglich!«, erwiderte der alte Gralshüter. »Und nun tut, was ich gesagt habe!«

Gerolt schlug das Herz vor Furcht und Aufregung im Hals und ihm zitterten die Knie, als er nun zusammen mit seinen Ordensbrüdern die Stufen ins Becken hinunterstieg. Vier in den Fels versenkte Schwerter! Und eines davon sollte sich unter seiner Hand aus dem Fels lösen, sofern er dessen würdig war!

Fünf breite Stufen führten bis auf den Boden des halbrunden Beckens hinunter. Das kühle, kristallklare Wasser, das irgendwo unter dem vorhängenden Felsen wieder abfließen musste, reichte ihnen nun bis an den Hals. Nur McIvor ragte eine Haupteslänge weiter hinaus. Doch auch er musste ganz untertauchen, um nach einem der Schwerter greifen zu können.

Die vier Freunde verharrten kurz, als schreckten sie noch im letz-

220

ten Moment davor zurück, das ungeheuerliche Wagnis dieser Prüfung auf sich zu nehmen. Sie tauschten einen stummen Blick und nickten sich beklommen zu.

»Gib uns deinen Segen, Herr!«, murmelte Gerolt, bekreuzigte sich, holte tief Luft und ging dann fast gleichzeitig mit seinen Ordensbrüdern vor dem Felsen in die Knie. Das Wasser schlug über ihm zusammen.

Ihm war, als rauschte in seinen Ohren ein tosender Gebirgsbach, als er seine Hand zögernd nach dem Schwertgriff ausstreckte. Er betete, der alte Gralshüter möge sich in ihm nicht geirrt haben, während sich seine Finger um den Griff schlossen. Dann packte er fest zu und zog an der Waffe.

Im ersten Moment spürte er einen heftigen Widerstand, als widersetzte sich das Schwert seinem Zugriff. Doch schon im nächsten Moment schien sich eine ungeahnte Kraft vom Schwert auf ihn zu übertragen und durch seinen ganzen Körper zu strömen. Und die Klinge glitt so leicht hervor, als hätte nicht hartes Felsgestein sie umschlossen, sondern weiches Erdreich.

Als Gerolt sich aufrichtete und aus dem Becken auftauchte, sah er zu seiner großen Freude und Erleichterung, dass auch Maurice, Tarik und McIvor ihr Schwert in der Hand hielten. Als sie die Schwerter nun andächtig in beide Hände nahmen, stellten sie fest, dass jede der herrlichen Damaszenerklingen ein Templerkreuz mit einer Rose zierte und dass der Knauf an seinem Ende in eine ebenfalls fünfblättrige Rose auslief. Dasselbe traf auch auf die beiden Enden der geschwungenen Parierstange zu.

Benommen von dem überwältigenden Geschehen, stiegen sie aus dem Becken der Felsenquelle. Dass augenblicklich jegliche Wassertropfen von ihren Waffen perlten und ihre Gewänder fast ebenso schnell trockneten, kam ihnen erst viel später zu Bewusstsein.

»Gelobt sei Jesus Christus! Die Vision hat mich nicht getrogen! Ihr habt euch des heiligen Amtes für würdig erwiesen!«, rief Abbé Villard mit strahlendem Gesicht. »Damit habt ihr eure erste Weihe empfangen und gehört nun zur Geheimen Bruderschaft der Arimathäer!«

Dritter Teil
Der Fall von Akkon

1

Am Tag nach ihrer Aufnahme in die Geheime Bruderschaft
der Arimathäer teilte ihnen Hauptmann Raoul am späten
Vormittag mit, dass der Großmeister sie zu sehen wünschte. Sie sollten sich kurz vor der Non* bei ihm einfinden und bis dahin war es
nicht mehr lange hin. Nur wusste keiner, wo McIvor steckte.

Sie machten sich getrennt auf die Suche nach ihrem Freund. Während Maurice sich in den Waffenkammern und Schlafquartieren umsah und Tarik auf den Wehrgängen nach ihm Ausschau hielt, übernahm Gerolt den Burghof der Zitadelle und die weitläufigen Stallungen. Er brauchte nicht lange zu suchen. Archibald, der schielende
Pferdeknecht des Schotten, wusste, wo Gerolt den hühnenhaften
Tempelritter finden konnte.

»Mein Herr hockt schon eine ganze Weile da hinten in einer der
leeren Pferdeboxen«, teilte Archibald ihm mit besorgter Miene mit.
»Aber fragt mich nicht, was er da in der dunklen Ecke macht. Ich
weiß nur, dass er mit finsterer Miene vor einem herrlichen Schwert
hockt, wie ich es noch nie zuvor zu Gesicht bekommen habe. Vorhin
wollte ich ihn nur etwas fragen, aber schon bei den ersten Worten
hat er mir schroff das Wort abgeschnitten, mich rausgeschmissen
und mir sogar Prügel angedroht, wenn ich ihn noch einmal zu stören
wage. So etwas hat er in all den Jahren, die ich schon in seinen Diens-

---

* Gebetszeit zur Mittagsstunde.

225

ten stehe, noch nie getan. Also, irgendetwas stimmt nicht mit ihm, darauf verwette ich meinen besten Pferdestriegel!«

»Er hat es bestimmt nicht so gemeint, wie es geklungen hat, Archibald«, versicherte Gerolt, der zu wissen glaubte, was seinen Freund bedrückte und so unleidlich machte. »Ihm gehen im Augenblick einige Dinge von großer Tragweite durch den Kopf, über die er nicht mit dir sprechen kann. Aber das ist eine sehr persönliche Angelegenheit, kümmere du dich nur um deine Arbeit. Ich sehe schon nach ihm.«

Gerolt ging den Gang bis zum letzten Einstellplatz hinunter und zog die brusthohe Brettertür auf.

»Mach bloß, dass du verschwindest, sonst . . .«, drang da sofort die grollende Stimme von McIvor aus dem Halbdunkel. Der Schotte brach jedoch mitten in seiner Drohung ab, als er sah, wer da zu ihm kam. Und seine Stimme klang um einiges freundlicher, als er fragte: »Wäre es zu viel verlangt, wenn ich dich bitte, mich noch ein wenig allein zu lassen, Gerolt?«

»Nein, aber ich fürchte, daraus wird nichts. Hauptmann Raoul hat uns ausrichten lassen, dass der Großmeister uns vier gleich zu sehen wünscht. Vermutlich hat der Abbé mit ihm geredet«, teilte Gerolt ihm mit. »Wir suchen dich schon überall.«

»Soll er warten«, brummte McIvor ungerührt, der ganz hinten an der Wand auf einem Heuballen saß. Quer über seinen Oberschenkeln lag das blank gezogene, kostbare Schwert, das ihn zum Gralshüter gemacht hatte. Gedankenversunken fuhren seine Fingerspitzen über das Templerkreuz, das die außergewöhnliche Damaszenerklinge auf beiden Seiten oberhalb der Parierstange zierte. Doch statt Bewunderung zeigte sich auf seinem Gesicht ein merkwürdig niedergeschlagener, ja schmerzerfüllter Ausdruck.

Gerolt zögerte kurz und setzte sich dann zu ihm in das Halbdunkel. Seinem Freund beizustehen, den er noch nie in einer so tiefen Bedrückung gesehen hatte, erschien ihm wichtiger als alles andere. »Willst du darüber sprechen?«, fragte er.

»Worüber soll ich sprechen wollen?«, fragte McIvor mit verschlossener Miene zurück.

»Über das, was wir gestern an Unglaublichem erlebt haben. Ich weiß nicht, wie du die Nacht verbracht hast, aber ich habe kaum ein Auge zubekommen, so aufgewühlt war ich. Und wenn ich doch kurz eingeschlafen bin, hatte ich grässliche Alpträume«, gestand Gerolt. »Und wenn ich ehrlich sein soll, fürchte ich mich vor dem, was wir da auf uns genommen haben. Ich wünschte fast, ich hätte mein Schwert nicht aus dem Felsen ziehen können. Akkon steht kurz vor der Einnahme durch die Mameluken und ich soll einer derjenigen sein, in deren Händen nun der Schutz des Heiligen Grals liegt, mein Gott!«

McIvor lachte kurz und freudlos auf. »Auch mir kommt es noch immer wie ein wirrer Traum vor. Aber ich fürchte mich nicht davor . . . nicht wirklich.«

»Was macht dir dann zu schaffen? Oder vertraust du mir nicht genug, um mit mir darüber zu sprechen? Füreinander in fester Treue, das haben wir uns einander doch geschworen. Dieser Schwur ist mir heilig und ich bin bereit für dich und für die anderen mein Leben zu geben. Sollten wir dann nicht auch offen über alles miteinander reden können?«

Der Schotte hob nun den Kopf und sah ihn einen Augenblick schweigend an, als wäre er sich unschlüssig, ob er ihm eine ehrliche Antwort geben sollte oder nicht.

»Der Schwur ist auch mir heilig, Gerolt!«, versicherte er ernst, um dann mit leiser Stimme fortzufahren: »Es . . . fällt mir nur so schwer, über das zu sprechen, was heute auf den Tag genau vor zehn Jahren geschehen ist . . . besser gesagt, was ich an jenem Tag Abscheuliches getan habe.«

Gerolt spürte, dass es klüger war, ihn jetzt nicht mit weiteren Fragen zu bedrängen, sondern einfach still zu warten, bis sein Freund weitersprach.

»Ich hatte ein gutes Leben auf unserer Burg am Loch Conneleagh in den Highlands, war ich doch der einzige Sohn und Liebling meines Vaters, der einmal das Erbe antreten würde«, begann McIvor nach einem Moment des Schweigens. »Ich hatte alles, was ich mir wünschte, bis ich mich dann eines Tages in die Tochter eines neuen Pächters verliebte.«

Gerolt holte tief Luft, sagte jedoch nichts.

»Annot war ihr Name und sie war das Schönste und Anmutigste, was meine Augen je erblickt hatten«, setzte McIvor seine Erzählung fort. »Es geschah kurz nach meinem siebzehnten Geburtstag, dass ich an nichts anderes mehr denken konnte als an sie. Ich warb heimlich um ihre Gunst und es gelang mir nach einigen Monaten auch, ihr Herz zu gewinnen, obwohl sie immer wieder versuchte mich zur Vernunft zu bringen und mir vor Augen zu halten, dass unsere Liebe keine Zukunft hatte und ich mit meinem Beharren nur ihre Familie in Gefahr brachte. Natürlich wusste ich, dass mein Vater einer Verbindung mit einer armen Pächterstochter nie zustimmen und Annot samt ihrer Familie von unserem Land jagen würde, sowie er von unserer Liebschaft erfahren würde. Ich sollte standesgemäß heiraten, und zwar Ellen von Balfour, die Tochter unseres Nachbarn. Unsere Familien waren einander seit langem freundschaftlich verbunden und diese Verbindung sollte nun durch unsere Heirat noch enger werden. Ellen war mir seit Jahren versprochen, und ihr älterer Bruder Malcolm, mit dem ich von Kindesbeinen an aufgewachsen war und den ich für meinen besten Freund hielt, ging wie jeder andere ganz selbstverständlich davon aus, dass er mein Schwager werden würde. Aber dann musste ich erkennen, dass ihm meine Freundschaft und mein Glück nicht halb so viel bedeuteten wie der gute Ruf seiner Schwester und der Zuwachs an Macht für seine Familie durch unsere Heirat. Denn meine Mutter hatte nach mir keine Kinder mehr zur Welt bringen können.« Er machte eine kurze Pause, in der er düster vor sich hin blickte. »Malcolm muss irgendwann Wind von unserer heimlichen Liebschaft bekommen haben. Jedenfalls ist er uns einmal zu unserem Versteck gefolgt, wo er uns belauscht und beobachtet hat. Dabei hat er dann auch mitbekommen, dass ich schon Pläne schmiedete, wie wir es am besten anstellen könnten, gemeinsam aus Schottland zu fliehen. Ich war so verrückt in meiner glühenden Liebe zu ihr, dass ich zu jedem Opfer und jedem Risiko bereit war. Doch Annot zögerte noch, aus gutem Grund.«

»Und so nahm dann die Tragödie ihren Lauf«, murmelte Gerolt, denn es war nicht schwer, zu erahnen, was in McIvors Geschichte nun folgte. »Dein Freund Malcolm hat eure Liebe nicht gebilligt und euch verraten, nicht wahr?«

McIvor schüttelte den Kopf. »Das hätte ich ihm ja vielleicht noch verzeihen können. Nein, er tat etwas viel Schlimmeres.« Hass und Abscheu erstickten fast seine Stimme. »Er stellte nun seinerseits Annot nach, versuchte sie durch Geschenke und andere Versprechen für sich zu gewinnen und ... und sie ... sich gefügig zu machen.«

»Was für ein mieser Lump!«, stieß Gerolt hervor.

McIvor lachte freudlos auf. »Malcolm war schon von Kind an sehr überheblich und selbstgefällig, und dass er zu Grausamkeiten neigte, nicht nur im Umgang mit Tieren, ist mir damals auch nicht ganz fremd gewesen. Aber nie hätte ich es für möglich gehalten, dass er zu so einer schändlichen Tat fähig wäre. Angeblich wollte er mir beweisen, wie er hinterher behauptete, dass sie nichts weiter als ein billiges Pächterflittchen war, das sich jedem Mann von edler Geburt bereitwillig hingab. Aber Annot war anders. Sie liebte mich und war rein in jeder Hinsicht. Und da hat Malcolm sie eines Tages einfach mit roher Gewalt genommen und ihr die Unschuld geraubt. Ich habe lange Zeit nichts von dem geahnt, was Malcolm ihr angetan hatte, und ich verstand einfach nicht, warum sie mir plötzlich eisern aus dem Weg ging und nicht mal mehr mit mir sprechen wollte. Ich zweifelte sogar an ihrer Liebe und zürnte ihr, dass sie mir nicht mehr zutraute sie zu schützen und einen Weg zu finden, wie wir allen Widerständen zum Trotz gemeinsam das Glück finden könnten, das wir uns doch so sehr gewünscht hatten. Und dabei war es ja schon längst bittere Wahrheit, dass ich nicht in der Lage gewesen war, sie zu schützen – nicht einmal vor meinem angeblich besten Freund. Mehr als zwei Monate bewahrte sie ihr entsetzliches Geheimnis. Bis ich dann am Abend vor ihrem Tod von ihr erfuhr, was Malcolm ihr angetan hatte.«

Bestürzt sah Gerolt ihn an. »Sie war von ihm schwanger geworden und hat sich das Leben genommen, weil sie die Schande nicht ertragen konnte?«

»Ja, sie ist ins Wasser gegangen, weil sie lieber tot sein als mit dieser Schande leben wollte«, sagte McIvor mit erstickter Stimme und wandte verlegen den Kopf ab, hatte er doch sichtlich Mühe, den Aufruhr seiner Gefühle unter Kontrolle zu halten. »Und noch heute gebe ich mir die Schuld, dass es so gekommen ist.«

»Aber du konntest doch nicht wissen, was sie tun würde«, sagte Gerolt.

»Ich kannte ihren Stolz und habe die hoffnungslose Verzweiflung in ihren Augen gesehen«, gab McIvor leise zur Antwort. »Ich hätte sie nicht gehen lassen dürfen, sondern bei ihr bleiben und alles auf eine Karte setzen müssen. Aber mein blinder Hass auf Malcolm und das Verlangen nach Rache waren größer gewesen.«

»Und was hast du getan?«, fragte Gerolt, obwohl diese Frage eigentlich überflüssig war, denn er wusste nur zu gut, was er an der Stelle seines Freundes getan hätte.

»Ich bin sofort ins Dorf zur Taverne geritten, wo ich mich mit Malcolm verabredet hatte. Er hat mich erst ausgelacht, als ich ihn herausgefordert habe sich mir zum Kampf zu stellen und sich mit seinem Dolch zu verteidigen. Eine dahergelaufene Pächterschlampe sei es doch nicht wert, dass zwei Männer unserer Abstammung darüber auch nur ein Wort verlieren würden, und ich solle ihm besser dankbar sein, dass er mir die Augen über Annot geöffnet habe. Und wenn sie es geschickt anstelle und ihren Liebeslohn ordentlich spare, könne sie es als Landhure eines Tages vielleicht sogar noch zu einer eigenen Schänke bringen. So hat er von der Frau gesprochen, die ich wie nichts auf der Welt liebte!«

»Dieses gewissenlose Schwein!«, entfuhr es Gerolt.

»Das Lachen ist ihm sehr schnell vergangen, als ich ihm daraufhin die Klinge meines Dolches zu spüren gegeben habe. Es war ein schneller Stich in seinen linken Unterarm, denn es sollte ja ein fairer Kampf sein, wie ich mir damals selbst eingeredet habe. Dabei hatte er von vornherein keine Chance gegen mich«, gestand McIvor düster ein. »Malcolm hat sein Bestes gegeben, aber was hieß das schon? Ich war ihm nicht nur an Körpergröße und Kraft weit überlegen, sondern auch an Schnelligkeit. Ich habe ihn eine Weile im Glauben gelassen, dass er den Messerkampf womöglich doch gewinnen könne. In Wirklichkeit habe ich in meinem Hass und in meiner Mordlust mit ihm gespielt, ihn vor mir hergetrieben und seine zunehmende Todesangst ausgekostet, als er einen Stich nach dem anderen hinnehmen musste und immer schwächer wurde. Letztlich war es nicht viel anders, als hätte ich an jenem Abend hinter der Schänke ein wehrloses Schaf abgestochen.«

Gerolt wusste erst nicht, was er dazu sagen sollte, und schwieg betroffen. Er begriff sehr wohl, was seinem Freund seit damals keine Ruhe ließ. Es war eine Sache, in einer Schlacht jede Schwäche des Gegners gnadenlos auszunutzen und ohne Zögern zuzustechen, auch wenn der Feind völlig wehrlos vor einem lag, etwa weil er vom Pferd gestürzt war und dabei seine Waffe verloren hatte. Doch es widersprach der Ehre eines Ritters, jemanden zu einem Zweikampf herauszufordern, von dem man ganz genau wusste, dass er kein ebenbürtiger Gegner war und keine Chance hatte.

»Ich weiß nicht, ob ich in deiner Situation nicht genauso gehandelt hätte«, sagte Gerolt schließlich. »Was hättest du auch sonst tun können, um das Verbrechen an Annot zu sühnen? Ich weiß nicht, wie solche Vorfälle in deiner Heimat nach dem Gesetz und eurem Standesverständnis geregelt werden. Aber ich bezweifle, dass es ohne Zeugen zu einem ordentlichen Gerichtsverfahren gegen ihn und zu einer Verurteilung gekommen wäre.«

»Das wäre es auch nicht und ich weiß bis heute nicht, was ich hätte tun können, um Malcolm zur Rechenschaft zu ziehen«, räumte McIvor niedergeschlagen ein. »Aber das ändert nichts daran, dass ich meine Ehre in diesem ungleichen Kampf verloren habe und an Annots Tod mitschuldig geworden bin. Das ist er nicht wert gewesen. Aber das ist mir zu spät bewusst geworden.«

»Hast du dabei dein Auge verloren?«

McIvor schüttelte den Kopf. »Das widerfuhr mir erst ein gutes Jahr später im Vollrausch bei einer wüsten Rauferei mit Seeleuten in einer Hafenspelunke am Firth of Forth in der Nähe von Edinburgh. Ich hatte meine Heimat noch in derselben Nacht fluchtartig verlassen, weil es sonst noch mehr Blutvergießen gegeben hätte, und jeglichen Halt verloren. Der Verlust meines Auges hat mich zur Besinnung und zur Umkehr gebracht. Wenige Monate später bin ich in den Templerorden eingetreten und ins Heilige Land aufgebrochen, um Sühne zu leisten. Ich glaube, ich habe zu Anfang mehr als jeder andere den Tod in der Schlacht gesucht, bis ich dann allmählich mit meiner Schuld zu leben lernte. Doch es gibt immer wieder Tage, da überfällt mich die Vergangenheit und droht mich wie ein schweres, nasses Tuch zu ersticken.« Er atmetete tief durch. »Verstehst du nun, wie schwer es mir nach all dem fällt, mich eines so heiligen Amtes für würdig zu halten?«

»Du bist berufen, McIvor, und das allein zählt jetzt«, versuchte Gerolt ihn aufzurichten. »Denk daran, was der Abbé zu uns gesagt hat, nämlich dass zweifellos ein tiefer Sinn darin liegt, dass die Berufung zur Nachfolge uns getroffen hat und dass es uns nicht gegeben ist, Gottes Gründe dafür zu begreifen. Wir können das nur in tiefer Demut als Mysterium annehmen. Außerdem ist keiner von uns ohne Schuld. Keiner von uns kann sich einer reineren Seele dünken als der andere und vielleicht liegt ja genau darin das Geheimnis unserer Berufung. Aber wie auch immer das eine mit dem anderen zusammenhängen mag, wir haben uns entschlossen dem Ruf zu folgen, und diesem heiligen Dienst muss fortan unsere ganze Kraft und Hingabe gelten.«

McIvors Gestalt straffte sich mit einem Mal. Er packte das Schwert und schob es mit einer entschlossenen Bewegung in die Scheide zurück. »Ja, du hast Recht, Gerolt. Das Vergangene lässt sich nicht mehr ungeschehen machen und meine Verpflichtung gilt jetzt dem Schutz des Heiligen Grals und unserer Bruderschaft. Verzeih, dass ich dir mit meinem sentimentalen Gejammer in den Ohren gelegen habe.«

»Das Gegenteil ist der Fall, du hast mir durch deine Offenheit eine große Ehre erwiesen, McIvor von Conneleagh«, versicherte Gerolt ernst und legte ihm die Hand auf die Schulter. »Und ich werde Stillschweigen über das bewahren, was du mir gerade anvertraut hast, wenn du es möchtest.«

»Nein, ich hätte euch früher oder später sowieso davon erzählt. Es darf keine Geheimnisse zwischen uns geben, wie du vorhin richtig gesagt hast. Füreinander in fester Treue, so soll es sein – ohne alle Vorbehalte, Gerolt!«, bekräftigte er und reichte ihm die Hand zu einem festen Händedruck. Dann ergriff er sein Schwert und sprang auf die Beine. »So, und jetzt wollen wir die anderen und vor allem den Großmeister nicht länger warten lassen!«

2

Der Großmeister kehrte ihnen den Rücken zu. Er stand im halbrunden Erker des spartanisch eingerichteten Turmzimmers und blickte über die Wälle hinweg zum Lager des Feindes hinüber. »Das sind also die letzten Tage von Akkon und damit auch die letzten Tage eines einst großartigen Kreuzfahrerreiches, das nun völlig ausgeblutet ist!«, stellte er voller Bitterkeit fest. »Aber es hätte nicht so kommen müssen, der Herr ist mein Zeuge! Mehr als einmal lag es in unserer Hand, diese Schmach abzuwenden!« Er ballte die Faust und hieb wütend auf den Fenstersims.

Gerolt und seine Freunde warfen sich verwunderte Blicke zu, verharrten jedoch in respektvollem Schweigen. Wenn sie alle auch ritterlicher Abstammung waren, so nahm sich ihr Stammbaum doch neben dem ihres Großmeisters ausgesprochen minderwertig aus. Guillaume von Beaujeau, der schon seit achtzehn Jahren an der Spitze des Templerordens stand, entstammte dem Hochadel und war sogar mit dem französischen König verwandt.

»Und habe ich nicht immer wieder meine mahnende Stimme erhoben und eindringlich davor gewarnt, dass es so kommen wird, weil el-Ashraf Khalil nicht daran denkt, den zehnjährigen Friedensvertrag zu halten, den wir mit seinem Vater geschlossen hatten?«, fuhr der Großmeister zornig fort und hämmerte mit seiner Faust erneut auf den Fenstersims. Wie zum Hohn krachte im selben Augenblick ein Felsgeschoss aus einer der Riesenschleudern gegen die vorderen Be-

235

festigungsanlagen, gefolgt von berstendem Mauerwerk. »Ich hatte doch mit Emir el-Fakhri einen verlässlichen Spion unter den Feinden, der mich von den wahren Absichten des Sultans unterrichtete, nämlich dass nicht Afrika das Ziel seines Kriegszuges sei, sondern die letzten Bastionen der Kreuzfahrer im Heiligen Land! Aber man wollte mir keinen Glauben schenken und hat sich in Sicherheit gewähnt.«

Maurice verdrehte die Augen und nahm sich in seiner Ungeduld nun die Freiheit, sich zu Wort zu melden. »Erlaubt mir den Hinweis, Beau Sire, dass auch sein Vater, Sultan Qalawun, mit uns ein falsches Spiel getrieben und sein Wort gebrochen hat. Er ist es doch gewesen, der den Kriegszug schon im letzten Sommer vorbereitet und in Gang gesetzt hat!«

Guillaume von Beaujeau, ein Mann von gut sechzig Jahren und für sein Alter noch immer von kräftiger Statur, wandte sich nun zu ihnen um. Sein Gesicht unter dem langen, eisengrauen und stark verfilzten Vollbart wirkte blass und eingefallen, aber in seinen Augen loderte noch immer das Feuer eines Kriegers.

»Gewiss, auch er ist wortbrüchig geworden!«, räumte er widerstrebend ein, während er sich vom Fenster abwandte und zu ihnen trat. »Aber doch erst nach dem unseligen Massaker dieser betrunkenen Bande von italienischen Kreuzfahrern an den Muselmanen in den Mauern unserer Stadt!«

Gerolt erinnerte sich noch gut an das entsetzliche Gemetzel, von dem der Großmeister sprach. Im Vertrauen darauf, dass der ausgehandelte Waffenstillstand zwischen dem Sultan und den Kreuzfahrern von beiden Seiten eingehalten wurde, hatten die Kaufleute von Damaskus und aus anderen syrischen Städten damals ihre Handelskarawanen wieder zur Küste geschickt. Auch muslimische Bauern und Handwerker aus dem Umland wagten sich wieder in großer Zahl nach Akkon. Im August 1290, als frisch angeworbene italienische

Kreuzfahrer eintrafen, herrschte daher wieder blühender Wohlstand und Handel in der Stadt. Doch mit der Ankunft der italienischen Kreuzfahrer, die sich vom Augenblick ihrer Landung an als ein Haufen zügelloser und streitsüchtiger Trunkenbolde erwiesen, sollte sich das friedliche Zusammenleben von Christen und Moslems rasch ändern. Da die Männer, entgegen der ihnen in der Heimat erteilten Zusage, keinen regelmäßigen Sold erhielten, wuchsen bei ihnen dumpfer Groll und das Verlangen nach Plünderung der ihnen verhassten Muslims mit jedem Tag. Ende August brach die angestaute Unzufriedenheit in offener Gewalt gegen die Ungläubigen aus. Später wurde das Gerücht gestreut, ein muslimischer Kaufmann habe eine junge Christin verführt und damit habe das Blutbad seinen Anfang genommen. Andere sprachen von einem wüsten Zechgelage, bei dem die betrunkenen Männer den Entschluss gefasst hätten, sich endlich als Kreuzfahrer zu erweisen und die Stadt von den Ungläubigen zu säubern. Jedenfalls stürmte die blutrünstige Truppe im Zustand der Trunkenheit, johlend und Schwerter schwingend, durch die Straßen und metzelte jeden Muslim nieder, der das Unglück hatte, ihnen in den Weg zu laufen. Aber auch viele Christen, die sie in ihrem betrunkenen Zustand wegen ihrer dunkleren Hautfarbe, der ihnen unbekannten Kleidung oder aus sonst einem Grund für Ungläubige hielten, fielen unter ihren Schwertern, Dolchen und Streitäxten. Nur wenige Muslims konnten von den Ordensrittern in die Sicherheit ihrer Ordensburgen gebracht und vor dem Massaker gerettet werden. Natürlich erreichte die Kunde von dem Massenmord in Windeseile den Sultan, und der wollte Genugtuung – oder Rache.

»Die Tragödie hätte von Akkon noch abgewendet werden können, wenn man nur meinem Rat gefolgt wäre, die Übeltäter dieses schändlichen Verbrechens, die doch schon in den Gefängnissen von Akkon einsaßen, den Vertretern des Sultans zur Bestrafung zu über-

237

geben!«, fuhr der Großmeister ergrimmt fort. »Hätte Sultan Qalawun auf diese Weise Genugtuung erhalten, wäre es sicher anders gekommen! Ich war auch dafür, dem Sultan als Ausgleich wenigstens die von ihm geforderten dreißigtausend venezianischen Zechinen zu zahlen, aber als ich das in der Versammlung der Stadtbarone und Großmeister vorschlug, musste ich mir anhören öffentlich des Verrats bezichtigt zu werden! Ich, der Großmeister der Templer! Und als ich den Saal verließ, wurde ich von der Menschenmenge mit unflätigen Beschimpfungen überschüttet! Dreißigtausend Zechinen! Was für eine lächerliche Summe im Vergleich zu dem horrenden Preis, den wir jetzt für diese kurzsichtige Dummheit des vergangenen Sommers zahlen müssen!«

»Den Pfeil, ist er von der Sehne geschnellt, holt keine Menschenhand wieder zurück«, wagte nun auch Tarik eine Bemerkung, doch so leise, als spräche er nur zu sich selbst.

Der Großmeister, den die Last der Verantwortung sichtlich niederdrückte, hörte es jedoch sehr wohl und nickte. »Ja, wir haben so manchen unglückseligen Pfeil von der Sehne schwirren lassen und deshalb kämpfen wir nun nicht mehr um den Erhalt unseres restlichen Kreuzfahrerreichs, sondern nur noch um unsere Ehre.« Er seufzte gedankenschwer. »Aber genug davon. Kommen wir zu dem Anlass, aus dem ich euch zu mir bestellt habe, werte Ordensbrüder. Ich hatte heute Morgen eine sehr ungewöhnliche, um nicht zu sagen verstörende Unterredung mit diesem geheimnisumwitterten Ritter Villard von Saint-Omer und ich denke, ihr wisst, warum ihr hier seid.«

»Ihr werdet es uns sagen, Beau Sire«, gab Gerolt diplomatisch zur Antwort.

Guillaume von Beaujeau ließ seinen forschenden Blick über die vor ihm stehenden Ordensbrüder gleiten, die seit der Morgenstunde seiner Befehlsgewalt entzogen waren und dennoch Templer bleiben würden. »Ich hätte nichts dagegen, wenn ihr mehr Licht in diese mysteriöse Angelegenheit bringen würdet. Denn ich weiß nur sehr wenig von Villard und seinen Gefolgsleuten und welcher geheimen Aufgabe sie im Schutz unseres Ordens dienen«, gestand er mit erwartungsvoll hochgezogenen Augenbrauen. »Als die Wahl zum neuen Großmeister vor achtzehn Jahren auf mich fiel, da gehörte zur Hinterlassenschaft meines Vorgängers ein ebenso streng geheimes wie geheimnisvolles Dokument. Ein in jeder Hinsicht rätselhaftes Schreiben, das jeder Großmeister mehrfach versiegelt und unter Androhung der Exkommunion bei Nichtbefolgung seinem Nachfolger als wichtiges Erbe zu hinterlassen hat, wie die Anweisung lautet.«

»Darüber wissen wir nichts, Beau Sire«, sagte Tarik zurückhaltend und die anderen nickten bestätigend. Von diesem Schreiben hatten auch sie bis zu diesem Moment keine Kenntnis gehabt.

»Nun, es ordnet an, dass der Großmeister nur einige wenige in das Geheimnis einweihen darf, nämlich den Seneschall, den Marschall und die beiden GroßKomturen in Paris und London. Und es bestimmt, dass den Mitgliedern der Geheimen Bruderschaft innerhalb des Ordens bei Vorlage eines geheimen, genau beschriebenen Siegelrings nicht nur jegliche von ihnen verlangte Unterstützung zu gewähren sei, sondern dass der Großmeister sie auch unbegrenzt von allen bestehenden Pflichten und Regeln des Ordens freizustellen hat«, teilte Guillaume von Beaujeau ihnen mit. »Eine höchst rätselhafte Anordnung, zumal ich noch nicht einmal weiß, wie der vollständige Name dieser Bruderschaft lautet.«

Die vier Gralshüter schwiegen, obwohl sie von dem geheimen Siegelring jetzt zum ersten Mal erfuhren. Aber Abbé Villard hatte ja auch von zwei Weihen gesprochen und ihnen war gestern im unterirdischen Heiligtum nur die erste zuteil geworden.

»Das merkwürdige Schreiben, das seinem Wortlaut nach schon seit der Ordensgründung existiert und immer wieder neu kopiert worden ist, ist in den vielen Jahren meines Amtes bei mir fast in Vergessenheit geraten. Doch nun kann ich mich der Fragen nicht erwehren, die ich mir damals schon gestellt habe und die mich zu vagen Spekulationen geführt haben, um welche Art von Bruderschaft es sich dabei wohl handeln mag und was sie so mächtig macht, dass sich ihr nicht allein der Großmeister, sondern der ganze Orden beugen muss«, sprach er mit fragendem Unterton weiter. »Kann es sein, dass diese geheime Bruderschaft, in die ihr aufgenommen worden seid, wie mir Villard von Saint-Omer mitgeteilt hat, die Aufgabe hat, den Schutz besonders heiliger Reliquien zu gewährleisten? Ist es möglich, dass . . .«

An dieser Stelle fiel Maurice ihm schnell ins Wort. »Verzeiht, aber Ihr stellt uns dazu besser keine Fragen, denn wir haben bei unserer Ehre strengstes Stillschweigen geschworen, Beau Sire!«, erklärte er sehr energisch.

Gerolt hatte den Eindruck, dass in den forschen Worten seines Freundes nicht wenig Stolz, ja fast sogar eine Spur Überheblichkeit gegenüber ihrem einstigen Befehlshaber mitschwang. Deshalb fügte er schnell respektvoll hinzu: »Nur zu gern würden wir Euch bereitwillig Auskunft geben, wenn wir nicht an unseren Schwur gebunden wären und Gefahr liefen, unser Seelenheil zu verwirken, Beau Sire. Zudem ist auch uns noch vieles ein Geheimnis, da wir doch noch nicht alle notwendigen Weihen erhalten haben.«

»Und wir werden auch weiterhin Akkon und das Banner des Tempels gegen die Ungläubigen verteidigen, Beau Sire!«, meldete sich nun auch McIvor mit kräftiger Stimme zu Wort. »In dieser Stunde der Not lassen wir den Orden nicht im Stich!«

Tarik nickte. »Unter Eurem Befehl in den Kampf zu ziehen ist uns allen eine Ehre, Beau Sire!«

240

Der Großmeister nahm die Vertrauensbeweise mit einem müden Lächeln entgegen. »Nun gut, kommen wir also jetzt zu dem, was mir zu tun bleibt . . . besser gesagt, was mir zu tun vorgeschrieben ist«, sagte er und hob die Hand zum Segen. »Kraft meines Amtes löse ich euch hiermit von allen Pflichten und Regeln, denen sich ein Tempelritter in gläubigem Gehorsam zu unterwerfen hat. Ihr werdet dennoch weiterhin unserem Orden angehören und den Mantel tragen, doch von nun an werdet ihr den Befehlen eures geheimen Oberen folgen. Möge der Segen des Allmächtigen und der Schutz der seligen Jungfrau allezeit mit euch sein!« Seine Hand vollführte zum Abschluss das Segenszeichen.

Der Großmeister wollte noch etwas sagen, doch in dem Moment öffnete sich hinter ihnen die Tür und der Marschall trat ins Turmzimmer. »Verzeiht die Störung, aber es wird Zeit, die Gesandtschaft auf den Weg zu schicken!«, drängte Gottfried von Vendac. »Und wir sollten ihnen noch zwei von unseren Männern mitgeben, das macht einen besseren Eindruck, als wenn sie nur zu zweit erscheinen.«

»Ihr habt Recht, der Sultan könnte sich von einer nur zweiköpfigen Gesandschaft beleidigt fühlen. In diesen Dingen sind die Muselmanen recht eigen und ich will nichts unversucht lassen, um Akkon zu retten und die drohende Tragödie vielleicht doch noch von uns abzuwenden«, pflichtete ihm der Großmeister bei. Dann fiel sein Blick auf die vier Ritter, die nun eigentlich nicht mehr unter seinem Befehl standen, und mit fast spöttischer Herausforderung fragte er: »Wie sieht es mit euch aus? Ist einer von euch noch Templer genug, um zusammen mit meinen beiden Abgesandten vor den Sultan zu treten? Es ist eine riskante Sache und könnte euch je nach Laune des Sultans den Kopf kosten!«

Ohne auch nur eine Sekunde zu zögern, trat Gerolt vor. »Zählt auf mich! Noch bin ich zuallererst Templer und meinem Mantel verpflichtet!«

Augenblicklich folgten Tarik, Maurice und McIvor seinem Beispiel und stellten sich an seine Seite.

»Mich hat noch keiner der Feigheit geziehen und Ihr sollt nicht der Erste sein, der Grund dazu hat, Beau Sire!«, verkündete McIvor unerschrocken und mit feierlichem Ernst.

Es blieb jedoch bei zweien, die der Großmeister den beiden Gesandten mitschickte. Und seine Wahl fiel auf Gerolt und Tarik.

3

Gerolt saß aufrecht im Sattel und blickte mit ausdruckslo-
ser, scheinbar gleichmütiger Miene über den Kopf seines
Pferdes hinweg auf das noch verschlossene Tor vor ihnen. Doch es
bedurfte schon einer gehörigen Portion Selbstbeherrschung, um
sich zwischen all den Deutschrittern hier am äußeren östlichen Wall
nicht anmerken zu lassen, wie es in diesem Moment wirklich in ihm
aussah. Seiner spontanen Bereitschaft, sich zur Ehre des Templerordens den Gesandten des Königs anzuschließen, war erst nachträg-
lich die Erkenntnis gefolgt, dass er den Ritt ins Lager des Sultans
womöglich nicht überleben würde. In der Vergangenheit hatte
schon so manche Abordnung mitten im Krieg ihren Mut mit dem Leben bezahlt oder war für immer in den Kerkern des Feindes verschwunden. Und so wusste auch jetzt niemand vorherzusagen, wie
der Mamelukenherrscher auf die Gesandten des Königs und des
Templergroßmeisters reagieren würde. Kein Wunder, dass die Männer um sie herum am Torhaus nur ganz leise sprachen und direkten
Augenkontakt mit ihnen vermieden, so als hätten sie es mit Todgeweihten zu tun, die mehr Mitleid als Bewunderung verdienten.

Als Gerolt kurz einen Blick zur Seite wagte, stellte er fest, dass sich
auch bei Tarik nicht ein Muskel im Gesicht regte. Seine Züge wirkten
wie eingefroren. Sein Freund schien irgendeinen imaginären Punkt
jenseits des Tores zu fixieren. Dasselbe galt für die beiden Tempelritter Wilhelm von Cafran und Wilhelm von Villiers, beide lang ge-

diente Kreuzritter des Tempels und Männer aus dem Hochadel, denen die undankbare Aufgabe oblag, das Angebot des Königs zu überbringen. Ihre Mienen drückten angespannte Gefasstheit aus.

»Sind die Herren Tempelritter bereit?«, fragte der Wachhabende im Torhaus, das zum St.-Nikolaus-Wehrturm gehörte.

Wilhelm von Villiers tauschte mit seinen Begleitern einen raschen, stummen Blick und nickte dann knapp. »Öffnet das Tor und lasst die Zugbrücke herunter!«, befahl er und nahm die Zügel seines Pferdes auf.

Das Tor schwang auf und die Zugbrücke senkte sich unter dem Rasseln der Ketten. Der Schatten der schützenden Mauern glitt noch einmal kurz über sie hinweg, als sie auf der anderen Seite aus dem stark befestigten Torhaus herauskamen. Dumpf dröhnten die Bohlen der Zugbrücke unter den Hufen ihrer Tiere. Und dann ritten sie über das freie Feld auf das gewaltige Heerlager der Mameluken zu.

Eine auffällige, angespannte Stille lag über dem Kriegsschauplatz. Auf beiden Seiten schwiegen die Schleudern und Katapulte. Die Zeichen der Fahnenschwenker, dass Akkon eine Gesandtschaft zum Sultan schicken wollte, waren vom Feind erkannt worden.

Gerolt schluckte mehrmals heftig, während die turmbewehrten Wälle mit ihrer trügerischen Sicherheit in ihrem Rücken immer mehr zusammenschrumpften und gleichzeitig das gewaltige Zeltlager des Sultans näher rückte. Nach dem unablässigen, wochenlangen Beschuss empfand er diese unwirkliche Stille als bedrohlicher als den vielfältigen Schlachtenlärm. Kein Kriegsgeschrei, kein Sirren von Wolken gefiederter Pfeile, kein Aufplatzen von mörderischen Feuertöpfen und kein Bersten von Holz und Mauerwerk drangen an sein Ohr. Und dennoch lag tödliche Gefahr in der Luft. Er glaubte sie förmlich mit den Händen greifen zu können.

Ihr Weg führte sie zwischen zwei hoch aufragenden Belagerungstürmen hindurch, deren Mannschaften sie stumm, aber mit unverhohlenem Hass in ihren Blicken vorbeiziehen ließen. Sie schienen nur darauf zu warten, dass man ihnen den Befehl gab, sich auf sie zu stürzen und sie niederzumachen.

»Mutig ist der Dieb, der eine Lampe in der Hand trägt«, murmelte Tarik leise, sodass nur Gerolt ihn verstehen konnte, und warf ihm ein schiefes Lächeln zu.

»Der Großmeister hat gut daran getan, dass er nicht auch noch Maurice und McIvor mitgeschickt hat«, raunte Gerolt zurück. »Vielleicht hätten auch wir mehr an unsere neue Aufgabe denken sollen, mit der uns der Abbé betrauen wird, als an unsere Templerehre.«

»Ja, das hätten wir wohl«, stimmte Tarik ihm zu.

Sie verfielen wieder in Schweigen und rückten näher zu den beiden Gesandten des Königs auf.

Als sie nur noch eine halbe Meile von den ersten Zeltreihen am Fuß des Tell el-Fukar trennte, löste sich dort eine Reitergruppe aus dem Schatten einer Baumgruppe. Es war der Sultan el-Ashraf Khalil, der ihnen höchstpersönlich zusammen mit seinem Vertrauten, dem Emir Shudashai, sowie einem Gefolge von einem Dutzend Kriegern entgegenritt. Die Lanzenspitzen und Krummsäbel der Leibgarde funkelten im Sonnenlicht.

Der noch junge Sultan trug einen weißen, goldgesäumten Kaftan aus allerfeinstem Gewebe und mit weiten Ärmeln. Weiß war auch das Tuch seines kunstvoll gewickelten Turbans, den ein goldener Halbmond zierte. Ein kostbarer Scimitar, dessen goldene Scheide mit Edelsteinen besetzt war, steckte in der breiten weißseidenen Schärpe, mit der er sich gegürtet hatte. Das verschnörkelte Griffstück des Krummsäbels reichte ihm bis fast unter das Kinn, über dem ein markantes Gesicht mit klaren, wachen Augen lag. In seiner schlichten und zugleich doch vornehmen Kleidung machte er auf sei-

245

nem feurigen schwarzen Araberhengst eine beeindruckende Figur. Die Stiefel aus feinstem, weichem Leder steckten in silbernen Steigbügeln mit gezacktem Sporenkranz.

Der Sultan vermittelte schon beim ersten Anblick den Eindruck eines Heerführers, der sich seiner Macht bewusst war und keiner prunkvollen Gewänder bedurfte, um sie zu demonstrieren. Auch der Emir trug seiner Stellung entsprechend ein weißes Gewand und einen weißen Turban, doch ohne den goldenen Saumschmuck.

El-Ashraf Khalil und seine Begleiter zügelten ihre Pferde gut zweihundert Schritte unterhalb der Hügelgruppe und erwarteten dort die Gesandtschaft.

Augenblicke später hatten die vier Männer sie erreicht. Die Tempelritter brachten Seite an Seite ihre Pferde vor dem Sultan, dem Emir und ihren grimmig dreinblickenden Bewachern zum Stehen. Und Wilhelm von Villiers, der als Wortführer bestimmt worden war, hob die Hand zum Gruß.

»*Sala'am,* der Friede sei mit Euch, Sultan el-Ashraf Khalil!«, begrüßte er ihn mit der gebotenen Ehrerbietung. »Unser König lässt Euch durch seinen gehorsamen Diener vom Tempel Wilhelm von Villiers und seine Begleiter seinen Gruß entbieten.«

»*Sala'am!*«, erwiderte der Sultan knapp, um dann sofort mit beißendem Spott zu fragen: »Sprecht Ihr von jenem törichten Mann, der sich noch immer König von Jerusalem nennt, obwohl unsere heilige Stadt schon seit mehr als hundert Jahren von allen ungläubigen Christenhunden gesäubert ist?«

»Ich spreche von König Heinrich II.«, gab der adlige Kreuzritter diplomatisch zur Antwort. »Er schickt uns zu Euch . . .«

»Ich hoffe für Euch, dass er Euch geschickt hat, um mir die Schlüssel der Stadt zu übergeben, weil er endlich die Sinnlosigkeit seines Widerstands eingesehen hat!«, fiel der Sultan ihm schroff ins Wort.

246

Kein guter Anfang für Verhandlungen!, schoss es Gerolt durch den Kopf und er mied den stechenden Blick der Leibwache.

»Nein, die Schüssel von Akkon bringe ich Euch nicht. Mein Auftrag lautet, Euch im Namen unseres Königs Verhandlungen über eine Tributzahlung anzubieten«, entgegnete Wilhelm von Villiers mit ruhiger Stimme. »Die Bewohner der Stadt sind bereit, für das Unrecht, das Euren Landsleuten im letzten Sommer widerfahren ist und das der König und die Stadtbarone streng verurteilen, eine gerechte Entschädigung in Höhe von dreißigtausend venezianischen Zechinen zu leisten.«

»Tribut wollt Ihr leisten? Jetzt, wo Akkon reif zum Pflücken ist?«, rief der Emir höhnisch.

Auch der Sultan reagierte abfällig, indem er eine herrische Handbewegung machte, als wollte er das Angebot wie eine lästige Schmeißfliege wegwischen. »Ich will keinen Tribut, ich will Akkon! Und bei Allahs himmlischem Thron, die Stadt wird fallen!«

Der Emir nickte. »Eure Tage sind gezählt, Ritter des Kreuzes! Es ist Allahs Wille, und Lob sei dem Herrn der Welten, der uns diesen Sieg über die Ungläubigen schenkt!«

Der Gesandte des Königs, ganz der stolze Edelmann, bewahrte Haltung und zuckte nicht einmal mit der Wimper. Die Siegesgewissheit des Emirs ignorierte er. »Ihr seid ein umsichtiger Herrscher und großer Heerführer, der seinem ruhmreichen Vater schon im ersten Jahr seines Sultanats alle Ehre macht und dessen Tapferkeit und eigene Verdienste in den Chroniken der Geschichtsschreiber einmal nicht weniger Platz einnehmen werden«, sagte er mit einer Mischung aus Schmeichelei und Warnung. »Aber unterschätzt nicht den Mut und die Kampfkraft unserer Streitmacht. Schon so manch gewonnen geglaubter Kriegszug hat eine überraschende Wendung genommen!«

»Ihr Tempelritter könnt Euch zu Recht überragenden Mutes und großer Tapferkeit rühmen und beides habt Ihr oft genug im Kampf bewiesen«, erwiderte der Sultan das Kompliment kühl. »Nur wird diesmal auch das Akkon nicht vor der Eroberung bewahren. Das Schicksal der Einwohner kümmert mich zwar so wenig wie das Kläffen eines räudigen Hundes. Aber so töricht Euer König auch ist, so kann ich ihm doch nicht meine Hochachtung versagen, dass er trotz seiner Jugend und seiner Krankheit hergekommen ist, um zu kämpfen. Deshalb bin ich bereit zur Ehre Allahs unverdient große Gnade und Milde walten zu lassen und das Leben der Bewohner von Akkon zu verschonen, wenn Ihr Eure doch so offensichtliche Niederlage bekennt und versprecht, dass mir der König noch heute die Stadt übergeben wird!«

»*Inshallah!*«, bekräftigte der Emir. »Allah dem Allmächtigen wird es gefallen!«

»Über eine Kapitulation der Stadt zu verhandeln, liegt nicht in unserer Befugnis!«, erklärte Wilhelm von Villiers und zeigte nun doch Anzeichen von Bestürzung. »Man würde uns als Verräter . . .«

Er kam nicht mehr dazu, seinen Satz zu beenden. Denn in diesem Augenblick löste sich auf dem Wehrgang beim Turm des Pilgers der Sicherungshaken vom Spannseil des venezianischen Katapultes und ein ochsenkopfgroßer Stein flog auf das Mamelukenlager zu. Er schlug nur wenige Pferdelängen von ihnen entfernt auf und ließ eine Fontäne aus Sand und Erde hochspritzen.

Den nahen Einschlag empfand der Sultan als unerhörte Provokation. »Beim Haupt des Propheten, dafür werdet Ihr mit Eurem Leben büßen!«, schrie er und riss wutentbrannt seinen Scimitar aus der Scheide. Und augenblicklich griffen auch die Krieger der Leibwache zu ihren Krummsäbeln.

Gerolt schloss in diesem Moment mit seinem Leben ab und seine Hand legte sich auf den Griff seines Schwertes. Wenn dies die Stunde ihres Todes sein sollte, so sollte der Feind teuer dafür bezahlen! Und das Einzige, was ihn mit Bedauern erfüllte, war, dass er nun keine Gelegenheit mehr bekommen würde, den heiligen Kelch wenigstens einmal in seinen Händen zu halten.

»Bei meiner Ehre, das hat nicht Euch gegolten!«, beteuerte Wilhelm von Villiers. »Es muss sich um ein unglückliches Missgeschick handeln!«

Überraschenderweise war es der Emir Shudashai, der seinen Sultan davon abzuhalten versuchte, die Botschafter des Königs hier an Ort und Stelle niederzumachen. »Lasst Euch nicht zu einer solch unwürdigen Tat hinreißen, edelster Sultan!«, rief er ihm zu.

Der Sultan zögerte.

»Mücken, die sich zusammenrotten, können selbst einen Elefanten besiegen«, kam es da kaltschnäuzig von Tarik und er riss sein Schwert aus der Scheide. »Nur zu, gebt Euren Kriegern den Befehl, uns zu töten. Wir fürchten weder den Kampf mit ihnen noch den sicheren Tod. Aber wenn Ihr das unter Tapferkeit versteht, wird das kaum Euren Ruhm mehren – unseren dagegen umso mehr!«

Plötzlich fiel von oben ein Schatten über die Reitergruppe. Verwundert ging der Blick des Sultans nach oben in den Himmel. Ein makellos weißer, majestätischer Greifvogel mit mächtiger Spannweite zog direkt über ihnen enge Bahnen.

»*Allah akhbar!*«, stieß der Emir verblüfft hervor. »Ein blütenweißer Greif über dem Haupt unseres Sultans! Groß ist der Barmherzige und Gnadenvolle, der Euch ein Zeichen schickt! . . . Beschmutzt Euch nicht mit dem Blut der Ungläubigen und lasst sie ziehen! Akkon wird fallen, so oder so! Und kein noch so geringer Makel soll auf Eurem ruhmreichen Sieg liegen!«

Sultan el-Ashraf Khalil ließ seinen Scimitar sinken, schob ihn mit einer abrupten Bewegung zurück in die juwelenbesetzte Scheide und bedeutete seiner Leibwache mit einem knappen Wink, nun auch ihrerseits die Waffen wieder einzustecken.

»Mein Emir hat weise Worte gesprochen! Ich schenke Euch das Leben, obwohl Ihr meine große Gnade nicht verdient habt! Aber Allah will es so und deshalb soll Euch nicht ein Haar gekrümmt werden!«, rief der Sultan. »Kehrt also nach Akkon zurück und richtet Eurem König meine Forderung aus. Lässt er mir bis zum Sonnenuntergang nicht die Schlüssel der Stadt als Zeichen seiner Kapitulation überbringen, ist das Schicksal ihrer Bewohner besiegelt! Dann wird es bei der Eroberung keine Gnade geben! Für keinen! Also handelt klug und erweist Euch bei der Beratung mit Eurem König so weise, wie sich mein Emir gerade gezeigt hat!«

Wilhelm von Villiers versicherte ihm König Heinrich seine Forderung wortgetreu auszurichten, bezeugte ihm noch einmal seine Ehre und gab das Zeichen zur Rückkehr.

Die beiden Reitergruppen trennten sich.

Die Tempelritter wechselten auf dem Ritt zurück nicht ein einziges Wort miteinander, verspürte doch keiner das Verlangen nach einem Gespräch. Sie waren so knapp dem scheinbar sicheren Tod entronnen, dass sie vollauf mit ihren eigenen Gedanken und Empfindungen beschäftigt waren. Und nicht nur die beiden Gesandten wussten schon jetzt, dass der König und die Großmeister niemals auf die Forderung des Sultans eingehen würden. Die Übergabe der Stadt kam nicht in Frage. Man würde notfalls bis zum bitteren Ende kämpfen. Also erübrigte sich auch darüber jede Diskussion.

Erst als sie sich wieder hinter den Wällen von Akkon befanden und sich die beiden hochadligen Templer unverzüglich zu Guillaume von Beaujeau und dem König begaben, wollte Gerolt von seinem Freund wissen, welcher Teufel ihn dazu veranlasst hatte, den Sultan mit einer derartigen Bemerkung herauszufordern.

Tarik zuckte die Achseln. »Manchmal gelingt es, dass sogar ein un-geschicktes Kind aus Versehen mit einem Pfeil ins Ziel trifft«, gab er mit breitem Grinsen zur Antwort. »Und was hatten wir schon groß zu verlieren, Gerolt? Zu jenem Zeitpunkt hielt ich unsere Lage für aus-sichtslos. Wenn ich mich nicht täusche, hat dieser seltsame weiße Greif unser Leben gerettet. Und es würde mich gar nicht wundern, wenn dieser Mann dort mit seinem plötzlichen Erscheinen über un-seren Köpfen etwas zu tun gehabt hat.« Und dabei deutete er zur Plattform des Verfluchten Turms hinauf.

Gerolt hob den Kopf, blickte zum Turm hinüber und erkannte nun auch die Gestalt, die dort stand. Es war kein anderer als der alte Gralshüter Abbé Villard!

4

Das ist der Anfang vom Ende!«, lautete McIvors düsterer Kommentar, als die Verteidiger der Stadt am folgenden Tag den Neuen Turm aufgaben und ihm selber den Todesstoß versetzten, indem sie ihn in Brand steckten. Der Dauerbeschuss des Feindes hatte diesen hölzernen Wehrturm mittlerweile so schwer beschädigt, dass er nicht länger zu halten war. Er ging nun unter den Brandfackeln der Deutschritter lichterloh in Flammen auf und das Feuer des in sich zusammenstürzenden Turms loderte bis tief in die Nacht.

Gerolt, der mit seinen Freunden das niederschmetternde Geschehen von der Templerschanze aus gut im Blick hatte, musste unwillkürlich an die Worte denken, mit denen Tarik den Sultan bei seiner Ehre gepackt hatte. »Wenn sich nur genug Mücken zusammenrotten, können sie selbst einen Elefanten besiegen! Ein wahres Wort, Tarik! Der Elefant Akkon beginnt zu wanken und in die Knie zu gehen!«

Auch Maurice teilte die bedrückende Einschätzung ihrer Lage. »Nun werden wir den Abbé wohl nicht mehr lange warten lassen müssen, damit er uns die zweite Weihe erteilen kann und wir erfahren, welche besondere Aufgabe er uns zugedacht hat und wohin wir den heiligen Kelch überhaupt bringen sollen!«

Der Fall des vorgeschobenen Wehrturms in der nordöstlichen Ecke der äußeren Befestigungsanlage stellte einen entscheidenden Wendepunkt in der Verteidigung der Stadt dar. Nun vermochte sich auch der Zuversichtlichste unter den Eingeschlossenen nicht länger der Einsicht zu verschließen, dass Akkons Tage gezählt waren. Denn inzwischen hatten die Pioniere des Sultans auch an anderen Stellen unterirdische Stollen weit vorangetrieben und trotz verzweifelter Gegenmaßnahmen damit begonnen, Türme und Wälle zu untergraben. An der Nordwestseite zeigten der Turm der Gräfin von Blois sowie der Englische Turm erste Risse, die ein baldiges Einstürzen ankündigten. Auch begannen die ersten Mauerstücke beim St. Antons-Tor und beim St.-Nikolaus-Turm einzubrechen. Damit war Akkon reif für einen konzentrierten Sturmangriff des Mamelukenheers, zumal den feindlichen Truppen jetzt auch eine große Zahl von Belagerungstürmen zum Einsatz bereitstand und der Festungsgraben schon an vielen Stellen mit Steinen und Sandsäcken aufgefüllt war. Bei dem gewaltigen Heer, das der Sultan befehligte, hatte er den hohen Verlust an wagemutigen Kriegern, die sich, mit Füllmaterial beladen, so nahe an die Wälle herangewagt hatten, leicht in Kauf nehmen können.

Ein weiteres böses Omen, das auf das nahende Ende des Verteidigungskampfes hinwies, war die recht überstürzte Abreise des jungen Königs. Er ließ verlauten, dass es seine Pflicht gegenüber seinem Königreich gebot, nicht in die Gefangenschaft des Feindes zu geraten. Manche zeigten für seine Flucht Verständnis, doch die Mehrzahl der Ritter, die mit ihren Großmeistern bis zum bitteren Ende bleiben und kämpfen wollten, beschuldigte ihn ganz offen der Feigheit.

Mit dem König schifften sich auch sein Bruder Amalrich und der Erzbischof sowie viele der einst mächtigen Stadtbarone ein, um sich mit ihren Familien und Bediensteten nach Zypern in Sicherheit zu bringen. Man versprach, so bald wie möglich ausreichend Schiffe aus

253

den zyprischen Häfen zu requirieren und nach Akkon zu beordern, damit auch jeder andere eine Chance für eine rechtzeitige Flucht erhielt.

Ihre Abreise wirkte wie ein Fanal auf den Rest der zivilen Bevölkerung, der noch hoffend in der Stadt ausgeharrt oder schlichtweg nicht über die finanziellen Mittel für eine Schiffspassage verfügt hatte. Wer wollte jetzt noch vier, fünf Tage warten, bis die versprochenen Flüchtlingsschiffe aus Zypern eintrafen? Bis dahin konnte über Akkon schon längst der Halbmond der Muslims wehen! Und so viele Schiffe konnten gar nicht rechtzeitig genug eintreffen, um diese vielen tausend Frauen, Kinder und Männer vor der Mordlust der Ungläubigen zu retten.

Auf den Kais am Hafen flossen nicht nur Tränen der Angst, Wut und Hoffnungslosigkeit, sondern es floss auch Blut. Seeleute trieben jeden gnadenlos mit Knüppeln und blanker Klinge von ihren Schiffen, der nicht den verlangten Preis zahlen konnte und sich in kopfloser Panik seine Passage gewaltsam erzwingen wollte. Viele skrupellose Kapitäne legten in diesen Tagen den Grundstock zu einem großen Vermögen. Und so mancher warf angesichts der wogenden Menschenmenge, die weinend, bettelnd, schreiend und drohend die Schiffe belagerte, die Leinen an den Kais los, ankerte sicherheitshalber draußen auf Reede und ließ zahlungskräftige Passagiere nur noch mit dem Ruderboot und einer schwer bewaffneten Begleitmannschaft aus dem Hafen zu sich an Bord bringen.

Aber es gab auch barmherzige Schiffseigner und Kapitäne, die nicht auf den Geldbeutel schauten und alles in ihrer Macht Stehende taten, um so viele Menschen wie nur möglich aus der Stadt zu retten. Nur reichten ihre Kapazitäten bei weitem nicht aus, um dem gewaltigen Andrang am Hafen auch nur halbwegs gerecht zu werden. Es mangelte zudem an großen Handels- und Kriegsgaleeren, die mit einem Schlag mehrere hundert Flüchtlinge aufnehmen konnten. Überhaupt wagte sich so manches Schiff mit Fracht und Passagieren gefährlich überladen auf die mehrtägige Seereise nach Zypern. Und diese Schiffe, die durch ihren extremen Tiefgang viel von ihrer Schnelligkeit und Wendigkeit einbüßten, liefen mehr als andere Gefahr, Opfer der feindlichen Flotte zu werden, die nun verstärkt in den Gewässern vor der Küste kreuzte. Die Kunde, dass Akkon sich im Zustand der Auflösung befand und die christlichen Kriegsgaleeren mit anderen Aufgaben als mit der Sicherung der Seewege beschäftigt waren, lockte zudem auch Seeräuber in diesen Teil des Mittelmeers.

Als die Außenmauer des Neuen Turms einstürzte, gelang es den Mameluken zum ersten Mal, den äußeren Verteidigungsring zu durchbrechen und sich in großer Zahl in den Trümmern dieser Bresche festzusetzen. Die Verteidiger vermochten die feindlichen Truppen nicht zurückzutreiben und wurden auf die innere Mauerlinie zurückgeworfen. Zwar gelang es den Tempelrittern zusammen mit den Johannitern, einem Angriff auf das St. Antons-Tor unter schweren Verlusten standzuhalten und zu verhindern, dass der Feind in die Stadt eindrang. Aber damit erkämpften sie sich nur einen geringen Aufschub. Die Umklammerung wurde erdrückend. Unter dem pausenlosen Beschuss der vorrückenden Wurfmaschinen stürzten Wehrtürme und öffneten sich immer mehr Breschen in den mürbe gewordenen Mauern der Befestigungsanlagen.

Am Morgen des 18. Mai ließ Sultan el-Ashraf Khalil seine gesamte Streitmacht antreten und befahl den konzentrierten Sturmangriff, um Akkon den Todesstoß zu versetzen. Und er warf alles in die Schlacht, was ihm an Kriegern, Wurfmaschinen und Belagerungstürmen zur Verfügung stand.

Der Angriff richtete sich gegen die gesamte Länge der Mauern vom St. Antons-Tor bis zum Turm des Patriarchen, der sich noch am Südende nahe der Bucht behauptete. Doch die Hauptwucht des Ansturms feindlicher Krieger, die in scheinbar endlosen Wellen gegen die Bollwerke anbrandeten, galt dem Verfluchten Turm. Hier sollte der endgültige Durchbruch in die Stadt erzwungen werden.

Das blutige Ende von Akkon war gekommen.

5

Gerolt und seinen Freunden brannte sich das Bild, das sich ihnen zu Beginn dieser letzten und alles entscheidenden Schlacht um Akkon bot, unauslöschlich ins Gedächtnis. Und auch kein anderer, der diesen Tag miterlebte und zu jenen wenigen Glücklichen zählte, die mit dem Leben davonkamen und später davon erzählen konnten, sollte bis ans Ende seiner Tage den Anblick des heranstürmenden Mamelukenheers und den unbeschreiblichen Lärm vergessen, der den Angriff begleitete.

Nicht nur dass mehr als hunderttausend muslimische, Waffen schwingende Krieger ihren schrillen Schlachtruf aus voller Kehle in den Morgen brüllten, sondern der Ansturm wurde auch noch von dem wüsten, ohrenbetäubenden Getöse begleitet, mit dem ganze Abteilungen von Trompetenbläsern und Zimbelnträgern sowie dreihundert Trommler auf Kamelen ihre Kämpfer anfeuerten.

Die Bogenschützen ließen zum Schutz der heranstürmenden Fußtruppen ihre Pfeile in wahren Wolken auf die Stadt niedergehen. Ihre Zahl war so groß, dass sich zeitweise der Himmel sekundenlang verdunkelte. Dazu gesellte sich ein tödlicher Regen von Feuertöpfen. Überall loderten Brände auf. Und dann bohrte sich der Keil der mamelukischen Streitmacht unaufhaltsam in den Mauerabschnitt rund um den Verfluchten Turm.

Stundenlang, bis in den späten Mittag hinein, wurde der Kampf auf beiden Seiten mit aller verfügbaren Kraft geführt. Die syrischen und zyprischen Ritter, die sich dort festgesetzt hatten, konnten dem Angriff jedoch nicht lange standhalten. Es war, als rückten für jeden niedergestreckten muslimischen Krieger augenblicklich drei, vier neue nach, die sich ihnen mit gleicher Todesverachtung entgegenwarfen. So wurden sie unaufhaltsam Schritt um Schritt nach Westen in Richtung des St. Antons-Tores zurückgedrängt, während sich ihre eigenen Reihen unter den Krummsäbeln, Lanzen, Streitäxten und Pfeilen des Feindes beängstigend schnell lichteten.

Gerolt, Maurice, Tarik und McIvor gehörten zu der vereinten Truppe aus Tempelrittern und Johannitern, die ihnen am Verfluchten Turm zu Hilfe eilten. Die Großmeister der Ritterorden hatten es sich nicht nehmen lassen, ihre Männer persönlich in die Schlacht zu führen und damit ein letztes Mal dem Tod mit dem Schwert in der Hand ins Auge zu sehen. Doch ein verzweifelter Gegenangriff, mit dem man den Verfluchten Turm wieder zurückzuerobern hoffte, scheiterte kläglich. Wenig später brachen dort dann auch zu beiden Seiten des Turms die Mauern ein, sodass der Feind nun auf breiter Front über die Trümmer der Wälle vordringen konnte.

Zur selben Zeit gelang den Mameluken am untergrabenen St. Antons-Tor der Durchbruch. Die feindlichen Truppen ergossen sich in den Vorort Montmusard und überrannten die Stellungen der Verteidiger westlich der Stadtburg. In den Vierteln hinter der inneren Mauerlinie kam es nun zu erbitterten Kämpfen. Straße um Straße wurde zu einem blutigen Schlachtfeld, denn Ritter und Turkopolen verteidigten verbissen jede Gasse und jede Straßenbiegung. Indessen überwand der Feind auch auf der Ostseite beim Englischen Turm die Wälle mit seinen Belagerungstürmen und drang langsam, aber unaufhaltsam in das Viertel der Deutschen ein.

Die vier Freunde achteten darauf, dass sie im Kampfgetümmel nicht voneinander getrennt wurden, sondern eine eigene, kleine

Phalanx vor dem Feind bildeten, um sich notfalls jederzeit gegenseitig beistehen zu können. Ihre Lungen brannten und die Arme schmerzten. Das Schwert schien mittlerweile mit einem Dreifachen des normalen Gewichts in der Hand zu liegen. Es fiel ihnen mit jeder Stunde schwerer, sich der immer neuen nachdrängenden und ausgeruhten Angreifer zu erwehren, die so unablässig an die Stelle ihrer gefallenen Landsleute traten, als wäre das Heer der Mameluken ein unerschöpfliches Meer von Kriegern.

In ihren schon übel zugerichteten Schilden steckten dutzende Spitzen abgebrochener Pfeile. An manchen Kanten hatten feindliche Hiebe ganze Stücke herausgehauen und ihre Helme wiesen so manche Beule auf, die von einer muslimischen Klinge oder Streitaxt stammte. Ihre ausgedörrte Kehle dürstete nach Wasser, während ihnen der Schweiß in Strömen über das Gesicht rann und ihnen das leichte Untergewand unter dem schweren Kettenhemd schweißnass am Leib klebte.

Ganz in ihrer Nähe kämpften auch der Großmeister der Templer und Matthäus von Clermont, der Marschall der Johanniter, Seite an Seite. Mit Todesverachtung verteidigten sie inmitten ihrer Männer jeden Handbreit Grund und Boden, vermochten ihre Stellung jedoch nicht zu halten und wurden mit dem Rest der Truppe im Laufe des Nachmittags immer weiter zurückgedrängt.

Und dann traf die Lanze eines tollkühn vorspringenden Feindes Guillaume von Beaujeu mitten in den Leib. Der Schwerthieb eines Templers tötete den Angreifer schon im nächsten Moment, aber das rettete dem Großmeister nicht das Leben. Schwert und Schild entfielen seinen Händen, während er schwer verwundet rückwärts taumelte und dann hinter den Reihen seiner Männer, die augenblicklich eine schützende Mauer um ihn bildeten, zu Boden stürzte.

Es war, als wollte sich der Himmel in Trauer hüllen. Denn fast im selben Moment schloss sich über der Stadt die dunkle Wolkendecke, die im Laufe der letzten Stunden aus Nordosten herangezogen war, und erstickte das Sonnenlicht in ihrem dunklen, dräuenden Grau.

Gerolt tauschte mit seinen Freunden einen raschen Blick. »Ich fürchte, der Augenblick ist gekommen!«, rief er ihnen keuchend zu.

Maurice nickte. »Ja, es wird Zeit, dass wir an das Versprechen denken, das wir dem Abbé gegeben haben!« Akkons Wälle waren längst vom Feind überrannt. Es war allerhöchste Zeit, zu ihrem Wort zu stehen und sich jetzt nicht auch noch der Gefahr auszusetzen, in den unübersichtlichen Straßenkämpfen von Mameluken eingekesselt und damit endgültig vom Rückzug zur Kirche des Arimathäers abgeschnitten zu werden.

»Bringt ihn in Sicherheit, Brüder!«, schrie da auch schon der Johannitermarschall Matthäus von Clermont. »Er darf dem Feind unter keinen Umständen in die Hände fallen! Weder lebendig noch tot!«

Die vier Gralshüter gehörten zu den ersten Rittern, die dem Aufruf folgten und ihrem am Boden liegenden Großmeister zur Seite sprangen. Guillaume von Beaujeu hielt die feindliche Lanze mit beiden Händen über der Bauchdecke umklammert. Blut tränkte seinen weißen Mantel und breitete sich zu einem immer größer werdenden Fleck aus.

»Brecht den Schaft ab!«, stieß er mit schmerzverzerrter Miene hervor. »Nur zu, mir ist nicht mehr zu helfen! Ich werde noch heute Gottes Herrlichkeit zu sehen bekommen und es ist gut so.«

Die Männer zögerten, wussten sie doch, dass jede Berührung der Lanze ihrem Großmeister noch größere Schmerzen bereiten würde. Es war McIvor, der sich schließlich ein Herz nahm und tat, was getan werden musste. Er packte den Lanzenschaft und brach ihn über den Händen des Schwerverwundeten ab. Ein kurzer, erstickter Schrei entrang sich der Kehle des Großmeisters, der in Erwartung der be-

260

vorstehenden Qual die Zähne fest zusammengebissen hatte, dann raubte ihm der Schmerz das Bewusstsein.

Sie legten ihren bewusstlosen Ordensoberen auf ein Langschild und trugen ihn zu viert aus der Kampfzone. Zu den Männern, die dem todgeweihten Großmeister das Geleit gaben, gehörte auch Matthäus von Clermont. Er wollte in der Kirche der Templer Abschied von ihm nehmen, bevor er wieder in den Kampf zurückkehrte, wo dann auch er den Tod finden würde.

Die Stadt befand sich in völliger Auflösung. Es herrschten grenzenloses Chaos und Panik. An vielen Stellen hatten die Feuertöpfe der Mameluken lodernde Brände gelegt, die sich ungehindert von Haus zu Haus fraßen. Rauchschwaden und giftige Dämpfe waberten durch die Straßen, doch niemand machte sich jetzt noch die Mühe, eines dieser Feuer zu bekämpfen. Akkon war verloren, und was jetzt schon niederbrannte, würde der Feind wenigstens nicht mehr brandschatzen können. Als sie in die Nähe des Hafens gelangten, musste McIvor, der mit dem Schwert in der Hand vorwegschritt, der Menge mehr als einmal Gewalt androhen, damit man ihnen den Weg zur Eisenburg freigab.

Sie brachten Guillaume von Beaujeau in die Kirche der Templerburg, wo sie ihn vor dem Altar auf den Boden betteten. Der Großmeister war mittlerweile wieder zu Bewusstsein gelangt. Er wusste nur zu gut, wie es um ihn stand und dass die herbeigeeilten Ärzte nichts mehr zu seiner Rettung ausrichten konnten. Deshalb verbot er ihnen auch sogleich sich an ihm zu schaffen zu machen und verlangte nach dem Ordenskaplan, damit dieser ihm die Sterbesakramente erteilte.

Kniend bezeugten Gerolt, Tarik, McIvor und Maurice ihrem sterbenden Großmeister die letzte Ehre.

Dieser schickte sie bald weg. »Geht jetzt und kämpft nun euren

Kampf, geheimnisvolle Brüder«, flüsterte er ihnen zu. »Nun werde ich nicht mehr lange rätseln müssen, zu welcher Aufgabe ihr berufen seid, die euch über den ganzen Orden gebieten lässt, und was es mit der Geheimen Bruderschaft auf sich hat. Der Allmächtige wird mir das Geheimnis schon bald offenbaren, so es denn sein heiliger Wille ist. Gottes Segen sei mit euch!«

In tiefer Bedrückung verließen sie die Templerkirche. Als sie vor die Mauern der Eisenburg traten, warteten dort schon Bismillah und Dschullab auf sie.

»Die Stunde Eurer zweiten Weihe und Eures Aufbruchs ist gekommen!«, teilte ihnen Bismillah feierlich mit. »Noch bevor die Nacht sich über Akkon gesenkt hat, werdet Ihr den heiligen Kelch in Euren Händen halten und aus diesem Quell ewigen Lebens trinken!«

6

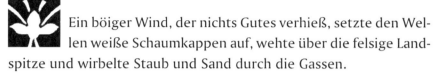 Ein böiger Wind, der nichts Gutes verhieß, setzte den Wellen weiße Schaumkappen auf, wehte über die felsige Landspitze und wirbelte Staub und Sand durch die Gassen.

Bismillah drängte zur Eile und fiel sogleich in den Laufschritt. Er nahm nicht den direkten Weg zum Südwesthang des Montjoie, sondern schlug einen weiten Bogen, um nicht gegen den reißenden Strom der Menschen ankämpfen zu müssen, die aus allen Quartieren zum Hafen flüchteten. Viele von ihnen schleppten sich sogar noch mit schweren Lasten ab. Sie hatten offenbar noch immer nicht begriffen, dass sie von Glück reden und dem Herrn auf Knien danken konnten, wenn es ihnen nur gelang, ihr nacktes Leben zu retten.

Mit einer traumwandlerischen Sicherheit, die ihre Begleiter einmal mehr in Staunen versetzte, fanden die blinden Brüder im Westen des Genueser Viertels ihren Weg durch die verschlungenen Hintergassen. Sie kamen schnell voran.

Als sie den Fuß des baumbestandenen Montjoie mit seinen teils terrassenförmigen, teils buckligen Hängen erreicht hatten, fiel Gerolt auf, dass Bismillah und Dschullab ihre Gesichter fast unablässig nach rechts und links drehten. Dabei zogen sie die Luft in kurzen, schnellen Zügen durch die Nase ein. Sie machten den Eindruck von schnüffelnden Spürhunden, die eine Fährte aufzunehmen versuchten. Mit den Bränden und den dichten Rauchschwaden in der Stadt konnte es nichts zu tun haben, denn so weit im Süden waren noch keine Feuertöpfe eingeschlagen.

»Warum tut ihr das?«, wollte Gerolt von Bismillah wissen, als sie den Pfad erklommen, der zur Kirche St. Joseph von Arimathäa hinaufführte. »Wonach schnüffelt ihr?«

»Nach Iskaris!«, antwortete Bismillah. »Wir können sie riechen, sie verströmen nämlich einen unverkennbar modrigen Geruch. Manchmal ist er nur ganz schwach und manchmal ist er gar so stark wie der Gestank von Verwesung. Wenn Ihr die zweite Weihe erhalten habt und Eure Kräfte sich entfaltet haben, werdet auch Ihr in der Lage sein, sie zu riechen.«

»Ihr rechnet mit Iskaris?«, stieß Maurice erschrocken hervor.

»Ja, einige sind bestimmt schon mit den Mameluken in die Stadt eingedrungen! Deshalb haben wir auch keine Zeit zu verlieren! Wer weiß, wie gut ihre Spione in den vergangenen Wochen gearbeitet haben. Also haltet die Augen offen!«

Wenig später hatten sie den kurzen Anstieg hinter sich gebracht und eilten über den Platz auf den nicht fertig gestellten Kirchenbau zu.

»Iskaris!«, schrie Bismillah plötzlich und riss gleichzeitig mit seinem Bruder das Schwert aus der Scheide.

Auch Gerolt, Maurice, Tarik und McIvor griffen augenblicklich zu ihren Waffen und zogen blank, obwohl sie nirgends einen jener Judasjünger erblicken konnten, die sich dem Fürst der Finsternis verschrieben hatten und danach trachteten, den Heiligen Gral in ihren Besitz zu bringen.

»Wo seht ihr denn . . .«, setzte Gerolt zu einer Frage an, brach jedoch mitten im Satz ab, weil sich jegliche Antwort darauf erübrigte. Denn im selben Moment traten links von der Kirche sieben Männer aus den Schatten der Bäume und Sträucher. Doch sie unterschieden sich auf den ersten Blick in nichts von gewöhnlichen Ordensrittern. Auch nahm er keinen modrigen Geruch oder gar Fäulnisgestank wahr.

»Ich grüße Euch im Namen des Erhabenen, Brüder! Kein Grund, zum Schwert zu greifen!«, rief ihnen einer der fremden Männer zu, der seine Begleiter um Haupteslänge überragte und dessen Oberlippe von einer Hasenscharte gespalten war. Und in scheinbar friedfertiger Geste hob er die Hand zum Gruß, während er mit seinen Männern auf sie zukam. Nichts ließ auf Eile oder gar feindliche Absichten schließen.

»Aber das sind doch Johanniter!«, stieß Tarik hervor, als er die schwarzen Umhänge mit dem weißen Kreuz sah, und ließ das Schwert sinken.

»Lasst Euch nicht täuschen!«, raunte Bismillah ihnen zu, ohne im Gehen innezuhalten. »Schnell! Zum Portal! Beeilt Euch! Es sind Iskaris, glaubt mir! Sie bedienen sich jeder nur denkbaren Tarnung und List und schrecken nur vor geweihten Gewändern zurück! Ich *rieche,* dass es Iskaris sind!« Und in Richtung der Anbeter des Bösen rief er voller Verachtung: »Der einzig Erhabene ist der allmächtige Gott, ihr verfluchten Ausgeburten der Hölle! Mögt ihr für euren schändlichen Verrat an unserem heiligen Schöpfer und Erlöser auf ewig der Verdammnis anheimfallen!«

Dass sie es tatsächlich mit den ärgsten Feinden der Bruderschaft zu tun hatten, zeigte sich, kaum dass Bismillah seinen Fluch ausgesprochen hatte. Denn als die sieben Iskaris nun erkannten, dass ihre Täuschung nicht verfing und sie ihnen nicht ahnungslos in die Arme laufen würden, flogen auch bei ihnen die Schwerter aus den Scheiden.

»Macht die vier Templer nieder! Ihr Blut sei euer!«, befahl der Iskari mit der gespaltenen Oberlippe, bei dem es sich offensichtlich um

265

den Anführer handelte. »Aber lasst zumindest einen von den beiden blinden Hunden am Leben! Sie gehören zu den Vertrauten des Gralshüters und können uns ans Ziel führen! Ihr habt gehört, was Sjadú uns aufgetragen hat!«

»Wenn es denn sein muss, wollen wir die Blinden vorläufig verschonen, Urakib!«, antwortete ihm einer seiner Gefolgsmänner und reckte sein Schwert. »Gepriesen sei der einzig Wahre, der schwarze Fürst der Welt von Nacht zu ewiger Nacht!«

Und wie aus einem Mund antworteten die anderen Iskaris: »Gepriesen sei der einzig Wahre, der Schwarze Fürst der Welt von Nacht zu ewiger Nacht!«

»Wir müssen versuchen ihre Front zu durchbrechen und in die Kirche zu kommen, koste es, was es wolle! Und da sie nur zu siebt sind und unbedingt einen von uns lebend in die Hände bekommen wollen, sollte es uns gelingen!«, rief Bismillah den vier Templern gedämpft zu, als sie nur noch ein Dutzend Schritte bis zum Eingang der Kirche hatten, und rannte schon los. »Haltet Euch hinter uns! Dschullab, du versuchst, sie uns vom Hals zu halten, solange es geht!«

Und schon begann das Gefecht, bei dem es nicht darum ging, die Feinde bis auf den letzten Mann zu töten, sondern so schnell wie möglich in den Schutz der Kirche zu kommen.

Die Iskaris versuchten ihnen den Weg abzuschneiden, doch das gelang ihnen nur zum Teil. Bismillah hieb den ersten Angreifer nieder, der sich ihm dort vor dem Gerüst entgegenstellte. Seine Klinge drang dem Iskari genau am Halsansatz in die rechte Schulter und spaltete seinen Oberkörper bis in die Brustmitte hinunter.

Seltsamerweise schoss das Blut nicht in Strömen aus der klaffenden Wunde, wie man es hätte erwarten müssen, sondern es sickerte erstaunlich wenig Blut aus seinem grauenhaft gespaltenem Leib. Es quoll nicht nur zähflüssig wie Pech hervor, sondern besaß auch einen seltsamen schwärzlichen Schimmer. Der Anbeter des Bösen bot einen schauerlichen Anblick, wie er sich mit tief aufgerissener Brust noch mehrmals auf dem Boden krümmte und mit den Händen in seine Wunden griff, als wollte er den klaffenden Spalt zuzerren und im nächsten Moment wieder aufstehen. Inzwischen rann ihm das dickflüssige, fast schwarze Blut auch aus dem Mund, begleitet von einem stoßartigen, blubbernden Röcheln. Doch dann ging ein letztes Zucken durch seinen Körper und der Kopf fiel auf die Seite.

Auch Gerolt kreuzte schon im nächsten Moment mit einem Iskari die Klinge. Er sah in katzengelbliche Augen, die ihn mit einem kalten, erschreckend leblosen Blick fixierten. Und nun glaubte auch er, den Geruch wahrnehmen zu können, von dem Bismillah gesprochen hatte. Jedenfalls stieg ihm etwas in die Nase, das tatsächlich an modriges Wasser und Fäulnis erinnerte.

Der Anbeter des Bösen war flink auf den Beinen und wusste sein Schwert zu gebrauchen. »Gleich fließt dein Blut, du verblendeter Sklave des Kreuzes!«, stieß er hervor. »Und dann wird es uns, der treuen Jüngerschaft des schwarzen Fürsten, warm durch die Kehle fließen! Nichts ist köstlicher und berauschender, als einen Sieg mit dem Blut unserer Erzfeinde zu feiern, die das verfluchte Kreuz anbeten!«

Gerolt erschauderte bei der Vorstellung blutsaufender Iskaris, verlor jedoch nicht einen Augenblick seine Konzentration. Seine Klinge parierte einen gefährlich schnellen Hieb, der seiner Kehle gegolten hatte. »Das Einzige, was du in deinem dreimal verfluchten Satansleib von mir zu spüren bekommen wirst, ist der geweihte Stahl meines Schwertes!«

Der Iskari lachte kalt auf. »Du wirst sterben, weil du dem großen Werk im Wege stehst und dabei doch nicht mehr als ein winziges Staubkorn im großen Mühlrad bist, das sich zu seinem Gelingen dreht!«, höhnte er. »Gepriesen sei der einzig Wahre, der schwarze Fürst der Welt von Nacht zu ewiger Nacht!«

Der Judasjünger hämmerte auf ihn ein und schlug dann eine Finte, um ihm im nächsten Moment sein Schwert in den Unterleib zu rammen. Er unterschätzte jedoch die Aufmerksamkeit und Schnelligkeit seines kampferprobten Gegners.

Gerolt durchschaute das Täuschungsmanöver, sprang geistesgegenwärtig einen Schritt zur Seite und entkam dem Stich. Blitzschnell ließ er sein Schwert hinuntersausen – und trennte dem Angreifer mit seiner Klinge die Hand glatt vom Unterarm. »Nun, wie schmeckt dir mein geweihter Stahl, du Ausgeburt der Hölle?«

Der Iskari stieß ein fürchterliches Gebrüll aus, das viel Ähnlichkeit mit dem eines Wolfes besaß. Dunkel quoll das Blut aus dem Armstumpf. Doch statt von Schmerz übermannt und zu einem weiteren Kampf nicht mehr fähig zu sein, sprang er trotz der entsetzlichen Verwundung zu seinem Gefährten hinüber, dem Bismillah den Brustkorb gespalten hatte, ergriff mit der linken Hand das im Staub liegende Schwert und bedrängte nun Dschullab.

Dschullab hatte sich indessen an die linke Seite seines Bruders nahe am Gerüstdurchgang gekämpft und sich nun rasch vor Gerolt geschoben. »Überlasst ihn mir!«, forderte er ihn auf. »Ein Iskari stirbt nicht so leicht! Ihr müsst ihm schon den Kopf vom Rumpf trennen oder ihm einen Stich mitten ins Herz versetzen, wenn Ihr einen Iskari töten wollt! Und jetzt geht! Ihr müsst Euch in Sicherheit bringen, solange es noch möglich ist!«

»In die Kirche!«, rief Bismillah. »Noch haben wir es nur mit einer Hand voll Iskaris zu tun. Aber das kann sich schnell ändern! Also rettet euch in die Kirche!«

»Gerolt! . . . Maurice! Ihr zuerst! Und dann du, Tarik! Ich halte diese stinkenden Hunde der Nacht hier schon in Schach!«, brüllte McIvor, der ihre Flanke deckte und sein Schwert so wild durch die Luft wirbelte, als hielte er eine leichte Sense in der Hand.

Maurice und Gerolt hatten sich nun nahe genug herangekämpft, um in den Gerüstgang flüchten zu können, während Bismillah und Dschullab ihnen Schutz gaben. Hinter sich hörten sie einen schrillen Schrei, als McIvor einem Iskari sein Schwert in die Brust rammte. Dann folgten auch Tarik und Bismillah. McIvor zog sich als Letzter in den Schutz der dicken Balken und Querstreben zurück und sogleich blockierte Dschullab den Zugang, wie sein Bruder es ihm aufgetragen hatte.

»Es ist nicht richtig, dass wir ihn da allein der Meute überlassen!«, stieß McIvor hervor, als er mit blutbeflecktem Schwert durch die Kirchentür stürzte.

Auch in Gerolt sträubte sich alles, Dschullab ihren Beistand zu versagen, und er hatte den schalen Geschmack der Feigheit im Mund. »Wir hätten jetzt leicht mit ihnen fertig werden können, wenn wir alle geblieben wären!«, rief er. »Und wir können es noch immer! Noch ist es dafür nicht zu spät!«

»Nein, ausgeschlossen! Es ist unsere heilige Aufgabe, Euch zum Abbé zu bringen und Eure Sicherheit zu garantieren. Und wagt es nicht, eigenmächtig zu handeln! Denn damit würdet Ihr Euch gegen den Willen des Abbé stellen und Euch des Ungehorsams schuldig machen!«, warnte Bismillah sie mit schneidender Stimme, stieß die Tür zu und ließ die schweren Riegel einrasten. »Jede Minute länger dort draußen hätte einem von Euch das Leben kosten können, und das durfte nicht passieren. Zudem ist damit zu rechnen, dass diese fünf schon bald Verstärkung erhalten werden. Das war nur die Vorhut. Sjadú wird mit seinem Gefolge nicht lange auf sich warten lassen.«

»Aber dein Bruder steht auf verlorenem Posten!«, stieß Maurice ge-

269

quält hervor, ließ das Schwert jedoch sinken. »Lange wird er sich ihrer nicht erwehren können! Das ist sein sicherer Tod!«

»Für jeden von uns kommt einmal die Stunde unseres Todes! Für meinen Bruder ist sie jetzt gekommen. Und er wird sein Leben ohne Bedauern, sondern bereitwillig und mit der frohen Gewissheit hingeben, dass Ihr in Sicherheit seid und Euer heiliges Amt antreten könnt, so wie es Euch bestimmt ist«, erwiderte Bismillah ungerührt, während von jenseits der Kirchentür noch immer das Klirren von aufeinander treffenden Schwertern kam. Dschullab musste den Zugang wie ein Löwe verteidigen. »Und nun kommt von der Tür weg und lasst uns hinuntersteigen. Es ist spät genug geworden, hättet Ihr Euch doch schon vor Stunden hier einfinden sollen, als überall die Mauern einbrachen!«

»Und wie sollen wir den Heiligen Gral aus der Stadt bringen, wenn es nachher dort draußen von Iskaris und womöglich auch von Mameluken nur so wimmelt?«, fragte Gerolt beklommen.

»Für Eure Flucht ist gesorgt«, teilte ihnen Bismillah knapp mit. »Aber das wird Euch der Abbé erklären! Und jetzt kommt!«

7

Diesmal brannten im unterirdischen Heiligtum nur vier der Öllampen sowie die Kerzen auf dem weißen Marmoraltar zu beiden Seiten des schwarzen Würfels, in dem sich der heilige Kelch verbarg. Das gewaltige Gewölbe mit seinen Mosaiken wirkte in dem schwachen Schein noch geheimnisvoller und ergreifender, als bei ihrem ersten Besuch.

Sichtlich von Kummer überwältigt, schloss der alte Gralshüter kurz die Augen und atmete mit gesenktem Kopf tief durch, als er von Bismillah erfuhr, dass Dschullab ihre Flucht in die Kirche gedeckt hatte und dafür zweifellos mit seinem Leben bezahlen würde.

»Er war ein selbstloser Gralshüter der tapfersten und edelsten Gesinnung, ein wahrer Ritter Gottes«, murmelte Abbé Villard bewegt. »Er wird die Herrlichkeit des Herrn sehen und von ihm mit den Freuden der Ewigkeit gesegnet werden!«

Nach einem kurzen Moment stillen Gedenkens wandte sich Abbé Villard seinen vier neuen Gralsrittern zu und las ihnen nun die Leviten. Er sparte nicht mit strengem Tadel, dass sie ihn so lange hatten warten lassen und sich nicht schon gleich beim Einsturz der ersten Mauern von der kämpfenden Truppe entfernt hatten. In dem Chaos der von allen Seiten in die Stadt eindringenden Mameluken hätten sogar Bismillah und Dschullab ihre liebe Not gehabt, sie endlich zu finden. Und wenn er es auch nicht aussprach, so schwang doch in seinen Worten der Vorwurf mit, dass Dschullab sich nicht für sie hätte aufopfern müssen, sondern noch bei ihnen hätte sein können, wenn sie nur ihr Wort gehalten und schon vor Stunden in der Kirche eingetroffen wären.

Die zerknirschte Entschuldigung der vier Ritter, dass sie es mit ihrer Templerehre nicht hatten vereinbaren können, ihre Kameraden so früh schon im Stich zu lassen, ließ er dann jedoch gelten – wenn auch mit einer strengen Rüge. Nämlich weil sie in Kauf genommen hatten, ihre allerwichtigste Aufgabe, die Rettung des Heiligen Grals aus Akkon, womöglich nicht wie geplant zu viert antreten zu können. Auch sollten sie sich an Dschullab ein Beispiel nehmen, der sich stets seines heiligen Dienstes bewusst gewesen sei und in treuem Gehorsam sein Leben für die Bruderschaft hingab.

»Was wäre denn gewesen, wenn einer oder gar zwei von euch im Kampf mit den Moslems gefallen wären?«, hielt er ihnen vor. »Dann hätte die Verantwortung umso schwerer auf den Schultern der Überlebenden gelastet! Dabei wird es auch schon zu viert nicht leicht sein, den heiligen Kelch auf dem langen Weg, der vor euch liegt, vor dem Zugriff der Iskaris und anderen Gefahren zu bewahren!«

»Wohin sollen wir den Heiligen Gral denn überhaupt bringen?«, hakte Maurice da sofort ein.

»Nach Frankreich in die Ordensburg von Paris«, eröffnete ihnen Abbé Villard. »Diese mächtige Templerfestung, der nur noch der nicht weniger stark befestigte Tempel in London Konkurrenz machen kann, ist nach dem Fall von Akkon der sicherste Ort. Nicht von ungefähr lässt der König von Frankreich dort seinen Staatsschatz aufbewahren und von Templern bewachen.«

Maurice strahlte. »Es geht also zurück in meine Heimat! Das lasse ich mir gefallen!«

»Ihr werdet den heiligen Kelch einem Tempelherrn namens Antoine von Saint-Armand übergeben, der zu den wenigen Eingeweihten und geheimen Arimathäern jenseits des Heiligen Landes zählt«, fuhr der alte Gralshüter fort. »Merkt euch diesen Namen gut! Ihm obliegt im Tempel von Paris die Überwachung der Schatzkammern und er allein weiß, an welchen geheimen Ort er den Heiligen Gral getrennt von allen anderen Schätzen wegschließen muss. Er wird sich euch durch das geheime Siegel unserer Bruderschaft ausweisen und auch euer Siegel sehen wollen.«

»Von diesem geheimen Siegel hat schon der Großmeister gesprochen«, sagte Gerolt. »Ihr dürft nicht vergessen, es auch uns auszuhändigen . . .«

»Das ist schon geschehen«, sagte Abbé Villard mit einem verhaltenen Lächeln. »Seit eurer ersten Weihe führt ein jeder von euch das geheime Siegel schon mit sich.«

»Aber wo denn bloß?«, fragte Tarik.

»Verborgen in eurem Schwert!«, eröffnete ihnen Abbé Villard. »Ihr müsst nur den Knauf mit der Rosenblüte aus dem Griffstück drehen. Aber das Gewinde ist bewusst falsch herum gearbeitet. Ihr müsst den Knauf nach rechts drehen, um das Endstück mit der Rose vom Schwertgriff zu lösen.«

Augenblicklich machten sich die vier Freunde an ihren Schwertern zu schaffen. Mit der linken Hand hielten sie ihre Waffe an der Parierstange fest, während ihre rechte den Rosenknauf umfasste und ihn nach rechts drehte. Es bedurfte einiger Kraft, um den ersten Widerstand zu überwinden. Dann jedoch ließ sich das Ende des Knaufs ohne weiterer Kraftaufwand aus dem Griffstück drehen. Verwundert betrachteten sie das runde Siegel, das am Ende des gerade mal daumenlangen Knaufs wie eine kleine, aufgesetzte Münze zum Vorschein kam.

»Das Siegel lässt sich aus dem Knauf herausdrehen, falls ihr es einmal ohne eure Waffe mit euch führen müsst«, erklärte Abbé Villard.

273

»Aber das ist doch nur das offizielle Templersiegel!«, sagte McIvor irritiert, zeigte das Siegel doch die Umrisse von zwei Gestalten mit Schild und Lanze, die auf dem Rücken eines Pferdes saßen. Diese symbolische Darstellung sollte die Brüderlichkeit der Tempelritter unterstreichen.

»Ja, aber nur auf den ersten Blick«, bemerkte Tarik. »Du musst schon etwas genauer hinsehen, wenn du auch die fünfblättrige Rose zwischen den Köpfen der beiden Reiter erkennen willst!«

»Du hast Recht!«, stieß McIvor hervor. »Da ist sie wieder, die Rose!«

Abbé Villard lächelte. »Richtig, es ist nur ein winziges Detail, das man leicht übersieht, aber es findet sich ausschließlich auf dem Siegel der Geheimen Bruderschaft. Damit werdet ihr euch ausweisen oder nötigenfalls Dokumente versiegeln. Und nur wer euch dasselbe Siegel zeigt, verdient euer uneingeschränktes Vertrauen! Also lasst eure Schwerter nie aus den Augen und gebt das Siegel nie aus der Hand!«

»Raffiniert!«, murmelte Maurice, während sie den Knauf nun wieder zurück in das Griffstück drehten.

»Und jetzt lasst uns zum Altar treten«, forderte der alte Gralshüter sie auf. »Ihr werdet nun eure zweite Weihe erhalten, damit der Segen des Heiligen Geistes über euch kommt. Er wird in euch die göttlichen Kräfte wecken, die euch befähigen werden das heilige Amt der Gralshüter mit Gottes besonderen Segnungen auszuüben.«

»Heißt das, Ihr werdet uns jetzt den heiligen Kelch des letzten Abendmahls reichen?«, fragte Tarik aufgeregt.

»So ist es.«

»Und was sind das für göttliche Kräfte?«, wollte Maurice wissen. »Werden wir dann so unglaubliche Wunder vollbringen können, wie Ihr sie zu unserer Rettung vor den Sarazenen bewirkt habt oder wie Bismillah und Dschullab sie vermögen?«

Abbé Villard nickte. »Darauf wird es letztlich hinauslaufen, aber diese göttlichen Gnadengaben werden nicht gleich mit ganzer Macht zu eurer Verfügung stehen, sondern müssen erst in euch wachsen, und zwar bei jedem von euch unterschiedlich schnell. Auch wird der Heilige Geist in jeden von euch die Saat einer anderen, ganz eigenen außergewöhnlichen Fähigkeit legen. Das Einzige, was euch allen gemeinsam geschenkt wird, ist, dass ihr nach der zweiten Weihe jede Sprache auf Gottes Erde verstehen und sprechen könnt.«

»Wir werden wie die Jünger Jesu in fremden Zungen reden können?«, stieß Gerolt hervor.

»Genau das wird geschehen«, bestätigte Abbé Villard. »Doch seid gewarnt! Die besonderen Kräfte, mit denen ihr gleich gesegnet werdet und die euch Macht über die vier Elemente geben, entfalten ihre Wirkung nur, wenn ihr als Gralshüter euren Dienst tut oder wenn euer Leben in Gefahr ist und ihr zugleich reinen Glaubens seid und den Willen des Herrn tut! Habt ihr dagegen eigennützige Motive im Sinn, etwa weil ihr mit euren Künsten prahlen oder sonst einen persönlichen Vorteil erzielen wollt, dann werden diese besonderen Gnadengaben eurem Willen nicht folgen. Und nun kommt!«

8

Bis in den tiefsten Seelengrund aufgewühlt, knieten die Ritter wenige Augenblicke später vor den Stufen des Altars. Was ihnen Abbé Villard eröffnet hatte, erschien ihnen trotz allem, was er und das blinde Brüderpaar ihnen mehr als einmal an göttlicher Macht demonstriert hatte, so unglaublich, dass ihr Verstand sich nicht vorstellen konnte, dass nun auch sie bald zu ähnlich wundersamen Taten fähig sein sollten. In fremden Zungen sprechen, kraft des Willens Wind aufkommen und die Erde aufbrechen lassen, feurige Kohlen aus ihrem eisernen Bett heben und ein Schwert in der Luft schweben lassen? All das und wohl noch vieles andere mehr sollte bald in ihrer Macht stehen?

Sie flüchteten vor dieser Ungeheuerlichkeit in das Gebet, mit dem der uralte Gralshüter ihre zweite Weihe einleitete. Auf der obersten Stufe kniend und die ausgebreiteten Arme nach oben gestreckt, zitierte er in freier Formulierung aus dem ersten Brief des Apostels Paulus an die Korinther: »Brüder! Keiner kann sagen: Jesus ist der Herr!, wenn er nicht aus dem Heiligen Geist redet. Es gibt verschiedene Gnadengaben, aber nur den einen Geist. Es gibt verschiedene Dienste, aber nur den einen Herrn. Es gibt verschiedene Kräfte, die wirken, aber nur den einen Gott: Er bewirkt alles in allen. Jedem aber wird die Offenbarung des Geistes geschenkt, damit sie den anderen nützt!«

»Amen!«, murmelte Bismillah hinter ihnen, der mit dem Ablauf der Weihe vertraut war.

Schnell beeilten sich die vier neuen Gralshüter, sich auch ihrerseits mit einem »Amen!« anzuschließen.

Abbé Villard erhob sich, trat an den Altar, beugte das Knie, küsste den geweihten Marmor und nahm dann den schwarzen Ebenholzwürfel mit der kostbaren Einlegearbeit aus Elfenbein in Form einer fünfblättrigen Rose und mit den goldenen, smaragdbesetzten Kantenverzierungen in beide Hände. Und dann erfüllte seine kräftige Stimme die unterirdische Rotunde wieder mit feierlichem Bittgebet, mit dem er den Heiligen Geist anrief.

»Komm herab, oh Heiliger Geist, der die finstere Nacht zerreißt, und strahle Licht in diese Welt!«

»Amen!«, kam es von Bismillah, der hinter ihnen kniete, und er gab damit den vier Rittern den Rhythmus für das gemeinsame Bittgebet an.

»Komm, der alle Armen liebt! Komm, der große Gaben gibt! Komm, der jedes Herz erhellt!«

»Amen«, kam es im Chor.

»Höchster Tröster in der Zeit! Gast, der Herz und Sinn erfreut! Verlässlich Beistand in der Not!«

»Amen.«

»Komm, oh du glückseliges Licht, fülle Herz und Angesicht, dring bis auf der Seele Grund!«

»Amen.«

»Gib dem Hüter, der dir vertraut, der auf deine Hilfe baut, deine Gnadengaben zum Geleit!«

»Amen.«

»Bewahr den Heiligen Gral vor des Teufels Hand, lass uns des Heils Vollendung sehen und gewähr der Freuden Ewigkeit! Amen.«

In das »Amen« der vier Ritter fiel das »Halleluja! Halleluja!« von Bismillah, der sich aufrichtete und sich nun an die Seite des alten Gralshüters begab.

Abbé Villard drehte sich mit dem schwarzen Würfel in den Händen kurz zu ihnen um. »Bevor ich den Kelch heraushole, schließt ihr besser die Augen!«, forderte er sie auf. »Weniger um vor euch verborgen zu halten, wie der geheime Mechanismus betätigt wird, um den Behälter zu öffnen, sondern mehr zum Schutz eurer Augen. Noch habt ihr nicht die Kraft und Reife langjähriger Gralshüter in euch, um der ungeheuren Leuchtkraft des Kelches gewachsen zu sein. Und widersteht der Versuchung, die Lider auch nur einen winzigen Spalt zu öffnen. Ihr würdet auf der Stelle erblinden. Also haltet sie verschlossen – und zwar bis ihr alle die Weihe und eure Gnadengaben erhalten habt. Wenn ihr bereit seid aus dem heiligen Kelch zu trinken, sprecht einer nach dem anderen die folgenden Worte: *Herr, hier bin ich, dein Diener auf ewig! Mach mich zum Werkzeug deines heiligen Willens!*«

Nacheinander wiederholten die vier Ritter, die ihre Augenlider fest aufeinander pressten, die vorgegebenen Worte. »Herr, hier bin ich, dein Diener auf ewig! Mach mich zum Werkzeug deines heiligen Willens!« Und bei jedem zitterte die Stimme.

Gerolt, der links außen in der Reihe der Freunde kniete, vermochte seiner Erregung kaum Herr zu werden. Er schluckte heftig im Bewusstsein, dass er jeden Moment den heiligen Kelch, aus dem ihr Herr und Erlöser in der Nacht vor seiner Kreuzigung getrunken hatten, an seinen Lippen spüren würde. Und was würde dann mit ihm geschehen? Wie würde der Heilige Geist über ihn kommen und ihn mit den besonderen Gnadengaben segnen, von denen der Abbé gesprochen hatte? Über die vier Elemente sollten sie dann gebieten können! Wie mochte das bloß geschehen?

Er lauschte angespannt, was nur einen Schritt von ihnen entfernt am Altar geschah. Zweimal hörte er ein leises, metallisches Klicken, bei dem es sich um den geheimen Schließmechanismus des schwarzen Würfels handeln musste. Im nächsten Moment nahm er eine ungeheure Helligkeit wahr. Sie traf ihn mit einer fast schmerzhaften Gewalt, obwohl er doch den Kopf gesenkt und die Lider geschlossen hielt.

»Gerolt von Weißenfels, geweihter Hüter vom Heiligen Gral! Hebe deine Hände, nimm den heiligen Kelch unseres Herrn und trink!«, sprach nun Abbé Villard ihn an.

Gerolt fürchtete, die Kraft könne ihn verlassen, als er mit wild pochendem Herzen die Hände nach dem Kelch ausstreckte. Seine zitternden Finger berührten kühles, glattes Metall. Er ertastete den runden Fuß des Trinkgefäßes, ließ seine Finger vorsichtig aufwärts wandern, erfühlte den gerillten, kurzen Hals, berührte die Hände des Abbé und umfasste den sich öffnenden, oberen Teil des Bechers. Dann führte er ihn mit Hilfe des alten Gralshüters an die Lippen und neigte ihn vorsichtig.

Sofort drang ihm eine berauschende Flüssigkeit in den Mund, die unvergleichlich süßer und schwerer als der edelste Wein schmeckte, zugleich aber auch einen verstörend bitteren Beigeschmack hatte. Ihm war, als durchströmte ihn ein flüssiges Feuer jenseits aller Beschreibung, das sich in Sekundenschnelle in seinem ganzen Körper ausbreitete.

Das Blut Christi!

Eine Art von Trance kam über ihn. Und wie aus weiter Ferne vernahm er die Stimme von Abbé Villard.

»Oh Gott, Du trägst alles Seiende über dem Abgrund des Nichts und durchströmst es mit Deiner Macht, sodass es ist und sich regt und lebt!«, betete der Gralshüter über ihm. »Allen Dingen hast Du einen Funken Deiner Klarheit eingegeben, denn nur von Dir, dem Vater des Lichts, haben sie ihre Klarheit und ihren Wert. Alles ist von Deinem Hauch durchwaltet und von Deinem Geheimnis erfüllt! Du allein bist der allmächtige Herrscher über Deine Schöpfung! . . . So bitte ich Dich denn, öffne das Herz Deines Dieners Gerolt von Weißenfels dem Geheimnis, das sich überall bezeugt! Behüte ihn aber auch vor der Verführung, die von Deinen Gnadengaben ausgehen kann. Mache sein Gewissen sicher, dass es allezeit das Gute gut nenne und das Böse bös. Erleuchte seinen Geist, dass er zu unterscheiden vermag, was zu Dir, dem wahrhaft Heiligen, hinführt und was von Dir wegführt in Irre und Trug!«

»Amen«, drang die Stimme von Bismillah an Gerolts Ohr. Im nächsten Moment nahm Abbé Villard den Becher von seinen Lippen und reichte ihn wohl dem Blinden. Denn im nächsten Augenblick spürte er, dass der alte Gralshüter ihm die Hände auf den Kopf legte.

»Allmächtiger Heiliger Geist, erfülle den von Dir berufenen Gralshüter Gerolt von Weißenfels mit Deinen göttlichen Gnadengaben!«, rief er mit beschwörender Stimme. »Was sich bewegt und sich doch nach seinem Willen im Dienste seines heiligen Amtes nicht bewegen soll, das möge in Stillstand verharren! Und was sich nicht bewegt und sich nach seinem Willen im Dienste seines heiligen Amtes doch bewegen soll, das möge seinem Befehl folgen! . . . So geschehe es! . . . Im Namen des Vaters und des Sohnes und des Heiligen Geistes!«

»Amen!«, murmelte Gerolt benommen und bekreuzigte sich, noch immer umhüllt von der fast unerträglichen Helligkeit. Er versuchte zu begreifen, was diese besondere Gabe ausmachte, die ihm jetzt zuteil geworden war, und wie sie ihm bei seiner Aufgabe von Nutzen sein sollte. Würde es ihm fortan möglich sein, kraft seines Willens die Luft zu einer Mauer werden, Sand aufwirbeln und die Erde aufbrechen zu lassen, so wie der Abbé es getan hatte? Eine Vorstellung, die ihm in Verbindung mit seiner unwürdigen Person irrwitzig erschien.

Abbé Villard trat nun zu Tarik, wiederholte das Eingangsgebet und reichte dann auch ihm den heiligen Kelch. Nur der Spruch mit den

Gnadengaben fiel bei ihm anders aus. »Wo Wasser steht oder strömt und dem Mensch zum Feind wird, da sollen die Fluten im Dienste seines heiligen Amtes sein Freund sein wie das Meer dem Fisch und ihm keinen Schaden zufügen! Jedes Meer, jeder Fluss und jeder See soll sich seinem Willen beugen! . . . So geschehe es! . . . Im Namen des Vaters und des Sohnes und des Heiligen Geistes.«

Wenig später hörte McIvor seine besondere Offenbarung, die da lautete: »Wo Glut und Flammen brennen, da soll ihm im Dienste seines heiligen Amtes das Feuer nicht das kleinste Haar versengen. Und wo kein Feuer ist und nach seinem Willen doch Feuer sein soll, dort sollen im Dienste seines heiligen Amtes Flammen lodern, so es sein Wille ist! . . . So geschehe es! . . . Im Namen des Vaters und des Sohnes und des Heiligen Geistes.«

Maurice erhielt als Letzter der vier Ritter seine Weihe. »Wo Erdreich, Felsen und Gestein ihm den Weg versperren, da soll ihm im Dienste seines heiligen Amtes alles Feste weichen und ihn passieren lassen, so es sein Wille ist. Und wo Erdreich, Felsen und Gestein nicht fest gefügt sind, so soll es im Dienste seines heiligen Amtes nach seinem Willen zu einer festen Mauer werden! . . . So geschehe es! . . . Im Namen des Vaters und des Sohnes und des Heiligen Geistes!«

Für einen langen Moment senkte sich Schweigen herab. Und dann erlosch das blendende Licht.

»Jetzt könnt ihr euch erheben und auch wieder die Augen öffnen!«, forderte Abbé Villard sie freundlich auf. »Ihr habt die zweite Weihe und eure Gnadengaben als Gralsritter erhalten.«

Gerolt war, als erwachte er aus einer Art von Betäubung. Er fühlte sich schwach auf den Beinen, als er sich erhob. Und er sah, dass es Tarik, Maurice und McIvor offenbar auch nicht anders erging. Verstört sahen sie einander an.

281

»Was . . .«, begann Maurice und brach augenblicklich ab. Er musste sich erst räuspern, bis ihm seine belegte, krächzige Stimme wieder gehorchte. »Was genau hat das jetzt zu bedeuten? Ich meine, wie sollen Felsen und Gestein mir weichen, wenn sie mir den Weg versperren?«

Abbé Villard lächelte nachsichtig. »Komm an den Altar!«

Maurice stieg die drei Stufen zu ihm hoch. »Und jetzt?«

»Jetzt strecke deine Hand aus und schiebe die Fingerspitzen in den Marmor!«

»Wie bitte?«, stieß Maurice verdutzt hervor.

»Konzentriere deinen Willen und deine Kraft darauf, den Stein mit deiner Hand zu durchdringen!«, wies Abbé Villard ihn an. »Es muss jedoch dein fester Wille sein, dass der Marmor vor deinen Fingern weichen und dir Einlass gewähren soll. Und du wirst merken, dass du dafür Kraft aufwenden musst. Kraft, die in deinen Willen fließt, um das nur scheinbar Unmögliche zu vollbringen. Dann und nur dann wird es dir auch gelingen. Und nun versuche Gebrauch von deiner Gnadengabe zu machen!«

Mit angehaltenem Atem beobachteten Gerolt, Tarik und McIvor, wie Maurice sich einen Moment sammelte, dann die Fingerspitzen gegen den harten Marmor drückte – und mit ihnen plötzlich bis über die Nägel in den Stein eindrang!

Doch schon im nächsten Moment wurden seine Finger von einer unsichtbaren Kraft zurückgestoßen, und erschrocken sprang er hastig einen Schritt zurück.

»Allmächtiger!«, stieß Maurice hervor und rieb sich über die Fingerkuppen, als hätte er einen schmerzhaften Schlag erhalten. »Ich war tatsächlich ein Stück im Marmor! Unglaublich! Aber . . . aber was ist dann geschehen?«

»Wille und Konzentration waren nicht stark genug, um dem Stein länger als diesen kurzen Moment zu widerstehen«, erklärte Abbé Villard. »Du musst erst noch lernen mit deiner neuen Begabung umzugehen und deine innere Kraft so zu konzentrieren, dass deine Gnadengabe ihre ganze Macht entfalten kann. Und das gilt für jeden von euch. Eure besonderen Kräfte brauchen Zeit, um zu wachsen und auch große Bewährungsproben zu bestehen.«

»Heißt das, dass ich eines Tages meinen ganzen Arm in irgendeinen Fels oder eine Mauer stecken kann?«, fragte Maurice ungläubig.

»Du wirst nicht nur einen Arm hineinstecken können, sondern mit dem ganzen Körper durch eine Mauer oder eine Felswand hindurchgehen können, solange du den Atem hast sowie die Kraft und den Willen dazu aufbringen kannst«, eröffnete ihm der alte Gralshüter. »Und je größer deine Kraft und deine Konzentration sind, desto tiefer können Fels und Mauerwerk sein, die du dann zu überwinden vermagst. Und nicht anders verhält es sich mit den Gaben, die Gerolt, Tarik und McIvor erhalten haben. Tarik wird eines Tages für lange Zeit wie ein Fisch im Meer schwimmen können, ohne zum Atemholen an die Oberfläche zurückzumüssen, oder Wasser unter seinem Willen zu Eis gefrieren lassen. McIvor wird in der Lage sein, lange Zeit dem schrecklichsten Feuer zu widerstehen, ohne sich Verbrennungen zuzuziehen, oder es zu entfachen, und Gerolt wird Gewichte von der Stelle bewegen und in die Luft erheben oder zum Stillstand bringen können, die mehr wiegen als ihr alle zusammen.«

Sie waren sprachlos.

»Ihr werdet lernen, dass Gott die Welt aus einem besonderen Stoff erschaffen hat, der vielfältige Formen annehmen kann. Feinster Sand und härtester Fels etwa sind letztlich ein und dasselbe, sie sind nur anders zusammengefügt. Und Maurice wird die Kräfte, die sie in der Gestalt von Gestein zusammenhalten, lösen und sich darin bewegen können. Ähnlich wird es Gerolt, Tarik und McIvor in den ihnen eige-

283

nen Elementen ergehen. Aber noch seid ihr weit davon entfernt. Und ihr seid gut beraten eure Kräfte zu keiner Zeit zu überschätzen oder euch gar für allmächtig zu halten, denn das seid ihr nicht! Wie die Meister der Bruderschaft vor mir, so habe ich gut zweihundert Jahre gebraucht, um all diese göttlichen Kräfte zusammen zu beherrschen. Und dennoch gelange auch ich schnell an die Grenzen von Kraft und Konzentration, wenn ich sie mit geballter Stärke einsetze, wie etwa in jener Nacht, als ich euch vor den Mauern der Stadt vor den Sarazenen gerettet habe. Ihr werdet Jahre brauchen, damit ein jeder von euch seine eigene Gabe zu voller Entfaltung bringen kann. Deshalb habe ich die Gnadengaben auch unter euch aufgeteilt, anstatt jeden von euch mit den gesammelten Kräften des Heiligen Geistes zu segnen.«

»Und warum habt Ihr das nicht getan? Ich meine, was habe ich als Ritter und Schwertkämpfer denn davon, dass ich nun möglicherweise wie ein Fisch im Wasser schwimmen kann?«, fragte Tarik. »Schwimmen konnte ich doch vorher schon.«

Der Abbé schmunzelte. »Ich weiß, deshalb fiel meine Wahl dabei ja auch auf dich.«

Tarik verzog das Gesicht. »Nicht dass ich mich beklagen will, aber kämpfen werde ich nun mal an Land und da wäre mir eine andere Fähigkeit bestimmt nützlicher gewesen.«

»Stünden mir noch einige ältere, erfahrene Gralshüter zur Verfügung und wäre die Lage nicht so kritisch, wären euch alle Kräfte des Heiligen Geistes zuteil geworden«, antwortete Abbé Villard. »Und dann hättet ihr im Schutz der Bruderschaft ausreichend Zeit gehabt, eure Fähigkeiten zu entwickeln. Aber die Zeit habt ihr nicht. Und welcher Krieger hat denn bessere Aussichten, sich gefährlichen, kampferfahrenen Feinden erfolgreich zu erwehren: der junge Ritter, der sich zur selben Zeit im Umgang mit Schwert, Lanze, Streitaxt,

Bogen und Armbrust übt und von allem ein wenig beherrscht? Oder derjenige, der sich auf eine einzige Waffe konzentriert und es darin vergleichsweise schnell zur Meisterschaft bringt?«

»Natürlich der Mann, der sich auf eine Waffe beschränkt und sie meisterhaft zu führen versteht«, antwortete McIvor. »Wer von vielem nur ein wenig kann, aber in nichts wirklich überragend ist, macht es als Krieger so lange wie ein lahmender Fuchs auf der Flucht vor einer Meute Jagdhunde!«

Der alte Gralshüter nickte zustimmend. »Genau deshalb hat jeder von euch auch nur eine besondere Fähigkeit erhalten. Also übt euch darin, macht mit Umsicht Gebrauch davon, lernt die Zeichen zu erkennen, wann euch die Kräfte verlassen. Und vergesst vor allem niemals, dass euch die Gnadengaben der zweiten Weihe als Gralshüter nur dann zu Willen sind, wenn ihr Einsatz im Dienst eures heiligen Amtes steht. Versucht ihr damit zu protzen oder sie aus anderen niederen Beweggründen einzusetzen, werdet ihr kläglich scheitern!« Er machte eine Pause, damit die Ermahnung tief in ihnen einsank.

Tarik seufzte verhalten. »Was einer Hand nicht bestimmt ist, kann sie auch nicht erlangen. Und der Fischer wird keinen Fisch im Tigris fangen, es sei denn, es ist ihm so bestimmt«, murmelte er, offenbar in Gedanken immer noch damit beschäftigt, dass seine göttliche Gabe fast ausschließlich im Wasser von Nutzen war und ihm als Krieger keine große Hilfe sein würde. Dann sah er die Blicke der anderen auf sich gerichtet, errötete und zwang sich zu einem verlegenen Lächeln. »Schon gut! Kein weiteres Wort der Klage! Wie würde mein seliger Vater jetzt mahnend sagen: ›Ein Mann mit Talent, dessen Geschick seiner Sehnsucht nicht entspricht, geht besser an einen Ort, wo niemand seinen Namen kennt.‹« Und ein wenig beschämt fügte er hinzu: »Nein, ich denke, ich bleibe lieber bei euch und will Gott für das danken, was er mir geschenkt hat.«

Gerolt, Maurice und McIvor nickten ihm zu.

»So, und jetzt lasst uns zum Baptisterium des heiligen Joseph von Arimathäa hinübergehen«, forderte Abbé Villard sie auf. »Dort können wir uns setzen und unser Gespräch fortführen, gibt es doch noch einiges zu bereden, bevor ich euch auf die Reise schicken kann.«

9

Er ging mit ihnen zur Felsennische mit dem Wasserbecken, wo sie auf den Bänken Platz nahmen. Sie hatten noch viele Fragen an den Abbé. Diese betrafen jedoch nicht allein die außergewöhnlichen Gaben, mit denen der Heilige Geist sie für ihre Aufgabe als Gralshüter gesegnet hatte.

So wollte Maurice wissen, mit welch einer Lebenserwartung sie nun rechnen durften, nachdem sie aus dem heiligen Kelch, dem Quell des ewigen Lebens, getrunken hatten.

»Genau vermag das niemand zu sagen«, antwortete Abbé Villard nachdenklich. »Der Heilige Gral und seine geheimen Kräfte werden für uns Sterbliche auf immer ein Geheimnis bleiben. Die Erfahrungen, die wir Gralshüter in den bald dreizehnhundert Jahren der Bruderschaft gesammelt haben, lässt jedoch den Schluss zu, dass die Tiefe des Glaubens dabei eine nicht unwesentliche Rolle spielt. Ich habe in meinem Leben nur dreimal aus dem Kelch getrunken und verspüre kein Verlangen, es ein weiteres Mal zu tun. Ich weiß schon seit einigen Jahren, dass mein Herz und meine Seele die Last nicht länger tragen können und dass meine Zeit gekommen ist. Aber ich nehme mal an, dass ihr wohl mit gut hundert, womöglich mit hundertzwanzig Lebensjahren rechnen könnt, sofern ihr von einem gewaltsamen Tod verschont bleibt.«

»Da sei des Gralsritters Schwert vor!«, sagte Maurice und tätschelte mit einem breiten Grinsen das Griffstück seiner Waffe.

»Erzählt uns, was Ihr über die Iskaris wisst, Abbé!«, sagte Gerolt. »Einer der Judasjünger, mit denen wir vor der Kirche die Klingen gekreuzt haben, hat von einem Mann namens Sjadú gesprochen. Es klang, als wäre er ihr Anführer.«

Das verwitterte Gesicht des alten Gralshüters nahm einen besorgten Ausdruck an. »Ja, das ist er auch. Er ist in diesem Land geboren und es heißt, er sei ein direkter Abkömmling des Judas Iskariot, der Jesus verraten hat. Ich habe schon befürchtet, dass Sjadú irgendwann die Spur des Heiligen Grals aufnehmen und in Akkon auftauchen würde. Es war nur eine Frage der Zeit. Zum Glück ist nicht er es gewesen, dem ihr dort oben in die Arme gelaufen seid. Denn dann wäret ihr wohl kaum alle vier entkommen.«

McIvor zog die Augenbrauen hoch. »Ist dieser Sjadú denn so gefährlich?«

Abbé Villard nickte. »Er ist der leibhaftige Teufel, soweit ein Mensch dem Fürst der Finsternis an Bösartigkeit, Grausamkeit und zerstörerischer Kraft nur gleichkommen kann! Er ist sozusagen der Stellvertreter des Teufels auf Erden und wird euer größter und gefährlichster Feind sein! Zweimal bin ich ihm in meinem Leben begegnet. Das erste Mal im Gründungsjahr des Templerordens und dann ein halbes Jahrhundert später noch einmal. Damals war er ähnlich jung wie ich, und obwohl ich einer der besten Schwertkämpfer meiner Zeit war, bin ich im Kampf mit ihm beide Male nur ganz knapp dem Tod entronnen! Er verfügt über wahrhaft teuflische Kräfte, wie sie glücklicherweise wohl nur ihm und nicht auch all den anderen Iskaris gegeben sind! Aber auch die gewöhnlichen Judasjünger sind als Kämpfer nicht zu unterschätzen!«

»Den Fehler werden wir bestimmt nicht machen!«, versicherte Maurice. »Sie scheinen ungeheure Schmerzen ertragen und trotz schwerster Verwundungen weiterkämpfen zu können.«

»Ja«, sagte Abbé Villard. »Nicht einmal die schlimmste Folter kann sie brechen und zum Reden bringen. Eher sterben sie, als dass sie Verrat an ihrem Schwur begehen, mit dem sie dem Teufel Treue bis in den Tod gelobt haben. Es heißt jedoch, dass sie nichts so sehr fürchten wie Weihwasser oder eine geweihte Hostie. Mir ist es aber noch nie gelungen, einen Iskari lebend in meine Gewalt zu bekommen und herauszufinden, ob das wirklich stimmt. Auch weiß ich nicht zu sagen, was es mit den anderen Gerüchten auf sich hat, die mir ans Ohr gedrungen sind.«

»Was sind das für Gerüchte?«, fragte Gerolt sofort.

»Es hält sich seit Jahrhunderten in der Bruderschaft die Vermutung, dass es irgendwo einen von Teufelsdienern streng bewachten Ort gibt, den die Judasjünger als ihr Heiligtum betrachten. Es soll sich um eine Art Kloster des Bösen handeln, wo neue Mitglieder in den Bund der Judasjünger aufgenommen werden und wo sie zu besonderen Teufelsmessen zusammenkommen«, berichtete der Gralshüter. »Angeblich soll das auch der Ort sein, wohin sie den Heiligen Gral verschleppen wollen. Dort soll er zu einem ganz bestimmten Zeitpunkt, und zwar zur Stunde einer Sonnenfinsternis, dem Fürst der Finsternis geopfert und vernichtet werden, auf dass sich der Quell des Lebens bei dieser schwarzen Messe in eine entsetzliche, unvorstellbare Macht des Verderbens verwandelt und den Iskaris die Herrschaft über die Welt bringt.«

Die Vorstellung, dass sie als Gralshüter eines Tages versagen und schuld an dieser Katastrophe sein könnten, bewirkte bei Gerolt, Maurice, Tarik und McIvor schauderndes Entsetzen. Zum ersten Mal spürten sie die gewaltige Last der Verantwortung, die sie auf sich genommen hatten. Als Hüter des Heiligen Grals hatten sie nicht nur den heiligen Kelch, den Quell des Lebens zu schützen, sondern es hing von ihrem Erfolg oder Versagen bei dieser Aufgabe zugleich auch das Schicksal der Welt ab! Und sie begannen nun zu verstehen, was es für Abbé Villard bedeutet haben musste, dieses erdrückende Amt so lange tragen zu müssen.

»Es soll neben dieser schwarzen Abtei des Bösen noch andere geheime Orte geben, die der Versammlung der Judasjünger und der Ausübung ihres teuflischen Kultes dienen, jedoch nicht mit derselben unheiligen Bedeutung. Es geht das Gerücht, dass einer dieser Orte in einer Wüste verborgen liegt. Aber Genaueres weiß ich euch darüber ebenso wenig zu erzählen.«

Gebannt und zugleich beklommen, hingen sie an den Lippen des uralten Gralshüters, als er ihnen noch vieles andere berichtete, was er über Judasjünger wusste oder was ihm zumindest als Mutmaßung oder Gerücht bekannt war. Denn jede kleinste Einzelheit, auch wenn sie ihnen jetzt noch so unbedeutend oder unglaubwürdig erschien, konnte sich irgendwann einmal als ungeheuer wichtig herausstellen.

Zum Schluss warnte er sie eindringlich vor dem Einfluss und der Verlockung des Bösen. »Wir alle haben unsere Schwächen, auch ein Gralshüter ist nicht vor ihnen gefeit! Und die Iskaris besitzen die wahrhaft teuflische Fähigkeit, diese Schwächen in uns zu erkennen und sie zu nähren! Wenn wir ihrer Gegenwart ahnungslos ausgesetzt sind, können sie sich in unsere Gedanken einschleichen, das Schlechte in uns ans Tageslicht bringen und es zu einer Kraft des Verderbens werden lassen. Und dann kann es sogar passieren, dass wir zu Verrätern werden!«

»Aber wie soll das denn geschehen?«, wollte Maurice wissen. »Ich meine, wenn wir ihnen gegenübertreten, dann wohl doch als Feinde und mit dem Schwert in der Hand! Wie soll sich da ein Iskari in unsere Gedanken einschleichen können?«

»Ihr werdet nicht jeden Judasjünger sogleich als euren Todfeind erkennen, auch wenn deren eigenartiger Geruch dabei oftmals eine große Hilfe ist«, eröffnete ihnen Abbé Villard. »Aber die Iskaris sind sich ebenso wenig gleich, wie ihr es seid. Eines jedoch haben sie alle gemeinsam: Sie sind verschlagene, heimtückische Gesellen, die sich geschicktester Tarnungen bedienen, wenn ihnen der offene Kampf keine Aussicht auf Erfolg bietet, weil sie euch etwa allein oder in der Unterzahl begegnen. Und dann werden sie versuchen eure Freundschaft zu zerstören, Hass zwischen euch zu säen, euch zum Verrat zu verlocken oder auf andere Weise eure Schwächen zu entfachen und sie für ihre teuflischen Zwecke zu nutzen. Und hütet euch vor dem schwarzen Trank!«

»Schwarzen Trank?«, fragte Gerolt sofort. »Was hat es damit auf sich, Abbé?«

»Viel weiß ich leider nicht darüber und ich wünschte, es wäre anders. Ein schon im Todeskampf liegender Gralshüter war es, der mir vor gut achtzig Jahren davon berichtet hat, bevor ihn Gott von seinen Qualen erlöste und zu sich holte. Es soll sich um ein wahrhaft diabolisches Gemisch handeln, das köstlich schwer wie der beste Wein die Kehle hinunterfließt. Doch wer den schwarzen Trank trinkt, über den gewinnen die Iskaris kurzzeitig Macht. Wer unter seinem Einfluss steht, in dessen tiefste Seelenregungen vermögen die Iskaris vorzudringen, sogar bis in die geheimsten Gedanken und Empfindungen, die einem selbst kaum bewusst sind. Zudem bewirkt der Trank bei dem, der von ihm genossen hat, teuflische Illusionen. Je nach charakterlicher Anlage und Willensstärke kann er auch den tapfersten Gralsritter dazu bringen, Verrat zu üben – sogar an seiner eigenen Mutter! Also seid wachsam und besinnt euch auf euren Glauben und das Gute in euch, wenn ihr merkt, dass Veränderungen mit euch geschehen. Dann müsst ihr euch mit eurer ganzen Willenskraft gegen diese Einflüsterungen des Bösen zur Wehr setzen!«

Bestürzt ob dieser eindringlichen Warnung, sahen sich die vier

Freunde schweigend an, als wollte schon jetzt jeder nach Hinweisen suchen, wer wohl von ihnen eines Tages zum Opfer solch teuflischer Einflüsterung und gar zum Verräter werden könnte.

»Kein Iskari wird unsere Freundschaft zerstören und einen von uns zum Verräter machen!«, stieß dann Gerolt hervor und schämte sich insgeheim, dass er für einen kurzen Moment diese Möglichkeit überhaupt in Erwägung gezogen hatte.

»Füreinander in fester Treue!«, bekräftigte McIvor sogleich. »Das haben wir uns geschworen, und der Schwur ist uns so heilig wie jeder andere, den wir geleistet haben!«

Auch Maurice und Tarik versicherten dem Abbé, dass sie seine Warnung beherzigen und einander beim kleinsten Hinweis teuflischer Einflüsterungen beistehen würden.

»Und ihr werdet gut daran tun, ebenso auf die Kraft eurer Freundschaft zu bauen wie auf eure besonderen Fähigkeiten und euren Glauben!«, sagte Abbé Villard. »Auch wird der Heilige Geist euch beistehen. Ihr müsst nur lernen auf ihn zu hören und euch von ihm leiten zu lassen. Achtet in Zeiten großer Gefahr auf den weißen Greif. Wenn die heiligen Kräfte der zweiten Weihe in euch zur Entfaltung gekommen sind und ihr sie beherrscht, wie es einem Gralshüter möglich ist, kann er zu eurem Ohr und eurem Auge werden.«

»Sprecht Ihr von dem weißen Greif, der über uns kreiste, als Tarik und ich die Gesandten zum Sultan begleitet haben?«, fragte Gerolt aufgeregt. »Habt Ihr ihn uns geschickt?«

Abbé Villard nickte. »Ja, von diesem weißen Greif spreche ich. Aber keiner von uns hat Macht über ihn und nicht einmal ich kann euch nach zweihundert Jahren als Gralshüter erklären, was oder wer er wirklich ist und was genau sein Erscheinen und seinen Beistand bewirkt. Ich nenne ihn das Auge Gottes, weil er mir oft bei göttlichen Offenbarungen erschienen ist und mir in Zeiten großer Bedrängnis immer wieder Bilder und . . .«, er stockte kurz, » . . . ja, und Visionen gezeigt hat, die ich mit meinen Augen niemals hätte sehen können. Aber vermutlich wird es Jahre dauern, bis ihr so weit seid, um ähnliche Erfahrung mit ihm zu machen.«

Gerolt hätte dem Abbé gern noch weitere Fragen zu dem geheimnisvollen weißen Greif gestellt, den er das Auge Gottes nannte, aber in dem Moment trat Bismillah zwischen den Säulen hervor. Er hielt eine gut ziegelsteingroße, goldene Schatulle in seinen Händen. »Die Ebbe hat gleich ihren tiefsten Stand erreicht, Abbé.«

»Gut, dass du mich daran erinnerst, Bismillah«, sagte der alte Gralshüter und nahm die goldene Schatulle entgegen. Dann wandte er sich wieder den vier jungen Rittern zu. »Es wird Zeit, dass ihr den heiligen Kelch an euch nehmt und euch auf den Weg macht. Das Boot dürfte jetzt schon auf euch warten.«

»Was für ein Boot?«, fragte Tarik. »Und wo soll es auf uns warten?« Er war so gespannt wie seine Freunde, wie sie mit dem Heiligen Gral unbemerkt von den Iskaris aus dem unterirdischen Heiligtum wieder herauskommen sollten.

»Das Beiboot, das euch zur *Calatrava* bringt. Die zyprische Galeere des Nikos Patrikios, dem ihr Vertrauen schenken könnt, liegt zwischen dem Turm der Fliegen und der südöstlichen Felsenspitze von Akkon auf Reede und wartet darauf, euch an Bord zu nehmen und nach Zypern zu bringen. Eure Passage ist schon bezahlt, Nikos Patrikios hat einen wahrhaft fürstlichen Lohn für seinen Dienst eingestrichen«, teilte der Abbé ihnen mit, während er die Schatulle aufklappte. »Die *Calatrava* ist eine schnelle Galeere, wenn auch leider keine Kriegsgaleere mit starker Bewaffnung. In Famagusta sollte euch der Komtur des dortigen Tempels eine Passage auf einer unserer Templergaleeren nach Frankreich verschaffen können. Ich gebe euch ein entsprechendes Schreiben des Großmeisters mit. Aber da niemand weiß, wie lange ihr unterwegs sein werdet, welche Route ihr letztlich einschlagen müsst und was euch die Zukunft an Prüfungen bringt, gebe ich euch noch das hier mit.«

Und damit entnahm er der Schatulle, die auch das versiegelte Schreiben des Großmeisters enthielt, vier zusammengerollte Bänder aus schwarzer Seide. Sie waren gut zwei Finger breit und besaßen an ihren Enden jeweils drei dicht geflochtene Schnüre. Unter der Seide zeichneten sich bei genauerem Hinsehen in unregelmäßigen Abständen die unterschiedlich geformten Umrisse von kleinen Objekten ab, die in die doppelseitigen Seidenbänder eingearbeitet waren.

»Was soll das sein?«, fragte McIvor verwundert.

»Das sind kostbare Seidengürtel, die ihr versteckt unter eurer Kleidung tragen müsst«, erklärte ihnen Abbé Villard und reichte jedem einen solchen Gürtel. »Man sieht es ihnen nicht an, aber sie sind recht schwer und wiegen gute vier Pfund. Und ebenso wenig sieht man ihnen an, dass sich in den zugenähten Taschen eines jeden Gürtels ein kleines Vermögen in Smaragden, Rubinen und Goldmünzen verbirgt. Das Gewicht kommt von den acht Goldstücken.«

»Aber seit wann haben Dukaten ein solches Gewicht?«, fragte Gerolt, der seinen Seidengürtel in der Hand wog.

Abbé Villard lächelte. »Es handelt es sich bei den Goldstücken nicht um gewöhnliche Goldmünzen, die ja bekanntlich nur einen sehr geringen Anteil an dem kostbaren Edelmetall aufweisen. Was ich euch mitgebe, ist byzantinisches Kaisergold. Also reines Gold zu fünfeckigen Stücken gegossen, das auch Händler- und Reisegold genannt wird, weil es den Kaufleuten erspart, auf langen Reisen Kisten voller Münzen mitzuschleppen. Dagegen lassen sich einige Stücke Kaisergold leicht verstecken und in jeder Stadt oder Komturei schnell und ohne viel Verlust in eine beachtliche Summe Münzgeld eintauschen.«

Maurice machte ein erschrockenes Gesicht. »Acht Stücke pures Kaisergold und dazu noch eine Hand voll edler Smagade und Rubine? Das sollen wir am Leib tragen? Meint Ihr wirklich, dass das nötig ist?«

Der alte Gralshüter nickte. »Ihr müsst auf alles vorbereitet sein. Es kann sein, dass ihr euch auf eurer langen Reise gezwungen seht, euch den ein oder anderen Dienst teuer erkaufen zu müssen. Nun seid ihr in der Lage, euch auch die gierigste Menschenseele gefügig zu machen. Aber gebt gut darauf Acht und setzt das Gold und die Edelsteine umsichtig ein! So, und jetzt legt auch gleich eure schweren Kettenhemden ab. Ihr werdet sie mit euren Helmen besser hier zurücklassen, weil sie euch auf dem Fluchtweg, der vor euch liegt, nur behindern werden.«

Während sie wie geheißen die Kettenhemden ablegten, sich die Seidengürtel unter ihrem Gewand mit Hilfe der Schnüre fest um die Hüften banden und Maurice sich das Schreiben des Großmeisters hinter den oberen Gürtel klemmte, holte Bismillah den schwarzen Würfel. Er steckte, von Wachstuch umwickelt, in einer genau auf Maß gearbeiteten Ledertasche mit drei Gürtelverschlüssen. Diese Ledertasche schob der blinde Turkopole in einen unansehnlichen Beutel aus altem Segeltuch, der mit einem ledernen Trageriemen versehen war.

Abbé Villard nahm ihn entgegen und reichte ihn an Gerolt weiter, der ihm am nächsten stand. »Hiermit vertraue ich euch den Heiligen Gral an, Brüder! Hütet und verteidigt ihn mit eurem Leben und sorgt dafür, dass er sicher in den Tempel von Paris kommt!«

»Bei Gott, das werden wir!«, versicherte Gerolt, auch im Namen seiner Gefährten.

»Werden wir Euch irgendwann noch einmal wiedersehen?«, fragte Tarik beklommen.

»Das bezweifle ich, denn ich spüre zu deutlich, wie sehr mich meine Kräfte mit jedem Tag mehr verlassen, und ich bin nicht traurig darum. Ich bin meinen Weg als Gralshüter in Gottestreue gegangen und er war viel länger, als ich es mir gewünscht habe«, sagte Abbé Villard mit einem wehmütigen Lächeln. »Nun ist es an euch, eurer Bestimmung zu folgen, bis eines Tages auch ihr eure Nachfolger zu wählen und in das Große Geheimnis einzuweihen habt.«

»Aber wenn Ihr nicht mehr seid, wer wird dann der neue Meister oder Abbé der Bruderschaft?«, wollte Gerolt wissen.

»Der Meister oder Abbé ist nur der Erste unter Gleichgestellten, wie ich es euch schon einmal gesagt habe. Und wenn die Zeit gekommen ist, wird sich der Heilige Geist euch offenbaren und euch dabei leiten, aus euren Reihen den neuen Abbé zu bestimmen. Habt nur Vertrauen«, beruhigte er sie mit einem warmherzigen Lächeln.

»Erlaubt mir noch eine letzte Frage, Abbé«, meldete sich Maurice zu Wort. »Hat es eine besondere Bewandtnis damit, dass Ihr uns nicht in das Geheimnis einweiht, wie der Würfel zu öffnen ist?«

»Ja, aber nicht aus Mangel an Vertrauen, sondern zu eurem eigenen Schutz. Denn wenn es euch bestimmt ist, den heiligen Kelch erneut in die Hände zu nehmen und aus ihm zu trinken, so wird euch das Auge Gottes zeigen, wie der Würfel zu öffnen ist«, lautete die Antwort von Abbé Villard. »Und nun genug der Worte. Die Zeit drängt! Ihr müsst euch auf den Weg machen, sonst ist das Boot weg!« Und Bismillah wies er an, zwei Pechfackeln, zwei Kerzen sowie alles Nötige zum Feuermachen für sie bereitzuhalten.

»Jetzt bin ich aber wirklich gespannt, wie wir hier herauskommen, ohne den Iskaris vor der Kirche oder den Mamelukenhorden in die Arme zu laufen, die den Montjoie mittlerweile bestimmt überrannt haben und vielleicht sogar schon bis zum Hafen gelangt sind!«, murmelte Maurice.

»Ihr nehmt den Weg durch die Katakomben der ersten Christen von Akkon«, teilte ihnen Abbé Villard mit, während er zu einer kleinen Wandnische links vom Halbrund des Wasserbeckens trat. Dort stand in Brusthöhe eine bronzene Öllampe mit erloschenem Docht. Er packte das Gefäß und zog es mit einem kräftigen Ruck eine Handbreite nach oben.

Jetzt sah man, dass der Boden der Lampe mit einem daumendicken Eisenstab verbunden war, der in die Tiefe der Wand reichte und offenbar einen Riegel betätigt hatte. Denn gleichzeitig löste sich aus dem Mosaik der langen Prozession ein Heiliger und mit ihm kam nun eine unregelmäßig geformte Tür zum Vorschein, die sich einen Spalt geöffnet hatte.

Der Abbé stieß die Geheimtür nach hinten in den Gang hinein auf. »Drückt die Tür gleich von innen zu, dann rastet der Verschlussmechanismus wieder ein. Und dann folgt immer dem Verlauf des abfließenden Wassers. Es gibt zwar einen kürzeren Weg, aber so lauft ihr nicht Gefahr, euch in den labyrinthischen Verzweigungen der Katakomben zu verirren. Eine Fackel reicht für die Wegstrecke völlig aus, aber ich gebe euch für alle Fälle noch eine Ersatzfackel und zwei Kerzen mit.«

Sie nickten stumm.

»Dort, wo der unterirdische Wasserlauf endet und in einer tiefen Felsspalte verschwindet, klettert ihr die Strickleiter hoch«, fuhr der alte Gralshüter fort.

Inzwischen war Bismillah mit einer brennenden Pechfackel zu ihnen getreten. Eine zweite, noch nicht entzündete Fackel hatte er sich unter den Arm geklemmt. Zudem brachte er zwei kurze, aber dicke Kerzen und eine kleine Blechdose, die ein Stück Stahl sowie Feuerstein und Zunder enthielt.

»Hinter dem Aufstieg kann man nicht mehr in die Irre gehen und dann ist es auch bloß noch ein kurzes Stück bis zum Ausgang«, erklärte Abbé Villard. »Die Öffnung am Meer liegt unter einem Felsüberhang und ist nur bei tiefstem Ebbestand nicht von Wasser überflutet. Achtet auf die drei primitiven Stufen im Gestein, die zu einer Art von Sockel hinunterführen! Aber gebt Acht, sie liegen nicht sehr nah beieinander und können glitschig sein! Wenn ihr dort seid, schwenkt eure Fackel dreimal im Kreis! Das ist das vereinbarte Zeichen und dann wird das Beiboot der *Calatrava* zu euch kommen und euch auf das Schiff bringen. Wiederholt das Zeichen in Abständen so lange, bis ihr seht, dass ein Boot auf euch zuhält. Und jetzt lasst uns rasch und ohne viele Worte voneinander Abschied nehmen!«

Ihnen allen saß ein dicker Kloß starker innerer Rührung im Hals, als der alte Gralshüter sie der Reihe nach kurz umarmte und ihnen seinen Segen gab. Dann drückte er McIvor die brennende Fackel in die Hand, reichte Maurice Kerzen, Ersatzfackeln und Blechdose und forderte sie geradezu schroff auf: »Geht jetzt! Erweist euch der Weihe, die euch zu Hütern des Heiligen Grals gemacht hat, auf jedem Schritt eures langen Weges als würdig!«

10

Gerolt trat als Letzter durch die Tür in den Gang der Katakomben. Bevor er die Geheimtür schloss und der Riegel mit einem lauten Klacken einrastete, erhaschte er noch einen letzten Blick auf Bismillah und Abbé Villard. Das rissige, zerfurchte Gesicht kam ihm in diesem Moment erschütternd greisenhaft und unendlich müde vor. Es schien, als würde jetzt, wo er nicht länger über den Heiligen Gral zu wachen hatte und die erdrückende Verantwortung unwiderruflich in den Händen einer neuen Generation von Gralshütern lag, sein biblisches Alter von über zweihundertdreißig Jahren in seinen Zügen erst richtig zum Ausdruck kommen. Wortlos hob der einsame alte Mann die Hand zu einem stummen Gruß, als ihre Blicke sich ein letztes Mal trafen. Dann schloss die Mosaiktür den Spalt zwischen Tür und Felswand.

»Ich könnte mir reizvollere Orte als diese unterirdischen Gänge und Höhlen vorstellen, um beerdigt zu werden«, murmelte Maurice neben ihm.

»Wie Brot aussieht, hängt davon ab, ob du satt oder hungrig bist«, erwiderte Tarik trocken.

Erst jetzt sah Gerolt sich in dem Gang um, der sich sowohl nach rechts wie nach links erstreckte. Seine Breite betrug an dieser Stelle etwa fünf bis sechs Schritte, und wollte man die zerklüftete Decke mit den Fingerspitzen erreichen, musste man sich schon ordentlich strecken. Das Gestein war dunkel und an zahlreichen Stellen rauchgeschwärzt. Der Feuerschein der Fackel fiel zu beiden Seiten auf unterschiedlich große Nischen im Fels, die mit Totenschädeln und Gebein gefüllt waren und über die nun der Flammenschein tanzte. Leere Augenhöhlen starrten sie an.

Fast genau gegenüber der Geheimtür hatte man vier identisch schmale Nischen übereinander aus dem Fels geschlagen. Sie waren mannslang, maßen in ihrer Höhe aber nur eine halbe Elle. Drei dieser Nischen waren belegt. Jedoch nicht mit aufeinander geschichteten Schädeln und Knochen, sondern in jeder dieser Nischen fand sich nur ein einziges Skelett. Die Arme der Toten waren über der Brust verschränkt.

»McIvor, halt doch mal die Fackel hier herüber!«, rief Tarik gedämpft, während er auf die Wand mit den vier einzelnen Begräbnisstätten zutrat. »Was meint ihr, ob das wohl die letzte Ruhestätte für Gralshüter ist?« Schon im nächsten Moment gab er selbst die Antwort. »Ja, das sind Grabstellen von Gralshütern! Seht euch das an! Man hat sie mit ihrem Schwert zur letzten Ruhe gebettet! Und die Schwerter tragen am Knauf und an den Enden der Parierstange alle das Zeichen der fünfblättrigen Rose!«

»Dann dürfte die leere Nische wohl für den Abbé bestimmt sein«, mutmaßte Gerolt.

»Schaurig, hier in so einer Felsnische bis zum Jüngsten Tag zu liegen!«, murmelte Maurice.

»Auch nicht viel schauriger, als in der Erde von Würmern und anderem Getier aufgefressen zu werden«, meinte McIvor ungerührt. »Asche zu Asche, Staub zu Staub, mein Freund. Und hier unten bleibt zumindest das Gebein noch Jahrhunderte erhalten, wie du siehst.«

»Und bei dir auch noch die hübsche Augenklappe«, fügte Tarik spöttisch hinzu.

»Nur kein Neid, Kleiner«, erwiderte der Schotte mit breitem Grinsen und schlug ihm auf die Schulter. »Und jetzt lasst uns so schnell wie möglich aus dem felsigen Gedärm von Akkon herausfinden und auf das Schiff dieses Nikos Patrikios kommen!«

»Der Abbé hat gesagt, dass wir immer dem Wasser folgen sollen und das rauscht da hinten an der Wand entlang«, sagte Gerolt und deutete nach rechts den Gang hinunter.

McIvor ging mit der Fackel vorweg. Der natürliche Felsengang führte leicht abwärts. Nach gut zwanzig Schritten erreichten sie die Stelle, wo das Wasser in einem kräftigen Strahl aus einer Felsspalte rauschte und in seinem gut zwei Fuß breiten, selbst geschaffenen Bett in Form einer unregelmäßigen Felsrinne abfloss.

Sie folgten dem unterirdischen Bach, der zusammen mit dem Gang zahlreiche Windungen vollführte. Mehrmals gelangten sie zu größeren, höhlenartigen Ausbuchtungen, von denen andere Gänge und Spalten in das Labyrinth der Katakomben abzweigten. Und überall stießen sie auf Nischen mit dem Gebein von Christen, die in den Jahrhunderten der Verfolgung hier tief unter der Erde Zuflucht gesucht, Gottesdienst gefeiert und ihre Toten bestattet hatten.

An den Wänden zwischen den Nischen hatten die Gläubigen christliche Symbole und primitive Zeichnungen hinterlassen, aber auch viele Namen und an manchen Stellen sogar längere Texte, die in unterschiedlichen Sprachen abgefasst waren.

Zu seinem Erstaunen konnte Gerolt die in den Fels geritzten Texte ohne Schwierigkeit entziffern, obwohl einige auf Latein und Aramäisch, andere auf Griechisch und Persisch verfasst waren – und er wusste auch, wie die Worte auszusprechen waren und welche ihnen in der fremden Sprache folgten. Denn bei diesen Zeilen im Fels handelte es sich um Stellen aus dem Evangelium. Er besaß also tatsächlich die Gabe, fremde Sprachen wie seine eigene Muttersprache zu verstehen und zu sprechen!

301

Auch Maurice, Tarik und McIvor machten diese verblüffende Entdeckung. Mehrmals blieben sie kurz stehen, um im Licht der Fackel festzustellen, um welche Stelle aus dem Evangelium es sich gerade handelte und in welcher Sprache der Text geschrieben war.

»Das hier ist Griechisch!«, rief Tarik und las vor, was dort in die Wand eingeritzt geschrieben stand: »*Der Himmel und die Erde werden vergehen, meine Worte aber werden nicht vergehen.* Das ist aus dem Lukas-Evangelium!«

»Und hier steht in persischen Schriftzeichen etwas aus dem Evangelium des Matthäus, das ich so leicht lesen kann, als wäre es in meiner Muttersprache geschrieben!«, sagte McIvor aufgeregt. »Es ist Jesu Aufruf zur Nachfolge. *Wer mir nachfolgen will, verleugne sich selbst und nehme sein Kreuz auf sich und folge mir. Denn wer sein Leben retten will, der wird es verlieren. Wer aber sein Leben verliert um meinetwillen, der wird es finden. Der Menschensohn wird kommen in der Herrlichkeit seines Vaters mit seinen Engeln und einem jeden vergelten nach seinem Tun.*« Er schüttelte den Kopf. »Ich spreche Persisch! Unglaublich! Es ist so, wie der Abbé gesagt hat! Wir können in fremden Zungen reden und lesen!«

»Und wenn die Gnadengaben, mit denen uns der Heilige Geist gesegnet hat, sich eines fernen Tages in uns entfaltet haben, werden wir noch viel unglaublichere Dinge tun können als das«, murmelte Gerolt.

Schweigend setzten sie ihren Weg durch das Labyrinth der Katakomben fort. Der Gang mit dem Wasserlauf wurde allmählich enger, sodass sie nicht mehr zu zweit nebeneinander gehen konnten. Auch rückte die Decke immer näher. Und schon bald sah McIvor sich gezwungen, den Kopf einzuziehen und den Rücken zu krümmen, um nicht anzustoßen, überragte er sie doch alle um Haupteslänge.

»Wie lange führt dieser verdammte Gang denn noch abwärts!«,

fragte Maurice und brach damit das Schweigen, als es wieder einmal recht steil nach unten ging.

»Eine gute Frage«, pflichtete ihm Gerolt bei. »Allein das Heiligtum liegt doch bestimmt schon über fünfzig Ellen tief unter dem Montjoie. Und jetzt dürften noch weitere zwanzig Ellen hinzugekommen sein!«

»Wasser fließt nun mal nicht bergwärts«, sagte Tarik mit einem gleichmütigen Achselzucken. »Irgendwann wird es schon in der Felsspalte verschwinden, von der Abbé Villard gesprochen hat, und dort führt der Weg auch wieder aufwärts.«

»Ja, über eine Strickleiter, die dort bestimmt schon wer weiß wie lange herabhängt«, erinnerte Maurice seine Gefährten mit düsterer Vorahnung. »Und wenn ich etwas aus tiefster Seele hasse, dann solche Klettereien!«

Der Gang, der inzwischen gerade noch einer Person Platz bot und nun vom Wasserlauf fast völlig eingenommen wurde, sodass sie teilweise darin waten mussten, vollführte kurz darauf einen fast halbkreisförmigen Bogen nach rechts.

»Hier ist es!«, rief McIvor Augenblicke später von vorn. »Allmächtiger, da steht uns ja was bevor! Passt bloß auf, dass ihr euch nicht zu weit vorwagt!«

Vorsichtig traten Gerolt, Maurice und Tarik aus dem Gang und blieben neben McIvor stehen.

Maurice stieß einen gequälten Laut aus. »Ich habe es geahnt!«, stöhnte er.

Tarik lachte kurz auf. »Ein weiser Sufi würde jetzt wohl sagen: Es besteht kein Grund zur Angst. Angst ist eine Vorstellung, die dich blockiert – so wie ein Riegel die Tür versperrt. Brenne diese Schranke in deinem Geist nieder und du wirst obsiegen!«

»Eine solide Treppe wäre mir jetzt lieber«, brummte Maurice bissig. »Aber es dürften gern auch ein Paar Flügel sein!«

303

»Sanfte Katze, wenn du Flügel hättest, gäbe es keine Spatzen mehr in der Welt«, spottete Tarik.

Der Gang hinter der Biegung hatte sie in eine schmale Höhle geführt, die sich bei näherer Begutachtung als ein gewaltiger Schacht im Felsgestein herausstellte. Drei Schritte vor ihnen stürzte der Bach in einen tiefen Felsspalt, wurde zu einem laut rauschenden Wasserfall. Der Felsspalt vor ihnen klaffte gute fünf Schritte breit. Zwei Balken überbrückten den Abgrund, dessen Grund im Schein der Fackel nicht auszumachen war. Über diesen schmalen Steg gelangte man auf den Felsvorsprung auf der anderen Seite hinüber. Von dort führte eine Strickleiter senkrecht in die Höhe. Das Ende der Strickleiter befand sich in schwindelnder Höhe und war trotz des Feuerscheins der Fackel bestenfalls zu erahnen.

»Und da sollen wir hoch?«, murmelte Maurice bestürzt. »Heilige Muttergottes, stehe uns bei!«

Auch Gerolt musste erst einmal tief Luft holen.

»Ich würde jetzt gern wissen, wie lange die Strickleiter da schon hängt«, gestand Tarik leise. »Hoffentlich nur ein paar Jahre und nicht Jahrzehnte!«

McIvor zuckte die Achseln. »Mir gefällt es auch nicht. Aber man kann nicht gleichzeitig das Ei und den Eierkuchen haben, wie meine selige Mutter zu sagen pflegte. Also, wenn wir hier herauskommen wollen, wird uns gar nichts anderes übrig bleiben, als unser Leben dieser Strickleiter da drüben anzuvertrauen. Gut, dass wir Helme und Kettenhemden zurückgelassen haben!«

»Dann liegt es ja wohl an mir, als Erster den Aufstieg zu wagen und festzustellen, ob die Stricke halten«, sagte Tarik tapfer und verzog das Gesicht zu einer Grimasse. »Nicht dass ich mich nach dieser Ehre dränge, aber ich bin nun mal unbestritten der Leichteste von uns allen!«

304

Seine Gefährten mussten einräumen, dass es wirklich keiner weiteren Überlegung bedurfte, wer von ihnen den Anfang machen sollte. Denn trugen die Stricke nicht einmal Tariks Gewicht, hatten alle anderen erst recht keine Chance, die Felswand auf dieser Leiter zu überwinden. Den Heiligen Gral wollte Tarik jedoch nicht mitnehmen. Rissen die Seile und stürzte er in die Tiefe, blieb den anderen noch immer die Möglichkeit, zum Abbé zurückzukehren.

»Wenn ich sicher oben angekommen bin, bindet ihr den Beutel mit dem Ebenholzwürfel an die Strickleiter und ich ziehe sie dann hoch«, schlug Tarik vor.

»Und so sollten wir auch mit den Schwertern verfahren«, fügte Gerolt hinzu. »Unsere Waffen bringen nämlich einiges an Gewicht auf die Waage.«

Tarik löste seinen Gürtel, reichte sein Schwertgehänge Maurice und begab sich ohne ein weiteres Wort auf den schmalen Steg. Ohne in die Tiefe zu blicken, balancierte er über den Balkengrat, erreichte sicheren Fußes den schmalen Felsvorsprung auf der anderen Seite und griff mit beiden Händen nach der Strickleiter. Er ruckte mehrmals kräftig daran.

»Und?«, rief Maurice ihm zu. »Wie fühlen sich die Stricke an? Was hast du für ein Gefühl?«

Tarik wandte sich ihnen kurz zu. »Lass es mich mit deinen Worten sagen, Maurice!«, rief er zurück. »Eine solide Treppe wäre mir lieber! Aber die Stricke scheinen noch recht ordentlich in Schuss zu sein. Na, das werden wir ja gleich wissen.«

»Wir werden zur Muttergottes beten, dass die Leiter hält!«, versprach Maurice.

»Gebe Gott, dass sie uns auch aus den felsigen Gedärmen von Akkon hört«, erwiderte Tarik trocken, stellte seinen rechten Stiefel auf einen der unteren Querstricke und begann den Aufstieg.

305

»Gegrüßt seist du, Maria, voll der Gnade, der Herr ist mit dir«, begannen sie gemeinsam zu beten, während sie mit großer innerer Anspannung beobachteten, wie Tarik die Strickleiter erklomm. Sie schwankte dabei hin und her.

»Verdammt!«, fluchte Tarik plötzlich, als der Lichtschein der blakenden Fackel ihn kaum noch erreichte, und baumelte einen Moment lang mit den Beinen in der Luft.

Der Schreck fuhr seinen Gefährten in die Glieder und sie hielten den Atem an.

»Was ist?«, schrie McIvor besorgt zu ihm hoch.

»Hier ist eine der Trittstreben gerissen!«, kam es von oben zurück. »Aber sonst ist alles bestens. Du wirst deine wahre Freude haben, Maurice! . . . Wartet mal, ich sehe was da oben . . . Ja, ich habe jetzt das Ende in Sicht! Dem Himmel sei Dank!«

Wenig später rief Tarik ihnen zu, dass er sicheren Grund erreicht hatte und sie jetzt den Beutel mit dem Heiligen Gral an das Ende der Strickleiter binden konnten. Maurice übernahm diese Aufgabe. Er verstaute im Beutel auch die beiden Kerzen und die Blechdose. Es dauerte eine ganze Weile, bis Tarik das Ende der Strickleiter mit dem Heiligen Gral zu sich hochgezogen hatte. Noch länger dauerte es, bis alle Schwerter den langen Weg hinauf genommen hatten. Mehr als einmal musste Tarik innehalten und sich eine Atempause gönnen, weil ihn die Arme zu sehr schmerzten. Die lange Strickleiter allein besaß schon ein beachtliches Gewicht. Doch zusammen mit zwei Schwertgehängen an ihrem Ende hatte er das Gefühl, gewaltige Bleigewichte aus der Tiefe hochziehen zu müssen.

»Warum habe ich nicht dich zuerst hochklettern lassen, McIvor!«, klagte Tarik ihnen sein Leid aus der Höhe. »Mir fallen gleich die Arme ab! Dabei wäre es dir mit deinen Bärenpranken bestimmt ein Leichtes gewesen, hier den Tauzieher zu spielen.«

»Dafür hast du den Aufstieg schon hinter dir und bist mit dem Heiligen Gral in Sicherheit!«, rief McIvor zurück. »Außerdem verzehrt Neid die guten Taten so wie das Feuer trockenes Holz, mein Bester!«

»Schon gut, schon gut«, kam es von oben zurück. »Und versuch jetzt nicht, mich mit weisen Sprüchen ausstechen zu wollen, McIvor! Darin wirst du immer den Kürzen ziehen! Ich sage es mit den Sufis meiner Heimat: ›Jeder, der seinen Bruder wegen einer Sünde schmäht, wird nicht sterben, ehe er diese Sünde nicht selbst begangen hat!‹«

Schließlich war es dann so weit, dass auch Gerolt, Maurice und McIvor sich der Strickleiter anvertrauen mussten.

Gerolt machte sich bereit. Er klemmte sich die Ersatzfackel im Rücken hinter den breiten Gürtel, überquerte den gähnenden Abgrund und ergriff die rauen Seitenstricke der Leiter.

»Wir werden sie so straff wie möglich halten, damit du nicht so wild hin und her pendelst«, sagte Maurice und winkte McIvor heran, der mit der brennenden Fackel auf der anderen Seite gewartet hatte.

»Verbrenn mir bloß nicht den Hintern mit der Fackel!«, rief Gerolt dem Schotten zu. Dann kletterte er behände, aber mit klopfendem Herzen in die Höhe.

Er blickte nicht nach unten, sondern richtete seine ganze Aufmerksamkeit auf die Stricke vor seinen Augen. Vor jedem neuen Schritt vergewisserte er sich, dass seine Hände mit sicherem Griff die Führungsstricke umfasst hielten. Mehrmals hatte er das beängstigende Gefühl, als dehnten sich die Querstreben unter seinen Stiefelsohlen. Und ihm war auch, als könnte er hören, wie einzelne Stränge unter seinem Gewicht rissen. Mit Sorge dachte er an Maurice und McIvor, die noch schwerer waren als er.

Höher und höher kletterte er an der kalten Felswand entlang, die über zahlreiche scharfe Kanten und Spitzen verfügte. Und während er sich immer weiter vom Schein der Fackel unter ihm entfernte, fragte er sich beklommen, wie oft die Seile schon daran vorbeigeschrammt waren – und wie viel Belastung sie wohl noch ertragen würden. Er passierte die Stelle, wo eine der Trittstreben unter Tarik gerissen war. Die Kletterei ging ordentlich in die Armmuskeln und er verharrte einen Moment, um Atem zu schöpfen.

»Nur munter weiter, edler Gralsritter!«, rief Tarik ihm da von oben zu. »Gleich hast du es geschafft und bist bei mir im Himmelreich der Katakomben von Akkon!«

Augenblicke später erfasste Gerolt Tariks Hand und kroch zu ihm über den Felswulst auf die breite Plattform. Wie groß dieses Plateau war und wo der Weg zum Ausgang lag, ließ sich in der Dunkelheit nicht feststellen.

»Der Nächste kann kommen!«, rief Tarik hinunter.

Nun machte sich Maurice an den Aufstieg. Er gelangte ohne Zwischenfälle zu ihnen. McIvor hatte die schwierigste Aufgabe, nicht nur weil er der Schwerste war, sondern weil er auch noch mit der Fackel in der linken Hand hochsteigen musste. Zudem hielt nun keiner mehr die Strickleiter unten halbwegs straff.

Es dauerte eine halbe Ewigkeit, kam er doch nur ganz langsam voran. Es sah von oben so aus, als kröche er wie eine Schnecke an der Strickleiter empor. Und was sie befürchtet hatten, trat nun ein. Siebenmal rissen die Querstricke unter seinem Gewicht. Und jedes Mal pendelte er mit der Strickleiter wild hin und her, während er versuchte wieder festen Tritt zu finden, ohne dabei die Fackel zu verlieren.

»Lass die Fackel fallen!«, schrie Gerolt ihm zu, der nun ernsthaft um das Leben des Schotten fürchtete. »Wir machen hier Feuer und zünden die Ersatzfackel an! Je länger du an der Strickleiter hängst, desto größer ist die Gefahr, dass sie reißt! Sieh zu, dass du so schnell wie möglich nach oben kommst!«

McIvor zögerte nicht und ließ die brennende Fackel fallen. Mit wild flackerndem Schein stürzte sie in die Tiefe und erlosch, als sie in den Wasserfall geriet.

Tarik beeilte sich in der pechschwarzen Finsternis mit dem Feuerstein Funken zu schlagen und den Zunder in Brand zu setzen. Endlich züngelten kleine Flammen empor, an denen er zuerst eine der Kerzen entzündete und daran dann die zweite Pechfackel. Als er die lodernde Fackel über den Abgrund hielt, reichte der Schein schon bis zu McIvor hinab. Und wenig später ließ dieser sich mit einem erlösten Stoßseufzer von den zupackenden Händen seiner Gefährten über den Felsrand auf die Plattform ziehen.

Sie gönnten ihm nur eine kurze Verschnaufpause, dann setzten sie ihren Weg fort. Und sie brauchten nicht lange zu suchen, denn von der vorspringenden Felsenplatte führte nur ein einziger schmaler Gang weiter. Es war eine mannshohe und etwa vier Fuß breite Spalte, die sich steil aufwärts durch den Fels zog, bevor sie ihren höchsten Punkt erreichte und sich dann sanft abwärts neigte. Der Boden war hier feucht und rutschig, auch fanden sich auf dem Felsgrund und an den Wänden Muscheln und etwas grünes Schleimiges, das nach einer Art von Algenbewuchs aussah. Ein deutlicher Hinweis darauf, dass bei Flut Wasser in diesen Abschnitt der Felsspalte eindrang. Manche Stellen waren so eng, dass sie Mühe hatten, sich hindurchzuzwängen, ohne sich dabei an den scharfen Muscheln die Kleidung aufzureißen und sich zu verletzen. Der rußige Rauch der Fackel brannte ihnen in den Augen.

Plötzlich wurde der Felsspalt breiter und öffnete sich zu einer kleinen Höhle mit einem Durchmesser von vielleicht zehn Schritten, deren Wände und Decke über und über mit Muscheln bewachsen waren. Schwacher grauer Lichtschein fiel vom anderen Ende direkt über dem glitschigen Steinboden in diese Grotte. Sie hatten den geheimen Ausgang am Felsufer von Akkon erreicht!

Vierter Teil

Die Welt ist des Teufels

1

Die schmale und nicht ganz brusthohe Öffnung der Grotte ähnelte dem nach unten gerichteten Maul eines Welses, der sich seine Nahrung vom Grund eines Flusses holte. Eine weit vorhängende Felslippe verhinderte bei Ebbe, dass man den Zugang vom Wasser aus entdecken konnte. Um ins Freie zu gelangen, musste man in die Hocke gehen und, wie von Abbé Villard beschrieben, über drei Trittstufen abwärts steigen.

Mit großer Vorsicht, um nicht auf dem glitschigen Belag auszurutschen, und sich gegenseitig Halt gebend, stiegen sie nacheinander auf den Felsvorsprung hinunter. Hinter ihnen ragte der kantige Festungsturm der Eisenburg in den Himmel. Und vor ihnen erstreckte sich im letzten grauen Licht des weichenden Tages das Meer, das von böigen Winden aufgewühlt wurde. Über die tief hängende, unheilvoll dräuende Wolkendecke irrte der rote Widerschein zahlloser Brände, die mittlerweile überall in Akkon loderten. Dem wilden Feuerschein nach musste die halbe Stadt in Flammen stehen.

Ihr Augenmerk galt jedoch den Schiffen, die vor Akkon vor Anker lagen, und der Suche nach dem Beiboot der *Calatrava* von Kapitän Nikos Patrikios. Sie konnten ein gutes Dutzend Handelsgaleeren unterschiedlicher Größe ausmachen, die im kabeligen Wellengang an ihren Ankertauen zerrten, als könnten sie es nicht erwarten, endlich von hier fortzukommen und sichere Gewässer anzusteuern. Zwischen ihnen wimmelte es von kleineren Kauffahrern, Fischerbooten, plumpen Barken und Ruderbooten, die in einem dichten Strom aus dem Hafen der besiegten Stadt flüchteten. Viele waren überladen und lagen gefährlich tief im Wasser. Die seetüchtigen Schiffe unter ihnen beeilten sich, mit hektischem Schlag ihrer Rudermannschaften und von allen verfügbaren Segeln unterstützt, aus diesem chaotischen Gedränge herauskommen und gleich hinter den Untiefen südwestlich vom Turm der Fliegen Kurs auf Zypern zu nehmen.

»Kann jemand ein Beiboot ausmachen, das darauf wartet, uns hier abzuholen?«, fragte McIvor und schwenkte die Fackel über seinem Kopf dreimal im Kreis, wie Abbé Villard es ihnen aufgetragen hatte.

»Wie denn?«, fragte Maurice zurück. »In diesem Ameisenhaufen?«

»Was für ein entsetzlicher Anblick!«, murmelte Tarik betroffen. »All diese Menschen auf der Flucht! Und wie viele von ihnen werden, die Rettung vor Augen, den Tod finden!«

Gerolt pflichtete seinem Gefährten in Gedanken bei. Das Chaos, das sich ihren Blicken darbot, war erschütternd. Die Angst saß den Menschen im Nacken, insbesondere denen, die in einer der vielen Barken oder in einem Ruderboot vor den eindringenden Mameluken geflohen waren. Sie wussten, dass sie ihr Leben nur dann retten konnten, wenn es ihnen gelang, von einem der größeren, seetüchtigen Schiffe aufgenommen zu werden. Aber die Segler und Handelsgaleeren hatten schon längst mehr Passagiere an Bord gelassen, als eigentlich zu verantworten war. Dennoch wurden diese Schiffe von allen Seiten von kleinen Booten bedrängt, deren Insassen darum bettelten und flehten an Bord kommen zu dürfen. In ihrer Verzweiflung versuchten sie sogar sich mit Gewalt auf einen dieser Segler zu retten. Dagegen wehrten sich die Seeleute mit brutalen Hieben, und sie schreckten auch nicht davor zurück, zu Schwert und Lanze zu greifen, um das Entern des eigenen Schiffes zu verhindern. Blut färbte das Wasser und Leichen trieben zwischen den Schiffen.

Mit Entsetzen beobachtete Gerolt, wie eine auslaufende Galeere unter dem schäumenden Ruderschlag ihrer Mannschaft gnadenlos über zwei voll besetzte Ruderboote hinwegpflügte, die sich vor den Bug des Schiffes gelegt hatten. Wie Nussschalen wurden sie vom Rumpf der Galeere unter Wasser gedrückt, und die beidseits kraftvoll in die Fluten schneidenden Ruderblätter töteten so manchen Insassen der beiden Boote, als die Überlebenden in unmittelbarer Nähe der Galeere wieder an die Wasseroberfläche gelangten.

Erneut ließ McIvor die Fackel über seinem Kopf kreisen.

»Da ist es! . . . Das muss es sein!«, rief Maurice im nächsten Augenblick und wies schräg nach rechts über das Wasser.

Er täuschte sich nicht. Ein schmales, lang gestrecktes Beiboot, das von vier Seeleuten gerudert wurde, tauchte zwischen zwei größeren Handelsgaleeren auf und hielt geradewegs auf sie zu.

»Endlich!« Tarik atmete erleichtert durch.

Wenig später legte sich das Beiboot der *Calatrava* an der Felsenbank längsseits. »Das wurde aber auch Zeit, meine Herren Ritter!«, rief der baumlange, muskulöse Seemann ihnen mürrisch zu, der am Heck an der Ruderpinne saß. »Viel länger hätte mein Kapitän nicht auf Euch gewartet, Templer hin oder her!«

»Dein Kapitän ist fürstlich dafür bezahlt worden, dass er auf uns wartet und uns nach Zypern bringt! Wir reisen in wichtiger Mission, Seemann!«, fauchte Maurice ihn an. »Und wer bist du überhaupt, dass du es wagst, so dreist mit Rittern des Templerordens zu sprechen, Bursche?« Und mit einem Satz sprang er zu ihm ins Boot.

»Ich bin Leonides Dukas, der Erste Steuermann der *Calatrava!*«, antwortete der Seemann und reckte stolz das kantige Kinn. »Die Lage ist kritisch, wie Ihr ja wohl sehen könnt, Templer. Wir haben alle Hände voll zu tun, uns der zahllosen Flüchtige zu erwehren, die unser Schiff belagern, und es wird mit jeder Minute schlimmer. Die verfluchten

315

Mameluken haben die letzten Verteidigungslinien überrannt und werden noch vor Einbruch der Nacht die ganze Stadt unter ihre Kontrolle gebracht haben.«

»Bis auf die Eisenburg«, warf einer der Ruderer ein. »Da haben sich Eure Ordensbrüder verschanzt. Es heißt, sie wollen bis zum letzten Mann kämpfen.«

»Na ja, bis auf vier«, warf ein anderer spöttisch ein.

»Noch ein derartiges Wort und ich schicke dich in Stücken zu den Fischen!«, fuhr Maurice ihn an und legte die Hand warnend auf den Griff seines Schwertes. »Niemand hat je ungestraft einen Templer der Feigheit bezichtigt! Wir befinden uns nicht auf der Flucht vor den räudigen Mameluken, sondern sind mit einer Mission betraut, deren Bedeutung du nicht einmal in hundert Jahren des Grübelns erahnen kannst!«

»Lass es gut sein«, sagte nun Gerolt besänftigend, der indessen mit Tarik und McIvor ins Boot gestiegen war. »Die Männer können davon nichts wissen. Sehen wir zu, dass wir von hier wegkommen.«

Tarik nickte und raunte ihm zu: »Die beste Antwort einem Narren gegenüber ist Schweigen.«

Maurice warf den Seeleuten noch einen wütenden Blick zu, beließ es jedoch dabei und nahm mit seinen Gefährten auf den freien Ruderbänken Platz.

Das Beiboot legte von der Felsenbank ab und die vier Seeleute legten sich kräftig in die Riemen, um so schnell wie möglich zu ihrem Schiff zurückzukehren.

2

Als sie sich der *Calatrava* näherten, sahen sie, dass es sich bei dem Schiff um eine leichte Handelsgaleere mit einem Hauptmast und einem kleineren Mast auf dem Vorschiff handelte. Zu beiden Seiten ragten zwei übereinander liegende Reihen von jeweils gut zwanzig Ruderblättern aus den viereckigen Rumpföffnungen. Unter normalen Bedingungen mochte das Schiff zu den schnellen seiner Art zählen. Doch schon von weitem konnte man sehen, dass die Galeere diesmal kaum zu großer Geschwindigkeit fähig sein würde. Sie war sichtlich überladen. Ein Blick auf das Oberdeck, das wie von Menschen überschwemmt wirkte, genügte, um zu erahnen, wie es unter Deck zugehen musste. Dennoch bedrängten noch mehrere Ruderboote voll mit Flüchtlingen das Schiff.

Sie waren vielleicht noch dreißig, vierzig Bootslängen von der *Calatrava* entfernt, wo Kapitän Nikos Patrikios mittlerweile schon mit dem Einholen des Ankers begonnen hatte, als sich zu ihrer Linken ein weiteres Drama abspielte. Die Insassen von drei dicht besetzten Ruderbooten hatten einem offenen, einmastigen Fischerboot, in dem schon über ein Dutzend Personen kauerte, den Weg abgeschnitten und es auf seiner Steuerbordseite zu fassen bekommen. Ein wildes Handgemenge war zwischen den Leuten in den Ruderbooten und denen im Fischerboot entbrannt. Von panischer Todesangst getrieben, schrien und schlugen sie rücksichtslos aufeinander ein. Aber die Flüchtlinge in den Ruderbooten waren bei weitem in der Überzahl und nichts vermochte sie davon abzuhalten, auf das Fischerboot zu klettern, das allein Hoffnung auf Rettung bot. Von aller Vernunft verlassen, versuchten sie das Gefährt auf der Steuerbordseite im Sturm zu nehmen. Das Fischerboot war dem einseitigen Gewicht der an Bord drängenden Menschentrauben nicht lange gewachsen. Auch als es sich schon gefährlich neigte, ließen die Flüchtlinge in den Ruderbooten dennoch nicht von ihrem törichten Enterversuch ab. Jeder hoffte, der andere würde nachgeben, sofern es in diesem Moment überhaupt noch einen gab, der zu einem klaren Gedanken fähig war. Keiner wollte derjenige sein, der zurückblieb.

Und dann geschah das Unvermeidliche. Das Fischerboot schlug plötzlich voll Wasser und kenterte schlagartig über die Steuerbordseite. Es begrub eines der Ruderboote unter sich. Ein zweites drückte es mit seinem Mast unter Wasser, der wie eine Riesenkeule aus der Höhe herabfiel, das Boot zertrümmerte und versenkte.

Verzweifelt schrien die ins Meer geschleuderten Menschen um Hilfe. Die wenigsten konnten schwimmen. Einigen gelang es, sich an den Rumpf des Fischerbootes zu klammern, das kieloben im Wasser trieb. Andere bekamen ein Stück der Trümmer zu fassen. Die meisten kämpften jedoch mit dem Ertrinken, unter ihnen Frauen und Kinder und Alte. Und das dritte Ruderboot, das unbeschädigt geblieben war und in dem jetzt bloß noch eine Hand voll Flüchtlinge saß, beeilte sich so schnell wie möglich von dem Unglücksort wegzukommen, um nun nicht seinerseits Gefahr zu laufen, von den Überlebenden im Wasser zum Kentern gebracht zu werden.

»Legt einen Schlag zu!«, schrie Leonides Dukas seinen Männern zu. »Und haltet das Boot von ihnen fern! Wir können keinen retten. Diese verdammten Schwachköpfe haben sich das Unglück selbst zuzuschreiben.«

Gerolt sprang jäh auf und hielt sich dabei an Tariks Schulter fest, glaubte er aus dem schauerlichen Lärm doch bekannte Stimmen heraushören zu können.

»Wartet!«, rief er dem Steuermann zu und spähte angestrengt zur Unglücksstelle hinüber. »Da schwimmen Leute, die wir kennen! . . . Ja, das sind die Granvilles! . . . Da drüben! Ich kann sie ganz deutlich erkennen!«

»Du hast Recht!«, stieß Tarik hervor. »Jetzt höre ich es auch! . . . Heiliger Christophorus, es sind wirklich die Granvilles! Der Mann, der sich mit seinen beiden Töchtern an einem Stück Holz festhält! . . . Wir müssen sie retten!«

»Das kommt überhaupt nicht in Frage!«, sagte Leonides Dukas barsch. »Weder haben wir die Zeit, um uns damit aufzuhalten, noch ist Platz für sie auf der *Calatrava!* Jetzt muss jeder selber sehen, wie er seine Haut in Sicherheit bringt! Wir bleiben auf Kurs, Männer!«

Nun war es McIvor, der aus der Haut fuhr. Er richtete sich zu seiner vollen Größe auf, war mit einem Satz zwischen den Bänken der Ruderer und riss sein Schwert aus der Scheide. »Du wirst sofort das Ruder umlegen!«, herrschte er den Steuermann an und hielt ihm die Klinge an die Kehle. »Oder ich werde tun, was mein Freund dir vorhin angedroht hat! Hast du mich verstanden?«

Leonides Dukas wurde blass. »Hol dich der Teufel, Templer!«, stieß er mit ohnmächtiger Wut hervor, tat jedoch, was McIvor ihm befohlen hatte. Das Boot schwenkte scharf herum und nahm Kurs auf die drei Granvilles, die sich nur mit Mühe an einer halb zertrümmerten Ruderbank über Wasser hielten.

»Haltet aus!«, schrie Gerolt ihnen vom Bug aus zu. »Wir kommen euch holen! Gleich seid ihr gerettet!«

Wenige Augenblicke später hatten sie die drei hilflos in den Wellen treibenden Granvilles erreicht. Gerolt beugte sich über die Bordwand und zog zuerst die kleine Heloise aus dem Wasser. Dann half er zusammen mit Tarik ihre ältere Schwester in Sicherheit zu bringen. Den schwergewichtigen Kaufmann ins Boot zu hieven kostete einiges mehr an Anstrengung. Er würgte und erbrach Salzwasser und galligen Schleim, als sie ihn hochzerrten und sich das harte Dollbord dabei tief in seinen Bauch presste. Aber dann lag auch er, triefend und heftig nach Atem ringend, zwischen seinen Töchtern, denen die Todesangst noch immer ins Gesicht geschrieben stand. Sie zitterten wie Espenlaub und hielten sich gegenseitig umklammert, als wollten sie sich nie wieder voneinander lösen.

»Nichts wie zum Schiff!«, schrie der Steuermann und warf die Ruderpinne wieder herum. »Wenn wir noch eine Minute länger hier bleiben, wird das uns allen zum Verhängnis werden! Legt euch in die Riemen, Männer!«

Diesmal erhob keiner der Templer Widerspruch, auch wenn ihnen das Schicksal der anderen Unglücklichen im Wasser Herz und Kehle zuschnürte. Aber sie wussten, dass Leonides Dukas nicht übertrieben hatte. Mehr Personen vermochte das Beiboot wirklich nicht aufzunehmen.

»Wieder seid Ihr es . . . die uns das Leben retten! . . . Womit haben wir . . . dieses gnädige . . . Schicksal nur verdient? . . . Zweimal den Tod vor Augen und dann . . . dann kommt Ihr Tempelritter! . . . Der Herr segne Euch . . . tausendfach für Eure Güte und . . . Euren tapferen Beistand!«, stieß Gustave Granville hervor und vor Dankbarkeit und Erlösung liefen ihm die Tränen über die Wangen. Er griff nach Gerolts Hand und wollte sie küssen.

Gerolt entzog sie ihm rasch. »Wir haben getan, was jeder andere aufrichtige Christ wohl auch getan hätte. Ich wünschte, wir hätten dasselbe auch noch für viele andere tun können.«

»Es scheint unsere Bestimmung zu sein, immer dann in Euer Leben zu treten, wenn Ihr in höchster Bedrängnis seid«, sagte Maurice und lächelte Beatrice dabei aufmunternd zu.

»So scheint es in der Tat«, antwortete Beatrice mit kraftlos zittriger Stimme. »Doch wäre ich Euch und Euren Ordensbrüdern lieber unter freundlicheren Umständen wieder begegnet.«

»So entsetzlich die Umstände auch sein mögen, so sehr erfreut uns doch alle die schicksalhafte Fügung, dass wir Euch nun auf demselben Schiff wissen, das uns nach Zypern bringt. Wir können uns wahrlich keine angenehmere Gesellschaft wünschen als die Eure, Beatrice«, sagte Maurice, um dann rasch noch hinzuzufügen: »Und natürlich die Eures geschätzten Vaters und Eurer reizenden kleinen Schwester.«

Beatrice war zu einer weiteren Antwort nicht fähig. Erschöpft und als könnte sie den Anblick der im Chaos versinkenden Welt um sie herum nicht länger ertragen, schloss sie die Augen und barg ihren Kopf an der Schulter ihrer Schwester.

McIvor stieß Maurice unauffällig den Ellbogen in die Seite. »Lass sie jetzt in Ruhe und spar dir deinen Honig für später auf, Maurice! Siehst du denn nicht, wie erledigt sie ist? Dir bleibt auf der Überfahrt noch Zeit genug, Süßholz zu raspeln!«

Maurice errötete verlegen. »Süßholz raspeln? Wer hat denn hier Süßholz geraspelt? Ich habe doch nur versucht sie zu beruhigen und von dem Schrecken abzulenken, den sie durchgemacht haben. Das war Balsam für eine verstörte, empfindsame Frauenseele, mein Freund!«, verteidigte er sich. »Außerdem weiß ein so grober Klotz wie du doch gar nicht, was Süßholz ist! Du hältst vermutlich schon eine stachlige Moordistel für ein anmutiges Gewächs!«

McIvor reagierte gelassen und erwiderte mit einem breiten Grinsen: »Wie gut du mich durchschaut hast, Maurice! Aber du solltest mich nicht für einen hoffnungslosen Fall halten. Denn mit einem so leuchtenden Beispiel wie dir an meiner Seite habe ich bestimmt al-

321

lerbeste Aussichten, mit der Zeit noch einiges zu lernen. Ich verspreche dir auch aufmerksam an deinen Lippen zu hängen, wenn du das nächste Mal wieder eine verstörte Frauenseele mit deinem Seelenbalsam beglückst!«

Maurice bedachte ihn mit einem erbosten Blick, gab das kurze Wortgefecht jedoch verloren und winkte ungnädig ab. »Ach was, du wirst es nie lernen, du . . . du Schotte!«, brummte er und wandte ihm den Rücken zu. Vermutlich wäre er am liebsten wütend davongestiefelt, wenn er nicht mit ihnen in einem engen Beiboot gesessen hätte. »Also gut, es war ein bisschen Süßholzraspeln dabei!«, räumte er dann achselzuckend ein und zog eine Grimasse. »Und wennschon? Was kann ein Adler dafür, dass er höher fliegen kann als eine plumpe Gans?«

Gerolt legte ihm seinen Arm in freundschaftlicher Zuneigung um die Schulter. »Aufplustern können sich beide Vögel ganz ordentlich, aber natürlich haben wir lieber einen stolzen Adler wie dich zum Gefährten! Ohne dich wären wir doch wie ein Karren mit nur drei Rädern! Also, besinnen wir uns auf das, was zählt: Füreinander in fester Treue!«, sagte er und McIvor und Tarik schlossen sich dieser Beteuerung an.

Für einen kurzen Moment trat das Entsetzliche, das sich auf dem Wasser und in der Stadt ereignete, in den Hintergrund. Es war gut, sich ihrer Freundschaft zu versichern, so verschieden sie im Wesen auch sein mochten. Um dem heiligen Amt, das sie als Gralsritter übernommen hatten, und den damit einhergehenden Gefahren gewachsen zu sein, war dieser unverbrüchliche Zusammenhalt so notwendig wie die Luft zum Atmen.

Die *Calatrava* hatte sich indessen schon aus dem gefährlichen Gewimmel der kleinen Boote gelöst, damit das Anlegemanöver des Beibootes anderen keine Gelegenheit bot, es ihm gleichzutun. Dennoch ließ ihr Kapitän die Ruder auf der Steuerbordseite nur kurz einziehen, damit die vier Templer, die Granvilles und die Seeleute an Bord klettern konnten. Er trieb sie mit harschen Zurufen vom Oberdeck aus zur Eile an. Der Kaufmann und seine beiden Töchter, die noch immer unter Schock standen, bedurften tatkräftiger Hilfe, um auf die Galeere zu kommen. Gerolt stellte mit einem schnellen Blick fest, dass sich unter den Passagieren nur wenige bewaffnete Kreuzfahrer befanden.

»Dass Ihr noch drei weitere Passagiere mitbringt, war nicht ausgemacht! Ich habe schon mehr Flüchtlinge aufgenommen, als ich es eigentlich hätte tun dürfen!«, empfing Nikos Patrikios sie mit unverhohlener Verärgerung auf dem heillos überfüllten Oberdeck der *Calatrava*. Der Kapitän war ein stämmiger, sehr gedrungen wirkender Mann jenseits der vierzig. Ein kurz geschnittener pechschwarzer Vollbart rahmte ein rundliches Gesicht mit energischen Zügen und kleinen dunklen Augen ein. Er trug auf dem Kopf eine kurze, topfrunde Kappe aus seegrünem Samt, die mit goldgestickten, zyprischen Ornamenten verziert war. Eine breite, doppelt um die Hüften gewickelte Schärpe aus demselben Samtstoff schmückte sein safranfarbenes Gewand. Und an seinen ersten Steuermann gewandt, fügte er zornig hinzu: »Hast du vergessen, was ich dir aufgetragen habe, Leonides?«

»Ich hatte keine Wahl, Kapitän!«, verteidigte sich Leonides Dukas erregt und warf den Templern einen bösen Blick zu. »Sie haben mich mit blanker Waffe dazu gezwungen, diese drei da aus dem Wasser zu fischen!« Dabei machte er eine abfällige Handbewegung in Richtung der drei Granvilles, die neben der Bordwand niedergesunken waren. »Hätte ich mich von ihnen in Stücke hauen lassen sollen?«

»Die Familie Granville steht uns sehr nahe!«, mischte sich nun Gerolt ein. »Hättet Ihr vielleicht Freunde von Euch vor Euren Augen ertrinken lassen, Kapitän?«

»Ich trage für mehr als nur eine Hand voll Freunde die Verantwortung, Tempelritter! Seht Euch doch nur auf dem Deck um! Vor lauter Flüchtlingen kann man kaum noch einen Fuß vor den anderen setzen!«, erwiderte Nikos Patrikios ungehalten. »Ich habe die Sicherheit meines Schiffes mit seiner Besatzung und mehr als hundertfünfzig Flüchtlingen zu gewährleisten!«

»Nun sind es eben drei mehr geworden! Und dabei wird es auch bleiben!«, beschied Maurice ihn barsch. »Also ersparen wir uns weiteres unnützes Gerede!«

»Natürlich soll es Euer Schaden nicht sein, Kapitän Patrikios!«, fügte Gerolt schnell hinzu, als er sah, wie sich die Miene des Zyprioten verfinsterte. Er wünschte einmal mehr, Maurice wüsste sein schnell aufflammendes hitziges Temperament besser zu zügeln und sich in solchen Situationen diplomatischer zu verhalten. »Wir wissen Eure Nachsicht zu schätzen und werden Euch für Eure Großzügigkeit mehr als angemessen in Gold entschädigen. Ihr könnt also mit einem hübschen Batzen aus der Templerkasse rechnen. Und jetzt wollen wir Euch nicht länger von Eurer Arbeit abhalten.«

Kapitän Nikos Patrikios kniff den Mund grimmig zusammen, schien jedoch halbwegs besänftigt zu sein. Er nickte ihnen knapp zu und winkte einen seiner Seeleute heran, die in der Nähe standen und dem gereizten Wortwechsel neugierig gefolgt waren. »Basileios! Führe die Tempelherren zu der Kabine unter Deck, die ich für sie freigehalten habe! Du weißt, die ganz hinten am Heck!«

»Ich weiß Bescheid, Kap'än«, nuschelte der stiernackige Seemann, bei dem es sich um den Quartiermeister der *Calatrava* handelte, wie sich sogleich herausstellen sollte.

Nikos Patrikios wandte sich von ihnen ab und erteilte eine Reihe von scharfen, knappen Kommandos. Leonides Dukas übernahm das Steuer und der Schlagmann auf dem tiefer liegenden Laufsteg zwischen den Reihen der insgesamt hundertsechzig Ruderer ließ seine bauchige Standtrommel erdröhnen, mit der er den Rhythmus der Ruderschläge vorgab. Mit Peitschen bewehrte Aufseher bezogen ihre Posten auf dem Laufsteg. Die mit eisernen Fußfesseln angeketteten und zerlumpten Ruderer, fast ausschließlich Sklaven oder zum Galeerendienst verurteilte Verbrecher, griffen jeweils zu zweit zu den langen Riemen. Mit dem perfekten Gleichmaß einer Maschine tauchten achtzig Langriemen gleichzeitig ein und pflügten in dem rasch schneller werdenden Takt des Rudermeisters durch die Fluten. Die *Calatrava* nahm Geschwindigkeit auf und suchte Anschluss an die anderen Galeeren und Segler, die sich schon aus den Küstengewässern entfernt hatten. Ein Konvoi von vielen Schiffen bot größtmögliche Sicherheit.

»Die Kabine, die unser Käp'än für Euch freigehalten hat, dürfte für vier Männer von Eurer Statur reichlich eng werden«, raunte ihnen Basileios indessen vertraulich zu, um dann mit einem verschlagenen Augenzwinkern fortzufahren: »Aber als Quartiermeister könnte ich Euch unter Umständen eine geräumigere verschaffen. Ich bräuchte bloß einige Leute umzuquartieren. Das könnte zwar etwas Ärger geben, lässt sich aber schon machen, wenn Ihr bereit seid Euch für diese Gefälligkeit erkenntlich zu zeigen.«

»Das wird nicht nötig sein«, erwiderte Maurice, diesmal um einen freundlichen Tonfall bemüht. »Wir überlassen unsere Kabine dem Herrn Granville mit seinen Töchtern, die ihrer dringender bedürfen als wir.«

Seine Gefährten nickten, hatten sie doch denselben Gedanken gehabt. Und Gerolt fügte nur noch hinzu: »Kümmert Euch gut um sie und besorgt ihnen vor allem trockene Kleidung und eine warme

Mahlzeit, wenn das möglich ist! Es soll Euer Schaden nicht sein, Quartiermeister.«

Basileios grinste zufrieden. »Ich werde mich um sie wie eine Glucke um ihre junge Brut kümmern!«, versprach er beflissen und zwängte sich zu Gustave Granville und seinen Töchtern durch.

Tarik verzog das Gesicht und murmelte spöttisch: »Ein Quäntchen Gold ist oftmals wirkungsvoller als hundert Pfund Kraft!«

Die Granvilles wollten das großherzige Angebot der Tempelritter erst nicht annehmen, waren jedoch zu erschöpft und mitgenommen, um sich lange dagegen zu sträuben. Und so ließen sie sich nach kurzem Zureden dankbar vom Quartiermeister hinunter in die Kabine führen.

Indessen stand Gerolt mit seinen Gefährten an Steuerbord an der Reling und warf einen letzten Blick hinüber auf das in Blut und Asche versinkende Akkon. Überall brannten Wehrtürme und Häuser. Der böige Wind wirbelte riesige Rauchfahnen durcheinander. Und wenn sie aus der Entfernung auch keine Einzelheiten mehr erkennen konnten, so sahen sie doch vor ihrem geistigen Auge das fürchterliche Gemetzel, das die von allen Seiten hereinströmenden Mameluken jetzt in den Straßen der eroberten Stadt und rund um den Hafen unter den Unglücklichen anrichteten, die nicht hatten fliehen können. Der Feind würde weder Frauen noch Kinder und Alte verschonen. Die Stunde ungezügelter, maßloser Mordlust, Vergewaltigung und Brandschatzung war gekommen. Und wer diesem fürchterlichen Blutbad nicht zum Opfer fiel, auf den wartete die Verschleppung in die Sklaverei.

Lähmendes Schweigen lag wie ein erdrückendes Leichentuch über der Galeere. Es fiel nicht ein einziges lautes Wort. Nur das dumpfe, monotone Dröhnen der Trommel war zu hören, begleitet vom Knarren der Langriemen und vom Rauschen des Wassers.

Die Gedanken der vier Gralshüter gingen zu Abbé Villard, Bismillah und Dschullab und zu ihren Ordensbrüdern, die sich in der Eisenburg verschanzt hatten und dem Templerschwur getreu wohl die Letzten sein würden, die in Akkon ihr Leben im Kampf lassen würden.

Nie zuvor hatten sie eine tiefere Erschütterung empfunden. Vor ihren Augen versank mit Akkon nach zweihundert Jahren blutigen Kampfes endgültig das einstige stolze Reich der Kreuzfahrer, das Königreich Jerusalem!

3

Längst lag die Küste des Heiligen Landes außer Sicht und war der letzte Schimmer Tageslicht am westlichen Horizont erloschen. Nicht ein einziger Stern ließ sich am Nachthimmel ausmachen. Dicht geschlossen wie eine gewaltige Platte aus schmutzigem Schiefer, hing die Wolkendecke über dem Meer. Der kräftige Wind, der die Segel in der ersten Stunde noch prall gefüllt hatte, war einer vollkommenen Flaute gewichen. Schlaff hing das graue Segeltuch von den Masten. Jetzt trieb allein die Muskelkraft der Rudermannschaft die Galeere durch die finstere Nacht. Ein halbes Dutzend Schiffslampen kämpfte mit ihrem bescheidenen Schein gegen die Dunkelheit an, die sie von allen Seiten umschloss. Die Lichter der anderen Schiffe, die zu dem Konvoi aus acht Seglern und drei Galeeren gehörten, wirkten aus der Entfernung wie die Irrlichter einer weit auseinander gerissenen Karawane. Der Rudermeister an der Trommel hatte auf Befehl von Nikos Patrikios zu einem bedeutend langsameren Schlagtakt gewechselt als zu Beginn der Reise, damit die kleineren Schiffe den Anschluss nicht völlig verloren.

Gerolt rätselte, wie der Kapitän der *Calatrava* und die Steuermänner auf den anderen Schiffen ohne die Hilfe der Sternbilder am Himmel wussten, welchen Kurs sie steuern mussten, um sie auf geradem Weg nach Zypern zu bringen.

Er saß mit seinen Gefährten an die Reling gelehnt unter dem Vordach des zweistöckigen Kastells, das sich am Heck der Galeere über das lange Schiffsdeck erhob. Neben ihm waren McIvor und Maurice an der Bordwand zusammengesunken und schnarchten um die Wette. Auch Tarik schien zu schlafen, doch sein Atem ging ruhig und gleichmäßig. Er hatte sich den ledernen Tragegurt des Beutels mit dem Heiligen Gral zweimal um seinen Unterarm geschlungen und seine Hand ruhte auf dem schwarzen Würfel, dessen quadratische Umrisse sich unter dem alten Segeltuch abzeichneten.

Auf dem Mittelteil des Oberdecks hatten diejenigen der gut hundertfünfzig Flüchtlinge, für die kein Schlafplatz unter Deck zur Verfügung stand, ihr provisorisches Nachtlager aufgeschlagen. Aber auch viele der scheinbar besser gestellten Kabinenpassagiere hatten es vorgezogen, die ersten Nachtstunden unter freiem Himmel zu verbringen. In den engen und überfüllten Verschlägen unter Deck war die Luft zu stickig und vom intensiven Geruch des allgegenwärtigen Teers durchdrungen, mit dem die Ritzen zwischen den Schiffsplanken abgedichtet wurden.

Zu ihnen gehörten auch die Granvilles. Sie kauerten an Backbord neben der kurzen Treppe, die auf das Vordeck des Achterkastells führte. Der dicke Kaufmann lehnte mit auf die Brust gesunkenem Kinn an der Bordwand und schien mit McIvor darum zu wetteifern, wer von ihnen am lautesten scharchen konnte. Seinen Töchtern waren die Augen auch schon längst zugefallen. Die kleine Heloise hatte sich im Schlaf Schutz suchend an den Rücken ihrer älteren Schwester geschmiegt, die vor ihr mit angezogenen Beinen auf den harten Planken lag, und ihr eine Hand um die schlanke Taille gelegt.

Gerolt fühlte sich nach den Strapazen des langen Tages, den sie zu einem Großteil im Kampf mit den Mameluken bestritten hatten, nicht weniger erschöpft und schlafbedürftig. Aber der Schlaf wollte sich bei ihm dennoch nicht einstellen. Zu viel ging ihm durch den Kopf. Die Bilder der brennenden Stadt und der Tragödien, die sich

329

auf dem Wasser vor dem Hafen abgespielt hatten, verfolgten ihn. Auch ließ ihm das Schicksal von Abbé Villard und seiner blinden Turkopolen keine Ruhe, deren Mut und Opferbereitschaft ihn ebenso mit Bewunderung wie mit einer Spur von Scham erfüllten. Besonders dass sie Dschullab vor der Kirche auf verlorenem Posten zurückgelassen und ihn damit den Iskaris ausgeliefert hatten, empfand er trotz der Vorhaltungen seiner Vernunft als Schande für einen Templer und es peinigte ihn wie ein Dorn in seinem Fleisch. Er grübelte, ob sie nicht besser daran getan hätten, sich gemeinsam den Judasjüngern im Kampf zu stellen.

Unablässig kreisten seine Gedanken um immer dieselben Fragen. Und er wünschte, Abbé Villard wäre jetzt bei ihnen und er könnte mit ihm reden. Es gab doch noch so vieles, was sie in ihren Gesprächen nur kurz berührt hatten und was eingehender Erklärungen bedurft hätte! Denn je länger er darüber nachdachte, was für eine unfassbare Wendung ihr Leben in den letzten Wochen genommen hatte und welch eine ungeheure Verantwortung nun als Hüter des Heiligen Grals auf ihnen ruhte, desto mehr verlangte es ihn nach Vergewisserung, Beistand und Antworten. Doch nun lag alles allein in ihren Händen. Würde sich ihnen alles, was heute noch mystisches Geheimnis oder bestenfalls vage Ahnung war, eines Tages in aller Klarheit offenbaren, wenn in ihnen die besonderen Gnadengaben des Heiligen Geistes zu ihrer vollen Kraft gereift waren?

Aber wann und wie mochte das geschehen? Der Abbé hatte von Jahren gesprochen, die darüber vergehen würden, und dass sie üben mussten Willensstärke und Körperkraft miteinander zu verbinden, um sich dieses Gottesgeschenk der außergewöhnlichen Begabung richtig zu Eigen zu machen und es so beherrschen zu können, dass es ihrem Willen so geschickt und natürlich folgte, wie seine Hand nach jahrelanger Übung das Schwert zu führen vermochte.

330

Aber wie sollte er sich denn darin einüben? Wie musste er das anstellen, dass die Saat des Heiligen Geistes in ihm aufbrach und sich entwickeln konnte? Willensstärke und Körperkraft waren doch nichts Greifbares, das er so einfach in die Hand nehmen konnte wie eine Lanze oder ein Schwert, um sich mit den Eigenschaften einer solchen Waffe vertraut zu machen und ihre geschickte Handhabung zu erlernen!

Gerolt wünschte, Maurice wäre noch wach. Dann hätte er ihn jetzt fragen können, wie er es geschafft hatte, seine besondere Begabung in sich aufzuspüren und gezielt zu lenken, um zumindest mit den Fingerspitzen in den harten Marmor einzudringen. Fast war er versucht ihn zu wecken. Aber dann entschied er sich dagegen, ahnte er doch, dass er den Weg dahin selber finden musste.

Er brachte sich noch einmal die Worte von Abbé Villard in Erinnerung, die seiner Gnadengabe gegolten hatten. *Was sich bewegt und sich doch nach seinem Willen im Dienste seines heiligen Amtes nicht bewegen soll, das möge in Stillstand verharren! Und was sich nicht bewegt und sich nach seinem Willen im Dienste seines heiligen Amtes doch bewegen soll, das möge seinem Befehl folgen!* Es erschien ihm noch immer ungeheuerlich, dass er eines Tages wirklich über diese Fähigkeit gebieten sollte.

Ihm war, als hörte er in seinem Innern plötzlich die Stimme des alten Gralsritters, die ihn aufforderte: »Warum zögerst du noch und hältst dich mit nutzlosem Grübeln auf, Gerolt? Du wirst nie herausfinden, was dir gegeben und vorbestimmt ist, wenn du nicht anfängst davon Gebrauch zu machen! Beginne dich darin zu üben!«

»Also gut, dann versuche ich es!«, murmelte Gerolt vor sich hin und sah sich in seiner unmittelbaren Umgebung nach einem geeigneten Gegenstand um, an dem er sich versuchen konnte. Er überlegte kurz, ob er sich auf das Segel konzentrieren sollte, das sich unruhig hin und her bewegte, entschied sich jedoch dagegen. Viel zu groß und auch zu weit entfernt, um ihm seinen Willen aufzwingen zu können! Sein Blick blieb an einem Holzkübel hängen, der ganz in seiner Nähe stand. Ein sehr bescheidenes Objekt, aber für einen Anfänger wie ihn vermutlich immer noch schwer genug.

Gerolt fixierte den Wassereimer und konzentrierte seinen Willen darauf, ihn von der Stelle zu bewegen. Er starrte ihn eine ganze Weile an und stellte sich in Gedanken vor, dass er sich in Bewegung setzte und über die Decksplanken glitt. Doch nichts geschah. Der Kübel rührte sich einfach nicht von der Stelle. Er verharrte in scheinbar höhnischem Widerstand.

Noch zwei weitere Male versuchte er es erfolglos, dann stieß er einen unterdrückten Fluch aus und ließ von dem Holzeimer ab. Frustriert wischte er sich den Schweiß von der Stirn und fragte sich, was er bloß falsch machte und ob es wohl sein konnte, dass ihm die außergewöhnliche Begabung vielleicht gar nicht zuteil geworden war.

Im selben Moment fiel sein Blick auf die seidige Haarschleife, die das blondgelockte Haar von Beatrice Granville im Nacken zusammenhielt. Die Tochter des Kaufmanns lag nur einige Schritte von ihm entfernt. Sollte er es vielleicht damit versuchen? Ein solches Haarband musste sich doch leichter bewegen lassen als ein klobiger Holzkübel!

Gerolt richtete seinen Blick auf das längere der beiden Schleifenenden. Wieder sammelte er sich, konzentrierte sich auf dieses locker herabhängende, leichte Stück Seidenband und spannte seinen Körper an, als wollte er gleich mit aller Kraft aufspringen. Eine Minute höchster Anstrengung verstrich, vielleicht auch zwei, ohne dass er eine Wirkung feststellen konnte.

Doch plötzlich veränderte sich etwas in ihm. Sein Herz begann schneller zu schlagen und gleichzeitig war ihm, als würde tief in ihm

332

etwas aufbrechen, das er nicht benennen konnte. Er spürte in sich so etwas wie eine bislang nicht wahrgenommene Quelle, die aus tiefen Schichten mit aller Kraft nach oben drang, die letzte Kruste durchbrach und zu sprudeln begann. Und dieses heiße, Kräfte zehrende Sprudeln verwandelte sich nach einigen Augenblicken in einen anschwellenden Strom, der wie eine Stichflamme heiß in ihm aufstieg, ihm in den Kopf schoss und sich dort mit seinem Willen verband. Er rang vor Anstrengung und Erregung nach Atem, während ihm der Schweiß aus allen Poren brach. Und hinter seiner Stirn schien ein feuriger Sporn zu sitzen, als wollte sich von innen eine weiß glühende Lanzenspitze durch seinen Schädel bohren.

Und da begann sich das Seidenband tatsächlich zu bewegen, als würde eine unsichtbare Hand vorsichtig daran ziehen! Er sah es ganz deutlich, wie es sich in der Luft aufrichtete, sich spannte und langsam aus dem Knoten glitt. Er zog die Schleife auf – kraft seines Willens!

Beatrice schien gar nicht geschlafen zu haben, denn sie spürte offensichtlich, wie sich ihr Haarband zu lösen begann. »Lass den Unsinn, Heloise!«, hörte er sie sagen, während sie ihre Rechte zum Nacken hob, als wollte sie dort die Hand ihrer kleinen Schwester wegschlagen.

Gerolt spürte die Berührung ihrer Hand am Seidenband, als hätte Beatrice ihm einen Schlag vor die Brust versetzt. Doch er bewahrte seine enorme Anspannung und Konzentration noch für einige Sekunden, obwohl ihm der glühende Punkt hinter seiner Stirn körperliche Schmerzen zu bereiten begann. Er wurde für die Anstrengung belohnt, denn nun öffnete sich die Schleife mit einem Ruck. Das Seidenband befreite sich völlig von der honigfarbenen Haarflut und hing einen Moment in der Luft.

Dann vermochte Gerolt nicht länger seine Kraft und Konzentration

333

in dieser Intensität zu bündeln. Augenblicklich versiegte die geheimnisvolle Quelle in ihm. Der heiße Strom fiel wie ein Strohfeuer in sich zusammen, gleichzeitig erlosch auch der glühende Sporn hinter seiner Stirn und das Haarband fiel zu Boden. Erschöpft sank er gegen die Bordwand zurück, doch zugleich auch wie berauscht von dem überwältigenden Wissen, dass er etwas scheinbar Unmögliches vollbracht hatte!

»Das finde ich überhaupt nicht lustig!« Ärgerlich rückte Beatrice von ihrer Schwester ab und fuhr zu ihr herum, während ihre Hand vergebens im Haar nach dem Band tastete. »Habe ich dir nicht gesagt, dass du das lassen sollst?«

Verschlafen richtete sich die kleine Heloise auf. »Was hast du denn?«, fragte sie verständnislos.

»Das weißt du ganz genau! Also tu nicht so, als ob du kein Wässerchen trüben könntest! Machst du das noch einmal, wirst du was erleben!«, sagte Beatrice und hob das Seidenband auf. Abrupt drehte sie ihrer völlig verdatterten Schwester den Rücken zu, fasste ihr Haar im Nacken zusammen und band mit lang geübter Fingerfertigkeit das Seidenband zu einer Schleife zusammen. Dann streckte sie sich wieder auf den Planken aus, rückte dabei jedoch in ihrem Groll ein wenig von Heloise ab.

»Tut mir Leid, Mädchen. Das wollte ich nicht«, murmelte Gerolt schuldbewusst. Er konnte sich aber ein belustigtes Lächeln dabei nicht verkneifen. Dann schoss ihm die Frage durch den Kopf, was wohl passieren würde, wenn er dasselbe gleich noch einmal tun würde? Würde die Gottesgabe seinem Willen erneut gehorchen und die Haarschleife lösen? Er bezweifelte es. Beim ersten Mal war es ihm nur darum gegangen, seine besondere Fähigkeit in sich zu entdecken und herauszufinden, wie mit ihr umzugehen war. Wenn er sich nun ein zweites Mal auf das Haarband konzentrierte, dann spielten dabei auch Neugier und sogar ein wenig stilles Vergnügen eine Rolle. Und das hatte dann nichts mehr damit zu tun, sich im Dienste seines heiligen Amtes in der Beherrschung der Gnadengabe zu üben. Deshalb würde sie sich ihm dann auch verweigern, wie Abbé Villard ihnen unmissverständlich zu verstehen gegeben hatte.

»Warst du das?«, fragte Tarik plötzlich neben ihm leise.

Überrascht fuhr Gerolt aus seinen Gedanken auf, wandte den Kopf nach rechts und blickte in die wachen Augen seines levantinischen Gefährten. »Ich dachte, du schläfst!«, sagte er und fühlte sich irgendwie ertappt.

»Warst du das?«, fragte Tarik erneut. »Das mit dem Haarband der jungen Frau?«

Gerolt nickte und spürte, wie ihm das Blut ins Gesicht schoss. »Ich weiß, so ein Einfall hätte Maurice zehnmal besser zu Gesicht gestanden als mir. Aber ich habe einfach nichts Besseres gefunden, um herauszufinden, was es mit meiner Gnadengabe auf sich hat und ob ich sie auch wirklich nach meinem Willen einsetzen kann«, erklärte er, weil er glaubte sich verteidigen zu müssen.

»Es war faszinierend«, erwiderte Tarik hörbar beeindruckt. »Ich habe dich beobachtet, wie du dich konzentriert hast und dir dabei der Schweiß ausgebrochen ist und wie sich dann plötzlich das Haarband zu bewegen begann und schließlich sekundenlang in der Luft geschwebt ist. Einfach unglaublich ist das! Erst Maurice und jetzt du!«

Gerolt begriff nun zu seiner Erleichterung, dass es seinem Freund gar nicht darum ging, dass er seine geheimnsvolle Befähigung das erste Mal ausgerechnet an der jungen Frau ausprobiert hatte. »Ja, ich kann es selbst kaum glauben, dass ich das wirklich geschafft habe. Aber es hat mich ungeheuer viel Kraft gekostet! Ich will mir lieber erst gar keine Gedanken darüber machen, wie lange es wohl dauern mag und welch ungeheure innere Kraftanstrengung und Konzentra-

335

tion nötig sein werden, um auch nur so etwas Großes und Schweres wie etwa ein Segel unter meinen Willen zu zwingen, geschweige denn etwas derartig Gewaltiges zu vollbringen, wie Abbé Villard es zu unserer Rettung vor den Sarazenen getan hat!« Und dann beschrieb er ihm, was er in sich gespürt hatte, als die geheimnisvolle Kraft seinem Willen gefolgt war.

Tarik gab einen schweren Seufzer von sich. »Irgendwie beneide ich dich und die anderen um das, was euch der Heilige Geist geschenkt hat. Nicht dass ich undankbar bin, davor behüte mich der Allmächtige! Aber ich wünschte doch, Abbé Villard hätte eine andere Gnadengabe für mich erbeten, etwas mehr . . . nun ja, Nützlicheres.«

»Aber das ist es doch«, versicherte Gerolt. »Dir wird kein Wasser, ob Meer oder Fluss oder in sonst einer Form, jemals zur Gefahr werden. Es wird dein Freund sein und du wirst es beherrschen.«

»Ja, das klingt gut und ich werde angeblich auch wie ein Fisch im Wasser schwimmen können. Aber was kann ich als Ritter, der sich auf dem Rücken eines Pferdes in seinem Element fühlt, damit schon groß anfangen?«, erwiderte er. »Einmal ganz davon abgesehen, wie ich mich bloß darin üben soll. Kannst du mir das mal sagen? Oder soll ich vielleicht damit beginnen, dass ich den Kopf in den Wassereimer da drüben stecke und warte, wie lange ich die Luft unter Wasser anhalten kann?«

Darauf wusste auch Gerolt keine Antwort, die seinen Freund in diesem Moment hätte zufrieden stellen können. »Vertrauen wir darauf, dass der Abbé schon gewusst hat, warum er die Gnadengaben so und nicht anders auf uns aufgeteilt hat.«

»Ja, das müssen wir wohl«, sagte Tarik seufzend.

Sie redeten noch eine ganze Weile leise miteinander, über den Fall von Akkon, über den Abbé und seine beiden blinden Getreuen, über ihren ersten Zusammenstoß mit den gefürchteten Iskaris vor der Kirche und deren Anführer Sjadú, dem die Mächte der Finsternis in noch erschreckenderer Gewalt beistehen sollten, über die lange Reise nach Paris, die vor ihnen lag, und ihr zukünftiges Leben als Gralshüter. Es gab so vieles, was sie beschäftigte, mit Ungewissheit beunruhigte und zahllose Fragen aufwarf, auf die sie keine Antwort wussten.

Auf einmal brach Tarik mitten im Satz ab und richtete seinen Blick mit gefurchter Stirn auf die Segel der Galeere.

»Was ist?«, fragte Gerolt verwundert.

»Ich weiß nicht«, sagte Tarik zögernd. »Ich habe so ein ungutes Gefühl. Mir gefällt diese merkwürdige Windstille nicht.«

»Was soll denn daran merkwürdig sein, dass der Wind eingeschlafen ist?«

Tarik zuckte die Achseln. »Diese Flaute kommt mir wie die sprichwörtliche Ruhe vor dem Sturm vor. Irgendetwas sagt mir, dass ein Sturm heraufzieht und es mit dieser trügerischen Ruhe bald vorbei sein wird.«

Kaum hatte er die letzten Worte ausgesprochen, als ein heftiger Windstoß die Galeere wie ein Geschoss aus der Schwärze der Nacht traf. Es gab einen lauten Knall, als sich die Segel und die Taue unter dem jähen Ansturm des Windes spannten. Die Masten ächzten und die *Calatrava* kränkte nach Backbord. Und dann jagte auch schon die nächste Sturmböe heran und versetzte der Galeere einen weiteren Schlag.

Augenblicklich erwachte das Schiff zu hektischem Durcheinander. Der Kapitän stürzte hinter ihnen aus dem Achterkastell und schrie seinen Männern zu, die Segel zu reffen. »Los, aus dem Weg! Und Hände weg vom Tauwerk der Segel, verdammt noch mal!«, brüllte er den Flüchtlingen zu, die aus dem Schlaf gerissen worden waren, nun

337

nach dem nächstbesten Halt griffen und dabei den aufgescheuchten Seeleuten in die Quere kamen, die zu den Masten stürzten.

Aus der Ferne rollte Donnergrollen heran, auch klatschten schon die ersten dicken Regentropfen auf die Planken und die Böen kamen nun in rascher Folge und trafen die Gealeere wie Peitschenhiebe.

»Wir bekommen Sturm und da ist Unordnung an Deck das Letzte, was ich gebrauchen kann! . . . Weg da, habe ich gesagt!«, gellte die Stimme von Nikos Patrikios über das Schiff. »Wer nicht auf der Stelle aus dem Weg geht und tut, was ich befehle, den lasse ich über Bord werfen!«

»Allmächtiger, wie hast du das bloß erahnen können?«, stieß Gerolt erschrocken hervor, während er sich mit beiden Händen an der Reling festhielt.

»Frag mich etwas Leichteres«, antwortete Tarik, legte sich den ledernen Trageriemen schnell um die Schulter und presste den Beutel mit dem Heiligen Gral mit dem linken Arm fest an seine Seite.

»Weil das Meer dein Freund ist, deshalb hast du den Sturm kommen gespürt!«, erwiderte Gerolt voller Überzeugung, dass sich Tariks außergewöhnliche Begabung damit zum ersten Mal offenbart hatte. »Rede also nicht mehr davon, dass deine Begabung zu nichts nütze ist!«

Tarik lachte kurz auf. »Mag sein, dass du Recht hast. Aber den Sturm dazu zu bringen, sich wieder zu legen, das kannst allein du vollbringen!«

»Dein Zutrauen ehrt mich, Tarik. Aber darüber lass uns lieber erst in einhundert Jahren noch mal sprechen«, gab Gerolt spöttisch zurück. »Mehr als ein federleichtes Haarband zu lösen steht vorerst leider nicht in in meiner Macht.«

Kaum hatten sie sich mit Maurice und McIvor und den anderen, die auf dem erhöhten Vordeck frische Luft und Schlaf gesucht hatten, in

den Schutz des Kastells geflüchtet, als der nächtliche Sturm auch
schon mit zerstörerischer Wut über die Schiffe des Konvois herfiel –
und ihnen einen erschreckenden Vorgeschmack von dem bot, was
sie noch erwartete.

4

Der Hauptmast splitterte unter dem ungeheuren Druck einer Sturmböe, noch bevor die Seeleute Zeit hatten, das Segel einzuholen und zu bergen. Wie ein junger Baum, dessen noch dünner Stamm von der scharfen Schneide einer wuchtig geführten Axt durchschlagen wurde, brach er in Brusthöhe mittendurch und stürzte schräg nach Backbord auf Deck und Reling. Haarscharf verfehlte er den Vorbau des Achterkastells. Mast, Takelage und Segel begruben die Menschen unter sich, die nicht schnell genug aufgesprungen waren und sich vor den Trümmern in Sicherheit gebracht hatten.

Gleichzeitig barst das Segel des Vormastes. Ein riesiger Riss zog sich mitten durch das Segeltuch, als wäre es von einem Messer von oben bis unten aufgeschlitzt worden. Die beiden Teile flogen auseinander und wurden vom Sturm in noch kleinere Fetzen gerissen, die mit lautem, hartem Knattern im Wind schlugen.

Sofort bekam die *Calatrava* gefährliche Schlagseite, hatten sich doch Großsegel und Taue des gestürzten Hauptmastes zwischen den Rudern auf der Backbordseite verfangen. Sie sogen sich sofort mit Wasser voll, was ihr Gewicht noch vergrößerte und es schwerer machte, sich von ihnen zu befreien. Auch drehte sich das Schiff quer zu den heranjagenden Wellen, die sich unter dem anwachsenden Sturmwind immer höher auftürmten.

Unter den gellenden Schreien von Nikos Patrikios griffen die Seeleute zu ihren Bootsmessern und Schiffsäxten und rückten damit den dicken Tauen der Takelage zu Leibe, ohne dabei Rücksicht auf die Passagiere zu nehmen, die dort an der Reling noch unter den Trümmern begraben lagen und sich in panischer Angst zu befreien suchten. Die Galeere musste so schnell wie möglich von dem halb über Bord hängenden Vormast mit seinem Gewirr aus Segel und schwerer Takelage befreit werden, wenn die Schräglage nicht zu ihrem Untergang führen sollte. Schon jetzt strömte Wasser durch die unteren Ruderöffnungen. Eine einzige große Welle, die das Schiff querab an Steuerbord traf, konnte ihr aller Schicksal besiegeln.

Die Granvilles befanden sich nicht unter den Unglücklichen, die unter die Trümmer des stürzenden Großmastes geraten waren und sich dabei Verletzungen zugezogen hatten. Sie waren sofort aufgesprungen und hatten noch die Treppe zum Achterdeck erklimmen können, kurz bevor der Mast geborsten war.

»Gnadenreiche Gottesmutter, stehe uns bei!«, keuchte Gustave Granville entsetzt, klammerte sich mit leichenblassem Gesicht an eine der Seitenverstrebungen und schrie voller Angst in den jaulenden Wind: »Soll uns denn gar nichts erspart bleiben? . . . Sollen wir auf offener See unser Grab finden? Herr, warum strafst du uns mit deinem Zorn? Haben wir denn nicht schon genug ertragen?«

In seinem Rücken kauerten an der Bordwand seine Töchter. Beatrice hatte ihre Arme um Heloise gelegt und begann voller Angst den 23. Psalm zu beten, das allen Christen geläufige Gebet in höchster Todesnot. »*Der Herr ist mein Hirte, nichts wird mir fehlen . . .*« Sofort fielen ihre kleine Schwester und ihr Vater mit zitternden Stimmen in das Gebet ein, um gemeinsam fortzufahren: »*Er lässt mich lagern auf grünen Auen und führt mich zum Ruheplatz am Wasser. Er stillt mein Verlangen; er leitet mich auf rechten Pfaden, getreu seinem Namen. Muss ich auch wandern in finsterer Schlucht, ich fürchte kein Unheil. Denn du bist bei mir, dein Stock und dein Stab geben mir Zuversicht . . .*« Und im Anschluss daran beteten sie gleich noch den 6. Psalm, das Bußgebet in Todesnot.

Wer sich jetzt noch in den Kabinen unter Deck aufgehalten hatte, floh in Todesangst aus den engen Verschlägen und stürzte über die Niedergänge nach oben. Und von den Ruderbänken kam das wüste, panische Geschrei der dort angeketteten Mannschaft. Die Männer fürchteten, die Galeere könnte jeden Moment kentern und sie mit in die Tiefe reißen. Sie rasselten mit ihren Ketten und schrien nach dem Rudermeister und seinen Aufsehern, damit sie ihnen die Ketten lösten. Sie wollten wenigstens noch eine Chance haben, beim Untergang der *Calatrava* vom Schiff zu springen und von den Trümmern irgendetwas zu fassen zu bekommen, an dem sie sich im Wasser festhalten konnten.

Aber Nikos Patrikios dachte gar nicht daran, diesen Befehl zu geben. Noch gab er seine Galeere nicht für verloren.

Die ersten Blitze zuckten in wild gezackter, blendend greller Bahn auf das plötzlich aufgewühlte Meer hinunter. Gleichzeitig gewann der Regen an Kraft. In der Wolkendecke schienen sich Schleusen geöffnet zu haben, aus denen nun die Flut herabstürzte. Der Sturmwind packte die Regenfluten und schleuderte sie gegen die *Calatrava* und die anderen Schiffe des Konvois, der nun gänzlich auseinander gerissen wurde. Mehrere Schiffslampen erloschen.

»Schneller! . . . Schneller! . . . Kappt die Taue! . . . Legt euch ins Zeug, verdammt noch mal, oder wollt ihr, dass wir ersaufen?«, brüllte der Kapitän indessen mittschiffs, riss einem jungen Seemann die Axt aus der Hand und schlug wie besessen auf die Takelage des Hauptmastes ein, der zu ihrem Verhängnis zu werden drohte.

Augenblicke später rissen die letzten Taue mit peitschendem Knall. Vom letzten Widerstand befreit, schoss das zersplitterte Ende des halb über Bord hängenden Mastes samt Segel und Takelage über die Reling, bohrte sich in die aufgewühlten Fluten und wurde fortgeschwemmt. Sofort richtete sich die Calatrava an Backbord wieder auf und nahm eine stabile Lage ein.

»Das war verdammt knapp am Kentern vorbei!«, seufzte Gerolt und holte tief Luft.

Auch Maurice sah mitgenommen aus. »Hätte die Galeere noch ein paar Minuten länger auf der Seite gelegen, wären wir wohl als diejenigen in die ungeschriebene Geschichte der Bruderschaft eingegangen, die ihr heiliges Amt am kürzesten ausgeübt haben«, murmelte er. »Und mit uns wäre auch das Heiligste für immer auf hoher See verloren gegangen!«

»Was nicht ist, kann ja noch werden«, bemerkte McIvor trocken. »Denn ich glaube nicht, dass wir das Schlimmste schon hinter uns haben!«

Tarik bekreuzigte sich erschrocken bei der Vorstellung. »Beredet es bloß nicht!« Und um Zuversicht bemüht, fügte er hinzu: »Setzen wir unser Vertrauen in Gott, dass er uns auf den Weg seines Willens führt und uns damit auch sicher aus diesem Sturm herausbringt!«

Nikos Patrikios war ein erfahrener Seemann, der schnell erkannte, dass er trotz des gekappten Masts den sicheren Untergang seines Schiffes heraufbeschwor, wenn er am ursprünglichen Kurs festhielt. Zu hoch waren die Gischt speienden Wellenberge, die unablässig heranrollten und gegen die Bordwände hämmerten, als wollten sie die Galeere zermalmen. Der Sturm, der aus Nordosten über das Meer fegte, besaß zu viel Kraft, als dass die Rudermannschaft sich ihm hätte entgegenstemmen können. Die Ruder würden unter dem Ansturm der Wogen schon nach kurzer Zeit brechen. Deshalb gab er Leonides Dukas den Befehl, das Ruder herumzuwerfen und die Galeere vor dem Wind laufen zu lassen. Dann ließ er am Vormast ein

343

Sturmsegel setzen und am Heck einen Treibanker auswerfen. Nur so hatten sie eine Chance, den schweren Sturm abzuwettern.

McIvors Vermutung bewahrheitete sich. Der nächtliche Sturm wollte einfach kein Ende nehmen. Stunde um Stunde stürzte der Regen herab, heulte der Wind wie das Hohngelächter des Teufels in der restlichen Takelage und versuchten die Brecher der Galeere vernichtende Schläge zu versetzen.

Hilflos wie ein Korken taumelte die *Calatrava* durch die See. Immer und immer wieder stürzte sie hinab in tiefe Wellentäler, die sich wie die Pforten zur Hölle tief unter ihr öffneten und sie in ihren gurgelnden Schlund zu ziehen schienen.

Der Sturm, der zeitweise zu einem fürchterlichen Orkan anschwoll, hielt die Galeere in seiner tödlichen Umklammerung, diktierte ihren Kurs und schien mit ihr zu spielen wie eine Katze mit einer gefangenen Maus. Es gab kaum einen an Bord, der nicht schon längst mit seinem Leben abgeschlossen hatte. Und auch die rohesten Gesellen unter den zum Galeerendienst verurteilten Verbrechern besannen sich wieder auf das Beten und erflehten die Gnade des Allmächtigen.

Kapitän Patrikios dagegen verfluchten sie, denn dieser weigerte sich standhaft sie von ihren Ketten befreien zu lassen. Es berührte ihn nicht, dass sie wie die Ratten ersaufen würden, wenn die *Calatrava* sank. Er dachte nur daran, dass er eine Rudermannschaft befehligen konnte, sollte sein Schiff den Sturm überstehen. Waren die Sklaven und Galeerensträflinge dann nicht mehr angekettet, musste er damit rechnen, dass sie ihn und seine Männer überwältigten, über Bord warfen und sich der Galeere bemächtigten, um sich den Seeräubern anzuschließen, die überall das Mittelmeer unsicher machten.

Gerolt und seine Gefährten, die keinen einzigen trockenen Faden mehr am Leib hatten, klammerten sich vor dem Kastell auf dem Ach-

344

terdeck an den Leinen fest, die die Seeleute unter Einsatz ihres Lebens überall gespannt hatten, um sich in dem Getose daran festhalten zu können. Die Ritter hatten die Granvilles in ihre Mitte genommen, um ihre Sicherheit zu gewährleisten, soweit es in ihrer Macht stand. Mittschiffs waren schon einige entkräftete Passagiere von Brechern über Bord gespült worden. Dennoch wollte sich keiner unter Deck begeben, auch Gustave, Beatrice und Heloise Granville nicht. Wenn sie schon sterben mussten, dann doch wenigstens nicht gefangen im Bauch der Galeere!

Salz brannte ihnen in den Augen und ihnen schmerzten die Arme von der stundenlangen Anstrengung, bei dem heftigen Schlingern und Rollen des Schiffes den Halt nicht zu verlieren und den Granvilles Beistand zu leisten. Was Gerolt, Maurice und McIvor aber am härtesten zusetzte, war die entsetzliche Übelkeit. Sie waren schon kurz nach Ausbruch des Sturms seekrank geworden, wie fast alle an Bord der *Calatrava,* die nicht auf Schiffsplanken zu Hause waren. Längst hatten sie außer bitterer Galle nichts mehr in sich, was sie noch hätten erbrechen können.

Nur Tarik blieb von der Seekrankheit mit ihrem Elend verschont. Ihm machten die taumelnden Bewegungen der Galeere nicht das Geringste aus. Den Segeltuchbeutel mit dem Heiligen Gral um seine Schulter geschlungen, stand er sicher und völlig unbeeindruckt vom Toben der See auf breit gespreizten Beinen zwischen ihnen und versuchte ihnen Mut zuzusprechen.

»Nur die Köpfe hoch, Freunde!«, rief er ihnen zu. »Immer den Blick nach vorn halten! Ich sage euch, wir kommen lebend aus dem Sturm heraus! Uns ist anderes bestimmt, als im Meer zu ertrinken! . . . Nur Mut und Gottvertrauen! Von der Seekrankheit stirbt man nicht. Das legt sich sofort, wenn die See wieder ruhig ist. Und wir haben doch schon schlimmere Kämpfe überstanden!«

Gerolt warf ihm einen gequälten Blick zu. »Du hast gut reden! Nur dir ist das verfluchte Meer ein Freund!«, stieß er mühsam hervor.

»Sag uns lieber, wie lange wir noch leiden müssen!«

Tarik starrte angestrengt über die Gischtwolken hinweg, die über das Vorschiff fegten und bis zum Sturmsegel hochflogen. »Nicht mehr lange«, sagte er schließlich und der tosende Wind riss ihm die Worte von den Lippen, als sollte niemand sie hören können. »Mein Gefühl sagt mir, dass wir das Schlimmste hinter uns haben. Der Sturm wird sich bald legen.«

Doch Gerolt, der an Tariks Seite stand, hörte sie. »Gebe Gott, dass dich dein Gefühl nicht trügt!«, stieß er inständig hervor.

Es schien jedoch, als hätte Tarik sich geirrt. Denn eine ganze Weile deutete nichts darauf hin, dass der Sturm an Stärke verlor. Noch immer war die *Calatrava* ein hilfloser Spielball wild schäumender Wogen und heulender Böen.

Doch dann änderte sich das Wetter rasch. Zuerst ließ der heftige Regen nach und wenig später sank das wütige Heulen des Windes zu einem schwachen Säuseln herab. Zwar blieb die See noch eine ganze Zeit lang aufgewühlt, doch die Brecher rollten nun immer länger aus und drohten nicht mehr die Galeere leckzuschlagen und unter sich zu begraben. Die Wellentäler weiteten sich und gaben dem Schiff Raum, die nächste Woge zu erklimmen.

Schließlich erstarb der Sturm ganz und die Wolkendecke begann aufzureißen. Im Osten zeichnete sich über den Schaumkronen ein grauer Streifen ab. Hinter dem fernen Horizont dämmerte der neue Tag herauf. Fast eine ganze Nacht lang hatte das Schiff der Vernichtungswut des Sturms standgehalten!

Wankenden Schrittes und mit einem Gesicht, das um Jahre gealtert schien, trat Gustave Granville zu Tarik, griff nach seiner Schulter und hielt sich an ihm fest. »Wie habt Ihr bloß erahnt, dass sich der Sturm

346

bald legen würde?«, fragte er fassungslos. Offenbar hatte er einiges von dem Wortwechsel zwischen ihm und Gerolt mitbekommen.

»Gott hat es mir offenbart«, antwortete Tarik schlicht und tauschte mit seinen Freunden einen wissenden Blick.

Auf der *Calatrava* brach unter Mannschaft und Passagieren Jubel aus, als offensichtlich war, dass die Gefahr des Untergangs endgültig gebannt war. Die Menschen fielen mit Tränen der Erlösung und Dankbarkeit auf die Knie. Fromme Gesänge und Dankgebete erhoben sich mit ungeheurer Inbrunst in den noch immer dunklen Himmel.

Nikos Patrikios erteilte dem Quartiermeister sogar den Befehl, zwei Fässer Wein an Deck zu schaffen und jedem einen halben Becher auszuschenken. Dann jedoch trieb er seine Männer zur Arbeit an. Er ließ alle verfügbaren Pumpen besetzen, um das im Sturm aufgenommene Wasser so schnell wie möglich aus dem Kielraum zu schaffen. Auch musste am Vormast ein neues Segel gesetzt werden, war das Sturmsegel doch längst in Fetzen gegangen.

Gustave Granville begab sich nach der bescheidenen Stärkung schon bald mit seinen Töchtern, die so entkräftet waren wie er, nach unten in die Kabine, um sich in die Kojen zu legen und sich im Schlaf von dem Martyrium der Sturmnacht zu erholen.

»Wir werden jetzt wohl um einiges länger brauchen als gedacht, um nach Zypern zu kommen«, seufzte Maurice, der mit seinen Freunden auf dem Vordeck des Achterkastells ausharrte. »Der Sturm wird uns weit nach Südwesten getrieben haben.«

»Sei froh, dass du nicht länger seekrank bist und die *Calatrava* nicht als Wrack im Meer treibt«, sagte Tarik. Die Trommel des Rudermeisters begann mit dumpfen Tönen zu dröhnen und die langen Reihen der Ruder senkten sich ins Wasser und rauschten im vorgegebenen Takt durch die Fluten. Langsam nahm die Galeere wieder Fahrt auf.

347

»Richtig, aber mir wäre wohler zu Mute, wenn wir noch einige der anderen Schiffe in unserer Nähe entdecken könnten«, bemerkte Gerolt, der sein Blick suchend über die weite See schweifen ließ. Auch zeichnete sich nirgendwo eine Küstenlinie am Horizont ab.

»Mit Sicherheit sind wir Damietta und dem Nildelta näher als Gaza oder Askalon!«, warf McIvor nüchtern ein. »Wir treiben uns sozusagen im Vorhof der Mameluken herum!«

Kapitän Patrikios schien dieselbe Befürchtung zu hegen, sahen sie doch, dass er einen seiner Seeleute in einem Kletterkorb am Vormast als Ausguck hochziehen ließ.

Die letzten dunklen Wolken trieben über ihnen auseinander und im Osten brannte sich die Sonne wie eine Scheibe aus rot glühendem Gold, die frisch aus dem Feuer der Esse kam, durch die morgendlichen Nebelschleier über der See.

Wenige Minuten später gellte der Schrei des Ausgucks aus luftiger Höhe zu ihnen herab. »Ein Schiff an Steuerbord voraus! . . . Nein, es sind drei Schiffe!«

Nikos Patrikios stürzte über das Deck zum Vormast. »Sind es Schiffe von uns?«, schrie er mit angespannter Stimme.

»Es sind Galeeren, Kapitän!«, kam es von oben zurück. »Eine Triere* und zwei kleinere Zweiruderer!«

Jetzt herrschte atemlose, angsterfüllte Stille auf der *Calatrava*. Trieren waren fast immer Kriegsgaleeren.

»Kannst du ihre Flaggen erkennen?«

Der Kapitän erhielt keine Antwort. Der Mann klammerte sich mit einer Hand an die Mastspitze, beschattete mit der anderen seine Augen und starrte in südlicher Richtung über die See.

»Verdammt noch mal, sag endlich, was du siehst! Niemand hat bes-

---

* Galeere, auch Dreiruderer genannt, mit drei übereinander liegenden Reihen von Rudern auf jeder Seite.

sere Augen als du!«, schrie Nikos Patrikios erregt zu ihm auf. »Welche Fahne weht von ihren Masten?«

Im nächsten Moment schallte die Schreckensmeldung von der Mastspitze: »Es ist der silberne Halbmond der Ungläubigen!«

5

Ein gequältes Aufstöhnen erhob sich an Bord der *Calatrava,* gefolgt von dem schrillen Wehgeschrei vieler Frauen und Kinder, das wie eine Anklage in den jungen Morgenhimmel aufstieg. Passagiere und Mannschaft beklagten ihr unbarmherziges Schicksal. Gerade erst wähnten sie sich einem lebensbedrohlichen Sturm entronnen, da schickte ihnen das Schicksal drei mamelukische Galeeren!

»Geh auf westlichen Kurs, Leonides! Unsere einzige Chance liegt dort drüben in den Nebelfeldern!«, schrie Kapitän Patrikios seinem Steuermann zu und brüllte dann zu den Männern an den Ruderbänken hinunter: »Legt euch in die Riemen und rudert, als säße euch der Teufel im Nacken! Wenn wir schnell genug sind und die Nebelfelder tief genug reichen, können wir dem Feind dort vielleicht entkommen!« Und noch während er sie anfeuerte, alle Kraft in ihre Ruderschläge zu legen, steigerte der Rudermeister an der Kesseltrommel auch schon den Schlagrhythmus zu einem rasenden Wirbel. Das Wasser schäumte unter den Ruderblättern, als kochte die See zu beiden Seiten des Galeerenrumpfes.

Nikos Patrikios schrie seinem Quartiermeister und seinem Bootsmann Befehle zu. Sie sollten die Waffenkammer aufschließen, Schwerter, Lanzen und Streitäxte an die Mannschaft ausgeben und auch jeden anderen wehrfähigen Mann bewaffnen, der willens und kräftig genug war, um sich notfalls den Mameluken im Kampf zu stellen. Auch gab er den Befehl, die Schlüssel für die Kettenschlösser der Rudermannschaft bereitzuhalten. Holten die feindlichen Galeeren sie ein und enterten die Mameluken die *Calatrava,* würden auch die Sklaven und Sträflinge Waffen erhalten und um ihr Leben kämpfen müssen. Halfen sie das Schiff zu retten, erhielten sie die Freiheit.

Auch bei Gerolt und seinen Gefährten war die Bestürzung groß. Ihre Sorge galt dem Heiligen Gral, nicht ihrem Leben.

»Uns scheint wirklich nichts erspart zu bleiben!«, stieß Gerolt betroffen hervor. »Wenn es zum Kampf kommt, werden wir gegen die Mameluken nicht viel ausrichten können.«

»Unterschätze nicht den Mut und die Kampfkraft von Galeerensklaven und Sträflingen, wenn sie wissen, dass es auch um ihre Freiheit geht!«, sagte Tarik, um eine Spur Zuversicht bemüht.

»Jedenfalls werden wir unser Leben teuer verkaufen und ihnen einmal mehr beweisen, was es heißt, sich mit Templern auf einen Waffengang einzulassen!«, stieß McIvor mit wilder Entschlossenheit hervor.

Maurice nickte mit düsterer Miene. »Ja, und wir haben um jeden Preis den Heiligen Gral zu schützen, koste es, was es wolle! Was immer auch geschieht, er darf unter keinen Umständen den Muselmanen in die Hände fallen!«

»Abbé Villard hat zwar gesagt, dass es in aussichtsloser Situation besser ist, der heilige Kelch geht für immer verloren, als dass er den Iskaris in die Hände fällt«, flüsterte McIvor mit gefurchter Stirn. »Aber sollen wir ihn jetzt etwa über Bord werfen, auf dass er für immer im Meer versinkt?«

»Um Gottes willen, nein! Wir dürfen ihn auf keinen Fall ins Meer werfen!«, stieß Gerolt hervor. »Noch ist nichts verloren!«

»Wir müssen ihn verstecken!«, schlug Tarik vor. »Hier irgendwo auf dem Schiff, wo er sicher ist und wo auch die Mameluken nicht nach Beute suchen werden, sollten sie die *Calatrava* entern und in ihre Gewalt bringen.«

»Er wird nirgendwo sicher zu verstecken sein, weder im überfüllten Frachtraum noch in einer der Kabinen«, wandte Maurice skeptisch ein.

»Doch, es gibt einen Ort, wo wir ihn verstecken können!«, widersprach Gerolt.

»Und welcher soll das sein?«, fragte McIvor.

»Der Kielraum!«, erklärte Gerolt. »Niemand wird auf den Gedanken kommen, zwischen dem Ballast aus Steinen und Sand nach versteckter Beute zu suchen. Es sei denn, ihr wisst ein noch besseres Versteck.«

Doch damit konnte keiner dienen und so beschlossen sie es so zu machen, wie Gerolt es vorgeschlagen hatte. Sie hatten auch keine Zeit mehr zu verlieren, denn die drei feindlichen Galeeren waren mittlerweile schon gut sichtbar am südwestlichen Horizont aufgetaucht und hatten Kurs auf sie genommen.

»Komm mit, Tarik! Wir beide erledigen das!«, sagte Gerolt kurz entschlossen, griff nach einer der noch brennenden Schiffslampen, die unter dem Vordach des Achterkastells hing, und begab sich mit Tarik unter Deck.

Niemand begegnete ihnen, als sie den steilen Niedergang hinunterstiegen. Wer im Morgengrauen in die Kabinen zurückgekehrt war und Schlaf gesucht hatte, den hatten die Schreie von Ausguck und Kapitän sowie das laute Wehklagen der Frauen längst alarmiert und mit neuer Angst an Deck stürzen lassen.

Sie hatten keine Schwierigkeiten, die Luken zu finden, durch die man in den Kielraum gelangte. Die klobigen Handpumpen mit den langen Schläuchen aus gewachstem Segeltuch, die vom Abpumpen des eingedrungenen Wassers noch überall im Gang herumstanden, wiesen ihnen den Weg. Sie entschieden sich für eine der Luken, die, vom Heck der Galeere aus gesehen, einige Schritte vor dem Stumpf des Hauptmastes offen stand.

»Lass mich das machen«, sagte Tarik. »Es wird da unten reichlich eng sein. Pass du auf, dass uns niemand sieht!«

Gerolt nickte.

Rasch legte Tarik Templermantel, Schwertgehänge und Tunika ab. Dann hielt er kurz inne. »Wir sollten auch die Gürtel mit den Edelsteinen und den Goldstücken verstecken. Am besten auch die geheimen Siegel der Bruderschaft«, sagte er und löste schon die Kordeln des Seidenbandes. »Wenn man uns durchsucht und sie findet, wird uns das keinen Vorteil bringen.«

»Du hast Recht. Aber was hältst du davon, wenn wir für den Fall, dass wir das Gefecht überleben und in Gefangenschaft geraten, einige der Edelsteine und auch ein paar Goldstücke behalten? Damit könnten wir uns möglicherweise freikaufen oder versuchen einen der Wärter zu bestechen.«

»Eine gute Idee! Aber wie willst du sie ohne den Gürtel so gut am Körper verstecken, dass sie niemand findet?«, wollte Tarik wissen. »Falls wir nicht den Tod finden und in Gefangenschaft geraten, wird man uns bestimmt gründlich durchsuchen. Die Mameluken sind keine Dummköpfe.«

»Wir könnten doch einige der Edelsteine verschlucken! Es wird zwar nicht gerade erhebend sein, sie wieder in die Hände zu bekommen, nachdem wir sie ausgeschieden haben. Aber damit können wir ja wohl leben, oder? Und falls man uns gründlich durchsucht und dabei einen Teil des Goldes findet, ist das zwar ein schmerzlicher Verlust, aber doch nichts im Vergleich zum enormen Wert der Edelsteine.«

353

Tarik grinste. »Du bist wirklich nicht auf den Kopf gefallen, Gerolt. So machen wir es! Dumm von uns, dass wir nicht eher daran gedacht und auch noch die Gürtel von Maurice und McIvor mitgenommen haben. Wir bringen ihnen einige Steine von uns, die sie vor Beginn des Gefechts noch schnell schlucken können.«

Mit ihrem Dolch schnitten sie die Seidengürtel auf und fingerten jeweils ein Dutzend herrlich leuchtende Smaragde und Rubine aus den schmalen Taschen. In einigen der Pumpen und Schläuchen stand noch etwas Wasser. Damit spülten sie jeder neun Edelsteine hinunter, die restlichen sechs nahm Gerolt an sich. Zwei der schweren Fünfecke aus reinem byzantischem Gold behielten sie in ihrem Seidenband. Die anderen sechs stopften sie zusammen mit den beiden geheimen Siegeln, die sie hastig vom Griffstück der Schwerter abgeschraubt hatten, zu dem schwarzen Quader und dem versiegelten Dokument in den Segeltuchbeutel. Damit kletterte Tarik dann in den stinkenden dunklen Kielraum.

Gerolt leuchtete ihm mit der Schiffslampe, während Tarik ein Stück von der Luke wegkroch. Ein ekelhafter Gestank drang aus der Bilge, die mit schweren Steinen und verschlammter Erde gefüllt war.

»Heiliger Jonas, im Bauch eines Walfisches kann es kaum schrecklicher stinken als hier!«, stöhnte Tarik gequält, atmete nur noch durch die Nase und wuchtete mehrere Steine zur Seite, um eine ausreichend tiefe Höhle für den Beutel zu schaffen. Er deckte ihn mit einer zwei Finger hohen Sandschicht ab, schloss die Öffnung wieder mit Steinen und bedeckte auch sie gut mit dem wasserdurchtränkten Sand.

Mit dem restlichen Wasser aus einer der klobigen Handpumpen wusch Tarik sich die Hände und reinigte seine Stiefel, so gut es eben ging, bevor er zur Tunika griff, sich das Schwertgehänge umgürtete und sich den Templermantel überwarf.

Dann beeilten sie sich, dass sie wieder zu ihren Gefährten zurück auf das Oberdeck kamen. Dort genügte ein Blick nach achtern, um bestätigt zu finden, was sie befürchtet hatten. Die drei mamelukischen Galeeren hatten mittlerweile kräftig aufgeholt und den Vorsprung der *Calatrava* auf gerade mal eine halbe bis Dreiviertelmeile schrumpfen lassen. Mit schäumender Bugwelle rauschten die feindlichen Schiffe heran. Und die Nebelbänke im Westen, die ihre Rettung sein konnten, lagen noch mehrere Meilen entfernt und begannen sich zudem unter der zunehmenden Kraft der Sonne aufzulösen.

Der Kampf war unausweichlich!

6

Wahrlich, die Welt ist des Teufels! Dreimal verflucht soll der Leibhaftige sein, dass er uns ausgerechnet diesem blutrünstigen Hund in die Arme getrieben hat!«, fluchte Nikos Patrikios, mit dem Schicksal hadernd. Er hatte sich, mit Schwert und Lanze bewaffnet, auf dem Vordeck des Achterschiffs eingefunden und starrte mit verkniffener Miene zu der feindlichen Triere und ihren beiden kleineren, aber schnellen Begleitschiffen hinüber.

»Von wem sprecht Ihr?«, fragte Maurice gerade den Kapitän, als Gerolt und Tarik hinter ihnen aus dem Kastell traten.

»Von der Ausgeburt der Hölle namens Turan el-Shawar Sabuni, unter dessen Befehl diese drei Galeeren stehen!«, antwortete Nikos Patrikios mit ohnmächtiger Wut, wusste er doch am besten, dass sie trotz aller verzweifelten Anstrengung der Rudermannschaft die Nebelfelder nicht mehr rechtzeitig erreichen würden.

»Ihr glaubt, der berüchtigte Emir Turan el-Shawar Sabuni aus Cairo befehligt die drei Galeeren?«, stieß Gerolt bestürzt hervor.

Der Kapitän warf ihm einen grimmigen, fast abfälligen Blick zu, als hätte er eine reichlich dumme Frage gestellt. »Ich glaube es nicht nur, sondern ich weiß es! Die Triere *Dschullanar* ist sein Flaggschiff und vom Vormast weht seine persönliche Flagge. Sie zeigt an, dass er sich an Bord befindet«, belehrte er sie. »Vermutlich hat er in Cairo von Boten Kunde erhalten, dass sein Sultan Akkon sturmreif geschossen hat, und da wollte er bei der Plünderung der Stadt wohl noch rechtzeitig dabei sein! Er wird zu spät kommen, aber leider nicht für uns! Und er ist der grausamste aller Emire, die im Dienst des Sultans stehen! Schon im Kampf gegen die kriegerischen Berberstämme, die das westliche Grenzland unsicher gemacht hatten, hat er bewiesen, was für ein blutrünstiger Schlächter er ist. Und seit kurzem spielt er sich mit seinen zusammengeraubten Schiffen noch als Admiral der Meere auf!«

»*Dschullanar*«, wiederholte Tarik den Namen der Triere leise. »Was für ein Hohn, eine Kriegsgaleere, die Vernichtung und Tod bringt, Meerjungfrau zu nennen!«

»Rammsporn des Teufels wäre ein zutreffender Name gewesen!«, stieß der Kapitän gallig hervor und in Anspielung an den feuerrot bemalten Rammsporn, der aus dem Bug der Triere herausragte. Wo dieser sich in voller Fahrt in den Rumpf eines feindlichen Schiffes bohrte, da war dieses dem Untergang geweiht. »Nun denn, gleich habt Ihr Gelegenheit, Euch noch einmal als Tempelritter zu beweisen. Lebend wird dieser Hundesohn von einem Blutsäufer mich jedenfalls nicht in die Hände bekommen!«

Turan el-Shawar Sabuni war den meisten Kreuzrittern im Heiligen Land kein Unbekannter. Der Emir, der in Cairo residierte und unter den Emiren des Sultans eine besonders mächtige Stellung innehatte, stand in dem Ruf, nicht nur gegen Christen, sondern auch gegen Widersacher im eigenen Land mit besonders großer Grausamkeit vorzugehen. Dass er vor keiner noch so abscheulichen Bluttat und Quälerei zurückschreckte, hatte er gerade erst vor einem halben Jahr wieder einmal unter Beweis gestellt. Nach dem Tod von Sultan Qalawun, dem Vater von el-Ashraf Khalil, war es im vergangenen November zu der üblichen Palastverschwörung gekommen. Der ehrgeizige Emir Turuntai hatte versucht die Regierung im Handstreich zu übernehmen und sich zum neuen Sultan ausrufen zu lassen. Doch el-

Ashraf Khalil war es gelungen, diese Verschwörung früh genug auf-
zudecken, Emir Turuntai mit seinen Anhängern verhaften zu lassen
und die Nachfolge seines Vaters anzutreten. Turan el-Shawar Sabuni
hatte bei der Niederschlagung der Palastrevolte eine führende Rolle
gespielt.

Doch der Emir beschränkte sich nicht darauf, die Verschwörer un-
schädlich zu machen und in den Kerker werfen zu lassen. Er ging sofort mit rücksichtsloser Gewalt gegen jeden vor, der auch nur im lei-
sesten Verdacht stand, Sympathien für die Verschwörer zu hegen
und Kontakt mit ihnen gehabt zu haben. Allein die Blutsverwandt-
schaft reichte, um zum Opfer seiner skrupellosen Säuberungsaktion
zu werden. Ganze Sippen ließ er niedermetzeln, darunter auch Frau-
en und Kinder. Einige von ihnen ließ er zur Abschreckung bei leben-
digem Leib häuten oder vierteilen. Andere Familienmitglieder wurden lebendig begraben oder vor dem Palast, bis zum Hals in der Erde
steckend, dem langsamen Hungertod überlassen. Von der Folter im
Kerker, die Turuntais Gefolgsleute zu erleiden hatten, gar nicht zu
reden.

Und dieser Emir Turan el-Shawar Sabuni jagte jetzt mit seiner
rammspornbewehrten Triere *Dschullanar* und seinen beiden schnellen Begleitschiffen heran, um Tod und Verderben über die Menschen
auf der zyprischen Handelsgaleere zu bringen!

Die *Calatrava* hielt noch immer auf die Nebelfelder im Westen zu
und den Ruderern lief der Schweiß vor Anstrengung in Strömen über
die nackten Oberkörper. Sie gaben alles, doch es war aussichtslos.
Die beiden schnellen mamelukischen Galeeren nahmen sie von zwei
Seiten in die Zange und kamen erschreckend schnell näher, während
sich die Triere etwas zurückhielt. Bogenschützen nahmen auf den
Decks der feindlichen Schiffe Aufstellung.

Während Nikos Patrikios an die Seite des Steuermanns eilte, erinnerte sich Gerolt der Edelsteine, die Maurice und McIvor schlucken sollten. Schnell drückte er jedem von ihnen drei in die Hand und raunte ihnen zu, was sie damit tun sollten.

»Und wofür soll das gut sein? Sollen wir vielleicht besonders kostbare Leichen abgeben?«, fragte Maurice sarkastisch, würgte sie dann jedoch wie auch McIvor schnell hinunter.

Als die beiden schnellen Begleitgaleeren der *Dschullanar* sich ihnen bis auf Bogenschussweite genähert hatten, ging der erste Pfeilhagel auf die *Calatrava* nieder. Die wenigsten Geschosse fanden ein menschliches Ziel. Denn im selben Augenblick, als die Bogenschützen ihre Pfeile von den Sehnen schnellen ließen, wagte Nikos Patrikios mit dem Mut der Verzweiflung ein riskantes Manöver.

»Ruder querab zur Wende! Und hoch die Riemen an Backbord!«, schrie er. »Volle Ruderschläge an Steuerbord!«

Augenblicklich hoben sich die beiden Reihen der Riemen an Backbord schräg in die Luft und lenkten einen Großteil der heransirrenden Pfeile ab. Doch das hatte der Kapitän mit seinem Manöver nicht in erster Linie bezweckt. Er wollte das feindliche Schiff rammen, das schräg hinter ihnen auf der Backbordseite heranschoss.

Die *Calatrava* legte sich unter dem abrupten Wendemanöver in voller Fahrt ächzend auf die Seite und schwang in einem scharfen, halbkreisförmigen Bogen herum. Ihr Bug zielte nun in einem schrägen Winkel auf die Steuerbordseite der feindlichen Galeere.

»Dieser Patrikios ist ein Teufelskerl ganz nach meinem Geschmack!«, rief Maurice begeistert, als sie begriffen, was der Zypriote vorhatte.

Leonides Dukas warf das Steuer nun wieder herum, noch bevor der Kapitän ihm den Befehl dazu erteilt hatte. Und während die Ruder an Backbord wieder ins Wasser tauchten, hoben die Männer auf der gegenüberliegenden Seite ihre Riemen in die Luft.

Der Kapitän der Mamelukengaleere erkannte die Gefahr, die seinem Schiff drohte. Doch ihm blieb nicht mehr genug Zeit, ihr noch frühzeitig genug auszuweichen. Zu schnell schossen die beiden Galeeren aufeinander zu.

Und dann bohrte sich auch schon der Bug der *Calatrava* in die Doppelreihen der Riemen an Steuerbord und rasierte sie unter dem Jubel der zyprischen Besatzung ab wie eine Streitaxt, die ein Spalier aus Reisig in Kleinholz verwandelte. Die Bordwände der Galeeren krachten gegeneinander und schrammten aneinander vorbei. Von beiden Seiten flogen Lanzen und bohrten sich in die Leiber des Feindes. Im nächsten Moment lösten sich die beiden Schiffe auch schon wieder voneinander und das Mamelukenschiff trieb vorerst manövrierunfähig in der See. Aber wenn sie dem Feind damit auch einen bösen Schlag versetzt hatten, so half ihnen das doch nicht, ihrem Schicksal zu entkommen.

Die Befehlshaber der *Dschullanar* und der zweiten Begleitgaleere waren nun auf der Hut und ließen sich Zeit, ihre Beute zu stellen. Dass keine Brandpfeile flogen und die Triere auch keinen Versuch unternahm, der *Calatrava* ihren Rammsporn mittschiffs in den Rumpf zu bohren, war ein klarer Hinweis darauf, dass der Emir die Handelsgaleere mit ihrer Fracht ohne große Beschädigungen in seine Gewalt bringen wollte.

Und schließlich kam der unabwendbare Augenblick, als ihre aussichtslose Flucht ein Ende fand und die Mamelukenschiffe die *Calatrava* von beiden Seiten angriffen. Nun gingen bei ihnen die Riemen zu Bruch, als links und rechts ein Schiffsbug durch die Reihen schnitt. Sekunden später flogen zu beiden Seiten die Enterhaken und krallten sich hinter den Bordwänden fest. Und unter wildem, siegesgewissem Gebrüll fielen die Mamelukenkrieger über Besatzung und Passagiere der zyprischen Galeere her.

Obwohl die Sklaven und Galeerensträflinge, von ihren Ketten befreit, jetzt auch zu den bereitliegenden Waffen griffen und große Tapferkeit zeigten, war der Kampf gegen die feindliche Übermacht wie erwartet grausam und kurz. Wer es wagte, sich den Kriegern des Emirs in den Weg zu stellen, wurde von den Mameluken erbarmungslos niedergemetzelt. Das Oberdeck der *Calatrava* schwamm innerhalb weniger Minuten im Blut der Toten und Verwundeten.

Viele der männlichen Passagiere, die sich bewaffnet und entschlossen gezeigt hatten ihre Familien bis zum letzten Atemzug vor Schändung und Gefangenschaft zu bewahren, wurden angesichts des fürchterlichen Gemetzels schnell anderen Sinnes. Nackte Todesangst überwältigte sie. Sie stellten fest, dass sie doch viel mehr am Leben hingen, als sie geglaubt hatten. Und so warfen sie die Waffen von sich, fielen auf die Planken und bettelten um Gnade.

Der Großteil der Seeleute und der Galeerensklaven bewahrte sich seinen Kampfgeist etwas länger. Nikos Patrikios hatte daran einen wesentlichen Anteil, stellte er sich der hereinbrechenden Flut von Feinden doch unerschrocken und todesmutig entgegen. Er wollte lieber sterben, als für den Rest seines Lebens das Elend der Gefangenschaft ertragen. Sein Schwert fällte so manchen Muslim. Doch dann fiel auch er unter den Klingen des Feindes. Und mit seinem Tod erlosch bei vielen Seeleuten der Widerstand. Sie ergaben sich, auch wenn sie wussten, dass sie sich damit dem Schrecken der Sklaverei auslieferten.

Bald verteidigte nur noch eine kleine Gruppe von sieben überragenden Schwertkämpfern, die sich mit Schilden bewehrt hatten und zu denen die vier Gralshüter zählten, das erhöhte Achterschiff. Jede Welle von Feinden, die das Kastell über die Treppe zu stürmen und ihren Widerstand zu brechen versuchte, wurde blutig zurückgeschlagen. Dass die Bogenschützen nicht mehr in den Kampf eingrif-

361

fen, nachdem der Sieg den Muslimen nicht mehr zu nehmen war, ließ die Vermutung zu, dass der Emir möglichst viele Gefangene machen wollte, um sie auf dem Sklavenmarkt verkaufen zu können.

Indessen hatte Turan el-Shawar Sabuni in Begleitung seiner bis an die Zähne bewaffneten Leibwache das Deck der *Calatrava* betreten. Der Emir, ein Mann von athletischem Körperbau mit breiten Schultern und breiter Brust, aber schon zu Dickleibigkeit neigend, trug zu seinem Schutz ein versilbertes Kettenhemd über seinem Gewand. Auf einen Helm hatte er verzichtet, war das Gefecht doch schon so gut wie entschieden. Der weiße Turban, der seinen Rang als Emir bekundete, schmückte seinen Kopf. Unter dem Turban lag ein narbenreiches Gesicht mit dunklen Augen unter dichten Brauen, groben Zügen, einem großen Mund und einer unnatürlich gekrümmten Nase, die wohl im Kampf zertrümmert worden und schlecht zusammengewachsen war. Das kräftige Kinn verbarg ein schwarz gefärbter Bart. Eine Furcht einflößende Strenge ging von dieser Gestalt aus.

Und während er zu beiden Seiten gut gesichert von seiner Leibgarde über das Deck schritt, schwang er einen kostbaren Krummsäbel. Mit sichtlichem Vergnügen an seinem grausamen Tun ließ er seine Klinge auf jeden Schwerverwundeten niedersausen, der vor ihm in seinem Blut auf den Planken lag. So manchem trennte er mit einem Schlag den Kopf vom Rumpf. Das Wimmern, Wehklagen und Weinen der Frauen und Kinder, die sich im tiefer gelegenen Mittelgang der Ruderbänke zusammendrängten, schien sein Vergnügen noch zu steigern.

Schließlich kam er zu Leonides Dukas, der seine Waffe von sich geworfen hatte, als Nikos Patrikios tödlich getroffen worden war. Der Steuermann blutete nur leicht aus einer Schulterwunde. Als er den Emir mit dem bluttriefenden Krummsäbel auf sich zukommen sah, sprang er schnell auf die Beine, streckte die Hände in den Himmel und rief in panischer Todesangst: »Verschont mein Leben, hochwürdiger Emir! Habt Gnade! . . . Ich kann Euch von großem Nutzen sein!«

Zwei der Leibwachen packten den Steuermann und zerrten ihn zu ihrem Herrn. »Auf die Knie, du stinkender Christenhund!«

Leonides Dukas fiel vor Turan El-Shawar Sabuni auf die Knie und spürte im nächsten Moment die Klinge des Emirs an seiner Kehle. »Lasst mich leben und ich sage Euch, was Euch zu wirklich reicher Beute verhilft!«, wimmerte er.

»Wie willst du, ein räudiger Ungläubiger, mir von Nutzen sein?«, herrschte der Emir ihn an, der wie viele seines Ranges die Sprache des Feindes gut beherrschte.

»Gewiss habt Ihr gehofft, noch früh genug nach Akkon zu kommen und dort reiche Beute zu machen!«, stieß der Steuermann hervor. »Aber Ihr kommt zu spät. Akkon ist schon gestern gefallen und wird längst vom Heer Eures Sultans geplündert. Wenn Ihr morgen dort eintrefft, wird es für Euch nicht mehr viel zu holen geben, Herr! Aber es befinden sich hier an Bord Ritter von edler Geburt und großer Wichtigkeit für ihren Orden, für die ihr bestimmt ein großes Lösegeld herauspressen könnt!«

»Für tote Ritter zahlt keiner auch nur einen lumpigen Dinar!«, blaffte der Emir verächtlich. »Und mit diesem törichten Einfall glaubst du dein Leben retten zu können? Fahr zur Hölle, du wimmerndes Stück Dreck!« Und er hob den Säbel zum Schlag.

»Wartet, großer Emir! Lasst mich ausreden!«, schrie Leonides Dukas schrill und mit sich überschlagender Stimme. »Ich meine die vier Tempelritter dort auf dem Achterschiff! Ich weiß, dass sie von ihrem Orden in wichtiger Mission nach Zypern geschickt wurden. Unser Schiff musste extra auf sie warten und der Kapitän hat dafür eine enorme Summe in Gold erhalten.«

»Mag sein, dass sie lebend eine Menge Gold wert sind«, räumte Tu-

363

ran el-Shawar Sabuni mürrisch ein. »Aber im Gegensatz zu feigen Hunden wie dir kämpfen Tempelritter bis zum Letzten und legen nicht einmal im Angesicht des sicheren Todes die Waffen nieder. Oder hast du vielleicht keine Augen im Kopf?«

»Diese vier da werden aber aufgeben, wenn Ihr es nur geschickt anstellt! Ihr braucht Euch bloß der Frauen zu bedienen, am besten der drei Granvilles dort, für die doch die vier Templer so viel übrig haben! Besonders der Franzose namens Maurice von Montfontaine«, sprudelte der Steuermann eilfertig hervor, deutete dabei auf den Kaufmann mit seinen Töchtern und berichtete dem Emir, wie er sie unbedingt vor dem Ertrinken hatte retten müssen und dass sich die vier Templer auch sonst sehr um sie gekümmert hatten.

Nun zeigte sich ein bösartiges Lächeln auf dem Gesicht des Emirs. »Du scheinst mir wirklich von Nutzen zu sein, Steuermann«, sagte er, während seine Leibwachen auf seinen Wink hin schon die Granvilles packten und zu ihm brachten. Dann befahl er seinen Kriegern sich vom Achterkastell zurückzuziehen.

»Was hat das zu bedeuten?«, stieß McIvor verwundert hervor.

Gerolt hatte gesehen, wie Leonides Dukas vor dem Emir zu Füßen gefallen war, mit ihm geredet und dann auf Gustave Granville und seine beiden Töchter gedeutet hatte. Und es bedurfte keiner großen geistigen Anstrengung, um sich zusammenzureimen, was das alles zu bedeuten hatte. »Dieser Schweinehund von Steuermann hat uns und die Granvilles an den Emir verraten, das hat es zu bedeuten!«

Schon im nächsten Moment rief Turan el-Shawar Sabuni ihnen gebieterisch zu: »Gebt auf und legt eure Waffen nieder, Tempelritter! Tut ihr es nicht, werden eure Freunde hier sterben!«

Beatrice, Heloise und Gustave Granville kauerten vor dem Emir auf den blutigen Planken. Sie zitterten und nackte Todesangst stand auf ihren verzerrten Gesichtern.

Maurice erblasste. »Dieser elende Verräter, verflucht soll er sein!«

Die Männer auf dem Achterkastell zögerten einen Augenblick, ob sie ihre Waffen wirklich niederlegen sollten. Und dieser kurze Moment der Unentschlossenheit kostete Gustave Granville das Leben.

Der Krummsäbel des Emirs schnitt durch die Luft und enthauptete den Pariser Kaufmann mit einem einzigen, wuchtigen Hieb. Sein Kopf rollte über das Deck, während das Blut aus dem Rumpf schoss, den der Emir mit einem schnellen Stiefeltritt von sich stieß.

Seine Töchter schrien gellend auf. Ihre schauerlichen Schreie gingen nicht nur den vier Gralshütern auf dem Achterkastell durch Mark und Bein.

»Weg mit den Waffen!«, brüllte Turan el-Shawar Sabuni und setzte nun Beatrice die Klinge an die Kehle. »Oder sie stirbt als Nächste!«

Fast gleichzeitig ließen die vier Templer Schwerter und Schilde fallen. Es war genug Blut geflossen. Jetzt durften nicht auch noch die beiden Schwestern unter dem Krummsäbel des grausamen Emirs den Tod finden! Und die drei tapferen Männer an ihrer Seite folgten ihrem Beispiel.

»Kettet sie unter Deck an einem sicheren Ort an und haltet sie getrennt von den anderen! Und bringt mir ihre edlen Templerschwerter! Solche Klingen haben mir in meiner Beutesammlung noch gefehlt!«, befahl Turan el-Shawar Sabuni und wandte sich dann dem Steuermann zu. »Und nun zu dir. Für deine Hinweise gebührt dir ein angemessener Lohn, Christenhund!«

Leonides Dukas blickte mit hoffnungsvoller Miene zu ihm auf. »Ich wusste, dass Ihr . . .«, begann er.

Kalt schnitt ihm der Emir das Wort ab. »Schweig, du stinkene Ratte! Ich liebe den Verrat, aber ich verachte den Verräter!« Und damit stieß er ihm den Säbel in den Leib und befahl seinen Leuten ihn langsam sterben zu lassen.

365

»Der Kapitän hat Recht gehabt, die Welt ist des Teufels!«, murmelte McIvor voller Abscheu. Dann legte man ihnen auch schon Fesseln an und stieß sie unter Deck.

7

Habt ihr das auch gehört?«, fragte Tarik leise. »Der Emir kehrt mit seinen Schiffen und der *Calatrava* nach Cairo zurück!«

Gerolt nickte. Doch dann wurde ihm bewusst, dass sie einander in der stockdunklen Segelkammer, in die man sie gesperrt hatte, nicht einmal als vage Umrisse sehen konnten. »Ja, die Wachen vor der Tür haben ja laut genug gesprochen. Und dass wir ihre Sprache verstehen könnten, ist ihnen wohl gar nicht in den Sinn gekommen.«

»Was sollte sie das auch kümmern?«, kam nun die Stimme von Maurice aus der Dunkelheit und Ketten klirrten. Man hatte ihnen Fußeisen angelegt, die durch eine kurze Kette miteinander verbunden waren, sowie jedem von ihnen die rechte Hand an einen der Stützbalken gekettet, auf denen die schweren Borde mit dem gefalteten Segeltuch ruhten. »Mit der *Calatrava* haben sie reiche Beute gemacht, denn der Frachtraum ist mit Kostbarkeiten gut gefüllt! Und dass sie Akkon erst gar nicht mehr anlaufen, weil da nichts mehr für sie zu holen ist, und uns sofort nach Ägypten bringen, nützt uns so wenig wie die wunderbaren Gnadengaben, die wir empfangen haben!«

»Das sehe ich anders«, widersprach McIvor. »Wir sind am Leben und der Heilige Gral ist gut versteckt. Es hätte viel schlimmer kommen können. Die Zeit ist auf unserer Seite und darauf sollten wir unsere Hoffnung setzen.«

»Wirklich?«, fragte Maurice grimmig. »Ich finde unsere Lage schlimm genug! Wer soll denn für uns Lösegeld zahlen? Für den Komtur von Zypern und jeden anderen sind wir völlig unbeschriebene Blätter. Und meine Brüder werden bestimmt nicht bereit sein, für mich zu bluten. Sie lassen mich eher in einem Kerker in Cairo verrotten, als dass sie ein hohes Lösegeld zahlen. Und bei dir, Gerolt, wird das kaum anders sein.«

Gerolt seufzte. »Da hast du leider Recht, zumal bei meinen Brüdern auch nichts zu holen ist.«

»Mich wird auch keiner auslösen«, gab McIvor zu. »Mich hat meine Familie verstoßen, wie ihr ja inzwischen alle wisst. Zudem bezweifle ich, dass mein Vater noch lebt. Unser Besitz ist bestimmt längst in die Hände irgendeines Grafen übergegangen.«

»Bei mir sieht es genauso düster aus, was Lösegeld betrifft«, sagte Tarik. »Aber dennoch muss ich McIvor zustimmen. Danken wir Gott, dass wir am Leben sind und der Heilige Gral nicht in die Hände des Emirs gefallen ist!«

»Ja, und solange er glaubt für uns ein hohes Lösegeld zu erpressen, haben wir für unser Leben nichts zu befürchten«, pflichtete Gerolt seinen beiden Gefährten bei. »Deshalb sollten wir vorerst auch nichts tun, um ihm diese Illusion zu nehmen. Im Gegenteil, wir sollten ihn darin sogar bestärken. Denn je mehr Gold er für uns zu erhalten glaubt, desto besser wird es uns im Kerker ergehen. Und wenn dann auf unsere Schreiben die erste Ablehnung eintrifft, werden wir gut daran tun, diese Absage nur als Versuch unserer Familien hinzustellen, die Höhe des Lösegeldes herunterzuhandeln. Er wird so schnell kaum Verdacht schöpfen, dass bei uns nichts zu holen ist.«

»So sehe ich das auch«, sagte Tarik. »Kein Araber zahlt sofort den zuerst verlangten Preis. Wer so dumm ist, das zu tun und nicht hartnäckig zu feilschen, für den hat er nur Verachtung übrig. Und der Emir wird das nicht anders sehen, sondern sich auf das Feilschen einlassen.«

»Aber darüber können Jahre vergehen!«, wandte Maurice ein. »Ihr wisst doch selber, wie lange es dauert, bis ein Brief aus Ägypten irgendwo in der französischen Provinz oder in Schottland eintrifft.«

»Mit ein, zwei Jahren werden wir wohl rechnen müssen«, räumte McIvor ein. »Vielleicht auch mit mehr . . .«

»Zwei, drei Jahre in einem dreckigen Mamelukenkerker! Das hat mir gerade noch gefehlt!« Maurice stöhnte gequält auf. »So habe ich mir das Leben als Gralsritter nun wirklich nicht vorgestellt! Und wer weiß, in wessen Besitz sich die *Calatrava* dann befindet! Womöglich liegt sie dann schon irgendwo als Wrack auf dem Meeresboden!«

»Gott ist mit dem Geduldigen«, sagte Tarik. »Zudem ist ja gar nicht gesagt, dass wir wirklich so lange im Kerker sitzen werden. Die Zeit wird für uns arbeiten und die geheimen Kräfte, die wir erhalten haben, werden in uns wachsen und uns vielleicht schon bald zu Taten befähigen, die zumindest einen von uns in die Freiheit führen.«

»Abbé Villard hat aber von Jahren gesprochen, die vergehen werden, bis sich die Gnadengaben des Heiligen Geistes in uns zu voller Stärke entwickelt haben!«, erinnerte Maurice sie und versetzte ihrer Hoffnung einen starken Dämpfer.

»Das ist wohl wahr«, gestand Gerolt mit einem schweren Seufzer ein. »Aber immerhin haben wir ja auch noch die Edelsteine, die wir verschluckt haben, und die Goldstücke. Damit können wir versuchen unsere Wärter zu bestechen, bevor der Emir erkennt, dass er für uns kein Lösegeld erhalten wird, und uns in die Sklaverei verkauft!«

Für eine Weile verfielen sie in ein Schweigen, das so düster und bedrückend war wie die Dunkelheit, die sie in der Segeltuchkammer umgab. Jeder hing seinen Gedanken nach und durchlebte noch ein-

369

mal die letzten Minuten des Gefechtes, während das Wasser am Rumpf vorbeirauschte und die *Calatrava* mit den Schiffen des Emirs auf das nahe Nildelta zusteuerte.

Dann und wann mischten sich in den monotonen Trommelschlag des Rudermeisters und das gleichmäßige Ächzen der Langriemen Befehle vom Oberdeck sowie die Stimmen der Wachen vor der Segeltuchkammer. Von den anderen gefangenen Passagieren der *Calatrava* war jedoch nichts zu vernehmen. Sie hatte man wohl weiter mittschiffs in den Frachtraum gesperrt. Die Sklaven und Galeerensträflinge, die den Kampf überlebt und sich rechtzeitig ergeben hatten, saßen nun wieder angekettet auf den Ruderbänken. Die Toten in ihren Reihen waren vermutlich durch Rudersklaven von den beiden Begleitschiffen der *Dschullanar* ersetzt worden. Ein schwer bewaffnetes Prisenkommando hatte an Bord der zyprischen Galeere das Kommando übernommen.

Es war McIvor, der plötzlich das Schweigen brach. »Vielleicht ist es sinnvoller, wir trennen uns in Cairo!«

»Ein tolle Idee, McIvor! Da man uns ja sicherlich völlig frei und unbewacht herumlaufen lässt, schlage ich vor, dass du nach rechts davonspazierst, während ich mich nach links davonmache, während Tarik und Gerolt sich unter das Volk im Hafen mischen und fröhlich ihrer Wege gehen«, sagte Maurice sofort mit bissigem Spott. »Treffen können wir uns dann vor dem Sultanspalast, der in Cairo ja wohl nicht zu verfehlen sein dürfte.«

»Das wollte ich damit eigentlich nicht sagen«, kam es ruhig von McIvor aus der Dunkelheit. »Ich dachte eher daran . . .«

»Woran denn? Sollen wir vielleicht . . .«

Gerolt fiel Maurice ins Wort. »Lass ihn doch erst einmal ausreden, du Hitzkopf! . . . Also, erzähl, McIvor, was du gemeint hast!«

»Ich habe mir überlegt, dass es vielleicht gar nicht so klug ist, wenn wir alle vier im Kerker von Emir el-Shawar Sabuni landen und er glaubt für uns alle Lösegeld bekommen zu können«, erklärte McIvor. »Dort werden wir bestimmt um ein Vielfaches schärfer bewacht als diejenigen, von denen der Emir weiß, dass sie ihm kein Lösegeld bringen, und die daher auf dem Sklavenmarkt von Cairo landen. Wie es heißt, gibt es rund um Cairo in den felsigen Schluchten der Mokattam-Berge viele Steinbrüche und Minen, in die wohl die meisten kräftigen Sklaven verkauft werden. Von dort zu fliehen ist sicher um einiges leichter, als aus dem Kerker auszubrechen.«

»Da ist was Wahres dran!«, gestand Maurice verblüfft. »Wirklich keine schlechte Überlegung, McIvor! Wenigstens einer von uns sollte das versuchen! Tut mir Leid, dass ich dir gerade so töricht über den Mund gefahren bin.«

»Da kommt mir noch eine andere Idee, wie wir unsere Chance vielleicht verbessern können«, sagte Tarik.

»Heraus damit, Tarik! Spann uns nicht auf die Folter!«, forderte Gerolt ihn auf. »Was ist dir noch eingefallen?«

Tarik sagte es ihnen.

»Das klingt gut, ist aber höllisch riskant!«, stellte McIvor sofort fest. »Und ich weiß nicht, ob wir uns darauf einlassen sollten. Das kann schnell den Tod bedeuten!«

»Mag sein«, räumte Tarik ein, um dann mit einem Spruch aus seiner Heimat fortzufahren: »Aber ein Taucher, der sich vor dem Rachen des Krokodils fürchtet, wird niemals die Perle von großem Wert finden! Ich vertraue darauf, dass der Heilige Geist uns beistehen wird. Und einen Versuch ist es allemal wert.«

»Recht hat er«, sagte Gerolt. »Riskant ist zudem alles, was wir früher oder später versuchen werden, um die Freiheit wiederzuerlangen. Unsere Situation ist wahrlich nicht so beschaffen, dass wir wählerisch sein können.«

371

»Auch ich bin dafür«, schloss Maurice sich ihm an. »Wir sollten beides wagen, sowohl Tariks Idee als auch McIvors Vorschlag. Das würde unsere Chancen beträchtlich erhöhen.«

Ihnen blieb in der lichtlosen Kammer der *Calatrava* viel Zeit, nämlich fast zwei Tage, um noch ausführlich das Für und Wider der beiden Vorschläge zu bereden und sich darüber einig zu werden, wer von ihnen sich freiwillig in die Sklaverei begeben sollte. In dieser Zeit brachten ihnen die Wachen nur ein einziges Mal einen Kübel Wasser, den sie sich teilen mussten. Etwas zu essen gab es jedoch nicht. Als sich die Flotte des Emirs nach einer Unterbrechung in Damietta, wo die Schiffe über Nacht vor Anker gingen, am frühen Abend des folgenden Tages der arabischen Metropole Cairo auf dem Nil näherte, hatten sie ihre Entscheidung längst getroffen, ihre Rollen abgesprochen und die restlichen Edelsteine und Goldstücke, die Maurice und McIvor noch in ihren Seidengürteln bei sich trugen, neu unter sich aufgeteilt. Nun hing das Gelingen ihres tollkühnen Plans davon ab, dass der Emir auch wirklich so handelte, wie sie es sich erhofften.

8

Als die vier Templer von den Wachen aus der Segeltuchkammer geholt und noch mit den Fußeisen an ihren Füßen
an Deck geführt wurden, lag die *Calatrava* zwischen den Schiffen des
Emirs am zentralen Kai von al-Maks, dem Hafen von al-Qahira[*].

Die Kunde, dass die Flotte von Emir Turan el-Shawar Sabuni eine
feindliche Handelsgaleere aufgebracht hatte und mit reicher Beute
zurückgekehrt war, hatte sich in Windeseile im Hafenviertel verbreitet und zu einem großen Menschenauflauf geführt. Eine bunte, fröhlich lärmende Menschenmenge aus schaulustigen Kaufleuten, Tagelöhnern, Soldaten, Bettlern, Sänftenträgern und Händlern, die aus
Bauchläden, kleinen Handkarren oder auf den Rücken geschnallten
Gefäßen und Körben Esswaren und Getränke verkauften, drängte
sich auf dem Platz am Kai zwischen den Speichern, Lagerschuppen
und Schiffswerften.

Die schweren Fußeisen mit der kurzen, über die Decksplanken rasselnden Kette gestatteten den vier Freunden nur schwerfällige Trip-
pelschritte im Gleichschritt, wenn sie nicht stolpern und stürzen
wollten. Ihre Wärter machten sich einen Spaß daraus, sie mit Stockschlägen anzutreiben und zu versuchen sie zum Stürzen zu bringen.
Fast blind hasteten sie mit ruckartigen, schlurfenden Bewegungen

---

[*] Eine Skizze mit dem damaligen Stadtbild von Cairo befindet sich im Anhang am Ende des Bu-
ches.

über das Deck. Nach fast zwei Tagen in völliger Finsternis schmerzte sogar das milde Abendlicht und zwang sie zum Blinzeln.

»Gebe Gott und die jungfräuliche Gottesmutter, dass wir uns in dem Emir nicht getäuscht haben und wir jetzt auch wirklich unsere winzige Chance erhalten«, murmelte Maurice.

»Zumindest haben wir uns nicht in der Annahme getäuscht, dass der Emir sich hier auf der *Calatrava* einfinden und höchstpersönlich bestimmen wird, was mit den einzelnen Gefangenen geschehen soll«, erwiderte Gerolt und machte eine knappe Kopfbewegung in die Richtung des Emirs.

Turan el-Shawar Sabuni thronte mittschiffs an der Anlegebrücke in einem gepolsterten Sessel. Über ihn fiel der Schatten eines königsblauen Baldachins mit goldenen Fransen, den vier dunkelhäutige Leibgardisten an Ebenholzstangen mit goldenen Verzierungen trugen. Umgeben von seinen Offizieren und Dienern, begutachtete er die an ihm einzeln vorbeiziehenden Gefangenen. Männer oder Frauen von Adel und großem Reichtum fanden sich nicht in der Menge der Unglücklichen, die hatten Akkon schon viel früher verlassen. Und so ließ er nur einige Kaufleute, die gutes Lösegeld aus ihrer Heimat beizubringen versprachen, mit ihren Angehörigen von den anderen absondern. Unter den verwitweten und verwaisten jungen Frauen und Mädchen wählte er fünf für seinen Harem aus. Beatrice und Heloise gehörten zu ihnen. Danach durften seine Offiziere ihre Wahl treffen. Alle anderen sollten auf dem Sklavenmarkt verkauft werden. Und was die Rudersklaven und Galeerensträflinge betraf, so änderte sich in ihrem elenden Leben nichts bis auf die Tatsache, dass sie sich nun nicht für einen Zyprioten, sondern für einem mamelukischen Emir an den Langriemen abquälen mussten.

Einer der gefangenen Männer fürchtete die Sklaverei offensichtlich mehr als den Tod. Denn als die Reihe an ihn kam, spuckte er dem Emir ins Gesicht und verfluchte ihn und den Propheten Mohammed auf das Unflätigste. Turan el-Shawar Sabuni sprang wutentbrannt auf, schlug ihn mit der Peitsche und befahl ihn auf der Stelle hinzurichten. Der Mann wurde vom Schiff hinunter auf den Kai gezerrt und dort unter dem begeisterten Gejohle der Menge enthauptet.

Den Schluss der langen Prozession der Gefangenen bildeten die vier Gralsritter. Als ihre Wärter sie unter weiteren Stockschlägen vor den Emir an der Landungsbrücke stießen, begannen sie wie abgesprochen ihren vorgetäuschten Streit.

»Nein, du hältst besser den Mund, McIvor!«, zischte Gerolt, aber doch noch laut genug, dass der Emir ihn hören konnte. »Solange er davon nichts weiß, bist du doch in Sicherheit! Und das gilt auch für dich, Bruder Ibrahim!« Er sprach Tarik mit falschem Namen an, hatten sie sich doch darauf geeinigt, seinen richtigen Namen vor dem Emir zu verheimlichen.

»Hol ihn der Teufel!«, grollte McIvor abfällig. »Meine Ehre als Templer verbietet mir feiges Lügen! Was sagst du dazu, Ibrahim?«

»Du sprichst mir aus der Seele!«, pflichtete ihm Tarik bei. »Lieber sterbe ich als aufrechter Templer zur Ehre Gottes, als dass ich meine Haut auf diese schäbige Weise zu retten versuche. Früher oder später wird er es ja doch erfahren!«

Sofort waren Argwohn und Aufmerksamkeit des Emirs geweckt. »Von welchen Lügen sprecht ihr?«, verlangte er barsch zu wissen. »Und was werde ich früher oder später doch erfahren? Heraus damit oder ich lasse euch von meinen Folterknechten zum Reden bringen! Was habt ihr da gerade besprochen?«

Mit stolzer Miene blickte McIvor dem Emir ins Gesicht. »Dass Ihr von mir und meinem Ordensbruder nicht einen lausigen Dinar an Lösegeld zu sehen bekommen werdet!«, stieß er verächtlich hervor. »Meine Familie hat mich verstoßen. Für sie bin ich schon seit Jahren tot. Niemand wird für mich auch nur einen Handschlag tun und unser Orden wird auch nicht daran denken, mich auszulösen. Ich werde jedenfalls Euren Reichtum nicht durch einen lausigen Fils* vermehren!«

»Das gilt auch für mich!«, erklärte nun auch Tarik unerschrocken. »Und es wird meine letzte Genugtuung sein, dass Ihr für mich nicht ein einziges Goldstück erhalten werdet, an dem Ihr Euch bereichern könnt!«

Die anfängliche Verärgerung hielt sich nur einen kurzen Augenblick auf dem Gesicht von el-Shawar Sabuni, dann wich sie einem gehässigen Lächeln. »Falls ihr gehofft habt jetzt einen schnellen Tod zu finden, habt ihr euch verrechnet. Ihr werdet mir sehr wohl noch einige Goldstücke einbringen, nämlich auf dem Sklavenmarkt! Und als Sklaven irgendwo in einem Steinbruch oder einer Mine werdet ihr stolzen Templer genau das elende Leben fristen, das räudige Ungläubige wie ihr verdient haben!« Und damit wandte er sich den Wärtern zu und befahl, während er mit seiner Peitsche auf McIvor und Tarik deutete: »Löst ihnen die Fußeisen! Sie kommen zu den anderen, die als Sklaven verkauft werden! Und schließt sie in ein Joch. Sie lieben es ja so, als Templer den Kopf hochzutragen. Das können sie auch als Sklaven haben. Die beiden anderen schafft in den Kerker meines Palastes! Sie sollen meine persönliche Gastfreundschaft genießen!«

»Allmächtiger!«, gab Maurice sich erschrocken. »Das habt ihr jetzt von eurem falschen Stolz!«

---

* Der *fils* ist eine arabische Münze aus Kupfer von sehr geringem Wert, etwa vergleichbar mit dem Cent der heutigen Zeit. Daher rührt auch die arabische Redensart »Er hat keinen roten Fils mehr in der Tasche!«.

»Gebt die Hoffnung nicht auf«, sagte auch Gerolt scheinbar bestürzt über die Wendung und bangte, ob sich die Chance, auf die sie hofften, nun wirklich ergeben würde.

Der Wärter mit den Schlüsseln kniete sich nun zu ihren Füßen, öffnete das Schloss der langen Kette aus daumendicken Eisenringen, die sie alle vier miteinander verband, und löste dann bei Tarik und Mclvor die Fußeisen, damit man sie getrennt von ihnen zu den anderen Gefangenen bringen konnte, die der Emir als Sklaven verkaufen lassen wollte.

Sowie die schweren Eisen von Tariks Füßen fielen, stieß er dem vor ihm kauernden Mann sein Knie mit aller Kraft ins Gesicht. Mit einem schrillen Schmerzensschrei stürzte der Wärter rücklings auf die Planken. Blut schoss ihm aus der zertrümmerten Nase. Und bevor einer der anderen Mameluken nach ihm greifen und ihn festhalten konnte, rannte Tarik auch schon über das Deck nach Backbord hinüber, wo der Nil und die Hoffnung auf Freiheit lagen.

»Haltet ihn!«, brüllte der Emir, sprang aus seinem weich gepolsterten Sessel unter dem Baldachin und fuchtelte wild mit der Peitsche durch die Luft.

Zwei mamelukische Seeleute versuchten ihm an Backbord den Weg zu versperren, während schon die ersten Bogenschützen Pfeile aus ihren Köchern rissen und über das Deck rannten. Doch Tarik schlug blitzschnell einen Haken. Einer der Seemänner bekam zwar noch seinen wehenden Templermantel zu fassen, doch Tarik riss die Schließe geistesgegenwärtig mit beiden Händen vor der Brust auf, sodass der Mann ihn nicht zum Stolpern bringen konnte. Und dann hatte er auch schon die Reling erreicht. Er sprang mit einem todesmutigen Hechtsprung von Bord der Galeere und tauchte in die Fluten ein.

Die Bogenschützen an Bord der *Calatrava* spickten den Fluss rund

377

um die Stelle, wo Tarik untergetaucht war, sofort mit einem Hagel von Pfeilen.

»Alle Beiboote zu Wasser!«, schrie el-Shawar Sabuni, vor Wut hochrot im Gesicht, und schlug mit seiner Peitsche auf die beiden Wärter ein, die für die Bewachung der vier Tempelritter verantwortlich gewesen waren. »Hundert Dirham* für denjenigen, der mir den räudigen Hund bringt! Tot oder lebendig! Er kann nicht weit kommen! . . . Gleich muss er zum Atemholen auftauchen!«

Auch auf der Triere und den beiden anderen Galeeren des Emirs schossen nun Bogenschützen ihre Pfeile in den Fluss. Jeder Schatten und jedes Stück Treibholz in den leicht lehmigen Fluten wurde in der Hektik zum Ziel. Überall wurden zudem hastig Beiboote zu Wasser gelassen und mit bewaffneten Verfolgern bemannt. Andere behielten die Wasseroberfläche im Blick, um sofort Meldung zu machen und den Männern in den Booten den Weg zu weisen, sowie der entflohene Templer zum Atemholen hochkam. Die Jagd auf den flüchtigen Templer hatte begonnen.

»Dem Himmel sei Dank, es hat geklappt! . . . Er ist entkommen!«, flüsterte Maurice und schlug das Kreuz.

»Aber erst mal nur von der *Calatrava*«, schränkte McIvor leise ein. »Und das war der einfachste Teil des Plans. Beten wir, dass auch der wirklich lebensgefährliche Teil gelingt! Wenn sie ihn erwischen, ist ihm der Tod gewiss!«

»Ja, gebe Gott, dass er seine geheime Kraft schon jetzt besser einsetzen kann, als es mir zur Zeit möglich ist«, murmelte Gerolt in großer Sorge um seinen Freund. Zwar war Tarik die Flucht von Bord der

---

* Der Dirham ist eine arabische Silbermünze und steht in einem wechselnden Verhältnis zur Goldwährung des Dinar. Etwa 13 bis 25 Dirham entsprachen zur Zeit der Mameluken einem Dinar, dessen Goldgehalt etwa 4,5 Gramm betrug. Diese Gewichtseinheit wurde Mithkal genannt. Zur Kaufkraft: Für einen Dirham bekam man im Cairo des Jahres 1291 ein Huhn.

Handelsgaleere gelungen, aber nun würde man ihn jagen wie ein wildes Tier. Und Gerolt wünschte, die Dunkelheit wäre schon hereingebrochen. Lange würde es zwar nicht mehr dauern, berührte der Sonnenball doch schon den Horizont am westlichen Nilufer. Aber würde Tarik so lange durchhalten? Er musste es einfach schaffen. Denn ihr aller Schicksal hing vermutlich davon ab, dass er den mamelukischen Häschern entkam!

9

Das Wasser schlug über Tarik zusammen. Nach der Hitze in der stickigen Segeltuchkammer empfand er die Frische der Nilfluten wie einen eisigen Schock. Sein Körper wollte sogleich wieder nach oben steigen, doch mit hastigen Schwimmbewegungen widerstand er dem natürlichen Auftrieb und tauchte tiefer hinunter. Und das keine Sekunde zu früh.

Die ersten Pfeile bohrten sich zu allen Seiten ins Wasser. Zwei berührten ihn sogar noch, hatten aber in der Tiefe schon ihre tödliche Kraft verloren. Eine Pfeilspitze stach ihn wie ein Dorn in den Rücken, ein anderer versetzte seinem linken Unterschenkel einen spürbaren, aber ungefährlichen Stich.

Tarik spürte sogleich die Strömung, die ihn flussabwärts zog, und er versuchte sich unter Wasser zu orientieren. Er öffnete die Augen, drehte sich kurz halb um seine eigene Achse, sah zu seiner Rechten die dunklen Schatten der am Kai vertäuten Schiffe und schwamm mit aller Kraft von ihnen weg in Richtung Strommitte. Er wusste, dass man sofort die Verfolgung mit Ruder- und Fischerbooten aufnehmen würde. Gleich würde es auf dem Nil rund um den Hafen von al-Maks nur so von ihnen wimmeln. Auch brauchte er kein Hellseher zu sein, um zu wissen, dass der Emir auf seine Ergreifung eine Belohnung aussetzen würde und es ihm dabei gleich sein würde, ob man ihn tot oder lebendig wieder zu ihm zurückbrachte. Zog man ihn lebend aus dem Wasser, würde ihn der Emir für die Blamage, die er ihm mit seiner Flucht von der *Calatrava* angetan hatte, sicherlich mit schrecklichen Qualen büßen lassen.

Ob er seinen Verfolgern entkam oder nicht, hing jetzt allein davon ab, ob er tatsächlich fähig war, die geheime Kraft in ihm zum Einsatz zu bringen, die er bei seiner zweiten Weihe erhalten hatte. Abbé Villard hatte ihm versichert, dass Meere und Flüsse seine Freunde seien und ihm keinen Schaden zufügen würden. Aber wie genau sollte das jetzt geschehen, zumal die zweite Weihe doch erst knappe drei Tage zurücklag und er sich noch kein einziges Mal in seiner Gnadengabe geübt hatte.

Schon eine halbe Minute später wurde ihm die Luft knapp. Seine Lungen gierten nach frischer Atemluft und begannen zu schmerzen. In seinem Kopf hämmerte es und das Pochen in seinen Ohren wurde mit jeder Sekunde stärker. Panik wallte in ihm auf. Er hatte sich auf die geheime Kraft verlassen, doch es war zu früh gewesen!

Schon ertrug er die schmerzende Atemnot nicht länger. Ihm war, als müsste sein Kopf jeden Moment platzen. Und so stieg er wieder zur Oberfläche auf. Noch kurz bevor er auftauchte, sah er schräg vor sich etwas im Wasser schwimmen. Es war viel zu schmal und zu kurz, um ein Boot zu sein.

Als er mit dem Kopf durch die Wasseroberfläche brach, sah er zu seinem Entsetzen, was da auf ihn zukam. Ein Krokodil! Es witterte Beute und schoss auf ihn zu. Zwar war es noch nicht ausgewachsen, aber doch groß genug, um ihn mit seinem Maul, das mit scharfen Zähnen gespickt war, zu packen und unter Wasser zu zerren.

Im selben Augenblick hörte er hinter sich eine Vielzahl aufgeregter Schreie, die von seinen Verfolgern in den Booten kamen. Schon sirrten wieder dutzende Pfeile durch die Luft und schlugen um ihn herum ins Wasser. Einige davon trafen das Krokodil, das mittlerweile nur noch zwei Armlängen von ihm entfernt war. Fauchend riss es seinen Rachen auf, dessen Oberkiefer schon zwei Pfeile durchschlagen hatten, und peitschte das Wasser mit seinem Schwanz. Blut strömte aus den Wunden. Drei weitere Pfeile bohrten sich in den Leib des Tieres.

Tarik holte tief Luft und tauchte vor dem Krokodil, das sein Verderben hätte sein können und zu seinem Glück nun Opfer der Bogenschützen geworden war, wieder in die sichere Tiefe hinab.

Die Boote hatten die Stelle sogleich erreicht und ließen sich nun mit der Strömung abwärts treiben. Wohin er auch blickte, die noch helle Wasseroberfläche war in einem weiten Umkreis von den Schattenflecken der Boote gesprenkelt. Die Verfolger rechneten sich vermutlich gute Chancen aus, ihn beim nächsten Auftauchen zu erwischen, wenn sie sich in einem großen Kreis mit der Strömung flussabwärts ziehen ließen und nur wenig Gebrauch von ihren Rudern machten. Denn kein noch so guter Schwimmer vermochte allzu weit gegen den Strom zu schwimmen.

Tarik wusste, dass er den Bogenschützen ein drittes Mal nicht entkommen würde, wohin er sich auch wendete. Um nicht unnötig Kraft zu vergeuden, schwamm er deshalb auch weiterhin mit der Strömung, bewegte sich aber allmählich nach rechts auf das östliche Nilufer zu. Er hoffte, sich dort irgendwo in einem dichten Schilfgürtel verstecken zu können. Aber damit rechneten auch seine Verfolger, wie er schnell bemerkte, als er sich dem Ufer näherte.

Wieder wurde ihm die Luft knapp, als er plötzlich vor sich das Wrack eines Fischerbootes entdeckte. Einige Planken und Spanten des Vorschiffs ragten aus dem Schlamm hervor. Mit zwei kräftigen Schwimmbewegungen erreichte er es und hielt sich am Bugbalken fest. Aber das befreite ihn nicht von der quälenden Atemnot.

Fieberhaft überlegte er, was er jetzt nur tun sollte. Gab er dem immer stärker werdenden Verlangen nach Luft nach und tauchte auf,

382

bedeutete das seinen sicheren Tod. Denn immer neue Barken, Ruderboote und Fischerkähne glitten über ihm heran. Und in dieser aussichtslosen Situation blieb ihm nur noch eines, was ihn retten konnte. Er musste das scheinbar Unmögliche wagen, nämlich im Wasser atmen!

»Herr, schenke mir deinen göttlichen Beistand und entfache in mir deine geheime Kraft!«, betete Tarik in Gedanken und konzentrierte sich mit ganzer Willenskraft darauf, dass sich das Wasser als sein Freund erweisen möge. »Dein göttlicher Wille geschehe!«

Und dann vermochte er der Qual nicht länger zu widerstehen, er öffnete den Mund und atmete das Wasser tief ein.

Er glaubte, im nächsten Moment ersticken zu müssen, als sich seine Lungen füllten. Doch dann geschah das unfassbare Wunder. Mit seinem Körper schien sich eine Verwandlung zu vollziehen. Er spürte, dass in seinem Innern etwas, das er nicht benennen konnte, aufbrach und ihn mit einer unbekannten Kraft erfüllte. Gleichzeitig wich der brennende Schmerz aus seiner verkrampften Brust und machte unsäglicher Erleichterung Platz.

Er atmete wie ein Fisch Wasser! Und er spürte förmlich, wie seine Lungen Luft aufnahmen und seinen Körper mit neuer Lebenskraft versorgten. Es war, wie Abbé Villard gesagt hatte: Das Wasser war sein Freund und beschenkte ihn mit Atemluft!

Schnell löste er seinen Gürtel, zerrte sich die Tunika vom Leib und befreite sich auch von seinen Stiefeln, die ihn unter Wasser nur behinderten. Er riss sich auch den dünnen, aber jetzt spürbar schweren, mit Goldstücken gefüllten Seidengürtel von der Hüfte, steckte ihn in einen seiner Stiefel und klemmte diesen in den Spalt zwischen zwei zerborstenen Bootsplanken. Auch den zweiten Stiefel, in den er den Ledergürtel stopfte, verklemmte er so. Nur die Tunika mit dem Templerkreuz überließ er der Strömung. Er rechnete

383

sich eine gute Chance aus, das Versteck wiederzufinden, falls seine Flucht erfolgreich ausging. Dann ließ er den Balken los und schwamm, nur noch mit seinem dünnen Untergewand bekleidet, schnell weiter, weil er nicht wusste, wie lange er fähig sein würde, an einem Stück Luft aus dem Wasser zu ziehen. Vielleicht waren ihm bei den ersten Versuchen nur wenige Minuten vergönnt. Aber die sollten reichen, um sich weit genug von den Booten der Verfolger abzusetzen.

Mit höchster Kraft und Konzentration schwamm er flussabwärts. Er schlug einen Bogen um die doppelten Reihen von dicken Holzpfählen, die zu einem L-förmigen Anlegesteg gehörten. Bald hatte er den Kreis der Boote hinter sich gelassen, doch nun spürte er, dass er immer schneller atmen musste, um seinen Bedarf an neuer Luft zu decken. Bald würde er gezwungen sein aufzutauchen und Kraft zu schöpfen. Er hoffte, dann einen genügend großen Vorsprung erreicht zu haben, um sich im Schilf unbemerkt verstecken zu können.

Mit letzter Kraft gelangte er schließlich in den Schilfgürtel und tauchte dann möglichst langsam zwischen dem dichten Rohr auf, damit sich die Gewächse nicht allzu sehr bewegten und nicht die Aufmerksamkeit seiner Häscher auf sich zogen.

Keuchend würgte er einen Schwall Wasser aus seinen Lungen, rang mit jagendem Herzen nach Luft und starrte durch das Dickicht des hoch aufragenden Schilfs auf den Nil hinaus. Sein Vorsprung zu den vordersten Booten, die nach ihm suchten, mochte vielleicht eine gute halbe Meile betragen. Viele ruderten schon gegen den Strom, um nicht weiter flussabwärts getrieben zu werden. Sie hielten es offensichtlich für völlig ausgeschlossen, dass er viele Minuten lang unter Wasser tauchend ausgehalten hatte und aus dem weiten Kreis der Verfolgerboote ausgebrochen war, weshalb sie nun im Schilf nach ihm suchten. Sie wussten, dass sie sich beeilen mussten, wenn sie ihn noch finden wollten. Denn die länger werdenden Schatten der hereinbrechenden Dunkelheit legten sich schon über den Strom.

Als sich schließlich doch noch einige Boote weiter flussabwärts bewegten, tauchte er wieder unter und wagte ein zweites Mal unter Wasser zu atmen. Es gelang, aber diesmal hielt er kaum länger als zwei Minuten aus. Dann flüchtete er sich erneut zwischen das Schilf. Sein Vorsprung war mittlerweile auf eine gute Meile angewachsen.

Seine größte Angst galt nun den Krokodilen, die den Nil reichlich bevölkerten und auf die er vermutlich umso eher im Schilfgürtel stoßen dürfte, je weiter er sich von Cairo entfernte, wo die stadtnahen Siedlungen und Felder der Bauern bis nahe an den Fluss reichten.

Aber er hatte keine andere Wahl, als sich noch weiter flussabwärts zu begeben, wenn er seine Freiheit erlangen wollte. Denn jetzt würde man auch damit beginnen, die Ufer auf beiden Seiten im Licht von Fackeln nach ihm absuchen zu lassen. Nachdem er sich von der Anstrengung einigermaßen erholt hatte, tauchte er deshalb wieder ab und entfernte sich noch weiter von Cairo.

Es war schon dunkel, als Tarik endlich wagte an Land zu kriechen. Mit keuchendem Atem kämpfte er sich durch den breiten Schilfgürtel und den tiefen, saugenden Uferschlamm, der ihn festhalten wollte und jede Bewegung zu einer großen Anstrengung machte. Mit letzter Kraft kämpfte er sich die Uferböschung hoch. Als er den Kopf nach rechts in Richtung Cairo wandte, sah er in der Ferne winzige Lichter. Die Fackeln der Suchkommandos!

Im selben Augenblick hörte er einen trockenen Zweig knacken und einen zischenden Laut, der wie eine Warnung klang. Alarmiert fuhr er nach links herum und wollte sich aufrichten. Er sah vor sich den schattenhaften Umriss einer Gestalt, die auf ihn zusprang. Und im nächsten Augenblick traf ihn ein harter Schlag auf den Kopf.

»Alles vergeblich! . . . Alles verloren!«, schoss es ihm noch durch den Kopf, dann verlor er das Bewusstsein.

10

Gerolt und Maurice gaben es schnell auf, all den verfaulten Früchten und stinkenden Kotbällen ausweichen zu wollen, mit denen man sie auf dem Weg vom Hafenviertel zum Palast des Emirs von allen Seiten bewarf. Der vergitterte Holzkarren, in den man sie auf dem Kai gesperrt hatte und den ein zotteliger Maulesel durch die Straßen zog, bot dafür nicht genug Bewegungsfreiheit. Zudem ließen die Fußeisen und die schwere Kette keine allzu schnellen Bewegungen zu. Und wer es sich vorgenommen hatte, sie anzuspucken, vor dem gab es sowieso kein Entkommen. Denn die zehnköpfige, in gelbe Gewänder gekleidete Eskorte des Emirs, die hoch zu Pferd vor und hinter dem rumpelnden Karren mit den beiden gefangenen Tempelrittern ritt, schritt nicht ein, wenn in dem Gassengewirr jemand nahe an den Wagen trat und sie durch die Stäbe hindurch anspuckte. Ganz im Gegenteil, sie ermutigten die Leute entlang des Weges sogar dazu und machten sich einen Spaß daraus, ihre Gefangenen einer möglichst großen Demütigung auszusetzen. Gefangene Tempelritter waren eine Seltenheit in den Straßen von al-Qahira und diesen muslimischen Triumph über die Elitetruppen der Kreuzritter kosteten sowohl die Männer des Emirs mit stolz geschwellter Brust hoch zu Pferd aus als auch die Menschen auf den Straßen, die sie anspuckten, verfluchten und mit Kot und Abfall bewarfen.

So versuchten Gerolt und Maurice bald nur noch ihre Köpfe vor den gottlob nur vereinzelten Steinwürfen zu schützen. Zum Glück prallten die meisten der größeren Steine und Lehmbrocken von den dicken, runden Gitterstäben des rollenden Käfigs ab. Sie entkamen jedoch nicht dem Schwall Urin, den ein Latrinenreiniger aus einem Holzeimer mit großem Schwung nach ihnen schleuderte. Zwar wandten sie noch schnell den Kopf ab und rissen die Arme schützend hoch, aber das bewahrte sie nicht davor, dass ein Großteil des ekeligen Eimerinhaltes sie traf und vom Kopf bis zur Hüfte hinunter nässte. Darüber brachen ihre Bewacher in johlendes, schadenfrohes Gelächter aus.

»Hol euch der Teufel! Aber eines Tages wird euch das Lachen schon noch vergehen, darauf könnt ihr Gift nehmen!«, zischte Maurice in ohnmächtiger Wut und wischte sich mit einem trockenen Zipfel seines Mantels über das besprizte Gesicht. »Wartet es nur ab, ihr gelb gewandeten Affen!«

Gerolt hatte Mühe, seinen Brechreiz bei dem stechenden Gestank, der ihm in die Nase stieg, unter Kontrolle zu halten. Schnell beugte er sich vor und griff mit beiden Händen nach dem Gemisch aus altem Stroh und Dreck, das den Boden des Käfigs bedeckte, um sich damit notdürftig trockenzureiben. Und er zwang sich, nur durch die Nase zu atmen.

»Wenigstens ist Beatrice und Heloise diese erniedrigende Behandlung erspart geblieben«, murmelte er, während sie ein Ziegeltor passierten, das mindestens fünfzehn, sechzehn Ellen in die Höhe reichte, von zwei mächtigen Wachtürmen flankiert wurde und offensichtlich zu einer inneren Stadtmauer gehörte. Die beiden überlebenden Granvilles waren mit einem ähnlichen Käfigkarren abtransportiert worden, der jedoch auf allen Seiten mit dunkelbraunen Stoffbahnen verhängt gewesen war. »Und dass sie im Harem des Emirs gelandet sind und nicht auf dem Sklavenmarkt, ist auch Glück im Unglück.«

Maurice verzog das Gesicht zu einer bitteren Miene. »Das scheint mir aber ein sehr zweifelhaftes Glück zu sein! Denn die Vorstellung, dass dieser Emir sich an ihnen . . .« Er zog es vor, den Satz nicht zu beenden, und spuckte voller Abscheu aus. Und leise fügte er dann noch hinzu: »Gebe Gott, dass Tarik die Flucht gelungen ist!«

»Es sah ganz so aus«, sagte Gerolt, ebenfalls mit gedämpfter Stimme. »Der Emir hätte sonst wohl kaum solch einen Wutanfall gehabt und die Belohnung auf zweihundert Dirham verdoppelt. Und wenn Tarik in Freiheit ist, haben wir allen Grund, zuversichtlich zu sein.«

Er versuchte sich wieder auf den Weg zu konzentrieren, den die Eskorte des Emirs mit ihnen nahm. Doch die nun schnell einbrechende Dunkelheit machte es schwierig, die Orientierung zu behalten und in dem Häusermeer besonders einprägsame Örtlichkeiten auszumachen. Auch ritten jetzt einige der Soldaten rechts und links neben dem Karren her, sodass sie ihm die Sicht versperrten. Was er jedoch eindeutig feststellte, war, dass es nach Süden ging und aus den dicht bebauten Vierteln hinaus in eine viel dünner besiedelte Gegend. Zu ihrer Rechten erhaschte er einen Blick auf das schlanke Minarett einer Moschee, das sich wie eine steinerne Lanze in den Himmel bohrte. Dann zogen mehrstöckige Lehmbauten mit reich verzierten, hölzernen Erkern und vergitterten Balkonen an ihnen vorbei, deren untere Etagen dicht an dicht von Geschäften und Werkstätten belegt waren. Die Luft war erfüllt von einem vielfältigen Gemisch fremdartiger Düfte und Gerüche und der Lärm wogte wie eine ewige Brandung auf und ab, ohne jedoch je völlig zum Erliegen zu kommen.

Fast schlagartig legte sich das schwarze Tuch der Nacht über das Land und die Vorhut entzündete einige Fackeln. Kurz darauf hatten sie das enge Häusermeer mit seinem Labyrinth verwinkelter Straßen und Gassen endgültig hinter sich gelassen. Sie mussten die südlichen Vororte von Cairo erreicht haben. Dort gelangten sie plötzlich an das Ufer des Nils und der Wagen rumpelte über die Bohlen einer Brücke, die auf dem Wasser zu schwimmen schien. Heller Lichtschein kam vom anderen Ende der Brücke.

»Wo bringt man uns bloß hin?«, murmelte Maurice.

Gerolt zuckte die Achseln. »Ich wünschte, ich wüsste die Antwort«, raunte er zurück. Es war inzwischen Nacht und die Eskorte führte sie fern von der lärmenden und stinkenden Enge der gewöhnlichen Bevölkerung an ausschließlich herrschaftlichen Häusern und weitläufigen Palästen vorbei, die zum Teil hinter hohen Mauern lagen. Kunstvoll gearbeitete Laternen beleuchteten die bewachten Zugänge, während die prachtvollen Gebäude mit ihren Terrassen, Säulengängen, Pavillons und parkähnlichen Gärten im verschwenderischen Licht einer Vielzahl von Öllampen aller Art lagen.

Auf einer von Palmen gesäumten Straße zogen sie an einigen dieser prächtigen, weitläufigen Anwesen vorbei. Dann bog die Eskorte mit ihnen nach rechts in eine etwas schmalere Straße ein. Hier bildeten gut mannshohe, blühende Sträucher, die einen süßlich schweren, betäubenden Geruch verströmten, eine Allee. Als Gerolts Blick kurz in eine Querstraße fiel, hatte er den Eindruck, an ihrem Ende wieder eine große Wasserfläche ausmachen zu können, auf der Lichter tanzten. War das wieder der Fluss? Alles sprach dafür, dass sich all diese atemberaubenden Paläste auf einer großen Nilinsel befanden. Aber absolut sicher war er sich dessen nicht.

Er erhielt auch keine Gelegenheit, sich darüber länger Gedanken zu machen, denn sie hatten nun offenbar die Residenz von Emir Turan el-Shawar Sabuni erreicht. Denn vor ihnen wurde auf den Zuruf eines der Reiter hin in einer hohen Mauer, deren Krone mit Lanzenspitzen gespickt war, ein schweres, eisenbeschlagenes Tor geöffnet. Um den Hauptzugang zum Palast konnte es sich dabei nicht handeln, dafür war es weder groß noch prächtig genug.

390

Der von Laternen beleuchtete Hof, der hinter dem Tor lag und mit großen grauen Steinplatten belegt war, erwies sich als Teil eines rückwärtigen, gesonderten Wirtschaftstraktes. Dieser ausgedehnte Gebäudeteil mit seinen Küchenräumen, Vorratslagern, Werkstätten, Bedienstetenquartieren und Stallungen war vom eigentlichen Palast und seinen Gartenanlagen durch eine innere Mauer getrennt, in die mehrere Rundbögen mit Verbindungstüren eingelassen waren. Herrlich blaue Kacheln mit weißen Ornamenten bedeckten die Wände der Mauern, die den großen Innenhof umschlossen, und gaben sogar auf dieser Seite schon einen Hinweis auf den Reichtum, den der Emir angehäuft hatte und hier zur Schau stellte.

»Sieh an, wir werden offenbar schon erwartet!«, brummte Maurice verdrossen und deutete mit einer knappen Kopfbewegung auf die drei Gestalten, die bei einer der Rundbogentüren standen und in ihrer äußeren Erscheinung kaum gegensätzlicher hätten sein können. »Ich wette, dieser feiste, glatzköpfige Schwarze ist der Haremswächter des Emirs und die beiden stiernackigen Kerle hinter ihm dürften wohl unsere zukünftigen Kerkermeister sein.«

Gerolt folgte seinem Blick und nickte dann. »Ja, ein herausgeputzter Eunuch und zwei hoffentlich sehr einfältige Schergen.«

Sie fanden ihre Vermutung schnell bestätigt, als sie dem kurzen Wortwechsel zwischen dem fetten Kahlkopf und dem Anführer ihrer Eskorte folgten. Bei dem fettleibigen, aber doch recht hoch gewachsenen Mann, der sie auf dem Hof in Empfang nahm, handelte es sich tatsächlich um den obersten Eunuchen des Emirs. Seine tiefschwarze Haut und seine Gesichtszüge wiesen ihn als einen Mann aus dem glutheißen Wüstenland der Nubier aus. Der runde, kräftige Schädel war glatt rasiert und glänzte wie eine polierte schwarze Marmorkugel. Er trug über cremeweißen, gebauschten Hosen ein kostbares, faltenreiches Obergewand aus feinstem smaragdgrünem Seidenstoff

391

mit goldenen Zierstickereien. Mit derselben grünen Seide waren seine spitz zulaufenden Schuhe überzogen. Eine goldene, breite Seidenschärpe lief um seine sich weit vorwölbende Körpermitte. Und von seinem linken Ohrläppchen baumelte ein dukatengroßer goldener Ring.

Der nubische Eunuch hörte auf den Namen Kafur und gebot nicht nur über den großen Harem des Emirs, sondern genoss auch in allen anderen palastinternen Belangen das Vertrauen seines Herrn, wie Gerolt und Maurice schnell erfahren sollten. Und damit kam er in der Hierarchie der intrigenreichen Welt hinter den hohen Palastmauern gleich nach dem Emir.

Die beiden Männer hinter ihm waren dagegen schlicht gekleidet. Beide trugen einen locker sitzenden Kaftan aus hellblauem Kattun. Unter dem verwaschenen Stoff zeichneten sich kräftige Schultern ab und aus den weiten Ärmeln des Obergewandes kamen muskulöse Arme zum Vorschein.

Eine Miene des Abscheus zeigte sich auf dem fleischigen, runden Gesicht des Eunuchen, als er Gerolt und Maurice mit klirrenden Ketten aus dem Holzkäfig stolpern sah. Auch stieg ihm wohl der strenge Geruch, der von ihnen ausging, in die Nase. Denn augenblicklich wandte er den Kopf halb ab, zog ein Seidentuch hervor, das parfümiert war, und hielt es sich unter die Nase. Die andere Hand streckte er abwehrend aus.

»Beim Barte des Propheten, haltet mir diese widerlichen Kreaturen bloß vom Leib!«, warnte er die Männer der Eskorte mit scharfer Stimme. Dann schnippte er mit den Fingern und rief: »Mahmud! . . . Said!«

Die beiden Männer hinter ihm traten sofort zu ihm. »Sollen wir die Christenhunde gleich hinunter in den Kerker schaffen, Kafur?«, erkundigte sich einer von ihnen eilfertig und entblößte beim Sprechen eine breite Zahnlücke in seinem Oberkiefer.

»Sie einfach so stinkend wie ein wandelnder Schweinekoben hinunterzubringen, das wäre dir Hohlkopf wirklich zuzutrauen, Mahmud!«, raunzte ihn der Eunuch an und riss drohend die Hand hoch, als wollte er ihm gleich eine Ohrfeige versetzen.

Schnell zog Mahmud den Kopf zurück, und der andere namens Said versicherte hastig: »Wir werden ihnen natürlich erst mal mit einigen Eimern Wasser zu Leibe rücken!«

Der Eunuch nickte knapp. »Dann fangt endlich damit an! Und nehmt diesen ungläubigen Hunden die Umhänge mit dem verfluchten Zeichen ihres Irrglaubens ab! Sie beleidigen Allah und das Auge eines jeden frommen Mannes. Runter und ins nächste Feuer damit!«

Ohnmächtig und mit knirschenden Zähnen ließen Gerolt und Maurice es geschehen, dass Mahmud und Said ihnen die Templermäntel brutal von den Schultern rissen, auf ihnen herumtrampelten und sie dann mit einem verächtlichen Stiefelschritt einem Stallburschen zuschoben, damit dieser sie dem Feuer übergab. Sie empfanden es jedoch als Wohltat, als die beiden Männer dann bei der Viehtränke vor den Stallungen einen Eimer Wasser nach dem anderen über ihnen ausgossen.

Als Mahmud und Said sie schließlich, von Kopf bis Fuß triefend, zu Kafur zurückbrachten, betete Gerolt inständig, dass man sie vor ihrer Einkerkerung nicht erst noch gründlich durchsuchte und zwang ihre ganze Kleidung abzulegen. Denn dann würden sie das Gold verlieren, das unter ihrer Tunika im Seidengürtel steckte. Und auf die kleinen Stücke aus reinem Gold setzte er als Gefangener größere Hoffnungen als auf die verschluckten Smaragde und Rubine, auch wenn diese erheblich mehr wert waren. Einfache Wärter, die einen armseligen Lohn verdienten wie Mahmud und Said, waren viel leichter mit Gold zu bestechen als mit Edelsteinen, von deren Wert und Verkauf sie nichts verstanden. Deshalb hoffte er, dass der Eunuch und seine Handlanger davon ausgingen, dass man sie schon gleich bei ihrer Gefangennahme auf dem Schiff von Kopf bis Fuß durchsucht hatte.

Seine Hoffnung erfüllte sich. Es folgte weder eine Durchsuchung noch eine Entkleidung. Kafur stand schon ungeduldig an der nun offen stehenden Tür. Vermutlich hatte er von seinem Herrn den Befehl erhalten, sich mit eigenen Augen davon zu überzeugen, dass sie sicher hinter Schloss und Riegel saßen.

Jenseits der Tür ging es hinunter in die unterirdischen Gewölbe des Emirpalastes. Öllampen leuchteten ihnen den Weg in die Tiefe. Die erste Treppe führte nach knapp zwanzig Stufen auf einen breiten Absatz, auf den noch ein zweiter mündete, der schräg von links kam und mit dem Treppengang vom Innenhof ein Y bildete.

Gerolt und Maurice warfen sich einen verstohlenen Blick zu. Jeder wusste, was dem anderen in diesem Moment durch den Sinn ging, nämlich dass dieser andere Gang zweifellos geradewegs in den Palast führen musste. Dann ging es weiter nach unten. Das Klirren der Ketten hallte laut durch den rundgewölbten Gang aus dunkelgrauen, ochsenkopfgroßen Steinquadern. Und je tiefer sie stiegen, desto feuchter und modriger roch es.

Unten stieß die Treppe gegen ein schweres Eisengitter, dessen Tür verschlossen war. Vor dem Gitter zweigte ein breiter Gang nach links ab, der jedoch im Dunkel lag. Vermutlich handelte es sich um einen weiteren direkten Zugang zum Palast.

Said griff zum Schlüsselbund, das an einem eisernen Wandhaken hing. Er schloss auf. Der hinter dem Gitter liegende Vorraum wies rechts und links eine klobige, hölzerne Tür auf. Auf der rechten Seite ragte in Brusthöhe eine unterarmkurze, eiserne Rinne aus dem Mauerwerk. An deren oberen Ende war eine kleine Eisenplatte in die Wand eingelassen, die man mit einem Hebel hochziehen konnte. Be-

394

ständig quollen Wassertropfen unter dem eisernen Schieber hervor, liefen die kurze Rinne hinunter und fielen in die darunter stehende große Wassertonne. Offenbar befand sich hinter der Mauer eine Zisterne oder ein Zufluss, der direkt mit dem Nil in Verbindung stand. Schon hier schlug ihnen einen strenger Geruch von Urin, Fäkalien und Moder entgegen. Und er nahm mit jedem Schritt zu, je näher sie den eigentlichen Zellen kamen.

Am hinteren Ende des Vorraums sahen sie ein zweites starkes Eisengitter, das vom Boden bis zur Decke reichte. Dahinter erstreckte sich ein Gang, von dem nach beiden Seiten die einzelnen Kerkergewölbe abzweigten.

Gerolt zählte je sechs Zellen und jede war groß genug, um ein halbes Dutzend Gefangene bequem unterzubringen. In keine der Zellen fiel direktes Tageslicht. Es gab nur im Mittelgang zwei quadratische, vergitterte Öffnungen, bei denen es sich zweifellos um Luftschächte handelte. Ob sie auch Tageslicht in das Gewölbe brachten, würde der nächste Morgen zeigen.

Fast hätten Maurice und Gerolt die zerlumpte Gestalt übersehen, die in der ersten Zelle auf der linken Seite mit angezogenen Beinen an der Wand lag. Erst als der Lichtschein der Lampe, die Mahmud aus dem Vorraum mitgenommen hatte, in die Zelle fiel, bemerkten sie den Mann. Sein Gesicht blieb ihnen verborgen. Dafür sahen sie jedoch die blutigen Geschwüre an seinen nackten Füßen und wirres, verfilztes Haar, das einmal schwarz gewesen war und nun von zahllosen grauen Strähnen durchzogen war. Der Unglückliche trug nicht nur Fußeisen, sondern die Kette seiner Handeisen war an einen Eisenring geschmiedet, der gerade mal in Kniehöhe in das Mauerwerk eingelassen war. Er konnte sich also noch nicht einmal aufrichten, geschweige denn einen einzigen Schritt tun. Weder rührte sich der Mann, noch gab er einen Laut von sich. Womöglich war er tot.

Ein kalter Schauer fuhr Gerolt durch den Körper und der Anblick des reglosen, zerlumpten Fremden schnürte ihm die Kehle zu. Erst jetzt wurde ihm bewusst, was ihnen bevorstand.

Said schloss gleich die Gittertür des ersten Kerkers rechts vom Mittelgang auf. »Macht es euch gemütlich und genießt die großzügige Gastfreundschaft unseres Herrn, edle Ritter!«, höhnte er und versetzte Gerolt unerwartet einen groben Faustschlag in den Rücken, der ihn durch die Gittertür stolpern und in den Dreck stürzen ließ.

Der halb verweste Kadaver einer ausgewachsenen Ratte kam unter der Streu aus verdrecktem, feuchtem Stroh und klein gehackten Palmenblättern zum Vorschein, als Gerolt vom Gitter wegkroch und sich an der Wand in eine sitzende Position brachte. Die Verwünschung, die ihm auf den Lippen lag, schluckte er mit mühsamer Selbstbeherrschung hinunter.

Auch Maurice bekam die harte Faust von Said zu spüren, konnte sich jedoch auf den Beinen halten. Krachend fiel die Zellentür hinter ihm zu und der Schlüssel drehte sich geräuschvoll im Schloss.

»Wollt ihr uns nicht die Ketten abnehmen? Wenigstens von den Handeisen könnt ihr uns doch wohl befreien, oder?«, fragte Maurice und hielt demonstrativ die Hände mit der kurzen Eisenkette hoch. »Oder sind drei Eisengitter immer noch nicht genug, damit ihr euch sicher vor uns fühlt? Habt ihr so viel Angst vor zwei unbewaffneten, eingekerkerten Tempelrittern?«

Kafur funkelte ihn mit flammendem Hass in den Augen an. »Ich wünschte, der Emir würde davon ablassen, räudige Christenhunde wie euch gegen Zahlung von Lösegeld wieder in die Freiheit zu entlassen!«, zischte er. »Allah, dem einzig Wahren und Allmächtigen, würde es mehr gefallen, wenn euer Blut fließt und eure abgeschlagenen Köpfe im Nil treiben! Aber vielleicht gelingt es mir ja noch, ihn davon zu überzeugen, dass es Allahs Wille ist und er sich ewige

Schätze im Himmelreich erwirbt, wenn er euch schon bald eines möglichst langen und qualvollen Todes sterben lässt!«

Wenige Augenblicke später fielen auch die beiden anderen Gitter-türen unter lautem, metallischem Scheppern hinter dem Eunuchen und den beiden Gefangenenwärtern zu. Noch einmal klirrten die Schlüssel am eisernen Ring, dann entfernten sich die Schritte der Männer auf der Treppe.

»Pest und Krätze über ihn! Diesem Eunuchen traue ich jede Ab-scheulichkeit zu. Und ich habe das unangenehme Gefühl, dass uns das Gold und die Edelsteine hier nicht viel nützen werden«, flüsterte Maurice, während er neben Gerolt mit dem Rücken an der feuchten Kerkerwand herabrutschte. Er zog die Beine an, stützte die Ellbogen auf die Knie und legte den Kopf in die aneinander geketteten Hände. »Wir hätten auf der *Calatrava* doch besser bis zum letzten Atemzug gekämpft!«

Und du hättest eben besser den Mund gehalten und den Hass die-ses Eunuchen nicht auch noch geschürt!, hätte Gerolt ihm am liebs-ten geantwortet, beherrschte sich jedoch und schwieg. Es reichte, wenn einer von ihnen unbedachte Äußerungen machte.

Er hörte auch kaum hin, als Maurice nun verdrossen darüber räso-nierte, was sie vielleicht anders hätten tun können. Gerolts Gedan-ken beschäftigten sich vielmehr mit Tarik und McIvor. Aber haupt-sächlich drehten sie sich um Tarik, denn er war zuversichtlich, was McIvor anging. Der Schotte würde bestimmt irgendwann eine Gele-genheit finden, der lebenslangen Sklaverei durch Flucht zu entkom-men oder sich freizukaufen. Was nun Tarik betraf, so hegte er nicht den geringsten Zweifel, dass ihr Freund den Verfolgern des Emirs entkommen war. Damit befand sich zumindest einer von ihnen in Freiheit.

Aber je länger Gerolt über die Lage ihres Freundes nachdachte, desto weniger beneidete er ihn. Denn Tarik wusste natürlich, welche großen Erwartungen, auch wenn keiner sie ausgesprochen hatte, nun auf ihm lagen. Ganz allein auf seinen Schultern lag die Verantwortung für den Heiligen Gral. Aber zugleich lag auch ihr weiteres Schicksal in seiner Hand. Eine ungeheure Bürde, die auch dem tapfersten und zuversichtlichsten Gralsritter erdrückend erscheinen musste.

Es war illusorisch, zu glauben, ihr Freund, der in diesem fremden Land völlig auf sich allein gestellt war, könnte gleichzeitig versuchen den heiligen Kelch aus dem Bauch der Galeere zu holen und sie aus dem Kerker des Emirs zu befreien. Jedes war schon für sich allein ein riskantes, lebensgefährliches und fast aussichtsloses Unterfangen. Aber beides erreichen zu wollen wäre einfach irrwitzig. Wie würde Tarik also mit dem unausweichlichen Zwang zurechtkommen, sich für eines entscheiden zu müssen? Und wie würde seine Wahl ausfallen?

Gerolt glaubte die Antwort zu wissen, weil er sich an Tariks Stelle ebenso entschlossen hätte. Und das machte ihm alles andere als Mut und Zuversicht in dem feuchten, düsteren Kerkergewölbe.

11

Mit einem gehörigen Brummen im Schädel erwachte Tarik aus der Bewusstlosigkeit. Noch halb benommen ertastete seine Hand am Hinterkopf eine schmerzhafte Beule. Gleichzeitig nahm er Stimmen in seiner Nähe wahr, auch stieg ihm der unverkennbare Duft von frisch gebackenem Fladenbrot in die Nase. Und dann kehrte die Erinnerung an seine wundersame Flucht und den Moment zurück, als er mit dem Gefühl, seinen Häschern entkommen zu sein, an Land gekrochen und niedergeschlagen worden war.

Die erschreckende Befürchtung, sich wieder in der Gewalt von Emir Turan el-Shawar Sabuni zu befinden, machte ihn mit einem Schlag hellwach. Seine Augenlider fuhren hoch und mit einem Ruck, der ihm einen feurig stechenden Schmerz durch den Kopf jagte, richtete er sich auf.

»Allahu akbar! Groß ist der Barmherzige!«, sagte da eine näselnde Stimme zu seiner Linken. »Unser fremder Gast ist aus dem dunklen Reich der Träume erwacht. Ich habe doch gesagt, dass ihm nicht viel geschehen ist.«

»Da hat er aber Glück gehabt«, sagte eine zweite Stimme, gefolgt von einem schmatzend schlürfenden Geräusch.

»Allah ist gnädig gegen die Bewohner seiner Erde«, meldete sich sogleich eine Fistelstimme zu Wort. »Er ist es, der euch aus Ton gemacht und euch die Frist gesetzt hat. Spruch des Propheten!«

»Lass es gut sein, Zahir! Wir wissen, dass es keine Moschee gibt, mit deren Matte du dich nicht schon bedeckt hast!«, sagte die schmatzende Stimme. »Aber nicht jeder, der ständig klopft und hämmert, ist auch ein Schmied!«

Verwirrt blickte Tarik sich um und schon im nächsten Moment überkam ihn grenzenlose Erleichterung, als er feststellte, dass er nicht gefesselt war und sich auch nicht in einem Kerker des Emirs befand, sondern in einer Ruine. Er sah sich von einem halben Dutzend Säulen umgeben, die den kläglichen Rest einer Kuppeldecke trugen, und einer Menge Schutt, aus dem schon Gras und Unkraut wucherten. Jenseits davon ging der Blick ungehindert in den sternenübersäten Nachthimmel. Ein gutes Stück weiter unterhalb erblickte er das breite silbrige Band des Nils.

Zu seiner Linken saßen in der Ecke der Ruine drei seltsame Gestalten in abgerissenen Gewändern um die Glut eines Feuers, das von einem Kranz aus Steinen umschlossen wurde und mit einem flachen Backstein abgedeckt war. Jeder der Männer trug ein Messer an der Hüfte. Sie hockten auf dreckigen, löchrigen Bastmatten. Hinter ihnen in der Ecke, wo sich die beiden noch stehenden Wände im rechten Winkel trafen, lagen einige dreckige Bündel und Decken. Einer von ihnen schlang gerade das wässrige Fruchtfleisch einer dicken Melonenscheibe in sich hinein. Die beiden anderen kauten auf einem Stück Fladenbrot. Ein Stück rechts vom Feuer stand neben einem Holzkübel, aus dem der lange Stiel einer Schöpfkelle herausragte, eine kleine Öllampe aus Ton auf einem zertrümmerten Säulenring und spendete in der Ecke der Ruine bescheidenes Licht.

»Wer seid ihr?«, fragte Tarik wachsam.

»Eine gute Frage, auf die wir gern auch von dir eine Antwort hätten, Fremder«, sagte der Mann mit der näselnden Stimme und legte das Fladenbrot aus der Hand.

Der Araber war von sehr kräftiger, aber etwas gedrungener Gestalt, die in einem auffallenden Gegensatz zu seinem ungewöhnlich schmalen und spitz zulaufenden Gesicht stand. Die Augen lagen eng beieinander. Dazwischen ragte die Nase kurz und scharf wie ein dünner Keil hervor und sein Unterkiefer floh wie abgehackt nach hinten und ging direkt in seinen langen Hals über. Der voluminöse Turban, den der Mann trug und der aus unzähligen bunten Stoffresten zusammengenäht schien, wirkte über diesem schmalen, mausgesichtigen Kopf wie ein baufälliger Turm, der ihn früher oder später erdrücken oder auseinander fallen musste. Sein Obergewand bestand aus einem verschlissenen schwarz-weiß gestreiften Kaftan. Und während in den Gürteln der beiden anderen einfache Holzmesser steckten, fiel Tariks Blick bei ihm auf einen lang geschwungenen Dolch. Er steckte in einer Scheide mit einem scharf gebogenen, spitz zulaufenden Ende. Um die schwarze Lederverkleidung des Futterals wanden sich dünne Ornamentstreifen aus gehämmertem Silber. Und das aus schwarzem Ebenholz gearbeitete Griffstück der Waffe endete in einem kunstvoll geschnitzten Löwenkopf als Knauf.

»Aber da uns die Gastfreundschaft heilig ist, wollen wir den Anfang machen«, fuhr der Mann nun fort. »Mein Name ist Maslama Bashar. Doch die meisten, die mich kennen, nennen mich Maslama al-Far. Frag mich nicht, warum!« Er verzog das Gesicht zu einem breiten Grinsen, wusste er doch nur zu gut, was ihm diesen nicht gerade schmeichelhaften Spitznamen eingetragen hatte.

Maslama, die Ratte!, dachte Tarik. Was für ein trefflicher Name für einen Mann mit solch einem Gesicht! Und wahrscheinlich verdankte er diesen Spitznamen nicht allein seinem Äußeren . . .

Maslama al-Far deutete nun auf den Mann zu seiner Rechten, der die Melonenscheibe abnagte und von kleiner, schmalbrüstiger Statur war, aber überaus kräftige Arme besaß. Im Rücken zeichnete sich unter seinem Gewand ein Buckel ab. »Und das ist mein alter Freund

401

Ali Omar, der auch auf den Spitznamen Ali al-Tabba hört. Denn keiner schlägt die Trommel so gut wie er.«

Ali entblößte einen fast zahnlosen Mund und schnippte mit den Fingern gegen das Fell einer kleinen Trommel aus Ton, die an seiner Seite lag und wie eine Amphore unten spitz zulief. »Nur zahlen will kaum einer für meine Kunst«, merkte er an und spuckte einige Melonenkerne aus.

»Verlange nicht nach dem, was Gott einem anderen geschenkt. Spruch des Propheten«, warf da der dritte Mann ein. Er war so dünn wie eine Spindel, im Gesicht knöchrig und ausgemergelt und unter den Fetzen, die er am Leib trug, konnte man seine Rippen sehen, die unter der Haut hervorstachen. Das schüttere Haar auf seinem Kopf sowie die Augenbrauen waren von ungewöhnlich weißblonder Farbe. Der Mann war zweifellos ein Albino.

»Ja, und der da, der stets den Propheten im Mund führt, ist Zahir Namus«, stellte Maslama nun den Dritten in ihrem Bunde vor und herablassender Spott klang aus seiner Stimme. »Der arme Kerl ist einige Jahre zu lang als heulender und bettelnder Derwisch* durch die Lande gezogen, ohne aber den rechten Grad der Erleuchtung zu finden. Jedenfalls hat Cairo schon geschicktere Bettler und wildere Tänzer gesehen als unseren Wirrkopf Zahir.«

»Und mit seiner Hässlichkeit könnte er sogar ein Dorf voller Teufel erschrecken«, warf Ali al-Tabba mit breitem Grinsen ein. »Er gehört zu jenen, die Linsen essen, furzen und dabei über göttliche Dinge reden!«

Zahir, die Mücke, hob seine Hand und drohte mit ausgestrecktem Zeigefinger in Ali Omars Richtung: »Die Heuchler werden in die tiefs-

---

* Angehöriger eines islamischen (Bettel-)Ordens mit mystisch schwärmerischer Glaubensausrichtung, deren Mitglieder sich durch Musik, heulenden Gesang und wilde religiös-ekstatische Tänze in eine Art von Trance versetzen.

ten Tiefen der Hölle verdammt und du wirst keinen Helfer für sie finden. Spruch des Propheten!«

»*Inshallah!* Und jetzt lass es gut sein, Zahir«, winkte Maslama al-Far gleichmütig ab und wandte sich wieder Tarik zu. »So, jetzt bist du an der Reihe!«

Tarik sah keine Gefahr darin, ihnen seinen Namen zu nennen, auch wenn er sie nicht gerade für Vertrauen erweckende Gestalten hielt. Aber der Emir kannte seinen wahren Namen nicht. Und falls sie überhaupt davon gehört hatten, dass ein gefangener Templer im Hafen von Cairo entflohen war, dann war ihnen allenfalls der Name Ibrahim zu Ohren gekommen. Zudem sprach er ihre Sprache ohne jeden Akzent, sodass sie nie auf den Gedanken kommen würden, er könnte ein Kreuzfahrer und ein Ungläubiger sein.

»Und was hast du da unten im Schilf gesucht, Tarik?«, fragte Maslama und beobachtete ihn scharf.

Tarik hatte nicht viel Zeit gehabt, sich eine halbwegs glaubhafte Geschichte auszudenken. Doch zumindest war ihm ein Einfall gekommen, sodass er jetzt, ohne zu zögern, antworten konnte: »Ich war von der langen Wanderung so erhitzt, dass ich unbedingt ein Bad nehmen wollte, obwohl es schon zu dämmern begann. Ich habe mich wohl ein bisschen zu weit von der Strömung abwärts treiben lassen. Es war dumm von mir. Denn als es richtig dunkel wurde, konnte ich die Stelle nicht mehr wiederfinden, wo ich den Beutel mit meinem Obergewand, meinen Schuhen, meinem Messer und meinen anderen Habseligkeiten am Ufer zurückgelassen hatte. Das Bündel muss wohl von der Böschung ins Schilf gerutscht sein. Ich habe wie wild danach gesucht, aber vergeblich. Und als ich dann völlig erschöpft zurück ans Ufer wollte, hat mich jemand niedergeschlagen. Gott allein weiß, wer mir da eins mit einem Knüppel übergezogen hat.«

»Ja, ja, so ist das Leben«, sagte Ali Omar, der Paukenschläger, scheinbar mitfühlend. »Die Welt besteht nun mal aus zwei Tagen: Der eine Tag ist für dich und der andere Tag ist gegen dich.«

»Ich weiß«, erwiderte Tarik trocken, der mühelos mithalten konnte, wenn es darum ging, orientalische Spruchweisheiten zum Besten zu geben. »Die Süßigkeit der Welt ist mit bitterem Gift durchknetet.«

Maslama räusperte sich umständlich und wich Tariks Blick aus, indem er wieder zu seinem Fladenbrot griff. »Bei Dunkelheit muss man hier draußen gehörig auf der Hut sein, denn dann treibt sich viel Gesindel herum«, sagte er schnell. »Sei froh, dass sich der Räuber, der dich überfallen hat, schnell aus dem Staub gemacht hat, als Ali und ich am Ufer aufgetaucht sind, um Feuerholz zu sammeln. Und natürlich haben wir uns deiner gleich angenommen und dich hier in unsere Behausung getragen.«

Ali Omar nickte gewichtig. »Große Sorgen haben wir uns um dein Wohlergehen gemacht, der Prophet ist mein Zeuge!«, bekräftigte er. Doch Tarik hatte den Eindruck, als hätte er Mühe, dabei einen ernsten Gesichtsausdruck zu bewahren.

»So, und jetzt iss! Du wirst hungrig sein«, sagte Maslama und warf ihm ein Stück Fladenbrot zu. »Wasser kannst du dir da aus dem Kübel schöpfen. Der Tag hat uns nicht gerade verwöhnt, deshalb können wir dir hier in den jämmerlichen Resten einer einstigen Moschee auch nicht viel bieten, aber was wir haben, teilen wir gern mit dir. Du kannst noch eine Hand voll Feigen und ein paar Datteln haben.«

»Ich danke für euren Beistand und eure Gastfreundschaft. Es ist gut, unter freundlichen Menschen zu sein«, sagte Tarik und gab sich ahnungslos, obwohl er insgeheim den starken Verdacht hegte, dass niemand anders als Maslama, die Ratte, oder Ali, der Paukenschläger, ihn am Ufer niedergeschlagen hatte. Aber als sie nichts Wertvol-

404

les bei ihm gefunden hatten, hatten sie sich dann wohl eines anderen besonnen und ihn in diese Ruine geschleppt, die einst eine Moschee gewesen und dann wohl zu einem Steinbruch geworden war. Ein Schicksal, das dieses niedergerissene Gotteshaus mit vielen anderen in der bewegten Geschichte Ägyptens teilte. Immer wieder hatten die Herrscher die Baudenkmäler ihrer Vorgänger als Steinbruch für ihre eigenen Moscheen und Paläste benutzt.

Das Fladenbrot sowie die Datteln und die Feigen verschlang Tarik mit großem Hunger, hatte er doch drei Tage lang nichts zu essen gehabt.

Eine ganze Weile saßen sie um das verglimmende Feuer im Kranz der Bruchsteine herum, und Tarik baute die Lügengeschichte seiner Herkunft ein wenig aus, indem er angab aus einem kleinen Dorf im unteren Nildelta zu kommen und die letzten Jahre in Alexandria Wachmann bei einem reichen Kaufmann gewesen zu sein. Angeblich habe er sich nach einem Streit mit einem anderen Wachmann, bei dem Blut geflossen sei, schnell aus dem Staub machen müssen und beschlossen sich nach Cairo zu begeben, um dort Arbeit und bescheidenes Glück zu suchen.

Worauf Maslama bitter erwiderte, dass es in Cairo von schlecht bezahlten Söldnern, Tagelöhnern und Handlangern nur so wimmelte und ihresgleichen keine Chance hatte, dem Elend mit ehrlicher Arbeit zu entkommen. Das war ein erster, versteckter Hinweis darauf, dass er und seine Freunde diesen Weg wohl längst verworfen hatten und sich anderen, weniger ehrlichen Beschäftigungen zugewandt hatten.

Tarik fragte nicht nach, zumal Maslama jetzt auch das Öllicht ausblies und sich auf seiner Matte zum Schlafen ausstreckte, doch in Gedanken sann er darüber nach, ob sie ihm womöglich dabei von Nutzen sein konnten, den Aufenthaltsort seiner Freunde in Erfahrung zu bringen, ja ob sie ihm vielleicht sogar bei ihrer Befreiung helfen konnten.

So müde und zerschlagen er sich auch fühlte, so lag ihm doch nichts ferner, als sich dem Schlaf zu überlassen. Zu vieles ging ihm durch den Kopf. Die drei Männer schnarchten schon im Chor, als er sich schließlich erhob, die Ruine verließ und vom Hügel, auf dem man die Moschee vor langer Zeit errichtet hatte, hinunter ans Nilufer schritt.

Tarik setzte sich an der Uferböschung ins Gras, blickte auf den Fluss hinaus und versank in sorgenvollen Gedanken um seine Freunde. Ihr Plan war gelungen und er befand sich in Freiheit. Aber was sollte nun werden? Wie sollte er bloß herausfinden, wo der Emir Gerolt und Maurice eingekerkert hatte und zu welchem Sklavenhändler er McIvor hatte bringen lassen? Cairo galt als eine der größten Städte der Welt und sollte mindestens dreimal mehr Einwohner haben als Paris oder London*. Wie sollte er da ihre Spur aufnehmen, wo er doch niemanden kannte, den er fragen konnte, ohne Misstrauen zu erwecken? Ganz zu schweigen von der Aufgabe, sich einen Erfolg versprechenden Plan zu ihrer Befreiung auszudenken und ihn auszuführen. Allein würde ihm ein so tollkühnes Vorhaben niemals gelingen. Gut, er hatte eine Chance, das Wrack des gesunkenen Fischerbootes und dort seinen Stiefel mit den Goldmünzen wiederzufinden, und zudem trug er in seinen Eingeweiden einen wahren Schatz an kostbaren Edelsteinen. Aber diese musste er erst einmal in Gold und Silber eintauschen und an welchen Händler sollte er sich wenden? Wem konnte er vertrauen?

Und dann dachte er voller Kummer an den Heiligen Gral, der im

---

* Die Einwohnerzahl von London und Paris am Ende des 13. Jahrhunderts schätzen Historiker auf 70 000 bis 90 000. Dagegen sollen innerhalb der Mauern von Cairo um die 200 000 Menschen gelebt haben, für jene Zeit so beeindruckend wie die Millionenstadt New York in heutiger Zeit für jemanden, der aus einer beschaulichen Kleinstadt kommt.

406

Kielraum der *Calatrava* zwischen den Balaststeinen versteckt lag. Wie sollte er jemals eine Möglichkeit finden, an Bord des Schiffes zu gelangen und den Kelch zu retten? Der Emir würde die Handelsgaleere sicherlich neu bemannen und unter seiner Flagge zum Einsatz bringen. Wenn das geschah und die *Calatrava* auf Fahrt ging, war der Heilige Gral für sie so gut wie verloren. Und das bedeutete, dass er all sein Sinnen und Trachten erst einmal auf die Rettung des heiligen Kelches konzentrieren musste, sosehr ihn das Schicksal seiner Freunde auch bedrückte. Als Gralsritter galt seine allererste Verpflichtung seinem heiligen Amt.

Er zerbrach sich den Kopf darüber, wie er es bloß in den wenigen Tagen, die ihm vielleicht nur blieben, fertig bringen sollte, unbemerkt auf die *Calatrava,* in den Kielraum und wieder von Bord der Galeere zu kommen. Eigentlich konnte ihm das nur durch ein Wunder gelingen.

Schließlich zwang er sich dazu, seine Gedanken erst einmal auf das Nächstliegende zu richten, nämlich wie er zu Kleidung, Münzgeld und einer sicheren Unterkunft kommen sollte. Nur mit seinem dünnen Untergewand bekleidet, konnte er sich nicht in die Stadt und schon gar nicht in das Geschäft eines Geldwechslers oder gar Goldhändlers wagen. Auch brauchte er unbedingt eine Waffe, denn in Cairo würde es von Taschendieben und Halsabschneidern jeder Art nur so wimmeln.

Er hockte noch lange an der Uferböschung und zerbrach sich den Kopf. Wenn die Situation nicht so ernst gewesen wäre, hätte er über sein Dilemma schallend gelacht: Da trug er ein Vermögen an Edelsteinen in sich und wusste, wo ein mit purem Gold gefüllter Gürtel im Wasser lag, und doch konnte er mit diesem Schatz erst dann etwas anfangen, wenn er vorher einige lächerliche Kleinmünzen in die Hand bekam.

Und so gelangte er letztlich widerstrebend zu dem Schluss, dass ihm keine andere Wahl blieb, als sich Kleidung und Waffe zu stehlen. Wenn er dabei jedoch einen Fehler beging, würde Blut fließen!

12

Wolken waren lautlos am Himmel herangesegelt und hatten sich vor den Mond und einen Großteil der Sterne geschoben, als Tarik den Hügel erklomm und zur Trümmerecke der einstigen Moschee zurückkehrte. Auf Zehenspitzen und mit höchster Wachsamkeit darauf achtend, wohin er seinen Fuß setzte, schlich er sich in die Ruine zu den drei Männern. Ihrem gleichmäßigen Schnarchen nach zu urteilen, hielt der Schlaf sie fest umfangen. Aber wer wie sie zur zwielichtigen Schicht der Besitzlosen zählte und gewiss den unbarmherzigen Arm des Gesetzes der Besitzenden zu fürchten hatte, der verfügte auch im Schlaf über ein scharfes Gehör.

Tarik hatte sich dazu entschlossen, dass Maslama al-Far sein Opfer sein sollte. Der Rattengesichtige besaß nicht nur die beste Waffe, sondern war auch mit Abstand der Gefährlichste des seltsamen Trios. Mit dem spindeldürren Albino und Ali, der Mücke, würde er schon fertig werden, wenn er erst das lange Messer von Maslama in der Hand hielt. Es widerstrebte ihm zutiefst, ihn bestehlen zu müssen, nachdem sie ihm von ihrem Brot gegeben und ihre Datteln und Feigen mit ihm geteilt hatten. Aber er hatte keine andere Wahl. Und er beruhigte sein Gewissen damit, dass er ja keinen wirklichen Diebstahl vorhatte und die Hinterhältigkeit wiedergutmachen würde.

Behutsam schlich Tarik sich an. Die Gelegenheit war günstig. Denn Maslama lag mit leicht angezogenen Beinen und in rechter Seitenlage auf seiner löchrigen Bastmatte. Der Kopf ruhte auf seinem bunten Turban und den linken Arm hatte er fern von dem entblößten Messer vor der Brust angewinkelt.

Tarik ging vor dem Schlafenden in die Knie, legte seine Hand um den ebenhölzernen Griff des lang geschwungenen Dolches und zog die Klinge ganz langsam aus der Scheide.

Die Klinge war schon halb herausgeglitten, als Maslama sich im Schlaf bewegte. Es war nicht mehr als ein kurzer, unbedeutender Ruck. Doch diese kleine Bewegung der Hüfte reichte aus, um die Klinge gegen die Kante der Scheide zu drücken und ihr ein scharfes, metallisches Geräusch zu entlocken.

Tarik fluchte im Stillen, wusste er doch sofort, dass dieses verräterische Geräusch den Araber jäh aus dem Schlaf reißen würde. Und er täuschte sich nicht. Die Hand des Arabers fuhr schon zum Messer, noch bevor er die Augen aufgerissen hatte und von der Bastmatte hochfahren konnte.

Doch die Hand griff ins Leere, denn da hatte Tarik den Dolch schon mit einer blitzschnellen Bewegung an sich gebracht. Er setzte ihm die Klinge an die Kehle und presste ihm die andere Hand auf den Mund. Augenblicklich erstarrte Maslamas Hand über der Hüfte, als hätte ihm jemand mit einem Schnitt alle Muskeln und Sehnen durchtrennt, und er lag wie steif gefroren auf seiner Matte. Nur in seinen erschrockenen, weit aufgerissenen Augen zeigte sich Leben.

Ali, die Mücke, und der Albino schliefen weiter tief und fest. Und damit es auch dabei blieb, beugte sich Tarik zu Maslama hinunter und flüsterte ihm drohend ins Ohr: »Wenn du tust, was ich dir sage, hast du nichts zu befürchten. Aber wenn du versuchst Alarm zu schlagen, schneide ich dir die Kehle durch!« Es war eine Drohung, die er natürlich niemals wahrmachen würde. Notfalls würde er dem

Mann den Griff seines eigenen Messers hart an die Schläfe schlagen, um ihn außer Gefecht zu setzen. »Schließe zweimal schnell die Augen, wenn du zu tun bereit bist, was ich dir sage!«

Maslama gab mit den Augenlidern das verlangte, stumme Zeichen.

»Gut, ich sehe, wir verstehen uns!«, raunte Tarik. »Jetzt wirst du ganz langsam mit mir aufstehen und dabei ebenso langsam deinen Turban aufheben. Und versuche keine Dummheiten. Ich werde mit dem Dolch immer schneller sein. Und jetzt hoch!«

Maslama funkelte ihn hasserfüllt an, gab jedoch nicht einen Ton von sich und tat, wie ihm geheißen. Ganz vorsichtig richtete er sich auf und nahm dabei seinen Turban aus bunten Stoffresten an sich.

»Und jetzt machen wir einen kleinen Spaziergang, damit wir nicht den friedlichen Schlaf deiner Freunde stören«, teilte Tarik ihm mit.

In ohnmächtiger Wut presste Maslama die Lippen zusammen, schoss ihm einen stechenden Blick zu und setzte sich in Bewegung. Die Angst um sein Leben ließ ihn höchst aufmerksam darauf achten, dass er nicht auf lockeren Bauschutt und lose Steine trat und dabei womöglich ein Geräusch verursachte, das seine Freunde aus dem Schlaf holte.

Tarik ließ ihn nicht eine Sekunde aus den Augen und führte ihn vom Fluss weg. Er stieß hinter mehreren Buschgruppen auf einen Pfad, der an schachbrettartig angelegten Feldern entlangführte. Als sich kurz darauf ein großer Palmenhain aus der nächtlichen Dunkelheit schälte, lenkte er ihre Schritte dorthin.

»So, hier dürften wir ungestört sein«, sagte Tarik, als sie sich zwischen den ersten Palmenreihen befanden. »Gleich bist du frei, Maslama al-Far. Ich halte mein Wort. Aber vorher brauche ich noch den Gürtel mit der Dolchscheide und deinen Kaftan.«

»Du plünderst mich aus, nachdem wir alles mit dir geteilt haben? So trittst du unsere Gastfreundschaft in den Dreck? Hol dich der

Sheitan! Verflucht sollst du sein, du elender Bastard!«, stieß Maslama hervor. Und in seiner kochenden Wut entfuhr ihm das Geständnis: »Ich hätte mit dem Knüppel härter zuschlagen und dich dann den Krokodilen im Fluss zum Fraß vorwerfen sollen!«

»Was du nicht sagst! Ich ahnte es doch, dass ich die Beule an meinem Hinterkopf keinem andern als dir verdanke. Eine sehr eigenwillige Art von Gastfreundschaft!«, erwiderte Tarik. »Du bist mir also was schuldig, Maslama al-Far. Doch statt nun dir den Kopf einzuschlagen oder die Kehle durchzuschneiden, beschränke ich mich darauf, mir als Wiedergutmachung deinen Kaftan und deinen hübschen Dolch für den kommenden Tag auszuleihen. Ich . . .«

»Ausleihen? Dass ich nicht lache!«, fiel ihm Maslama ins Wort. »Für wie einfältig hältst du mich? Ich werde die Sachen nie wiedersehen, du elende Pestbeule!«

»Dein Mangel an Vertrauen betrübt mein Herz. Aber du wirst sehen, ich bringe sie dir heute Abend wieder zurück«, versicherte Tarik und zog ihm vorsichtig den Kaftan von der Schulter. »Lass dich nur überraschen!«

Maslama lachte höhnisch. »Einen Dreck wirst du tun! Als ob du nicht wüsstest, was dir blüht, wenn du mir das nächste Mal unter die Augen kommst!«

»Zähle die Kücken nicht, bevor sie aus dem Ei sind«, antwortete Tarik gelassen und nahm ihm den Gürtel mit der Dolchscheide ab. »So, und jetzt leg dich bäuchlings auf den Boden, damit ich dir Hände und Füße zusammenbinden kann. Ich werde deinen Turban dafür verwenden. Lange wird die Fessel dich ja nicht zähmen, aber doch wohl lang genug, damit ich ungestört meiner Wege gehen kann.«

Maslama stieß eine weitere lästerliche Verwünschung aus, kam der Aufforderung jedoch sofort nach. »Dafür wirst du mit deinem Blut bezahlen, Allah und sein himmlischer Prophet sind meine Zeugen!«, zischte er, als Tarik ihm mit der langen Stoffbahn Hände und Füße aneinander band.

»Und der einzige Gott und Allmächtige im Himmel ist mein Zeuge, dass ich dir heute Abend den Dolch und den Kaftan zurückbringe und dich für die Leihgabe angemessen entlohnen werde«, versprach Tarik noch einmal, bevor er sich den Kaftan umwarf und sich rasch davonmachte.

»Allah wird dich mit tausend mal tausend der übelsten Höllenqualen strafen!«, schrie Maslama ihm nach und zerrte schon heftig am Strick. »Und ich werde sein Werkzeug sein! In Stücke schneiden werde ich dich! Sieden, pfählen, aufhängen und vierteilen! Hunde, Geier, Ratten und Kleingetier werden fressen, was noch von dir übrig ist, wenn ich mit dir fertig bin!«

»Was in der Nacht geredet wird, das wischt der Tag aus«, murmelte Tarik leise vor sich hin, während er aus dem Palmenhain eilte und wieder die Richtung zum Fluss einschlug. Er schätzte, dass es noch einige Stunden bis zur Morgendämmerung waren. Ihm blieb also ausreichend Zeit, um sich am Ufer des Nils langsam flussaufwärts zu bewegen und in Ruhe nach dem L-förmigen Bootssteg zu suchen, in dessen Nähe das Wrack des Fischerbootes auf dem schlammigen Grund lag. Seine Stiefel und den goldgefüllten Gürtel zu bergen dürfte dann keine Schwierigkeit sein. Er hielt es jedoch für ratsam, schon danach zu tauchen und den Schatz an sich zu nehmen, bevor es richtig hell wurde und das Leben an den Ufern erwachte.

Mit größter Umsicht wanderte er flussaufwärts. Er hielt sich dabei so nahe am Ufer wie nur möglich. Weil der Nil jedes Jahr zu Beginn des Sommers über die Ufer stieg und das umliegende Land mit seinen kostbaren, schlammigen Fluten überschwemmte, stieß er so nahe am Wasser nirgendwo auf eine feste Behausung.

Den Anlegesteg hatte er bald gefunden. Von dort zählte er noch gute fünfzig Schritte weiter den Nil aufwärts ab, um sich dann dort hinter einem Dickicht aus mannshohen Jasminsträuchern im Gras niederzulassen. Die hohen Mauern von al-Qahira zeichneten sich weiter oberhalb als pechschwarze Schatten vor dem Himmel ab. Hier und da kämpfte ein Licht gegen die Dunkelheit, wobei es sich wohl um den Schein von Laternen auf dem Wehrgang und bei den verschlossenen Toren handelte. Aus der Entfernung hatte es den Anschein, als verharrten Glühwürmer reglos in der warmen Luft.

Tarik kämpfte gegen den Schlaf an, der ihn nun mit Macht bedrängte, weil er den richtigen Zeitpunkt für seine Suche im Fluss auf keinen Fall verpassen wollte. Für Schlaf war später Zeit genug. Mehrmals fielen ihm kurz die Augen zu, aber er schreckte jedes Mal gleich wieder auf. Er hatte viel Zeit, sich Gedanken über Abbé Villard, das Wunder ihrer Berufung, das schändliche Ende von Akkon und die Ereignisse auf der *Calatrava* zu machen. Das Schicksal seiner Freunde und das der Granville-Schwestern ließ ihm keine Ruhe. Doch noch mehr bereitete ihm die Vorstellung entsetzliche Beklemmungen, das Schiff könnte aus dem Hafen auslaufen und in See stechen, bevor er eine Möglichkeit gefunden hatte, den Heiligen Gral zu retten.

Die innere Unruhe trieb ihn schließlich schon ins Wasser, bevor der erste Sonnenstrahl sich auf die still dahintreibenden Fluten des Nils legen konnte. Es drängte ihn, endlich etwas zu tun, das ihn dem heiligen Kelch des letzten Abendmahls wenigstens einen kleinen Schritt näher brachte. Und den Gürtel mit den Goldstücken wieder in den Händen zu halten, war ein solcher Schritt vorwärts.

Es bereitete ihm mehr Mühe, das Wrack wiederzufinden, als er gedacht hatte. Dreimal schwamm er zwischen dem Anlegesteg und dem Ausgangspunkt seiner Suche hin und her. Dabei konnte er sich nur auf sein Tastvermögen verlassen, denn Licht drang nicht zu ihm hinunter. In völliger Finsternis zu tauchen war eine ebenso aufregende wie beunruhigende Erfahrung. Dass er auch jetzt wieder unter Wasser zu atmen vermochte, empfand er auch diesmal als ein tief greifendes Wunder.

Er wollte die Suche schon weiter flussaufwärts verlegen, als seine tastende Hand plötzlich auf den harten Widerstand eines kantigen Wrackteils stieß. Schnell hatte er die Stelle gefunden, wo er die Stiefel mit dem goldgefüllten Seidengürtel und seinem breiten Ledergurt verklemmt hatte. Er jubilierte innerlich, dass nichts verloren gegangen war. Vorsichtig zog er die Stiefel heraus und tauchte Augenblicke später im Schilf auf. Schnell band er sich den Seidengürtel um den nackten Körper. Dann schlich er mit den Stiefeln unter dem Arm zu den Jasminsträuchern. Den breiten Ledergurt warf er zurück ins Wasser. Zwar trug er nicht das Templerzeichen, aber ein kundiges Auge würde ihn vermutlich dennoch als einen Gürtel erkennen, an dem ein christlicher Krieger sein Schwertgehänge anbrachte. Und dieses Risiko wollte er auf keinen Fall eingehen. In Cairo würde es ihm ein Leichtes sein, sich einen arabischen Gürtel zu kaufen.

Bevor er wieder sein Untergewand anzog und sich Maslamas gestreiften Kaftan überwarf, brachte er die unangenehme Aufgabe hinter sich, die vielen verschluckten Edelsteine wieder ans Licht des Tages zu bringen. So kauerte er sich nahe am Wasser hin, verrichtete sein Geschäft und trennte die Smaragde und Rubine mit Hilfe eines kleinen Stöckchens von seinen Ausscheidungen. Er wusch die Juwelen im Nil, trocknete sie mit dem Saum seines Gewandes ab und verstaute die Edelsteine sorgfältig in den kleinen Taschen des Seidengürtels. Drei der fünfeckigen Stücke aus purem Gold nahm er heraus. Er steckte sie in die beiden kleinen Innentaschen des Kaftans.

Mittlerweile stieg die Sonne im Osten auf. Wie eine blutrote Orange tauchte sie hinter den zerklüfteten Bergzügen des Mokkatam auf und griff nach den Kuppeln der Moscheen und den zahllosen Mina-

retten, die wie lehmfarbene Speere aus dem Häusermeer von al-Qahira aufragten und nun wie vergoldet zu leuchten begannen. Jetzt
wurden die Stadttore geöffnet. Zeit, sich in die Höhle des Löwen zu
wagen!

13

Mit einer mörderischen Wut im Bauch, die seiner eigenen unverzeihlichen Dummheit galt, starrte McIvor in den Himmel. Er lag mit dem Rücken auf den harten Steinplatten des Innenhofs inmitten der anderen männlichen Sklaven, die an diesem Morgen in der Karawanserei des Gazi Abdul Gaharka zum Verkauf standen. Das schwere hölzerne Joch, das seinen Hals und auf derselben Höhe rechts und links auch seine Handgelenke fest umschloss, ließ sich so besser ertragen.

Über ihm schnitten die hohen Mauern des *Khan** ein lang gestrecktes, steinernes Rechteck aus dem Himmel über Cairo. Noch vor wenigen Minuten hatte samtene Schwärze diesen Ausschnitt von Mauerkante zu Mauerkante ausgefüllt. Doch dann war das erste Grau der Morgendämmerung über das mächtige Geviert hinweggezogen, ohne sich jedoch lange halten zu können. Ein kurz aufleuchtender grüner Schein hatte das kraftlose Grau vom Himmel gewaschen und mit seinem flüchtigen Auftritt der rotgoldenen Flut der Sonnenkönigin die Bühne bereitet.

In seinem wutgeladenen, finsteren Gemütszustand nahm McIvor das eindrucksvolle, schnell wechselnde Farbspiel am Himmel kaum wahr. Er zürnte mit sich selbst und hätte sich am liebsten geohrfeigt, weil er sich durch seine eigene Gedankenlosigkeit um all seine kostbaren Edelsteine gebracht hatte.

---

* Aus dem Persischen stammende, arabische Bezeichnung für eine Karawanserei im 13. und 14. Jahrhundert.

Wie hatte er bloß so einfältig sein können, diese fettige Suppe aus Hammelresten hinunterzuschlingen, die man gestern Abend bei ihrem Eintreffen in der Karawanserei an sie alle ausgeteilt hatte. Und das, nachdem er drei Tage lang keine feste Nahrung zu sich genommen hatte! Wo war er nur mit seinen Gedanken gewesen?

Natürlich bei Tarik, Gerolt und Maurice und seiner Sorge um den Heiligen Gral. Aber das konnte er vor seinem Gewissen nicht als Entschuldigung gelten lassen. Er hätte sich bewusst sein müssen, dass seine Gedärme gereizt auf das fettstarrende Essen reagieren würden! Und genau so war es dann auch geschehen. Mitten in der Nacht hatte es schrecklich in ihm zu rumoren begonnen.

Die Rubine und Smaragde zwischen all den vielen anderen Sklaven noch irgendwie zu retten, war völlig unmöglich gewesen. Einer der dunkelhäutigen Wachmänner des Gazi Gaharka hatte ihn zur Latrine geführt und ihm nur kurz die linke Hand aus dem Joch freigegeben, und so waren dann die kostbaren Edelsteine im dunklen Loch des stinkenden Abortes verschwunden. Ein leicht vermeidbarer Durchfall, der ihn wegen seiner Gedankenlosigkeit ein Vermögen gekostet hatte! Und damit blieben ihm nur noch die beiden Goldstücke, die er behalten hatte. Er wünschte, er hätte im Vertrauen auf die verschluckten Edelsteine nicht darauf bestanden, dass Tarik seine anderen Goldstücke an sich nahm. Denn das Gold, das er jetzt noch im Seidengürtel unter seiner Tunika bei sich trug, reichte nie und nimmer, um sich freizukaufen! Er konnte nur hoffen, dass es ihm zumindest die Bestechung eines Aufsehers ermöglichte.

Das lehmfarbene Minarett einer Moschee, die sich an die Ostmauer der Karawanserei anschloss, ragte in das von mildem Morgenlicht durchflutete Rechteck über McIvor. Der Muezzin trat jetzt hoch oben aus der kleinen Säulenrotunde auf die umlaufende hölzerne Galerie, legte die Hände an den Mund und ließ seinen Singsang auf das Stadtviertel herabsinken, mit dem er die Gläubigen zum Morgengebet rief. Der Gebetsruf scheuchte kurz einen stattlichen Milan auf, der oben auf der goldenen Kuppelspitze unter dem Halbmond gesessen hatte. Doch schon nach zwei gemächlichen Kreisen über der Moschee ließ er sich wieder dort nieder, wo er vor dem Ruf zum Gebet gesessen hatte.

»Wusstest du, dass nur Blinde das Amt eines Muezzins ausüben dürfen, Templer?«, fragte eine raue, heisere Männerstimme neben McIvor, und ohne eine Antwort abzuwarten fuhr sie sogleich fort: »Würden nämlich Muezzins mit gesunder Augenkraft die Gebete von dort oben ausrufen, könnte es ja geschehen, dass ihr Blick zufällig auf unverschleierte Frauen in den Innenhöfen und auf den Dachterrassen fällt.« Der Mann, der Timothy Turnbull hieß, sein halbes Leben als einfacher Soldat im Heiligen Land verbracht hatte und schon seit sieben Jahren das Elend mamelukischer Sklaverei ertrug, lachte spöttisch auf. »Und das soll Allah und vor allem den Männern, zu deren Harem die Frauen gehören, gar nicht gefallen. Dass du aber auf den Straßen der Stadt und auch auf dem Land die meisten Frauen unverschleiert antriffst, scheint jedoch keinen noch so frommen Muslim zu stören. Vermutlich weil es sich bei denen ja nur um einfache Weiber und Bedienstete handelt, die hart arbeiten müssen und in einem Harem nichts verloren haben – höchstens als Dienerinnen.« Der Mann gab einen schweren Stoßseufzer von sich. »Verrückt, dass ich mir jetzt ausgerechnet über solche Nichtigkeiten Gedanken mache, wo sich doch schon in der nächsten Stunde unser weiteres Schicksal entscheidet.«

»Genau das ist mir gerade auch durch den Sinn gegangen«, sagte McIvor verdrossen und brachte sich mit einem Ruck in eine aufrechte, sitzende Stellung. Das hölzerne Joch gab ihm das Gefühl, als hinge ein Mühlstein um seinen Hals.

419

Um McIvor herum lagerten gut vierzig andere männliche Sklaven im offenen, noch schattigen Hof vor der umlaufenden Säulenhalle des Khan. In den Gewölben hinter den Säulen verbargen sich sowohl geräumige Stallungen für die Last- und Reittiere durchreisender Handelskarawanen als auch ein gutes Dutzend Ladenlokale, die Gazi Abdul Gaharka an Händler vermietet hatte. Im Obergeschoss lagen die Wohnräume der Kaufleute, die sich in diesem Khan niedergelassen hatten. Einige der Händler wie auch viele Bedienstete des Khanbesitzers hatten beim Ruf des Muezzins ihre kleinen Gebetsteppiche in Richtung Mekka ausgerollt, sich darauf niedergekniet und verrichteten nun das Morgengebet. Auch einige der Sklaven waren dem Ruf des Muezzin gefolgt. Denn wenn sich unter den Unglücklichen um McIvor herum auch einige gefangene Matrosen und Passagiere von der *Calatrava* befanden, so bestand die überwiegende Mehrzahl doch aus einheimischen Sklaven, die von ihren bisherigen Besitzern an diesem Morgen in dieser Karawanserei weiterverkauft werden sollten.

Für den ausgemergelten Timothy Turnbull aus Liverpool, der nach sieben Jahren Plackerei nur noch aus Sehnen, Haut und Knochen zu bestehen schien, war es schon das dritte Mal, dass er sich in Cairo auf einem Sklavenmarkt wiederfand. Nach fünf Jahren Schwerstarbeit in einem Steinbruch am Fuße des felsigen Mokkatam war sein erster Herr in Finanznöte geraten und hatte ihn mit fünfzehn anderen Sklaven zu Gazi Abdul Gaharka gebracht. Ein Minenbesitzer hatte ihn mit einigen der anderen aus dem Steinbruch ersteigert. Doch der hatte für ihn jetzt keine Verwendung mehr. Denn Timothy Turnbull hatte sich vor einigen Wochen bei einem schweren Unglück im Stollen den linken Arm mehrfach gebrochen und nach der Heilung der Brüche war sein Arm steif geblieben.

»Weißt du denn was Besseres, worüber es sich jetzt noch zu reden lohnt, Tempelritter?«, fragte der abgemagerte Engländer gleichmütig, der sich allem Anschein nach mit seinem traurigen Schicksal abgefunden hatte.

»Erzähl mir lieber, wie es in den Steinbrüchen und Minen zugeht, in denen du gearbeitet hast, damit ich weiß, was mich erwartet«, forderte McIvor ihn auf.

Der Mann zuckte mit den hageren Schultern. »Was gibt es da schon zu erzählen? Ob nun Steinbruch oder Mine, du schuftest eben unter der Knute irgendeines sadistischen Aufsehers, der selbst nicht viel zu beißen hat, von Sonnenaufgang bis Sonnenuntergang, bis dir das Kreuz oder sonst was bricht und du keine Kraft mehr in dir hast. Dann landest du so wie ich wieder auf dem Sklavenmarkt, um für ein paar lausige Dinar an jemanden verkauft zu werden, der sein Geld damit verdient, dass seine Sklaven die betäubende Brühe der Gerber und Färber wegschaffen oder volle Latrinen ausschöpfen. Das ist das Schicksal, das mir bevorsteht. Mehr gibt es nicht zu wissen«, sagte er, ließ sich dann aber doch noch so manch wertvolle Information über das alltägliche Leben, die Unterkunft und die Bewachung im Steinbruch und in der Mine entlocken.

Nach dem Morgengebet erwachte die Karawanserei fast schlagartig zu ihrem alltäglichen, betriebsamen Leben. Die frühen Morgenstunden waren die Zeit, in der die meisten Geschäfte des Tages getätigt wurden. Die Läden öffneten, die Kundschaft strömte in den Innenhof, das vielstimmige Palaver und Gefeilsche setzte ein und in der Ostecke des Khan begann die Versteigerung der Sklaven.

McIvor stand mit grimmiger Miene in der Reihe der Männer, die von den Kaufinteressenten wie Vieh begutachtet wurden und sich dabei so manche Demütigung gefallen lassen mussten. Wieder befiel ihn unbändiger Zorn, dass er sich durch seine eigene Dummheit um die Edelsteine gebracht hatte. Und seine Wut wuchs, je länger er sich der erniedrigenden Taxierungen und den herrischen Kommentaren und Befehlen der Kunden ausgesetzt sah.

Plötzlich stieß Timonthy Turnbull ihn an. »Siehst du den plattnasigen Mann in dem schwarzen, goldbestickten Kaftan dort drüben, der sich gerade für den muskulösen Neger mit der nackten, eingeölten Brust interessiert?«, raunte er ihm zu und deutete verstohlen nach links.

McIvor wandte den Kopf und nickte. Der Mann in dem sichtlich teuren schwarzen Kaftan war von gedrungener Gestalt und hatte ein rundes Gesicht mit einer kurzen, platten Nase und schmalen, leicht schräg stehenden Augen. Seine Gesichtszüge hatten einen unübersehbar starken mongolischen Einschlag. »Was ist mit ihm?«

»Das ist Amir ibn Sadaqa!«, teilte ihm Timothy Turnbull leise mit. »Sieh bloß zu, dass du dem Kerl nicht in die Hände gerätst!«

»Und was macht ihn so zum Fürchten?«, wollte McIvor wissen.

»Dass er der Besitzer des verruchten *Bayt al-Dhahab* ist. Der Bursche ist skrupelloser und grausamer als jeder andere, der hier nach kräftigen Sklaven Ausschau hält!«, sagte der Engländer. »In einem Steinbruch oder einem Bergwerk hast du bessere Chancen, noch ein paar Jahre zu leben, als bei dem Verbrecher!«

Den Blick noch immer auf den Araber mit dem mongolischen Einschlag gerichtet, runzelte McIvor die Stirn. »*Bayt al-Dhahab*? Haus des Goldes? Was soll denn das sein? Ein Bergwerk, wo Gold abgebaut wird?«

»Nein, es ist ein Ort der Grausamkeit hier in den Mauern von Cairo, genau genommen unten in Fustat, das früher einmal die Hauptstadt war, nun aber bloß noch ein Vorort im Süden ist. Es ist ein schauerlicher Ort, an dem Amir ibn Sadaqa zur Belustigung seiner zahlenden, nach Blut lechzenden Gäste und Wettkunden in einer Arena blutige Wettkämpfe veranstaltet, und zwar nicht nur mit Kampfhähnen und

-hunden, sondern mit seiner Truppe von Gladiatoren«, eröffnete ihm Timothy Turnbull. »Bei den Kämpfern, die er aufeinander hetzt . . .«, setzte er zu einer weiteren Erklärung an, kam jedoch nicht mehr dazu, den Satz zu beenden.

Denn in dem Moment traf McIvor ein scharfer Gertenschlag auf die Rippen. Und eine scharfe Stimme fauchte ihn an: »Was habt ihr stinkenden Christenhunde miteinander zu reden? Und sieh mich gefälligst an, wenn ich mit dir rede, dreckiger Templer! Du elender Wurm wirst noch heute im Staub meines Steinbruchs kriechen und Dreck fressen!«

McIvor wusste hinterher nicht zu sagen, was ihn zu seiner geradezu selbstmörderischen Reaktion veranlasst hatte. Doch zweifellos hatte die angestaute Wut in ihm einen großen Anteil daran, dass er die Kontrolle über sich verlor und explodierte.

Bevor der Steinbruchbesitzer wusste, wie ihm geschah, rammte ihm McIvor das Knie in den Leib und schlug ihm mit einer blitzschnellen Drehung das linke Ende des Jochs an den Kopf. Der Mann brach blutüberströmt zusammen.

Augenblicklich stürzten sich die Wachmänner mit ihren Knüppeln auf McIvor und es kam zu einem blutigen, tumultartigen Handgemenge. McIvor trug zwar Fußeisen und hatte die Hände im Joch, aber trotz dieser Einschränkungen wehrte er sich mit unglaublicher Verbissenheit und machte es den Männern schwer, ihn zu fassen zu bekommen und niederzuringen. Er setzte das Joch als Waffe ein und dank seiner Kraft und Wendigkeit konnte er der großen Übermacht eine ganze Zeit lang widerstehen. Doch dann riss ihm jemand von hinten die Beine weg. Und als er zu Boden stürzte, ging ein Hagel von Schlägen auf ihn nieder.

».. . werde ihn bis aufs Blut auspeitschen lassen! Danach kann der Emir ihn meinetwegen seinen Krokodilen vorwerfen! Aber sterben wird er, das verspreche ich dir!«, hörte McIvor aus dem wüsten Geschrei um ihn herum die wutentbrannte Stimme von Gazi Abdul Gaharka heraus. Im nächsten Moment nahm er noch eine zweite, ihm jedoch fremde Stimme wahr, die alle anderen übertönte, als sie herrisch schrie: »Lasst es gut sein! . . . Zurück! . . . Hört auf! Er liegt doch schon am Boden! . . . Gazi, sag deinen Leuten, sie sollen ihm nicht den Schädel einschlagen! . . . Ja, ich kaufe den widerspenstigen Templer!«

McIvor rang mit der Bewusstlosigkeit. In seinem Körper tobte ein Feuersturm aus Schmerzen. Und das Bild vor seinen Augen verschwamm schon und trübte sich dunkel ein. Die Schläge hörten auf. Wer war es, der da dem Hagel der Knüppelschläge Einhalt geboten hatte?

Noch einmal drangen die beiden Stimmen aus dem dunklen Nebel, in dem er zu versinken drohte, an sein Ohr. Der erste Teil erreichte ihn nur als unverständliches Gemurmel, in das sich ein kehliges Gelächter mischte. Doch dann hörte er die fremde Stimme noch einmal klar: »Ja, ich nehm ihn dir für den üblichen Preis ab, Gazi . . . Ich bin sicher, der Templer ist für einige interessante Kämpfe gut. Also, wenn du ihn sterben sehen willst, dann komm demnächst mal wieder ins *Bayt al-Dhahab,* mein Bester. Da wirst du an seinem Tod bestimmt mehr Freude haben als hier unter den Prügeln deiner Wachleute!«

Niemand anders als dieser plattnasige Amir ibn Sadaqa, vor dem mich Turnbull gerade eben noch gewarnt hat, hat mich gekauft!, fuhr es McIvor entsetzt durch den Kopf, bevor ihn die Bewusslosigkeit gnädig umfing. Er will mich für die blutigen Zweikämpfe in seinem *Haus des Goldes!* Allmächtiger, dümmer hätte ich es wirklich nicht anstellen können!

424

14

Eine hohe Mauer aus luftgetrockneten Ziegeln mit einem breiten Wehrgang umgab auf dem Ostufer des Nils in einem meilenweiten Bogen, der auch den vorspringenden Felssporn des Mokattam mit der Zitadelle einschloss, die Landseite von al-Qahira. Und in dieser mächtigen Wallanlage nahmen sich die besonders stark befestigten Stadttore wie kleine, eigenständige Festungen aus.

Tarik betrat die Stadt im Norden durch das *Bab al-Futuh,* das Tor der Eroberung. Das Torhaus mit seinem gewaltigen, himmelwärts strebenden Rundbogen lag im Schutz von zwei trutzigen, vorgesetzten Wachtürmen, die sich rechts und links weit über das Bab al-Futuh und die Stadtmauer erhoben. Im bunten Strom der Tagelöhner, Bettler, Dienstboten, Händler und Bauern, die das Nadelöhr nicht schnell genug mit ihren Körben, Karren und Lasttieren passieren konnten, fiel er nicht auf. Niemand schenkte ihm in dem Gedränge einen zweiten Blick.

Gleich hinter dem Bab al-Futuh begann die Qasaba, die geschäftig pulsierende Lebensader der Stadt. Auf einer Strecke von mehr als einer Meile schnitt diese Hauptverkehrsstraße mit einer Breite von gut fünfzehn Schritten in einer geraden Line von Nord nach Süd durch das Häusermeer, sodass die Nordwinde ungehindert durch das Herz von al-Qahira wehen und in den heißen Monaten ein wenig Kühlung bringen konnten. Die Qasaba führte auf ihrem Weg zum *Bab al-Zuwayla,* das den inneren Kern Cairos im Süden begrenzte, an Palästen, öffentlichen Brunnen und Bädern, am Hospital und an nicht weniger als acht prächtigen Moscheen vorbei. Und zu beiden Seiten der Qasaba zweigten die dämmrigen Labyrinthe der einzelnen *haras,* der Stadtviertel ab, wo die mit geschnitzten Erkern, Balkonen, Terrassen und Innenhöfen reich ausgestatteten Wohnhäuser oftmals acht, neun Stockwerke und mehr in die Höhe stiegen. Und die *suqs,* die verwinkelten Basare eines jeden Stadtteils, wurden geprägt von einem ganz bestimmten Gewerbe oder Handwerk, das sich dort konzentrierte.

Mekka mochte mit der Kaaba der heiligste Ort für alle gläubigen Muslims sein. Doch im Wettstreit unter den orientalischen Städten machte al-Qahira ihrem Namen als »Die Siegreiche« alle Ehre und galt als die unbestrittene Königin. Doch Tarik befand sich nicht in der seelischen Verfassung, sich von der einzigartigen Größe, dem Reichtum und der Häuserflut Cairos so beeindrucken zu lassen, wie es wohl unter anderen Umständen der Fall gewesen wäre. Zudem hielt er sich auch nicht zum ersten Mal in einer großen orientalischen Metropole auf. Das farbenfrohe, lärmende, quirlige Leben auf den Straßen mit seinem ständigen Wechsel aus Pracht und Dreck, Wohlgerüchen und Gestank war ihm ebenso vertraut wie das himmelschreiende Elend, auf das man überall traf, die Verschwendungssucht der in Sänften vorbeiziehenden Reichen, die vielen Esel, Maultiere und Kamele, die Lasten durch die Straßen schleppten, und die ganz eigene Welt der Suqs mit ihrem engen Gassengewirr, wo sich die von Waren überquellenden Läden scheinbar endlos aneinander reihten und wo man sich leicht verirren konnte. Er kannte all das, wenn auch in etwas bescheidenerer Ausprägung, von seinen Besuchen in Damaskus, wohin sein Vater ihn zweimal mitgenommen hatte, als er noch ein kleiner Junge gewesen war.

Kurz hinter der aus Ziegelsteinen erbauten Al-Hakim-Moschee, mit der sich einer der grausamsten Kalifen vor gut dreihundert Jahren ein bleibendes Denkmal gesetzt hatte, folgte er der nächsten breiten Straße, die von der Qasaba abzweigte. Sie führte ihn wenig später über den *khalij,* den breiten Kanal im Westteil von Cairo, und brachte ihn, ganz wie er vermutet hatte, auf dem kürzesten Weg zum Hafenviertel von al-Maks. Die *Calatrava* hatte er dort schnell gefunden, lag sie mit den Schiffen des Emirs el-Shawar Sabuni doch noch immer an einer der zentralen Landungsbrücken. Bei ihrem Anblick atmete er erleichtert auf. Ihn hatte die Sorge gequält, dass man das schwer beschädigte Schiff vielleicht zur Reparatur an einen anderen Ort gebracht hatte. Nun jedoch sah er zu seiner Beruhigung, dass man die Handelsgaleere hier an Ort und Stelle wieder hochseetüchtig zu machen gedachte. Die Ruderbesatzung war von Bord gebracht worden, und die Schiffszimmerleute hatten schon damit begonnen, mittschiffs einen Teil der Decksplanken zu lösen, um den Stumpf des geborstenen Großmastes zu entfernen und bald einen neuen Mast einzusetzen. Die Erleichterung hielt jedoch nur einen flüchtigen Moment. Denn als ihm bewusst wurde, dass die Arbeiter den Kielraum für den Einbau des neuen Mastes womöglich ausräumen würden, krampfte sich sein Magen zusammen. Ihm blieb nicht viel Zeit, um sich etwas einfallen zu lassen, wie er den Heiligen Gral retten sollte!

Voller Unruhe kehrte Tarik in die Stadt zurück. Wie ein Tagelöhner, der nur halbherzig nach Arbeit Ausschau hält, streifte er durch die Viertel. Er gab sich den Anschein, als hinge er träge seinen Gedanken nach. In Wirklichkeit nahm er alles hellwach auf, was er sah und hörte. Es dauerte nicht lange und er hatte den Gesprächen um sich herum entnommen, dass ein Großteil der Geldwechsler beim *Bab al-Zuhuma,* dem Tor der Küchengerüche, zu finden war und dass sich die Läden der Goldschmiede in dem Viertel Sagha auf der ande-

427

ren Seite der Qasaba befanden, unweit vom Quartier der jüdischen Händler.

Im Basar von Sagha, in dem Bastmatten als Sonnenschutz quer über den schmalen Gassen hingen und sich kaufwillige Kundschaft sowie Neugierige drängten, schien sich aller Goldschmuck der Welt angesammelt zu haben. Ein Laden neben dem anderen stellte, aufgereiht auf dünnen Holzstäben, eine Unzahl von goldenen Ketten, Ringen, Ohrgehängen, Armreifen, Haarspangen und anderen verlockenden Geschmeiden zur Schau. Sie schienen ein gewaltiges goldenes Vlies zu bilden, das sich von einer Gasse zur anderen zog und sich immer weiter fortsetzte. Im Sonnenlicht, das durch die Ritzen der Bastmatten fiel, glitzerte und funkelte es wie in einer königlichen Schatzkammer.

Die Vorsicht gemahnte Tarik nicht einfach in den nächsten Laden zu gehen und dessen Besitzer sein Gold zum Kauf anzubieten. Was er suchte, war ein Goldhändler, der ihn nicht übers Ohr schlug und dem er vertrauen konnte. Denn er würde mehr als nur zwei, drei Goldstücke zu Geld machen müssen, dessen war er sich jetzt schon sicher. Und er wollte für sein Gold einen angemessenen Preis erhalten.

Ihm kam schließlich eine Idee, wie er die Goldhändler auf ihre Anständigkeit prüfen konnte. Unter dem Vorwand, sich über die Preise von Ketten, Ringen und Armreifen erkundigen zu wollen, betrat er verschiedene Geschäfte. Die Inhaber der Läden überschütteten ihn anfangs mit Freundlichkeit und boten stets all ihre Redekunst auf, um ihn von der Einzigartigkeit ihrer Ware und ihren angeblich konkurrenzlosen Preisen zu überzeugen. Jeder beteuerte wortreich, dass er bei den Preisen, die er ihm aus spontaner Zuneigung gewähren wollte, so gut wie keinen Profit mache. Und bei Allah und seinem Propheten, es sei Tariks glücklicher Tag, dass er ihn in solch großherziger Laune angetroffen und ihm sogleich das Gefühl gegeben habe, einen Freund, nein einen Bruder vor sich zu haben. Und wer würde seinem Freund, geschweige denn seinem eigenen Bruder nicht den bestmöglichen Preis machen?

Ihre redselige Freundlichkeit fiel jedoch wie ein Strohfeuer in sich zusammen, sowie Tarik zu erkennen gab, dass er nichts kaufen würde, weil ihm dazu die finanziellen Mittel fehlten. Mit einem einfältigen Lächeln gab er vor ein Auge auf die junge Tochter eines Töpfers aus seinem Viertel geworfen zu haben und sich nur informieren zu wollen, wie viele Jahre er für einen bescheidenen Brautschmuck sparen müsse. Aus zwei Läden wurde er sogar regelrecht hinausgeschmissen. Er solle ihnen nicht die Zeit stehlen, forderten die Händler ihn grob auf. Einer drohte ihm sogar Prügel an.

Sieben wenig erfreuliche Begegnungen lagen schon hinter Tarik, als er sein Glück in einer Sackgasse des Basars der Goldschmiede erneut versuchte. Was ihn veranlasste ausgerechnet den kleinen Laden ganz am Ende der Gasse zu betreten, wusste er selbst nicht zu sagen. Vielleicht weil dessen Inhaber sich nicht an den marktschreierischen, blumigen Anpreisungen beteiligte, mit denen sich die anderen Goldhändler gegenseitig zu übertrumpfen versuchten. Der Händler, ein hagerer Mann mit einem kurz gestutzen eisgrauen Bart, saß vor seinem Geschäft auf einer kleinen Holzbank und ließ die hellen Alabasterperlen einer Gebetskette durch seine Finger gleiten.

Doch sowie Tarik sich ihm näherte, erhob er sich von der Holzbank, begrüßte ihn mit einer Verneigung, machte eine einladende Bewegung und forderte ihn freundlich, aber ohne übertriebene Beflissenheit auf, ihm zu sagen, womit er, Mohammed el-Maluk, ihm zu Diensten sein könne.

Tarik folgte ihm in seinen Laden und hatte schon nach wenigen Augenblicken das Gefühl, mit diesem Händler den richtigen gefunden zu haben. Und er täuschte sich nicht. Denn als er auch hier zu erkennen gab, weder heute noch in naher Zukunft etwas kaufen zu können, unterschied sich die Reaktion von Mohammed el-Maluk wohltuend von der seiner Kollegen. Er zeigte Verständnis, bewahrte seine Freundlichkeit und nahm sich sogar die Zeit, ihn auf Schmuckstücke aufmerksam zu machen, die etwas weniger aufwändig verarbeitet waren, nur eine dünne Goldschicht besaßen und dennoch etwas hermachten.

»Das Auge ist schnell zufrieden gestellt, besonders das eines jungen Mädchens«, versicherte Mohammed el-Maluk mit einem verschmitzten Augenzwinkern.

Nun hielt Tarik den Zeitpunkt für gekommen, um die Maske des mittellosen, kleinen Handwerkers abzulegen und das Wagnis einzugehen, ihm einiges vom Gold des Abbé zum Kauf anzubieten. »Ich hoffe, Ihr seht mir meine falsche Geschichte mit dem Brautschmuck nach, Mohammed el-Maluk. In Wirklichkeit bin ich nicht am Kauf von Goldschmuck interessiert, sondern vielmehr daran, Euch dies hier zum Kauf anzubieten«, sagte er und zog eines der fünfeckigen Goldstücke hervor.

Der Händler machte ein verblüfftes Gesicht und seine schmalen Augenbrauen hoben sich, als er sah, was Tarik ihm da auf der flachen Hand hinhielt. »Bei Allah und allen hundertvierzehn göttlichen Suren, die der Barmherzige seinem Propheten diktiert hat!«, entfuhr es ihm überrascht. »Das sieht ja nach byzantinischem Kaisergold aus!«

»Das ist es auch, fünfzig Mithkal reines, vierundzwanzig-karätiges[*]

---

[*] Karat ist im Juweliergewerbe die Bezeichnung für die Feinheit eines Edelmetalls im Verhältnis zu den anderen Anteilen der Metalllegierung und nicht zu verwechseln mit der Bezeichnung Carat, die das Gewicht eines Edelsteins angibt. Im Münzwesen bedeuten 24 Karat, dass von den 1000 Anteilen etwa einer Goldmünze alle 1000 aus Gold bestehen. Bei einer Feinheit von 18 Karat beträgt der Anteil des Edelmetalls nur noch 750 von 1000 Anteilen, bei 14 Karat sind es 585 von 1000 und bei 8 Karat gerade mal 333 von 1000.

Gold!«, versicherte Tarik und reichte ihm das Goldstück. »Hier, nehmt es und prüft es! Und lasst Euch nur Zeit damit. Ihr sollt die Gewissheit haben, dass Ihr es mit einem ehrlichen Kaufmann zu tun habt.«

Mohammed el-Maluk bedeutete ihm auf einem der runden, ledernen Sitzkissen Platz zu nehmen, die im hinteren Teil seines Ladens um einen niedrigen Tisch herum auf dem mit Teppichen ausgelegten Boden platziert waren. Er holte eine Goldwaage hinter einem Perlenvorhang hervor, wog das schwere Goldstück ab, prüfte seine Reinheit eingehend mit allen Hilfsmitteln seines Gewerbes und sagte schließlich kopfschüttelnd: »Reines Kaisergold, wie Ihr gesagt habt! Und Euch habe ich billigen Goldtand aufschwatzen wollen! Nicht schlecht, wie Ihr mich an der Nase herumgeführt habt! Ich habe Euch wirklich für einen einfachen Mann gehalten.«

Tarik lächelte. »Es reist sich nun mal unbeschwerter und sicherer, wenn man nicht die Aufmerksamkeit der Strauchdiebe weckt. Doch nun sagt mir, was Ihr dafür zu zahlen bereit seid. Ich kann Euch drei dieser byzantischen Goldstücke anbieten, wenn Ihr mir einen guten Preis macht. Später vielleicht sogar noch einige mehr.«

Nun begann das Feilschen. Tarik hätte sich dieses zeitraubende Hin und Her nur zu gern erspart und sich mit einem kräftigen Abschlag vom wahren Wert abgefunden. Die Zeit, die ihm wie Sand zwischen den Fingern zerrann, war ihm kostbarer als ein paar Dinar mehr im Geldbeutel. Aber die Klugheit verbot es ihm, gleich das erste Angebot von achthundert Silberdirham anzunehmen, was etwa knapp fünfunddreißig Golddinar entsprach. Und auch auf das leicht verbesserte zweite, dritte und vierte Angebot durfte er nicht eingehen. Denn hätte er sich darauf eingelassen, hätte er sich damit als angeblicher Kaufmann eine unverzeihliche Blöße gegeben und Mohammed el-Maluks Misstrauen erregt. Und so handelte er mit der ge-

431

botenen, zähen orientalischen Ausdauer um jeden halben Dinar, bis sie sich endlich bei elfhundert Dirham oder vierundvierzig Dinar pro Goldstück handelseinig wurden.

Tarik ließ sich den Großteil der Summe in goldenen Dinar auszahlen, den Rest nahm er in kleiner Silberwährung entgegen. Die drei ledernen Geldbeutel, die für all die Münzen notwendig waren, schenkte Mohammed el-Maluk ihm als Zugabe. Was ihm nicht schwer fiel, hatte er doch an diesem Vormittag ein gutes Geschäft gemacht.

»Ich hoffe, Euer Weg führt Euch wieder in meinen bescheidenen Laden, wenn Ihr weitere derartige Geschäfte zu tätigen habt«, sagte der Goldhändler beim Abschied hoffnungsvoll.

»Das kann gut sein«, antwortete Tarik, nickte ihm freundlich zu und ging seiner Wege.

Er war in Eile, hatte er doch vieles zu erledigen und zu durchdenken. Und stets begleitete ihn im Hinterkopf nicht nur die Sorge um seine Freunde, sondern der noch viel drängendere Gedanke, dass ihm nicht viel Zeit blieb, sich einen Plan zur Rettung des heiligen Kelches einfallen zu lassen. Es fiel ihm schwer, sich davon nicht niederdrücken zu lassen.

Sein nächstes Ziel war das Viertel der Tuchhändler und Schneider, das schnell gefunden war. Dort erstand er zuerst einmal einen gewöhnlichen *dolman,* ein bis zu den Füßen reichendes Untergewand, einen ebenso schlichten Kaftan, wie ihn die einfachen Leute trugen, und einen unauffälligen Turban. Billige Sandalen und ein primitiver Gürtel aus geflochtenen Palmfasern schlossen den Kauf ab. Er ließ sich die Sachen zu einem handlichen Paket zusammenschnüren, klemmte es sich unter den Arm und begab sich einige Gassen weiter in den Basar der Händler, die Gewänder aus edlen Stoffen anboten. Hier erwarb er die sorgfältig gearbeitete Kleidung, wie sie einem recht wohlhabenden, aber doch nicht reichen Kaufmann gut zu Gesicht stand. Er achtete darauf, dass weder Kaftan noch Turban allzu farbenprächtig ausfielen, und entschied sich für gediegene Ware in matten nussbraunen Tönen.

So bekleidet begab er sich in den Suq der Waffenschmiede, in dem er mehr Zeit verbrachte als auf allen anderen Basaren zusammen. Einen ansehnlichen Dolch sowie einen Scimitar mit breiter und gut geschmiedeter Klinge hatte er schnell gefunden. Aber bedeutend mehr Mühe und Zeit kostete es ihn, zwei kurze Messer mit passenden Lederfutteralen zu finden, bei denen Klinge und Heft so gut ausbalanciert waren, dass sie sich als Wurfmesser eigneten. Ein solches Messer musste waagerecht liegen bleiben, wenn er es an der Stelle, wo die Klinge in das Griffstück überging, auf seinen ausgestreckten Zeigefinger legte. Schließlich fand er, wonach er gesucht hatte.

Den Krummsäbel mit dem hübsch verzierten Heft und auch den Dolch trug er offen unter dem Kaftan, der vorn aufklaffte. Die beiden Wurfmesser waren dagegen den Blicken entzogen, steckten sie doch ganz hinten auf dem Rücken in seinem Gürtel.

Mittlerweile hatte die Sonne ihren Aufstieg am Himmel fast beendet. Tarik schätzte, dass sie in einer knappen Stunde ihren Zenith erreichen würde. Und dann war damit zu rechnen, dass Cairo für einige Stunden in einen Zustand schläfriger Apathie fiel. Viele Händler würden der Mittagshitze entfliehen, ihre Läden schließen und sich in die schattige Kühle der Innenhöfe zurückziehen.

Zuvor aber wollte Tarik noch ein wichtiges Geschäft hinter sich bringen, für das er der Kleider aus teurem Stoff und des Scimitars mit der silbernen Scheide dringend bedurfte. Denn er gedachte nun einen der Smaragde zu verkaufen. Und wer solch einen kostbaren Stein zum Verkauf anbot, der konnte nicht im Aufzug eines Tagelöhners auftreten, wenn er nicht für einen Dieb gehalten werden und sich in den Fängen der Obrigkeit wiederfinden wollte.

433

Im Suq der Juweliere suchte Tarik sich einen der größeren Läden aus, der in unmittelbarer Nähe der Qasaba lag. Er steuerte scheinbar zielstrebig auf ihn zu, als wüsste er ganz genau, warum er ausgerechnet dieses Geschäft beehrte, und trat mit dem vorgegaukelten Selbstbewusstsein eines Mannes auf, der sich in seinem Gewerbe bestens auskannte und den Wert von Edelsteinen genau zu benennen wusste. Und im Stillen dankte er Abbé Villard, dass dieser ihnen vor ihrem Aufbruch aus dem Heiligtum noch eingehend erklärt hatte, welchen Wert die Edelsteine besaßen. Das erlaubte es ihm, beim langwierigen Feilschen mit dem Ladenbesitzer den trügerischen Eindruck eines ebenso erfahrenen wie sachkundigen Juwelenhändlers zu erwecken. Und mit der Summe, auf die sie sich schließlich einigten, konnten sie beide höchst zufrieden sein.

Tarik tätigte noch einige kleinere Einkäufe, stillte seinen Hunger bei einer der vielen Garküchen, auf die man an jeder Straßenecke traf, und verbrachte einen Teil der heißen Mittagsstunden im Schatten einiger Palmen, die den zentralen Platz *Bayn al-Qasarayn* vor einem der prunkvollen Paläste säumten. Große Wasserbecken trugen ein wenig zur Kühlung bei. Schlaf gönnte er sich jedoch nicht. Er grübelte vielmehr unablässig darüber nach, was er bloß tun sollte, um seinem heiligen Amt als Gralshüter in dieser verfahrenen Situation gerecht zu werden und wieder in den Besitz des Kelches zu gelangen. Auch quälten ihn die Gedanken an seine gefangenen Freunde.

Als die sengende Mittagssonne allmählich an Kraft verlor und das Leben in Cairo wieder in Gang kam, verbrachte er gute zwei Stunden damit, sich umzuhören, wo Sklaven verkauft wurden, und nach McIvor zu suchen. Doch er fand keine Spur von ihm. Die Sklavenmärkte, die in Cairo so zahlreich wie die Moscheen waren, hatten in den frühen Morgenstunden stattgefunden, als er noch damit beschäftigt gewesen war, das Gold in Münzen einzutauschen. Dass er keinen Hinweis auf McIvors Verbleib erhielt, hatte aber auch damit zu tun, dass er in dem Dilemma steckte, nicht direkt nach ihm fragen zu können, ohne sich sofort verdächtig zu machen. Denn wer nach einem ganz bestimmten Sklaven fragte, bei dem es sich auch noch um einen Tempelritter handelte, gab damit zu erkennen, dass er ihn kannte. Und das konnte sehr gefährlich werden. Eine Gefahr, die er jedoch nicht eingehen durfte. Denn bei aller Sorge um seine Freunde galt seine allererste Verpflichtung als Gralshüter doch der Aufgabe, den Kelch zu retten.

Niedergeschlagen gab er die Suche nach McIvor schließlich auf und begab sich noch einmal zum Hafen. Dort trieb er sich mehrere Stunden voller Unruhe herum, prägte sich die Lage der Docks und Landungsbrücken ein und kehrte immer wieder in die Nähe der *Calatrava* zurück.

Fieberhaft überlegte er, wie er es anstellen sollte, trotz der Wachen an Bord der Galeere zu gelangen und Gelegenheit zu bekommen, unbemerkt von den Arbeitern in den Kielraum zu kriechen, den Sack mit dem schwarzen Quader an sich zu nehmen und damit vom Schiff zu flüchten. Und so, wie er den Fortschritt der Zimmerleute in ihrer Arbeit einschätzte, würden sie spätestens am übernächsten Tag damit beginnen, den Kielraum rund um den Fuß des Mastes auszuräumen. Das bedeutete, dass ihm nur der morgige Tag blieb, um den heiligen Kelch zu retten!

Je länger er sich den Kopf darüber zerbrach, desto elender wurde ihm zu Mute. Denn der geniale Einfall wollte sich einfach nicht einstellen. Der Schweiß brach ihm aus und die Angst, zu versagen, wurde fast übermächtig.

Doch plötzlich durchzuckte ihn ein Gedanke und es fiel ihm wie Schuppen von den Augen. Er wusste auf einmal, wie er die Chance, die er brauchte, herbeiführen konnte, ohne dass es dazu eines allzu

435

komplizierten Plans bedurfte. Zwar war die Gefahr, der er sich dabei aussetzte, sehr groß, aber er hatte keine andere Wahl, er musste das Risiko auf sich nehmen – und zu dem Risiko gehörte unter anderem, dass er auf die Hilfe von Maslama al-Far angewiesen war. Die beiden kleinen Boote, die er für seinen Plan benötigte, konnte er noch selber auftreiben, etwa flussaufwärts im Fischerhafen von Fustat, der südlichen Vorstadt von Cairo. Aber das Wichtigste, ohne das sein Plan keine große Aussicht auf Erfolg hatte, konnte er nicht selber beschaffen. Zumindest nicht innerhalb eines Tages. Dafür musste man schon ein Einheimischer sein und zu den richtigen Leuten Beziehungen haben.

Tarik atmete tief durch. »Aber warum sollte er nicht bereit sein, mir zu beschaffen, was ich brauche? Seine Wut auf mich dürfte nicht halb so stark sein wie seine Liebe zu meinem Gold!«, ermutigte er sich selber und dachte an das Sprichwort »Wer genug Geld hat, kann sogar auf dem Kadi reiten«. Und an Geld mangelte es ihm nun wahrlich nicht.

Dennoch wollte er sich nicht allein auf den verlockenden Glanz goldener Münzen verlassen, sondern dafür sorgen, dass Maslama und seine beiden Kumpane bei seinem Anblick schnell versöhnlich gestimmt sein würden. Das kostete ihn nur einige wenige Dirham sowie die Mühe, sich auf dem Weg aus der Stadt zusätzlich zu den beiden Kleiderbündeln auch noch mit einem recht schweren Beutel abschleppen zu müssen.

Er fand die Ruine auf dem buschbestandenen Hügel verlassen vor, was ihm ganz recht war. Schnell breitete er die Köstlichkeiten, die er in Cairo gekauft hatte, vor der Feuerstelle auf einem schlichten Tuch aus. Auch die Sachen, die er Maslama in der Nacht abgenommen hatte, legte er so hin, dass sie ihm sofort ins Auge fallen mussten. Und kaum war er damit fertig geworden, als er auch schon ihre Stimmen nahen hörte. Maslama schimpfte über irgendetwas, was der bucklige Paukenschläger angeblich falsch gemacht hatte. Es klang in Tariks Ohren so, als ginge es um einen versuchten Diebstahl, bei dem sie wegen Ali Omars Unaufmerksamkeit um ein Haar gefasst worden wären. Der spindeldürre Albino zitierte mit seiner Fistelstimme einen Prophetenspruch, der zur Nachsicht gemahnte, doch die beiden anderen gingen in ihrem Streit überhaupt nicht darauf ein.

Als sie um die Ecke kamen und sahen, wer da auf der anderen Seite des Trümmergrundstücks im tiefen Schatten der Restmauer auf sie wartete, blieben sie vor Überraschung abrupt stehen und ihre Stimmen erstarben mitten im Satz. Ungläubig starrten sie ihn an, was jedoch sicherlich nicht allein an seiner Kleidung und Bewaffnung lag. Maslama, der Ratte, fiel im ersten Moment vor Fassungslosigkeit regelrecht die Kinnlade herunter. Dann schoss ihm das Blut ins Gesicht.

»Du stinkende Ausgeburt einer läufigen Ratte!«, stieß er hervor, riss Ali Omar das klobige Messer von der Hüfte und wollte sich auf Tarik stürzen.

»Das lässt du besser bleiben!«, rief Tarik mit scharfer, schneidender Stimme. Gleichzeitig fuhr seine Hand blitzschnell im Rücken unter seinen Kaftan, zog eines der Wurfmesser und schleuderte es auf die Melone, die rechts von Maslama zwischen dem Fladenbrot, den Lammkeulen und anderen Köstlichkeiten lag. Die Klinge bohrte sich mit einem satten, schmatzenden Geräusch in die kopfgroße Frucht und verschwand bis halb über das Heft in ihr. »Das Messer hat noch einen Zwilling, der sein Ziel genauso treffsicher erreicht, wenn du es unbedingt darauf ankommen lassen willst!« Und wie hingezaubert lag da auch schon das zweite Wurfmesser in seiner Hand. »Also überlege dir gut, was du tust!«

Erschrocken riss Maslama die Augen auf, zuckte wie unter einem Schlag zusammen und blieb unschlüssig stehen.

»Es tut mir Leid, was ich letzte Nacht getan habe«, sagte Tarik schnell, um den Moment zu seinen Gunsten zu nutzen. »Aber wie du siehst, habe ich dich nicht angelogen, sondern mein Versprechen gehalten und deine Sachen zurückgebracht. Und an eine Wiedergutmachung habe ich natürlich auch gedacht, wie du siehst.« Er deutete auf das Essen.

»Bei Allahs himmlischem Thron!«, stieß der bucklige Paukenschläger mit leuchtenden Augen und aufgeregter Stimme hervor. »Sieh doch, Maslama! Das ist ja eine fürstliche Festtafel, die er uns bereitet hat!«

Maslama nahm erst jetzt richtig wahr, was Tarik aus der Stadt mitgebracht und dort am Feuerkreis ausgebreitet hatte. »Das . . . das ist . . .« Sprachlos brach er ab, schüttelte den Kopf und fasste sich erst beim dritten Anlauf. »Das ist das Verrückteste, was mir je passiert ist! Und dabei dachte ich bis heute, keiner könnte wirrer im Kopf sein und verrücktere Dinge anstellen als unser Knochengestell Zahir!«

»Ich hatte etwas bei dir gutzumachen«, sagte Tarik. »Und ich hoffe, du nimmst meine Entschuldigung an.«

Der Albino hob seine knochige Hand und wedelte mahnend seinen Finger, während er mit hoher Stimme den Propheten Mohammed zitierte: »Wir haben gefordert, dass man hingeben soll Leben für Leben, Auge um Auge, Nase um Nase, Ohr um Ohr, um die Wunde mit der Wiedervergeltung zu strafen. Gibt aber einer solches als Almosen zurück, so ist es angenommen als Tat der Versöhnung. Spruch des Propheten!«

Maslama, die Ratte, schenkte ihm keine Beachtung. »Verrückt! Du musst völlig verrückt sein, so etwas zu tun«, sagte er noch einmal kopfschüttelnd, doch mit einem Auflachen in der Stimme. Gleichzeitig gab er Ali Omar das Messer zurück. »Warum hast du das getan? Wer mit dem Messer so treffsicher umzugehen weiß wie du, der hat ja wohl kaum jemanden wie mich zu fürchten, geschweige denn solche Hohlköpfe wie Ali und Zahir!«

»Weil ich zu meinem Wort stehe«, antwortete Tarik schlicht.

»Und woher hast du auf einmal das Geld, um dich in so teures Tuch kleiden und solche Waffen kaufen zu können?«, wollte Maslama wissen und beeilte sich nun, dem Beispiel seiner Gefährten zu folgen, die sich heißhungrig über das Essen hermachten. »Woher der plötzliche Reichtum? Ist dir vielleicht ganz zufällig irgendwo an einem dunklen, einsamen Ort ein reicher Kaufmann in meinen Dolch gelaufen?«

»Nein, an deinem Dolch klebt kein von mir vergossenes Blut«, sagte Tarik und setzte sich zu ihnen, hielt jedoch sicherheitshalber ein wenig Abstand. »Zu dem Geld bin ich ohne Verbrechen gekommen. Es ist Teil des Vermächtnisses, das ich einem außergewöhnlichen Mann verdanke.«

»Dann bist du auch kein einfacher Wachmann aus Alexandria, der wegen eines blutigen Streites aus seiner Heimat hierher geflohen ist«, folgerte Maslama sogleich mit vollem Mund, »sondern ein Mann mit Geheimnissen!«

Tarik machte eine vage Geste. »Wir alle haben unsere Geheimnisse, Maslama, die wir aus gutem Grund vor Fremden gehütet wissen wollen. Ich glaube nicht, dass du eine Ausnahme machst. Und dabei sollten wir es jetzt auch belassen, findest du nicht?«

Der Mann lachte kurz auf. »Also gut, reden wir nicht mehr davon. Vergessen wir auch das andere. Aber warum habe ich das Gefühl, dass du nicht nur deshalb zurückgekommen bist, um mir meine Sachen zurückzubringen?« Forschend blickte er ihn an.

»Weil du ein schlauer Bursche bist, dem man so leicht keinen Sand in die Augen streut«, erwiderte Tarik.

Das Kompliment gefiel Maslama sichtlich, denn sein spitzes Gesicht verzog sich zu einem breiten, wohlgefälligen Grinsen. »Recht hast du. Also, heraus damit! Was genau willst du von uns?«, forderte er ihn auf und biss in eine der gebratenen Lammkeulen. »Und was ist dabei für uns drin?«

»Ich hätte einen gut bezahlten Auftrag für euch«, sagte Tarik, griff in seinen Kaftan und warf ihm einen Geldbeutel zu.

Maslama ließ die Lammkeule fallen, fing den Geldbeutel noch in der Luft auf und leerte die Geldbörse wenige Augenblicke später in seine andere Hand aus. Ungläubig blickte er auf die Gold- und Silbermünzen, die sich aus dem Beutel ergossen. Zweifellos hatte er noch nie in seinem Leben auch nur einen Bruchteil dieser Summe in seinen Händen gehalten.

»Suchst du jemanden, der für dich einen Mord begeht?«, stieß er hervor, weil ihm wohl kein anderer Auftrag einfiel, der als Bezahlung einen solchen Batzen an Gold und Silber rechtfertigte.

Auch Ali Omar und Zahir machten fassungslose Mienen und vergaßen beim Anblick der vielen Gold- und Silbermünzen das Kauen. Sie standen ganz unter dem Bann des Geldes und jeder rechnete sich vermutlich schon in Gedanken aus, was er sich für seinen Anteil wohl alles kaufen konnte.

»Nein, nichts dergleichen. Es geht nicht um ein Verbrechen, das ihr für mich begehen sollt, sondern darum, dass ihr etwas für mich beschafft. Es selbst zu beschaffen würde mich als Ortfremden zu viel Zeit kosten. Und das Geld da ist nur eine Anzahlung. Wenn ihr die Aufträge so schnell erledigt, wie ich es wünsche, warten auf euch noch einmal fünfzig Dinar bei der Übergabe«, versprach Tarik.

Scharf sog Ali die Luft ein. »Fünfzig weitere Goldstücke?«, flüsterte er überwältigt.

»Allah ist mit den Geduldigen und liebt die, die voll Vertrauen sind!

Spruch des Propheten!«, stieß der Albino mit zittriger Stimme hervor.

Auch auf dem Gesicht von Maslama zeigte sich ein erregter Ausdruck. Er schluckte heftig und leckte sich über die fettigen Lippen, als hätte er plötzlich einen trockenen Mund bekommen. »Du kannst auf uns rechnen. Also, was genau sollen wir für dich tun?« Seine Stimme klang atemlos.

Und Tarik sagte es ihnen.

15

Dem schwindenden Lichtschein nach zu urteilen, der als fahl-grauer Streifen durch die beiden vergitterten Luftschächte im Mittelgang in den Kerker fiel, neigte sich der zweite Tag ihrer Gefangenschaft im Sommerpalast des Emirs seinem Ende entgegen.

Gerolt und Maurice kauerten in den hinteren Ecken des stinkenden Gewölbes und nutzten den letzten Schimmer Licht, um vorsichtig den Mörtel aus den Fugen zwischen den Mauersteinen zu kratzen. In den hinteren, unteren Ecken hatten die Bauarbeiter in Bodenhöhe Steine mit leicht abgeschlagenen Kanten eingesetzt, sodass an diesen Stellen mehr Mörtel zum Ausfüllen der Spalten nötig gewesen war. Die beiden Gralsritter waren zuversichtlich mehrere dieser Fugen tief genug aushöhlen zu können, um darin wenigstens die Smaragde und Rubine verstecken zu können. Vielleicht reichte es sogar für ein oder zwei Goldstücke.

Als Kratzwerkzeuge benutzten sie die Knochen der halb verwesten Ratte, die sie in ihrer Zelle gefunden hatten. Die Idee dazu war Gerolt gekommen. Und Maurice hatte ohne großes Zaudern die brauchbaren Knochen aus dem Kadaver gelöst und den Rattenschädel mit einem Schlag seines Handeisens zertrümmert. Schädelknochen waren nun mal die härtesten Knochen und sie konnten es sich in ihrer Situation nicht leisten, zimperlich zu sein und sich von Ekelgefühlen beeinflussen zu lassen.

Maurice hielt plötzlich in der mühseligen Arbeit inne, starrte angestrengt und mit verkniffener Miene zum Gitter hinüber, als versuchte er die Dunkelheit jenseits des Mittelganges zu durchdringen, und schüttelte dann den Kopf.

»Was hast du?«, fragte Gerolt verwundert, der seinem Blick gefolgt war. Doch da war nichts als von Gestank erfüllte Finsternis. Ihre Wärter hatten sich schon seit vielen Stunden nicht mehr bei ihnen hier unten sehen lassen.

»Ich werde das dumme Gefühl nicht los, dass er uns beobachtet und sieht, was wir hier tun«, raunte Maurice und meinte damit die fremde, zerlumpte Gestalt, die im gegenüberliegenden Gewölbe an die Wand gekettet war und bislang noch kein einziges Wort von sich gegeben hatte. Der Mann hatte auf ihre Fragen, wer er war und was ihn in den Kerker des Emirs gebracht hatte, nicht geantwortet, ja nicht einmal durch eine Bewegung zu verstehen gegeben, dass er zumindest ihre Gegenwart zur Kenntnis genommen hatte.

»Unsinn! Dafür ist es doch schon viel zu dunkel. Wir können ihn ja auch nur sehen, wenn wir uns näher ans Gitter begeben«, beruhigte Gerolt seinen Freund leise. »Außerdem wird ihn das, was wir hier treiben, in seinem Zustand kaum interessieren, scheint er dem Tod doch viel näher zu sein als dem Leben. Oder hast du in den beiden Tagen gesehen, dass er auch nur einmal den Kopf gehoben und zu uns herübergeblickt hat?«

»Nein, nichts dergleichen. Er scheint wirklich halb tot in den Ketten zu hängen«, räumte Maurice ein. »Aber dennoch wäre mir wohler zu Mute, wenn ich wüsste, wer der Zerlumpte da drüben ist und was ihn in den Kerker des Emirs gebracht hat.«

Gerolt lachte sarkastisch auf. »Ein Mann wie Turan el-Shawar, der über die Macht verfügt, seine Lust an Grausamkeiten ungezügelt auszuleben, findet sicher leicht einen Grund, warum er jemanden quält und langsam verhungern und verdursten lässt.«

443

Wenig später stieg Said zu ihnen in das feuchte Gewölbe hinunter, und er brachte ihnen wieder nur ihr karges Essen und damit auch die Gewissheit, dass der zerlumpte Mann im gegenüberliegenden Kerker langsam zu Grunde gehen sollte.

16

Der Mann am Ufer der kleinen steinigen Bucht, die der Nil an dieser Stelle aus der sandigen Böschung gewaschen hatte, sah wie ein gewöhnlicher Fellache aus. Seine ärmliche Kleidung bestand aus abgenutzten Sandalen, einem verschlissenen, fußlangen Gewand und einem einfachen Kopftuch, das ihm mit lockerem Faltenwurf bis auf die Schultern herabfiel, seinen Nacken bei der Arbeit auf dem Feld vor der Sonnenglut schützte und auf dem Kopf von einer doppelt gewickelten schwarzen Kordel an seinem Platz gehalten wurde.

Es war Tarik, der dort einen Steinwurf oberhalb der kleinen Bucht im warmen Sand der Böschung saß und sich unter dieser unauffälligen Kleidung verbarg. Mit wachsender Ungeduld wartete er darauf, dass Maslama endlich auftauchte und ihm brachte, was er zu organisieren versprochen hatte. Wo blieb er nur?

Ruhelos sprang sein Blick zwischen Fluss und Land hin und her. Etwa zweihundert Schritte weiter flussabwärts ragten in Ufernähe die beiden Türme des *Bab al-Qantara,* des südlichsten von Cairos Stadttoren, aus der mächtigen Umfassungsmauer empor. Im flammenden Licht der Abendsonne leuchteten die Lehmziegel der Türme und Mauern wie glutrotes Erz, das allmählich erkaltete und dabei langsam seine Strahlkraft verlor. Eine viertel Meile unterhalb vom *Bab al-Qantara* stemmte sich die Südspitze der mehr als zwei Meilen langen Nilinsel Rhoda gegen den anflutenden Strom. Die Insel war mit dem Ostufer

445

durch eine doppelte Brücke verbunden, die auf im Fluss fest verankerten Booten ruhte. Herrschaftliche Landhäuser, ausgedehnte Gartenanlagen und die Paläste besonders einflussreicher Emire und Günstlinge des Sultans lagen auf Rhoda. Das hatte dann auch den Bau einer Moschee mit einem prächtigen, hohen Minarett nötig gemacht, damit sich die Mächtigen und Vornehmen nicht der Mühe unterziehen mussten, sich zum Gebet aufs Festland zu begeben. Und seit mehr als einem halben Jahrhundert gab es auf der Insel auch noch die so genannte Nilburg, bei der es sich um eine eigenwillige Mischung aus stark befestigter Zitadelle und prunkvollem Palast handelte.

Aber für all das hatte Tarik kein Auge. Er konzentrierte sich auf die einfachen Kähne, Barken und Fischerboote, die auf dem Nilarm zwischen der Insel und dem östlichen Ufer unter Segel oder Ruderkraft flussaufwärts strebten. Mit jeder Minute wuchsen die Zweifel an der Zuverlässigkeit Maslamas. Hatte der Halunke vielleicht mehr versprochen, als er halten konnte? Womöglich hatte er es noch nicht einmal versucht, sondern sich einfach mit dem Geld abgesetzt, das er für die besonderen Besorgungen erhalten hatte. Zuzutrauen wäre es ihm. Aber Tarik setzte all seine Hoffnung darauf, dass fünfzig Goldstücke eine Verlockung darstellten, der Maslama nicht hatte widerstehen können.

Und seine Hoffnung erfüllte sich. Die feurige Sonnenscheibe war im Westen zwischen den Pyramiden schon halb im Wüstensand versunken, als er ein unscheinbares Fischerboot bemerkte, das sich unter den Schlägen von zwei Ruderern aus den langen Schatten der Nilinsel löste und einen schrägen Kurs steuerte, der das Boot genau zu der Stelle am Ufer führen würde, wo Tarik wartete. Als er auch noch das schmale Ruderboot sah, das im Schlepptau des primitiven, mastlosen Fischerbootes über den Fluss dahinglitt, wusste er, dass Maslama doch Wort gehalten hatte.

Wenig später lief der alte Fischerkahn, dessen verwitterte Planken alles andere als einen Vertrauen erweckenden Eindruck machten, in der kleinen Bucht knirschend auf Grund und sofort sprang Maslama an Land. Auch seine beiden Komplizen konnten gar nicht schnell genug aus dem Boot kommen. Die Ruder ließen sie einfach über Bord hängen.

»*Allahu akbar!*«, stieß Maslama wie erlöst hervor und wischte sich mit einem Zipfel seines Gewandes den Schweiß vom Gesicht. »Gepriesen sei der Allbarmherzige, dass er uns auf dieser Fahrt vor Unheil bewahrt hat!«

»Dann hast du das *Naphta** also bekommen?«, fragte Tarik überflüssigerweise. Denn die blassen, schweißüberströmten Gesichter der drei Halunken und ihre übergroße Erleichterung, nicht länger im Fischerboot zu sitzen, sprachen eine beredte Sprache.

»Du findest vorn unter dem Stroh vier volle Steinkrüge und im Ruderboot drei kleine, fest verschlossene Tonflaschen mit dem verfluchten Naphta. Jede steckt zusammen mit einer schmalen Tonröhre voll Wasser in einem zugeschnürten Netzbeutel, so wie du es haben wolltest! Die mit dem Naphta sind mit schwarzen Strichen markiert. Und hinten am Heck steht unter dem umgedrehten Holzeimer, den wir mit Luftlöchern versehen haben, eine brennende Öllampe«, versicherte Maslama und deutete zum Boot, dessen vorderer Teil mit dicht zusammengeschnürten, armlangen Strohbündeln völlig ausgefüllt schien. »Weißt du überhaupt, wie schnell sich dieses Teufelszeug entzündet? Und dass man es eigentlich gar nicht löschen kann, schon gar nicht mit Wasser, wenn es erst einmal zu brennen angefangen hat?«

»Ja, das ist mir bekannt. Einen Lanzenstich in die Brust überlebt

---

* Eine dem »griechischen Feuer« ähnliche, extrem gefährliche, brennbare Substanz, die mit Wasser nicht zu löschen war. Man könnte sie als Vorläufer des Napalms bezeichnen.

447

man eher als einen kräftigen Spritzer brennendes Naphta«, sagte Tarik trocken.

»Dann wirst du ja wohl auch wissen, welch großer Gefahr wir uns ausgesetzt haben, indem wir das Höllenzeug beschafft haben und damit die ganze Strecke hierher gerudert sind!«, rief Maslama ihm zu, während Tarik schon zum Boot hinunterging und vorsichtig die obereren Strohbündel anhob. Eine kurze Geruchsprobe reichte ihm, um Gewissheit zu haben, dass die vier Steinkrüge auch wahrhaftig mit gefährlichem Naphta gefüllt waren. Sie standen sicherheitshalber in völlig trockenen Holzeimern, damit bei einer unerwarteten Schaukelbewegung auf dem Fluss kein Naphta ins Boot laufen und es augenblicklich in Brand setzen konnte. Denn Naphta besaß die wahrhaft teuflische Eigenschaft, dass es sich entzündete, sowie es mit Wasser in Berührung kam.

Auch alles andere war so, wie Tarik es verlangt hatte. Die beiden Seile am Bug und die Leine am Heck hatten die geforderte Stärke und Länge. Und in dem primitiven, schmalen Ruderboot lagen unter einem Stück Segeltuch und auf einem dicken Bett aus Strohbündeln drei Netzbeutel mit je einem handlichen und fest verschlossenen Tonbehälter voll Naphta und einer schmalen, mit Wasser gefüllten Tonröhre. Zudem fiel sein zufriedener Blick auf einen fast mannslangen, soliden Stock, einen gefüllten Wasserschlauch und einen vollen Proviantbeutel. Maslama hatte nichts vergessen und alles besorgt, was er verlangt hatte.

»Ich denke, das wird euch für ein paar Stunden Angstschweiß und Herzrasen fürstlich entschädigen«, sagte Tarik spöttisch, holte den Beutel mit den versprochenen fünfzig Goldmünzen hervor und warf ihn Maslama zu.

Sofort rechts und links bedrängt von Ali Omar und dem Albino Zahir Namus, überzeugte sich Maslama, die Ratte, schnell davon, dass

448

der Beutel auch den versprochenen Lohn enthielt. Dann bleckte er zufrieden die Zähne und ließ unter dem halbherzigen, maulenden Protest seiner Komplizen die pralle Geldbörse schnell unter seinem Kaftan verschwinden.

»Wir teilen später!«, beschied er sie knapp. Und damit wandte er sich wieder zu Tarik um und rief ihm zu: »Ich will ja gar nicht fragen, warum du gestern wie ein reicher Herr gekleidet warst und heute wie ein abgerissener Fellache aussiehst. Und schon gar nicht will ich wissen, wofür du die beiden Boote und vier Tonkrüge voll mit dieser Teufelsbrühe brauchst. Aber könntest du vielleicht mir verraten, ob sich unsere Wege hiermit für immer trennen oder ob du demnächst vielleicht noch andere Aufträge für uns hast.«

»Das steht in den Sternen«, gab Tarik ausweichend zur Antwort. »Aber möglich ist es schon. Und dann werde ich dich schon zu finden wissen.«

»Aber bestimmt nicht mehr da draußen in der Ruine! Jetzt brechen bessere Zeiten an. Ich werde unter die Kaufleute gehen und mir wohl ein paar Lasttiere zulegen«, sagte Maslama mit breitem Grinsen, nannte ihm noch den Namen eines guten Freundes, der wissen würde, wo er zu finden war. Dieser Mann gehörte zu den *mocaris,* die in Cairo stunden- oder tagweise Lasttiere vermieteten, und verdiente sein Geld auf dem *Rumeila,* dem Platz vor der Zitadelle am Fuß des Mokkatam.

Tarik sah den drei Männern nach, die es nun eilig hatten, noch rechtzeitig vor Einbruch der Dunkelheit zum *Bab al-Qantara* und zurück in die Stadt zu kommen. Natürlich wollten sie ihren Geldsegen entsprechend feiern und nicht die Nacht vor den Mauern verbringen. Er hoffte, dass sie klug genug waren mit dem vielen Geld nicht zu protzen und sich nicht ausnehmen zu lassen. Zweifellos gab es in Cairo wie in jeder großen Stadt verruchte Gassen und Viertel, wo das

449

Laster regierte und man gegen Geld jeder nur erdenklichen Lust frö-
nen konnte.

Die Nacht kam schnell und der leichte Nordostwind führte einige
Wolkenfelder heran, worüber Tarik nicht unglücklich war. Ganz im
Gegenteil. Am liebsten wäre es ihm gewesen, wenn der Nachthim-
mel völlig bedeckt gewesen wäre. Er wollte jedoch nicht undankbar
sein. Er hatte die beiden kleinen Boote und vor allem das Naphta.
Was er jetzt noch brauchte, waren Schnelligkeit, gute Nerven und
ein möglichst großes Chaos. Mit ein wenig Glück und dem vielen
Naphta in den Booten sollte ihm das gelingen!

17

Said stellte sein Öllicht auf einem Wandbrett ab und warf den beiden Tempelrittern aus einem Korb drei halb angebrannte Brotfladen, einige sehnige Fleischstücke und eine Hand voll Trockenfrüchte achtlos vor die Füße. Und ihren Wasserkrug füllte er mit noch größerer Verachtung. Denn statt die Zellentür aufzuschließen und mit einem der beiden Eimer Wasser, die er aus dem Vorraum anschleppte, zu ihnen zu kommen, forderte er sie barsch auf ihm ihren Krug hinzuhalten. Und dann leerte er den Eimer auch schon mit Schwung durch das Gitter hindurch.

»Bist du noch zu retten?«, rief Maurice erbost, den ein gut Teil des Wassers vor die Brust getroffen hatte. »Du hast das meiste vorbeigegossen! Der Krug ist ja noch nicht mal halb voll!«

»Dann leckt doch den Rest vom Boden auf, Christenhunde!«, herrschte Said ihn an. »Das wird euch lehren beim nächsten Mal besser aufzupassen!«

Maurice funkelte ihn an. »Du scheinst vergessen zu haben, dass jeder von uns mindestens zehntausend Dirham Lösegeld wert ist! Eine Summe, die du dir sicherlich nicht mal im Traum vorstellen kannst. Aber ich will sie dir begreifbar machen: Für zehntausend Dirham kann sich der Emir dutzende Sklaven von deiner Sorte kaufen!«, fauchte er zornentbrannt. »Aber für tote Gefangene wird dein Herr nicht einen lausigen Fils zu sehen bekommen!«

Die Antwort, die Said ihm daraufhin gab, kam auf der Stelle und wortlos, hätte aber kaum verächtlicher und demütigender ausfallen können. Denn er spuckte Maurice ins Gesicht und kehrte ihm den Rücken zu.

Gerolt packte Maurice sofort mit hartem Griff an der Schulter, als er sah, dass sein Freund kurz davor stand, zu explodieren. »Lass es!«, zischte er. »Damit gewinnst du nichts, im Gegenteil! Er hasst uns auch jetzt schon genug!«

»Von dem haben wir so oder so nichts zu erhoffen«, murmelte Maurice wütend und wischte sich den Speichel vom Gesicht, presste dann jedoch die Lippen zusammen und schluckte den Schwall übler Beschimpfungen hinunter, der ihm schon auf der Zunge gelegen hatte.

Indessen hatte Said die Zellentür des gegenüberliegenden Kerkers geöffnet. Er trat in das Gewölbe und stieß der in sich zusammengesunkenen Gestalt mit dem Fuß grob in die Rippen. »Du lebst ja immer noch! Musst ja ein ganz besonders zähes Stück sein, du stinkender *badawi*«, höhnte er, als der Mann sich bewegte und einen eigenartigen Zischlaut von sich gab.

In Gerolts Ohren klang dieser scharfe Laut des Angeketteten wie ein wortloser Fluch. Und dass Said ihn voller Verachtung als *badawi* ansprach, was Beduine bedeutete, war ein erster Hinweis auf die Herkunft des Unglücklichen.

»Unser erhabener Emir weiß eben, was er seinen bevorzugten Gästen schuldig ist«, fuhr Said mit bösartigem Spott fort. »Deshalb gibt es jetzt auch frisch gebackenes Brot und köstlich kühles Wasser in Fülle für dich, einen ganzen Eimer voll. Ich denke mal, du wirst einen schrecklichen Durst haben, nachdem du gestern nichts bekommen hast. Aber diese kleine Vergesslichkeit wirst du uns ja bestimmt großherzig nachsehen.« Er lachte hämisch, während er den randvollen Wassereimer so vor ihn hinstellte, dass er sich außer Reichweite des Gefangenen befand. Und das Fladenbrot warf er ebenso unerreichbar daneben in den Dreck. »Lass es dir nur munden! Ich bin sicher, du wirst lange was davon haben!« Er verpasste ihm noch einen zweiten Tritt in die Seite. Dann verriegelte er die Zellentür wieder hinter sich, nahm das Öllicht vom Wandbord und überließ die drei Eingekerkerten ihrem Elend und der hereinbrechenden Nacht.

Kaum war Said verschwunden, als der in Lumpen gehüllte Beduine in stummer Verzweiflung versuchte den Wassereimer zu erreichen. Mit den Händen konnte er ihn auf keinen Fall zu fassen bekommen. Dafür waren die Ketten, die in Kniehöhe an dicke, aus dem Mauerwerk ragende Eisenringe geschmiedet waren und an seinen Handeisen endeten, viel zu kurz. Doch die Füße, wenn auch wie bei Gerolt und Maurice in Eisen gelegt und zusammengekettet, unterlagen dieser Einschränkung nicht. Deshalb spannte er nun die Armketten und machte sich so lang, wie es ihm möglich war. Mit dem rechten, nackten Fuß versuchte er den Rand des Eimers zu erreichen. Es fehlte ihm weniger als eine halbe Handbreite. Said hatte genau gewusst, wo er den Eimer hatte hinstellen müssen, um dem Gefangenen das Erreichen zur vergeblichen Qual zu machen!

Gerolt schnürte es das Herz zu, während er hilflos zusah, wie verzweifelt sich der Mann bemühte seine Zehen über den Eimerrand zu bringen. Er hörte ihn unterdrückt stöhnen und ahnte den Schmerz, den er sich selber zufügte, während er an den Armketten zerrte und sich dabei die Eisenbänder immer tiefer in die Hände schnitt, um diese letzte, winzige Distanz zum Eimerrand zu überwinden.

Und was Gerolt kaum für möglich gehalten hatte, gelang dem Beduinen schließlich in einer letzten, gewaltigen Kraftanstrengung. Sein großer Zeh bekam den Rand zu fassen – und riss den Eimer um. Das Wasser ergoss sich über den dreckigen Boden und floss ihm entgegen. Sofort warf er sich herum, presste das Gesicht auf die Steinplatten und schlürfte aus der Pfütze um sich herum so viel Wasser auf, wie er nur konnte, bevor die kurze Flut in der Streu versickerte. Ein gequälter, seufzender Laut, in dem auch eine gewisse Erlösung mitschwang, entrang sich seiner Kehle. Dann sackte er kraftlos in sich zusammen.

»Gnade Gott diesem Schinder Said, wenn die Stunde der Abrechnung gekommen ist!«, flüsterte Maurice erschüttert und von maßlosem Zorn erfüllt, denn er hatte alles mit angesehen.

Gerolt nickte wortlos und kroch ganz nahe ans Gitter heran.

»Was hast du vor?«, fragte Maurice, obwohl er ahnte, was seinem Freund durch den Kopf ging.

»Um einen vollen Eimer Wasser zu bewegen, reicht meine geheime Kraft noch lange nicht, das weiß ich«, antwortete er leise. »Aber vielleicht gelingt es mir ja, ihm das Fladenbrot näher heranzuschieben. Bete, dass ich es schaffe!«

»Das werde ich!«, versicherte Maurice.

Stumm rief Gerolt den Heiligen Geist um Beistand an, richtete seinen Blick auf den Brotfladen und konzentrierte sich auf die Aufgabe, die er sich vorgenommen hatte. Diesmal fand er die Verbindung zu jener geheimnisvollen inneren Quelle schneller als bei seinen ersten Versuchen an Bord der *Calatrava*. Ihm war, als würden seine physischen Kräfte und sein Wille den Weg nun kennen, den sie gehen mussten, um eins zu werden und die göttliche Segensgabe in ihm zur Entfaltung zu bringen. Er spürte, dass alle anderen Gedanken und Wahrnehmungen von ihm wichen, und wie eine heiße Fontäne stieg in ihm die heilige Kraft auf, mit der er im unterirdischen Heiligtum von Akkon gesegnet worden war.

Es war ein kräftezehrendes Brennen, das auch diesmal wieder seinen Körper erfüllte und das er besonders stark hinter seiner Stirn wahrnahm. So deutlich, als hätte er seine Hand nach dem Brot ausgestreckt und es berührt, spürte er im nächsten Moment den Widerstand, den ihm der Fladen entgegenstellte. Der Schweiß brach ihm aus. Doch es gelang ihm, in der inneren Kraftanstrengung nicht nachzulassen, und dann begann sich der Fladen tatsächlich zu bewegen.

In den Kerker fiel durch die Luftschächte kaum noch Licht. Dennoch bemerkte der zerlumpte Fremde, dass sich der Brotfladen bewegte – und nun langsam, aber zielstrebig über den Boden auf ihn zu glitt. Wie von einem Skorpion gestochen fuhr er zusammen, brachte sich in eine hockende Stellung und presste sich entsetzt an die Wand, als fürchtete er gleich von einem Teufel angesprungen zu werden.

»Fürchte dich nicht!«, rief Maurice ihm zu. »Es ist mein Freund, der dir das Brot zuschiebt! Ich weiß, es klingt verrückt, aber es ist so. Hab Vertrauen, Fremder! Es sind die guten Kräfte des Himmels, die das Wunder bewirken!«

Der Kopf mit dem verfilzten grauschwarzen Vollbart und dem nicht weniger wilden Haupthaar fuhr zu Gerolt und Maurice herum. Einen langen Augenblick kauerte der Mann wie erstarrt an der Wand.

Mit einer letzten Kraftanstrengung brachte Gerolt den Brotfladen in die Reichweite des Fremden. Verschwitzt und erschöpft, sackte er gegen das Gitter. »Nimm und iss!«, rief er ihm atemlos zu. »Du musst sehen, dass du wieder zu Kräften kommst.«

Ganz langsam streckte der Beduine die zitternde Hand nach dem Brot aus. Er zögerte noch einmal. Dann jedoch gewann der bohrende Hunger wohl die Oberhand über die Furcht und er packte zu. Mit beiden Händen, die wie unter einem Schüttelanfall bebten, führte er den Fladen zum Mund und biss vorsichtig hinein. Die ersten Bissen kaute er ganz langsam. Er schien sich förmlich dazu zu zwingen, das Brot nicht gierig in sich hineinzuschlingen. Plötzlich hielt er inne und presste das Brot vor sein Gesicht.

Mittlerweile war es im Kerkergewölbe so dunkel geworden, dass Gerolt bloß noch die vagen Konturen des Beduinen hinter dem Gitter ausmachen konnte. Aber er hatte den Eindruck, als zuckten die Schultern des Mannes unter einem stummen Weinkrampf.

Er wartete eine Weile. Dann fragte er, was er ihn schon am ersten Abend gefragt hatte, ohne eine Antwort erhalten zu haben: »Wie heißt du?«

Der Mann ließ kurz den Brotfladen sinken, antwortete jedoch auch diesmal nicht sogleich. Er ließ lange Sekunden verstreichen. Dann jedoch kam aus dem gegenüberliegenden Gewölbe eine schwache, gutturale Stimme: »Dshamal Salehi.«

Gerolt hatte das Gefühl, innerhalb weniger Minuten einen zweiten, kostbaren Sieg errungen zu haben. »Gib die Hoffnung nicht auf, Dshamal Salehi!«, rief er ihm zu, noch immer nach Atem ringend. »Tu ihnen nicht den Gefallen, dich aufzugeben. Noch ist die letzte Schlacht nicht geschlagen, verlass dich drauf! Der Emir mag glauben, uns fest in seiner Hand zu haben, aber er irrt! Der Tag unserer Befreiung ist nicht fern! Und wir werden dich nicht zurücklassen, ich gebe dir mein Wort!«

Kaum hatte er die Worte ausgesprochen, als ihm bewusst wurde, zu welch lächerlichem Versprechen er sich hatte hinreißen lassen. Maurice gab in seinem Rücken ein leises, bissiges Auflachen von sich, das keiner besonderen Erklärung bedurfte.

Scham und Ernüchterung überkamen Gerolt und mit der feuchten, stinkenden Dunkelheit, die sich nun endgültig um sie schloss, kroch auch die Angst in ihm hoch. Die Angst, dass all ihr Gold und ihre Edelsteine sie nicht vor einem elenden Ende an diesem entsetzlichen Ort bewahren würden. Und dass sie auf Tarik große Hoffnungen setzten, die er vielleicht gar nicht erfüllen konnte – ja, womöglich gar nicht erfüllen *durfte*. Denn wenn er sich wirklich in Freiheit befand, galt seine erste und heiligste Pflicht der Aufgabe, den Heiligen Gral zu retten und nach Paris zu bringen – und nicht ihrer Befreiung.

456

18

Er wartete noch eine knappe halbe Stunde südlich vom *Bab al-Qantara*. Dann stieg er vorsichtig in den kleinen Fischerkahn und machte sich mit dem noch kleineren, schmalen Ruderboot im Schlepptau auf den Weg nach al-Maks. Zu den Rudern brauchte er nicht zu greifen. Die Strömung nahm ihm die Arbeit ab. Hier und da eine kurze Korrektur mit der Ruderpinne war alles, was er zu tun brauchte, um auf dem gewünschten Kurs zu bleiben. Da sein Boot keinen Mast besaß, brauchte er auf seinem Weg flussabwärts keinen Bogen um die lange Nilinsel Rhoda zu machen, sondern konnte die schwimmende Brücke ohne Probleme zwischen zwei Pontons passieren.

Die Lichter von Fustat glitten zu seiner Rechten vorbei und nahmen sich ärmlich neben dem verschwenderischen, prahlend hellen Schein aus, der zu seiner Linken von den Palästen auf der Insel Rhoda die Nacht erhellte.

Sowie die Nilinsel hinter ihm lag und das Zentrum von Cairo auf dem rechten Ufer näher rückte, begann sein Herz spürbar schneller zu schlagen. Gleich würde vor ihm der Hafen von al-Maks mit seinen vielen Docks, Landungsbrücken und dem Gewirr von kleinen Bootsstegen auftauchen und dann kam es auf jede Sekunde an. Verschätzte er sich mit der Geschwindigkeit oder machte er zu viel Lärm, würde er schon im Ansatz kläglich scheitern.

Die ersten Schiffe schälten sich vor ihm aus der Dunkelheit. Und noch bevor ihre Umrisse scharfe Konturen annahmen, wusste er dank seiner aufmerksamen Beobachtungen im Hafen, dass es sich dabei um eine Gruppe von *cangias* handelte, geräumigen, ägyptischen Fluss-schiffen mit schlanken Rumpflinien und Decksbauten auf achtern.

Konzentrierte Anspannung erfasste seinen Körper. Gleich würde es sich entscheiden, ob er eine Chance erhielt, den heiligen Kelch zu retten! Und es würde sich innerhalb weniger Sekunden entscheiden. Nur ein einziger kleiner Fehler und die Chance war vertan!

Er verkürzte die Leine, an der er das Ruderboot hinter sich herführte, damit es beim Anlegen nicht zu weit herumschwang und dann außer Reichweite seiner Hände gegen den Rumpf der Galeere stieß. Kaum hatte er diese Gefahr gebannt, als vor ihm auch schon die ersten großen Handelsschiffe auftauchten. Drei mamelukische Galeeren lagen vor der *Calatrava*.

Nun griff er zu einer der Bugleinen, nahm das Ende zwischen die Zähne und lenkte das Fischerboot ganz nahe an die sich aus dem pechschwarzen Wasser wölbenden Rümpfe heran, sodass er die Bordwände berühren und seine Fahrt noch mehr verringen konnte. Lautlos glitt er mit seinem Gefährt durch die vereinzelten Lachen gelblichen Lichts, die einige Schiffslaternen auf das dunkle Hafenwasser warfen.

Und dann ragten auch schon die mannsdicken Pfähle vor Tarik aus dem Wasser, die mit dicken Seilen umwickelt waren. Sie grenzten den dahinter liegenden Kai von den anderen Liegeplätzen ab. Und gleich hinter der Wand aus dicken Pfählen lag die *Calatrava* längsseits, den Bug stromaufwärts gerichtet! Nicht eine Laterne brannte auf dem Vorschiff, was auch nicht verwunderlich war, denn es war noch keine Mannschaft an Bord, weil der neue Mast noch nicht stand. Nur mittschiffs und achtern brannte je eine Laterne. Es drangen auch keine Stimmen von Wachen vom Deck der einstigen zyprischen Galeere. Das Schiff machte einen ausgestorbenen Eindruck. Aber der mochte trügen.

Tarik bekam den äußeren Pfahl gleich beim ersten Versuch zu fassen, hielt sich mit der rechten Hand daran fest und legte mit der anderen Hand schnell die Bugleine um den schweren Pfosten. Als die Knoten fest saßen, zog er sich an der Pfahlmauer entlang ein Stück auf den Kai zu, bis er zu einer der dicken Bugtrossen der *Calatrava* gelangte, deren Schlinge über einem der Rundpfähle lag. An ihr befestigte er nun die zweite Bugleine. Dann zurrte er beide Leinen fest. Und um sicherzugehen, dass die Strömung sein Boot nicht mal eine halbe Armlänge vom Schiffsrumpf wegzog, holte er den handlangen Eisenhaken hervor, den er sich in der Stadt beschafft hatte und der wie eine nicht geschlossene Sechs aussah. Der Schmied hatte sich zwar gewundert, warum er das hintere Ende so flach und scharf wie eine Messerspitze haben wollte, ihm das Gewünschte aber im Handumdrehen angefertigt.

Tarik hatte keine Mühe, die messergleiche Spitze des Hakens knapp oberhalb der Wasserlinie in die Ritze zwischen zwei Planken zu drücken. Und tief musste der Haken auch nicht im Rumpf sitzen. Das kurze Heckseil, das er daran befestigte, würde nur einen sehr geringen Druck auf den Haken ausüben.

All das hatte weniger als zwei Minuten gedauert, dennoch kam es Tarik viel länger vor. Und mit jeder Sekunde wuchs die Gefahr, dass jemand am Kai ihn bemerkte und Alarm schlug.

Nun war der Zeitpunkt gekommen, die vier Steinkrüge abzudecken und in das Ruderboot umzusteigen. Und er musste sich zwingen jetzt nicht hastig zu werden und es an der gebotenen Umsicht nicht mangeln zu lassen.

Das kleine Ruderboot schwankte bedenklich und der Schweiß brach ihm aus, als er daran dachte, was ihm blühte, falls auch nur einer der

459

kleinen Tonbehälter nicht wirklich fest verschlossen war. Kam dann auslaufendes Naphta mit dem Wasser in Berührung, das inzwischen durch die undichten Planken gesickert war, konnte er mit seinem Leben abschließen.

Er gab dem Ruderboot einen Moment Zeit, wieder zur Ruhe zu kommen, dann beugte er sich zum Fischerkahn hinüber, hob den löchrigen Holzeimer von der brennenden Öllampe und stellte ihn behutsam ins Heck.

Jetzt musste alles andere sehr schnell gehen, weil das offene Licht Aufmerksamkeit erregen konnte. Eigentlich hätte er auch auf die Öllampe verzichten können. Aber für den Fall, dass Maslama sich minderwertiges, verdünntes Naphta hatte andrehen lassen, brauchte er augenblicklich offenes Feuer, damit sein Plan dennoch eine Chance hatte.

Tarik ließ ein wenig von der Bugleine nach, die das Ruderboot noch mit dem Fischerboot verband, hielt sie mit den Zähnen fest und zog mit der Linken eines seiner Messer, um die Leine blitzschnell kappen zu können. Fast gleichzeitig schlug er mit der anderen Hand das Stück Segeltuch zurück, sodass die drei Tongefäße offen vor ihm lagen. Dann griff er zu dem langen Stock, hielt ihn in die Öffnung eines der vollen Steinkrüge – und stieß ihn mit einem kräftigen Stoß um, sodass sich sein Inhalt über die Strohbündel und in den Fischerkahn ergoss.

Augenblicklich ließ er den Stock ins Wasser fallen und schnitt mit dem Messer die Leine los, um die Kraft des Stoßes auszunutzen und ungehindert vom Fischerboot freizukommen. Und während die Klinge die Leine durchtrennte, griff seine Rechte schon vorsorglich nach einem Strohbündel. Das wollte er auf die offene Flamme der Öllampe werfen, falls sich das Naphta nicht sofort in dem Wasser entzündete, das unter den Bodenbrettern im Fischerkahn schwappte. Doch das sollte sich nicht als nötig erweisen.

460

Denn schon im nächsten Moment schoss eine Stichflamme empor, die sofort auf die drei anderen Steinkrüge übersprang. Eine Wand aus Feuer stieg aus dem Fischerboot empor und umloderte den Bug der *Calatrava.*

Die Hitze sprang Tarik wie der mörderische Atem der Hölle an und hätte ihm sicherlich das Gesicht versengt, wenn er nicht rechtzeitig die Verbindungsleine gekappt und sich nach hinten weggeduckt hätte.

Vom Kai kamen die ersten Schreie. Das Feuer unter dem Bug der *Calatrava* war entdeckt worden.

Das Ruderboot löste sich vom Schiffsrumpf und wurde von der Galeere weggezogen. Tarik ließ das Strohbündel fallen, fasste in die Maschen eines der Netzbeutel und schleuderte das erste Bündel auf das Vorschiff der Galeere. Er hörte, wie die beiden Tonbehälter beim Aufschlag auf den Planken zerschellten. Die Stichflamme folgte nur einen Herzschlag später. Schnell warf Tarik den zweiten Netzbeutel auf das Vorschiff und legte damit einen zweiten Brand, während ihn die Strömung nun stärker erfasste. Wenige Sekunden darauf flog auch das dritte Brandgeschoss durch die Luft. Es landete auf der heckseitigen Galerie der Decksaufbauten. Gierig leckten die Flammen an der mit Schnitzereien verzierten Rückwand des Achterkastells hoch. Und in das wilde Geschrei vom Kai mischten sich nun auch die angsterfüllten Stimmen der Bordwachen.

Hastig griff Tarik zu den Riemen und legte sich mit aller Kraft ins Zeug, um so schnell wie möglich aus dem Blickfeld der Galeere, des Kais und der umliegenden Schiffe zu kommen. Er wusste, dass er nur wenige Sekunden Zeit hatte, um wirklich unbemerkt in der nächtlichen Dunkelheit unterzutauchen. Denn in diesen ersten Schreckmomenten würde jeder seine Aufmerksamkeit erst einmal auf die vier Brandherde richten.

Das Glück war ihm hold. Niemand sah ihn, und während die Menschen im Hafen aufgeregt am Kai des Emirs zusammenliefen, ruderte Tarik das Ruderboot ein kurzes Stück weiter flussab und legte dann völlig unbeachtet an einem der primitiven Bohlenstege an, die kleinen Cangias und den einheimischen Fischerbooten vorbehalten waren. Mit nackten Füßen sprang er an Land und rannte zu den Docks zurück, wo die brennende *Calatrava* vertäut lag und sich mittlerweile eine große Menschenmenge versammelt hatte.

Einige Hafenarbeiter und Seeleute hatten eine Eimerkette gebildet und versuchten dem Feuer mit Wasser zu Leibe zu rücken. Doch sie merkten schnell, dass die Flammen damit nicht zu löschen waren. Die Seile und das Tauwerk auf dem Vorschiff standen in Flammen, die ersten Planken fingen Feuer und Rauch stieg in dunklen Wolken auf.

Es herrschte Chaos und wildes Geschrei, als Tarik sich nach vorn drängte. Keiner wusste, was genau zu tun war. »Kappt alle Taue und schafft sie auf den Fluss hinaus!«, brüllte jemand.

Aber keiner wollte die Verantwortung dafür übernehmen und damit seinen Kopf riskieren, handelte es sich doch um die Beute von Emir el-Shawar Sabuni, der für seine Grausamkeit nur allzu bekannt und gefürchtet war.

In diesem tumultartigen Durcheinander achtete niemand auf Tarik, als dieser sich einen Eimer Wasser schnappte, damit an Bord der Galeere sprang und so tat, als wollte er achtern beim Löschen helfen. Es hielt ihn auch niemand zurück, als er die Laterne unter dem Vordach vom Haken riss, dabei aufgeregt hervorstieß: »Ich glaube, da unten hat jemand um Hilfe gerufen!«, im Achterkastell verschwand und den Niedergang hinunterstürzte.

Sein Herz raste wie verrückt, als er in den Kielraum gelangte. Rauch trieb ihm von vorn entgegen und ließ ihn husten. Als er die Laterne hob, fuhr ihm ein eisiger Schreck in die Glieder und ein Gefühl von Übelkeit überkam ihn. In einem Umkreis von mindestens drei, vier Schritten rund um den Mastfuß fand sich hier nicht mehr ein einziger Ballaststein. Die Arbeiter hatten sie weggeräumt, wohl weil sie schon am nächsten Morgen den neuen Mast einsetzen wollten!

Sein Magen krampfte sich zusammen vor Angst, dass die Arbeiter dabei auch den Beutel mit dem Heiligen Gral im schwarzen Ebenholzwürfel gefunden und weggebracht hatten.

»Gütiger Gott, lass es nicht wahr sein!«, stieß er verstört hervor. Hastig stellte er die Leuchte ab, kniete sich in den Dreck aus Sand und schweren Ballaststeinen und begann hektisch zu suchen. Immer mehr Rauch sammelte sich nun auch unter Deck, trieb zu ihm und reizte seine Lungen und brannte ihm in den Augen.

Auf der Suche nach dem Versteck wuchtete er Steine zur Seite, schaufelte mit den Händen Sand weg und wurde immer hektischer. Sehr viel länger konnte er nicht mehr hier unten bleiben. Das Feuer auf dem Vorschiff breitete sich offenbar rasend schnell aus und der Rauch unter Deck nahm immer mehr zu.

Plötzlich bemerkte er einen dreckigen Zipfel Stoff, der zwischen zwei Ballaststeinen hervorschaute und nach einem Stück Segeltuch aussah. Und sowie er den ersten Stein angehoben und von sich gestoßen hatte, erfasste ihn eine Welle glückseliger Erlösung. Denn unter dem schweren Brocken kam der alte Beutel mit dem ledernen Tragegurt zum Vorschein. Deutlich zeichnete sich unter dem verschmutzten Segeltuch die Form des schwarzen Würfels ab, der den Heiligen Gral in seinem Innern verbarg.

Tarik stieß ein stummes Dankgebet aus, schob noch einen zweiten Gesteinsbrocken zur Seite und zerrte hustend den Beutel aus der Höhlung. Ihm war, als könnte er über den Stimmenlärm hinweg schon das Prasseln der Flammen hören, die sich immer weiter mittschiffs fraßen. Immer dichter waberten die Rauchschwaden durch das Unterschiff. Es war allerhöchste Zeit, dass er vom Schiff kam, sonst würde die *Calatrava* für ihn noch zur unentrinnbaren Todesfalle!

In dem Moment, in dem er sich aufrichtete, herrschte ihn von hinten eine misstrauische Stimme an. »Was hast du hier unten zu suchen, Bursche? Und was ist das für ein Beutel, den du gerade an dich genommen hast?«

Zu Tode erschrocken fuhr Tarik herum. Bei dem wüsten Geschrei, das vom Kai und vom Oberdeck der Galeere zu ihm herunterdrang, hatte er nicht gehört, dass jemand den Niedergang herabgestiegen und hinter ihn getreten war. Und es handelte sich ausgerechnet um einen jener Wärter, die in den Tagen ihrer Gefangenschaft an Bord vor der Segeltuchkammer Wache geschoben und ihn am Abend ihrer Ankunft in Cairo zusammen mit seinen Freunden vor den Emir geführt hatten.

Und der Mameluke, der mit blank gezogenem Dolch vor ihm stand, sah sofort, wen er vor sich hatte. »Bei den Höllenhunden des Sheitan, der entflohene Templer!«, stieß er hervor, erinnerte sich wohl augenblicklich an die vom Emir ausgelobte Belohnung von zweihundert Dirham und stach sofort zu.

Tarik unternahm erst gar keinen Versuch, sich mit seinem eigenen Dolch zu verteidigen. In dieser kritischen Situation, in der sein Leben an einem seidenen Faden hing, an diesem Scheidepunkt zwischen Leben und Tod, bewahrten ihn das jahrelange, eiserne Training eines Tempelritters und die Erfahrung vieler Zweikämpfe vor dem Verhängnis einer falschen Reaktion.

Als der Dolch auf seine Brust zuschoss, vollführte Tarik geistesgegenwärtig eine Drehung nach rechts. Der Segeltuchbeutel mit dem Ebenholzwürfel, den er sich über die linke Schulter gehängt hatte, schwang herum und fing den Messerstich auf. Der harte Widerstand, auf den der Dolch traf, brachte den Angreifer aus der Balance.

»Du hast deine Chance gehabt. Eine zweite kriegst du nicht!«, stieß Tarik grimmig hervor, während er auch schon wieder herumwirbelte und ihm mit voller Wucht einen Faustschlag unter die Rippenbögen versetzte. Mit einem erstickten Aufschrei knickte der Mameluke in der Hüfte ein und taumelte röchelnd zurück. Tarik setzte sofort nach, packte den Beutel mit dem harten Holzwürfel und versetzte ihm damit einen zweiten Schlag, der ihn bewusstlos auf die Planken stürzen ließ.

Hastig versicherte sich Tarik, dass die Dolchklinge das Segeltuch nicht allzu sehr aufgeschlitzt hatte. Doch er fand nur einen daumenkurzen Riss in der oberen Hälfte, sodass weder die Gralshütersiegel noch die Goldstücke Gefahr liefen, aus dem Schlitz zu fallen. Er hängte sich den Ledergurt über die Schulter und zerrte den Bewusstlosen zum Niedergang. Es kostete ihn große Mühe, den betäubten Mann über die steile Treppe an Deck zu schleppen, aber es widerstrebte ihm, ihn dort unten dem sicheren Tod durch Rauch und Flammen zu überlassen.

Das Vorschiff der Galeere loderte wie eine gigantische Fackel und auch das Achterkastell stand inzwischen lichterloh in Flammen. Sie leckten nach Tarik, als er den Niedergang hochkam, keuchend an Deck taumelte und mit seiner menschlichen Last auf die Landungsbrücke zuwankte.

Nur zu bereitwillig überließ Tarik den bewusstlosen Wärter einigen hilfsbereiten Männern, die ihm entgegeneilten und ihn von seiner schweren Last befreiten. »Kümmert euch um ihn! Er hat das Bewusstsein verloren und eine schwere Platzwunde am Kopf. Vermutlich ist er unter Deck vom Rauch überrascht worden und schwer gestürzt, als er die Besinnung verloren hat«, stieß er, nach Atem ringend, hervor und wankte davon.

Man hielt ihn für einen todesmutigen Retter und klopfte ihm anerkennend auf die Schulter, während er sich einen Weg durch die Menge bahnte. Und je weiter er sich von den vordersten Reihen der Schaulustigen entfernte, desto geringer wurde die Aufmerksamkeit, die man ihm schenkte.

Er tauchte schließlich in eine dunkle Gasse zwischen zwei Lagerhäusern ein, schlug einen Bogen, der ihn in einem sicheren Abstand um die Docks und Kais der großen Schiffe herumführte, und kletterte wenige Minuten später flussabwärts im Hafen der Fischer in das kleine Ruderboot, das dort am Steg auf ihn wartete.

Mit einem unbeschreiblichen Jubel in der Brust ruderte er auf den breiten dunklen Strom hinaus. Seine Freude kannte keine Grenzen und er hätte laut singen und beten mögen. Er hatte den Heiligen Gral gerettet!

19

Die Smaragde in den goldenen Winkelbeschlägen des Würfels, der den heiligen Kelch des letzten Abendmahls barg, glühten im Mondlicht wie von einem geheimnisvollen, inneren Leben erfüllt. Und das Gleiche galt für die fünfblättrige Rose aus Elfenbein. Sie schimmerte und erweckte den Eindruck, so zart und durchsichtig wie die winterblasse Haut einer jungen Frau zu sein.

Tarik saß an einer einsamen Stelle am Ufer des Nils, den schwarzen Ebenholzquader vor sich auf das Segeltuch gebettet. Das Ruderboot lag wenige Schritte von ihm entfernt sicher angebunden im Schilf und Cairo schien einer anderen, fernen Welt anzugehören. So weit das Auge in der Dunkelheit auch blickte, nirgends entdeckte es ein von Menschenhand geschaffenes Licht. Und nichts störte die Stille der Nacht.

Mehr als eine Stunde kauerte Tarik schon an diesem Ort und von seinem überwältigenden inneren Jubel, der seine erfolgreiche Flucht mit dem Heiligen Gral anfangs begleitet hatte, war längst nichts mehr geblieben.

Er hatte den heiligen Kelch gerettet, wie es seine vornehmste Aufgabe gewesen war. Und nun verlangten sein Verstand und sein heiliges Amt mit unerbittlicher Strenge von ihm, dass er sich einzig darauf konzentrierte, den Kelch auf dem schnellsten Weg nach Paris zu bringen. Nichts anderes hatte Vorrang. Aber das bedeutete, dass er Gerolt, Maurice und McIvor im Land der Mameluken ihrem Schicksal überlassen musste!

Sicher musste ein jeder, der den Schwur als Gralsritter geleistet hatte, bereit sein jederzeit sein Leben zu opfern, wenn dadurch der Heilige Gral gerettet werden konnte. Und er hegte nicht den geringsten Zweifel, dass seine Freunde genau dazu bereit waren und ihm auch nicht den geringsten Vorwurf machen würden, wenn sie wüssten, dass er das heiligste aller christlichen Heiligtümer in Sicherheit gebracht hatte.

Aber hatte er nicht auch den heiligen Schwur geleistet, in unverbrüchlicher Freundschaft und Treue zu ihnen zu stehen? Durfte dieses Wort denn nichts mehr gelten? Musste man als Gralsritter wirklich so unerbittlich hart gegen sich selbst und seine treusten Freunde sein? Konnte der Abbé, ja konnte Gott dieses bittere Opfer wirklich von ihnen wollen?

Aber selbst wenn er der eisigen Forderung des Verstandes zu folgen bereit wäre, wie sollte er denn die vor ihm liegende Aufgabe allein bewältigen? Konnte er das überhaupt wagen, völlig auf sich allein gestellt? Er steckte mitten in Feindesland und er würde weder in Cairo noch in einer anderen ägyptischen Hafenstadt einfach so auf ein ausländisches Handelsschiff spazieren können. Nach dieser Nacht würde es für ihn noch schwerer werden, aus Ägypten zu entkommen, zumindest per Schiff. Und die vielfältigen Gefahren, mit denen er rechnen musste, würde er allein niemals bestehen können. Er brauchte Beistand, Männer, denen er in jeder Situation blind vertrauen konnte! Er brauchte seine Freunde! Oder redete er sich das nur ein, weil er Gerolt, Maurice und McIvor nicht im Stich lassen wollte?

Fragen über Fragen stürzten auf ihn ein, auf die er keine Antwort wusste, und jede Frage quälte ihn mehr als die andere. Er hatte plötzlich das niederschmetternde Gefühl, als Gralshüter seinem schweren Amt doch nicht so gewachsen zu sein, wie er vor kurzem noch geglaubt hatte. Die Furcht, die falsche Entscheidung zu treffen, drückte wie ein schwerer Bleiklumpen auf seine Brust.

In seiner Ratlosigkeit, ja Verzweiflung, suchte er Trost im Gebet. Es war der 31. Psalm, der ihm als Erstes in den Sinn kam. Und den betete er mit ganzer Inbrunst. »Herr, ich suche Zuflucht bei dir. Lass mich doch niemals scheitern; rette mich in deiner Gerechtigkeit. Wende dein Ohr mir zu, erlöse mich bald. Sei mir ein schützender Fels, eine feste Burg, die mich rettet! Denn du bist mein Fels und meine Burg; um deines Namens willen wirst du mich führen und leiten. Denn du wirst mich befreien aus dem Netz, das sie heimlich um mich legten; denn du bist meine Zuflucht. In deine Hände lege ich voll Vertrauen meinen Geist; du hast mich erlöst, Herr, du treuer Gott . . .«

Plötzlich machte er am Nachthimmel eine Bewegung aus. Das innige Gebet erstarb auf seinen Lippen, als er im nächsten Moment sah, dass es sich um einen Vogel handelte, der aus der samtenen Schwärze der Nacht herabstieg. Lautlos verlor er an Höhe und glitt über den Fluss zu ihm heran.

Und dann fiel das Mondlicht auf den Vogel, der seine mächtigen Schwingen weit ausgebreitet hatte. Das Gefieder leuchtete so weiß wie frisch gefallener Schnee. Auf einmal verharrte der majestätische Vogel nur wenige hundert Ellen von ihm entfernt in der Luft.

Ein Schauer überlief ihn, als er begriff, was er da sah.

Es war der geheimnisvolle weiße Greif, den Abbé Villard *Das Auge Gottes* genannt hatte!

Im selben Augenblick geschah etwas Unglaubliches mit ihm. Der Nil, das Ufer, die ganze Landschaft vor seinen Augen verschwanden plötzlich, als wäre das alles nur ein riesiges Gemälde gewesen, das man nun vor seinem Gesicht weggezogen hatte. Und er selber schien hoch oben in der Luft zu schweben, als wäre nun er der Greif!

Fremde, völlig verschwommene Bilder rasten im nächsten Moment aus einer Art schwarzem Schlund mit einer Geschwindigkeit auf ihn zu, die ihn schwindeln ließ. Wie ein Kaleidoskop dünner farbiger Streifen, die sich vor seinem Auge auffächerten, flogen sie ihm aus der schwarzen Mitte entgegen.

Auf einmal gewannen jene Bilder an Schärfe und er sah unter sich ein Haus mit einem goldschimmernden Dach. Und wie ein Vogel blickte er hinunter in einen von Fackeln erleuchteten, großen Innenhof, der Ähnlichkeiten mit einer kleinen Arena hatte. Im nächsten Moment drang der Blick durch eine Wand hindurch und fiel auf eine gemauerte, zisternenähnliche Grube, die oben mit einem Gitter abgedeckt war. Und in diesem engen Gefängnis lag McIvor, völlig nackt! Er sah ihn ganz deutlich!

Einen Moment später verschwamm die enge, gemauerte Grube mit McIvor vor seinem Auge und machte einem anderen verwirrenden Bild Platz. Ihm war, als flöge er wie ein Vogel im Sturzflug aus gewaltiger Höhe über das nächtliche Häusermeer von Cairo hinweg. Ein große Wasserfläche tauchte unter ihm auf. Der Nil! Dann raste eine große Insel mit vielen Seitenkanälen auf ihn zu, an deren Ufern sich großartige Paläste mit weitläufigen Gartenanlagen erhoben. Auf einen dieser Paläste stürzte er wie ein Raubvogel zu, der tief unter sich ein ahnungsloses Opfer erspäht hat. Das verwinkelte Gebäude mit seinen Erkertürmen an der Wasserseite raste ihm entgegen. Gleich musste er an den Mauern des Palastes zerschellen!

Seltsamerweise verspürte er jedoch keine Angst. Und dann stürzte er, ohne Widerstand zu verspüren, durch Turmgitter, Deckenbalken und Mauersteine. Prachtvolle Gemächer flogen auf dem Weg in die Tiefe des Palastes wie die Splitter eines zerberstenden Feuertopfes an ihm vorbei.

Einen Herzschlag später endete der Sturzflug – und er blickte in ein unterirdisches, vergittertes Kerkergewölbe. Zwei Männer kauerten dort im dreckigen Stroh. Es waren Gerolt und Maurice! Er hatte sie so nahe vor Augen, dass er meinte, seine Hand ausstrecken und sie berühren zu können! Und Gerolt war wach. Er kniete, hatte die Hände zum Gebet gefaltet und blickte ihm geradewegs ins Gesicht!

Für einen langen Moment verharrte das Bild so vor seinem inneren Auge. Dann fiel es wie ein erlöschendes Talglicht in sich zusammen und alles wurde dunkel, als hätte der pechschwarze Schlund jegliches Licht verschluckt.

Tarik war schweißnass, schwindelig und zitterte am ganzen Körper wie nach einer ungeheuren Anstrengung, als er aus dem tranceähnlichen Zustand erwachte. Jetzt fiel sein Blick wieder auf den breiten Fluss. Wie der gewundene Leib einer silbrigen Schlange lag der Nil unter dem Glanz von Mond und Sternen in seinem Bett. Alles war wie vorher, als wäre nichts Außergewöhnliches geschehen. Und der weiße Greif war nun nur noch ein heller Punkt, der mit atemberaubender Geschwindigkeit hoch oben im Nachthimmel entschwand.

Fassungslos saß Tarik im Gras, und sosehr er auch zitterte, so sehr spürte er doch auch die Kraft und Zuversicht, die ihn auf einmal erfüllte. Er hatte ein göttliches Zeichen erhalten! Der Heilige Geist hatte ihm in seiner Not und Verzweiflung den weißen Greif geschickt und ihn durch das Auge Gottes seine Gefährten erblicken lassen. Und was das bedeutete, darüber gab es für ihn nicht den geringsten Zweifel. Nach dieser Offenbarung wusste er mit unerschütterlicher Gewissheit, dass er seine Freunde auf keinen Fall im Stich lassen durfte. Und plötzlich erinnerte er sich an das, was Abbé Villard ihnen bei einem ihrer Gespräche gesagte hatte: »Wer keine Güte hat, der hat auch keinen Glauben!«

Und genau so war es. Er würde nach Gerolt, Maurice und McIvor suchen und notfalls Himmel und Hölle in Bewegung setzen, um sie zu befreien! Sie brauchten einander, denn die Reise, die der Heilige

Gral noch nehmen musste, war lang und voller Gefahren. Und diese würden sie nur gemeinsam bestehen.

Sie würden wieder zueinander finden und den Heiligen Gral gemeinsam nach Paris in den Tempel bringen! Wie das geschehen sollte, das lag noch im Dunkeln und würde ihm sicherlich noch einiges Kopfzerbrechen bereiten. Aber schon morgen würde er damit beginnen, über einen Plan zur Befreiung seiner Freunde nachzusinnen.

Füreinander in fester Treue!

Der Schwur galt!

Der zweite Band der Trilogie mit dem Titel
Das Amulett der Wüstenkrieger
erscheint voraussichtlich im Juli 2006

Nachwort zum Ende von Akkon

Nachdem die muslimischen Sturmtruppen den äußeren und inneren Verteidigungswall von Akkon überwunden hatten, breiteten sie sich rasch überall in der Stadt aus. In den erbitterten Straßenkämpfen mit den restlichen Kreuzrittern und deren Hilfstruppen floss noch viel Blut, aber das eigentliche Massaker begann erst, nachdem auch dieser letzte Widerstand gebrochen war. Die Mameluken brachten in einer Orgie der Gewalt jedermann, alte Männer, Frauen und Kinder, ohne Unterschied um – und rächten sich damit für das ähnlich entsetzliche Blutbad, das die Kreuzfahrer unter Richard Löwenherz knapp hundert Jahre vorher bei der Eroberung von Akkon unter der muslimischen Bevölkerung angerichtet hatten. Die wenigen, die das zweifelhafte Glück hatten, mit dem Leben davonzukommen, wurden als Sklaven verkauft. Von diesen verschwand ein Großteil der Frauen und Mädchen für immer in den Harems der Emire.

Als am 18. Mai 1291 die Nacht über die Stadt hereinbrach, befand sich Akkon in der Gewalt von Sultan el-Ashraf Khalil – bis auf die Eisenburg der Templer an der Südwestspitze von Akkon. Die überlebenden Tempelritter verschanzten sich mit einer Anzahl von Bürgern beiderlei Geschlechts in dem festungsartigen Ordenshaus. Fast eine Woche hielten sie dem Angriff der Mameluken stand. Als der Sultan ihnen schließlich für die Übergabe der Festung einen ehrenvollen Abzug anbot, nahmen sie die Bedingung an, öffneten das Tor und gewährten einem Emir mit hundert Bewaffneten Einlass. Schon wehte die Flagge des Sultans auf dem Turm, als sich die Lage in der Burg schlagartig zuspitzte. Die Mameluken fielen entgegen der Zusage ihres Sultans über einige Frauen und Jungen her und versuchten sie zu verschleppen. Darauf griffen die Tempelritter wieder zu ihren Waffen, verriegelten die Tore und fielen über die Mameluken her. Sie machten die muslimischen Krieger bis auf den letzten Mann nieder, rissen die Flagge des Sultans vom Turm und schworen mit dem Mut der Todgeweihten, die Ordensburg bis zum bitteren Ende zu verteidigen. Im Schutz der Nacht gelang es den Eingeschlossenen noch, den Ordensschatz auf ein Boot zu schaffen und auf dem Seeweg zur Burg von Sidon zu bringen.

Sultan el-Ashraf Khalil wollte endlich den letzten Widerstand brechen, der zu einer Schande für seine Truppe zu werden drohte. Aber trotz der Übermacht seiner Streitkräfte wusste er nicht, wie er die Templer dazu bringen sollte, den Kampf aufzugeben. Deshalb bot er ihnen am nächsten Tag noch einmal einen ehrenvollen Abzug an. Als die Anführer der Templer sich unter der Zusage sicheren Geleits aus der Ordensburg wagten, um im Zelt des Sultans die Einzelheiten von Übergabe und Abzug zu besprechen, wurden sie auf der Stelle überwältigt, gefesselt und in Sichtweite ihrer Kameraden enthauptet.

Die Verteidiger der Templerburg wussten nun, dass die Zusagen des Sultans nichts als eine List gewesen waren und keiner von ihnen Gnade zu erwarten hatte, wenn sie sich ergaben. Deshalb waren sie mehr denn je entschlossen die Ordensburg bis zum letzten Mann zu verteidigen und im Kampf zu sterben. Aber sie konnten nicht verhindern, dass die Pioniere des Sultans das Gebäude untergruben. Als am 28. Mai 1291, zehn Tage nach der Eroberung von Akkon, die ersten Mauern der Templerburg einzustürzen begannen, hegte der Sultan immer noch Zweifel, ob damit auch schon der Sieg über die Tempelritter gesichert sei. Deshalb befahl er zweitausend seiner besten Krieger die Festung durch die Bresche zu stürmen. Das absackende Fundament gab unter diesem gewaltigen Ansturm nach und die Eisenburg der Templer stürzte jäh in sich zusammen. Dabei begruben die gewaltigen Trümmer nicht nur die letzten Verteidiger des Ordenshauses unter sich, sondern auch die Sturmtruppe des Sultans.

Nun ging el-Ashraf Khalil daran, Akkon systematisch zu zerstören, damit nie wieder Christen an diesem Ort Fuß fassen und zu erneuten Eroberungszügen aufbrechen konnten. Er ließ halb Akkon niederbrennen und vor allem alle großen Türme und Befestigungsanlagen niederreißen. Mit dem Fall von Akkon war das Ende der Kreuzfahrerstaaten in Outremer besiegelt. Die restlichen Burgen und befestigten Hafenstädte entlang der Küste, in denen sich noch Kreuzritter verschanzt hatten, wurden innerhalb weniger Monate kampflos aufgegeben (wie Tyros) oder wie Sidon nach kurzer Belagerung erobert. Sultan el-Ashraf Khalil praktizierte dabei das grausame Prinzip der verbrannten Erde.

»Einige Monate lang marschierten die Truppen des Sultans das Küstengebiet hinauf und hinunter und vernichteten sorgfältig alles, was für die Franken von irgendwelchem Wert sein konnte, für den Fall, dass sie je einen neuen Landungsversuch unternehmen sollten«, schreibt der renommierte englische Historiker Steven Runciman in seinem monumentalen Standardwerk *Geschichte der Kreuzzüge*. »Die Obsthaine wurden abgeholzt, die Bewässerungsanlagen unbenutzbar gemacht. Längs des Meeresstrandes herrschten Öde und Verwüstung. Die Bauern jener einstmals reichen Siedlungen mussten die Zerstörung ihrer Höfe mit ansehen und suchten Zuflucht in den Bergen.«

Und der arabische Chronist und Zeitzeuge Abdul Fida (1273–1331) kommentierte das Ende der Kreuzfahrerstaaten in Outremer mit fol-

475

genden Worten: »Nach der Einnahme von Akkon erfüllte Gott die Herzen der Franken, die sich noch im syrischen Küstengebiet befanden, mit Entsetzen. Sie räumten also überstürzt Saida, Beirut, Tyros und alle anderen Städte. So war es dem Sultan beschieden – ein Glück, das keinem anderen zuteil geworden war –, ohne Schwierigkeiten alle diese Orte zu erobern, deren Bewehrung er auch sogleich zerstören ließ. Durch diese Eroberungen fielen alle Länder des Küstengebietes uneingeschränkt den Muslims wieder zu. Diesen Erfolg hatte man kaum erhofft. Und so wurden die Franken, die einmal dabei waren, Damaskus, Ägypten und viele andere Länder zu erobern, aus ganz Syrien und dem Küstengebiet vertrieben. Gebe Gott, dass sie nie mehr ihren Fuß in dieses Land setzen!«

Mit dem Einsturz der Eisenburg der Tempelritter, der letzten verteidigten Bastion in Akkon, brach auch das christliche Königreich Jerusalem zusammen. Die Zeit christlicher Vorherrschaft im Heiligen Land hatte ihr endgültiges Ende gefunden.

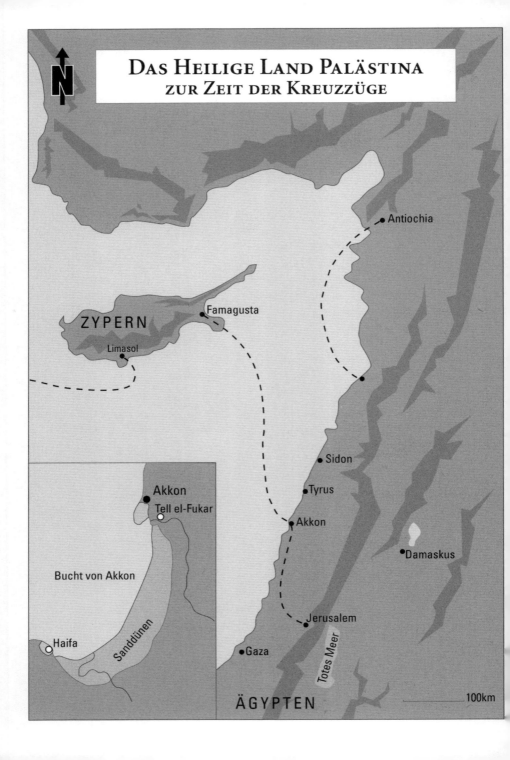

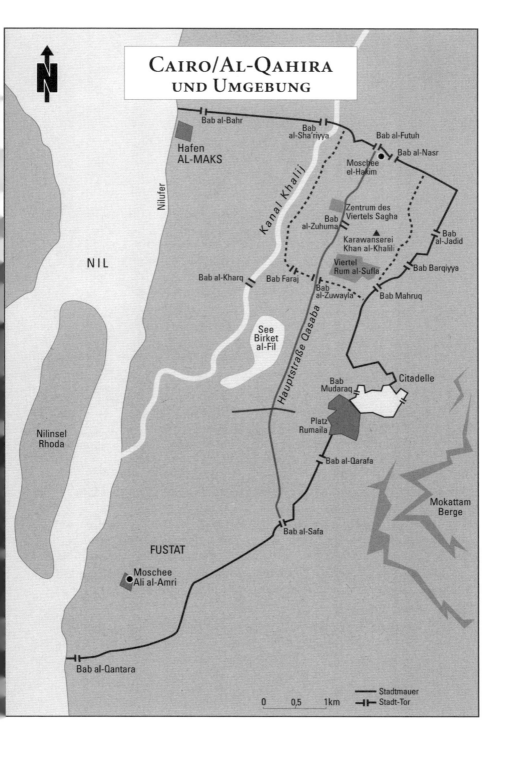

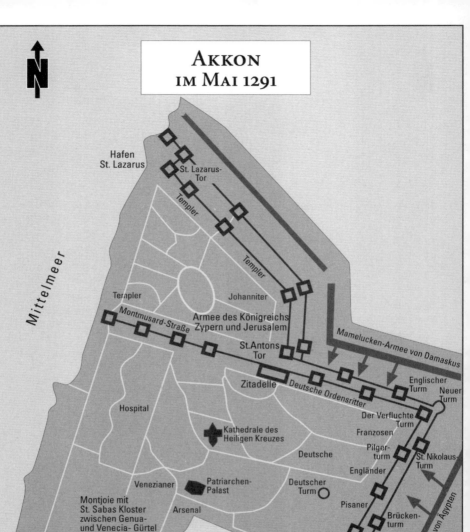

Quellenverzeichnis

Die Bibel – Altes und Neues Testament, Einheitsübersetzung, Herder Verlag, Freiburg 1993

Der Koran – Das heilige Buch des Islam, Goldmann Verlag, München 1959

Arabische Sprichwörter – Das Kamel auf der Pilgerfahrt, VMA-Verlag, Wiesbaden 1978

Beim Barte des Propheten – Arabische Sprüche und Geschichten, Artemis Verlag, Zürich 1984

Karl-Heinz Allmendinger: Die Beziehung zwischen der Kommune Pisa und Ägypten im Hohen Mittelalter, Vierteljahrschrift für Sozial- und Wirtschaftsgeschichte, Beiheft 54, Franz Steiner Verlag, Wiesbaden 1967

Ladislaus E. Almasy: Schwimmer in der Wüste, Deutscher Taschenbuch Verlag, München 1998

Ursula Assaf-Nowak (Hrsg.): Arabische Märchen, Fischer Taschenbuch Verlag, Frankfurt am Main 1977

Richard Barber/Juliet Barker: Die Geschichte des Turniers, Artemis & Winkler Verlag, Düsseldorf 2001

Heinrich Barth: Im Sattel durch Nord- und Zentralafrika, Edition Erdmann im Thienemann Verlag, Stuttgart 2002

Martin Bauer: Die Tempelritter – Mythos und Wahrheit, Heyne Verlag, München 1997

Carlo Bergmann: Der letzte Beduine – Meine Karawanen zu den Geheimnissen der Wüste, Rowohlt Verlag, Reinbek 2001

Walter Beltz: Sehnsucht nach dem Paradies – Mythologie des Korans, Buchverlag Der Morgen, Berlin 1979

Jörg-Dieter Brandes: Geschichte der Berber – Von den Berberdynastien des Mittelalters zum Maghreb der Neuzeit, Casimir Katz Verlag, Gernsbach 2004

Hartmut Boockmann: Der Deutsche Orden – Zwölf Kapitel aus seiner Geschichte, C. H. Beck Verlag, München 1994

Jörg-Dieter Brandes: Geschichte der Berber, Katz Verlag, 2004

Dieter Breuer: Sterben für Jerusalem – Ritter, Mönche, Muselmanen und der Erste Kreuzzug, Gustav Lübbe Verlag, Bergisch Gladbach 1997

Reinhild von Brunn: KulturSchlüssel Ägypten, Max Hueber Verlag, München 1999

Anne-Marie Delcambre: Mohammed – die Stimme Allahs, Otto Maier Verlag, Ravensburg 1990

Alain Demurger: Die Templer – Aufstieg und Untergang, 1120–1314, C. H. Beck Verlag München 1997

Alain Demurger: Der Letzte Templer – Leben und Sterben des Großmeisters Jacques de Molay, C. H. Beck Verlag, München 2004

B. Dichter: The Maps Of Acre – An Historical Cartography, Published by the Municipality of Acre, Israel 1973

Christina Deggim: Hafenleben im Mittelalter und Früher Neuzeit, Convent Verlag, Hamburg 2005

Peter Dinzelbacher: Die Templer – Ein geheimnisumwitterter Orden?, Herder Verlag, Freiburg 2002

Georges Duby: Die Ritter, Carl Hanser Verlag, München 1999

Charles Le Gai Eaton: Der Islam und die Bestimmung des Menschen, Diederichs Verlag, Köln 1987

Joachim Ehlers: Geschichte Frankreichs im Mittelalter, Kohlhammer Verlag, Stuttgart 1987

Edith Ennen: Frauen im Mittelalter, C. H. Beck Verlag, München 1999

Hansjoachim von der Esch: Weenak – die Karawane ruft/Auf verschollenen Pfaden durch Ägyptens Wüsten, F. A. Brockhaus Verlag, Leipzig 1943

John L. Esposito: The Oxford History of Islam, Oxford University Press, New York 1999

Joan Evans: Das Leben im mittelalterlichen Frankreich, Phaidon Verlag, Köln 1960

Felix Fabri: Galeere und Karawane, Pilgerreise ins Heilige Land, zum Sinai und nach Ägypten 1483, Edition Erdmann im Thienemann Verlag, Stuttgart 1996

Brian M. Fagan: Die Schätze des Nil, Rowohlt Verlag, Reinbek 1980

Jean Favier: Frankreich im Zeitalter der Lehnsherrschaft 1000–1515, Deutsche Verlags-Anstalt, Stuttgart 1989

Franz Maria Feldhaus: Die Maschine im Leben der Völker – Ein Überblick von der Urzeit bis zur Renaissance, Verlag Birkhäuser, Stuttgart & Basel 1954

Feldstudien aus Ägypten, Bertelsmann Fachzeitschrift »Bauwelt« 6/7, 73. Jahrgang, 1982

Josef Fleckenstein: Rittertum und ritterliche Welt, Siedler Verlag, Berlin 2002

Malcolm Godwin: Der Heilige Gral – Ursprung, Geheimnis und Deutung einer Legende, Heyne Verlag, München 1994

Hans-Werner Goetz: Leben im Mittelalter, C. H. Beck Verlag, München 1996

Richard Gramlich: Islamische Mystik – Sufische Texte aus zehn Jahrhunderten, Verlag W. Kohlhammer, Stuttgart 1992

Christopher Gravett / Brett Breckon: Die Welt der Ritter, Carlsen Verlag, Hamburg 1997

Romano Guardini: Psalter und Gebete, Matthias Grünewald Verlag, Mainz 1998

Heinz Halm: Das Reich des Mahdi – Der Aufstieg der Fatimiden, C. H. Beck Verlag, München 1991

Heinz Halm: Die Kalifen von Kairo – Die Fatimiden in Ägypten 973–1074, C. H. Beck Verlag, München 2003

Monika Hauf: Der Mythos der Templer, Albatros Verlag, Düsseldorf 2003

Monika Hauf: Wege zum Heiligen Gral – Der abendländische Mythos, Langen Müller Verlag, München 2003

Monika Hauf: Die Templer und die Große Göttin, Patmos Verlag, Düsseldorf 2000

Michael Hesemann: Die Entdeckung des Heiligen Grals – Das Ende einer Suche, Pattloch Verlag, München 2003

Barbara Hodgson: Die Krinoline bleibt in Kairo, Gerstenberg Verlag, Hildesheim 2004

Hans-Christian Huf/Werner Fitzthum: Söhne der Wüste – Expedition in die Stille, Econ Verlag, München 2002

Rolf Johannsmeier: Spielmann, Schalk und Scharlatan – Die Welt als Karneval: Volkskultur im späten Mittelalter, Rowohlt Verlag, Reinbek 1984

Ulrike Keller (Hrsg.): Reisende in Arabien – 25 v. Chr. –2000 n. Chr., Promedia Druck- und Verlagsgesellschaft, Wien 2002

Richard Kieckhefer: Magie im Mittelalter, C. H. Beck Verlag, München 1992

Bruce Kirby: Im leeren Viertel, Piper Verlag, München 2003

Iwan E. Kirchner: Der Nahe Osten – Der Kampf um Vorderasien und Ägypten vom Mittelalter bis zur Gegenwart, Rudolf M. Rohrer Verlag, Brünn 1941

Ernst Klippel: Der weiße Beduine, Gustav Wenzel & Sohn Verlag, Braunschweig 1940

Manfred Kluge: Die Weisheit der alten Ägypter, Wilhelm Heyne Verlag, München 1980

Angus Konstam: Die Geschichte der Kreuzzüge – Vom Krieg im Morgenland bis zum 13. Jahrhundert, Tosa Verlag, Wien 2002

Wolfgang Kraus (Hrsg.): Mohammed – die Stimme des Propheten, Diogenes Verlag, Zürich 1987

William Langewiesche: Sahara – Reise durch eine unerbittliche Landschaft, Kindler Verlag, München 1998

Jean Lassus: Frühchristliche und Byzantinische Welt – Architektur, Plastik, Mosaiken, Fresken, Elfenbeinkunst, Metallarbeiten, C. Bertelsmann Verlag, München 1974

R. C. Lee: Die schönsten Oasen in Algerien, Verlag: ohne Angabe, ca. 1932

Johannes Lehmann: Die Kreuzfahrer – Abenteurer Gottes, C. Bertelsmann Verlag, München 1976

Hans Leu: Hocharabisch – Wort für Wort, Reise Know How Verlag, Bielefeld 2005

Lincoln/Baigent/Leigh: Der Heilige Gral und seine Erben – Ursprung und Gegenwart eines geheimen Ordens. Sein Wissen und seine Macht, Bastei Lübbe Verlag, Bergisch Gladbach 1984

Pierre Loti: Im Zeichen der Sahara, Deutscher Taschenbuch Verlag, München 2000

Pierre Loti: Die Wüste, Deutscher Taschenbuch Verlag, München 2005

Volker Loos: Die Armen Ritter Christi vom Tempel Salomonis zu Jerusalem – Eine ausführliche Chronik der Templerzeit, Frieling & Partner, Berlin 1997

Emil Ludwig: Geheimnisvoller Nil, Verlag Kurt Desch, München 1952

Amin Maalouf: Der Heilige Krieg der Barbaren – Die Kreuzzüge aus der Sicht der Araber, Deutscher Taschenbuch Verlag, München 2003

Gabriele Mandel: Gemalte Gottesworte – Das Arabische Alphabet, Geschichte, Stile und kalligrafische Meisterschulen, Marix Verlag, Wiesbaden 2004

Volker Mertens: Der Gral – Mythos und Literatur, Reclam Verlag, Stuttgart 2003

Wolfgang Niemeyer: Ägypten zur Zeit der Mameluken – Eine Kultur-Landeskundliche Skizze, Verlag von Dietrich Reimer, Berlin 1936

Allan Oslo: Die Geheimlehre der Tempelritter – Geschichte und Legende, Königsfurt Verlag, Klein Königsförde 2001

Georg Ostrogorsky: Byzantinische Geschichte 324–1453, C. H. Beck Verlag, München 1996

Helmut Pemsel: Weltgeschichte der Seefahrt Band 1 – Geschichte der zivilen Schifffahrt/Von den Anfängen der Seefahrt bis zum Ende des Mittelalters, Verlag Österreich, Wien 2000

Tom Poppe (Hrsg.): Schlüssel zum Schloss – Weisheiten der Sufis, ausgewählt für Menschen, die nicht nur suchen, sondern auch finden wollen, Schönbergers Verlag, 1986

M. J. Krück von Poturzyn: Der Prozess gegen die Templer, Verlag Freies Geistesleben, Stuttgart 1963

Hermann Fürst von Pückler-Muskau: Aus Mehemed Alis Reich – Ägypten und der Sudan um 1840, Manesse Verlag, Zürich 1985

Samir W. Raafat: Cairo, the glory years – Who built what, when, why and for whom . . ., Harpocrates Publishing, Alexandria 2003

André Raymond: Cairo, Harvard University Press, Cambridge 2000

Lore Richter: Inseln der Sahara – Durch die Oasen Libyens, Edition Leipzig, Leipzig 1970

Jonathan Riley-Smith: Illustrierte Geschichte der Kreuzzüge, Campus Verlag, Frankfurt am Main 1999

Francis Robinson: Islamic World – Cambridge Illustrated History, Cambridge University Press, New York 1996

Max Rodenbeck: Cairo – The City Victorious, Random House, New York 1998

Steven Runciman: Geschichte der Kreuzzüge, C. H. Beck Verlag, München 1995

Malise Ruthven: Der Islam – Eine kurze Einführung, Reclam Verlag, Stuttgart 2000

Sheikh Saadi: Gulistan – Der Rosengarten, Edition Peacock im Verlag Das Arabische Buch, Berlin 1997

Adam Sabra: Poverty and Charity in Medieval Islam, Mamluk Egypt, 1250–1517, Cambridge University Press, Cambridge 2000

Waley-el-dine Samah: Alltag im alten Ägypten, Verlag Georg D. W. Callwey, München 1963

Walter Schicho: Handbuch Afrika, Band 3 Nord- und Ostafrika, Brandes & Apsel Verlag, Frankfurt am Main 2004

Hermann Schlögl (Hrsg.): Weisheit vom Nil – Altägyptische Weltsicht, Artemis & Winkler Verlag, Düsseldorf 2001

Andreas Schlunk/Robert Giersch: Die Ritter – Geschichte, Kultur, Alltagsleben, Konrad Theiss Verlag, Stuttgart 2003

Herbert Scurla (Hrsg.): Reisen im Orient, Verlag der Nation, Berlin 1962

Ferdinand Seibt: Glanz und Elend des Mittelalters – Eine endliche Geschichte, Siedler Verlag, Berlin 1987

Indries Shah: Die Sufis – Botschaft der Derwische, Weisheit der Magier, Diederichs Verlag, München 1976

Indries Shah: Die Karawane der Träume – Lehren und Legenden aus dem Orient, Diederichs Verlag, München 2001

Alberto Siliotti: Ägypten – Entdeckungsreisen ins Land der Pharaonen, Karl Müller Verlag, Erlangen

Hartwig Sippel: Die Templer – Geschichte und Geheimnis, Bechtermünz Verlag, Wien 2001

Carl Schuchhardt: Die Burg im Wandel der Weltgeschichte, Aula Verlag, Wiesbaden 1991

Georg Schwaiger (Hrsg.): Mönchtum, Orden, Klöster – Von den Anfängen bis zur Gegenwart, C. H. Beck Verlag, München 1994

Lothar Stein/Walter Rausch: Die Oase Siwa – Unter Berbern und Beduinen der Libyschen Wüste, F. A. Brockhaus Verlag, Leipzig 1978

Franz Taeschner: Geschichte der arabischen Welt, Alfred Kröner Verlag, Stuttgart 1964

Tausendundeine Nacht, Nach der ältesten arabischen Handschrift in der Ausgabe von Muhsin Mahdi erstmals ins Deutsche übertragen von Claudia Ott, C. H. Beck Verlag, München 2004

Wilfred Thesiger: Im Brunnen der Wüste, Malik Verlag, 2002

Wilfred Thesiger: Mein Leben in Afrika und Arabien, Piper Verlag, München 2005

Désirée von Trotha: Heiße Sonne, kalter Mond – Tuaregnomaden in der Sahara, Verlag Frederking & Thaler, München 2001

Barbara Tuchmann: Bibel und Schwert – Palästina und der Westen, Vom frühen Mittelalter bis zur Balfour-Declaration 1917, Fischer Verlag, Frankfurt am Main 2004

Erika Uitz: Die Frau im Mittelalter, Tosa Verlag, Wien 2003

Llewellyn Vaughan-Lee: Die Karawane der Derwische – Die Lehren der großen Sufi-Meister, Fischer Taschenbuch Verlag, Frankfurt am Main 1997

Oleg V. Volkoff: 1000 Jahre Kairo – Die Geschichte einer verzaubernden Stadt, Philipp von Zabern Verlag, Mainz 1984

Andrew Wheatcroft: Infidels – A History of the Conflict Between Christendom and Islam, Random House, New York 2005

Yüksel Yücelen: Was sagt der Koran dazu?, Deutscher Taschenbuch Verlag, München 1986

Dieter Zimmerling: Der Deutsche Ritterorden, Econ Verlag, Düsseldorf 1988

Liebe Leserinnen, liebe Leser,

seit vielen Jahren biete ich meinem Publikum an mir zu schreiben, weil es mich interessiert, was meine Leserinnen und Leser von meinem Buch halten. Auch heute noch freue ich mich jedes Mal riesig über das Paket mit den Zuschriften, die mir einmal im Monat nachgesandt werden. Dann machen meine Frau und ich uns einen gemütlichen Tee-Nachmittag und lesen beide jeden einzelnen Brief. Und daran wird sich auch in Zukunft nichts ändern.

In den letzten Jahren erreichen mich jedoch so viele Briefe, dass sich in meine große Freude über diese vielen interessanten Zuschriften ein bitterer Wermutstropfen mischt. Denn auch beim besten Willen komme ich nun nicht mehr dazu, diese Briefflut individuell zu beantworten; ich käme sonst nicht mehr zum Recherchieren und Schreiben meiner Romane. Und jemand dafür einzustellen, der in meinem Namen antwortet, würde nicht nur meine finanziellen Möglichkeiten weit übersteigen, sondern wäre in meinen Augen auch unredlich.

Was ich jedoch noch immer tun kann, ist, als Antwort eine Autogrammkarte zurückzuschicken, die ich persönlich signiere und die neben meinem Lebenslauf im anhängenden farbigen Faltblatt Informationen über zirka ein Dutzend meiner im Buchhandel erhältlichen Romane enthält.

Wer mir also immer noch schreiben und eine von mir signierte Autogrammkarte mit Info-Faltblatt haben möchte, der soll bitte nicht vergessen das Rückporto beizulegen (bitte nur die Briefmarke schicken und diese nicht auf einen Rückumschlag kleben!). Wichtig: Namen und Adresse in Druckbuchstaben angeben. Gelegentlich kann ich auf Zuschriften nicht antworten, weil die Adresse fehlt oder die Schrift nicht zu entziffern ist, was übrigens auch bei Erwachsenen vorkommt!

Da ich viel auf Recherchen- und Lesereisen unterwegs bin, kann es manchmal Monate dauern, bis ich die Karte mit dem Faltblatt schicken kann. Ich bitte daher um Geduld.

Meine Adresse:
Rainer M. Schröder
Postfach 1505
D-51679 Wipperfürth

Wer Material für ein Referat braucht oder aus privatem Interesse im Internet mehr über mein abenteuerliches Leben, meine Bücher (mit Umschlagbildern und Inhaltsangaben), meine Ansichten, Lesereisen, Neuerscheinungen, aktuellen Projekte, Reden und Presseberichte erfahren oder im Fotoalbum blättern möchte, der möge sich auf meiner Homepage umsehen.

Die Adresse: www.rainermschroeder.com

Herzlichst
Ihr/Euer